그 남자

발칙한

발 그
칙 남
한 자

2

초판 1쇄 인쇄일 2017년 02월 20일
초판 1쇄 발행일 2017년 02월 27일

지은이 | 달콤J
펴낸이 | 김기선

편집장 | 김은지
편집부 | 임종성, 박지은, 김지현, 정미정
디자인 | 금장미

펴낸곳 | 와이엠북스(YMBOOKS)
출판등록 | 2012년 7월 17일 (제2014-17호)
주소 | 서울시 도봉구 노해로 379, 1005호(창동, 대성빌딩)
전화 | 02)906-7768 / 팩스 | 02)906-7769
E-mail | ymbooks@nate.com

ISBN 979-11-322-4066-2 (04810)
ISBN 979-11-322-4064-8 (set)

© 달콤J 2017 Printed in Korea

값 12,800원

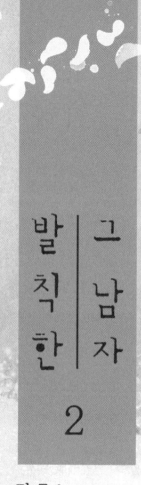

발칙한 그 남자 2

달콤J 장편소설

ym
BOOKS

차 례

1. 짐승남 최우현

-저녁 먹었어요?

"아뇨, 아직. 성준이가 라면 사러 나갔어요. 근데 나간 지 한참 지났는데 안 오네요."

샤워를 마치고 욕실을 나온 우현의 머리카락에서는 미처 닦지 못한 물방울이 떨어졌다.

-라면 먹지 말고 밥 챙겨 먹어요. 몸에도 안 좋은데.

따뜻하게 울리는 채원의 목소리에 우현이 고개를 끄덕였다. 부드러운 음성을 듣는 것만으로도 마음의 위안이 찾아왔다.

"지금 뭐 하고 있어요?"

-태양이랑 같이 있어요. 어째 오늘은 옆에 딱 붙어서 떨어지지도 않아요. 점점 더 앙탈이 늘어나는 것 같다니까요.

"하루 종일 누나만 기다렸으니까 그렇겠죠. 많이 그립고 보고 싶어서."

나처럼요. 거실 소파에 털썩 주저앉은 우현이 고개를 뒤로 젖힌 채 눈을 감았다. 까만 어둠 속에 떠오르는 건 채원뿐이었다.

"보고 있어도 보고 싶은데…… 이렇게 떨어져 있는데 보고 싶은 게 당연하죠."

나지막이 울리는 우현의 목소리에 채원은 아무런 말도 하지 않았다. 그녀도 알고 있을 것이다. 채원을 그리워하는 게 태양만은 아니라는 사실을. 그 누구보다 자신이 그녀를 그리워하고 있다는 사실을.

"채원 씨."

-네, 우현 씨.

"채원 씨."

-네…… 우현 씨.

온기가 있는 다정다감한 우현의 목소리가 그녀를 불렀다. 하지만 그 따뜻한 음성에도 물기가 배어 있는 것만 같았다. 좋아해요. 많이 사랑해요. 밖으로 내뱉지 못하는 말들은 입안에서만 머물렀다.

-우현 씨, 노래 불러줄래요?

"노래요?"

-응. 그때 계곡에서 불러줬던 그 노래.

그 노래라면…… 가사를 빌려 채원에게 자신의 마음을 고백했던 그 노래였다. 계곡물이 흐르고, 선선한 바람이 불고. 그 바람에 흩날리는 채원의 머리카락을 쓸어 넘겨주며 이대로 시간이 멈췄으면 좋겠다고 생각했던 바로 그곳에서 불렀던 노래. 심호흡을 한 우현이 작게 소리를 내며 노래를 흥얼거렸다. 채원 씨, 나는 지금도 숨 쉴 때마다 당신을 생각하고 있어요. 할 수만 있다면 당장이라도 날아가 당신을 꽉 안고, 키스하고 싶어요. 나는…… 평생 당신만 사랑하고 싶어요. 지금처럼.

잔잔하게 울리는 우현의 목소리가 거실을 가득 메웠다. 미처 전하지 못한 제 마음을 노래에 실어 보냈다. 예전처럼. 노래가 끝난 후에도 두 사람은 전화를 놓지 않았다. 아무런 말도 없었다. 그저 서로의 숨소리만이 들릴 뿐. 하지만 그 숨소리 하나도 놓치고 싶지 않다는 듯, 온 세상에 둘만 존재한다는 듯. 두 사람은 한참이나 서로에게 집중했다.

집으로 돌아온 준서는 테이블 위에 차 키를 던져놓고 그대로 침대 위로 쓰러졌다. 여기까지 무슨 정신으로 운전을 하고 왔는지 스스로도 알 수 없었다.

'두 분이 이혼하셨을 때, 최진철 사장님의 외도를 덮어주는 조건으로 어머니 쪽 사업을 도와주기로 합의하셨다지요. 최 사장님이 병원비를 지불한 건 딱 4년 10개월. 이혼 당시 제시한 금액입니다.'

성준의 설명에 기가 막혀 말도 나오지 않았다.

'그걸 알게 된 우현이는 보내준 등록금과 생활비로 병원비를 충당했습니다. 자신이 장학금을 받지 못한다면 준서 씨 어머니가 병원에서 나와야 할지도 모른다는 생각에 독하게 공부했어요.'

그저 헛웃음만이 흘러나올 뿐이었다.

'혹시나 돈이 부족할까 봐 할 수 있는 아르바이트는 다 했어요. 우현이의 발굴 경력이 화려한 건 그 때문이에요. 어디든 가리지 않고 달려갔거든요. 우현이 어머니 역시 함께 도움을 주셨습니다.'

숨겨왔던 우현의 이야기를 꺼내는 성준의 얼굴에는 내내 안타까움이 번졌다.

'우현이는 평생 비밀로 하고 싶어 했어요. 만약 준서 씨가 알게 된다면 아버지에 대한 배신감 때문에 상처받을 테니까요.'

집으로 오는 길, 박 비서에게 전화를 걸었다. 곤란한 듯 망설이던 박 비서는 힘겹게 입을 열었다.

'큰사모님의 사고 후 쫓겨나듯 영국으로 보내진 작은도련님은 한참이나 정신과 치료를 받았습니다. 대인 기피증에 불면증, 실어증, 그리고 자살……기도도 했던 것으로 알고 있습니다.'

우현이 그렇게 지내온 줄 생각도 하지 못했다. 아니, 생각조차 하기 싫었다는 말이 맞을 것이다.

우현이 영국으로 떠나고 다시 그 애를 만난 건 5년이 지난 후였다. 그때 어머니를 찾아온 우현에게 너 따위가 올 곳이 아니라며 소리를 내질렀었다. 두 번째 우현을 만난 건 어머니가 지금의 병실로 옮겼을 때, 그리고 세 번째는 다섯 달 전. 그땐 우현의 얼굴에 주먹을 내리꽂았다.

아무리 물가가 높은 영국의 학비와 생활로 병원비를 충당했다 하더라도 벅찬 금액이었을 것이다. 거기다 우현의 어머니 역시 함께 도왔다니.

'우현 씨가 누군가를 위해서, 그리고 용서받기 위해서 열심히 살고 있다고 했어요.'

채원이 눈물을 흘리며 했던 말. 그 누군가는 자신과 어머니였다.

준서의 얼굴에 혼란스러움이 들어찼다. 아니길 바랐다. 그래야 계속 우현을 미워할 수 있으니까. 원망할 수 있으니까. 그래야지만 채원을 계속 사랑할 수 있으니까. 우현이 병원비를 지불하지 않았다면 지금쯤 어머니는……. 상상도 하고 싶지 않았다. 아찔했다. 그리고 동시에 어머니의 병원비를 핑계로 자신을 쥐고 흔들었던 아버지에 대한 배신감에 울화가 치밀었다. 4년 10개월 치의 병원비 이후 어머니가 입원해 있는 건 누구 때문이라고 생각했던 거지?

"어떻게 그럴 수가 있지? 이토록 뻔뻔하게."

믿을 수 없을 만큼 잔인한 아버지의 행동에 준서가 헛바람을 집어삼켰다. 성남건설과의 약혼을 요구할 때도 아버지는 어머니의 병원비를 조건으로 내세웠다. 뿐만 아니었다. 그가 필요했던 모든 일에는 그 빌어먹을 병원비가 따라다녔다.

"젠장."

불 꺼진 방 안에 홀로 누워 있던 준서의 입에서 거친 말들이 튀어나왔다. 더 이상은 가만히 있을 수는 없었다.

채원은 퇴근 후 얼마 전 성준과 전화로 잡았던 약속을 위해 서둘러 걸음을 옮겼다.

-출발했어요?

"이제 나왔어요. 우현 씨는요?"

-우리도 곧 출발할 거예요. 교수님한테 지금 손님이 와 있어서요. 버스 탔어요?

"회사에서 멀지 않아서 걸어서 가려고요."

채원이 횡단보도 앞에 서서 신호를 기다렸다.

"바쁘신데 괜히 저 때문에 시간 뺏기는 거 아닌가 몰라요. 담에 보자고 할 걸 그랬나."

-오늘 채원 씨 못 보면 윤 교수님 엄청 우울해하실 거예요. 시간 괜찮으니까 보자고 하신 거니까 걱정 말아요.

자신을 달래듯 부드럽게 번지는 우현의 목소리에 채원의 입가에 미소가 걸렸다. 우현의 얼굴을 마지막으로 본 지 겨우 3일 지났다. 하지만 3년은 보지 못한 것처럼 그리웠다. 목소리를 듣는 것만으로도 애틋함이 밀려왔다. 오늘 그를 만난다는 사실에 하루 종일 얼마나 들떴는지 모른다.

"우현 씨 만날 생각에 어젯밤 잠도 제대로 못 잤어요. 우현 씨, 보고 싶어요. 좋아해요."

채원답지 않은 직설적인 고백에 우현이 숨을 집어삼키는 것이 느껴졌다. 그 소리에 그녀가 피식 웃음을 흘렸다.

"놀랐나 봐요. 근데 내 말에 대한 대답은 없어요?"

휴대폰 너머로 우현의 망설임이 느껴졌다. 그래서 아무런 말도 하지 않았다. 그가 어떤 마음인지 다 알고 있기에.

"농담이에요. 아, 잠깐만요."

채원은 손에서 느껴지는 진동에 우현에게 양해를 구하고 귀에서 휴대폰을 떼어냈다. 우현의 어머니에게서 온 문자메시지였다.

[채원 씨, 우현이 아빠 서재에 있었던 서류들인데 혹시 도움이 될까 싶어서 보내요.]

메시지 아래는 몇 장의 사진이 함께 전송되어 있었다. 사진을 바라보는 채원의 표정이 심각해졌다.

-채원 씨? 무슨 일이에요?

횡단보도의 불이 바뀌고. 살짝 고개를 들어 신호를 확인한 그녀가 메시지에 집중하며 앞으로 걸어갔다. 그때 갑자기 들려오는 요란스러운 소리에 그녀의 고개가 돌아갔다.

"아가씨!"

누군가 커다란 목소리로 외쳤고, 미처 바뀐 신호를 확인하지 못한 차는 무서운 속도로 채원을 향해 달려오고 있었다.

휴대폰 너머로 들려오는 소리에 우현의 온몸에 소름이 돋았다. 곧 끼이익, 하는 굉음이 들렸고 채원의 목소리는 더 이상 들을 수 없었다.

"채원 씨? 채원 씨!"

거친 목소리로 채원의 이름을 불러보았지만 대답은 없었다. 그녀의 목소리 대신 사람들의 웅성거림과 소란스러움이 휴대폰 안을 가득 채우고 있었다. 사고가 난 게 분명했다. 우현의 머릿속에 피를 흘리며 바닥에 쓰러져 있는 채원의 모습이 그려졌다. 순간 다리에 힘이 풀린 그가 크게 휘청거리며 바닥에 주저앉았다. 바닥을 짚고 있는 손가락 하나하나가 사시나무 떨듯 떨려왔다. 휴대폰을 꼭 쥔 손이 터질 듯 붉어졌다.

"채원 씨, 대답해요. 채원 씨. 제발."

금방이라도 울음이 터질 것 같은 목소리를 가다듬고 채원을 불러보았지만 역시나 아무런 대답이 없었다. 어디에서 사고가 난 걸까. 전화도 받을 수 없을 정도로 의식이 없는 걸까. 순식간에 눈시울이 붉어지며 눈물이 쏟아져 내릴 것만 같았다. 주먹을 쥐었다 풀었다 했다. 입을 오므리고 울지 않기 위해 어금니를 꽉 깨물었다. 금방 회사에서 나왔다고 했으니 그 근처일 것이다. 우현이 촉촉이 젖은 눈가를 손등으로 닦아 내린 후 덜덜 떨리는 몸을 겨우 일으켰다. 여기 가만히 있을 수 없었다. 채원에게 가야 했다.

아직 통화 중인 휴대폰을 부여잡은 우현이 연구소 건물 밖으로 나와 정신없이 뛰기 시작했다. 거친 호흡이 터져 나왔지만 쉬지 않고 내달렸다. 턱 끝까지 숨이 차도록 달린 그가 학교 밖으로 나가 택시를 붙잡았다.

"아저씨, 주식회사 나눔으로 가주세요. 빨리요."

우현의 재촉에 택시기사가 재빨리 차를 돌렸다. 채원의 상태를 알 수 없는 지금, 그는 제정신이 아니었다. 사람이 걱정으로, 불안감으로 미쳐버릴 것 같다는 그 말을 실감할 수 있었다.

'보고 싶어요. 좋아해요.'

채원답지 않은 고백이 귓가에 계속해서 맴돌았다. 나도 좋아한다고, 사랑한다고, 너무나 보고 싶다고 말하고 싶었다. 그런데 그 말이 뭐가 어려워서 하지 못한 걸까. 채원을 생각하면 숨도 못 쉴 만큼 가슴이 벅차오르는데, 그 마음을 전하는 일에 왜 순간 멈칫했을까. 미치도록 후회가 되었다. 이대로 채원에게 무슨 일이 생겨 그녀에게 제 마음을 전하지 못하는 일이 생기기라도 한다면? 다시는 채원의 목소리도 들을 수 없고, 얼굴도 볼 수 없고, 그 따뜻한 품을 안아보지 못하다니. 우현의 머리가 망치로 맞은 듯 징, 하며 울려댔다. 심장이 지끈거려 손으로 제 가슴을 부여잡았다. 잃는다. 채원을 잃는다.

"안 돼. 절대, 제발."

그가 손바닥 안에 제 얼굴을 묻으며 고통스럽게 중얼거렸다. 채원이 없는 자신의 삶이라니. 상상조차 할 수 없었다. 이래놓고 채원의 손을 잡느니, 놓느니 이딴 소리나 지껄이고 있었다니. 채원을 보지 않고는 살 수 없으면서, 그녀의 따뜻한 품이 없다면 숨 쉴 수조차 없으면서.

"제발, 채원 씨. 무사해줘요. 제발요."

양손을 기도하듯 꽉 쥔 우현이 계속해서 같은 말만 반복했다. 지금 그에게 채원이 무사한 것 외에는 바라는 것이 없었다.

-여보세요? 여보세요? 끊겼나?

그리고 조용한 택시 안에 울리는 작은 말소리. 눈을 번쩍 뜬 우현이 휴대폰을 재빨리 귀에 가져갔다.

“여보세요? 채원 씨? 채원 씨, 괜찮아요?”

-이 전화기 주인분 성함이 채원 씨인가요?

낯선 여자의 목소리에 우현의 어깨에 힘이 빠졌다.

-휴대폰 주인분 조금 전에 병원으로 이송됐어요. 제가 바닥에 떨어져 있던 휴대폰을 주웠는데 아직 통화 중이어서 혹시나 하고……

“다쳤나요? 많이 다쳤나요?”

-저도 자세히는 모르겠는데 정신을 잃은 것 같았어요. 근처 국제병원으로 데리고 갔어요.

“알겠습니다! 감사합니다!”

택시를 병원으로 돌린 우현. 채원이 정신을 잃었다고 했다. 제발, 금방 깨어날 수 있기를. 영원히 의식을 잃어 눈을 감고 있는 일이 없기를.

꽉 막힌 도로를 달린 택시가 병원에 도착하자 우현이 차에서 튀어나왔다. 병원 로비로 뛰어간 그가 거친 목소리로 소리쳤다.

“한채원 환자요! 교통사고로 실려 왔어요. 지금 응급실에 있나요?”

하지만 직원의 대답을 듣기도 전 우현은 자신의 시선 끝에 걸린 응급실이라는 붉은 표시에 다급히 몸을 돌렸다. 응급실 앞에 선 그가 망설임 없이 안으로 들어갔다. 침대에 앉거나 누워 있는 사람들. 정신없이 고개를 돌려가며 채원을 찾았다. 하지만 그녀가 보이지 않자 온몸에 식은땀이 흘렀다.

“어떤 환자분 찾으세요?”

친절한 간호사의 목소리에 우현이 정신 나간 사람처럼 중얼거렸다.

“채원…… 한채원…… 이요.”

“한채원 환자분요? 아, 교통사고로 오신 그분 말씀이죠? 그분 지금…….”

“우현 씨?”

우현은 간호사의 목소리 사이로 들려오는 익숙한 음성에 숨을 멈추었다. 머리카락부터 발끝까지 저리는 느낌에 심장이 미친 듯이 뛰었다. 이 목소리는 채원이었다. 채원이 자신을 부르고 있었다. 가슴속 깊숙이 뜨거운 것이 차올랐다.

눈을 꼭 감은 우현이 천천히 몸을 돌렸다. 차마 채원을 바라볼 용기가 나지 않아 눈도 제대로 뜨지 못했다.

"여긴 어떻게 알고 왔어요? 휴대폰을 잃어버려서……. 안 그래도 전화하려고 했는데."

평소와 같은 목소리에 슬그머니 눈꺼풀을 밀어 올렸다. 놀란 듯 커다란 눈동자가 자신을 바라보고 있었다. 기억 속의 그 모습 그대로. 여전히 아름다운 모습 그대로.

"놀랐죠? 미안해요. 신호를 어긴 차가 저한테 달려왔는데 어떤 아주머니가 그 순간 절 세게 밀어내 주셨어요."

우현의 시선이 반창고를 붙이고 있는 채원의 팔에 가 있자 그녀가 변명하듯 다시 입을 열었다.

"이건 넘어지면서 생긴 가벼운 상처예요. 멍청한 제가 중심을 잡지 못하고 쓰러져서 그대로 기절을 해버리는 바람에……. 지금 엑스레이 찍고 왔는데 괜찮대요. 그러니……."

채원의 말은 그대로 공기 중에 흩어져버렸다. 아니, 우현의 뜨거운 품 안으로 사라져버렸다.

우현은 채원이 으스러질 정도로 세게 끌어안았지만 현실감이 없었다. 그래서 더 꽉 품에 안았다. 자신의 품 안에 있는 그녀가 현실이라는 것을 알 수 있을 정도로. 자신이 느끼는 이 따스함이 진짜라는 것을 느낄 수 있을 정도로. 그가 그녀의 향기를 음미하듯 깊게 들이켰다. 채원의 따뜻한 품을 끌어안고, 부드러운 목소리를 듣고, 코끝에 머무는 그녀의 향기를 느끼고 나서야 그녀가 눈앞에 있는 것이 실감이 났다. 예전처럼 자신의 품 안에 있음에 다시 가슴이 떨려왔다.

"나도 좋아해요."

우현이 채원을 품에 안은 채 중얼거렸다. 아까 전화로 미처 하지 못한 대답들. 나도 당신을 좋아한다는 내 마음의 말들.

"나도 보고 싶었어요."

내가 어떻게 이 향기 없이 살아갈 수 있다고 생각했을까.

"사랑해요, 채원 씨."

내가 어떻게 당신 없이 숨 쉴 수 있다고 생각했을까.

채원을 잃을 뻔했던 끔찍한 기억에, 그녀가 온전히 제 품에 있다는 기쁨에 우현의 몸이 사정없이 떨려왔다. 그 떨림을 다 안다는 듯 채원의 가느다란 팔이 우현을 강하게 끌어안았다.

"나도 사랑해요, 우현 씨."

채원의 작은 사고로 정수와의 저녁은 연기되었다. 두 사람은 아까 우현과 통화한 사람에게서 채원의 휴대폰을 받아 그녀의 집으로 향했다.

나란히 골목을 올라온 두 사람이 채원의 집 앞에 섰다. 채원은 병원에서부터 딱딱하게 얼굴을 굳힌 우현의 모습에 씁쓸하게 웃었다. 그 분위기가 어색해 몇 마디 농담을 건넸지만 공기는 여전히 서늘했다. 병원에서 자신을 꽉 끌어안으며 사랑한다고 속삭였던 우현은 매우 가까웠는데, 지금 우현은 너무 멀었다. 괜히 코끝이 찡해졌다.

"우현 씨, 나한테 화났어요?"

채원의 질문에 우현이 그제야 고개를 들려 그녀를 마주 보았다.

"내가 채원 씨한테 왜 화가 나요. 이렇게 무사한 것만으로도 고마운데."

하지만 그의 힘없는 미소에 울컥한 채원이 고개를 수그렸다.

"있잖아요. 오늘 사고, 이 정도로 끝나서 정말 다행이긴 한데……."

채원이 어깨에 멘 가방 끈을 세게 부여잡으며 입술을 축였다.

"한편으로는 사고 난 게 잘됐다고 생각하는 거…… 나 나쁜 거죠?"

채원의 말에 우현의 심장이 지끈거렸다.

"응급실에서 날 정신없이 찾는 우현 씨의 뒷모습을 보고, 날 세게 끌어안는 우현 씨 때문에 눈물이 날 정도로 기뻤어요."

눈가가 촉촉하게 젖어가는 그녀의 모습에 마음이 아팠다.

"보고 싶었다고, 사랑한다고 다시 입 밖으로 말해준 게 뛸 듯이 기쁜 거…… 나쁜 거죠?"

그녀의 눈망울 끝에 걸렸던 눈물 한 방울이 흘러내렸다. 그 모습에 우현이 한 걸음 그녀 곁으로 다가왔다.

"미안해요. 이런 생각 해서. 너무 바보 같죠? 나도 참 주책맞게 왜 이러나 몰라."

우현의 부드러운 팔이 채원을 끌어안았다. 그 힘에 그녀의 어깨에 걸려 있던 가방이 툭, 하고 바닥으로 떨어졌다.

"상황들이 정리될 때까지 우현 씨 기다리는 거 그거, 나한테 일도 아닌데…… 그래도 다시 우현 씨 품에 안기니까 좋아서……."

숨겨도 숨겨지지 않는 채원의 떨림이 그에게까지 전해졌다. 곁에서 자신을 지켜주겠다고, 잠시 손을 놓고 있어도 기다려주겠다고. 그렇게 말한 채원 역시 힘들었을 것이다. 사랑하는 사람을 곁에서 지켜보기만 해야 하는 일은 강인한 마음이 필요한 아주 힘겨운 일이었다. 그 힘든 일을 제가 시켜 놓고는, 한발 물러서 있으려 했던 자신이 겁쟁이처럼 느껴졌다. 자신의 가슴과 맞닿아 있는 그녀의 심장이 뛰는 것이 느껴졌다. 코끝에 머문 장미 향기가 그를 다시 숨 쉬게 했다.

'욕심…… 부려도 괜찮지 않아? 한 번쯤은 원하는 거 원한다고 제대로 말해도 되지 않냐고.'

세연의 말처럼 이런 내가 당신을 원한다고, 이 품을 영원히 안고 싶다고 말해도 괜찮을까. 이미, 답은 나와 있었다.

"미안해요, 채원 씨. 정작 채원 씨가 없으면 안 되는 건 나면서 멍청하게 내가 그 손을 잡는 걸 망설여서."

거짓말처럼 채원의 입에서 참았던 흐느낌이 터져 나왔다. 우현의 팔이 그런 채원을 더 꽉 끌어안았다. 더 이상 이 품을 선택하는 것을 망설일 수는 없었다. 이 품만이, 그의 전부였으니까.

"저번에 내가 채원 씨한테 했던 말 기억해요? 그 사람…… 받아주지 말라고. 내 손 꼭 잡고 똑바로 내게로 걸어오라고 했던 말."

그래서 채원 씨, 지금부터 난 아무것도 보지 않고 당신만 바라볼 거예요.

"다시 한 번 그래줄 수 있어요? 흔들리지 않고 나만 바라봐 줄 수 있어요?"

당신을 이 품에 안기 위해서 난 내 마음속에 있는 죄책감도 묻어버릴 거예요.

"나 채원 씨 손 꼭 잡고 있을 테니까. 무슨 일이 있어도 놓지 않을 테니까."

만약 그게 내가 사랑하는 형을 다시 한 번 아프게 하는 일이 될지라도 더 이상은 망설이지 않을게요. 그러니까.

"힘든 선택일 수도 있겠지만 채원 씨의 마지막 사랑, 내게 줄 수 있어요?"

늦은 시간, 버스를 타고 어디론가 향하는 우현. 금방이라도 터져 나오려는 울음을 참기 위해 입술을 질끈 물었다. 떠올리지 않으려 애썼지만 유리창에는 거리의 풍경 대신 어린 시절의 준서와 자신이 스쳐 지나갔다.

'형이라도 부르고 싶다고? 마음대로 해. 상관 안 하니까.'

무뚝뚝한 말투로 자신에게 형이라고 부르는 것을 허락한 준서.

'난 필요 없으니 이 신발, 네가 가지든가. 너도 필요 없다면 버리고.'

멋쩍은 얼굴로 자신이 신던 신발을 벗어 그에게 건네준 형.

밖으로 터져 나오는 울음을 안으로 삼키려 우현이 제 입을 손으로 틀어막았다. 형과 자신이 다르게 만났다면 이렇게까지 아프지 않아도 됐었을까. 자신이 정말 형과 같은 어머니에게서 태어난 동생이었다면 서로 이렇게 힘들지 않아도 됐었을까. 아버지가 아니었다면 자신들도 평범한 형제처럼 지낼 수 있었을까. 무뚝뚝한 형, 그 형을 따르던 동생이었던 자신. 잠깐이었지만 함께였던 그 순간들이 너무나 그리웠다.

급하게 눈물을 닦은 우현이 버스에서 내려 골목으로 천천히 발걸음을 옮겼다. 그런 우현이 멈춰 선 곳.

"형."

그곳에는 담배를 태우며 자신을 바라보고 있는 준서가, 형이 있었다.

제대로 대답도 하지 않던 준서의 뒤를 따라다니며 형이라고 불렀던 그때가 미치도록 그리웠다. 하지만 그것을 떠올리는 것도 오늘이 마지막 밤이 될 것이다.

얼마 전, 채원과 함께 장난스럽게 이야기 나누었던 신화 속 사랑이야기가 떠올랐다.

'내가 헤파이스토스라면 아레스인 형제는 내 사랑을 방해했다며 아파하겠지. 반대로 내가 아레스라면 헤파이스토스인 형제는 나 때문에 파괴된 사랑에 슬퍼하겠지.'

그래서 포기하려 했다. 차라리 내가 상처받는 쪽을 선택하려 했다. 하지만 그 말이 마치 입바른 말이었던 것처럼 현실에서는 그러지 못했다.

"할 말이 있어서 왔어."

자신은 지금, 사랑하는 형을 다시 한 번 아프게 하기 위해 이곳에 왔으니까.

준서가 담배를 끄고 마주 선 우현을 바라보았다. 또래보다 작은 아이였다. 개구쟁이였고, 매일 웃고 있었다. 우현의 존재가 어머니에게 상처가 되는 걸 알면서 그 웃는 모습에 형이라고 부르는 것을 허락했다. 그 한마디에 뛸 듯이 기뻐했던 어린 동생. 형, 어디 가. 형, 밥 먹자. 형, 나도 데려가. 형, 형, 형. 그때부터 우현은 형이라는 말을 달고 살았다. 마치 형이라고 원 없이 불러보고 싶었던 사람처럼. 듣기 싫은 말로 못되게 굴어도 늘 웃으며 자신을 따랐었다.

상처를 숨기려 오히려 더 해맑게 미소 짓는 모습 때문이었을까. 어머니가 당신의 몸을 내던져 우현을 구한 것은. 원망의 말을 내뱉으면서도 얼마 전 우현의 사고 소식에 온몸을 떨며 박 비서에게 전화를 건 것은.

지금 훌쩍 커버린 우현의 모습과 예전의 모습이 겹쳐 보였다.

"형, 나 형에게…… 상처 주려고 왔어."

제 앞에 멈춰 선 우현이 크게 숨을 들이켜더니 비장한 목소리로 입을 열었다.

"채원 씨를 사랑해."

준서의 시선 끝에 꽉 쥔 우현의 주먹이 떨리는 것이 보였다.

"이런 말 하는 내가 뻔뻔하고 밉겠지만…… 내가 형한테 이런 말 할 자격 없다는 거 알지만 그래도 사랑해."

고통스러운 표정으로 입술 안쪽을 깨물기도 했다.

"채원 씨 손을 잡는 걸 망설였어. 그래서 힘들게 했어. 나는 미숙하고 불안정해서 채원 씨한테 상처를 주는 사람일지 모르지만 그래도 손을 놓을 수가 없어. 미안해, 형."

준서는 아무 말 없이 우현을 응시했다. 고개를 푹 숙인 채 제 눈도 제대로 마주치지 못하는 우현을.

"믿지 않겠지만 언제나 형과 정말 형제처럼 지내고 싶다고 생각했어. 때로는 싸우기도 하고, 가끔은 술도 한잔하면서 사는 이야기도 나누는 그런 형제."

붉어진 우현의 눈동자가 빠르게 깜빡거렸다.

"형과 내가 같은 어머니에게서 태어난 형제이길 바랐어. 그래서 내가 형에게 상처 주는 존재가 아니었다면 하고. 진짜 형제, 진짜 가족이 되고 싶었어."

울음을 참는 우현의 목에 핏대가 섰다.

"그런데 그 모든 것들이 마치 가식이었다는 것처럼 또 형 가슴에 피멍이 들게 하려고 내 발로 여길 찾아왔어."

하지만 우현의 눈자위는 어느새 뜨겁게 부풀어 있었다.

"사랑해. 그 손 못 놓겠어. 많은 사람이 상처받아도, 하물며 내 사랑 때문에 채원 씨가 아파해도 못 놓겠어."

우현이 숨을 골랐다.

"형이…… 나를 평생 용서하지 않는다 해도 말이야."

초점 없이 깜빡이는 우현의 눈동자.

"미안해, 형. 정말 미안해."

푹 숙인 고개, 그리고 그 끝에서 떨어지는 눈물. 준서의 시선이 떨리는 우현의 어깨 끝, 주먹 끝에 닿았다. 내 못된 말들과 원망에도 넌 어째서 날 아직도 형이라고 부르는 걸까. 한 번쯤은 거센 말로 모든 게 내 잘못은 아니라고 소리칠 만도 한데. 이곳까지 와서 자신의 마음을 밝히는 넌 어쩌면 이렇게 정직한 걸까. 내게 굳이 말하지 않아도 채원의 손을 잡고 마음껏 사랑할 수 있을 텐데.

많은 이들에게 전해 들은 자신은 몰랐던 우현의 모습. 지금껏 알려고조차 하지 않았던 우현의 삶. 너만은 힘들었으면 좋겠다고, 너도 나처럼 불행했으면 좋겠다고 그렇게 생각하며 지내왔던 시간들.

'우현은 자기 등록금을 털고, 아르바이트로 돈을 벌어 준서 씨 어머니의 병원비를 충당한 겁니다.'

네 친구가 말한, 내 이런 마음을 다 알면서도 네가 견뎌온 시간들.

'우현이는 평생 비밀로 하고 싶어 했어요. 만약 준서 씨가 알게 된다면 상처받을 테니까요.'

날 가장 상처 줬던 네가, 사실은 누구보다 날 생각하고 있었다는 사실을 알게 되어.

"미안해, 형."

네 눈에서 흐르는 눈물이, 네 미안하다는 말이, 진심인 걸 알게 된 지금이. 아니, 사실은 전부 네 탓이 아님을 알고 있으면서, 너도 피해자임을 모른 척하려 했었던 사실을 인정해야 하는 지금이.

'우현 씨가 아니라면 난 그 누구의 손도 원치 않아요. 우현 씨를 사랑해요.'

채원의 그 목소리를, 그 울음 섞인 고백을 이제는 받아들여야 하는 지금이 너무 힘들다고.

"나한테 일일이 네 사랑에 대해 설명하지 않아도 돼. 네가 누구를 좋아하는지, 그 사람을 얼마나 사랑하는지."

하지만 더 이상 현실을 외면할 수는 없었다.

"그리고 그 사람이 널…… 얼마나 사랑하는지."

그러기에 채원이 받아야 할 상처가 너무 크니까. 채원을 지금처럼 계속 아프게 만들 수는 없으니까. 그리고 제 앞에서는 늘 9세 소년이 되어버리는, 평생 처음으로 자신이 원하는 것을 원한다고 말한 이 아이 역시도.

"네 마음대로 해. 그 사람과 사랑을 하든, 이별을 하든. 나와는…… 상관없으니까."

준서가 낮은 목소리로 읊조렸다.

"그러니 네가 하고 싶은 대로 해. 앞으로의 내 말, 행동, 내가 하는 일에, 그 어떤 의미 부여하지 말고."

우현이 천천히 고개를 들었다. 붉어진 눈동자가 준서를 정면으로 바라보았다.

"만약 형만 허락해준다면 난 형을 돕고 싶어. 채원 씨를 위해서, 그리고 형을 위해서."

형을 위해서. 그 한마디에 준서의 시야가 흐릿해졌다. 지금껏 외면했던 동생은 온몸을 부딪혀 자신에게 다가오고 있었다. 아니, 늘 자신의 가시에 찔리면서도 곁에 머물렀다.

"마음대로 해. 나와는…… 상관없으니까."

그 딱딱한 한마디에 우현의 얼굴에 놀라울 만큼 화사한 미소가 번졌다. 마치 9살 소년으로 돌아간 듯한 우현의 모습에 가슴속에서부터 알 수 없는 뭉클함이 차올랐다. 이 한마디가 뭐라고, 이토록 어린아이처럼 웃어 보이는 걸까. 차마 저 눈부신 미소를 바로 바라볼 수 없어 준서가 시선을 돌렸다.

그리고 그때 준서의 주머니 속에 있던 휴대폰이 울렸다. 아버지였다.

-아직 연락이 없는 걸 보면 내 제안은 거절했다고 생각해도 되는 게냐?

준서가 통화버튼을 누르자 거친 진철의 목소리가 휴대폰 너머로 들려왔다. 조용한 골목, 크게 울리는 그 소리에 우현이 미간을 찌푸렸다.

"그 제안, 받아들이겠습니다. 대신 우현이가 성남건설과 약혼을 할 수 있게 도와준다면 제가 원하는 대로 해주겠다는 그 말, 진심이신 거죠?"

준서와 우현의 시선이 엉켰다.

-그래. 네가 원하는 대로 해주마.

바로 들려오는 진철의 대답에 준서가 허탈하게 웃었다. 아버지가 이렇게 나오는 걸 보니 꽤나 초조한 모양이었다.

-어차피 네가 원하는 건…….

"제일산업의 부사장. 마루종합건축사무소 실장으로는 만족하지 못합니다."

준서의 말에 진철이 숨을 집어삼켰다. 생각지도 못한 조건에 당황한 모양이었다.

-넌 한채원을 원하는 게 아니었나?

준서가 잠시 숨을 골랐다. 혼란스러운 우현의 눈빛이 자신을 바라보고 있었다.

"우현이 성남건설과 혼인만 하게 된다면 제게 더 큰 부와 명예가 따라올 텐데 한채원이 그것보다 중요하다고 할 만큼 전 야망이 없지 않습니다."

준서의 말에 진철이 호탕하게 웃어 보였다.

"과거에는 미련 없습니다. 두 사람은 제가 갈라놓겠습니다. 그러니 그 전까지는 제 행동에 관여하지 말아주세요. 예전처럼 감시 따위 붙이지 마세요. 저에게도 그리고 그…… 두 사람에게도."

감시? 예전처럼? 입술을 열어 중얼거리던 우현의 눈빛에 불신이 드러났다.

-네가 이제 뭘 좀 배우는 모양이구나. 돈 앞에서는 사랑도 소용없지. 돈과 명예가 있다면 여자는 얼마든지 다시 만날 수 있어. 좋다, 네 자리를 마련해두마.

준서가 전화를 끊자 골목에는 고요함이 감돌았다.

"아버지가 형에게 그런 제안을 했어? 나와 채원 씨를 갈라놓으라고? 거기다 형하고 채원 씨의 관계를 알면서 그런 식으로 또 형을 이용하고…….
근데 형 어째서……."

우현의 눈동자에 혼란스러움이 들어찼다. 마음대로 하라는 말 때문에 형이 조금이나마 자신을 이해해줬다고 생각했다.

"내가 말했지. 앞으로의 내 말, 내가 하는 일에 그 어떤 의미도 부여하지 말라고."

우현이 천천히 고개를 끄덕였다. 아버지가 형에게 한 제안. 그 제안을 받아들인 형. 형은 채원을 얻는 대신 회사를 선택한다고 말했다. 그렇다면 설마…….

"형 혹시 일부러? 아버지의 제안을 받아들이는 척하면서 시선을 돌리려는……."

"내가 앞으로 무슨 일을 하더라도 상관하지 마. 넌 관계없는 사람이야."
퉁명스럽게 내뱉은 준서가 몸을 돌렸다.

"나는 내 할 일을 할 뿐이니 넌 네 할 일을 해."

"형을 믿어."
앞으로 걸어가던 준서의 발걸음이 우현의 목소리에 멈췄다.

"그러니 형이 뭐라고 해도 난 형을 도울 거야. 형의 말대로 난 내 일을 할게."

우현의 말에 대꾸도 없이 집으로 들어가 버린 준서의 표정을 볼 수는 없었다. 하지만 골목에 홀로 남아 서 있는 우현의 얼굴은 기쁨을 감추지 못했다. 그동안 멀기만 했던 형이 아주 조금은 가까워진 느낌. 형이 조금이나마 자신을 이해해준 느낌.

우현의 커다란 손이 제 얼굴을 쓸어내렸다. 손바닥에 저도 몰랐던 눈물 자국이 묻어났다.

"후아, 진짜. 너무 좋아 미치겠다."

너무 기뻐서, 벅차서 눈물이 흘렀다. 그렇게 한참이나 준서의 집 앞에서 우현은 뜨거운 눈물을 훔쳤다.

금요일 저녁, 우현은 퇴근 후 선예의 커피숍에서 성준과 머리를 맞대고 있었다. 그는 성준에게 며칠 전 자신의 엄마가 채원에게 보낸 사진을 보여줬다.

"엄마가 아버지 서재에서 찾은 서류들이래. 혹시나 해서 몰래 사진으로 남겨두셨다고 하더라고."

우현은 채원에게 그녀가 자신의 엄마와 만나 여러 가지 이야기를 나누었다는 소식을 들었다. 엄마가 아버지가 아닌 자신의 편이 되어주었다는 사실이 믿기지 않아 채원에게 여러 번 물어보았지만 그녀의 대답은 같았다.

'더 이상 우현 씨가 상처받는 거 그냥 보고만 있을 수는 없다고 하셨어요. 우현 씨는 어떻게 생각할지 모르지만 제가 본 어머님은 우현 씨를 정말 많이 사랑하고 계세요.'

채원의 말에 가슴이 뭉클해 말을 돌렸다. 바로 엄마에게 전화를 걸고 싶었지만 괜한 어리광을 부릴 것만 같아 생각을 접었다.

"이건 그냥 단순한 계약서, 시방서잖아."

사진을 가만히 들여다본 성준이 시큰둥하게 말했다.

"응. 시공 계약서, 물품 계약서, 계약 시방서 등등. 평범한 서류들이지."

하지만 우현의 말에 고개를 꺄우뚱하더니 이내 입꼬리를 올려 웃었다.

"요지는 회사 문서 보관함에 있어야 할 이 평범한 계약서가 왜 너희 아버지 서재에 있냐, 이거로군."

"그것도 열쇠로 잠겨 있는 곳에. 일단 박 비서님께 여쭤보려고. 그분은 알고 계실지도 모르지."

그때 딸랑, 하는 소리와 함께 커피숍 문이 열렸고 채원이 안으로 들어왔다. 그녀가 우현을 발견하더니 손을 흔들며 미소 지었다. 우현이 자리에서 벌떡 일어났다.

"하여간 팔불출, 그렇게 좋냐?"

"그렇게 좋다, 인마."

고개까지 흔들며 얄밉게 대답한 우현이 단숨에 채원에게로 걸어가 그녀의 손을 붙잡았다. 두 사람이 서로를 마주 보며 배시시 웃었다. 그저 손만 잡고 있을 뿐인데도 온몸으로 전해지는 온기에 미소가 걸렸다.

"저렇게 좋으면서."

두 사람을 가만히 바라보던 세연이 온화한 미소를 지었다.

"부러우면 누나도 연애해. 옆에 좋은 사람 놔두고 왜 사서 고생이야?"

세연과 함께 카운터를 보던 민혁이 턱으로 성준을 가리켰다.

"에? 야, 쟤랑 나는 남매야. 징그럽게. 못 하는 소리가 없어."

세연의 기도 안 찬다는 듯 크게 소리쳤다.

"객관적으로 성준이 형이 외모가 딸려, 스타일이 딸려. 거기다 분위기까지 죽이지. 형 막 대하는 사람은 누나뿐일걸? 커피숍 단골손님 중에 성준이 형 노리는 사람도 있어."

민혁의 말에 세연이 시선을 돌려 성준을 찾았다. 성준은 커피숍 안으로 무거운 박스를 들고 들어오는 선예에게 빠른 걸음으로 다가가 짐을 넘겨받았다.

"네가 뭘 몰라서 그러는데 성준이 여자들하고 잘 못 어울려. 관심도 없고. 말주변도 없어서 나 말고 다른 여자랑 가깝게 지내본 적도 없는……."

갑자기 들리는 커다란 웃음소리에 세연이 말을 멈추었다. 성준이 어쩐 일인지 박장대소했다. 그러더니 뭐라고 말을 하자 선예 또한 함박웃음을 지었다.

"왜 그렇게 멍해? 나 집으로 간다. 일 끝나고 조심히 들어가."

우현이 멍하니 서 있는 세연에게 인사를 건네고는 채원의 손을 붙잡고 커피숍을 나섰다. 어색하게 손을 흔들며 인사하는 세연의 얼굴은 왠지 모르게 혼란스러워 보였다.

커피숍을 나와 채원의 집으로 온 우현. 그는 앞치마를 두르고 부엌에서 바쁘게 움직이는 채원의 모습을 하염없이 바라보았다. 오랜만에 와보는 채원의 집은 그녀처럼 아늑하고 포근했다. 우현은 주체할 수 없는 기쁨에 양반다리를 하고 앉아 몸을 이리저리 흔들었다. 터져 나오는 웃음을 참을 수가 없었다.

"태양아, 누나 귀에는 자꾸 이상한 변태 웃음소리가 들리는데 너도 들리니?"

채원은 우현이 들으라는 듯 태양에게 장난스러운 말투로 이야기했다.

"태양아, 누나 예쁘지 않니? 앞으로 봐도 뒤로 봐도 예뻐. 앞치마는 왜 저렇게 잘 어울릴까?"

이번에는 우현이 채원이 들으라는 듯 태양에게 말했다. 하지만 태양은 실실 웃는 우현이 한심한지 크게 기지개를 켜더니 눈을 감았다.

"야, 너 내가 한심하냐? 너 은근히 형 무시한다? 야, 한태양!"

우현이 덩치 큰 태양의 몸을 흔들어 깨웠지만 태양은 요지부동이었다.

"그래, 차라리 잠을 자라, 잠을. 일어나지 마. 괜히 방해하지 말고."

그가 작게 중얼거리더니 채원의 곁으로 걸어왔다.

"한태양 군이 좀 도도한 줄 알아요? 마음에 들려면 아직도 한참 멀었어요."

"그럼 나 매일 와도 돼요? 태양이하고 가까워져야 나중에 채원 씨하고 결혼하고 살아도 미움 안 받지."

"어머나, 누가 자기하고 결혼한다고 했나?"

"어머나, 자기라니. 우리 자기는 얼굴도 예쁜데 말도 예쁘게 하네."

우현의 능청스러운 농담에 채원의 얼굴에 웃음이 번졌다. 고소한 밥 냄새, 구수한 찌개 냄새, 식탁에 가지런히 놓여 있는 밑반찬들. 그리고 앞치마를 두른 채원. 행복하다는 말 외에 더 좋은 표현을 찾고 싶지만 찾을 수가 없었다. 우현이 채원의 뒤에 서서 두 팔로 그녀의 허리를 감싸 안았다. 진한 채원의 샴푸 향기가 코끝에서 가까이 느껴졌다.

"간 좀 봐요."

채원이 보글보글 끓고 있는 된장찌개를 한 스푼 떠서 슬쩍 몸을 돌렸다. 여전히 그녀를 끌어안은 우현이 얼굴을 내밀어 찌개를 입안으로 가져갔다.

"어때요? 괜찮아요?"

"아, 매일 이러고 살았으면 좋겠다."

우현이 채원의 어깨에 얼굴을 묻었다.

"맛 어떠냐니까 딴소리야."

"이러고 살았으면 좋겠다니까 딴소리야."

우현이 채원의 말을 따라 하자 그녀가 웃음을 터뜨렸다.

"다 됐으니까 밥 먹어요."

고개를 끄덕인 우현이 다시 한 번 채원의 허리를 꽉 끌어안더니 그녀의 볼에 꾹 제 입술을 눌렀다.

쪽 소리가 나도록 뽀뽀를 한 그가 고개를 돌리자 채원의 얼굴이 수줍은 듯 조금 붉어져 있었다.

"우리 이러고 있으니까 정말 결혼한 것 같지 않아요?"

붉은 입술에서 흘러나오는 말에 잔잔하게 울리던 그의 심장이 널뛰기 시작했다. 제 품에 안겨 있는 말캉한 채원의 몸과 코끝에서 느껴지는 장미향이 더 진하게 느껴졌다. 자신이 말을 던져놓고 부끄러워 고개를 숙인 채원. 저 붉어진 볼이, 수줍게 빛나는 눈빛이 너무도 사랑스러웠다. 우현이 손을 뻗어 가스 불을 껐다. 보글보글 소리를 내며 끓던 찌개가 잠잠해지자 거실이 고요해졌다.

"우현 씨?"

갑자기 변해버린 공기의 흐름에 채원의 떨리는 목소리가 그를 부르며 뒤돌아섰다. 채원을 가만히 응시하던 그가 그녀의 입술에 살포시 입을 맞추었다. 그러고는 채원의 허리를 붙잡고 번쩍 들어 올려 그녀를 싱크대에 앉혔다. 우현을 내려다보게 된 채원. 하지만 당황할 새도 없이 우현이 그녀의 볼을 어루만졌다. 손끝에서 느껴지는 부드러움에 온몸이 떨려왔다. 그가 천천히 그녀에게 다가갔다.

"밥……."

우현의 입술 끝이 그녀의 입술 끝에 닿았다. 단지 며칠 떨어져 있었을 뿐인데, 몇백 년은 떨어져 있었던 것처럼 채원은 꿈만 같았다.

"나중에요."

채원의 목을 쓰다듬는 우현의 손에 바짝 힘이 들어갔다. 그의 입술이 다급하게 채원을 찾았다.

"지금은…… 이게 더 급하니까."

자꾸만 키스를 조르는 우현 때문에 저녁 식사 시간이 한참 늦어진 두 사람.

"설거지는 내가 할 테니까 놔둬요. 일단 여기 앉아요."

커피를 쟁반에 담아 온 채원이 고개를 갸우뚱하며 우현의 앞에 자리를 잡고 앉았다. 그의 커다란 손이 그녀의 어깨 위에 올라섰다.

"맛있는 저녁 해주느라 고생했으니까 마사지해줄게요."

그의 손이 그녀의 어깨에 뭉친 근육들을 어루만졌다.

"우현 씨, 커피 마시면서……. 아얏."

자신의 손에 걸린 머리카락 때문에 채원이 아픔을 호소하자 그가 주위를 두리번거리더니 테이블 위에 있던 머리끈을 집어 들었다. 그의 부드러운 손이 그녀의 머리카락을 한 올 한 올 정성스럽게 엮어갔다.

"여자 머리 묶어주는 건 누구한테 배웠어요?"

"예전에 머리가 긴 여자친구가……."

순간 아차 싶은 우현이 멈칫하더니 헛기침을 했다.

"있어 보는 게 소원이었어요. 여자친구 머리 묶어주고 싶어서 내가 얼마나 연습을 했던지."

"아하, 그러셨구나."

채원이 휙, 몸을 돌리더니 눈을 가늘게 떠 우현을 째려보았다.

"세, 세연이요. 세연이 머리를 제가 많이 묶어줬었죠. 근데 걔는 머리카락이 영 뻣뻣해서."

"됐거든요?"

그녀가 입을 삐죽거리더니 그의 손에 들린 머리끈을 빼앗았다.

"지금 질투하는 거예요?"

"질투는 무슨. 저 그런 거 모르는 여자거든요? 착각도 자유지."

채원이 테이블에 놓인 커피 잔을 집어 들었다. 투덜거리는 채원이 귀여워 우현이 그녀의 볼에 쪽, 하고 뽀뽀했다.

"왜 이래요? 뭐, 찔리는 거 있나?"

이번에는 그의 입술이 그녀의 입술에 닿았다. 그러자 그녀가 못 말린다는 듯 웃었다.

"나한테 한채원 말고 과거가 어디 있어요."

"손수건 준 첫사랑은?"

"아, 저녁을 너무 많이 먹었나."

"이탈리아에서 집에도 왔다는 여자친구는?"

"태양아, 너도 커피 마실래?"

"우현 씨, 진짜."

채원이 우현의 손을 덥석 붙잡았다. 하지만 하필이면 커피 잔을 들고 있던 손을 붙잡아 잔에 있던 커피가 밖으로 쏟아졌다.

"우현 씨, 미안해요. 괜찮아요?"

채원이 다급하게 테이블 위에 있던 휴지를 들어 그의 옷에 묻은 커피를 닦아냈지만 이미 옷으로 스며든 커피는 얼룩을 만들어냈다.

"벗어요. 빨아 줄게요. 얼룩지면 안 되잖아요."

"그래도 바지인데……."

우현의 말에 순간 상황을 알아차린 채원은 민망한 듯 헛기침을 하더니 자리에서 일어났다. 방으로 들어간 그녀가 남자 반바지와 셔츠를 가지고 나왔다. 지난번에 없었던 남자 옷을 발견한 그가 미간을 잔뜩 찌푸렸다.

"남자 바지가 집에 있어요? 왜? 나 말고 여기 오는 사람 있나?"

"지난번에 우현 씨 우리 집에 왔다가 옷이 없어서 병원복 다시 입고 갔잖아요. 그래서 혹시 몰라서 비상용으로……. 음음, 태양아 간식 줄까?"

부끄러워 괜히 말을 돌리는 채원의 모습에 우현은 웃음을 감추지 못했다. 자신이 사랑하는 저 여자는 한없이 도도했다가도 또 한없이 소녀처럼 사랑스럽기도 하다. 한 사람을 이토록 사랑스럽다고 느낄 수 있을까. 생각하고 바라보는 것만으로도 온몸이 간질거려 참을 수 없을 정도였다.

"채원 씨, 나 아침에 여자친구가 타주는 커피 마시면서 잠 깨는 게 소원이었는데. 채원 씨가 지난번에 말하지 않았어요? 내 소원 들어준다고."

"소원도 참 소박하네요."

채원이 괜히 손으로 제 목을 쓰다듬었다.

"씻어요. 칫솔 꺼내 줄게요. 그 정도 소원 못 들어주겠어요?"

앗싸, 라고 외친 우현이 싱글벙글 웃으며 옷을 들고 욕실로 걸어갔다.

"채원 씨, 손만 잡고 잘게요! 약속해요!"

큰 소리로 외친 우현. 하지만 등 뒤에서 들려오는 작은 목소리에 몸을 움찔댔다.

"초등학생인가? 손만 잡고 자게."

채원의 폭탄발언에 우현은 거실을 왔다 갔다 부산하게 움직였다. 그녀의 한마디에 후끈 달아오른 열기는 샤워를 하고 나서도 전혀 사라지지 않았다.

"침착하자. 지금 네게 필요한 건 평정심이야. 큰 의미가 없는 말일 수도 있어."

빠르게 움직이던 다리가 멈춰 섰다.

"아니지. 초등학생인가? 손만 잡고 자게. 이게 어떻게 큰 의미가 없는 말이야. 큰 의미가 있지."

우현이 욕실로 시선을 돌렸다. 안에서는 채원이 샤워를 하고 있었다. 거실에 울려 퍼지는 물소리를 의식하지 않기 위해 애썼지만 불가능했다. 머릿속에는 오만 가지 상상이 떠올랐다. 크게 심호흡을 한 우현이 고개를 돌리자 태양이 자신을 바라보고 있었다.

"뭐, 뭐? 나 이상한 상상 안 했다. 오해하지 마."

괜히 찔리는지 저 혼자 말을 더듬던 우현이 태양에게 걸어가 목덜미를 쓰다듬었다.

"한태양, 남자 대 남자로 하나만 부탁하자. 오늘은 그냥 짖지 말고 조용히 잠들어주면 안 될까? 너 매일 밤 누나랑 같이 잔다면서. 오늘은……."

멍!

"알아, 알아. 그러니까 내가 이렇게 부탁하잖아. 형 막 이렇게 어디 가서 부탁하고 그러는 사람 아니야. 오늘만 좀 봐줘라. 응?"

물끄러미 우현을 바라보던 태양은 크게 기지개를 켜더니 우아하게 몸을 돌려 방석에 자리를 잡고 누웠다. 허락의 의미임을 깨달은 그가 소리 없는 예스를 외쳤다.

"아, 요즘 운동을 안 했더니 몸이……."

제 팔뚝과 가슴을 만져보던 우현이 갑자기 거실에 엎드리더니 팔굽혀펴기를 시작했다. 숫자를 세며 운동을 하던 그가 물소리가 멈추자 벌떡 일어났다. 침을 꿀꺽, 넘기는 소리가 선명하게 들렸다.

"냉정하고 차분하게 행동해야 해."

우현이 욕실을 바라보며 혼자 중얼거렸다. 끼익, 욕실 문이 열리고 순식간에 매혹적인 장미향이 그를 덮쳤다.

"연하 티를 내면 안 된다고. 침착해."

우현이 주문처럼 작게 중얼거렸다. 욕실 문 밖으로 빠끔히 고개를 내민 채원이 그를 바라보고 있었다.

"나는 짐승이 아니다. 나는 짐승이 아니다."

화장을 지운 채원의 피부는 투명하리만큼 뽀얀 색을 자랑했다. 립스틱을 바르지 않아도 붉은 입술은 긴장한 듯 굳게 닫혀 있었다. 젖은 머리카락에 매달려 있던 물방울이 하얀 목덜미로 떨어져 그녀의 몸을 타고 흘러내렸다. 민소매 셔츠와 반바지 밖으로 시원하게 뻗어 있는 가느다란 팔과 다리는 그의 시선을 붙잡았다. 그를 자극하는 아름다운 모습에 정신을 차릴 수가 없었다.

서로를 향한 뜨거운 시선, 열기 가득 찬 공기. 그리고 갑자기 찾아온 어색함.

"아, 그…… 아직 이른 시간인데 영화라도 볼까요?"

심장을 간질거리는 저 수줍은 목소리도, 제 입으로 대범한 말을 내뱉어놓고는 금세 부끄러워하는 모습도 사랑스러웠다. 그래서 견딜 수가 없었다. 참을 수가 없었다.

채원이 얼빠진 표정으로 서 있는 우현의 곁으로 다가와 그를 걱정스럽게 바라보았다.

"우현 씨, 괜찮아요? 얼굴이 붉은데 어디 아픈 건…….."

그녀의 손끝이 그의 얼굴에 닿았다. 짐승이 아니다. 아니다. 아니, 나는…… 짐승이다.

탁, 우현이 제 얼굴에 닿은 채원의 손목을 붙잡고는 허리를 낚아 채 가까이 끌어당겼다. 서로의 몸이 닿았고, 코끝이 닿았고, 그리고 숨결이 닿았다. 누가 먼저라고 할 것 없이 뜨거운 호흡이 서로의 안으로 스며들었다. 채원의 허리를 끌어안은 우현의 팔에 힘이 들어갔다. 우현의 목을 감싼 채원이 더 강하게 그를 옭아맸다. 잠깐의 틈도 주지 않고 밀어붙이는 그의 열기에 채원이 숨을 헐떡거렸다. 하지만 우현은 봐주지 않았다. 오히려 채원을 붙잡은 팔에 더 힘을 주고 그녀를 끌어당길 뿐이었다. 놓치고 싶지 않다고. 이렇게 평생 당신만 끌어안고 살고 싶다고. 사랑한다고. 아니, 사랑한다는 말보다 더 멋진 말을 하고 싶었다. 지금 이 뜨거운 마음을 표현할 더 좋은 말을 찾고 싶었다. 하지만 지금은 그런 생각을 할 여유조차 그에게는 없었다.

닿았던 입술이 잠시 떨어지면 다시 몰아붙였고, 자신의 목에 팔을 두른 채원의 힘이 약해지면 더 세게 붙잡았다. 채원에게 키스를 하며 점점 뒷걸음질 친 우현이 발로 그녀의 방문을 걸어찼다. 그 소리에 깜짝 놀란 채원이 뒤를 돌아 방 한쪽에 놓인 침대를 바라보았다.

"설마 채원 씨…… 내 손만 잡고 자지 않을 거죠?"

탁한 우현의 목소리가 채원의 귓가를 자극했다. 그의 시선이 자신의 키스로 금세 부풀어 오른 농염한 그녀의 입술에 닿았다.

"미리 말하지만 나는 오늘 밤 채원 씨 손만 잡고 잘 생각 없어요."

침대를 힐끗 쳐다본 그녀가 그의 목에 둘렀던 팔을 풀고는 손을 붙잡았다. 그러고는 천천히 그를 이끌고 침대에 앉았다. 마른 입술을 축여가며 시선을 내리깐 채원. 가늘고 긴 속눈썹이 파르르 떨리는 게 보였다. 하얀 목덜미가 수줍음에 붉어진 모습에 우현의 심장이 쿵 하고 내려앉았다.

"손만 잡고 자는 건 나도…… 싫어요."

저 수줍은 미소에 사람 환장할 거 같았다. 폭발할 것만 같은 열기를 참지 못한 우현이 채원의 입술에 격렬하게 키스했다. 그 힘을 이기지 못한 그녀가 침대 위로 쓰러졌다. 긴 머리가 파도처럼 흩어졌고, 말아 올라간 셔츠 아래로 하얀 배가 드러났다. 우현의 긴 손가락이 그녀의 부드러운 머리카락을 돌돌 말아 제 입술로 가져갔다. 마치 머리카락 한 올에도 감각이 살아 있다는 듯 채원이 몸을 떨었다. 방금 전까지도 장난스럽게 빛나던 우현의 눈빛이 탁하게 변하자 묘한 쾌감이 그녀를 들뜨게 했다.

너무 느리다 싶을 정도로 천천히 다가온 우현이 순식간에 채원의 입술을 그대로 삼켜버렸다. 데일 듯 뜨거운 혀가 붉은 입술을 열고 강렬히 그 안을 헤집기 시작했다. 잠깐의 쉴 틈도 없이 몰아붙이는 키스에 채원의 입에서 낮은 신음이 흘러나왔다.

"우현 씨, 조금…… 만 천천히……."

하지만 그는 대답 대신 그녀의 아랫입술을 강하게 빨아 당겼다. 감전이라도 된 듯한 짜릿함에 그녀가 몸을 부르르 떨었다. 우현은 심한 갈증이라도 나는 듯, 그녀의 입술이 그 목마름을 해결해주는 유일한 것인 듯, 격정적으로 그녀를 탐했다. 채원의 입술 위를 지분거리던 우현의 입술이 날렵한 턱선을 따라 올라가더니 귓불에 닿았다. 순간 그녀의 몸이 움찔 떨리며 허리가 들썩거렸다. 그 모습에 장난기 가득한 미소를 지은 우현이 자신의 붉은 혀로 그녀의 귓속을 휘저었다. 귓불을 잘근잘근 깨물다가, 안으로 뜨거운 숨을 불어넣기도 했다. 채원이 온몸을 비비 꼬며 격하게 움직였다.

"앗…… 그만……."

"미안해요. 내가 여유가 없어서."

평소 우현답지 않은 탁한 음성이 귓가를 자극하자 발가락 끝까지 전율이 느껴졌다. 농염한 그의 눈빛에 온몸이 타들어갈 것만 같았다. 뜨거운 혀가 그녀의 몸 구석구석에 닿았고, 부드러운 손은 입술의 흔적을 따라 격하게 움직였다.

"우현 씨……."

두 사람의 입에서 쏟아져 나오는 뜨거운 호흡이 좁은 방 안을 열기로 가득 채웠다. 제 셔츠를 벗어 던진 우현이 채원을 끌어안았다. 가녀린 손가락이 그의 등을 천천히 쓸어내리자 온몸이 긴장감에 팽팽해졌다. 그의 반응에 용기를 얻은 그녀가 몸을 일으켰다. 순식간에 그와 그녀의 자세가 바뀌었다.

"채……."

"쉬……."

우현의 배 위에 걸터앉은 채원이 그의 가슴에 손바닥을 올려놓았다. 작은 손이 유려하게 뻗은 그의 몸을 스쳐 지나갔다. 뜨거운 입술이 그의 귓불에서 남자다운 목줄기를 따라 내려오더니 목덜미를 강하게 빨았다. 우현이 흘러나오는 신음을 억지로 참는 듯 입술을 깨물었다. 더 이상 참지 못하겠다는 듯 우현이 그녀의 손을 강하게 잡아끌었다. 그의 손길이 지나갈 때마다 그녀를 감싸고 있던 옷가지들이 사라졌다. 열기를 가득 띤 채원의 눈동자. 손끝에서 느껴지는 말캉한 부드러움. 후각을 자극하는 아찔한 살내음. 그의 손길이 다급해질수록 채원의 입에서 터져 나오는 섹시한 소리. 한시도 떨어지고 싶지 않은 입술의 촉촉한 감촉. 존재 자체만으로도 오감 전체를 자극하는 여인을 향해 우현이 거칠게 파고들었다. 두 사람 사이로 폭풍이 맹렬하게 몰아쳤다.

방 안으로 가득 들어오는 햇살에 우현이 감은 눈을 찡그렸다. 잠결에 느꺼지는 포근한 공기와 코끝에 맴도는 진한 장미향. 그가 힘겹게 눈꺼풀을 밀어 올렸다. 고른 숨소리에 고개를 돌려 옆을 바라보니 채원은 깊게 잠들어 있었다. 방이 조금 썰렁한지 이불을 칭칭 감고 베개 속에 얼굴을 묻고 있는 모습이 사랑스러웠다.

우현이 슬쩍 몸을 돌려 잠든 채원의 옆모습을 바라보았다. 감긴 눈 밑에 그림자를 드리운 긴 속눈썹, 하얀 볼, 옅은 숨을 내뱉는 입술. 이불 사이로 드러난 여린 어깨가 예뻤다. 이렇게 바라보고 있는 것만으로도 가슴속에 행복이 차올라 입가에 웃음이 절로 걸렸다.

어젯밤 긴 속눈썹이 깜빡이며 농염한 눈빛이 자신을 똑바로 바라보았다. 하얀 볼은 평소와 달리 붉어진 채 반짝거렸고, 굳게 닫힌 입술 사이로 뜨거운 숨결을 내뱉으며 자신에게 매달렸다. 그 기쁨에 이성을 놓고 몇 번이고 채원에게 달려들었다. 자신의 귓가에 사랑한다고 속삭이는 채원의 목소리에 정신을 차릴 수가 없었다. 그녀가 지쳤다는 사실을 알고 있으면서도 멈출 수가 없었다. 그야말로 짐승이 따로 없었다.

"미안해요. 힘들게 해서."

우현이 손을 뻗어 그녀의 볼 위에 흘러진 머리카락을 쓸어 넘겨주었다. 그 손길에 기분이 좋은 듯 그녀가 미소 지었다. 자신의 여자였다. 최우현의 여자였다. 그 사실이 견딜 수 없이 기뻤다. 여기저기 큰 소리로 외치고 싶을 정도였다. 아직 잠들어 있는 채원의 볼에 쪽 하고 키스를 한 우현이 욕실로 들어가기 위해 밖으로 나왔다.

"이봐, 한태양. 너, 인마. 남자더라. 약속 지켰어. 이제 형하고 사이좋게 지내는 거지?"

우현의 손길이 좋은지 태양이 그에게 제 몸을 비비며 애교를 떨었다. 욕실로 들어가 샤워를 마친 그가 젖은 몸을 닦고 옷을 입었다. 무심코 고개를 돌린 우현. 채원의 칫솔 옆에 나란히 걸려 있는 제 칫솔이 귀여웠다.

"꼭 결혼한 것 같다."

상상만으로도 기쁨을 주체할 수 없어 실실 웃음이 흘러나왔다. 결혼이라니, 결혼이라니. 신랑 최우현, 신부 한채원. 이 얼마나 달콤한 단어란 말인가. 매일 아침 채원과 함께 눈을 뜨고, 마주 앉아 밥을 먹고. 퇴근 후에는 하루의 일과를 나누고. 주말에는 두 손을 꼭 붙잡고 태양과 산책을 하고. 그리고 밤에는…… 순간 온몸을 덮쳐오는 열기에 우현이 고개를 저었다.

"최우현, 짐승이 따로 없네. 고삐 풀린 망아지도 아니고 적당히……."

욕실을 나와 방문을 연 우현이 순간 말을 멈추었다. 그의 눈에 이불을 거둬낸 채 속옷만 입고 있는 채원이 보였다.

"왜, 왜 벌써 왔어요!"

셔츠를 입지 않은 우현의 드러난 상체에 채원의 시선이 방황했다.

"지금 유혹하는 거예요?"

그의 말에 채원이 이불을 끌어당겨 안으로 숨어버렸다. 그 모습에 우현이 큰 소리로 웃음을 터뜨렸다.

"웃지 마요. 자기만 옷 다 입고."

이불 안에서 꽉 막힌 목소리가 흘러나왔다.

"그럼 나도 다시 벗을까요?"

"벗지 마요, 벗지 마요!"

귀여웠다. 사랑스러웠다. 얼굴을 붉히는 저 모습도, 어젯밤 몇 번이나 자신에게 안겼으면서도 드러난 상체에 수줍어 얼굴도 마주 보지 못하는 모습도.

"내가 원래 짐승인 건 인정하지만 채원 씨에게도 책임이 있는 거 알아요? 나 겨우 샤워하고 마음 안정시키고 왔는데. 어째 다시 더워지네요."

"샤, 샤워를 한 번 더 하면……."

"더 좋은 방법이 있는데. 채원 씨가 조금만 도와주면 돼요."

느릿한 말투와 달리 강한 힘이 채원을 둘러싸고 있는 이불을 힘주어 잡고는 확, 거둬냈다. 우현에게 다시 팔목을 내어준 그녀는 원망의 눈길로 그를 바라보았다.

"커, 커피요! 여자친구가 아침에 타주는 커피 마시는 게 소원이라면서요. 나 커피 엄청 잘 타는데."

"빈속에 커피 마시면 속 쓰려요."

우현이 채원의 목덜미에 입술을 갖다 대며 얼굴을 묻었다.

"어젯밤에 많이……."

"어제는 어제. 오늘은 오늘의 목표량이 있는 거라고요."

단호한 우현의 말에 채원의 얼굴은 울상이 되었다. 그가 고개를 들어 그녀의 입술에 농밀한 키스를 건넸다. 어젯밤과 같이 숨 막힐 듯 달려드는 키스에 채원은 차릴 수 없었다. 겨우 숨을 쉴 수 있게 된 그녀가 억울하다는 듯 큰 소리로 외쳤다.

"정말! 짐승남 최우현! 내가 늑대를 집에 들였어!"

2. 반격 준비

똑똑. 월요일 아침, 제법 이른 시간임에도 마루종합건축사무소 실장실에 누군가 찾아왔다.

"들어오세요."

안에 있던 박 비서가 기다렸다는 듯 자리에서 일어났다. 실장실 문을 빠끔히 열고 안으로 들어온 남자, 우현이었다.

"잘 지내셨어요?"

"네, 덕분에요. 오랜만에 뵙네요. 앉으세요."

박 비서가 온화한 미소로 우현을 바라보았다. 우현과는 지난번 이 실장실에서 준서, 우현, 채원과의 믿을 수 없는 관계를 듣고 난 그날 이후 처음이었다.

"형은 제일산업으로 출근한 건가요? 박 비서님은요?"

"실장님이 계시지 않을 때 자리를 비워둘 수는 없으니까요. 아직 마루종합건축사무소에서 최준서 실장님을 대신할 사람이 지명되지도 않았고요."

"형이…… 힘들겠어요. 두 가지 일을 병행해야 하니까."

우현의 걱정스러운 목소리에 박 비서가 미소 지었다.

"큰도련님하고는 말씀 잘 나누셨습니까?"

박 비서의 말에 우현이 어색한 손길로 제 목을 쓰다듬으며 웃었다. 그 미소가 아이처럼 천진난만해 박 비서도 따라 웃을 수밖에 없었다.

"일은 어떻게 하고 여기 오신 겁니까?"

"담당 교수님께 양해를 구했어요. 당분간은 형을 돕는 데 집중할 수 있을 것 같아요. 아, 이거요. 오늘은 이것 때문에 왔어요."

우현이 휴대폰을 꺼내 그 안에 담긴 사진을 보여주었다.

"이건 제일산업의 계약서 아닙니까? 이걸 어떻게 가지고 계시나요?"

"운 좋게 얻었어요. 혹시 여기에 명시되어 있는 건물의 설계도나 건물 구조 같은 것을 좀 볼 수 있을 까요? 마음에 걸리는 게 있어서요."

"그 건물이라면 마루종합건축사무소에서 실내 공사를 맡았던 곳입니다. 사무실에 있을 겁니다."

박 비서가 준서의 자리에서 컴퓨터를 뒤져 서류를 찾기 시작했다.

"여기 있습니다."

박 비서의 말에 우현이 자리를 옮겨 준서의 자리에 앉았다. 계약서와 함께 한참 동안 자료를 살펴보던 우현의 얼굴이 점점 굳어져갔다.

"왜 그러십니까?"

"제가 사업에 대해서는 잘 모르지만 고고학과 함께 건축공부도 겸했습니다. 아버지의 조건이었거든요."

우현의 떨리는 눈빛이 박 비서를 바라보았다.

"단도직입적으로 말하면 설계도면과 서류들을 비교했을 때 여기에 명시된 물품만으로는 이 5층짜리 건물을 짓기 힘들어요. 제가 갖고 있는 계약서, 시방서 등과 이 설계도면은 전혀 맞지가 않아요."

박 비서의 얼굴 역시 딱딱하게 굳어버렸다.

"시방서는 설계도면에 기재할 수 없는 것들을 적는 문서 같은 것을 말해요. 공사에 필요한 재료의 종류, 품질, 치수, 시공방법, 제품 납기 등을 표시

한 거예요.”

“네, 알고 있습니다.”

“공사 때는 설계도면보다 계약 시방서를 우선시해서 시공할 정도로 중요하죠. 이거요.”

우현이 박 비서에게 자신의 폰에 있는 사진을 보여주었다.

“한마디로 지금 이 계약서로 건물을 짓는다면 아마 이 건물에는 철근이 제대로 들어가 있지 않을 겁니다.”

박 비서가 설계도면과 우현의 가져온 서류를 번갈아가며 바라보았다.

“이 서류들, 아버지의 서재에서 찾은 계약서입니다.”

“하지만 계약서는 회사에 있을 텐데요. 누가 회사의 사업 계약서를 개인의 집안 서재에…….”

순간 박 비서가 미간을 잔뜩 찌푸렸다.

“네, 이 공사가 무리 없이 진행되었다면 분명 회사에 있는 건 허울뿐인 계약서겠죠. 회사에 있는 계약서대로라면 지금 보여주신 이 설계도면대로 진행되었을 겁니다. 하지만 그렇지 않은 것 같네요.”

우현의 얼굴이 심각하게 보냈다.

“아버지 서재에 있던 것이 실제 공사에 쓰인 서류들일 가능성이 높아요. 한마디로 제일산업에 있는 계약서는 가짜로 만들어놓은 거라, 이 말이죠.”

“그렇다면…….”

“만약 제가 보여드린 서류들을 토대로 공사가 이루어졌다면 분명 다른 설계도면도 존재할 겁니다. 아마도 아버지는……. 정당하지 못한 방법으로 불법 공사를 하고 있는 것 같습니다.”

“그럼 그 진짜를 찾는 게 먼저겠네요.”

“박 비서님, 저는 회사 일에 대해 잘 모르지만 그래도 제 능력이 닿는 한 형의 편에 서고 싶어요. 그런데 어떻게 해야 형에게 실질적으로 도움이 될지 모르겠어요.”

"작은도련님이 큰사모님의 병원비를 위해 애쓴 거, 큰도련님이 알고 계십니다."

박 비서의 말에 우현이 놀라움을 감추지 못했다.

"큰도련님이 최 사장님의 말에 따른 건 큰사모님의 병원비 때문입니다."

우현이 기가 막혀 고개를 저었다. 형이 왜 약혼을 거절하지 않고 허락했는지 궁금했었다. 하지만 그게 아버지의 비열한 제안 때문이었다니.

"하지만 작은도련님의 노력을 알게 된 후, 더 이상 그럴 필요가 없어진 거죠. 작은도련님이 묵묵히 노력하신 결과입니다."

"형이 상처를 받았겠네요. 아버지 때문에. 거기다……."

우현의 입에서 차마 나오지 못한 채원의 이름. 하지만 그 마음을 다 안다는 듯 박 비서가 미소를 지었다.

"걱정 마세요. 잘 이겨내고 계십니다. 실장님은 작은도련님이 생각하는 것보다 훨씬 더 강한 분이십니다."

그 말에 동의한 다는 듯 우현이 고개를 끄덕였다.

"실장님께 도움이 줄 수 있는 방법을 찾으신다면……. 최진철 사장님께서 작은도련님 이름으로 주식을 확보해두었습니다."

"뜬금없이 주식이라니요?"

"목적은 저도 잘 모릅니다. 단지, 주식의 양이 적지 않다는 건 사실입니다. 대략 5개월 전의 일입니다. 아마도 성남건설과의 약혼 관련해 이동이 된 것이 아닐까 추측해봅니다."

우현의 입가에 쓸쓸한 미소가 걸렸다.

"형도 알고 있나요?"

"물론입니다. 제일산업 이사들 중에는 사장님에게 불만을 품고 있는 사람들이 제법 많이 있습니다. 실장님은 그분들을 자신의 편으로 만들고자 하십니다."

우현이 박 비서 쪽으로 상체를 기울였다.

"그러니까 그분들이 형을 도울 수 있게 형에게 날개를 달아줘라, 이 말씀이로군요. 주식을 이용해서."

"이해가 빠르셔서 저도 기쁩니다."

"박 비서님, 전 경영도 사업도 주식도 잘 모릅니다. 관심도 없고요. 하지만 제가 가지고 있는 것들이 형을 도울 수 있다면 기쁘게 관심을 갖겠습니다."

반짝이는 눈동자가 박 비서를 바라보았다.

"제가 가진 것들이 어떤 무기가 될 수 있는지 가르쳐주세요. 그리고……."

형은 제일산업으로 들어가 안에서 무언가를 찾을 생각이 분명했다. 형이 아버지의 의심 없이 계획했던 일을 할 수 있도록 도와야 했다. 그리고 자신은 제일산업 밖에서 할 수 있는 일을 찾아야 했다. 가만히 생각에 잠겨 있던 우현이 입을 열었다.

"성남건설 회장님의 개인 번호 좀 알아봐주세요. 한 번은 만나야 할 것 같네요."

월요일 오전 9시, 제일산업 대회의실.

진철은 불만이 가득한 표정으로 의자에 몸을 깊게 기대앉아 회의실 안에 있는 사람들을 하나하나 훑어보았다. 지금 이 안에 있는 사람들은 진철의 측근이었다.

"일들 이따위로 할 겁니까? 상반기 실적이 고작 이 정도라니. 대체 뭐 하고 있었던 겁니까?"

진철의 거센 호통에 사람들은 흠칫 놀라며 잔뜩 긴장한 얼굴을 내보였다.

"하지만 사장님, 건축자재 원가 절감도 더 이상은 무리입니다. 거기다 지금 짓고 있는 백화점은 본래 5층으로 허락받은 건물인데 6층으로 지으려고 하니……."

"그 점은 이미 해결됐습니다. 구청장과 서울시청 담당 공무원들에게 허가 받았습니다."

그 말인즉, 이미 뇌물 거래가 이루어졌다는 말이었다.

"허가를 받았다고 하더라도 예산에 문제가 생깁니다. 예정보다 건물의 층수가 늘어나니 건축 자재 예산이 부족합니다."

"거기다 기관에 제출한 허가도면과 지금 실제 공사에 쓰이는 시공도면도 너무 다릅니다. 이래서는…….'

여기저기서 나오는 불만에 진철이 주먹으로 책상을 쾅, 하고 내리쳤다. 그 소리에 사람들이 한순간에 입을 닫았다.

"장사 하루 이틀 합니까? 지금까지처럼 일을 진행하면 되는 거지. 적자가 나기 전에 다른 것으로라도 채워야 하는 거 아닙니까?"

그의 날카로운 시선에 사람들은 어깨를 주춤했다.

"자재를 빼먹고 부실공사로 건물을 짓겠다는 것도 아니고. 갑자기 이렇게 나오는 이유가 궁금한데."

진철이 손가락 끝으로 책상을 톡톡, 내리쳤다. 그 소리에 긴장한 사람들이 침을 꿀꺽 삼켰다.

"사, 사장님. 무슨 그런 말씀을. 그저 저희는 요즘 뉴스에서도 건축회사의 불법시공이니 말들이 많아서……. 혹, 그게 우려가 되어…….'

"그래서 우리가 지금 불법시공을 저지르고 있다, 이 말입니까? 분명 우리가 만든 서류는 완벽한데 말입니다. 그런 걸 우려하는 게 더 이상하군요."

진철이 자리에서 일어났다.

"이번 일 잘 마무리 지으세요. 그래야 다음 분기에 맡게 되는 성남건설의 시공, 성공적으로 진행하지 않겠습니까?"

그가 몸을 돌려 회의실 나갔다. 쿵, 하는 소리와 함께 문이 닫히고 안에 있던 사람들은 한숨을 내쉬었다. 숨이 막힐 듯한 공기가 지나가자 사람들은 저마다 거친 목소리를 냈다.

"최 사장이 이번에 건물 골조 공사를 맡은 하청업체 우일건설 쪽에 원가는 싸지만 시멘트 함량이 부족한 콘크리트를 제안했다고 합니다."

"우일건설 쪽에서 자기들은 그런 자재로는 건물 못 짓겠다고 하니까 최 사장이 바로 계약을 해지해버리지 않았습니까. 해도 해도 정도가 심해요."

진철이 없는 자리에 사람들의 불만이 대신 들어찼다.

"성남건설의 시공은 이미 계약이 확정된 겁니까?"

"최 사장 아들과 성남건설 딸의 약혼 이야기가 오고 간답니다. 곧 한식구가 될 테니 계약이야 따 놓은 당상이겠죠."

"앞으로 최 사장 콧대만 더 높아지게 생겼습니다. 처음에는 이 정도까지는 아니었는데. 우리가 잘못된 곳에 발을 담근 게 아닌가 싶습니다."

몇몇 사람들이 은밀한 시선을 주고받았다.

"우리도 이제부터 살 방법을 찾아야 할 것 같습니다. 문제가 생기기라도 하면 우리 다 끝장입니다."

같은 시각, 깔끔한 정장을 차려입은 준서가 제일산업 건물 안으로 들어섰다. 자신에게 마련된 사무실로 들어선 준서가 창 가까이 서서 밖을 바라보았다.

"부사장 이야기 꺼낸 지 이틀 만에 다시 사무실이 생기다니. 놀라운 일이로군."

제일산업 이사로 일을 하던 그는 단 이틀 만에 제일산업에서 쫓겨나다시피 했다. 명목은 마루종합건축사무실을 성장시키기 위함이었지만 그게 다가 아니라는 것쯤은 그도 알고 있었다.

마루종합건축사무소에 근무한 이후, 3년 만의 첫 출근이었다. 이곳에 다시 돌아온 목적을 달성하기 위해서는 우선 성남건설과 연관된 일부터 조사해야 했다. 준서가 몸을 돌려 사무실을 나섰다.

"안에 계십니까?"

그의 발걸음이 제일산업 7층에 위치한 사장실에 닿았다.

"지금 회의로 잠시 자리를 비우셨습니다. 안에서 기다리시면 됩니다."

비서의 대답에 준서가 쓴웃음을 삼켰다. 제일산업을 떠난 후 여러 번 사장실을 방문했지만 들어갈 수 없었다. 아버지는 자신이 저 문턱을 넘는 것을 허락하지 않았다. 하지만 자신에게 얻을 것이 생기자 아버지는 그가 저 안으로 들어가는 것을 허락했다.

준서가 사장실 안으로 들어가 소파에 앉아 진철을 기다렸다.

잠시 후, 문이 열리고 딱딱하게 굳은 진철이 안으로 들어왔다.

"오전에 회의가 있었다. 그래, 오랜만에 제일산업에 출근하게 된 소감은 어떠냐?"

자리에서 일어났던 준서가 진철을 따라 소파에 앉았다.

"회사가 많이 변한 것 같더군요. 분위기도 그렇고."

준서의 말에 진철이 고개를 끄덕였다.

"3년 만에 돌아온 회사 아니냐. 빨리 일에 익숙해지도록 노력하거라."

"종합쇼핑몰 건설 건은 잘 진행되고 있나요? 발주처가 성남건설이었죠? 건설 총괄 담당, 누가 맡고 있습니까?"

갑작스러운 준서의 질문에 진철의 얼굴에 당혹감이 스쳐 지나갔다. 하지만 이내 평정을 찾고 고개를 끄덕였다.

"책임자가 누구로 정해졌는지, 어떤 식으로 일이 진행될지 궁금한 것뿐입니다. 아버지께서 방금 전 빨리 일에 익숙해지라고 하셨잖습니까."

"담당자에게 오후에 네 사무실에 방문하라고 이르마."

진철의 말에 준서가 고개를 끄덕였다.

"그나저나 우현이 일은 어떻게 되어가고 있는 거야? 빨리 결론을 짓고 싶은데."

"채원이 마루종합건축사무소를 찾아왔습니다. 그곳에서 우현이를 만났죠. 저와 채원의 관계를 눈으로 보고 놀라더군요. 믿기지 않아 했습니다."

진철이 눈을 빠르게 깜빡거렸다.

"그래서 두 사람…… 헤어지기라도 했다는 거야?"

"우현이 자기 손을 놓았다면서 채원이 울더군요."

"그 여자가 아니면 안 된다고 바락바락 대들던 녀석이다. 쉽게 헤어졌을 리가 없어."

"우현이가 가지고 있는 죄책감을 잘 아실 겁니다. 이제는 형에게서 여자까지 빼앗았다는 사실에 괴로워하더군요. 진심인지는 모르겠지만."

진철이 눈을 가늘게 떴다. 우현이 한채원과 삐걱거리고 있다는 말을 온전히 믿을 수는 없었다. 하지만 우현이 준서에게 가지고 있는 죄책감 때문에 채원을 멀리하고 있다는 건 수긍이 갔다. 우현이라면 충분히 그럴 수 있다. 일단은 준서의 말을 믿어보기로 했다.

준서가 사무실을 나갔고 진철은 한참 동안이나 생각에 잠겨 있었다.

'우리가 사돈이 된다면 서울 대규모 종합쇼핑몰 건설을 제일산업에게 맡기겠네. 하지만 만약 그쪽에서의 문제로 약혼이 파하게 된다면 그에 맞는 책임은 지어야 하지 않겠나.'

성남건설의 허상무 회장은 사업가답게 약혼에 조건을 내걸었다. 위험이 따르는 계약이었다. 하지만 그 위험을 감수해서라도 성사시켜야 했다. 더군다나 상대는 우현이었다. 부모님 말 잘 듣고 착실하고 성실한 둘째 아들. 그런데 그 아들이 이렇게 속을 썩이게 될 줄이야.

똑똑. 짧은 노크 소리와 함께 안으로 들어온 비서가 서류를 넘기고 나갔다. 지난번 부탁했던 한채원에 대한 자료였다.

"나눔에서 근무. 우현이와는 이탈리아에서 만났다고?"

별다를 것 없는 채원의 자료에 진철은 금세 흥미를 잃었다.

"한희원, 한채원, 한지원. 어머니 이재숙, 아버지 한상원."

하지만 채원의 가족에 대한 내용을 읽어 내려가던 진철의 눈동자가 느리게 움직였다.

"한상원. 한상원. 어디선가 들어본 이름인데……."

그리고 마지막 페이지를 넘겼을 때 시야를 사로잡은 정보.

"하, 낯설지 않은 이름이라 생각했는데."

진철이 책상 위에 있는 컴퓨터에 화면을 띄웠다. 검색창에 '한상원'이라는 이름을 쓴 후 확인 버튼을 누르자 꽤나 오래된 기사들이 쏟아져 내렸다.

"사면초가 한상원, 불명예로 얼룩진 행보. 부족한 윤리의식이 부른 참사."

진철이 헛바람을 집어삼켰다.

"고작 이런 집에서 제일산업을 넘봐? 절대로 안 될 말이지."

인터넷에 열려 있는 기사들을 쳐다보는 진철의 입꼬리는 하늘 높은 줄 모르고 솟아올랐다.

회사 외근으로 성남대학교에 정수를 만나러 온 채원은 오랜만에 방문한 캠퍼스가 반가운지 주변을 두리번거렸다. 무거운 전공 책을 들고 걸어가는 학생, 잔디에 친구들과 모여앉아 낮술을 마시는 학생들, 다정하게 손을 잡고 거니는 캠퍼스 커플. 채원의 눈에는 이 모든 것들이 사랑스럽게만 보였다.

"지금이 좋을 때라는 걸 알아야 할 텐데. 우현 씨랑 학교에 같이 다녔다면 저렇게 손도 붙잡고 다녔을까?"

어린 친구들이 마냥 부러운 순간이었다. 그녀가 한창 상상에 빠져 있을 때 전화벨이 울렸다.

"네, 우현 씨."

-나예요. 일하고 있어요?

"외근 때문에 밖에 나왔어요. 우현 씨는요? 연구실이에요?

채원은 우현에게 연구소를 방문한다는 말을 미리 하지 않았다. 자신을 보고 깜짝 놀랄 그의 얼굴이 보고 싶었기 때문이었다.

-지금은요. 근데 이따 윤 교수님 수업에 잠깐 들어가 봐야 해요. 오늘 전공과목 평가가 있거든요.

우현과 통화를 하던 채원의 눈에 사학과 건물이 들어왔다.

-채원 씨는 오늘 몇 시에 퇴근해요? 야근하지 말고 일찍……. 아, 안녕하세요.

휴대폰 너머로 우현에게 말을 거는 남자들의 목소리가 들렸다.

-채원 씨, 미안해요. 내가 다시 걸게요.

채원이 전화를 끊고 건물로 들어가자 복도에서 말소리가 들렸다. 익숙한 목소리에 고개를 돌리자 우현이 그녀를 등지고 서 있었다.

"윤 교수에게 말은 많이 들었지만 내 이번에 보고서를 보고 많이 놀랐네. 사람도 반듯하고, 일도 잘하고. 아주 마음에 들어."

우현이 두 남자에게 둘러싸여 있었다. 곧게 바로 선 뒷모습은 자신감이 넘쳐 보였다. 일을 잘해서 칭찬을 받고 있는 모양이었다.

"한국에는 계속 있을 거지? 다시 이탈리아로 돌아가지 말고 이번 프로젝트 끝나면 나랑 같이 일해."

"왜 자네랑 일을 하나? 나랑 해야지. 최우현 군 내 대학 후배야. 영국에서 나랑 같은 학교 다녔더라고."

벌써 스카우트 제안까지. 나 참, 서로 뺏어가려고 난리들이네. 채원은 괜히 어깨가 으쓱했다. 하지만 바로 그때.

"우현 군, 애인은 있나? 없으면 내 딸 한번 만나보는 건 어때?"

"자네 딸은 너무 어리잖은가. 28살이라고 했나? 내 딸은 26살이니 딱 좋지. 어떤가?"

내 딸? 26살? 뒤에서 가만히 듣고 있던 채원은 어이가 없어 헛바람을 집어삼켰다. 이건 뭐, 공식적으로 맞선을 주선해주겠다는 건데. 아무리 탐이 나도 그렇지.

"말씀은 고맙지만 괜찮습니다. 죄송합니다."

"나중에 기회 되면 같이 보세. 내가 자네 놓치기 아까워서 그래."

우현 씨가 괜찮다잖아! 그런데도 나중을 기약하는 모습에 괜히 화가 났다. 채원이 코너에 몸을 숨긴 채 가방에서 거울을 꺼내 머리를 매만졌다.

"좋았어."

몸을 돌린 그녀가 거친 콧바람을 내뿜으며 걸어갔다. 복도에 구두 소리가 들리자 우현과 남자 두 명이 고개를 돌렸다.

"어? 채원 씨?"

채원이 자신을 보며 깜짝 놀란 우현의 곁에 섰다.

"일 때문에 윤정수 교수님 뵈러 왔어요."

꿀이라도 떨어지듯 다정한 목소리에 두 남자가 슬쩍 시선을 교환했다.

"저…… 안녕하세요. 우리는 최우현 씨와 함께 프로젝트에 참여하고 있는 교수들입니다."

"아, 네. 안녕하세요. 한채원이라고 합니다."

"그런데 최우현 씨와는 어떤……."

"여자친구예요. 우현 씨에게 말씀 많이 들었습니다. 반갑습니다."

채원의 말에 교수들의 눈동자가 당황한 듯 흔들렸다.

"내, 내가 그럴 줄 알았지. 최우현 씨 같은 남자가 혼자일 리가 없지."

"그럼 두 분 이야기 나누세요. 우린 이만……."

어색하게 인사를 건넨 교수들이 재빨리 자리를 떴다. 그 뒷모습을 바라보는 그녀의 입가에 만족스러운 웃음이 걸렸다. 하지만 그 미소도 듣기 싫은 소리에 금세 사라져버렸다.

"오빠! 우현 오빠!"

바로 그놈의 오빠 소리.

"오늘 수업 오빠가 들어온다면서요?"

"수업이 아니라 시험. 너희 오늘 평가 있잖아. 공부 많이 했어?"

꽃다운 두 명의 여대생은 우현의 옆에 딱 붙어서 재잘거렸다.

"그런 거 묻지 마세요. 다음 수업 때도 오빠가 들어오면 안 돼요? 나 그럼 공부 열심히 할 자신 있는데. 수업 때마다 오빠가 들어왔으면 좋겠다."

"저희 먼저 갈게요. 커피 사놓을게요! 이따가 봐요, 오빠!"

발랄하게 뛰어가는 여대생들에게 우현이 웃으며 손을 흔들었다. 하지만 곧 뒤에서 느껴지는 음산한 기운에 고개를 돌렸다. 채원이 눈썹을 꿈틀거리며 팔짱을 야무지게 끼고 그를 바라보고 있었다.

　"아, 그게…… 윤 교수님 대신 들어간다는 수업. 그, 그거 듣는 학생들이에요. 아이고, 정신없어라. 애들이 왜 이렇게 산만해."

　그가 민망한 듯 제 머리를 긁적거렸다.

　"대학이 좋긴 하네요. 알아서 선자리 주선해주는 교수님도 계시고. 오빠라고 다정하게 불러주는 어리고 파릇한 학생도 많고. 여기저기 다 오빠, 오빠. 그놈의 오빠 소리."

　"어, 어리긴요. 요즘 애들 다 겉늙었는데. 전혀 파릇하지 않아요. 아오, 눅눅해."

　"이봐요, 최우현 씨."

　"네! 한채원 씨의 애인 최우현입니다."

　"말이나 못하면 얄밉지나 않지."

　우현의 장난에 채원이 못 말린다는 듯 웃었다.

　"이번에도 질투 아니라고 할 거죠?"

　"질투한 거 맞거든요? 아주 샘나서 죽을 거 같아요."

　채원의 말에 우현이 몸을 이리저리 움직이며 기뻐했다. 입을 삐죽 내미는 채원이 너무도 사랑스러웠다. 언제부터 채원이 이토록 자신의 감정을 솔직하게 내비쳤던 걸까. 복도에서 웅성거리는 소리가 들렸다. 학생들이 몰려오는 모양이었다. 우현이 채원의 손을 붙잡아 끌었다. 복도 끝에 있는 작은 연구실로 채원을 밀어 넣은 우현.

　"여긴 어디예요?"

　채원이 몸을 돌려 안을 둘러보았다.

　"성준이랑 저랑 같이 쓰는 곳이에요."

　"이게 우현 씨 책상이죠?"

그녀가 두 책상 중 하나의 책상 앞에 섰다. 그녀가 책상에 놓여 있는 액자를 꺼내 들었다. 안에는 이탈리아 여행 때의 채원이 들어 있었다.

"이런 거 여기 두고 있으면 사람들이 안 놀려요?"

"나 이거 자랑하려고 놓아두는 건데."

채원이 액자 속에 있는 사진을 가만히 들여다보았다. 즐거웠던 여행을 회상하듯 액자 속 사진을 어루만졌다. 우현이 천천히 그녀 가까이 다가가 살포시 뒤에서 껴안았다.

"나중에 같이 또 가요. 이번에는 여행의 시작부터 끝까지 함께."

우현의 말에 채원이 작게 고개를 주억거렸다. 가슴에서 느껴지는 채원의 체온에 온몸이 따뜻해졌다. 코끝에 닿은 그녀의 향기가 가슴 안에 천천히 스며들어 왔다. 늘 이렇게 사진 속에 있는 모습처럼 웃게 해주고 싶은데. 부족한 자신 때문에 그러지 못해 가슴이 시렸다. 그리고 한 번 더 상처가 될지도 모르는 자신의 결심 때문에 입술을 떼기가 힘들었다.

"채원 씨, 나 채원 씨한테 할 말이 있어요."

"응. 말해요."

그녀가 우현의 품에서 빠져나와 뒤돌려 하자 그가 힘주어 저지했다.

"우현 씨?"

"그냥…… 이대로 들어요."

너무도 진지한 우현의 목소리에 채원의 심장이 빠르게 뛰기 시작했다.

"채원 씨, 나 믿죠?"

"무슨 일…… 있어요?"

"채원 씨, 나 아버지에게……."

낮게 깔린 목소리의 우현이 그녀를 더 꽉 끌어안았다.

"성남건설과의 약혼하겠다고 말하려고요."

채원과 우현. 둘만 있는 연구실은 조용했다. 따뜻했던 공기가 한마디에 팽팽하게 변해버렸다. 조금의 움직임에도 베일 것만 같이 날이 선 공기에 두 사람 모두 아무런 말도 하지 않았다. 우현의 팔을 붙잡고 있던 채원의 손이 스르륵 아래로 떨어졌다. 아래로 내리깐 눈빛, 떨리는 손끝, 메마른 입술.

"물론 진짜로 하는 게 아니에요. 아버지의 시선을 돌리기 위해서 그래요."

채원이 우현을 놓아버린 만큼 그가 더 세게 그녀를 붙잡았다.

"채원 씨가 보내준 사진 속 자료를 들고 박 비서님을 만났어요. 아버지가 불법시공을 하고 있는 것 같아요."

우현의 말에 채원이 숨을 한꺼번에 몰아쉬었다.

"만약 제일산업의 불법시공이 입증된다면 그걸 이용해서 상황을 조금 바꿔보려고요. 박 비서님하고도 상의했어요. 성남건설에도 찾아가서……."

다리에 힘이 풀린 듯 채원이 그 자리에 주저앉았다.

"채원 씨! 괜찮아요?"

깜짝 놀란 우현이 재빨리 무릎을 접고 앉아 그녀를 붙잡았다.

"미안해요. 많이 놀랐어요? 정말 미안해요."

우현은 여전히 고개를 숙이고 있는 채원의 어깨를 살짝 흔들었다.

"내 얼굴 좀 봐요."

"잠깐만요. 진심이 아닌 거 아는데 그래도 가슴이 내려앉아서……. 지금 우현 씨 얼굴 보면 눈물이 나올 것 같아요."

"내가 제대로 설명을 했어야 했는데 미안해요."

우현이 그런 채원의 머리를 끌어당겨 안았다.

"형이 아버지에게 우리 사이를 갈라놓겠다고 약속했어요. 물론 연극이지만요. 그 조건으로 제일산업으로 들어갔지만 아버지는 형을 완전히 믿고 있지 않아요."

한숨을 내쉰 그녀가 좀 더 깊게 그에게 기댔다.

"아버지에게 의심받는 형을 도와주고 싶어서 결심한 일이에요. 화내도 돼요. 겨우 찾은 해답이 그거냐고. 날 얼마나 더 속상하게 해야 하냐고."

채원이 손을 뻗어 우현의 등을 끌어안았다.

"내가 어떻게 화를 내요. 지금 누구보다 속상한 건 우현 씨일 텐데. 믿으니까 우현 씨가 생각한 대로 해요."

이번에는 가녀린 손이 듬직한 등을 토닥거렸다.

"보험이라고 생각하죠, 뭐. 두고 봐요. 이 일 평생 우려먹으면서 나한테 잘하라고 협박할 거니까."

채원의 부드러운 목소리에 울컥한 우현이 그녀의 머리를 더 세게 끌어안았다.

"대신 우현 씨 아버지에게도, 성남건설에게도 멋지게 한 방 날려줘야 해요. 알았죠?"

그녀의 농담에 그가 낮은 목소리로 웃었다.

"약속할게요. 금방 끝내고 나올 테니까 조금만 기다려요. 알았죠?"

"네. 일이 그렇게 됐다면 난 우현 씨 아버지께 들키지 않고 데이트하는 방법 연구하고 있을게요."

우현이 채원의 머리를 끌어안은 팔을 풀고는 그녀의 손을 마주 잡았다.

"장소부터 생각해봐요. 둘만 있을 수 있는 곳으로."

"음침하고, 어둡고, 조용한 곳?"

채원의 농담에 우현이 키드득거렸다.

"우리 자기는 말 안 해도 내 마음을 너무 잘 아네."

채원의 볼에 입술을 누른 우현이 문을 닫고 밖으로 나갔다.

"말이나 못하면."

슬쩍 입꼬리를 올려 웃은 채원이 잠시 후 연구실을 나갔다. 우현의 말에 가슴이 콱 막힌 듯 답답했지만 투정 부릴 수는 없었다. 그런 선택을 할 때까지 그가 얼마나 많은 고민을 했을지 알고 있기 때문이다.

화장실로 들어온 채원. 가방 속에서 파우치를 꺼낸 그녀가 거울을 보기 위해 고개를 들었다. 그때 막 안으로 들어오는 여자. 이 모든 문제의 원인, 허민지였다. 두 사람의 눈빛이 거울 속에서 서로를 향했다.

"한채원 씨? 여긴 어쩐 일로……. 우현 오빠 만나러 왔어요?"

그놈의 오빠 소리. 채원이 이를 갈았다. 오빠라는 단어는 거리감 없고, 친근하고, 다정한 사이로 보이는 말이었다. 채원이 크게 심호흡을 했다.

"일 때문에 왔어요. 윤정수 교수님 뵈러. 그럼."

채원이 잽싸게 파우치를 정리하고는 밖으로 나가기 위해 몸을 돌렸다.

"우현 오빠 형하고 사귀었다면서요. 그런데 이번에는 그 동생이라니, 미안하지 않아요? 본인의 존재가 두 사람에게 상처가 된다는 거 몰라요?"

하지만 자신을 붙잡는 거친 목소리에 그녀가 멈춰 섰다.

"우현 씨 형하고 약혼했었다면서요. 그런데 이번에는 그 동생이라니, 미안하지 않아요? 본인의 존재가 두 사람에게 상처가 된다는 거 몰라요?"

채원이 천천히 뒤를 돌았다.

"허민지 씨는 우현 씨가 힘든 게 아무렇지도 않아요? 우현 씨가 자신이 원치 않는 상황에 어쩔 수 없이 놓여 눈물 흘리는 게 마음 아프지 않아요?"

입으로 흘러나오는 목소리는 조금 전과 다르게 다정했다.

"우현 오빠와의 약혼은 그런 쉬운 문제가 아니에요. 두 기업이 서로 얽히게 되는 집안과 집안의 결합이에요. 우현 오빠가 저와 약혼하지 않는다면 오빠 회사는 손해가 엄청날 거예요."

"그걸로 우현 씨를 붙잡고 있는 건가요?"

"양심이 있는 사람이라면 자기 하나 때문에 죄 없는 회사 사람들에게 피해가 가는 일은 없게 하겠죠. 부모님에게도, 형에게도."

"그렇게 해서 얻은 사람이 무슨 의미가 있어요?"

"의미 있어요, 저한테는. 한채원 씨 때문에 우현 오빠가 이 많은 것들을 포기하려 하는데 미안하지 않아요? 그쪽이 물러날 생각은 안 해봤어요?"

자신감에 찬 민지가 채원을 향해 한 발짝 다가왔다.

"성남대학교는 성남건설에서 만든 대학이에요. 우리나라에서 드물게 고고학으로도 인정받는 학교죠. 오빠에게 많은 기회를 줄 수 있다는 말이에요. 그런데 채원 씨는 오빠에게 뭘 해줄 수 있나요?"

민지의 말에 채원이 피식 웃음을 흘렸다.

"지금 말한 것 중에 민지 씨가 온전하게 우현 씨에게 줄 수 있는 게 뭐가 있나요? 아버지를 등에 업지 않으면 아무것도 없는 것 같네요."

"부모님 배경도 능력이죠. 지금은 큰소리치지만 나중에 후회할 거예요."

"부모님의 배경이 없으면 사람 마음도 얻을 줄 모르는 사람과 더는 말하고 싶지 않네요. 겨우 이런 사람 때문에 우현 씨가 상처받는다고 생각하니 기가 막히네요."

"어쩌면 한채원이 마음에 걸려서 오빠가 제 손을 잡지 못하는 것일 수도 있잖아요. 아무것도 없는 채원 씨보다 모든 걸 줄 수 있는 성남건설 쪽이 누가 봐도 나으니까."

민지의 말을 가만히 듣던 채원이 숨을 골랐다. 그러고는 입을 열었다.

"우현 씨가 허민지 씨를 선택하지 않은 이유가 온전히 나 때문이라고 생각해요?"

"그거야 당연하죠."

"그렇다면 잘못 알고 있어요. 우현 씨가 허민지 씨를 선택하지 않은 건, 그쪽을 사랑하지 않기 때문이에요. 우현 씨의 가슴 안에 허민지라는 여자가 없어서. 그래서 곁에 있지 않는 거예요."

"그게 무슨 차이예요? 결국은 한채원 씨를 사랑하기 때문이잖아요."

"달라요. 이 이야기의 결론이 다르거든요. 결국 내 말의 의미는…… 만약 우리 두 사람이 헤어져도 우현 씨는 그쪽에게 가지 않는다는 말이에요."

그녀의 차가운 목소리가 실내에 울려 퍼졌다.

"당신을 사랑하지 않으니까."

"언니, 저 들어가요! 내일 뵐게요!"

창고 안에 있는 선예에게 우렁찬 목소리를 내뱉은 세연이 막 가방을 챙겨 밖으로 나왔다. 하지만 생각지도 못한 성준이 카운터 앞에 서 있자 깜짝 놀라 뒷걸음질 쳤다.

"어? 너 이 시간에 웬일이야? 오늘 연구소 안 나갔어?"

"외근이었어. 거기서 바로 퇴근하라고 해서."

"우현이는? 같이 안 갔어?"

"채원 씨랑 같이 퇴근할 거야. 회사 일로 윤 교수님 만나러 왔더라고."

"최우현 입이 아주 귀에 걸렸겠네. 가자, 그럼."

몸을 돌렸지만 성준이 움직이지 않자 이상하게 생각한 세연이 그의 옷자락을 잡아당겼다.

"선예 씨, 도와줄게요."

순간, 성준이 세연을 스쳐 지나갔다.

"민혁이 어디 갔어요? 이렇게 무거운 걸 여자 혼자 들어요? 주세요."

염려가 담긴 따뜻한 음성에 세연이 몸을 돌렸다. 자신을 등지고 서 있는 성준, 수줍은 듯 고개를 끄덕이는 선예. 성준이 커다란 박스를 들고 창고로 들어갔다. 선예가 그 뒤를 따랐다. 성준이 커피숍에 들러 선예를 도와주는 건 늘 있었던 일인데 오늘따라 기분이 이상했다. 세연이 자신의 손을 지그시 바라보았다. 성준이 뿌리친 손. 아니, 뿌리친 것이 아니었는데 그렇게 느껴졌다.

'성준이랑 나는 남매야. 징그럽게. 못 하는 소리가 없어.'

인상을 구기며 민혁에게 했던 말이 떠올랐다.

'성준이 여자들하고 잘 못 어울려. 관심도 없고. 말주변도 없어서 나 말고 다른 여자랑 가깝게 지내본 적도 없어.'

창고 안에서 커다란 웃음소리가 들렸다.

"그랬으면 좋겠지만 남자들한테 인기가 별로 없어요. 저보고 드센 여자라고 하더라고요."

"선예 씨가요? 충분히 여성적이니까 걱정하지 말아요."

"성준 씨는 말을 예쁘게 잘해서 여자들이 좋아하겠어요. 성준 씨야말로 인기 많죠?"

살짝 아래로 내리깐 밤색의 눈동자, 반듯한 콧대, 슬쩍 꼬리가 올라간 붉은 입술. 남자답게 커다란 손이 머리카락을 쓸어 넘기며 고개를 돌렸다.

"가자, 세연아."

저음의 부드러운 목소리, 자신을 바라보는 빛나는 눈동자. 순간 심장이 지끈거렸다.

"홍세연? 왜 그래?"

머리 위에서 들려오는 음성에 차마 고개를 들 수 없었다.

"가, 가자."

세연의 꽉 잠긴 목소리에 성준이 그녀의 팔을 붙잡았다. 몸이 휙, 하고 돌아간 세연. 커다란 손이 제 이마를 짚었다. 우수에 젖은 눈동자가 걱정스럽게 자신을 내려다보고 있었다.

"열은 없는 거 같은데."

이상하게 호흡이 거칠어지고 가빠졌다. 입을 꾹 다물었다. 입술을 떼면 온몸에 피어나온 열기가 밖으로 흘러나올 것만 같았다.

하루 종일 제일산업 사무실에서 고개를 박고 일에 몰두하던 준서. 사무실에 울리는 전화벨 소리에 지친 어깨를 내려놓았다. 박 비서였다.

—실장님, 오전에 작은도련님이 사진을 몇 장 가지고 왔습니다. 최진철 사장님 서재에서 찾은 사진인데 한빛문화센터와 관련된 계약서 및 설계도면 등이었습니다.

"한빛문화센터라면 저희가 실내건축을 맡았던 곳 아닙니까?"

—네. 사무실에 제일산업 건축 관련 계약서와 설계도면이 있어서 확인했는데 내용이 조금 다르다고 하네요.

준서가 눈썹을 슬쩍 들어 올렸다. 그 말은,

-작은도련님 말로는 불법공사를 진행했을 확률이 높다고 합니다. 사진은 실장님 메일로 보내놓았습니다.

"제일산업 내에 공문서 등 서류를 제대로 확인해봐야겠군요."

전화를 끊은 준서가 메일함을 열었다. 회사 내에 자료 보관 사이트에 들어가 공문서도 함께 살펴보았다. 공문서 안에 있던 서류, 설계도면, 그리고 우현이 보내준 사진 속 자료들을 비교하기 시작했다.

"제법이군, 최우현."

준서의 입가에 설핏 미소가 걸렸다. 자료들을 비교해 문제점을 찾아낸 우현이 기특하게 느껴졌다.

"공문서와 아버지가 가지고 있던 서류 사이 재료들의 차액만큼 이득을 얻고 있는 거로군."

건축담당자, 이민호 과장. 이민호 과장의 경력과 함께 최근 3년 동안 제일산업의 건설현장에서 총괄을 맡았던 일들을 살펴보았다.

"경력이나 갖고 있는 실력에 비해 높이 평가받고 있는 거 같은데. 이유가 뭐지?"

자료가 부족했다. 우현이 넘겨준 자료에는 설계도면, 실제 건축에 쓰인 재료에 관한 서류들이 있었지만 실제 건축에 쓰인 설계도면은 없었다.

준서가 한창 생각에 잠겨 있을 때, 사무실 문을 두드리는 소리가 들렸다.

"네, 들어오세요."

한 남자가 문을 열고 안으로 들어왔다. 처음 보는 남자의 모습에 준서가 눈을 가늘게 떴다.

"안녕하세요, 이사님."

남자는 준서를 3년 전, 이곳에서 일할 때의 직책으로 불렀다.

"내가 착각한 게 아니라면 오늘 사무실에 오기로 한 손님은 없는 걸로 아는데. 누구시죠?"

"최진철 사장님께서 직접 전화 주셨습니다. 이사님 방으로 가보라고요."

사장님이 직접? 순간 준서의 머릿속에 아침에 나누었던 진철과의 대화가 떠올랐다.

"아, 종합쇼핑몰 건설 총괄을 맡으셨군요."

"네, 건설 건으로 이사님이 절 뵙고 싶어 하셨다고 들었습니다."

준서의 날카로운 눈빛이 남자를 훑어 내려갔다. 30대 후반 정도로 보이는 남자. 모두가 주목하고 있는 종합쇼핑몰의 총괄을 맡기에는 조금 젊어 보였다.

"종합쇼핑몰 건설은 회사 전체가 주목하고 있습니다. 궁금한 게 많은 게 당연하지요. 어쨌든 반갑습니다. 잘 부탁드립니다."

준서가 자리에서 일어나 남자에게 손을 내밀었다.

"저야말로 잘 부탁드립니다. 아, 제 소개가 늦었군요. 기술본부의 이민호 과장이라고 합니다."

남자의 손을 붙잡은 준서가 순간 멈칫했다. 악수한 손을 내려놓은 준서가 한발 뒤로 물러서 아직 모니터에 켜져 있는 공문서로 시선을 돌렸다. 한빛문화센터 건설현장공무 책임자 이민호 과장.

"자리에 앉으시죠. 우린 할 이야기가 아주 많을 것 같으니."

민호는 입꼬리를 올려 자신을 바라보는 준서의 모습에 식은땀이 흘렀다. 준서의 입가에는 웃음이 걸렸지만 눈은 결코 웃고 있지 않았다.

"오전에 회사 돌아가는 사정도 알아볼 겸, 자료들을 좀 살펴보았습니다. 이름이 익숙하다 했더니 제일산업에서 진행한 건설현장에 책임자를 많이 맡으셨더군요."

"아, 네. 어쩌다 보니……."

"어쩌다 보니라."

낮게 깔린 목소리에 민호가 슬쩍 고개를 들었다. 분위기가 최진철 사장과 비슷했다.

"그…… 종합쇼핑몰 건설에 대해 제가 어떤 도움을 드리면 될까요? 건설

현장 총책임을 맡고 있는데 혹시 이사님이 관리를 맡으실 건……."

"아뇨. 그냥 관심입니다. 뒤늦게 굴러 들어온 돌이 박힌 돌을 뺄 수는 없지 않습니까."

준서의 차가운 눈빛이 민호를 바라보았다.

"물론. 굴러온 돌이 박힌 돌을 뺄 수도 있겠지만요."

조급한 마음에 민호의 손이 무릎 위에서 정신없이 움직였다.

"아시겠지만 남동생이 하나 있습니다. 전공이 고고학인데 건축 공부도 함께했죠. 유학 가서 돈이나 펑펑 쓰고 논 줄 알았더니 제법 공부를 열심히 했더군요."

"그, 그런가요? 형으로서 뿌듯하시겠습니다. 그런데 그런 이야기를 왜 저에게……."

"설계도면과 시방서, 계약서 등의 건축 관련 서류를 보고 시공의 문제점을 바로 찾아낼 정도는 되더군요."

준서를 바라보던 눈빛이 딱딱하게 굳었다.

"한빛문화센터 말고 또 어떤 것이 있습니까?"

준서가 소파에 묻었던 몸을 일으켜 허리를 앞으로 숙였다. 두 사람의 거리가 가까워졌다.

"내 말이 조금 어려운가요? 그럼 조금 더 쉬운 방법으로 묻죠."

얼음장처럼 차가운 준서의 목소리가 민호의 귓가를 때렸다.

"건축자재를 빼돌려 완공한 건물, 한빛문화센터 말고 몇 개나 되느냐, 이 말입니다."

"다 같이 우현 씨네 집에서 모이는 건 오랜만인 것 같아요."

우현의 시험감독이 끝나고 두 사람은 함께 그의 집으로 가는 버스에 올랐다. 채원은 우현을 기다리는 동안 퇴근 후 그의 집으로 오라는 세연의 전화를 받았다.

"세연이가 우리 다시 합친 기념으로 맛있는 거 해준대요."

"뭐, 헤어진 적이나 있었나?"

우현이 장난스럽게 채원의 어깨를 어깨로 부딪치자 그녀가 새침하게 대꾸했다.

"참, 성준 씨 형 이번에 결혼한다면서요? 형은 어떤 분이세요? 성준 씨 형이면 왠지 멋있을 거 같은데. 몇 살이에요? 무슨 일 해요? 형도 목소리가 그렇게 좋아요?"

쏟아지는 질문에 우현이 슬쩍 미간을 구겼다.

"그냥 남자예요. 사람 남자. 팔 두 개, 다리 두 개, 머리 짧은 그냥 남자."

"그럼 남자지, 여자겠어요? 그런 거 말고요."

"곧 유부남 돼요. 됐죠?"

심드렁한 우현의 목소리에 채원이 슬쩍 그의 팔에 팔짱을 끼웠다.

"다른 사람한테 말고 나한테 관심 좀 가지면 안 돼요? 나한테는 궁금한 거 하나도 없으면서 다른 남자한테는 왜 그렇게 관심이 많아요?"

"그냥 궁금해서 물어봤는데. 그걸 또 질투해요? 나 너무 구속하는 거 아니에요?"

"나 그런 거 좋아해요. 구속하고 속박하고 집착하고. 다른 남자랑 둘이 밥 먹지 마, 다른 남자 앞에서 웃지 마, 다른 남자랑 눈도 마주 치지 마, 이런 거요."

"난 너무 구속하고 그러는 거 별론데."

"전에도 내가 말하지 않았어요? 채원 씨 전방 100미터 안에 있는 남자들만 봐도 화가 난다고."

우현이 갑자기 깊은 한숨을 내쉬며 조금 과장되게 어깨를 으쓱했다.

"솔직히 말하면 전 선예 씨 커피숍에서 일하는 민혁이도 별로예요."

"민혁이가 왜요? 귀엽잖아요. 친근하고, 다정하고."

"그게 문제라고요. 귀엽고 친근한 거. 그걸 무기로 슬쩍 접근한다고요. 남자가 좋아하는 여자 차지하는 데 물불 가리는 줄 알아요? 남자를 너무 모르시네."

"민혁이가 남자예요? 걔 몇 살인 줄은 알아요? 그리고 나 연하 싫어하는 거 알아요, 몰라요?"

"그럼 난 오빠가?"

우현이 새침하게 말을 내뱉고는 창밖으로 고개를 돌렸다. 그 모습에 채원의 눈동자에 사랑이 가득 차올랐다. 어쩜 이렇게 귀여운지.

"우현 씨, 잠깐만 이쪽으로요."

채원의 작은 손이 우현을 제 쪽으로 끌어당겼다. 못 이기는 척 그녀 가까이 붙은 우현. 슬쩍 주변을 살펴본 그녀가 그의 볼에 쪽, 하고 입을 맞추었다.

"우현 씨를 뺀 연하를 싫어한다, 이 말이죠. 내 마음을 너무 몰라주시네."

미소 지으며 우현의 팔을 슬쩍 쓰다듬는 채원.

"어쩜 팔뚝도 이렇게 듬직해, 가슴 떨리게. 막 여름에 팔뚝 내놓고 다니지 말아요. 파릇한 여대생들 반해버리면 어쩌려고."

"이런 식으로 은근슬쩍 넘어가는 거 굉장히 좋아요."

진지한 표정, 진지한 말투. 채원이 크게 웃음을 터뜨렸다.

"그런다고 자주 삐지면 곤란해요."

버스가 목적지에 다다르자 서로의 손을 꼭 잡은 두 사람이 우현의 집으로 향했다. 현관문을 열자 고소한 냄새가 진동을 했다.

"왔어요? 손만 씻고 와요!"

앞치마를 두른 세연이 부엌에서 부산하게 움직이며 큰 소리로 외쳤다. 식탁 위에는 알록달록한 접시 위에 파스타 면이 돌돌 말린 채 가지런히 놓여 있었고, 과일과 야채를 섞어놓은 샐러드가 상큼함을 풍기고 있었다.

"뭐, 힘들게 이런 걸 다 했어."

한쪽에는 생과일을 갈아 놓은 듯 색이 찬란한 주스가 차가운 얼음을 품고 있었다.

"오랜만에 기분 좀 냈어요. 어서 앉아요, 언니."

세연이 채원의 등을 떠밀며 식탁으로 안내했다.

"와, 홍세연 실력발휘 좀 했네?"

우현이 재킷을 벗으며 너스레를 떨었다. 벗어놓은 재킷을 소파에 걸쳐 놓고 돌아서자 주머니에 넣어두었던 전화벨이 울렸다. 소파에 앉아 있던 성준이 우현의 주머니에서 휴대폰을 꺼냈다. 발신자 정보를 가만히 바라보던 성준이 놀란 표정으로 우현을 바라보았다.

"왜 그래? 누군데?"

느릿한 걸음의 우현이 성준에게서 휴대폰을 넘겨받았다.

"에?"

크게 소리를 내지른 우현이 안절부절 거실을 걸어 다녔다. 만면에 미소가 떠올랐다. 하지만 다시금 불안한 얼굴로 채원을 바라보았다.

"대체 누군데 그래요?"

채원의 걱정스러운 목소리에 크게 심호흡을 한 우현이 통화버튼을 눌렀다.

"어, 형! 나야!"

쩌렁쩌렁한 목소리에 다들 눈살을 찌푸렸다.

-귀 안 먹었다.

"어. 미안. 형. 무슨 일이야? 나한테 할 말 있어? 내가 형 집으로 갈까?"

정승같이 서서 국어책 읽듯 딱딱한 목소리를 내는 우현의 어깨가 긴장으로 경직되어 있었다.

-시간 괜찮으면 지금 회사로 좀 와. 마루종합…….

"갈게! 지금 갈게! 택시 타면 금방이니까 조금만 기다려."

우현이 전화를 끊더니 다급하게 몸을 돌려 현관으로 나갔다.

"채원 씨, 미안해요. 형 회사 좀 가볼게요. 형이 나를 불렀어요. 지금. 형이 불렀어요."

"최우현, 재킷!"

어린아이처럼 방방 뜨던 우현이 성준의 외침에 다시 집으로 들어와 재킷을 낚아챘다.

"갈게요!"

순식간에 집 밖으로 나가버린 우현. 거실에 남은 세 사람이 서로를 바라보더니 웃음을 터뜨렸다.

"준서 오빠한테 전화 온 게 저렇게 좋을까. 이리 좋은 걸 지금까지 못하고 살았으니."

세연의 눈빛이 아련하게 빛났다.

"처음으로 온 전화잖아. 채원 씨도 두고 그냥 가버릴 정도니 얼마나 좋은 거야."

성준은 마치 자신이 그 전화를 받은 듯 기뻤다.

"우현 씨가 정말 준서 씨 많이 좋아하는군요."

채원의 목소리가 살짝 떨렸다. 처음 마주한 최준서의 남동생 최우현. 그 소년은 너무도 사랑스러웠다.

마루종합건축사무소 실장실 앞에 선 우현은 긴장된 마음에 숨을 크게 들이켰다 내뿜었다. 형의 전화 한 통에 택시를 타고 미친 듯이 이곳까지 달려오긴 했지만 막상 들어가려고 하니 망설여졌다. 평생 처음으로 형에게 먼저 온 전화였다. 그것도 자신이 필요해 부른 것이다.

"아, 미치겠다."

다시 한 번 크게 심호흡을 한 우현이 두 주먹을 불끈 쥐고는 입 모양으로 파이팅을 외쳤다.

"형, 나 왔어. 형이 나 부른 거지? 형······."

우현이 제 형에게 할 말을 중얼거리며 연습하고 있을 때 문이 벌컥 열렸다.

"안 들어오고 뭐 해?"

준서였다.

"주먹은 뭐고? 나랑 싸우자고?"

본의 아니게 준서를 향해 주먹을 쥐게 된 우현. 재빨리 주먹을 거두었다.

"아냐. 들어가, 형. 하하, 들어갑시다. 실례합니다."

우현이 사무실 안으로 들어갔다. 박 비서는 입가가 실룩거리는 우현의 모습에 저도 모르게 웃음을 터뜨렸다. 준서의 휴대폰 밖으로 크게 들린 우현의 목소리에 그가 얼마나 들떴는지 알 수 있었다. 준서만 바라보던 우현이 소파로 몸을 돌렸을 때, 한 남자가 보였다.

"손님이 계시네. 누구……?"

"인사해. 앞으로 네가 친하게 지내야 할 사람이다."

고개를 갸우뚱한 우현이 남자의 맞은편에 앉았다.

"이쪽은 최우현, 누군지는 이미 알고 있으니 긴 설명은 필요 없겠죠?"

준서의 소개에 민호가 고개를 끄덕였다.

"이쪽은 이민호 과장. 이번에 제일산업에서 진행하는 종합쇼핑몰 건설 총책임을 맡고 계시지."

"안녕하세요, 처음 뵙겠습니다."

우현이 자신의 이름에 눈에 띄게 움찔거리는 남자를 바라보았다.

"그럼, 이민호 씨. 간단한 자기소개는 끝났으니 낮에 하던 이야기 계속하죠. 아까 내가 했던 질문에 대한 답, 준비됐습니까?"

준서의 목소리에 민호가 고개를 숙였다. 한참이 지나도 아무런 말이 없자 준서가 우현에게 시선을 돌렸다.

"내가 이분에 대해 다시 소개를 해야겠네. 이쪽은 한빛문화센터 건설 총책임을 맡았던 이민호 과장이야."

"한빛문화센터? 그렇다면……."

"우현이는 이민호 과장이 왜 이곳에 왔는지 눈치챈 것 같은데. 내가 더 설명해야 하나요?"

준서의 말에도 민호는 입을 꾹 다물었다.

"혹시 지금 말한 종합쇼핑몰 건설, 발주처가 성남건설인가요?"

우현의 질문에 고개를 끄덕인 민호가 순간 무언가 생각났다는 듯 입을 열었다.

"성남건설 따님과 약혼하신다고 들었습니다. 축하드……."

"아까 내 질문에 대한 답, 아직 못 들었는데."

준서가 차갑게 민호의 말을 갈랐다.

"뭔가 오해가 있는 것 같은데 저는 모릅니다."

"건설 현장에서 총책임을 맡은 사람이 아무것도 모른다는 게 말이 되지 않죠."

얼굴이 심각하게 변한 우현이 허리를 앞으로 크게 숙였다.

"건물은 완벽하게 시공되었습니다. 무슨 근거로 문제가 있다고 말씀하시는지 모르겠네요."

민호가 우현의 시선을 피하며 입을 열었다.

"전공이 고고학이라고 들었습니다. 미안하지만 아무리 건축공부를 했다 하더라도 책으로 공부하는 것과 현장은 다릅니다."

"그래서 제게 하고 싶은 말이 뭔가요? 글로 배운 놈은 입 다물고 가만히 있어라?"

우현의 입에서 조금 격한 말이 튀어나왔다.

"건물은 사람이 머무르는 곳입니다. 당신이 지은 그 건물 안에 사람들이 오고 가며 생활한단 말입니다. 최소한의 양심도 없습니까? 지금 이렇게 말하는 순간에도 죄책감 같은 건 없나요?"

"관련된 서류를 보셨다고 하지 않았습니까? 그렇다면 확인하셨을 것 아닙니까? 이런 식으로 저를 구석으로 몰아넣는 건 부당합니다. 모든 재료는 제대로 사용되었습니다."

너무도 태연한 민호의 대답에 우현이 거친 숨을 내뱉었다.

"원래 계획보다 건물 층수가 올라갔는데 건축 자재들이 준 건 어떻게 설명할 겁니까?"

"무리 없이 진행되었습니다."

"건축 자재들을 값싼 재료들로 대체한 건요?"

"아무런 지장이 없습니다!"

"당신들이 빼먹은 철근의 개수만큼, 부실하게 사용한 자재만큼 위험하다 이 말입니다!"

"철근은 위험하지 않는 범위 안에서 조절해 시공을……."

순간 짧은 정적이 흘렀다. 민호가 눈을 감고 깊은 숨을 내쉬었다.

"최우현 씨, 제 말은……."

"위험하지 않는 범위 안에서 철근을 조절했다고요? 그 범위는 누가 정한 건가요? 이민호 씨?"

우현의 말을 끝으로 사무실에는 거친 그의 숨소리만이 들릴 뿐이었다. 그런 우현을 바라보던 준서가 소파에 기대었던 몸을 일으켰다. 준서의 손짓에 박 비서가 고개를 끄덕이고는 민호에게 서류봉투를 내밀었다.

"이게 뭔가요?"

"이민호 씨가 현장 책임자를 맡았던 시공 리스트입니다. 한빛문화센터 포함 총 세 개. 내년에 짓게 될 성남건설의 종합쇼핑몰까지 네 개입니다."

민호가 봉투 안에 들어 있는 서류를 꺼내 들자 준서가 딱딱한 목소리로 설명했다.

"이런 식으로 일을 처리하는 사람, 이민호 씨 말고 또 있습니까?"

"제게 물어봤자…… 아는 게 없습니다."

민호는 이제 모든 것을 포기했는지 준서의 질문에 순순히 대답했다.

"몰라도 상관없습니다. 어차피 이런 사실이 드러나게 되면 조사가 들어 갈 테고 그때 모든 건 밝혀질 테니까요."

"하, 하지만 제일산업은 이사님 아버지의 회사……. 밝히다니 그게 정말 입니까? 농담이시죠?"

"지금 이 분위기가 농담하는 걸로 보이나요?"

"회사가 타격을 입으면 이사님에게도 좋지 않은 거 알면서 이러는 겁니까?"

"그래서 입 다물고 있으라고요? 저와 제 동생을 잘못 보신 모양이네요."

준서의 확고한 눈빛에서 민호는 타협은 없다는 사실을 깨달았다.

"만약 입을 열지 않는다면 이민호 씨가 독단적으로 법을 어겼다고 생각할 겁니다. 욕심이 과해 회사 돈을 횡령했다고요."

민호의 얼굴이 사색이 되었다.

"조사를 시작하면 돈의 루트도 확인할 수 있겠죠. 이민호 씨가 월급 외에 돈을 받았는지 아닌지. 하지만 진실을 이야기한다면 어느 정도 협상이 가능하겠죠. 시간, 더 드려야 합니까?"

민호의 떨리는 눈동자가 준서와 우현을 번갈아가며 바라보았다. 입에서는 포기의 한숨이 터져 나왔다.

"좋습니다. 일을 지시한 사람은 기술본부 본부장님입니다. 그리고 그 위에는…… 최진철 사장님이 계십니다."

3. 얼마나 소중한 사람인지

민호의 한마디에 우현이 숨을 집어삼켰다. 이미 알고 있는 일이었지만 타인을 통해 제대로 확인한 사실은 충격적이었다.

"이 일에 얼마나 많은 사람들이 연관되어 있습니까?"

준서의 질문에 민호가 고개를 가로저었다.

"자세한 건 저도 모릅니다. 전 그저 본부장님이 시키는 대로 했을 뿐입니다."

"보상은요?"

"아들의 병원비를…… 보장받았습니다."

생각지도 못한 민호의 대답에 준서가 이마를 구겼다.

"아들은 태어날 때부터 몸이 좋지 않았습니다. 병원비에 허덕이는 제게 본부장님이 제안을 했고, 전 그 제안을 수락했습니다."

민호가 씁쓸하게 웃으며 우현을 바라보았다.

"제가 몹쓸 짓을 했다는 것도 알고 있습니다. 하지만 아들을 낫게 할 수 있다면 이보다 더한 것도 했을 겁니다. 변명은…… 하지 않겠습니다. 죄송합니다."

민호가 양손을 꼭 쥐고 절박한 목소리로 말했다.

"말도 안 되는 핑계겠지만 최대한 위험하지 않도록 자재를 활용했습니다. 건물이 무너지는 일은 없을 겁니다. 그건 제 이름을 걸고 약속할 수 있습니다."

크게 한숨을 내쉰 우현이 고개를 돌려 준서를 바라보았다. 복잡한 얼굴은 여러 가지 생각을 담고 있었다. 아마 형은 이민호라는 남자와 스스로를 겹쳐보고 있을 것이다. 아들의 병원비, 그리고 어머니의 병원비.

"이민호 씨, 완공되거나 건설 중인 건물 중에 성남건설이 발주처인 것이 있나요?"

우현은 갑자기 무언가 생각났다는 듯 민호에게 물었다.

"작년도에 지은 오피스텔과 내년 종합쇼핑몰입니다."

"오피스텔도 마찬가지로 지어졌겠죠. 그렇다면 성남건설에서는 이런 식으로 오피스텔이 지어졌다는 것을 알고 있나요?"

"아니요. 모르고 있습니다."

가만히 생각에 잠긴 우현이 성남건설의 허상무 회장을 떠올렸다. 고고하게 허리를 세우고 앉아 도도한 시선으로 자신에게 예의가 없다고 말한 남자. 무언가 좋은 수라도 생각난 듯 그의 입꼬리가 슬쩍 올라갔다.

"일단 댁으로 돌아가시죠."

그 모습을 가만히 지켜보던 준서가 민호에게 명령했다.

"하, 하지만 이대로 가면 전 어떻게 되는 건가요?"

"따로 연락드리겠습니다. 오늘은 이만 가세요."

민호의 불안한 눈빛이 준서와 우현을 향했지만 곧 몸을 돌렸다. 닫힌 문을 확인한 우현이 준서에게로 돌아앉았다.

"형, 나를 믿어?"

뜬금없는 우현의 질문에 준서가 눈썹을 들어 올렸다.

"너의 어떤 부분을?"

"내가 형에게 등을 돌리지 않을 거라는 것. 무조건 형의 편에 서리라는 것. 무슨 일이 있어도 채원 씨를 지키기 위해 노력할 거라는 것."

채원이라는 이름에 준서가 우현에게 두었던 시선을 거두었다.

"채원 씨에게 말했어. 성남건설과 약혼하겠다고."

"뭐? 너 제정신이야?"

준서가 큰 목소리로 소리쳤다.

"물론 연극이야. 내가 약혼한다고 해야 아버지가 형이 하는 일에 의심을 하지 않지. 나와 채원 씨를 갈라놓겠다고 약속했잖아. 그 조건으로 이곳에 들어오기로."

쫙 편 어깨, 살짝 젖힌 머리, 자신감에 찬 눈동자, 여유로운 미소. 준서는 입을 꾹 다물었다. 우현과 마주 선 지 얼마 되지 않았지만 지금 이 표정의 그를 말리는 게 쉽지 않은 거라는 것을 본능적으로 알았다.

"채원이는?"

"동의해줬어."

준서가 포기했다는 듯 한숨을 내쉬었다. 머리가 울리는지 손가락으로 관자놀이를 꾹 눌러본다.

"박 비서님한테 들었어. 나에게 주식이 있다고. 난 그걸 이용해 형에게 날개를 달아줄게. 그러니 그 부분을 포함, 회사는 형이 맡아줘. 난 성남건설을 찾아갈게."

"지금 이 일, 성남건설이 알게 되면 우리에게 이득이 될 게 하나도 없어. 약점일 뿐이야."

"이득이 될지 안 될지는 부딪쳐봐야지."

무슨 방법이라도 있는 걸까. 이런 복잡한 상황에 여유롭게 웃는 우현의 배짱에 준서가 고개를 내저었다. 자신의 배다른 동생은 생각했던 것 이상으로 배포가 큰 녀석일지 몰랐다.

"그리고 형, 한 가지 부탁이 있어."

순식간에 장난기를 거둬들인 진지한 눈동자가 망설이듯 입을 열었다.

"형에게 힘이 되어줄 수 있는 나의 모든 것을 내어놓을게. 무조건 형의 편이 될게. 그러니까……."

혀끝으로 바짝 마른 입술을 축이고는 심호흡도 크게 한다.

"한 번만…… 딱 한 번만 큰어머니를 만나는 걸 허락해줘."

어둠이 드리운 제일산업 사장실. 아직 사무실에 남아 있던 진철은 가만히 생각에 잠겨 있었다.

"준서 그 녀석이 왜 종합쇼핑몰 건설에 관심을 갖는 거지?"

준서는 종합쇼핑몰 건설에 깊게 관여함으로써 제일산업 내에서 자신의 입지를 굳힐 생각이 분명했다. 지금이야 준서가 회사 내에 힘이 없다고 하지만 앞으로의 일은 아무도 몰랐다. 준서는 업무적 능력과 함께 사람을 끌어당기는 힘이 있는 녀석이었다. 그래서 위험했다. 언젠가 자신이 쥔 것들이 위협받을 날이 올지 몰랐다.

"정말로 제일산업을 얻기 위해 이곳으로 돌아오겠다고 한 건지, 아니면 다른 이유가 있는 건지. 난 아직 널 완전히 믿지 않아."

준서가 만약 자신의 뒤를 잇기 위해 이곳에 돌아온 것이라 할지라도 호락호락 넘겨줄 수는 없었다. 또한 다른 이유가 있다 하더라도 당해줄 생각 따위 없었다.

"우현이 한채원을 완전히 포기했다는 말도 의심스럽고."

우현이 준서에게 가지고 있는 죄책감의 깊이를 알았다. 하지만 병원에서 벌겋게 충혈된 눈으로 울음을 참으며 한채원밖에 없다고 소리치지 않았던가. 그런 우현이 과연 그 여자를 포기했을까.

고개를 저은 진철이 사무실 전화를 집어 들었다.

"내일부터 다시 최우현과 한채원에게 사람 붙여."

"집으로 바로 안 갔어요?"

채원은 자신의 집 앞에 우두커니 서 있는 우현의 모습에 깜짝 놀라 뛰어왔다. 아까 급하게 준서를 만난다고 나가더니 용건이 끝난 모양이었다.

"누구 찾아요?"

채원이 고개를 두리번거리며 누군가를 찾는 모습에 우현이 물었다.

"혹시 우현 씨 뒤를 밟은 사람이 있을지 모르잖아요."

"첩보 영화 찍어요? 그런 사람 없어요."

"지난번에도 우현 씨 아버지가 우현 씨와 준서 씨한테 사람 붙였다면서요."

우현이 씁쓸한 미소를 지었다. 아들의 뒤를 감시하기 위해 사람을 붙이다니. 그게 아버지로서 할 짓이란 말인가.

"거기다 우리가 헤어지는 조건으로 준서 씨가 제일산업으로 들어갔다면서요. 이러고 있는 거 들켜서 두 사람 노력이 물거품이 되면 어떡해요. 난 그게 걱정이에요."

가만히 채원을 바라보던 우현이 한 걸음 그녀 가까이 다가갔다. 맑은 눈동자가 이리저리 분주하게 움직이고 조금은 긴장이 되는지 입술도 질끈 물었다. 그 모습이 사랑스럽기도, 안쓰럽기도 했다. 그래서 더더욱 꽉 끌어안고 싶었다. 품에 안고 그녀의 눈에 담긴 불안감을 씻어주고 싶었다. 그리고 자신의 초조함도 함께 녹여내고 싶었다.

우현이 입고 있던 코트를 활짝 열었다.

"들어와요. 여긴 안전하니까."

그 한마디에 모든 걱정들이 사라지기라도 하듯 채원이 눈꼬리를 휘며 웃었다.

"아, 따뜻하다."

부드러운 여체가 품으로 들어왔다. 가슴에 얼굴을 비비는 모습에 온몸이 간질거렸다.

"준서 씨하고 이야기는 잘 했어요?"

대답 대신 그가 그녀를 꽉 끌어안았다.

"나한테 미안해서 온 거죠? 나 정말 괜찮아요."

"형이 채원 씨 걱정하는 거 모른 척했어요. 나쁜 동생이죠?"

도리도리. 채원이 고개를 내저었다.

"그런데도 형은 내가 모른 척하는 것까지 모른 척 해주더라고요. 나 같은 이기적인 동생의 형으로 있는 것도 많이 힘들 거예요."

"내가 그런 남자의 애인으로 있어보니까 생각하는 것만큼 힘들지는 않아요."

"보고 싶어서 왔어요. 얼굴 봐야 잠이 올 것 같아서."

애정이 듬뿍 담긴 말에 그녀가 기분이 좋은지 그의 품 안으로 깊게 파고 들었다.

"어디 가지 말고 여기 있어요. 내 품 안에서."

그가 코트를 단단히 여미어 그녀를 바짝 끌어당겼다.

"이거 하나는 약속할게요. 이 품이 채원 씨에게 세상에서 가장 따뜻한 곳이 되리라는 거."

잔잔한 목소리가 약속을 이야기한다.

"거센 바람도, 내리는 비도 막아주고. 소란스러운 천둥소리도 들리지 않게 해줄게요."

내가 당신의 가장 편안한 곳이 되어주겠다고.

"내 모든 걸 이용해 채원 씨 하나만은 꼭 지킬 테니까."

당신이 웃을 장소, 울 장소, 그리고 언제든 쉴 수 있는 장소를 마련해주겠다고.

"그러니까 이곳에 있어요. 앞으로도 계속."

다음 날, 오전 회의를 마치고 연구실로 들어온 우현은 습관적으로 휴대폰을 찾았다.

[이제 오전 회의 끝나고 점심 먹었어요. 오늘 많이 바빠요?]

채원에게 보내는 문자였다. 어젯밤에 보고, 집으로 돌아간 후 통화도 했고, 아침 출근길에도 연락했지만 부족했다. 사랑의 열병에 걸린 남자의 머릿속에는 하루 종일 꽃가루가 날아다녔다.

"나도 병이네, 병이야."

몸을 돌려 연구실을 나가던 우현은 민지와 마주쳤지만 냉정하게 시선을 돌려 밖으로 나갔다.

"오빠! 잠깐만요!"

그런 우현을 민지가 뒤따랐다.

"나하고 이제 말 안 할 거예요?"

대답이 없는 우현이었지만 민지는 계속 그를 쫓아갔다.

"오빠가 이런다고 뭐가 달라지지 않아요. 우린 약혼했어요."

터벅. 우현의 발걸음이 멈추었다.

"아직 아니야."

"한 거나 다름없어요. 우리 약혼이 무슨 의미인 줄 모르는 거 아니죠? 이건 약혼 이전에 기업과 기업의 약속이에요."

"약혼은 개인과 개인의 약속이야. 나하고 이제 말 안 할 거냐? 너 정말 뻔뻔하구나."

"뻔뻔한 걸로 따지면 나보다 한채원 씨가 더하던데. 그런 여자랑 어떻게 만나요? 오빠 앞에서 내숭 떠는 거 정말 몰라요?"

비아냥거리는 목소리에 우현이 눈을 찡그렸다.

"채원 씨 만났어? 언제?"

"말 안 해요? 나 만났다고? 나한테 못된 말 쏟아부었다고? 자기 불리한 이야기는 안 하네."

민지가 팔짱을 단단하게 꼈다.

"내가 지난번에 경고했지. 채원 씨한테 다가가지 말고, 가까이하지도 말고, 쳐다보지도 말라고. 그 여자 상처받을 그 어떤 말도 네 입에 담지 말라고. 잊었어?"

"내가 말했죠? 한채원 씨 엄청 뻔뻔하다고요. 오빠 앞에서 약한 척 내숭 떠는 거라고요."

"그러면 내가 너 같은 사람한테 싫은 소리 듣고 울기만 하는 여자를 선택했을 거라고 생각했어? 나 하나 때문에도 충분히 속상한 여자야. 너까지 보태지 않아도 돼. 사람들한테 입도 뻥긋하지 마."

우현의 냉정한 목소리에 민지가 고개를 푹 숙였다. 빠르게 차오르는 눈물로 시야가 뿌옇게 변했다.

"그럼 어떡해요? 오빠는 나 쳐다도 안 보는데. 내가 아무리 오빠가 좋아도, 오빠는 미동도 안 하는데."

주먹을 불끈 쥐고 눈물을 참아보려 애썼지만 결국 서러움에 참았던 눈물이 또르르 흘러내렸다.

"그 언니보다 내가 먼저였는데. 오빠가 좋단 말이에요. 좋아 죽겠단 말이에요. 내가 얼마나 오랫동안 좋아하고 기다렸는데 왜 그 사람이에요. 왜!"

민지의 가는 손이 제 볼에 흐르는 눈물을 닦아냈다. 그 모습을 가만히 지켜보던 우현이 조금 누그러진 목소리를 내었다.

"아무리 그래도 내 기억 속에 넌 없어. 그리고 내가 그렇게 좋았다면 집안 같은 거 내세우지 말지 그랬어. 그냥 허민지로 부딪치지 그랬어."

"그랬으면…… 날 좋아했겠어요?"

"아니."

우현이 단호한 대답과 함께 고개를 저었다.

"어떻게 고민도 안 하고 말해요? 생각도 안 하고 바로 그렇게 대답이 나와요?"

"고민할 문제가 아니니까. 네가 날 바라본 시간이 길다고 내게서 그 시간들을 보상받으려 한다면 그건 잘못된 거야. 난 절대 그렇게 해줄 수 없어."

"오빠네 아버지 이 약혼, 절대 안 깨요. 알아요?"

"알고 있어. 그래서 내가 깨려고. 남자가 아버지 손에 이끌려서 어쩔 수 없이 약혼이나 하는 놈이면 창피하잖아. 내가 그런 무능력한 남자였다면 채원 씨가 날 선택하지 않았겠지."

우현이 민지를 똑바로 바라보았다.

"그러니 난 지금부터 최선을 다해서 이 약혼을 깨기 위해 노력할 거야. 겨우 이런 걸로 채원 씨를 아프게 할 수도, 실망시킬 수도 없으니까."

목소리에는 아무런 감정도 실리지 않았다.

"겨우…… 이런 일이요? 오빠에게는 이게 겨우 이런 일이에요?"

"응, 겨우 이런 일이야. 그리고 그 과정 속에서 아버지가 얼마나 손해를 보고, 제일산업의 명예가 실추되고, 네가 얼마나 상처를 받을지는 관심 없어."

민지가 믿기지 않는다는 듯 고개를 내저었다.

"네가 우는 걸 봐도 난 아무렇지 않아. 오히려 너 때문에 울었을 채원 씨만 떠올라."

우현이 주머니에 양손을 찔러 넣은 채 민지를 똑바로 바라보았다.

"한채원을 상처받게 하지 않기 위해서라면 얼마든지 나쁜 놈도, 치사한 놈도, 유치한 놈도 될 준비가 되어 있다는 말이야. 그래서 말인데, 첫 번째."

바라보는 시선은 차가웠다.

"오빠라고 부르지 말아줄래? 귀에 엄청 거슬리거든. 난 유치한 남자라."

"부사장님, 이민호 씨에게 연락이 왔습니다. 우리를 도와주겠고 했습니다."

"혼자 죄를 뒤집어쓸 수는 없어서겠죠."

박 비서의 말이 만족스러운지 준서가 고개를 끄덕였다.

"일은 지금처럼 하되, 관련된 사람들에게는 비밀로 하고 종합쇼핑몰 건설에 대한 비공식적인 정보를 공유하기로 했습니다. 이건 오늘 아침에 넘겨주고 간 자료입니다."

박 비서가 서류 봉투를 하나 내놓았다.

"성남건설과 계약을 맺은 오피스텔 관련 자료로군요."

"시공의 문제점을 전부 밝혀내기에는 부족하지만 작은도련님이 성남건설에 찾아갔을 때 방패막 정도는 되어줄 수 있을 겁니다."

"그 밖의 증거들도 빨리 수집해야 해요. 아버지가 눈치채기 전에. 우현이는요? 연락 줬습니까?"

"이미 전화 넣었습니다. 자료를 연구소로 보내달라고 하기에 사람을 시켰습니다."

"성남건설로 찾아갈 생각인 것 같네요."

"섣불리 행동했다가 오히려 작은도련님에게 불리한 상황이 될까 봐 걱정입니다."

걱정스러운 박 비서의 음성에 준서는 어제 사무실로 찾아왔던 우현을 떠올랐다.

성남건설과의 약혼, 아버지의 부정, 자신과의 관계. 모든 복잡한 상황들이 뒤엉켜 있는데도 우현은 여유로워 보였다.

"글쎄요. 제 생각에는 불리하게 될 쪽은 아버지나 성남건설 쪽일지도 모르겠네요. 어제 우현이를 보고 있으니 걱정하지 않아도 되겠다는 생각이 들더군요."

준서의 입가에 느긋한 미소가 걸렸다.

"아버지가 건축사무소를 키운다는 명목하에 마루종합건축사무소로 절 내쫓은 건 제일산업의 일에서 손 떼게 하기 위한 것을 알고 있습니다."

마른 한숨이 입에서 터져 나왔다.

"우현이가 고고학을 전공한다고 했을 때 아버지가 흔쾌히 허락한 건, 그 애를 사업에 끌어들일 생각이 없었기 때문입니다. 아버지 자신을 위협하는 건 나 하나로 족할 테니까."

"하지만 자식입니다."

"세상에는 다양한 부모님들이 존재해요. 아버지에게 우리는 자식이기 이전에 잘 이용할 수 있는 도구 정도라고 해두면 좋겠네요."

감정이 실리지 않은 낮은 목소리가 말을 이었다.

"아버지는 자신밖에 모르는 사람입니다. 하지만 아버지가 착각하고 있는 게 있어요."

"착각…… 이라니요?"

"우현이를 공부밖에 할 줄 모르는, 경영에 무지한 아이라고 생각하고 있어요. 당신을 위협할 그릇이 되지 못한다고."

"작은도련님이 경영에 익숙하지 않은 건 사실입니다."

"네. 하지만 기업의 경영 역시 사람과 사람 사이의 관계에서 비롯됩니다. 결국 계약은 사람이 하는 거죠."

아무리 성공 확률이 100프로인 계약일지라도 그것을 성사시키는 사람의 태도에 따라 실패로 돌아갈 수도 있다. 반면, 자신들에게 불리한 계약도 말과 행동을 어떻게 하느냐에 따라 성공의 길로 들어설 수도 있다. 상대방의 확신에 찬 눈빛, 긍정적인 태도, 성실한 모습, 그리고 가능성으로 도박을 하는 경우도 있으니까. 자신 역시 그런 상대방의 가능성을 보고 계약을 했던 경우가 여러 번 있었다.

"우현이는 빠른 판단력, 밀어붙이는 추진력, 그리고 모험심도 가지고 있어요. 긍정적인 태도 역시 상대방에게 신뢰를 줄 수도 있죠."

그리고 무엇보다 최우현 자체가 풍기는 매력이 있었다. 사람을 끌어당기는 매력. 그건 사람이 살아가는 데 있어서도, 사업에 있어서도 매우 중요한 부분이었다.

"그러니 우현이는 걱정하지 않아도 될 겁니다."

단지……. 준서가 창밖으로 시선을 돌렸다.

'채원 씨에게 말했어. 성남건설과 약혼하겠다고.'

어제 우현이 내뱉은 말에 자신도 모르게 울컥 화가 치밀었다. 아무리 거짓이라 할지라도 그 말을 들었을 때 채원은 상처받았을 것이다. 하지만 자신을 위해서 그렇게 한다는 말에 입을 꾹 다물 수밖에 없었다.

그날 밤, 우현이 입술을 질끈 물며 채원을 사랑한다고 말했을 때. 우현의 그 간절한 눈빛을, 진심 어린 목소리를 못 들은 척할 수 없었다. 그래서 모든 걸 내려놓기로 결심했다. 채원에 대한 감정 모두를. 우현이 잘 해낼 것을 믿고 있었다. 그저 그 어쩔 수 없는 결정으로 채원의 마음이 아프지 않기를 바랄 뿐이었다.

-그럼 벌써 퇴근한 거예요? 집?

"네, 지금 도착했어요. 두 시간 정도 일찍 나왔네요. 지금 바로 성남건설로 가려고요."

우현이 문을 열고 현관으로 들어갔다. 휴대폰 너머로 채원의 걱정스러운 한숨 소리가 들렸다.

"걱정하지 말아요. 나 믿죠?"

-당연하죠.

"채원 씨, 나 믿는데 왜 허민지 만났다고 말 안 했어요? 만나서 싫은 소리 들었을 게 뻔한데. 미안해요. 나 때문에……."

-못 믿어서 말하지 않은 게 아니라 미안해할까 봐 말 안 한 거예요. 지금처럼요.

다정한 채원의 음성에 우현의 한숨은 더 깊어졌다. 자신이 채원의 걱정으로 속이 까맣게 타들어가도 그녀는 아무런 말도 하지 않을 것이다. 그런 그녀임을 알기에 더 속상했다.

"만났으면 만났다, 좋지 않은 소리 들었다, 속상하다, 짜증 난다. 나한테 숨기지 말고 다 말해요. 채원 씨 일인데 내가 모르면 안 되잖아요. 그것도 채원 씨 잘못도 아닌데."

-우현 씨 잘못도 아니에요.

그 한마디에 가슴이 징 하고 울렸다.

-우현 씨 때문에 벌어진 일도 아니잖아요. 우현 씨도 피해자예요. 그러니

까 자책하면서 내게 미안해하지 않아도 괜찮아요.

따뜻한 한마디가 고마웠다. 그 온기에 위안을 받았다.

-그리고 나 그렇게 호락호락한 여자 아니에요. 나보다 한참이나 어린 여자애 말에 서러워 울고불고하는 그런 여자 아니라고요. 그날 싫은 소리 많이 했어요.

"알고 있어요. 그래서 좋은걸요."

-괴팍하고 폭력적이어서?

"괴팍하고 폭력적인데 아닌 척 내숭 떨어서?"

우현의 농담에 채원이 키드득거렸다.

-잘 다녀와요. 절대 기에 눌리지 말고. 내가 언제나 우현 씨 편이라는 거 잊지 마요.

작게 울리는 촉촉한 소리에 그의 입꼬리가 절로 올라갔다.

"마음 아프게 하는 건 내가 전부 없애줄게요. 그러니까 상처받지 말고 조금만 기다리고 있어요."

전화를 끊은 우현이 옷장에서 정장을 꺼내 입었다. 거울을 보며 마음을 다잡은 그가 집 밖으로 나가 택시에 올랐다.

낮에 박 비서님이 보낸 사람이 서류 봉투를 넘겨주고 사라졌다. 그 안에는 성남건설 오피스텔에 대한 자료와 함께 성남건설 회장님의 개인 휴대폰 번호가 함께 들어 있었다. 망설일 시간조차 없었다. 바로 그 번호로 전화를 걸었다. 그 결과,

"안녕하세요, 최우현입니다. 오후 6시, 허상무 회장님과 약속이 되어 있습니다."

성남건설 건물의 1층 로비. 우현은 지금 이곳에 서 있었다. 허 회장은 바쁜 일정에도 불구하고 갑작스럽게 전화를 건 우현에게 흔쾌히 방문을 허락했다.

"안쪽 엘리베이터를 타고 10층으로 올라가시면 됩니다."

"감사합니다."

엘리베이터에 오른 우현이 거울 속으로 자신의 모습을 살폈다. 눈앞에 자꾸만 채원의 모습이 아른거렸다. 지금 당장 양팔로 채원을 끌어안고 숨 막히게 키스하고 싶었지만 참아야 했다. 그건 채원 역시도 그럴 것이다. 그렇기에 더욱 힘을 내지 않으면 안 되었다.

허상무 회장을 궁지로 몰아넣어야 했다. 그들에게 이로운 거래를 성사시켜야 했다.

엘리베이터가 10층에서 멈추자 크게 심호흡을 한 우현이 밖으로 나왔다.

"안에서 기다리고 계십니다."

단정한 차림의 비서의 인사에 고개를 끄덕인 우현이 회장실 문을 두드렸다.

"들어와요."

묵직한 소리가 들렸다. 그가 문을 열고 안으로 들어가자 허 회장이 자리에서 일어났다.

"안녕하세요, 회장님."

"앉게나."

우현이 허 회장을 따라 소파로 걸어가 자리에 앉았다. 두 사람 사이의 침묵은 비서가 차를 두고 회장실을 나가자 깨졌다.

"오랜만이로군. 내 딸과 절대 약혼을 할 수 없다고 외쳤던 그날 이후로 말일세. 그런데 날 왜 찾아온 거지? 사랑한다던 그 여자와 헤어졌나?"

조롱이 담긴 말이었지만 우현은 여유롭게 미소 지었다.

"아니요. 아직 헤어지지 않았습니다."

"그렇다면, 그럼에도 불구하고 약혼을 해야겠다고 생각했나?"

"전 와이프 따로, 애인 따로, 한 번에 두 여자와 만날 만큼 배짱이 두둑하고 머리가 좋은 남자가 아닙니다. 좀 고지식하고 순정파여서요."

우현의 대답에 허 회장이 고개를 저으며 허탈하게 웃었다.

"그럼 내게 다시 한 번 그 여자를 사랑한다 말하려고 일부러 여기까지 온 건 아닐 테고."

허 회장의 느긋한 목소리에 우현이 목청을 가다듬었다.

"제가 이곳에 온 건 회장님께 거래를 제안하기 위해서입니다."

우현이 내뱉는 의외의 대답에 허 회장의 미간이 작게 구겨졌다.

"거래?"

그가 슬쩍 입꼬리를 올려 웃었다.

"웬만하면 오케이 사인을 해주셨으면 좋겠습니다. 그러기 전에는 여길 나가지 않을 테니까요."

제일산업 본가.

"지금 뭐라고 했나? 최우현이 어디를 갔다고?"

진철은 우현의 뒤를 밟기 위해 고용한 사람의 말에 큰 소리를 내었다. 그곳에 우현이 만날 사람은 없었다. 딱 한 사람을 제외하고는.

"오늘 오전, 친구 김성준 군과 함께 성남대학교 연구소로 출근했습니다. 종일 연구소를 벗어난 적은 없었고, 오후에 성남건설 허민지 씨와 밖에서 잠깐 이야기를 나누었습니다."

남자가 진철에게 사진 몇 장을 내밀었다. 우현과 민지가 이야기를 나누고 있는 장면이 담겨 있었다.

"이후, 오후 4시쯤 연구소를 나왔고, 집으로 돌아갔습니다."

"그사이에 다른 만남은 없었고?"

"네. 그리고 5시 10분쯤 집에서 나와 택시를 타고 성남건설에서 내렸습니다. 동행은 없었습니다."

"이만 나가봐. 감시 게을리하지 말고."

진철이 제 손에 들린 사진을 가만히 바라보았다. 사진 속의 우현과 민지. 우현의 얼굴은 딱딱하게 굳어 있었으며 민지는 고개를 숙이고 있었다. 성남 건설로 들어가는 우현은 어딘지 모르게 비장해 보였다.

"허민지와 이야기를 나눈 후, 성남건설을 찾아갔다라…….. 왜지? 약혼에 대해 이야기를 하러 간 게 분명한데. 약혼을 취소해달라고 부탁하려고?"

똑똑.

짧은 노크 소리와 함께 진철의 아내 혜숙이 서재 안으로 들어왔다. 진철은 책상 위에 어지럽게 놓여 있는 사진을 재빨리 정리했다.

"저녁 드세요."

음음, 헛기침을 하고 서재를 나서는 진철. 하지만 이미 진철이 숨긴 것들이 무엇인지 알아차린 혜숙은 이를 갈았다. 서재를 나와 방으로 들어간 혜숙이 휴대폰을 집어 들었다. 진철의 책상 위로 흩어져 있던 사진. 곳곳에 우현의 얼굴이 선명하게 찍혀 있었다.

[아들, 아빠가 아들한테 사람 붙였어. 조심해.]

우현에게 문자를 보내고 내용을 삭제했다.

"보자 보자 하니까 이젠 사람까지 붙여서 자기 아들을 미행해?"

원망이 가득 담긴 혜숙의 목소리가 방 안에 울려 퍼졌다.

책으로 빼곡하게 채워진 성남건설 회장실에 마주 앉은 우현과 허상무 회장. 둘의 입가에는 여유로운 미소가 걸려 있었지만 공기 중에 떠도는 묘한 긴장감은 숨길 수가 없었다.

"난 성남건설의 허상무 회장일세. 내가 회사를 이끌어온 건 30년이 넘어. 산전수전 다 겪어온 내게 사업에 있어서 햇병아리나 다름없는 자네가 거래를 제안하겠다고?"

허 회장의 느긋한 음성에 우현이 차로 입술을 축이고는 찻잔을 내려놓았다. 자세를 바로잡은 그가 허 회장을 바로 바라보았다.

"네, 그렇습니다."

허 회장의 날카로운 눈빛이 우현의 전신을 훑고 지나갔다. 그러고는 다시 눈을 바라보았다. 지난번 L호텔 레스토랑에서도 느꼈지만 눈빛 하나는 마음에 들었다. 사람의 마음을 꿰뚫을 듯 맑은 눈은 당당하게 빛나고 있었다.

거기다 자신을 상대로 회사까지 쳐들어와서 거래를 제안하다니. 그것도 약혼하게 될지 모르는 여자의 아버지인 내게. 배짱이 보통이 아니었다.

"그래, 고지식하고 순정파인 최우현 군. 이왕 바쁜 시간 내서 만나게 되었으니 어디 한번 들어나 보지. 미리 말해두지만 난 그렇게 호락호락하지 않아."

고개를 끄덕인 우현이 허 회장 앞에 서류 봉투를 내밀었다.

"작년, 제일산업에서는 성남건설의 발주를 받아 10층짜리 오피스텔 건물을 완공했었죠."

"관련 서류들이로군."

"건설을 통한 새로운 가치 창출. 인간과 안전을 가장 큰 가치로 여겨 성장하는 회사."

우현의 입에서 흘러나온 건 성남건설의 기업경영이념이었다.

"청렴결백하며 직원 만족도가 높은 것으로 유명한 성남건설의 이미지가 실추되는 일이 발생하기라도 한다면 어떻게 하시겠습니까?"

허 회장의 눈매가 가늘어지며 눈동자가 차갑게 변했다.

"예를 들면 불법시공 같은 것에 연루되어 있다거나 말입니다."

입가에는 조소가 번졌다.

"내가 인간과 안전을 가장 큰 가치로 여기는 건 성남건설에 발을 담그기 시작했을 때부터 지켜온 신념이지."

턱을 살짝 들어 올린 허 회장의 얼굴에는 회사에 대한 자부심이 담겨 있었다.

"그런데 성남건설이 불법시공? 전에도 생각했지만 자네 상당히 무례하군. 더 이상 이야기하고 싶지 않으니 그만 나가보게."

허 회장은 처음 우현이 이곳에 들어왔을 때와 같은 얼굴이었지만 소파 팔걸이를 꽉 붙잡는 모습에서 분노를 느낄 수 있었다.

"믿지 못하시겠지만 성남건설이 불법시공을 한 건 사실입니다."

자리에서 일어나려던 허 회장이 우현의 말에 움직임을 멈췄다.

"자네 지금 뭐라고 했나?"

날카로운 허 회장의 눈빛에 우현이 침을 꿀꺽 삼켰다. 과연 30년간 거대한 기업을 이끌어온 만큼 카리스마가 대단했다. 그렇다고 이대로 물러날 수는 없었다.

"하지만 성남건설에만 잘못이 있는 건 아닙니다. 사실 기회를 제공한 건 저희 제일산업입니다."

우현이 잠시 숨을 골랐다.

"회장님이 제일산업과의 계약을 결심한 이유가 무엇입니까?"

"그야 해당 부서에서 거래 입찰 시 제일산업의 조건이 가장 좋았기 때문이겠지. 사적인 감정은 없었네."

"그렇다면 약혼 후에 제일산업에서 진행하게 될 종합쇼핑몰 건설 건은요?"

"솔직히 종합쇼핑몰 건설 건은 제일산업이 맡기에는 조금 무리가 있지. 하지만 명색이 성남건설의 사돈 될 집안이야."

"제일산업이 종합쇼핑몰 건설로 빨리 성장하길 바라셨군요."

"최근 몇 년간 우리는 제일산업과 거래를 지속해왔지. 모두 만족스러웠어. 만약 그렇지 않았다면 아무리 약혼하게 될 집안이라 할지라도 일을 맡기지 않았을 걸세."

허 회장이 차분한 어조로 말을 이었다.

"제일산업은 작지만 튼튼한 회사지. 최소의 비용으로 최대의 효과를 낸다, 어느 곳에서 이런 제안을 하는 회사를 마다하겠나?"

"그 최소의 비용으로 최대의 효과를 본 결과물, 그게 바로 제가 방금 전 말씀드린 오피스텔입니다."

우현이 손끝으로 자신이 가져온 서류를 가리켰다.

"나중에 확인해보시면 알겠지만 제일산업은 원래 입찰 서류에 냈던 건축자재들을 값싼 재료들로 대체했습니다. 건물에 뼈대가 되는 철근도 상당수 빼먹었더군요."

순간 눈을 번뜩인 허 회장이 서류를 낚아챘다.

"회장님께서 모르셨던 것 저는 알고 있습니다. 하지만 과연 사람들도 그렇게 생각할까요?"

허 회장을 향해 상체를 숙인 우현이 조금 더 낮은 목소리로 덧붙였다.

"물론 잘못이 없음을 증명하는 게 불가능하지는 않을 겁니다. 하지만 대부분의 사람들은 믿고 싶은 것만 믿는 경향이 있죠. 아마도 정말 몰랐을까, 과연 그 오피스텔 하나만 그랬을까, 라고 생각할지도 모르겠네요."

그가 한쪽 눈썹을 추켜세우며 허 회장을 바라보았다.

"성남건설 안에서도 제일산업과 함께 짜고 일을 벌인 사람이 있을 겁니다. 회장님이 아시든 모르시든 결국 두 회사의 공동 잘못입니다."

우현의 말을 끝으로 무거운 정적이 회장실을 가득 채웠다. 매서운 눈빛이 한참 동안 우현을 바라보았다.

"자네 말이 모두 사실이라고 치지. 자네는 이걸 어떻게 알았나?"

"처음 발견하게 된 건 우연이었습니다. 그 이후에는 직접 조사했습니다."

"이것을 내게 알려주는 이유가 뭔가? 제일산업에게 실망한 내가 약혼을 먼저 파기하길 원해서인가?"

"사돈이 된 두 집안, 사람들은 짜고 치는 고스톱이라고 비난을 하겠죠. 거기서 미리 발을 뺄 수 있는 기회를 드리고자 하는 것입니다."

허 회장이 눈을 내리깔고는 깊은 생각에 잠겼다. 그 모습에 우현의 입가에 처음으로 묘한 웃음이 걸렸다. 성남건설의 허상무 회장은 업계에서도 청렴결백하기로 유명한 사람이었다. 오랫동안 지켜온 신념이 무너질 수도 있다는 사실을 내세우면 동요를 일으킬 수 있을지도 모른다는 예감은 적중했다. 그렇다면 이제 해야 할 일은 믿음을 심어주는 것이었다.

"제일산업과 성남건설의 부정을 밝히기에는 아직 증거가 불충분합니다. 회장님께 드린 자료 역시도 반쪽짜리 자료이고요."

우현이 강렬한 눈빛으로 허 회장을 응시했다.

"하지만 반드시 불법시공을 증명할 증거도, 증인도 찾아낼 것입니다. 그러니 성남건설의 이미지가 추락하기 전에 기회를 잡으셨으면 좋겠습니다."

초점이 선명한 허 회장의 눈동자가 우현을 마주했다. 우현은 허 회장이 입을 열 때까지 묵묵히 기다렸다.

"지금 집안의 불리한 점을 자네 입으로 이야기했어."

허 회장이 눈을 가늘게 뜨며 우현을 바라보았다. 우현이 입으로 내뱉은 말은 결코 가벼운 일이 아니었다. 숨겨서 될 일도 아니지만 어쩌면 제일산업, 그의 집안이 무너질지도 모르는 일이었다.

"회장님이 제 손을 잡아주신다면 저는 아버지의 강요에 의한 약혼을 하지 않아도 되겠죠."

우현이 쓸쓸하게 웃었다.

"하지만 회장님, 그보다 더 큰 이유가 있습니다. 제게는 돕고 싶은 사람들이 있습니다. 아버지, 형, 제가 사랑하는 여자, 그리고 민지까지."

우현의 올곧은 눈동자가 허 회장을 바라보았다.

"사랑하는 여자를 울리고 싶지 않습니다. 그리고 자신을 사랑하지 않는 남자에게 평생 사랑받지 못하고 살아야 하는 민지를 돕고 싶습니다."

비록 정략결혼이었지만 큰어머니는 아버지를 진심으로 사랑했다. 하지만 그 사랑은 돌아오지 못했다.

"저에게는 평생을 함께하고 싶은 여자가 있습니다. 제 그런 마음은 민지를 불행하게 만들 것입니다."

평생 다툼과 미움과 증오로 얼룩진 삶. 그 증거가 아버지의 불륜, 바로 자신이었다.

"회장님도 성남건설의 회장님이기 이전에 딸을 가진 아버지입니다. 예견된 딸의 불행을 감수해서 결혼시킬 만큼 저, 그렇게 괜찮은 남자 아닙니다."

우현의 조곤조곤한 목소리가 말을 이었다.

"이곳에 찾아온 가장 큰 이유는 형 때문입니다. 지금껏 형을 속박하고 있던 모든 것들로부터 해방시켜주고 싶어요. 그리고 날개를 펼 수 있게 도와주고 싶습니다."

이해할 수 없는 우현의 말에 허 회장이 고개를 갸우뚱거렸다.

"비정하게 들리실지 모르지만, 아무리 아버지라도 잘못한 부분이 있다면 대가를 치러야 한다고 생각합니다."

우현의 단호한 얼굴이 다시 허 회장을 바라보았다.

"아버지가 더 높은 곳을 바라는 마음은 이해합니다. 하지만 그것이 사람의 가치를 저버리고 주변 사람을 힘들게 하는 일이라면……."

입술을 질끈 깨물었다.

"아버지가 깨달으셨으면 합니다. 돈이 전부는 아니라는 것, 돈보다 사람이 귀하다는 것."

바위처럼 견고한 목소리가 회장실에 울렸다.

"그리고 자식, 가족은 아버지의 성공을 위한 도구가 아니라는 것을요."

가만히 그의 말을 듣고 있던 허 회장이 소파에 기대었던 몸을 일으켰다.

"이런 불완전한 증거들을 가지고 당당하게 이곳을 찾아온 자네의 배짱과 돈보다 사람이 귀하다는 말은 마음에 드는군. 그렇다고 제안을 받아들이겠다는 소리는 아니야. 한번 말해보게. 뭘 꾸미고 있는지."

우현의 입가가 유려하게 올라갔다.

"회장님은 이 연극의 주연을 맡아주시면 됩니다. 무대는 제가 준비하겠습니다. 시나리오도, 조명도, 등장인물도. 그리고 촬영을 위한 카메라도요."

허 회장의 날카로운 시선이 우현을 훑었다.

"성남건설은 우연찮은 기회에 제일산업의 부정을 발견하게 되었고, 비록 1년 이상이 지난 일이지만 그대로 간과할 수 없어 직접 밝힌다."

우현의 눈이 반짝거리며 자신의 생각을 또박또박 이야기했다.

"우리도 사실은 속았다. 억울하다. 하지만 책임을 지기 위해 스스로 밝힌다. 그 말인가?"

"네, 그리고 우리 역시도 제일산업의 피해자이기에 더 이상 연관되고 싶지 않아 약혼을 파했다, 라고 마무리해주시면 됩니다."

우현의 제안에 허 회장이 헛웃음을 집어삼켰다.

"하지만 그 전에, 제가 이곳에 와서 약혼을 하겠다고 말했다, 라고 저희 아버지께 말씀해주시면 됩니다."

"내가 왜 그래야 하지?"

"제가 성남건설과 약혼을 해야만 아버지가 형을 믿어줄 겁니다. 그래야 일의 진행도 빨라지겠죠."

"내 딸은 자네를 짝사랑하고 있어. 아버지 입장에서는 가슴 아픈 일이야. 그 사실만으로도 슬픈 애에게 거짓말로 두 번 상처 주라는 말인가?"

"저희 아버지의 욕심으로, 민지가 자신이 좋아하는 사람이 누군지 제대로 몰랐던 실수로, 회장님의 착각으로. 저 대신 저희 형이 약혼을 했습니다."

우현이 방금 전과 다르게 조금 거친 목소리를 냈다.

"그 때문에 형은 사랑하는 여자와 헤어졌습니다. 죄송하지만 제겐 민지의 아픔보다 형의 아픔이 더 중요합니다."

준서에 대한 미안함에 우현은 아랫입술을 깨문 채 고개를 떨구었다.

우현의 동요에도 허 회장은 아무런 변화가 없었다. 그저 깊은 눈동자로 그를 바라볼 뿐이었다. 그 시선에 우현이 침을 꿀꺽 삼켰다. 하지만 피하지 않고 마주했다.

"만약 내가 자네의 제안을 거절하고, 두 회사의 비리를 어떻게든 숨기려 한다면 어쩔 텐가?"

자신을 떠보는 질문에도 우현은 흔들리지 않았다.

"회장님께서는 굳은 신념을 지닌 분이십니다. 그리고 그 강한 불길을 지키기 위해 노력하시는 분이라고 믿습니다."

확신에 찬 우현의 눈동자에 허 회장이 헛바람을 집어삼키더니 고개를 내저었다.

"일단 돌아가게."

낮은 목소리가 조용히 읊조렸다. 그 목소리에 우현의 눈동자가 희미하게 떨렸다. 하지만 이내 고개를 끄덕이고는 자리에서 일어났다.

"그럼 이만 가보겠습니다. 바쁜 시간 내주셔서 정말 감사합니다."

"자랑은 아니지만……."

문으로 향하는 우현의 발걸음을 묵직한 목소리가 붙잡았다. 그 음성에 우현이 몸을 돌렸다.

"성남건설은 대한민국에서 꽤나 인정받고 있는 회사일세. 민지와 결혼을 하면 자네는 지금보다 더 많은 것을 가질 수 있지."

소파에 몸을 깊게 묻은 허 회장이 그에게 등을 보인 채 말을 이었다.

"부와 명예는 물론이고, 재벌가의 사위라는 타이틀. 거기다 지금보다 더 넓고 좋은 곳에서 공부할 수 있는 기회까지. 이 모든 걸 놓치는 게 아깝지 않은가?"

우현의 입에서 살짝 가라앉은 웃음소리가 흘러나왔다.

"물론 지금보다 더 나은 삶을 살 수도 있겠죠. 하지만 전 그저 손 뻗으면 닿는 곳에 사랑하는 사람이 있고, 고개를 돌리면 볼 수 있는 곳에 가족과 친구가 있다면 그걸로 충분합니다."

사랑하는 사람과 가족과 친구를 떠올리는 우현의 눈망울이 기쁨에 빛났다.

"거기다 전 누군가에게 기대야만 무언가를 이룰 수 있을 만큼 능력 없는 남자가 아닙니다. 단지, 살면서 서로의 마음을 기댈 수 있는 사람을 원할 뿐입니다."

목소리는 느릿하고 또 부드러웠다.

"무엇보다, 제게는 회장님이 말씀하신 그 모든 것들이 한채원보다 가치 있게 느껴지지 않습니다. 제게 그 여자가 얼마나 소중한 사람인지 말로 다 표현하지 못하겠네요."

허리를 꼿꼿하게 세운 그가 허 회장의 뒷모습에 정중하게 인사를 건넸다.

"죄송합니다, 회장님. 분명 이런 저보다 민지에게 더 어울리는 남자가 있을 겁니다. 제게 민지는 너무 과분합니다."

우현이 성남건설 회장실을 떠난 지도 몇 시간이 지났다. 하지만 허상무 회장은 소파에 앉아 깊은 생각에 잠겨 있었다.

"건방진 녀석. 내게 비난을 피할 수 있는 기회를 주겠다니."

우현은 너무도 무모했다. 하지만 햇병아리치고 사람의 약점을 정확히 들여다볼 줄 알았다.

"지금껏 내가 지켜왔던 신념이 무너지길 원치 않는다는 점을 꿰뚫어 보고 있군."

거래에 있어서 가장 중요한 것, 바로 상대방이 거절할 수 없는 조건을 거는 일.

"증인도, 증거도 모두 찾아낼 테니 나는 손가락만 얹어라?"

처음으로 허 회장의 입꼬리가 올라갔다.

모든 딸 가진 아버지가 그러하듯, 민지에게 최고의 남자와 결혼시켜주고 싶었다. 하지만 지금까지 제 마음에 드는 남자는 단 한 명도 없었다. 그리고 제일산업과의 혼사, 반반한 건 얼굴밖에 없는 최우현이라는 녀석이 뭐가 좋다고 그러는지. 이왕 이렇게 된 거 아예 확실하게 가르쳐 성남건설의 사람으로 만들어버리자 생각했다. 하지만 오늘 개인적으로 만나게 된 최우현이라는 남자는 자신의 생각과 다른 사람이었다. 어리지만 자신에게 확신을 갖고 있는 남자. 가족과 주변 사람을 소중하게 생각하고 아낄 줄 아는 남자. 사랑을 최고의 가치로 여기는, 한 여자에게 더할 나위 없이 좋은 남자.

"아깝군."

처음으로 아쉬웠다. 놓치기에 아까웠지만 인연이 아니라면 어쩔 수 없었다. 한숨을 내쉬며 고개를 저은 허 회장이 다시 냉정한 얼굴로 회사 일을 생각했다.

우현이 회장실을 나간 후 비서에게 제일산업에서 맡았던 분당 오피스텔 시공 자료를 가지고 오라고 명령했다. 확인 결과, 우현의 말은 사실이었다.

제일산업의 건축 비리는 이미 윗선부터 많은 사람들이 연관되어 있다고 했다. 하지만 성남건설의 건축 비리는 지극히 개인적인 문제였다. 오피스텔 건설을 담당했던 직원의 자금횡령. 이 정도로 끝날 문제였다.

하지만 이것이 성남건설의 이미지에 타격을 줄 것은 분명했다. 비난을 피해갈 수는 없었다. 하지만 잠깐의 손해로 지금까지 지켜온 신념에 흠집을 내고 싶지 않았다.

"연극이라⋯⋯."

작게 중얼거린 허 회장이 결심했다는 듯 주머니에서 휴대폰을 꺼내 들었다.

"우리 민지에게 미안하게 됐구먼."

안타까운 목소리가 사무실에 울렸다. 연락처를 검색한 허 회장이 통화버튼을 눌렀다.

성남건설 건물을 나온 우현이 품 안에서 휴대폰을 꺼냈다.

부재중 전화 2통. 성준과 세연이었다. 그리고 메시지 1개.

[아들, 아빠가 아들한테 사람 붙였어. 조심해.]

엄마의 메시지를 확인한 그가 어이가 없어 한숨을 내쉬었다. 그가 주변을 둘러보았지만 딱히 눈에 띄는 사람이 없었다. 그들은 프로일 것이다. 찾는다고 찾을 수 있는 사람들도 아닐 것이다. 순간 우현의 머릿속에 채원이 떠올랐다. 아버지가 사람을 붙였다면 자신에게만은 아닐 것이다. 위험한 남자가 채원의 뒤를 밟으며 일거수일투족을 관찰하고 있다는 생각에 순식간에 머리끝까지 분노가 차올랐다. 채원이 알게 된다면 겁을 먹을 것이 분명했다.

"해도 해도 너무하시네."

아랫입술을 질끈 깨문 우현이 택시에 올랐다.

한적한 도로를 달린 택시가 제일산업 본가에 도착했다.

"어머, 우현아. 말도 없이 집에는 어쩐 일이야?"

놀란 눈으로 우현을 반기는 혜숙. 엄마가 놀라는 것도 이해가 갔다. 그가 이 집에 발을 끊은 지는 벌써 수년이 지났으니까.

"엄마 문자 받았어?"

혜숙은 딱딱하게 굳은 우현의 얼굴을 보며 걱정스럽게 물었다.

"응. 고마워, 엄마. 아버지는?"

"서재에 계셔."

"엄마 방에 좀 들어가 있어. 나 아버지랑 이야기 좀 하게."

혜숙의 눈동자가 불안감에 떨리자 우현이 엄마의 어깨를 토닥거리며 등을 떠밀었다.

"걱정하지 말고 들어가. 혹시 큰소리 나더라도 밖으로는 나오지 말고."

혜숙이 방으로 들어가자 우현이 안쪽 깊숙이 자리 잡은 진철의 서재로 걸어갔다.

똑똑.

"들어오게."

우현이 서재 문을 열고 안으로 들어갔다. 그를 발견한 진철이 잠시 놀란 듯했지만 금세 표정을 가무렸다. 한껏 날이 선 우현은 금방이라도 폭발할 것처럼 보였다.

"요즘 처음 보는 네 모습을 많이 보는구나. 최우현은 언제나 예의 바르고 싹싹한 아들이었는데."

"글쎄요. 인생의 절반 이상을 떨어져 지냈던 부자지간입니다. 어떤 모습이든 처음 보는 게 아니겠습니까?"

"이래서 남자는 여자를 잘 만나야 한다는 말이 나오는 거야. 여자 하나 때문에 너도, 네 형도 이렇게 망가졌어. 그나마 네 형은 정신을 차린 것 같은데. 넌 아직 멀었구나. 이렇게 철이 없어서야."

진철이 고개를 저으며 혀를 찼다.

"그래서 그 철없는 아들을 감시하라고 사람을 붙였습니까?"

우현의 말에 책상 위에 있던 진철의 손이 움찔했다.

"세상에 어느 아버지가 아들에게 사람을 붙여놓습니까? 왜요? 성남건설에 책을 잡히는 게 그렇게 두렵습니까? 아니, 나중에 아버지가 불리해질까봐 그러시는 거겠죠."

"사춘기 10대도 아니고 왜 이렇게 말이 많고, 탈도 많고. 다 너 좋으라고 그러는 건데 고분고분 말을 들으면……."

"사춘기 10대가 아니니까 이러는 거 아닙니까! 뭐가 옳고 그른지 머리로 생각할 수 있고, 누굴 사랑하는지 마음으로 느낄 수 있으니까!"

우현이 주먹을 꽉 움켜쥔 채로 진철에게 거세게 소리쳤다.

"제가 몇 번이나 아버지께 말씀드렸죠. 욕심 접으시라고. 지금 가지고 계신 것으로도 충분하다고."

"사내 녀석이 이렇게 배포가 없어서야."

"대체 얼마나 더 가져야, 얼마나 더 올라가야 만족하실 겁니까?"

"살 부대끼며 살다 보면 정이 들고, 그게 인생이다. 남들 다 그렇게 지내는데 넌 뭐가 그렇게 잘나서 그깟 사랑타령이야!"

진철이 서재 의자에서 벌떡 일어났다.

"그곳에는 마음이 없잖습니까!"

격한 감정에 우현의 목에 힘줄이 불거졌다. 어금니를 꽉 문 얼굴에 긴장이 서렸다.

"그렇게 맺어진 부부 사이에, 가족들 간에 마음이 없잖아요. 애정이 없고 사랑이 없고. 그 안에 공허함밖에 없지 않습니까."

"그놈의 사랑, 사랑. 다 정으로 사는 거야. 지금은 불타오를지 모르지만 언젠가 다 꺼지기 마련이지."

"그래서 아버지는 그렇게 살다 보니 큰어머니에게 없던 정이 생기셨나요? 아버지만 바라보던 큰어머니에게 눈길이라도 한번 주셨냐는 말입니까."

"우린 정략결혼이었다."

"저도 정략결혼입니다."

"일단 결혼해. 그 후에 몰래 만나는 건 상관하지 않으마. 네가 아직 사회 생활을 모르는구나. 사무실 구석에서도 그런 일들이 비일비재하게 일어나고 있는 것을."

이런 이야기를 아무렇지도 않게 하는 아버지의 모습에 우현의 말문이 막혔다.

"저보고! 아버지처럼 살라는 말씀이신가요? 그래서 저 같은 자식을 낳으라고요?"

우현이 거친 음성으로 소리를 내질렀다.

"대체 얼마나 후회하시려고 이러시는 겁니까? 아버지가 이럴수록 가족들도 점점 등을 돌린다는 거 모르시나요?"

"난 내가 한 일에 후회 따위 해본 적 없다."

"그러시겠죠. 정략결혼을 했던 큰어머니는 아버지의 넉넉한 자금줄이었고, 엄마는 아버지만을 바라보는 현모양처였으니까요."

"적당히 하거라. 봐주는 것도 여기까지야."

"형은 아버지 말이라면 고분고분 따라야 했고, 저는 죄책감에 시달려 쥐 죽은 듯 살아야 했으니까. 아버지가 후회할 일은 없었겠죠."

우현의 눈자위가 벌겋게 변했다.

"몇 번이나 아버지께 말씀드렸습니다. 그만하시라고. 더 이상은 참을 수 없다고. 사랑하는 사람이 있다고. 그 여자, 놓칠 수 없다고."

그가 입술을 질끈 깨물며 힘주어 한 자 한 자 내뱉었다.

"그런데 아버지가 하신 일은 뭔가요? 귀를 닫고, 가슴에는 욕심을 채우고. 그리고 제 여자에게는 사람을 붙였습니다."

"성남건설이 아니더라도 그런 여자 절대 허락 못 한다. 그 여자 때문에 집안 꼴이 우습게 되는 건 결코 용납할 수 없어."

진철의 말에 우현이 헛바람을 집어삼켰다.

"그 여자가 어떤 여자인 줄 알아? 그 여자 집안이 어떤 집안인 줄 알기나 해?"

우현이 격양된 마음을 가라앉혔다. 계속 이성을 잃고 채원에 대한 사랑을 내보였다가는 그녀만 힘들어질 뿐이었다.

"알죠, 잘 압니다. 그 여자는 제가 평생 함께할 여자였고, 그 여자 집안은 제가 평생 가족처럼 생각해야 하는 집안이었죠."

"최우현!"

"채원 씨에게 붙인 사람 당장 보내세요. 더 이상은 의미 없으니까. 아버지 때문에 모든 게 틀어졌습니다. 절 두 번이나 형에게 미안한 마음을 갖게 만드셨어요. 더 이상 엄한 곳에 힘 빼지 마세요."

바로 그때, 거짓말처럼 진철의 휴대폰이 요란스럽게 울렸다. 그 소리에 진철이 우현에게 잠깐 시선을 주었다가 휴대폰으로 손을 뻗었다.

"허 회장님이?"

진철의 입에서 나오는 이름에 우현이 침을 꿀꺽 삼켰다.

"네, 회장님. 이 시간에 어쩐 일로……."

-날세. 지금 통화 가능한가?

"아, 물론입니다."

강한 자에게 약하고, 약한 자에게 강한 남자. 눈앞의 제 아버지의 모습이 보기 싫어 우현이 눈을 질끈 감았다.

-만나서 이야기를 좀 나누었으면 하는데. 저녁때 우현 군이 회사로 찾아왔었네.

조용한 서재에 울리는 허 회장의 목소리에 우현도, 진철도 귀를 쫑긋 세웠다.

"그, 그렇습니까? 저희 아들이 혹 무례라도 범한 게 아닌지. 미리 사과드립니다."

진철이 모르는 척 입을 열었다.

-사과는 됐네. 한 식구 될 사이에 뭘 그렇게 일일이 사과를 하는가.

허 회장의 말에 우현이 눈을 번쩍 떴다. 진철의 시선이 우현에게 향했다.

-약혼에 대한 모든 것은 우리 쪽에서 진행하도록 하겠네. 그러니 최 사장은 그 무엇도 관여하지 말게나. 내 다시 연락 주도록 하지.

우현이 안도의 한숨을 내쉬었다.

'제 제안을 받아주실 생각이 있다면…… 제가 이곳에 와서 약혼을 하겠다고 말했다, 라고 저희 아버지께 말씀해주시면 됩니다.'

"약혼을 하겠다 말하려고 성남건설에 찾아간 게냐?"

조금 누그러진 진철의 목소리에 우현이 입을 열었다.

"아버지의 뜻대로 되었으니 채원 씨와 저를 감시하시는 일, 당장 그만두세요. 그 여자 더 이상 건드리지 마세요. 이젠 저와 상관없는 사람이니."

가만히 우현을 바라보던 진철이 휴대폰으로 어딘가 전화를 걸었다.

"최우현과 한채원 감시, 더 이상 하지 않아도 돼. 철수하게."

우현이 돌아섰다. 그리고 진철의 반대편으로 천천히 걸어갔다.

"언젠가 후회하실 겁니다. 아버지가 지내온 시간들을, 그 시간 속에서 하신 모든 일들."

한 발 한 발 멀어질수록 그의 마음도 멀어졌다.

"그리고 곁에 있는 이들에게 상처 줬던 아버지의 욕심과 이기심을."

밤 9시가 넘은 시간. 채원은 태양과 함께 집 근처 공원을 산책하고 집으로 돌아가는 길이었다. 3일에 한 번은 퇴근 후 이렇게 산책을 하곤 했지만 최근 태양의 몸이 부쩍 좋지 않아 산책의 횟수도 줄어들고 있었다.

"너도 이제 나이가 든 건가. 하긴 벌써 12살이나 됐으니까. 아빠가 너 처음 집에 데리고 왔을 때 생각난다."

작고 귀엽기만 했던 녀석이 어느덧 이렇게 커버렸다. 태양은 아버지가 살아 계실 때도 그녀와 가장 많은 시간을 보냈었다.

"생각해보면 태양이 너도 언니랑 엄마랑은 안 친했어. 지원이면 몰라도. 너 엄청 까다로운 거 알지? 우현 씨 좋아하는 거 보면 신기하다니까."

입 밖으로 우현, 이라는 이름을 내뱉자 걱정이 밀려왔다. 하지만 그보다 더 큰 그리움.

"자주 만나는데도 매일 보고 싶어서 어떡하지? 이것도 병인 것 같아. 물론 우현 씨가 잘하겠지만 그래도 걱정되고 힘이 되어주고 싶고 그래."

산책로를 벗어나 공원 입구를 향해 걷던 채원.

"보고 싶다, 최우현!"

고개를 젖혀 하늘을 바라보며 소리쳤다.

"지금 만나면 꽉 끌어안아 줄 텐데."

멍!

"태양아, 너무 늦었어. 그렇게 짖으면……."

멍!

격한 태양의 움직임에 채원이 리드 줄을 놓치고 말았다. 우렁차게 짖던 태양이 어딘가를 향해 달려갔다.

"한태양!"

그녀가 재빨리 태양이 달려간 방향으로 몸을 움직였다.

"너 이 녀석, 네가 먼저 형을 발견하면 어떡해?"

하지만 곧 들려오는 익숙한 목소리에 발을 멈추었다.

"널 형 여자친구로 오해하면 어쩌려고."

무릎을 접고 앉아 태양의 목덜미를 부드럽게 쓰다듬고 있는 남자, 최우현.

"너무 밤늦게 다니지 말아요. 걱정되니까."

우현이 앉아 있던 몸을 일으켰다.

"정 밤에 산책하고 싶으면 나랑 같이해요. 매일이라도 올 테니까."

채원의 떨리는 눈동자가 우현을 바라보았다.

"왜 그러고 서 있어요? 방금 나 꽉 끌어안아 준다고 하지 않았어요?"

그의 장난스러운 목소리가 바람에 실려 그녀의 귓가에 잔잔하게 파고들었다.

"그래도 역시, 남자가 여자를 꽉 끌어안아 주는 게 조금 더 폼 나겠죠?"

우현이 손으로 제 코트를 벌렸다. 채원의 입가에 천연한 미소가 떠올랐다. 하지만 괜히 눈가에는 눈물이 고였다.

"뭐 해요, 빨리 안 오고."

꿀을 바른 듯한 우현의 한마디. 짧은 거리지만 채원은 내달렸다. 그리고 우현의 품으로 파고들었다. 있는 힘껏. 채원의 무게에 뒷걸음질 친 우현이 중심을 바로잡고 그녀를 품에 안았다. 비좁은 코트 속, 우현과 채원이 함께 머물렀다.

"보고 싶었어요. 잠깐 못 봤는데 그래도 보고 싶었어요."

"나도 보고 싶었어요. 그래서 이렇게 달려왔어요. 끌어안고 싶어서, 보고 싶다고 말해주고 싶어서."

채원의 촉촉이 젖은 목소리에 우현이 그녀를 더 힘껏 끌어안으며 대답했다. 그녀의 가느다란 팔이 그의 허리를 바짝 안았다.

"채원 씨, 나는 절대 우리 아버지처럼 사랑하지 않을게요."

잔잔하게 울리는 낮은 목소리.

"이것이 중요하다, 저것이 중요하다는 핑계로 우선순위를 정하면서 채원 씨를 사랑하지 않을 거예요."

온기 가득한 품.

"나한테는 채원 씨가 가장 첫 번째예요. 그건 절대 평생 변하지 않아요."

코끝에 느껴지는 상큼하고 시원한 그만의 향기. 채원이 고개를 들었다. 어느새 양 볼이 염기로 얼룩져 있었다. 천천히 우현의 입술이 내려앉았다. 채원의 이마에. 눈꺼풀에. 코끝에. 볼에. 그리고 입술에. 잔잔하지만 뜨거운 서로의 숨결이 얽혀들었다. 맞닿은 가슴, 격해진 심장박동 소리가 사랑한다는 말을 대신했다. 호흡이 가빠지고 저릿할 정도로 가슴에 통증이 일었다.

"오늘…… 나 자고 갈래요."

조금 탁한 남자의 목소리가 속삭였다.

"채원 씨 꼭 끌어안고."

4. 형제, 가족

거실에 마주 앉은 채원과 우현은 서로의 손을 꼭 붙잡고 있었다. 단지 하루 보지 못했을 뿐인데 오늘따라 오래도록 만나지 못했던 것만 같은 기분이었다.

"저녁은 먹었어요?"

채원의 질문에 우현이 고개를 가로저었다.

"지금 9시도 넘었는데. 집에 다녀왔다면서요. 가족들과 같이 식사 안 했어요?"

"잠깐 아버지하고 이야기만 나누고 바로 나왔어요."

"장을 안 봐서 집에 먹을 게 없는데. 컵라면이라도 괜찮아요? 나 컵라면 잘 끓이는데."

자리에서 벌떡 일어난 채원이 부엌으로 걸어가 찬장 문을 열었다.

"아니, 무슨 인스턴트가 이렇게 많아요? 나보고 뭐라고 하더니 자긴 더하네."

어느새 채원의 뒤로 다가온 우현이 찬장 안에 든 물건들을 하나씩 살펴보았다.

"원래 1인분 만드는 게 비효율적이에요. 더 비싸고. 그리고 귀찮을 땐 컵라면이 최고죠."

채원이 컵라면 두 개를 꺼내 우현에게 건넸다. 피식 웃은 그가 컵라면을 뜯기 시작했다.

"태양이 간식하고 밥은 한가득이던데."

"사람은 아프다, 배고프다 말로 할 수 있지만 동물들은 그러지 못하잖아요. 간식도 밥도 늘 꽉꽉 채워놓아야 혹시 모를 사태에 대비하죠."

"병원도 자주 데리고 가요?"

"태양이가 벌써 12살이에요. 예전만큼 건강하지는 않아요. 한 달에 한 번은 꼬박 병원에 데려가고, 3일에 한 번은 산책 데리고 나가요."

"좋은 누나네요. 그래도 너무 늦게 산책은 하지 마요. 걱정되니까."

채원이 고개를 끄덕였다.

포트 안에 물이 끓자 탁, 하고 스위치가 자동으로 올라갔다. 채원이 조심스럽게 뜨거운 물을 컵라면 안에 부었다. 컵라면 위에 젓가락을 올려놓고 콧노래를 부르는 채원. 그 모습에 우현이 웃음을 터뜨렸다.

"뭐가 그렇게 즐거워요? 요즘 여러 가지로 힘들 텐데. 나 원망스럽지도 않아요?"

그녀가 어깨를 으쓱했다.

"보고 싶다고 떠올렸을 때 짠 하고 나타나주는 남자친구도 있고, 그 남자친구와 함께 마주 앉아 라면도 먹고."

채원이 손가락으로 나무젓가락을 톡, 하고 부러뜨렸다.

"손을 잡을 수 있고, 이야기를 나눌 수 있고, 사랑한다고 말할 수 있는데 힘들 리가 없잖아요."

채원의 따뜻한 말에 우현이 피식 웃으며 고개를 숙였다. 이 여자에게는 정말 평생 못 당할 것 같았다. 그녀에게 자신은 한참이나 부족했다.

"왜 아무것도 안 물어봐요? 성남건설에 다녀온 일. 무슨 이야기 했는지. 결과는 어떻게 됐는지. 집에 가서는 아버지와 무슨 이야기를 나누었는지."

그가 낮은 목소리로 그녀에게 물었다.

"3분 지났죠? 라면 불겠어요. 이제 먹어요."

채원이 손을 뻗어 우현의 컵라면 뚜껑을 마저 뜯었다. 그가 그런 그녀의 손을 붙잡았다.

"묻지 않는 게 좋을 것 같아서 잠자코 있는 거예요."

그녀가 염려가 담긴 목소리로 말을 이었다.

"사실 성남건설에 다녀온 일보다 집에 갔다 온 게 더 신경 쓰여요. 아까 밖에서 우현 씨가 날 끌어안았을 때, 금방이라도 울 것 같아서."

채원의 말에 우현이 그녀의 손을 더 꽉 붙잡았다.

"아버지와 무슨 이야기를 나누었는지는 모르지만 아버지처럼 사랑하지는 않을 거라고 했잖아요. 그 말이 가슴에 콕 박혀서 떠나지 않아요."

그녀의 손은 차가웠지만 전혀 차갑게 느껴지지 않았다.

"우현 씨 아버지의 우선순위는, 첫 번째는 돈과 권력이었겠죠? 그래서 가족에게 상처를 줬고."

오히려 따뜻했다.

"무슨 일이 있었냐고 물어봤어야 했나 싶지만 우현 씨가 아직은 묻지 말아요, 라는 얼굴을 하고 있어서요."

"채원 씨는 이제 나보다 나에 대해 더 잘 아는 것 같네요."

"다 사랑의 힘이라고요."

채원의 장난스러운 말투에 우현은 온몸에 근육이 풀어지는 듯한 느낌마저 들었다. 그녀와 함께 있으면 안도감을 느꼈다. 마냥 곁에서 눈을 감고 늘어져 쉬고 싶은 그런 평안함.

"허민지 씨가 나한테 그러더라고요. 자기는 우현 씨에게 많은 것들을 줄 수 있다고. 내게 미안하지 않느냐고."

민지의 이야기에 평온했던 우현의 미간이 구겨졌다.

"맞는 말이에요. 난 아무것도 가진 게 없고, 우현 씨에게 내어줄 수 있는 게 없어요. 하지만 난 민지 씨가 주지 못하는 것을 우현 씨에게 줄 수 있어요."

이번에는 채원이 우현의 손을 붙잡았다.

"우현 씨가 그랬죠? 세상에서 가장 따뜻한 곳이 되어줄 거라고. 바람도, 비도, 천둥소리도 막아준다고. 꼭 지켜주겠다고."

그러더니 우현의 손을 천천히 들어 올렸다.

"나도 그래요. 난 우현 씨가 마음을 기댈 수 있는 장소이고 싶어요. 그러니까 마음껏 기대도 괜찮아요."

채원의 촉촉한 입술이 우현의 손등에 닿았다 떨어졌다. 그것은 마치 그 어떤 신성한 의식인 것만 같아 그의 심장이 울컥했다.

"우현 씨는 내게 부담이 된다는 이유로 아무런 말 없이 혼자 생각하고, 결론짓고 하는 사람이 아니잖아요. 그래서 먼저 말해주길 기다렸어요."

배시시 웃으며 혀를 쏙 내미는 채원의 미소가 우현의 눈동자에 각인되었다.

"우현 씨의 말 다 듣고 나서 앞으로의 일, 둘이서 같이 이야기하려고요."

이런 여자가 자신의 사람이라니. 가슴이 아릴 정도로 따뜻한 마음을 갖고, 강한 의지로 자신을 지탱해주는 채원이 자신의 여자라니. 만약 그녀가 없다면 살아갈 수 있을까. 자신 없었다.

"채원 씨, 나중에 나랑 꼭 결혼해요."

우현의 입에서 뜬금없이 흘러나오는 말에 채원이 눈을 동그랗게 떴다.

"채원 씨랑 나, 둘 다 교외 좋아하니까 우리 그쪽에 살아요."

우현이 두 사람이 하나가 되기 전, 선예의 커피숍 야유회 때 계곡 데이트 때 했던 말을 되짚었다.

"한국이 싫으면 이탈리아나 영국으로 가서 살아도 돼요."

"이봐요, 최우현 씨."

"버스하고 지하철 좋아한다고 했지만 그래도 열심히 돈 벌어서 차는 살게요. 차가 있어야 좋은 곳도 많이 가고, 나중에 아이가 태어나도 편할 테니까."

그녀가 품, 하고 웃음을 터뜨렸다.

"설마, 지금 이거 프러포즈예요?"

채원의 얼굴에 웃음 반, 황당함 반이 떠올랐다.

"너를 사랑하는 마음, 평생 너만 사랑한다는 약속, 그리고 그게 변치 않고 영원할 거라는 믿음. 그게 제일 중요하다면서요."

"아무리 그래도 그렇지, 컵라면 두 개 올려놓고 갑자기 프러포즈는 좀 너무하지 않아요?"

"앞으로의 일, 둘이 같이 이야기하자면서요."

"너무 먼 이야기 같은데요?"

"난 내일이라도 할 수 있어요."

"난 아직 준비 안 됐는데."

채원이 웃으며 우현에게 잡힌 손을 놓았다.

"얼마나 기다리면 준비될 거 같아요?"

"글쎄요. 난 예쁘고 몸매도 좋지만 돈이 별로 없으니까 시집갈 돈은 좀 모으고요. 그리고 지원이! 동생 전역해서 자리 잡을 때까지는 내가 돌봐줘야 해요."

그가 미간을 잔뜩 구겼다.

"왜요? 그럼 나 살자고 동생을 팽개쳐요?"

"이제 병장 달았다면서요. 전역하려면 한참 남았는데. 아니, 그건 그렇다 치고 아직 대학생이죠?"

"전역하면 3학년으로 복학해요."

"졸업하려면 2년이나 남았잖아요. 졸업하고 바로 취업된다는 보장도 없고."

"전역하고 나면 바로 복학안하고 워킹홀리데이 간다고 했던가? 호주? 캐나다?"

우현이 경악스러운 표정으로 채원을 바라보았다.

"아니, 그 나이면 다 컸는데 뭘 돌봐줘요. 난 12살 때부터 내 앞가림 내가 다 했어요."

"와, 훌륭해라. 근데 우리 지원이는 아직 어려서요. 누나의 손길이 필요해요."

"결혼해도 돌봐줄 수 있잖아요."

우현의 투정에 그녀가 웃음을 터뜨렸다.

"지금 말한 거 기다리다가 채원 씨 할머니 된다고요. 그때까지 내가 채원 씨만 보면서 옆에 있을 거 같아요?"

"평생 너만 사랑한다고 누가 2분 전에 말했던 거 같은데. 그건 그냥 하는 말이었나?"

채원이 능청스럽게 대꾸하더니 컵라면을 휘휘 저었다.

"물론! 그때도 난 채원 씨 옆에 있겠지만 그래도 이건 좀……."

"아, 라면 다 불었어. 면 얇아서 불면 맛없는데."

애써 참아보려 노력했지만 입술 사이로 자꾸만 웃음이 새어 나왔다.

"지금 라면이 분 게 우리의 결혼 문제보다 중요하지는 않을 거 같은데요."

"사람에게 미래도 중요하지만 가장 중요한 건 현재라고요."

"설마 나중에 나 말고 다른 놈하고 결혼하려는 건 아니죠?"

채원이 어깨를 으쓱하더니 자리에서 일어났다.

"조금 아깝기는 하지만 다시 끓여 줄까요?"

"아, 진짜! 한채원!"

우렁차게 채원의 이름을 부른 우현이 자리에서 벌떡 일어나더니 뒤돌아선 그녀의 허리를 확 잡아끌었다. 그러더니 그녀를 번쩍 들어 자신의 어깨에 둘러멨다.

"지금 뭐 하는 거예요?"

몸을 돌린 우현이 큰 소리에 벌떡 일어난 태양을 바라보았다. 눈빛은 이글이글 불타올랐다.

"한태양! 오늘 거실 취침!"

그러더니 방문을 거칠게 열고는 쿵, 닫아버렸다.

"스토커에, 납치에, 감금에. 나 범죄자랑 사귀나 봐!"

채원이 깔깔깔 웃으며 큰 소리로 외쳤다.

"결혼 오케이할 때까지 이 방에서 못 나가요."

우현이 어깨 위에서 발버둥 치는 그녀를 침대 위에 내던지고는 손가락으로 넥타이를 잡아당겼다.

"엄머, 겁도 안 먹어요? 이 여자, 큰일 날 여자네."

그가 여전히 웃고 있는 그녀의 모습에 기가 막혀 말했다. 침대 위로 올라가 채원에게 슬슬 다가간 우현이 그녀의 팔을 붙잡아 넘어뜨렸다. 그러더니 하얀 그녀의 목덜미에 고개를 묻었다.

"잠깐, 간지러워요!"

그의 입술이 목덜미를 타고 내려오며 지분거리자 그녀가 큰 소리로 웃었다. 자잘하게 자신의 살을 깨무는 우현 때문에 그녀가 몸을 비틀며 그를 저지했다.

"아직도 웃네? 대답할 때까지 진짜 안 내보낼 건데."

우현이 그녀의 옷 속으로 빠르게 손을 집어넣더니 간지럼을 태웠다.

"그만해요. 간지럽다니까."

그의 입술이 천천히 올라와 채원의 귓불을 깨물자 방금 전까지 웃음이 흘러나오던 입술에서 짧은 신음이 터져 나왔다.

"자, 잠깐 우현 씨……. 하, 항복. 항복해요. 그러니까……."

간지럼을 태우기 위해 그녀 위에 머물던 그의 손길은 어느 순간 조금 농밀해졌다. 우현의 뜨거운 입술이 그녀의 살결에 닿았다. 화기애애했던 분위기가 갑자기 변해버렸다.

"이미 늦었어요."

그의 탁한 목소리가 그녀의 귓가에 속삭였다. 그 낮은 음성에 채원이 몸을 움찔 떨었다.

"프러포즈는 나중에 다시 할게요."

잠시 상체를 든 우현이 채원의 손등을 붙잡았다.

"오늘은 일단 약속만."

그러고는 그녀의 네 번째 손가락에 제 입술을 올려놓았다. 우현의 행동에 채원이 숨을 몰아쉬었다. 심장이 제 것이 아닌 것처럼 마구잡이로 뛰고 있었다. 평소 우현이 아닌 것만 같은 느낌. 그 깊은 눈동자에 사로잡힌 듯 채원은 꼼짝도 할 수 없었다. 그녀를 내려다보는 우현의 눈동자가 깊어졌다.

우현의 넥타이가 침대 아래로 떨어졌다. 여전히 시선은 그녀를 향해 있었지만 손가락은 셔츠 단추를 풀기 위해 분주하게 움직였다. 어두컴컴한 밤, 희미하게 들어오는 가로등에 빛나는 짓궂은 그의 미소가 사람을 호릴 만큼 요염했다. 그 모습에 채원은 발끝까지 달아오르는 느낌이었다. 우현의 입술이 그녀 가까이 다가왔다.

"늦게 대답했으니 나도 한 말은 지켜야겠죠?"

한마디 한마디 내뱉을 때마다 두 사람의 입술이 살짝 부딪쳤다 떨어지기를 반복했다. 왠지 진한 키스보다 야한 것만 같은 기분.

"내일 아침까지는 이 방 못 나가요."

우현의 입에서 뜨거운 숨이 터져 나왔다. 그 열기가 채원에게 고스란히 전해졌다. 부드럽게 채원의 입술을 머금었던 우현은 잠깐의 틈이 생길 때마다 제 뜨거운 숨결을 밀어 넣었다.

맞닿은 숨이 서로에게 얽혀들었다. 두 사람의 열기가 맞부딪치며 한순간에 폭발해버렸다. 장난스럽게, 혹은 진지하게 영원을 약속한 밤. 가슴이 터져버릴 듯한 행복에 두 사람은 서로를 꽉 끌어안았다.

방 안 가득 들어오는 햇살에 눈을 찡긋한 우현이 천천히 눈꺼풀을 말아 올렸다. 왼팔이 살짝 저린 느낌에 저도 모르게 미간이 구겨졌다. 아픔의 원인을 찾아 고개를 돌리자 채원이 자신의 팔을 베고 평온한 표정으로 잠들어 있었다. 그 모습에 구겨졌던 그의 이마가 곱게 펴졌다.

6시가 조금 안 된 시간. 최소한의 움직임으로 팔을 빼내고 방을 나선 그가 깔끔하게 샤워를 하고 나왔다. 어젯밤 먹지 못한 컵라면을 치우고 냉장고문을 열어 계란을 꺼냈다.

그때 방문이 열리는 소리가 들렸고 채원이 눈을 비비며 밖으로 나왔다. 아직 눈동자에 잠이 가득 들어차 깜빡거리는 모습이 귀여웠다.

"잠 푹 잤어요?"

끄덕끄덕. 아침에는 영 정신을 차리지 못하는 몸은 기우뚱기우뚱. 그런 채원의 모습에 만면에 미소를 띤 우현이 그녀에게 다가갔다. 채원의 허리를 꼭 끌어안자 그녀가 그의 어깨에 기대섰다. 그 무게가 뭉클할 정도로 좋았다.

"출근해야 하는데 피곤해서 어떡해요? 어제 미안해요."

도리도리.

"조금 더 자도 되는데 왜 벌써 일어났어요."

따뜻한 음성. 머리를 쓰다듬는 다정한 손길. 우현이 주는 안도감에 채원이 그의 허리를 더 바짝 끌어안았다.

"나 뭐 좀 만들어놓고 있을 테니까 씻고 나와요."

우현이 채원을 품에서 살짝 떼어냈다. 품속에서 빠끔히 고개를 든 그 모습이 사랑스러워 그가 채원의 입술로 천천히 다가갔다. 하지만 채원이 조금 더 빨랐다. 재빨리 그의 허리를 감싸고 있던 팔을 풀고 제 입을 막아섰다.

"나 지금 거절당한 거예요?"

채원의 행동에 우현이 짓궂은 장난기를 드러내며 말했다.

"아직 이 안 닦았어요. 안 돼."

휙 돌아선 채원이 종종 걸음으로 욕실로 들어갔다. 그 뒷모습에 우현의 얼굴에 느리게 미소가 번졌다. 우현이 다시 가스불 앞에 섰다. 탁, 하는 소리와 함께 깨진 계란이 팬에 넓게 퍼졌다. 투명한 계란이 색을 띠어가자 그가 콧노래를 부르며 스크램블 에그를 만들었다. 다 익은 계란을 접시에 담고 냉장고 안에 있던 오렌지 주스도 컵에 따랐다. 채원을 위해 간단한 아침을 준비하는 우현의 움직임이 바빠졌다.

"본격적으로 요리나 배워봐?"

자신이 만든 음식을 작은 입안에 넣고 오물거리는 모습을 상상하는 것만으로도 기분이 좋아졌다.

"퇴근하고 같이 장이라도 보러 가야겠네."

채원과 손을 잡고 카트를 끌며 마트 곳곳을 누비는 모습이 그려졌다. 그녀가 좋아하는 음식재료를 카트에 담고, 시식 코너에서 서로에게 음식도 먹여주고.

"신혼부부 같다."

"뭐라고요?"

중얼거리는 우현의 목소리 사이로 채원의 음성이 파고들었다. 그러고는 바로 이어 등에서 따뜻한 체온이 느껴졌다. 채원의 백허그에 우현이 슬쩍 고개를 돌려 그녀를 바라보았다.

"한 2년 후의 미래를 상상해보고 있었어요."

"2년 후? 거기에 나도 있어요?"

"당연히 채원 씨가 주인공이죠. 잠 다 깼어요?"

"잠도 깨고 오늘은 웬일로 배도 고파요."

그의 등 뒤에 있던 채원이 빠끔히 고개를 내밀었다. 대답 대신 자신의 허리에 둘러진 채원의 팔을 푼 우현. 몸을 돌린 그의 입술이 그녀의 입술에 닿았다.

"씻고 나왔으니 괜찮죠?"

수줍게 미소 지으며 고개를 끄덕인 채원이 까치발을 떼 그의 입술에 다시 한 번 쪽, 소리가 나도록 뽀뽀했다. 우현이 식탁 의자를 빼주자 채원이 자리에 앉았다.

"안 먹던 아침 먹으면 부담될 수도 있으니까 조금만 먹어요. 그게 싫으면 오렌지 주스만이라도."

채원의 손에 포크를 쥐여 준 우현의 손길은 목소리만큼이나 부드러웠다.

"주말에 같이 장보러 가요. 냉장고에 아무것도 없어. 대체 뭐 먹고 지내는 거예요?"

다정한 타박. 채원이 슬그머니 미소 지으며 계란을 입안으로 밀어 넣었다.

"맛있어요?"

채원의 미소에 우현이 덩달아 웃으며 묻자 그녀가 고개를 끄덕였다.

"우리 이러고 있으니까 꼭 신혼부부 같지 않아요?"

"최우현 씨, 어제부터 상당히 결혼을 어필하는 느낌인데요?"

"세뇌교육 시키는 건데 몰랐어요? 나중에는 자동반사적으로 답이 나오게."

입을 삐죽거리며 오렌지 주스를 마신 채원이 그 시큼함에 눈을 찡긋했다.

"나중에."

갑작스럽게 변한 우현의 진지한 음성에 채원이 그를 빤히 바라보았다.

"나중에 많은 것들이 정리되고 나서 제대로 프러포즈 할게요."

그녀가 눈을 깜빡거리며 가만히 그를 응시했다.

"난 지금도 그렇고 그때도 진심이겠지만. 그래도 그때까지는 농담으로 웃어넘기고, 튕기고, 새침하게 대꾸해도 괜찮아요."

우현의 따뜻한 손이 식탁 위에 있는 채원의 손을 감싸 안았다.

"여자는 그래도 괜찮아요. 대신 내가 정식으로 프러포즈 하면 그때는 지금처럼 농담으로 못 넘겨요."

애정이 듬뿍 담긴 목소리.

"전에 말했죠? 부탁 아니라고. 채원 씨한테 NO라는 대답 들을 생각 없다고."

그리고 그에 반하는 조금은 강제적인 말투. 그 괴리감에 채원의 가슴이 속절없이 쿵쾅거렸다.

"나…… 아침잠이 많아서 밥 못 해줄지도 몰라요."

떨리는 입술 사이로 흘러나오는 말은 허락이나 다름없었다.

"아침밥 안 해줘도 괜찮으니까 대신……."

나른한 표정의 우현이 채원의 손을 다시 한 번 꽉 움켜쥐었다.

"백허그 해줘요. 아까처럼. 그럼 나 하루 종일 힘 날 거 같으니까."

오전 회의를 마치고 사무실로 돌아온 준서. 그를 기다리고 있던 건 박 비서였다.

"출근이 조금 늦으셨습니다, 박 비서님."

"마루종합건축사무소에 들렀다 왔습니다. 핀잔을 주실 게 아니라 투 잡을 뛰는 제게 두 배의 월급을 주셔야 하는 게 아닙니까?"

박 비서의 말에 오늘 처음으로 준서의 얼굴에 미소가 감돌았다.

"최우현은요? 더 이상 뒤를 밟는 사람은 없었습니까?"

"성남건설 회장님의 입김은 굉장한 효력이 있더군요. 어제저녁 이후로 보이지 않습니다."

준서가 고개를 끄덕였다. 어제 우현과의 통화를 통해 모든 것을 들은 상황이었다. 자신들의 편이 되어주기로 한 성남건설의 허상무 회장, 우현의 거짓 약혼, 그리고 우현과 채원의 뒤를 밟은 아버지.

아버지가 우현과 채원의 뒤를 밟으리라는 것은 이미 눈치채고 있었다. 아버지가 우현과 채원의 뒤를 밟았다면 준서는 그 사람들의 뒤를 밟았다.

"아버지가 더 이상 우현이 일로 걸고넘어지는 일은 없을 겁니다. 하지만 그리 오래 시선을 돌리지는 못할 테니 부지런히 움직여야겠죠."

"작은도련님 일은 넘어갔지만 여전히 사장님은 부사장님을 경계하고 있습니다."

"아버지와 전 늘 이런 관계였어요. 보통은 자식을 소중한 존재라고들 하는데 아버지는 그렇지 않은가 봅니다."

준서가 씁쓸하게 웃었다.

"소중한 존재는 맞을 겁니다. 최 사장님도 결국은 아버지니까요. 다만, 최 사장님께는 소중한 존재를 상처 입히면서까지 갖고 싶은 더 소중한 것들이 많을 뿐입니다."

"박 비서님도 소중한 자식을 상처 입히면서 갖고 싶으신 게 있습니까?"

준서의 질문에 박 비서가 온화한 미소를 지었다.

"아니요, 없습니다. 때론 제가 아들을 상처 줄 때도 있겠지만 그건 가족이기에 서로 이해할 수 있는 부분에 한해서입니다. 제게 제 아들보다 소중한 건 없네요."

"박 비서님의 아들은 참 행복하겠습니다. 박 비서님 같은 분이 아버지라니."

준서가 손바닥을 내리치며 주위를 환기시켰다.

"자, 그럼 이런 감성적인 이야기 말고, 이성적이고 현실적인 이야기로 넘어가죠. 주식 이야기요."

"제일산업의 대주주는 당연히 최진철 사장님이십니다. 부사장님은 제일산업 주식의 1.8프로, 작은도련님은 제일산업 주식의 1.3프로를 보유하고 있습니다."

"아버지가 꽤나 무리를 하셨군요."

"성남건설의 경우 주식의 3.1프로를 가지고 있어 주주총회 소집 및 의결권을 행사할 수 있습니다."

"성남건설은 확실히 우리 편인가요?"

"어제 최진철 사장님께 전화를 건 게 그 증거라고 할 수 있겠죠. 우리는 믿어보는 방법밖에 없는 것 같습니다."

준서가 고개를 끄덕였다.

"그렇다면 우현이 밖에서 해야 할 일은 완벽하게 끝냈군요. 그럼 우리는 이제 안에서 할 수 있는 일을 시작합시다."

"사람을 모으실 생각이십니까?"

"우현이와 제 주식을 합치면 3.1프로입니다. 거기다 성남건설의 주식까지. 이 정도면 우현이가 제게 충분히 튼튼한 날개를 달아준 것 같습니다."

준서가 크게 한숨을 내쉬었다.

"이민호 과장의 말로는 기술본부 본부장은 아버지와 함께 일을 꾸민 아버지 사람입니다. 플랜트 본부, 건축본부 모두 마찬가지입니다."

"경영지원본부, 재무본부, 전략기획본부 본부장님들은 말씀하신 분들과는 사이가 그다지 좋지 않습니다."

준서의 말에 박 비서가 바로 대답했다.

"회사 경영 및 전략을 짜는 사람들은 회사 발전을 위해 노력하고, 건물을 짓고 올리는 사람들은 공금을 횡령하고 있네요."

"어디에 먼저 연락을 드릴까요?"

"경영지원본부 윤도원 본부장님께 먼저 연락드리죠. 회사에서 아버지와 어깨를 나란히 할 수 있는 사람 중 한 분이니까."

준서의 얼굴에 짜릿한 미소가 감돌았다.

"우두머리를 만나 설득하면 그 우두머리를 따르는 사람들은 자연스럽게 따라오게 되어 있습니다."

"아저씨, 회의는 잘 끝나신 거예요?"

채원은 정수의 맞은편에 앉아 커피를 내밀었다. 전시회의 마지막 점검을 위해 채원의 회사 오전 회의에 참석한 정수는 학교로 돌아가기 전 지하에 있는 커피숍에서 그녀를 기다리고 있었다.

"그래. 전시회 준비도 거의 막바지더구나."

"네, 언론 광고도 나갔고, 순조롭게 잘 진행되고 있어요."

"일은 순항 중인데 얼굴이 그렇게 밝은 것 같진 않구나."

걱정이 담긴 정수의 목소리에 채원의 얼굴에 쓸쓸한 미소가 떠올랐다. 어젯밤 자신은 아버지처럼 사랑하지 않겠다는 우현의 얼굴이 스쳐 지나갔다.

우현과의 문제가 있음을 짐작한 정수가 나지막한 목소리로 입을 열었다.

"내가 우현이를 처음 만난 건 그 녀석이 대학생일 때였지. 워낙 치열하게 살아서 유복한 집안의 아들이라고는 생각도 못 했었어."

"학교 다닐 때에도 늘 장학금을 받았다면서요."

"인재란 인재가 모여 있는 명문대에서 매번 장학금을 받는 건 절대 쉽지 않지."

정수가 학창 시절의 우현을 떠올리며 추억에 잠겼다.

"겉으로 보기에는 유하고 둥글둥글해 보이지만, 안을 들여다보면 엄청 단단한 녀석이야. 그 녀석의 바위 같은 단단함은 겪어보지 않은 사람은 상상도 하지 못할 거다."

채원이 고개를 끄덕였다. 우현은 삶에 대해 견고한 자신의 신념을 갖고 움직이는 사람이었다. 이를테면 가족과 주변 사람들의 행복.

복잡한 집안 환경에서 올바르게 자랐고, 다른 사람을 사랑하고, 사랑받는 남자로 성장했다. 큰어머니에 대한 죄책감을 가슴에 품고 힘들어하면서도 앞으로 나아가기 위해 노력했다. 형의 무참한 비난을 고스란히 받아냈고, 그러면서도 형을 끌어안기 위해 수없이 양팔을 뻗었다.

"사업을 하는 집안에서 왜 경영을 배우지 않고 고고학을 공부하느냐고 물어본 적이 있었지. 두 가지 이유가 있다고 하더구나. 하나는 미움을 받고 싶지 않아서, 그리고 하나는 은혜를 갚기 위해서."

미움을 받고 싶지 않아서. 그건 분명 준서 때문일 것이다. 아마 우현은 혹시 있을 형하고의 회사 경영권 다툼을 시작조차 하고 싶지 않아서일 이유가 컸다. 그럼 다른 하나는?

"자세한 이야기는 묻지 않았다. 다만 대답이 조금 특이해서 기억하고 있을 뿐이야. 아무튼 정말 괜찮은 녀석이라는 건 내가 보장하니 너무 걱정하지 말거라."

채원이 작게 고개를 주억거렸다.

"그나저나 어머니는 잘 계시고?"

"통화 못 한 지 한참 됐어요."

"네 어머니도 언제까지 저렇게 살 수는 없을 텐데 말이다. 네 아버지 일에서 빨리 벗어나야지. 왜 자신만 힘든 게 아니라는 걸 모르는지."

"저는 괜찮아요. 아빠가 누구보다 정직하고 올곧은 분이라는 거 알고 있어요. 그렇기에 아빠는 잘못이 없다고 믿고 있거든요."

정수의 얼굴에 난감함이 떠올랐다.

"나도 아니라고 믿고 싶지만……. 채원아, 사람은 누구나 실수를 하는 법이란다. 이미 증거도 밝혀졌고, 이제 그만 잊는 게……."

"전 아직도 믿기 힘들어요. 아저씨 말대로 증거가 있지만 아빠는 제게 아니라고 했어요. 분명히."

"10년도 더 지났어. 이제 잊을 때도 됐다. 이미 사람들 기억 속에서도 희미해진 일이야."

"사람들의 기억 속에는 희미해졌어도 전 안 그래요. 매일 떠올리는걸요."

채원이 테이블 위에 올려놓은 손을 말아 움켜쥐었다.

"평생을 명예롭게 지내시던 분이세요. 문화재 연구만을 위해 힘쓰신 분이셨어요. 그런데 그 명예가 더럽혀졌는데 전 아무것도 할 수 있는 일이 없어요. 그게 속상하네요."

정수의 커다란 손이 채원의 손을 감싸 안았다.

"네 아버지의 그림자가 너무 커서 걱정이구나. 네가 가지고 있는 아버지 물건들을 버리는 건 어떠니? 먼저 떠나보낸 사람의 물건이 주변에 있으면 과거에 갇혀버리게 돼. 그걸 볼 때마다 추억을 되새김질하니까. 너도 제대로 살아야지."

채원의 입가에 쓰디쓴 웃음이 걸렸다.

"아빠 물건은 차마 용기가 안 나서 꺼내보지도 못했어요. 열어본다고 제가 알 수 있는 것들도 아니지만."

"알 수 없다니? 아버지 물건에 알고 모르고 할 것이 어디 있다고."

그녀가 윗입술을 말아 넣으며 한숨을 토해냈다.

"예전 집에 살던 아빠 물건들은 엄마가 모두 버렸어요. 제가 보관하고 있는 건 스노볼과 아빠 교수실에 있던 물건들이에요."

채원의 말에 정수의 눈동자가 순식간에 진지해졌다. 가늘게 뜬 시선은 고개를 숙인 채원을 뚫어져라 응시했다.

"그때…… 교수실에 있던 물건들은 다 처리한 걸로 아는데. 내가 잘못 안 건가?"

조금 서늘한 목소리가 정수의 입에서 흘러나왔다.

"아빠가 경찰조사 받기 전에 조교님이 서랍을 정리해서 먼저 갖다 주셨어요."

"어떤 물건들이 들어 있었는지 기억하고 있니?"

"그냥 책이었어요. 전공서적들이었던 것 같아요. 그리고 아빠가 쓰시던 물건들?"

채원의 말에 정수가 잠시 생각에 잠겼다. 평소와 달리 날카로운 눈빛은 그녀를 긴장하게 했다. 아빠의 교수실에 있던 물건에 아저씨가 왜 저렇게 심각한 표정이지?

"그런데 그건 왜 물어보세요? 뭔가…… 잘못됐나요?"

"아, 아니다. 잘못되긴. 네 아버지 물건 소식에 나도 반가워서 그랬다."

하지만 말처럼 정말 '반가워서'가 아님을 채원은 본능적으로 알 수 있었다.

"나중에 기회가 된다면 채원이 네가 가지고 있는 네 아버지의 책들, 나도 한번 봤으면 좋겠구나."

"그거야 어렵지 않지만……."

그녀가 슬쩍 정수의 눈치를 살폈다.

"그래, 내가 시간을 너무 많이 뺏은 것 같구나. 그만 들어가자."

채원을 뒤따라 일어난 정수. 항상 그녀를 향해 너그럽게 웃음 짓던 정수의 눈빛은 평소와 달리 조금 날카로웠다.

"어서 오세요, 회장님. 바쁘신데 시간 내주셔서 감사합니다."

고급 한식집. 진철은 다다미 문을 열고 들어오는 성남건설의 허상무 회장을 향해 정중하게 인사를 건넸다. 오늘 오후, 갑작스럽게 걸려온 허 회장의 전화로 진철은 급하게 저녁식사를 위한 장소를 예약했다.

"나야말로 바쁠 텐데 시간을 내줘서 고맙네. 갑작스럽게 만나자고 청해서 미안하구먼."

허 회장의 말투에는 배려가 묻어났지만 눈빛은 차가웠다. 하지만 성남건설과 연이 다시 이어졌다는 사실에 마냥 기쁜 진철은 지금 허 회장의 심리를 알 수 있을 정도로 날카롭지 못했다.

허 회장은 들뜬 듯 보이는 진철의 얼굴을 가만히 바라보았다. 제일산업의 장남 최준서를 사진으로밖에 보지 못했지만 진철과 매우 닮아 있었다. 반면 우현과는 전혀 달랐다. 진철과 준서가 큰 키에 날카로운 눈매를 가지고 있는 미남이었다면 우현은 서글서글하고 밝은 인상의 남자였다.

"그나저나 며칠 전 전화로 하셨던 말씀 정말입니까? 우리 우현이가 회장님을 직접 찾아갈 줄은 몰랐습니다."

다짜고짜 본론부터 이야기하는 진철의 모습에 허 회장이 씁쓸하게 웃었다. 말투에서 그동안 진철이 얼마나 초조했는지가 여실히 드러났다.

"자네 아들, 예의도 바르고 건강한 마인드를 가지고 있는 괜찮은 남자더군."

허 회장의 칭찬에 진철의 눈이 반짝거렸다.

"하하, 아직 많이 어린 아이지요. 공부밖에 몰라서 세상물정을 잘 모릅니다."

진철의 말에 허 회장이 고개를 끄덕였다. 하지만 속으로 하는 생각은 조금 달랐다. 우현이 세상물정을 모른다니. 누구보다 상황을 바로 알고 빠르게 대응하는 재주를 가지고 있었다.

"그래도 둘째는 첫째보다 밝고 서글서글합니다. 외국에서 자란 탓인지 마인드도 많이 열려 있고요."

"두 사람, 외모도 많이 다르더군. 첫째는 아버지, 둘째는 어머니를 닮은 건가?"

허 회장의 질문에 진철이 어색하게 웃었다.

"뭐, 형제라도 닮지 않는 경우도 많으니까요. 모쪼록 부족한 제 아들, 잘 좀 부탁드립니다."

잠시 후, 주문했던 음식이 나왔고 진철과 허 회장은 이야기를 꾸려갔다.

"오늘 만나자고 한 건 아이들의 약혼 문제 때문일세. 난 빠르면 빠를수록 좋을 것 같은데. 자네 생각은 어떤가?"

진철의 얼굴에 금세 화색이 돌았다.

"약혼 문제는 우리 쪽에서 알아서 할 테니 신경 쓸 거 없네. 뭐, 이전부터 준비하고 있었고. 2주 후면 어떤가?"

"2주 후요?"

생각보다 빠른 날짜에 진철이 놀란 눈을 크게 떴다. 두 기업의 약혼이 무슨 생일파티도 아니고 2주 만에 뚝딱 벌일 수 있는 일이란 말인가.

"마음만 먹으면 못할 것도 없지. 어차피 약혼 준비는 돈만 지불하면 알아서 해주는 것이니. 난 사실 우현 군이 다른 마음을 먹기 전에 빨리 진행했으면 하는 마음이 크다네."

허 회장의 말에 진철이 아차 싶어 어색하게 웃으며 고개를 끄덕였다. 이 모든 건 한채원이라는 여자 때문이었다. 그 여자만 없었어도 약혼 문제로 이렇게 시간을 끌 일도, 자신이 허 회장 앞에서 초라해질 일도 없었을 것이다.

그날, 그러니까 우현이 제집에 와서 격한 감정을 토해내던 밤. 우현의 말대로 감시를 위해 고용된 사람을 물렸지만 그러는 척만 했을 뿐이다. 고작 우현과 준서의 한마디만 믿고 경계를 소홀히 할 만큼 자신은 어리숙한 사람이 아니었다. 성남건설과의 약혼이 완벽하게 성사될 때까지는 경계를 늦출 수 없었다.

"약혼은 가족끼리 모여 소소하게 진행하도록 하는 게 어떤가? 결혼도 아니고 크게 소란피울 필요는 없지 않은가. 아주 조용히 치르는 게 좋을 것 같은데."

"네, 저도 같은 생각입니다."

사실 진철은 아무래도 상관없었다. 두 집안 사이에 약혼만 성사된다면 말이다.

"그럼 그렇게 결론짓고. 내년 종합쇼핑몰 건설 건에 대해서 말인데……."

"잘 진행되고 있습니다. 협력업체와의 협의도 어느 정도 끝났고, 착공 날짜에 맞춰 무리 없이 진행될 수 있을 겁니다. 서류상 준비해야 할 것들도 어느 정도 마무리가 되어가고 있고요."

자신감에 찬 진철의 어조에 허 회장이 눈을 가늘게 떴다. 정말 최진철 사장이 자신을 속이고 뒤에서 비리를 저지르고 있는 걸까. 최 사장과 개인적인 친분은 없었지만 사업적으로는 그를 꽤나 신뢰하고 있었다. 일처리가 깔끔했고 관계에 있어서도 불편함이 없을 만큼 적당한 거리를 유지할 수 있게 행동했다.

"그렇다니 다행이군. 그래서 말인데 종합쇼핑몰 건설에 관련된 자료 말일세, 나와 직접 공유할 수 있겠나?"

허 회장의 질문에 진철이 당황한 듯했지만 이내 침착하게 미소를 지었다.

"뭐, 마음에 들지 않는 부분이라도 있으신가요?"

"그런 건 아니고 워낙 주목받고 있는 건설이다 보니 나도 신경 써야 할 부분들이 많아서 그렇다네."

진철이 그럴 수도 있다는 듯 고개를 끄덕였다. 하지만 어느새 눈빛은 날카롭게 변해 있었다.

"공식적인 자료 정도만 공유해주면 될 것 같은데."

"네, 그렇게 하죠. 자료, 보내드리도록 하겠습니다."

짧은 대화를 나누며 식사를 끝낸 진철과 허상무 회장이 밖으로 나왔다.

"그럼 회장님, 살펴 가십시오."

허상무 회장을 태운 차가 출발하자 진철 역시 차로 돌아갔다. 눈을 감고는 시트에 머리를 기대었다. 일단 성남건설과의 일은 어느 정도 마무리가 된 것 같았다.

"허 회장이 최우현이 꽤나 마음에 든 모양이네."

이제야 정신 차리고 착한 아들로 돌아오기로 한 건가.

"집으로."

진철의 한마디에 운전기사가 시동을 걸었고 서류 봉투를 내밀었다. 봉투 안을 열어 본 진철이 사납게 미간을 구겼다.

"철이 든 게 아니로군. 이것들이 감히 나를 속여?"

진철의 손에 사진 한 장이 쥐여 있었다. 오늘 아침, 채원의 집에서 나오는 우현.

"차 돌려."

"어디로 모실까요?"

"한채원의 집으로 간다."

진철이 성남건설 허상무 회장과 만나고 있던 시간. 제일산업에서 조금 멀리 떨어진 한식당에서는 다른 모임이 진행되고 있었다.

"오랜만에 뵙습니다, 본부장님."

준서와,

"오랜만입니다, 최준서 이사님. 아니, 부사장님이라고 불러야 하나요?"

"3년 만에 돌아온 회사에는 잘 적응하고 계신 건가요?"

제일산업의 경영지원본부 윤도원 본부장과 재무본부의 이지형 본부장.

"아직 적응 중입니다. 많이 달라진 것 같기도 하고, 그렇지 않은 것 같기도 하네요."

준서의 대답에 윤도원 본부장이 인자한 웃음을 내비쳤다. 윤도원 본부장은 제일산업 건립 초창기부터 아버지와 함께 뜻을 같이하며 일을 도맡아 했던 사람 중 하나였다. 현재는 기술본부 본부장과 함께 쌍벽을 이루는 회사의 중심이었다.

"마루종합건축사무소를 잘 이끌었다는 소식은 이미 전해 들었습니다. 부사장님이라면 어디서든 잘할 거라고 생각했습니다."

윤도원 본부장의 부드러운 목소리는 칭찬의 말을 건넸지만 준서는 믿지 않았다. 제일산업 내에 온전한 자신의 편은 박 비서님뿐이라는 사실을 절실할 정도로 알고 있었다. 너와 내가 적이 아니라는 말이 같은 편이라는 말은 아니었다. 그 말은, 아버지와 함께 건축비리라는 문제를 만들어낸 기술본부 본부장 쪽이 자신의 적이라고 해서 지금 함께 있는 두 남자가 같은 편은 아니라는 뜻이었다.

"그나저나 갑작스럽게 이렇게 따로 자리를 마련한 이유가 있을 것 같은데요. 오랜만에 얼굴이나 보고, 인사나 하자고 부르지는 않았을 텐데요."

윤도원 본부장의 날카로운 질문에 준서가 피식 웃었다.

"척하면 척이시네요. 피차 서로 서론이 긴 이야기는 좋아하지 않으니 본론만 간결하게 말씀드리죠."

준서가 물을 한 모금 마시더니 다시 입을 열었다.

"두 분, 요즘 최진철 사장님과 트러블이 많으시다고요. 회사에서 자리가 많이 위태로우시다는 소문 들었습니다."

조금은 건방진 준서의 말투에 마주 앉은 두 남자가 진하게 미간을 구겼다.

"회사의 권력이 두 파로 나뉘었다지요. 본부장님을 중심으로 한 재무, 전략기획 본부 파."

준서가 피식 웃으며 말을 이었다.

"그리고 다른 하나는 기술본부 본부장을 중심으로 한 플랜트, 건축본부 파. 아버지는 어느 편에 서 계시나요? 기술본부? 그래서 위기감을 느끼고 계신 것 아닙니까?"

눈썹을 매력적으로 치켜 올리며 질문한 준서의 모습에 두 남자가 한숨을 내쉬었다.

"하고 싶은 말이 무엇입니까?"

준서가 팔꿈치로 테이블을 딛고 양 손바닥을 마주 잡았다. 두 남자의 눈동자에 호기심이 가득 찼다.

"툭 터놓고 이야기하죠. 두 분은 회사 건립 때부터 아버지와 함께 회사를 이끌어오신 주요 인사들이십니다. 그런데 지금은 어떻습니까?"

준서의 날카로운 지적에도 두 남자는 아무런 말도 하지 않았다. 젊은 기술본부 본부장 쪽으로의 권력 이동. 그 변화는 회사에 오랫동안 몸담고 있던 자신들을 퇴물로 만들어버리고 있었다.

"두 분께 남은 건 약간의 주식입니다. 실질적으로 돈을 버는 기술본부나 건축본부 등은 현재 제일산업의 실세로 자리매김하고 있죠."

"그래서 그게 어떻다는 말입니까? 우리가 퇴물이 되어가고 있긴 하지만 회사에 끼치는 영향력이 적지 않습니다."

"그래서 드리는 말씀입니다. 그 영향력, 제대로 한번 발휘해보실 생각 없으신가요?"

준서의 제안에 두 남자의 눈이 커졌다 작아졌다.

"현재 기술본부, 건축본부 등 회사 이윤 창출에 직접적으로 기여하는 부서는 아버지와 손을 잡았습니다. 지금 같은 상황이 계속된다면 결국 명퇴나 기다리는 신세가 될 수밖에 없을 겁니다."

두 본부장이 짧게 서로의 시선을 교환했다.

"그 제안, 어디 한번 들어보죠."

윤도원 본부장의 목소리에 준서가 고개를 끄덕였다.

"눈에 가시인 기술, 건축, 플랜트 본부의 본부장들을 회사 일에서 손 떼게 해드리겠습니다. 대신 두 분이 가지고 계신 인맥으로 사람을 모아주세요. 그리고 주식의 힘도요."

"주식이라니 설마……. 아버지를…… 최진철 사장을 밀어낼 생각인가요?"

윤도원 본부장은 준서의 입에서 아무런 대답이 나오지 않자 잔뜩 미간을 찡그렸다. 하지만 오히려 입꼬리를 올려 웃음 짓는 준서.

"부사장님이 회사에 돌아온 건 3년 만입니다. 부사장님의 아버지가 회사에 끼치는 영향력은 이전과는 비교할 수 없습니다. 섣불리……."

"아버지가 비리를 저지르고 계십니다. 보통은 공금횡령, 비자금 조성이라고 말하죠."

세 사람 사이에 잠깐의 정적이 흘렀다.

"거기에는 지금까지 말한 기술, 건축, 플랜트 본부까지 모두 연루되어 있습니다. 이미 확인된 사실이니 의심하지 않으셔도 괜찮습니다."

준서가 느긋한 몸짓으로 허리를 펴고 의자에 몸을 기대었다.

"그걸 증명할 증거라도 있습니까? 찾는다고 쉽게 찾아질 증거가 아닐 겁니다."

"맞습니다. 거기다 최 사장은 성남건설과 손을 잡고 기고만장해 있습니다."

두 남자가 흥분한 채 한껏 목소리를 높였다.

"성남건설뿐만 아닙니다. 최 사장이 가지고 있던 차명주식을 부사장님의 동생 앞으로 전환시킨 건 알고 계시죠? 우현 군이 성남건설과 약혼한다고 들었습니다. 같은 편이겠죠."

"이제 진정한 최진철 사장의 세상이 온 겁니다. 솔직히 부사장님이 다시 회사로 돌아왔다고 하지만…… 쫓겨나는 것도 시간문제입니다."

두 남자가 준서의 눈치를 보더니 슬그머니 발을 뺐다.

"부사장님과 우현 군의 사이가 좋지 않다는 건 모두가 아는 사실입니다. 이기지도 못할 싸움을 할 만큼 저희는 어리석지 않습니다. 이 이야기는 못 들은 걸로 하죠."

"그렇다면 문제는…… 성남건설과 최우현인가요?"

망설이는 두 사람을 바라보는 준서의 얼굴에 여유로운 미소가 떠올랐다.

"그럼 만약 두 가지가 해결되면 저를 도와주시겠습니까?"

잠시 시선을 교환한 두 명의 본부장이 고개를 끄덕였다.

"뭐, 그야 그 정도면 우리에게 승산이 있으니……."

바로 그때, 노크 소리가 들렸다.

"때마침 손님이 온 것 같네요. 들어와."

준서의 말과 동시에 룸의 문이 열렸다. 그리고 문 앞에 서 있는 한 남자.

"조금 늦었구나."

준서의 목소리에 웃으며 안으로 들어오는 우현.

"차가 조금 밀려서요. 안녕하세요, 최준서 부사장님의 동생 최우현이라고 합니다."

커다란 룸 안에 흐르는 공기는 팽팽하게 날이 서 있었다. 우현을 바라보는 두 본부장과 준서의 얼굴에 긴장감이 맴돌았다. 이 안에서 웃고 있는 건 우현, 하나뿐이었다.

"그동안 잘 지내셨습니까?"

우현의 인사에 안에 있던 사람들의 표정은 그야말로 가관이었다. 웃을 수도 웃을 수도 없는 어색한 상황.

"아, 네. 많이 컸군요. 밖에서 만나면 못 알아보겠습니다."

"본부장님도 많이 변하신 것 같습니다."

경영지원본부 윤도원 본부장은 제일산업 내에서 유일하게 우현이 알고 있는 사람이었다.

"한국에는 아예 들어온 겁니까? 약혼…… 때문에?"

윤도원 본부장의 질문에도 우현은 그저 웃으며 준서 옆에 자리를 잡고 앉아 있을 뿐이다. 맞은편에 앉은 두 사람의 경악스러운 표정을 느긋하게 바라보며 말이다. 두 사람이 저런 표정을 짓는 것도 이해가 되었다. 그도 그럴 것이 준서와 우현, 우현과 준서, 이렇게 나란히 앉아 있다는 것 자체가 어려운 최악의 사이였기 때문이다. 회사 내의 소문으로 두 형제는 제일산업의 세력다툼으로 사이가 좋지 못했다. 지키려는 자, 그리고 빼앗으려는 자. 전자는 준서요, 후자는 우현이었다.

"이야기 나누시는 동안 잠깐 밖에서 기다리고 있었습니다. 제가 듣기로 성남건설과 제 문제가 해결되면 도움을 주실 것이라고 하던데. 맞나요?"

"그렇게 말한 건 맞습니다. 하지만……."

"성남건설과의 문제라면 저와 그쪽 집안의 약혼."

우현이 잠시 말을 멈추었다.

"형과 저와의 문제라면 저와 형의 관계."

그가 숨을 고르고는 마른 입술을 축였다. 그러고는 다시 입을 열었다.

"성남건설과의 약혼은 없을 겁니다."

"하지만 최진철 사장은 그렇게 생각하고 있지 않던데요?"

"약혼은 제가 하는 거지 아버지가 하는 게 아닙니다."

초점이 선명한 우현의 눈동자가 마주 앉은 두 남자를 바라보았다.

"이미 들으셨겠지만 제일산업 내에 많은 문제들이 일어나고 있습니다. 원자재를 값싼 자재로 대체, 법을 어긴 건물의 증축, 필요 이상으로 값 비싸게 자재를 기록한 후 차이만큼의 공급을 횡령."

우현의 얼굴에 불쾌감이 스쳤다 사라졌다.

"믿기 힘들겠지만 사실입니다. 이 모든 것들이 지금 제일산업 안에서 벌어지고 있습니다. 성남건설에서 발주한 공사도 마찬가지였습니다."

"최진철 사장은요? 이 사실을 알고 있습니까?"

"아직 모르고 계십니다."

우현의 이야기에 두 본부장의 얼굴에 분노와 배신감이 스쳐 지나갔다.

"하아, 그렇게 고개 빳빳하게 들고 다니면서 잘난 척은 다 하더니 결국 이래서였나? 이런 식으로 뒷주머니에 돈들을 챙겨서?"

회사 내에 새로운 세력을 형성하며 판을 치고 다니는 기술본부 본부장이 머릿속에 떠올랐다. 의기양양한 얼굴로 어깨에 힘을 주고 다니면서 이제는 내 세상이라는 듯 다니는 모습이 마음에 들지 않았었다.

"그럼 내년도 성남건설의 쇼핑몰 건설은 어떻게 되는 겁니까?"

"거기에 대해서는 확실히 답을 드리지 못하겠네요. 성남건설 회장님도 그 부분에 대해서는 언급하지 않으셨습니다. 하지만 회장님이 우리 편인 건 믿으셔도 됩니다."

"좋습니다. 그럼 최우현 군은요? 최준서 부사장님 편에 선다는 말도 사실입니까?"

의심이 가득한 질문을 받은 우현이 피식 웃음을 흘렸다.

"당연합니다. 전 언제나 형의 편입니다. 소문이 왜 그렇게 났는지는 모르겠지만 단 한 번도 형의 반대편에 선 적 없습니다."

한 치의 망설임도 없는 대답. 그런 우현의 말에 준서가 무릎 위에 올려놓은 주먹을 세게 움켜쥐었다.

"다른 것도 아니고 아버지의 일입니다. 자식 된 도리로 아버지의 잘못을 밝히는 것에 대해 망설였지만, 그렇다고 이대로 묵과할 수도 없습니다."

맞은편에 앉은 두 남자는 서로 시선을 교환하더니 우현과 준서를 번갈아가며 바라보았다.

"증거는 찾을 수 있는 겁니까? 부정을 저지른 사실을 밝힐 수 있다는 확신만 있다면 함께하겠습니다."

"걱정 마세요. 그건 저희가 알아서 합니다. 본부장님들은 하나만 도와주세요. 아버지의 잘못이 드러나 사장에서 해임된다면…… 형이 차기 사장이될 수 있도록 말이죠."

우현의 말에 준서가 조금 놀랍다는 듯 고개를 돌려 그를 바라보았다.

"형이 아버지의 아들이라고 해서 경영권이 손에 쥐여진다는 보장이 없다는 것, 저도 잘 알고 있습니다. 형이 아직 제일산업 내에서 입지가 단단하지못하다는 것도 압니다."

우현이 잠시 숨을 고르더니 다시 입을 열었다.

"하지만 형은 누구보다 성실하고 경영능력이 뛰어납니다. 정직하고요."

우현의 시선이 준서를 향했다가 다시 앞의 두 본부장을 바라보았다.

"형을 조금만 도와주신다면 분명 제일산업을 지금보다 더 발전시킬 수있을 겁니다. 물론 정당한 방법으로요."

"최우현 군은 제일산업의 일에 전혀 뜻이 없습니까?"

윤도원 본부장이 가느다란 눈초리를 하고는 우현에게 물었다.

"형과 사장자리를 두고 다투는 일은 없습니다."

"확신할 수 있습니까? 사실 회사 내에서는 최우현 군의 귀국을 두고 말들이 많습니다. 어디에 줄을 서야 할지 사람들의 눈초리가 심상치 않아요."

본부장의 말에 우현이 씁쓸하게 웃었다. 가지고 있는 것으로 언제든 형에게 칼을 들이밀 수 있는 존재. 자신은 형에게 그런 동생이었다. 하지만 절대 자신은 그렇지 않음을 준서는 믿어주었다.

"제가 원하는 것은 제일산업 안에 있지 않습니다. 지금까지처럼 회사는 형이 맡을 겁니다. 회사는 형의 것이에요."

우현의 시선이 잠시 준서에게 머물렀다. 자신의 옆에는 형이 있었다. 그 어느 때보다 든든했다.

"어디에 줄을 서야 할지 모른다고 하셨죠? 최준서 부사장님을 선택하세요."

그리고 자신은 언제나 형의 편임을 형이 알아줬으면 했다.

"전 형의 뒤에 서 있을 테니까요. 언제나."

식당을 나온 준서와 우현이 두 명의 본부장을 배웅했다. 서서히 사라져가는 차의 뒷모습을 바라보는 준서의 표정은 이곳에 오기 전보다 여유로웠다. 그가 고개를 돌려 우현을 바라보았다. 자신의 뒤에서 딱 버티고 서 있는 동생을.

"형, 허상무 회장님한테 연락받았어. 2주 후에 약혼식이 있을 거래."

준서가 가만히 제 동생을 바라보았다. 언제나 제 뒤에 서 있겠다는 우현. 매정하게 굴고, 밀어내도 우현은 지금껏 그 자리에 있었다. 원망과 미움에 눈이 멀어 자신이 알아보지 못했을 뿐. 그럼에도 불구하고 우현은 늘 한 치의 망설임도, 주저함도 없이 생각한 것을 그대로 쏟아내었다. 자신의 마음을, 형이라고 부르면서.

"회사에 큰 바람이 불어치면 분명 형에게도 영향이 있을 거야. 형이 얼마나 회사를 사랑하는지 알아. 형 말고 다른 사람에게 회사가 넘어가는 거 싫어."

준서를 걱정하는 우현의 목소리엔 진심이 가득 담겨 있었다.

"회사 이미지에도 타격이 있어서 회복하는 데 시간이 많이 걸릴 거고. 형이 힘들 거라는 거 알아. 그래도……."

"늦었어. 집으로 가."

더 듣고 있다가는 우현의 어깨라도 끌어안을 것만 같아 준서가 말을 잘랐다.

"연구실 빠지지 말고. 거기서 잘려도 회사에 안 받아줄 거니까."

표현하는 법을 배우지 못한 형은 그저 무뚝뚝한 목소리로 동생에 대한 걱정을 내비칠 뿐이었다. 걱정인지도 모를 정도로 무심하게. 하지만 그 속내를 아는 동생은 얼굴에 행복감을 감추지 못했다.

"응, 안 빠질게. 안 잘릴게."

그래서 고개까지 끄덕이며 다짐하듯 들뜬 목소리로 대답한다.

"갈게, 형. 연락할게."

우현이 인사를 건네며 돌아섰다.

"데려다…… 줄게."

하지만 작게 들려오는 목소리에 발걸음을 멈췄다. 자신이 잘못 들은 건 아닐까. 차마 뒤돌아설 수 없었다. 돌아본다면 형의 얼굴에 떠오르는 냉정한 표정에 그 소리가 사라져버릴까 봐.

"같이 가."

이번에는 확실히 들었다. 천천히 몸을 돌렸다. 멋쩍은 듯 주머니에 손을 넣고 먼 곳을 바라보는 자신의 형이 보였다. 응, 이라고 대답하고 싶었다. 함께 가자고 같이 가자고. 하지만 그랬다가는 집으로 돌아가는 차 안에서 계속 울 것만 같았다.

"아냐, 버스 타고 갈게. 회사로 가서 다시 일해야 한다며."

그래서 괜한 핑계를 댔다.

"너무 늦게까지 일하지 말고 들어가. 고마워, 형."

그런 우현의 마음을 아는지 준서는 알았다는 듯 고개를 끄덕였다. 아마도 우현의 붉어진 눈을 보았기 때문일 것이다.

우현이 손까지 흔들며 다시 돌아섰다. 그 모습을 가만히 바라보던 준서. 우현이 저만치 걸어가고 나서야 얼굴에 느리게 미소가 번졌다. 15여 년 만에 제대로 마주한 우현. 밀어내도 핏줄이었다. 내쳐도 형제였다. 가족이었다. 그래서 우현의 존재가 전에 없이 든든했다.

9시가 넘어간 시간. 골목에는 채원의 구두 소리가 크게 울릴 정도로 무엇도 존재하지 않았다.

"아냐, 집으로 가는 길이야. 안 바빠?"

퇴근 후 버스에서 내린 채원은 선예와 전화통화를 하며 어둠이 내려앉은 골목을 천천히 걷고 있었다.

-응, 지금은 안 바빠. 커피숍 언제 올 거야? 나 너 얼굴 잊어버리겠어. 뭐가 그렇게 바빠?

"바빠야 돈도 많이 벌지. 지원이 조금 있으면 전역인 거 알지?"

-지원이야 장학금 받으면서 학교 다니고 아르바이트해서 자기 용돈 자기가 버는데 뭐가 그렇게 걱정이야?

"그래도 혹시나 하는 게 있잖아."

채원은 자신의 막냇동생 지원을 진심으로 아꼈다. 모양뿐인 가족이었지만 지원은 달랐다. 진정으로 그녀를 좋아했고, 위했으며 걱정했다.

-지원이 휴가는 언제 나오는데? 계속 나온다, 나온다 하고 안 나오는 거 같아.

"미뤄졌나 봐. 아마 2주 후에 나올 거야."

-나오면 진하게 술이나 한잔하자고 그래.

선예만큼이나 지원은 술을 즐겼다. 워낙 쿵짝이 잘 맞는 두 사람이라 지원이 군대 가기 전 자주 술친구도 했을 정도였다.

채원이 집 건물 앞에 다가섰다.

"안 그래도 휴가 나오면 너랑 한잔한다고 기대……."

순간 채원이 말을 흐렸다. 집 앞에 세워진 고급 세단에서 누군가 걸어 나왔다. 주머니에 깊게 손을 찔러 넣은 남자가 천천히 채원을 향해 걸어왔다.

-여보세요? 한채원?

"응. 나오면 너한테 먼저 연락하라고 할게."

자신을 향해 걸어오는 나른한 듯 느린 걸음의 남자. 채원은 잔뜩 긴장했지만 목소리만큼은 그대로였다.

-아무튼 금요일에 커피숍 와. 얼굴 좀 보자.

"알았어. 나 이제 집에 다 왔어. 전화할게."

타박, 그녀 앞에 멈춰 선 발소리가 소름 끼치도록 차가웠다. 더 이상 선예의 목소리가 들리지 않자 채원이 천천히 휴대폰을 귀에서 떼어냈다.

"안녕하세요."

침착하게 대답하려 했지만 채원의 음성은 떨림을 가득 담고 있었다.

"따로 내 소개는 하지 않아도 될 것 같군. 그날 병원에서 만난 이후로 처음인가?"

맑은 선예의 목소리 대신, 묵직한 목소리가 그녀의 귀를 점령했다.

"잠깐 차에 타지."

최진철 사장. 내뱉은 말은 부탁이 아니라 명령이었다.

5. 뒤틀린 계획

"여기까진 어쩐 일이신가요? 혹시 절 만나러 오신 건가요?"

채원은 차가운 눈빛으로 자신을 내려다보고 있는 진철의 모습에 두려움을 숨기기 위해 오히려 더 어깨를 쭉 폈다.

"내가 전에 말했었지. 다음에 기회가 되면 또 만나도록 하자고."

진철은 채원과 처음 만났던 병원에서 자신이 내뱉었던 말을 되짚었다. 그 목소리가 신물이 넘어올 정도로 소름 끼쳤다.

"네, 그때는 제게 최소한 존댓말로 대접은 해주셨죠."

채원의 날카로운 지적에도 아랑곳하지 않은 진철은 고개로 자신이 타고 온 차를 가리켰다.

"잠깐 차에 타지."

부탁이라고 하기에는 너무도 강압적인 어조. 침착하게 고개를 끄덕인 채원이 돌아선 진철의 뒤를 따랐다.

탁.

문이 닫힌 차 안은 고요했다.

"내가 두 사람이 헤어졌다고 하면 아, 그렇습니까, 하고 손 놓고 있을 줄 알았나? 그렇게 나를 호락호락하게 본 건가?"

진철의 강한 목소리에 채원의 몸이 움찔 떨렸다.

"이래서 생각들이 짧다는 거야. 그러니 자신에게 떨어진 행운이 뭔지도 모르고 제멋대로 구는 거지."

진철의 날카로운 시선이 채원에게 박혔다. 그녀가 주먹을 쥐었다 풀었다 하며 긴장감을 떨쳐내기 위해 노력했다.

"병원에서 처음 마주쳤을 때 내가 경고하지 않았나?"

"그때도…… 제가 누구인지 이미 알고 계셨던 거죠? 약혼녀가 있는 아들 주변에 있는 여자, 이미 조사해놓고서 일부러 제 앞에서 우현 씨의 약혼녀 이야기를 꺼내셨죠. 그건 저에 대한 경고셨습니다, 그렇죠?"

"처음 약혼을 제안했을 때 내가 우현이에게 말했지. 여자는 얼마든지 만나도 좋다. 다만, 나와 성남건설에는 들키지 말아라."

진철이 옆자리에 있던 서류 봉투를 채원에게 내밀었다. 그녀가 서류 봉투 안에 있는 내용물을 꺼냈다. 자신과 우현의 모습이 담긴 사진이었다. 우현과 손을 꼭 잡고 제 집에서 나오는 모습. 사진으로만 봐도 서로를 바라보는 눈빛은 따뜻했고, 나란히 걷는 뒷모습은 보는 것만으로도 눈시울이 붉어질 정도로 애틋했다.

"우현 씨 아버지여서 우현 씨와 같은 줄 알았는데 신사적인 분은 못 되시는 것 같습니다."

"그동안 나는 내가 할 수 있는 한, 한채원 씨를 신사적으로 대한 것 같은데……."

"그런 분이 이렇게 몰래 다른 사람의 뒤를 밟고, 사진을 찍고, 일부러 절 만나러 오셨나요? 오늘 이곳에 오신 것을 우현 씨도 알고 있나요?"

"이 정도면 꽤나 신사적으로 대한 거 아니었나? 곧 약혼을 해야 하는 내 아들 옆에 있는 여자 때문에 모든 것이 무산되게 생겼는데 한채원 씨가 반가울 리가 없지."

채원이 고개를 가로저으며 사진을 다시 서류 봉투에 넣었다.

"그래, 우리 아들이 그쪽에게 허황된 미래를 약속하기라도 한 건가? 그렇다고 한들, 그걸 믿고 사랑에 눈이 멀어 앞뒤 구분 못 할 만큼 어린 나이는 아닌 것 같은데."

"장난처럼 결혼하자는 말에도 눈이 멀 만큼 사장님의 아들, 최우현이라는 사람은 정말 매력적인 남자입니다."

우현을 떠올리는 채원의 입가에 웃음이 걸렸다. 그렇게 머릿속이 우현으로 가득 차자 처음 진철을 마주했을 때에 느꼈던 긴장감이 점차 사라지고 있었다.

"그래서 지금 계속 우리 아들을 만나겠다? 준서와 우현의 관계를 알고도?"

진철의 입에서 나오는 준서와 우현의 이름에 채원의 몸을 움찔했지만 이내 한숨을 내쉬며 어깨를 들썩였다.

"이런 식으로 지내시다가 후회할 거라는 생각해본 적 없으신가요?"

"내가 후회할 만한 인생을 살고 있어 보이는가?"

숨을 크게 고른 채원.

"많이 갖고 있다고 모두가 행복한 것은 아닙니다."

"적게 갖고 있는 것보다는 행복하겠지."

"무엇을 갖고 있느냐가 중요하죠."

"무엇을 얼마나 갖고 있느냐가 중요하지. 아가씨는 나이에 비해 아직 세상물정을 잘 모르는 건가, 아니면 순진한 척하고 있는 건가?"

전혀 말이 통하지 않는 진철의 사고방식에 채원이 한숨을 내쉬었다. 과연 우현과 준서가 아버지를 회사에서 내쫓겠다는 극단적인 생각을 할 만한 가치관이었다.

"한순간의 뜨거운 마음일 수도 있습니다. 먼 훗날 돌아봤을 때 그땐 그랬지 하면서 추억할 만한 옛사랑일 수 있어요."

불안하게 흔들렸던 채원의 시선에 점점 초점이 돌아왔다.

"하지만 그 사랑이 당사자들에게는 평생을 건 사랑일 수 있습니다."

"그래서 지금 이 사랑이, 한채원 씨의 평생을 건 사랑이다?"

진철의 질문에 채원은 입을 꾹 다물었다.

"최준서와 결혼까지 생각한 거 아니었나? 고작 몇 달 만에 그런 마음이 완벽하게 변해 돌아서놓고는 그 말을 나보고 믿으라고?"

"제 사랑을, 마음을 사장님께 말씀드려야 할 필요는 없습니다. 우현 씨에 대한 제 감정을 사장님께 설명해야 할 필요도 없고요."

채원이 잠시 숨을 골랐다.

"준서 씨 좋아했습니다. 버림받았다고 생각했고, 상처받았었습니다. 하지만 이제 와서 그게 뭐요? 다 지나간 이야기입니다."

"그래서 그 상처를 치유하는 데 우현이를 이용했나? 혹시 우현이가 누군지 다 알고 접근했나? 이탈리아에서 우연히 만났다니 처음부터 말이……."

"제가 언제나 바르고 올곧은 사람이라고 자부할 수는 없지만, 적어도 사장님처럼 사람의 마음을 멋대로 이용해 원하는 것을 차지하는 치사한 사람은 아닙니다."

채원의 말에 진철의 얼굴이 잔뜩 구겨졌다.

"뭔가 착각하고 계신 것 같은데…… 준서 씨와 제 관계가 이렇게 된 것도, 우현 씨와 준서 씨 사이가 지금처럼 변해버린 것도. 모두 사장님이 원인인 걸 모르시는 것 같습니다."

"왜 내 탓이라고 생각하지?"

"사장님의 욕심으로……."

"난 두 사람 모두에게 기회를 주었어. 선택은 그들의 몫이었지. 내가 선택을 강요한 건 아니었다."

"선택을 강요하진 않으셨죠. 단지, 하나밖에 없는 선택을 하게끔 상황을 만드셨던 거죠."

"그래서 지금 하고 싶은 말은 뭐지? 우현과는 못 헤어지겠다, 계속 만나겠다, 이런 말을 하고 싶은 건가?"

진철의 차가운 목소리에 채원이 침을 꿀꺽 삼켰다. 분명 우현은 진철에게 자신과 헤어지고 성남건설과 약혼을 하겠다고 말했다 했다. 하지만 완전히 의심을 버리지 못한 그의 아버지가 자신과 우현의 만남을 눈치채고는 이렇게 찾아온 것이다. 의심 없이 만남을 지속해온 자신들의 잘못이었다. 경솔했다. 채원이 숨을 크게 들이켰다.

"마지막이었어요. 어제가."

"그걸 나보고 믿으라는……."

"성남건설에 찾아갔다고 했어요. 약혼한다고…… 아버지께 말씀드리고 오는 길이라고. 마음의 결정을 내렸다고. 미안하다고. 그래서 마지막으로 만나러 왔다고."

채원의 음성에 진철이 눈을 가늘게 떴다.

"다시는 만나지 않겠다는 다짐을 받아내기 위해서 절 찾아오신 거 아닌 가요? 그렇게 할 테니 다시 찾아오지 않으셔도 괜찮아요."

채원의 물기 어린 목소리가 진철에게 말했다.

"그럼 전 더 이상 드릴 말씀이 없으니 이만 가보겠습니다. 조심히 돌아가세요."

그녀가 밖으로 나가기 위해 자동차 손잡이를 움켜잡았다.

"내가 그런 말에 두 번이나 속을 정도로 바보로 보이나? 머리 굴리려 하지 말고, 부드럽게 이야기할 때 그 애로부터 멀리 떨어져. 그게 서로를 위해서 좋아."

진철의 말에 채원이 바람 빠진 풍선처럼 웃음을 흘렸다.

"이런 건 돈 봉투라도 주시면서 말씀하셔야 하는 거 아닌가요? 이 돈 줄 테니 내 아들에게서 떨어져라. 아니면 고급 빌라라도 구해주시든가요."

"원하는 게 그건가?"

무심한 진철의 목소리에 채원이 고개를 저었다. 우현이 성남건설과 약혼하는데 걸림돌이 되는 자신을 포기하게 하기 위해서라면 해달라는 건 다 해줄 기세였다.

"우현 씨를 만나지 않겠다고 말한 건 사장님의 말 때문이 아니에요."

두 형제가 함께 손을 잡고 앞으로 나가기 위해 노력하는 지금의 일들이 헛되지 않기를 바라니까. 내 잠깐의 경솔한 행동으로 모든 것을 물거품으로 만들 수는 없으니까.

"우현 씨를 사랑해요. 그런데 사랑하지 않는다고 거짓말은 못 하겠어요. 하지만 만나지 않겠습니다. 우현 씨를 위해서."

평생 처음으로 서로의 마음을 이해하고, 상대방을 다독거려주며 진짜 형제가 된 두 사람이 계속 지금처럼 지낼 수 있기를 바라니까.

"제가 원하는 건 하나예요."

더 이상 두 남자가 서로 때문에 상처받지 않기를. 세상에서 서로의 아픔을 가장 잘 이해하는 두 사람의 마음이, 서로에게 큰 위로가 될 수 있기를.

"단 한 번만이라도 우현 씨를 마음으로 사랑해주세요."

그리고 우현이 그들 가족에게 아들로 사랑받을 수 있기를. 어머니의 품조차 제대로 알지 못하고 자랐던 우현, 웅크린 채 방 한쪽 구석에서 가족을 그리워했을 그 남자를 단 한 번만이라도 마음으로 끌어안고 아들이라고, 가족이라고, 사랑한다고 속삭여줄 수 있기를.

"한 번만이라도 준서 씨를 진심으로 사랑해주세요."

복잡한 가정사로 모든 아픔을 홀로 가슴에 품고 지냈을 준서. 슬픔을 나누는 방법을 몰라 혼자 속으로 삭이고, 우는 방법을 몰라 커다란 손으로 제 입을 틀어막은 채 숨을 죽이며 몰래 눈물 흘렸을 그 남자를 단 한 번만이라도 꽉 끌어안고 많이 아팠냐고 사랑한다고 위로해줄 수 있기를.

"아버지로서 조금의 양심이 있다면, 작은 도덕심이라도 살아 있다면 그렇게 해주세요."

하지만 절대 통하지 않을 사람이라는 것을 알고 있었다.

"난 내 두 아들을 사랑해. 단지, 사랑하는 방식에 차이가 있을 뿐이지."

지금 간절한 목소리로 이 말을 해봤자 달라지는 건 아무것도 없다는 것을 절실히 느끼고 있었다.

"어쩌면 우현 씨가 아버지 곁을 떠나 영국에서 자란 건 잘된 일이었을지 모르겠네요. 그러지 않았다면 분명……. 이토록 답답하고 사랑도 모르는 어리석은 남자로 성장했을지도 모르니까요."

채원이 자동차 문고리를 잡아당겼다. 그녀가 열린 문 밖으로 한 발 내디뎠다.

"조심히 가세요."

"아버지가……."

하지만 내디딘 발은 앞으로 나가지 못했다.

"교수님이셨더군."

채원을 붙잡은 진철의 목소리가 가시처럼 가슴에 박혔기에.

"그것도 고고학 교수님."

파르르 떨리는 손을 숨길 수 없었다. 눈꺼풀조차 감지 못하고 천천히 고개를 돌렸다.

"여러모로 꽤나 유명한 분이시던데……. 한상원."

마치 처음 들어보는 타인의 이름처럼 허공에 번지는 이름 석 자.

"그 한상원의 딸 따위가 감히 내게 사랑을 이야기 하고."

다른 사람의 목소리를 통해 들려오는 아버지의 이름은 어색했고.

"한상원의 딸 따위가 감히 내게 도덕을 운운하고."

서글펐으며.

"감히 한상원의 딸 따위가 내 아들을 넘봐? 그것도 고고학 공부를 하고 있는 최우현을?"

그리고 많이 아팠다.

진철이 떠나고 집으로 돌아온 채원은 어두컴컴한 거실에 무너질 듯 주저앉았다. 머릿속에는 '한상원의 딸, 한 채원'이라는 말이 계속해서 떠다녔다. 감히 도덕을 운운하냐는 한마디는 비수가 되어 가슴에 꽂혔다. 고고학 교수님이셨던 아버지, 불명예로 얼룩진 인생. 그리고 거짓말처럼 고고학을 전공하고 있는 우현. 이 사실을 우현의 아버지가 말하기 전까지는 의식조차 하지 못하고 있었다. 자신이 아버지를 믿고 있다 한들 세상은 그렇지 않았다. 10년이 넘도록 아버지의 가슴에 새겨진 주홍글씨. 그 사실이 우현에게 어떤 영향을 끼칠지 가슴이 답답했다.

가방에 넣어둔 휴대폰의 진동 소리가 거실을 가득 메웠다. 이 시간에 전화를 걸 사람은 우현뿐이었다. 전화를 받지 않는다면 걱정할 것이다. 한숨을 내쉰 채원이 억지로 몸을 움직여 가방에서 휴대폰을 꺼냈다.

"네, 우현 씨. 집에 왔어요? 오늘 만나기로 했다는 사람들하고는요? 이야기 잘 했어요?

차라리 아무렇지 않은 척하며 전화를 받는 게 나을 것이다.

-잘 해결됐어요. 걱정 안 해도 돼요. 그런데 목소리에 왜 그렇게 힘이 없어요?

낮은 목소리가 염려를 담아 말했다.

-곧 다 끝날 거예요. 잘 끝날 테니까 걱정하지 말아요. 우리 집 때문에 채원 씨가 상처받은 만큼 내가 더 잘할게요.

그 울림에 울컥, 뜨거운 것이 올라와 눈을 꼭 감았다. 지금, 제 목소리만 가득 담기 위해 휴대폰을 손에 꼭 쥔 우현의 모습도, 걱정스럽게 토해내는 한숨도 또렷하게 그려졌다. 동시에 우현의 아버지가 내민 사진도 떠올랐다. 우현과 준서가 애를 쓰고 있었다. 곪아버린 상처를 소독하기 위해 노력하고 있었다. 우현이 보고 싶다는, 당장 그 품에서 위로받고 싶다는 이기심으로 그 노력들을 헛되게 할 수는 없었다.

"우현 씨, 우리 당분간 서로 떨어져 있는 건 어때요?"

내뱉은 말은 정적으로 돌아왔다. 숨을 크게 고른 그녀가 차분하게 설명을 덧붙였다.

"우현 씨와 준서 씨가 애쓰고 있잖아요. 보고 싶다는 이유로 모든 게 물거품이 되게 할 수는 없잖아요."

이번에는 깊은 한숨 소리가 들려왔다. 가슴을 졸이며 몰아쉰 숨이 한꺼번에 터져 나오는 것이었다.

"2주예요. 겨우 이 정도로 우리 사이가 달라질 거 아니니까 난 괜찮아요. 우현 씨 믿으니까."

-알았어요. 대신 나중에는 만나기 싫다고 해도 매일 찾아갈 거니까 그렇게 알아요.

자신 때문에 거리를 둬야 할 상황에 미안했는지 우현이 괜히 어깃장을 놓았다.

"오늘은 많이 안 바빴어요? 아무리 윤 교수님이 사정 봐준다고 해도 일을 손 놓고 있을 수는 없어 정신없을 텐데."

그래서 화제를 바꿔보았다. 하지만 우현의 일을 떠올리자 아버지가 떠올랐다. 진철이 말한 자신의 아버지, 한상원 교수님.

"우현 씨, 고고학…… 재미있어요?

자신은 왜 이 질문을 하고 있는 걸까.

-당연히 재미있죠. 그렇지 않으면 이토록 열심히 할 리가 없죠.

대답이 무엇인지 뻔히 알면서.

"우현 씨는 지금 하고 있는 일 그만두고 나중에 준서 씨랑 회사 일 해볼 생각은 없는 거예요? 보통 가족이 함께 사업을 하면 그렇게 하니까. 고고학 공부…… 그만둘 생각은 없는 거죠?"

아버지를 믿는다고 말하면서도 우현에게 아버지 일을 들키고 싶지 않아 빙빙 돌려 물어보았다. 위선자. 자신은 위선자였다.

-설마요. 그런 거 관심도 없어요. 내게도 그곳에서 해야 할 일이 있는걸요.

우현이 잠시 숨을 골랐다.

-그분이 아니었다면 지금의 제가 없었을 거예요. 큰어머니 사고로 힘겨

워했을 때 제 친구가 되어주셨던 분이세요.

"혹시 언젠가 말했던 특이하다고 하신 분? 이상한 선물을 요구하고. 평생의 은인이라고 했었잖아요."

-네, 맞아요. 고고학 공부하시던 교수님이셨고, 엄청 괴짜셨어요. 찢어진 청바지에 노란 머리. 엄청 자유분방한 사람이셨죠.

"그분께 은혜를 갚고 싶어서인 거예요? 엄청 자랑스러워하시겠어요. 이렇게 훌륭하게 자기 할 일 하고 있어서."

-아마 그럴 거예요. 저를 볼 수 있다면요.

"그게 무슨 말이에요? 지난번 생신 때 함께 만났다고……."

-만나고 왔어요. 비록 얼굴은 볼 수 없었지만.

낮은 우현의 음성에 채원이 눈을 감았다. 그 말의 의미를 알아차리자 우현의 목소리에서 아픔과 그리움이 동시에 느껴졌다.

-더 이상 이곳 분이 아니시거든요.

다음 날 오전, 한 시간째 회의가 진행 중이었지만 채원은 집중할 수가 없었다.

어젯밤 자신을 찾아온 우현의 아버지. 드라마 속 주인공이라도 된 것 같았다. 하지만 헤어지라는 말보다 뇌리에 박혔던 한마디는, 한상원의 딸. 감히 도덕을 운운하냐는 말은 비수가 되어 가슴에 꽂혔다. 고고학 교수였던 아버지를 생각하자 우현이 어제 말했던 그 은인이라는 사람이 떠올랐다.

찢어진 청바지에 노란 머리. 드라마 속에 나오는 전형적인 외국 교수님의 모습이 머릿속에 그려졌다. 그리고 더 이상 이곳 분이 아니시라는 말이 마음에 걸렸다.

"그런데 한국에서 만나고 왔다니, 혹시 이곳에 잠들어 계신가?"

아무렴 그게 자신과 무슨 상관일까. 그저 지금은 잊고 있었던 현실에 가슴이 답답할 뿐이었다.

"어때, 한채원 씨 할 수 있겠지? 한 대리가 가장 적합할 것 같아서 그래."

채원은 갑자기 들려오는 목소리에 고개를 들었다.

"아, 네."

"좋아. 별건 없으니까 간단하게 인터뷰 몇 마디만 하면 돼. 질문은 그쪽에서 미리 보내준다고 했으니까. 전시회 오픈 하루 전에 취재 나올 테니 그렇게 알아. 자, 그럼 다들 일해."

만족스러운 얼굴로 자리에서 일어난 팀장이 회의실을 나갔다. 회의에 집중하지 못해 무슨 상황인지 이해하지 못한 채원이 진영을 향해 고개를 돌렸다.

"대리님, 대박. 그럼 대리님 얼굴 뉴스에 나가는 거예요?"

뉴스라니.

"아주 잠깐 나가긴 하겠지만 그래도 내 얼굴이 티브이에 나오면 엄청 신기할 거 같아요."

채원이 회의실 보드로 고개를 돌렸다.

<전시기획 관련 인터뷰.>

붉은 글씨로 커다랗게 쓰여 있었다. 그러니까 지금 자신은 저 인터뷰를 하겠다고 고개를 끄덕인 것이다.

"그날 예쁘게 하고 오셔야 해요. 화장도 받고, 미용실 가서 머리도 하고."

때아닌 인터뷰에 들뜬 듯 진영이 호들갑을 떨었다.

"1분도 안 나가는 뉴스 인터뷰에 뭐 그렇게까지 해?"

"대리님, 제 친구가 방송국에서 일하는데 방송 있는 날에 미용실 다녀오는 여기자들 엄청 많대요. 요즘은 자기 PR시대잖아요. 연예인들만 그러는 게 아니라니까요?"

"연예인들이니까 티브이에 나와도 늘씬하고 예쁘지. 우리 같은 일반인은 어림도 없어. 아마 돼지가 따로 없을 거야."

진영의 장난에 채원이 웃으며 회의실을 나섰다. 그 뒤를 뒤따른 진영.

"에이, 대리님 정도면 일반인급이 아니죠. 혹시 알아요? 대리님이 뉴스에 나오고 나서 엄청난 이슈가 될지.”

진영의 말이 싫지는 않은지 채원이 잔잔하게 미소 지었다.

같은 시각, 이민호 과장으로부터 받은 자료를 통해 제일산업의 비리와 연루된 하청업체를 만나고 온 우현의 얼굴은 조금 어두웠다. 범죄에 함께 연루되어 있는 사람들은 순순히 자료를 제공하고 힘을 내어주지 않았다. 하긴 어느 누가 자신의 치부를 그대로 드러내고 싶어 할까. 숨길 수 있다면 꽁꽁 숨길 것이다. 답답한 마음에 채원에게 메시지를 보냈다. 회의가 끝나서 통화할 수 있다는 답장에 냉큼 전화를 걸었다.

“회의 일찍 끝났네요? 채원 씨네 팀장님 회의 엄청 오래 하시잖아요. 다음 주가 전시회 오픈이라 정신없겠어요.”

-웬만한 건 다 진행됐는데……. 다음 주에 전시회 관련해서 직원 인터뷰가 있거든요.

“채원 씨가 해요? 그럼 방송 나와요? 뉴스?”

-네. 민망해 죽겠어요. 말도 잘 못하는데. 거기다 아무리 마르고 예쁜 연예인들도 화면에는 1.5배로 나온다면서요. 분명 나는 엄청 돼지같이 나올 거예요.

우울한 채원의 목소리에 우현이 웃음을 흘렸다. 돼지같이, 라니. 이토록 사랑스럽고 예쁜 돼지도 있단 말인가.

“난 오히려 너무 예쁘게 나올까 봐 걱정인데. 지루하게 뉴스 보던 사람들이 채원 씨 인터뷰 보고 깜짝 놀라서 죄다 전시회 보러 오면 어떡해요?”

-그렇게 해서라도 사람들이 많이 올 수 있다면 좋겠지만 그럴 외모가 안 돼서 망신만 당할까 봐 걱정이에요.

“나중에 뉴스 보고 남자들이 번호 물어봐도 가르쳐주지 말아요. 휴대폰 없다고 해요.”

-그럴 일 없어요. 그렇게 생각하는 거 엄청 오버거든요?

우현이 버스 좌석에 몸을 깊게 묻었다. 머릿속에는 티브이에 나오는 채원의 예쁜 모습을 보며 좋아할 불특정 다수의 남자들이 떠올랐다. 그러자 금세 불쾌감이 솟아났다.

"채원 씨가 방송에 나온다니 기분 좋기도 하다가, 다른 남자들도 볼 거라고 생각하니 찜찜하기도 하고. 내 여자 예쁜 건 나만 알면 되는데 말이죠."

-그런 말 하면 민망하지 않아요?

"민망하긴요. 사실을 말하는 건데. 녹화해놨다가 계속 돌려 봐야지. 나중에 우리 딸한테 네 엄마가 이렇게 예쁜 모습으로 방송에 나왔다고 자랑할 거예요."

-왜 이야기가 그렇게 돼요? 누가 낳아준다고 했나? 지금 김칫국부터 마시고 있는 거 알죠?

"난 아들보다는 딸이 좋거든요. 저도 아들이지만 아들은 키워봤자 소용이 없는 것 같아요. 엄마한테도 무뚝뚝한 아들보다는 딸이 있는 게 좋아요."

하지만 채원의 말을 듣고 있는 건지 아닌지 우현은 제 할 말만을 계속했다.

"아들보다는 딸이에요, 딸! 반드시 채원 씨 닮은 딸. 나 이제 내려야 해요. 나중에 연락할게요."

휴대폰 너머로 고조된 채원의 목소리가 들리자 재빨리 전화를 끊어버린 우현. 조금 얼굴을 붉히면서 수줍어할 채원의 모습을 상상하는 것만으로도 함박웃음이 터져 나왔다. 2주도 남지 않은 시간. 모든 것들을 정리해야 할 시간. 결판을 내야 할 시간. 그리고 채원을 볼 수 없는 시간.

"그 시간을 잘 견딜 수 있을까?"

이렇게 목소리만 들어도 곁에 머물고 싶고, 보고 싶은데. 당장 어디든 채원이 있는 곳으로 달려가 으스러지도록 꽉 끌어안고 싶었다. 철부지 10대의 가슴 뜨거운 첫사랑도 아니고, 자신이 이토록 안달이 날 정도로 한 사람을 사랑할 수 있는지 처음 알았다. 바라보고 있어도 보고 싶고, 생각만으로도 절로 웃음이 났다. 이 사랑의 열병은 오직 한채원이라는 여자에게만 해당된다는 것도 알고 있었다. 그래서 더욱 놓칠 수 없었다. 그래서 더 힘을 내야 했다. 채원을 위해서. 그녀가 상처받지 않게 하기 위해서. 그리고 함께 행복해지기 위해서.

"아빠!"

성남건설 허상무 회장의 본가. 서재 문이 열리고 민지가 안으로 뛰어 들어왔다.

"원 녀석도. 어린애도 아닌데 왜 그렇게 호들갑이야?"

"저녁 다 됐어요."

민지가 허 회장의 옷깃을 잡아당기며 재촉했다. 허 회장은 그런 딸이 마냥 귀여운지 허허 웃음을 지었다. 하지만 오늘따라 유난히 기분이 좋아 보이는 민지의 모습에 씁쓸한 기분이 들었다. 허 회장이 식탁에 자리를 잡고 앉자 민지와 민지의 엄마 역시 마주 앉았다.

"우리 딸, 왜 이렇게 기분이 좋아?"

민지의 엄마가 그런 딸을 바라보며 장난스럽게 물었다.

"아빠, 아빠 어제 제일산업 사장님 만났다면서?"

민지의 질문에 허 회장의 얼굴이 난감함이 떠올랐다.

"그건 어디서 들은 거야?"

"아빠 주변에 내 스파이 있는 거 몰랐어? 아빠가 어디서 뭐 하는지 내가 다 알 수 있다고. 나 하루 종일 묻고 싶은 거 얼마나 참았는데."

평소라면 어린 딸의 농담에 웃어 보였겠지만 오늘은 달랐다. 딸의 얼굴에 잔뜩 기대감이 떠올랐기 때문이다.

식탁 위에는 맛깔스런 음식들이 차려져 있었지만 전혀 먹음직스러워 보이지 않았다. 허 회장이 들었던 숟가락을 다시 내려놓았다.

"민지야, 아빠 말 잘 들어."

낮게 깔린 목소리에 민지의 얼굴에 피어 있던 웃음이 서서히 사라졌다.

"제일산업과의 약혼은…….."

"아빠, 아무 말도 하지 마."

민지가 딱딱하게 굳은 얼굴로 입을 열었다.

"아빠가 최우현 군보다 더 멋지고 좋은 상대와 결혼시켜주마. 그러니……."

"싫어, 아빠. 싫다고. 오빠 아니면 싫다고."

"허민지!"

단호한 허 회장의 목소리에 민지의 눈가에 금세 눈물이 고였다.

"너 성남건설 허상무 회장의 딸이야. 자존심도 없어? 겨우 제일산업의 둘째 아들이야. 게다가……."

"그게 뭐? 그게 어때서? 최우현은 최우현인데. 아빠가 꼭 오빠랑 결혼하게 해준다고 했잖아."

차분한 허 회장의 설명도 민지에게는 소용이 없었다.

"난 내 딸 상처받는 거 원치 않는다. 거기다 그런 회사와 더 이상 엮이는 것도 싫어."

"그런 회사라니? 제일산업이 작은 회사라서? 돈이 없어서? 오빠 정말 괜찮은 사람인 거 아빠도 알잖아. 그리고 내가 오빠 정말 좋아하는 것도."

민지가 볼에 흐르는 눈물을 닦지도 않은 채 따지고 들었다.

"엄마도 싫어. 겨우 제일산업이 뭐니? 거기다 그날 보니까 최우현이라는 애, 얼굴만 번지르르하지 예의도 없더라."

"엄마!"

"엄마가 처음부터 말했지? 여자는 자기 사랑해주는 남자랑 만나야 행복하다고. 네가 뭐가 부족해서 그런 남자한테 매달려, 매달리길?"

"좋아하니까 그렇지. 좋아 죽겠는데 어떡해? 다른 여자 좋다는데도 좋아 죽겠는데."

급기야 뚝뚝 눈물을 흘리며 서럽게 흐느끼는 민지.

"인연이 아니면 어쩔 수 없는 거다. 우긴다고 될 일 같았으면 벌써 우겨서 해결이 됐겠지."

허 회장의 목소리에 민지는 고개를 푹 숙인 채 아무런 말도 하지 않았다.

"그리고 그런 게 아니더라도 제일산업과는 더 이상 인연을 맺고 싶지 않다. 그런 불성실한 회사와는……. 아무튼 그렇게 알고 이제 제일산업과의 약혼 이야기는 그만해."

허 회장이 자리에서 일어났다. 눈가가 촉촉하게 젖어 있는 딸의 모습을 바라보는 허 회장의 입에서도 탄식이 흘러나왔다.

"민지야, 네 감정이 중요하다면 그만큼 남의 감정도 중요한 거야. 아빠도 우리 딸이 좋아하는 사람하고 행복하길 바라. 하지만 최우현 군의 감정도 받아들여야 하지 않겠니?"

타이르듯 낮게 들려오는 목소리에 민지는 울음을 멈추었다.

"최우현 군은 너를 사랑하지 않아. 그건 네가 감당해야 하는 몫인 게다. 세상 사람들의 마음이 다 통한다면 울 일도, 아파할 일도 없겠지."

허 회장의 손이 민지의 어깨를 토닥거렸다.

"아빠는 네가 조금 더 성숙하게 대처했으면 좋겠구나. 성남건설의 외동딸이 아닌 20대의 성인 아가씨답게 말이다."

방으로 돌아온 민지는 침대에 엎드려 한참이나 울음을 터뜨렸다. 우현이 자신을 사랑하지 않는다는 아빠의 직설적인 말에 가슴이 아팠다. 생채기가 났다. 알고 있지만 타인을 통해 듣는 말은 생각보다 더 서글펐다. 자신이 어린아이처럼 우기고 있다는 건 알고 있었다. 성숙하지 못한 태도라는 것도 알고 있었다. 하지만 그걸 알면서도 어쩔 수 없었다. 그만큼 우현이 좋았고 어떻게든 함께하고 싶었다.

"어제 아버님을 만나서 이야기한 게 겨우 이거란 말이야?"

자신들의 관계가 남녀의 관계 이전에 사업적인 관계라는 것을 알고 있었다. 약혼이 무산된다면 두 회사 사이의 관계도 흔들린다는 것이었다.

'제일산업과는 더 이상 인연을 맺고 싶지 않다. 그런 불성실한 회사와는…….'

불쾌하다는 듯 중얼거리던 아빠의 목소리가 스쳐 지나갔다. 우현과의 약혼과 상관없이 제일산업과는 더 이상 관계를 유지하고 싶지 않다는 뜻이었다.

"그쪽에서 아빠에게 무슨 실수라도 한 건가?"

민지가 침대에서 일어났다. 테이블 위에 있는 휴대폰에 손을 뻗으려 할 때, 거짓말처럼 벨이 울렸다. 발신자 최진철 사장님. 생각지도 못한 상대에 민지가 미간을 찌푸렸다. 손을 뻗어 통화버튼을 눌렀다.

"여보세요?"

-민지 양, 저녁은 먹었나?

경쾌한 최진철 사장의 목소리가 귓가에 울렸다.

"아, 네. 안녕하세요, 아버님."

아빠는 제일산업과의 약혼이 무산되었다고 했다. 더 이상 연을 맺고 싶지 않다고도 말했다.

-늦은 시간에 미안해. 시간 괜찮으면 함께 식사나 할까 해서 전화 걸었다.

그런데 아무것도 모른다는 듯 평소와 같은 음성은 무어란 말인가. 아니, 평소보다 조금 더 들뜬 듯한 목소리였다.

"식사…… 요? 저랑요?"

-왜? 불편한가?

"불편하긴요. 그런 건 아닌데 왜……."

-하하, 장래의 며느리와 함께 식사하는 데 따로 이유가 필요한가?

장래의 며느리? 민지가 휴대폰을 귀에 가까이 댔다.

-회장님께 이야기는 들었지? 2주 후에 조촐하게 약혼식을 열기로 한 거. 그 전에 내가 민지 양에게 맛있는 거라도 대접하고 싶어서 그래.

2주 후? 약혼? 민지의 얼굴에 혼란스러움이 드러났다.

-그동안 우리 우현이 때문에 마음고생 한 것도 있어 사과도 할 겸 말이다. 어때, 시간 괜찮을까?

"아, 네. 저야, 뭐……."

민지가 휴대폰을 꽉 움켜쥐었다.

"아, 아버님! 내일 어떠세요? 내일 저녁이요. 저 빨리 아버님 만나서 이야기 나누고 싶은데."

-내일 저녁? 그래, 그러자꾸나. 내가 연구소로 차를 보내마.

전화를 끊은 민지가 눈을 가늘게 떴다. 아빠와 최 사장님은 어제 함께 식사를 하며 이야기를 나누었다고 했다. 그런데 오늘, 약혼은 무산되었다는 아빠와 약혼은 2주 후에 있을 거라는 최 사장님. 뭔가 이상했다.

다음 날 저녁, 의심을 가득 품은 채 뜬눈으로 밤을 새운 민지는 레스토랑 안에서 진철을 기다리고 있었다. 약속한 시간이 조금 지나 룸의 문을 두드리는 노크 소리가 들렸다.

"먼저 와 있었구나. 미안하다, 내가 조금 늦었어."

"아니에요, 아버님. 저도 지금 막 왔어요."

곰살궂은 민지의 말투에 진철이 생기 넘치는 시선을 보냈다.

"그래, 요즘 별일 없이 잘 지내고 있지?"

"네, 그럼요. 아버님도 별일 없으시죠? 건강은 좀 어떠세요?"

"나야 뭐, 늘 몸도 마음도 건강하지. 걱정해줘서 고맙구나."

"당연히 제가 걱정해야 하는걸요. 오히려 자주 연락을 못 드려서 죄송해요."

두 사람 사이에는 꽤나 다정한 대화가 오고 갔지만, 민지는 계속해서 진철의 눈치를 보았다.

"팔은 좀 어떠니? 이제 완전히 나은 거야?"

진철은 얼마 전 발굴 현장에서 흙더미가 무너졌을 때 우현 대신 달려들어 팔을 다친 민지의 안부를 물었다.

"그럼요. 완전히 나았어요. 아버님이 보내주신 음식 덕분에 입원해 있는 동안 살도 쪘는걸요."

진철은 민지가 퇴원할 때까지 갖가지 음식들을 병실에 보내주며 민지를 위로했었다.

"살이야 좀 더 쪄도 되겠구먼. 여자가 너무 말라도 보기 안 좋아. 그래도 일단 다 나았다니 다행이구나."

평범한 일상 안부를 묻는 대화가 오고 갔고, 잠시 후 먹음직스러운 스테이크가 테이블 위에 올려졌다. 조심스러운 손길로 나이프와 포크를 집어 든 민지가 진철의 얼굴을 살폈다. 그늘 한 점 없는 모습이었다. 아무런 문제도 찾아볼 수 없었다. 어젯밤 비통한 표정으로 마음을 정리하라고 하던 아버지의 모습과 너무도 상반된 얼굴. 제일산업과의 약혼은 무산되었다고 했다. 그런데 며느리라니.

"저…… 아버님."

궁금증을 참지 못한 민지가 진철을 불렀다. 심각한 민지의 표정에 진철이 한숨을 쉬더니 입술을 일자로 오므렸다.

"혹시 우리 우현이 때문에 그러는 거니? 아버지 된 입장에서 내가 미안하구나. 그 녀석도 시간이 지나면 마음을 잡을 게야. 지금은 잠깐 스쳐 지나가는 여우비에 정신을 못 차릴 뿐이야."

민지의 입가에 씁쓸한 미소가 걸렸다. 잠깐 스쳐 지나가는 여우비라. 그 여우비에 우현의 마음이 흠뻑 젖어버린 것을 진철은 모르고 있었다.

민지가 숨을 고르며 고개를 들었다.

"아버님, 어제 전화로 2주 후 약혼을 할 거라고 하셨는데. 확실한가요?"

"아, 그래. 약혼이야기를 해야지. 아버지에게 들어서 알겠지만 약혼식은 식구들끼리 조촐하게 열기로 했다. 두 사람이 당장 결혼할 것도 아니고 일단은 식만 올리려고 하니 말이다."

진철이 손에 든 나이프를 내려놓았다.

"민지 양도 학생이고, 우현이도 아직 한국에서 조금 더 적응해야 하니 결혼을 서두를 것까지는 없지."

민지가 고개를 갸우뚱했다. 진철의 설명은 굉장히 구체적이었다. 거짓말을 하고 있는 것 같지는 않았다. 그럼 어제 제일산업과 연을 맺고 싶지 않다던 말은 무어란 말인가. 찜찜한 마음을 확인할 길은 하나뿐이었다. 아빠와 최 사장님, 두 분 중 누가 자신에게 거짓말을 하는지.

"아버님, 분명 저희 아빠와 약혼을 하기로 이야기 나누셨다고 했죠? 그런데 어제 저희 아빠는 제게 약혼은 없을 거라고 하셨어요."

순간 진철의 눈매가 날카롭게 변했다.

"더 이상 제일산업과의 연은 없다고. 우긴다고 될 일이 아니라고 하셨어요. 아버님, 아빠랑 무슨 말씀을 하신 거예요? 어느 분 말씀이 진실인지 저는 조금 혼란스러워요."

얼굴을 사납게 구긴 진철이 민지에게 물었다.

"민지 양, 약혼은 아주 조용하고 소소하게 진행하기로 했는데. 민지 양이 아버지에게 그렇게 하자고 말한 건가?"

"조용하고 소소하게요? 아뇨. 전 화려한 게 좋아요. 약혼이라도 결혼을 약속하는 서약이잖아요. 부를 수 있는 한 사람들을 많이 불러서 크게 하고 싶어요."

"그 사실을 아버님도 알고 있고?"

"그럼요. 그렇게 해주겠다고 하셨는걸요?"

진철의 감정이 한껏 곤두섰다. 상황을 정리하기 위한 머리가 재빨리 돌아갔다.

뜬금없이 성남건설을 찾은 우현. 그 이후 갑자기 약혼을 진행하자고 했던 허상무 회장. 다급하게 정한 약혼 날짜. 성남건설 쪽에서 모든 걸 맡아 진행하기로 한 약혼. 자신들은 숟가락만 얹으면 된다는 사실에 통쾌해했었다. 그리고 이어진 민지의 말.

"아빠가 어제 불성실한 제일산업과는 더 이상 연을 맺고 싶지 않다고 하셨어요. 우현 오빠와 저만의 문제는 아닌 것 같은데……. 혹시 일적으로 아빠와 무슨 일이 있으셨나요?"

불안한 기운이 온몸을 뒤덮었다.

"저희 약혼이 집안끼리의 문제인 건 알지만 약혼하는 사람들은 우리잖아요. 아빠와 아버님이 사업적으로 틀어졌다고 저희 약혼까지 무산되는 건 너무 불공평해요."

아니, 오물을 뒤집어쓴 듯 불쾌한 기분.

"민지 양, 내가 갑자기 급한 일이 생각나서 그러는데 오늘 식사는 여기까지 해도 괜찮을까?"

그래서인지 입 밖으로 흘러나오는 목소리가 조금은 사나웠다.

"약혼은 걱정 말아. 무슨 일이 있어도 우리 우현이, 민지 양 옆에 내가 세워둘 테니까."

민지와의 저녁을 마무리 짓고 집으로 돌아온 진철은 늦은 시간까지 서재를 떠나지 않았다.

"말을 종합해보면 지금 성남건설에서는 이 약혼을 하지 않겠다, 이 말인데……."

그렇다면 허 회장은 왜 콕 집어 약혼이 2주 후라고 말했을까.

진철의 시선이 테이블 위에 있는 탁상용 달력을 향했다. 2주 후 토요일이면 바로 다음 주였다. 겨우 일주일밖에 남지 않은 시간이었다. 허 회장을 만났던 같은 날 저녁, 우현이 집으로 찾아와 토해내듯 소리쳤다. 더 이상 채원을 만나지 않는다고, 얌전히 약혼을 하겠다고. 그리고 거짓말처럼 자신에게 걸려온 허상무 회장의 전화. 우현이 성남건설을 찾아가 무슨 말을 한 건지 짐작이 갔다.

"약혼하는 척을 해달라고 말한 게 분명하군. 그런데 어째서?"

질색을 하던 약혼이었다. 그런데 제 발로 성남건설까지 찾아가 그런 부탁을 한 건 마치 시간을 벌기 위한 것처럼 느껴졌다. 그렇다면 시간을 벌어야 하는 이유가 뭐가 있단 말인가. 이유가 있다면 분명 성남건설과의 약혼을 피하기 위함인데.

"나를…… 방심시키려고? 그럼 내 눈을 다른 곳으로 돌려놓고 무엇을 알아내려 하는 거지?"

진철이 어금니를 꽉 깨물었다. 민지의 입에서 흘러나온 '불성실한 제일산업'이라는 말이 마음에 걸렸다. 머릿속에 허 회장의 음성도 떠다녔다.

'종합쇼핑몰 건설에 관련된 자료 말일세, 나와 직접 공유할 수 있겠나? 워낙 주목받고 있는 건설이다 보니 나도 신경 써야 할 부분들이 많아서 그렇다네.'

허상무 회장은 성남건설의 회장이었다. 아무리 중요한 건설이라도 해도 고작 종합쇼핑몰이었다. 일일이 신경 쓸 필요는 없었다. 그럼에도 불구하고 자료를 공유하자는 건 의심을 하고 있다는 뜻이었다. 불성실, 의심. 거짓 약혼. 답은 하나였다.

"지금 이것들이 감히 나를 가지고 놀아?"

진철의 얼굴이 분노로 일그러졌다.

"내일 아침 출근하자마자 기술본부 본부장, 사무실로 오라고 해. 그리고……."

비서에게 명령을 내리는 목소리는 사나웠다.

"기술본부 이민호 과장에게도 호출하고."

다음 날, 출근하자마자 진철의 명령으로 사장실 문 앞에 선 민호는 숨이 막히는 듯 손가락으로 넥타이를 조금 느슨하게 풀었다. 기술본부 본부장이 자신을 부르는 일은 많았다. 하지만 사장님의 호출은 처음 있는 일이었다.

"설마 들킨 건……."

"들어가시죠."

비서의 목소리에 침을 꿀꺽 삼킨 민호가 사장실 문을 열고 안으로 들어갔다.

"아, 왔구먼. 들어와 앉게나."

민호가 떨리는 마음을 애써 숨기고는 안으로 들어가 소파에 앉았다.

"아, 안녕하세요, 사장님."

"내 회사에서 중요한 일을 맡고 있는 이민호 과장과 사적으로 차나 좀 한 잔하고 싶어서 불렀네. 부담스러운 자리는 아니지?"

"아, 네. 물론이죠. 그, 그런데 제가 딱히 중요한 일을 맡고 있지는……."

"우리 기술본부 본부장과 함께 회사의 중요 일을 척척 해내고 있는 사람인데 왜 중요한 인물이 아닌가? 우리 회사의 소중한 인재지."

진철의 얼굴에서는 아무런 생각도 읽을 수 없었지만 눈빛은 민호의 머릿속의 생각들을 모두 꿰뚫을 듯 날카로웠다.

"근데 말이지. 나에게 중요한 인물은 남들에게도 중요한 인물일 경우가 많더군."

자신을 향한 묘한 분위기에 민호가 슬그머니 눈치를 보았다.

"그, 그게 무슨 말씀이신지……."

"뱅뱅 돌려 말하고 싶지 않으니 본론만 이야기하지."

손에 든 물잔을 테이블 위에 내려놓은 소리가 조용한 실내에 커다랗게 울렸다.

"내 뒤에서…… 최준서 부사장과 무슨 일을 꾸미고 있는 거지?"

사무실의 공기는 금방이라도 베일 듯 팽팽하게 날이 서 있었다.

"애들도 아니고 정확하게 집어 말해줘야만 알아듣는 건가? 아니면 못 들은 척하는 건가?"

진철의 빈정거리는 말투는 귀에 거슬릴 정도였다. 하지만 민호는 아무런 말도 하지 못했다.

"난 자네가 중요한 역할을 하고 있는 만큼 책임감도 투철하다고 생각했었는데. 귀는 얇은 것 같군."

"사장님 전……."

"우린 한배를 탄 줄 알았는데. 실망이 커."

민호의 눈빛이 갈 곳을 잃어버린 채 방황했다. 빈정거림으로 가득 찬 말에 민호는 테이블 아래서 주먹을 쥐 폈다.

분명 최준서 부사장은 모든 일을 은밀히 처리했다고, 그래서 자신이 할 일은 회사 안에 기밀 서류를 찾아내는 일이라고 했었다. 어찌 보면 자신은 혼자 살기 위해 최진철 사장을 배신하는 일을 하고 있었다. 그래서 들키면 안 되었다.

계획이 틀어질 경우, 그러니까 지금 같은 일이 벌어질 경우에 대한 대비 따위 없었다.

"오, 오해가 있는 것 같습니다."

그저 들어 먹히지도 않을 듯한 변명으로 상황을 우기는 수밖에.

"오해라……. 최준서 부사장이 뭘 제안했지? 더 많은 돈? 아니면 날 밀어내고 자신이 사장이 되었을 때 자네에게 좋은 자리를 내어주겠다고 했나?"

둘 다였다. 최준서 부사장은 아들의 병원비를 댈 수 있는 돈과 최진철 사장이 제일산업에서 물러나더라도 자신은 내쫓지 않기로 약속했다.

"그게 다 부질없는 일이라는 것 몰랐나? 지금처럼 내가 미리 알 경우 말이지. 생각보다 다들 멍청하군. 제일산업은 내 회사야. 최준서 부사장의 회사가 아니라."

진철은 차오르는 분노를 자제하듯 목에는 힘줄이 붉어져 있었다.

"내가 내 회사에서 일어나는 일을 모를 거라고 생각했나? 그래서 지금껏 가만히 있었던 거라고?"

민호의 얼굴이 하얗게 질려갔다.

"난 제일산업의 사장이야. 내가 지금 최준서 부사장을 해고하면 내일부터 그 자리는 공석이 되어버리지. 그렇게 되면 부사장이 자네에게 제안한 모든 것들이 물거품이 될 텐데. 그래도 괜찮은가?"

질끈 문 입술에서는 비릿한 맛이 났다.

"선택하게. 아무 일도 없었던 것처럼 자네에게 주어진 일을 할지, 이대로 최준서 부사장과 함께 사라질지."

최준서 부사장이 회사에서 쫓겨나면 보장받았던 아들의 병원비가 물거품 되어버리고 말았다. 자신이 스파이 노릇을 한 것도 모두 아버지이기 때문.

　질끈 눈을 감은 민호가 천천히 입을 열었다.

　"최준서 부사장은 단지 제게 서류를 원했을 뿐입니다."

　"서류? 어떤 서류?"

　"성남건설 오피스텔 건설 건과 지난번 건물 층수를 높인 쇼핑몰의……."

　"성남건설의 오피스텔?"

　민호가 고개를 끄덕이며 시선을 내리깔았다.

　"그럼 그 성남건설의 오피스텔 건을 가지고 최준서가, 아니, 최우현이 허 상무 회장에게 무슨 거래를 제안했지?"

　"거기까지는 저도 잘 모릅니다. 전 단지 그들이 원하는 서류를 건네줬을 뿐입니다."

　가만히 생각에 잠겼던 진철이 자리에서 일어났다.

　"돈과 핑크빛 미래. 보장받으면 뭐하나? 인간은 당장 오늘을 살아야 할 사람인데."

　진철의 부드러운 목소리에 민호의 눈꺼풀이 빠르게 깜빡거렸다.

　"차는 마신 걸로 치겠네. 지금 바로 사무실로 돌아가서 책상을 정리하게. 내 주변에 박쥐 같은 인간은 필요 없어. 여기저기 붙어서 본인의 이득만 챙기려고 하다니."

　민호의 얼굴이 하얗게 질려갔다. 회사에서 나오게 된다면 당장 일할 곳도 없었다. 돈을 벌지 못하면 아들의 병원비는 없었다.

　미련 없이 사장실을 나가는 진철의 움직임에 따라 민호의 눈동자가 따라 이동했다.

　"자, 잠깐만요!"

　다급한 민호의 목소리에 진철의 움직임이 멈췄다.

　이대로 회사를 나갈 수는 없다. 자신은 가장이었다. 병원에 누워 있는 아들과 와이프는 자신만 바라보고 있었다.

"뭐든지 할게요."

가족을 위해서라면 자존심 따위 버릴 수 있었다.

"뭐든지 할 테니까…… 다 할 테니까……. 잠시만 저랑 이야기를……."

진철의 발걸음이 잠시 멈췄다. 서늘한 뒷모습을 보인 진철이 민호에게 이야기했다.

"한배를 탔던 옛 정을 생각해서 내가 퇴직금은 두둑하게 챙겨주겠네. 그럼 난 먼저 가보도록하지."

같은 시각, 준서는 바쁜 오전을 보내며 사무실을 지키고 있었다.

처리해야 할 일이 산더미였고, 잠시 후 우현이 사무실을 방문하기로 했기 때문이었다.

제일산업과 관련되어 있는 하청업체들을 찾아다닌 우현은 기분 좋은 목소리로 자신에게 전화를 걸었다. 이루고자 하는 바를 성취한 자의 들뜬 음성이었다.

"괜히 제일산업 둘째 아들은 아니로군."

준서의 입가에 묘한 미소가 걸렸다.

아무것도 모르는 철부지 녀석인 줄 알았는데 제법이었다. 피는 못 속인다고 사업가의 아들은 사업가의 아들이었다.

얼마 남지 않은 시간들, 자신들이 사람들을 모으고 힘을 기를 동안 아버지가 속아주었으면 하는 마음이었다. 그리고 그 시간 동안만이라도 얼마 남지 않았다고 말하는 어머니가 버텨주었으면 하는 바람. 아니, 좁은 병실 안에 찾아오는 이가 자신밖에 없더라도 어머니는 계속 있어주셨으면 하는 큰 소망.

똑똑.

사무실 안으로 노크 소리가 들렸고 바로 문이 열렸다. 언제나 그렇듯 그늘 한 점 없이 맑은 얼굴의 우현이 안으로 들어왔다.

"어제도 늦게까지 일했다면서. 출근도 가장 먼저 하고, 대체 언제 쉬는 거야?"

눈빛만큼이나 다정한 목소리가 준서에게 물었다.

"남들처럼 일해서 윗자리에 있을 수 없어. 경영자는 직원들보다 2배, 3배는 발로 뛰면서 일해야지."

우현은 준서의 말에 고개를 끄덕였지만 걱정스러운 표정을 숨기지 않았다.

"그래도 건강 챙기면서 일해. 형이 아프면 이제 이 회사는 끝이잖아."

우현이 소파에 털썩 주저앉았다.

"매번 농땡이 부리면서 아직도 연구소 다니고 있는 게 용하군."

"평소에 워낙 성실하게 생활해서 그래."

우현이 코끝을 찡긋거리며 장난스럽게 대꾸했다.

"시간 끌어서 민폐 직원 되지 않으려면 분발해야겠네. 하청업체를 찾아간 일은 어떻게 됐어?"

"다행히 한 곳과 이야기를 잘 마무리 지었어. 제일산업에서 부정한 건설 조건을 제안했었는데 이를 거절하자 일방적으로 계약을 파기했었대."

우현이 숨을 고르고 다시 입을 열었다.

"하청업체 담당자는 회사에서 강제 해고 되었고. 좋은 기회를 날렸다며 말이야. 제일산업 쪽에서 제안했던 사업제안서를 가지고 있대. 우리한테 제공해주기로 했어."

"조건은?"

준서가 눈썹을 움직이며 되물었다.

"그쪽 하청업체와 제일산업과의 사업적인 관계 유지."

우현의 말에 준서가 잠시 생각에 잠겼다.

"우선은 고려해보겠다고 했어. 내일까지 연락을 주기로 하지만 우리 쪽에서는 이런저런 조건 따질 때가 아니라 형이 긍정적으로 생각해줬으면 좋겠어."

"회사 입장에서는 거래를 하기 위해서 고려해야 할 조건들이 아주 많아. 내가 무작정 그 회사를 하청업체로 두고 일을 맡긴다면 분명 말들도 많을 거다."

준서의 논리적인 설명에 우현이 입을 꾹 다물었다.

"하지만 이 바닥에서 그런 건 흔한 일이지. 맡긴 일을 더 잘하게 되어 기회로 만들어버린다면 서로에게 좋겠지."

하지만 곧바로 이어진 음성에 그의 얼굴이 밝아졌다.

"계속적인 관계를 유지할지 아닐지는 그쪽 하기에 달렸어. 일단 기회는 주마. 하청업체 담당자 연락처 내게 넘겨줘."

"고마워, 고마워, 형."

그때 우현의 주머니에 넣어두었던 휴대폰이 울렸다. 우현이 휴대폰을 집어 들어 발신자 정보를 확인했다. 채원이었다. 그가 슬쩍 준서의 눈치를 보더니 휴대폰을 다시 주머니에 넣으려고 했다.

"그냥 받아."

커피 잔을 입술로 가져가던 준서가 분명한 목소리로 말했다. 그 말에 우현의 얼굴에 어색한 웃음이 떠다녔다.

"괜한 걱정시키지 말고 받아."

고개를 끄덕인 우현이 통화버튼을 눌렀다.

"네, 채원 씨."

-나예요. 연구소예요? 나 점심 먹으러 가요. 점심은 먹었어요?

"아, 네. 이제 먹으려고요."

준서는 아무런 표정 없는 얼굴로 제 앞에 놓여 있는 서류를 만지작거렸다. 우현의 목소리와 휴대폰 너머로 들려오는 부드러운 채원의 목소리를 무시하려 노력했지만 잘되지 않았다. 자신이 받으라고 권해놓고는 다정하게 들려오는 채원의 음성을 듣고 싶지 않은 상반된 마음.

-오늘은 일찍 퇴근하려고 하는데 될지 모르겠어요.

"요즘 야근이 많네요. 빨리 그 전시회 오픈하고 끝났으면 좋겠네요."

-내부사정으로 늦어졌다고 언론에서도 말이 많아요. 그거 수습하는 데도 며칠 걸렸어요.

서류 뭉치 너머로 우현의 얼굴을 바라보았다. 다른 연인들과 마찬가지로 전화로 소소한 일상을 이야기하고 하루의 안부를 물었다. 나누고 있는 이야기들이 아무런 의미 없는 말일지라도 서로의 목소리는 다정했고 입가에는 미소가 떠나지 않았다.

우현의 얼굴은 곤란한 듯했지만 눈은 반짝거렸고, 입술 사이로는 끊임없이 채원을 향한 염려가 흘러나왔다.

-우현 씨는요? 준서 씨는 만나봤어요?

휴대폰 너머로 작게 들려오는 제 이름에 준서가 몸을 움찔 떨었다.

"네, 그럼요."

준서가 씁쓸하게 웃었다. 지금 자신과 함께 있으면서 말을 돌리는 우현의 마음을 알고 있었다. 함께 있는 것을 알면 채원의 마음이 불편할까 봐. 그거였다.

-준서 씨는 좀 어때요? 회사에서 아버지 눈을 피해 이것저것 하는 것 많이 힘들 텐데.

자신을 염려하는 음성에 준서가 손끝을 떨었다.

"형은 괜찮아요. 채원 씨가 이렇게 걱정해주고 있으니 더 괜찮을 거예요."

-아, 이만 끊을게요. 나 밥 나왔어요. 점심 맛있게 먹어요!

"에? 여보세요? 채……."

전화를 끊은 우현. 밥 소리에 다급하게 전화를 끊어버린 채원의 황당함에 고개를 저었다.

"와, 밥이 중요해? 내가 중요해? 늘 이렇다니까."

하지만 고개를 들어 준서와 눈이 마주치자 금세 어색한 표정을 지었다.

"그렇게 죄지은 사람처럼 굴지 않아도 돼. 이미 지나간 일이야. 뭘 그렇게 눈치를 봐? 폼 안 나게. 그래서 자기 여자 어떻게 지키려고."

"형, 미……."

"미안하다고 말할 거면 돌아가. 미안한 거 많은 사람하고 마주 앉아 밥 먹는 거 불편해."

형다운 무뚝뚝한 표현에 우현이 할 수 없다는 듯 고개를 끄덕였다.

"아버지가 네 여자친구 찾아가는 일 없도록 해. 우리 아들과 헤어져, 라는 착한 말로 설득하고 돌아설 분 아니라는 거 잘 알잖아."

우현의 머릿속에 채원과 아버지의 만남이 그려졌다. 아버지는 차가운 얼굴로 모진 말들을 내뱉을 테고 채원은 상처 입은 눈빛으로 돌아설 것이다. 상상만으로도 분노가 치밀어 우현이 눈을 감고 한숨을 내쉬었다. 이 시기가 얼른 지나갔으면 했다. 지나가기만 한다면……

똑똑.

사무실 노크 소리가 들리고 준서와 우현의 시선이 동시에 문으로 향했다. 박 비서가 날렵한 걸음으로 안으로 들어왔다.

"아, 시간 다 되었나? 나가자. 식당 예약했어. 오늘은 셋이 함께 점심을……."

"부사장님, 그리고 작은도련님."

준서와 우현이 자리에서 일어나기 위해 몸을 틀었지만 멈칫했다.

"이민호 과장이 해고되었습니다."

다급한 목소리에 우현과 준서가 서로를 바라보았다.

"오늘 오전에 이민호 과장이 기술본부 본부장과 사장실을 찾았습니다. 그리고 지금, 해고 통지가 내려왔습니다."

우현이 잔뜩 미간을 찌푸렸다. 이민호 과장이 아버지를 만났고, 그런 아버지가 자신의 일을 처리해주던 남자를 해고시켰다.

"들켰군."

자신의 생각을 대신 이야기하듯 준서가 낮게 중얼거렸다.

고개를 끄덕인 박 비서가 심각한 얼굴로 준서에게 서류 봉투를 내밀었다. 바짝 신경이 곤두선 듯 보이는 준서의 가늘고 긴 손가락이 봉투를 열었다. 그리고 안에 내용물을 확인한 준서의 떨리는 눈동자가 우현을 바라보았다.

"형? 왜? 무슨 일이야?"

"조금…… 늦은 것 같다."

"늦다니? 그게 무슨 말이야?"

우현이 미간을 잔뜩 찌푸리며 준서의 손에 들린 사진을 낚아챘다.

"아버지와 허민지? 두 사람이 왜?"

사진 속에는 자신들의 아버지와 허민지가 레스토랑에서 함께 식사를 하고 있었다. 그리고 잔뜩 굳은 얼굴로 전화를 하고 있는 아버지의 모습.

"어제저녁, 두 분이 함께 식사를 했습니다. 그리고 오늘 아침 최진철 사장님이 이민호 과장을 호출했습니다. 직접요."

우연이라고 하기엔 찜찜했다.

"어제 성남건설 허민지 양과의 만남에서 뭔가를 눈치챈 것 같습니다. 서둘러야 할 것 같습니다. 그리고……."

박 비서가 곤란한 얼굴로 우현과 준서를 번갈아가며 바라보았다.

우현의 손이 천천히 사진을 넘겼다. 한 장 한 장 넘길 때마다 심장이 쿵쾅거렸다.

우현의 떨리는 손에 걸린 사진 한 장. 진철과 채원이 마주 서 있는 모습이었다. 바로 채원의 집 앞에서.

6. 마지막 기회

제일산업 회사 건물에서 빠져나온 우현이 다급하게 손을 들어 택시를 불렀다. 머릿속에는 자신의 아버지와 함께 서 있던 채원의 비통한 표정의 사진이 떠다녔다. 사진을 보는 순간 손끝이 떨려왔고 숨을 제대로 쉴 수 없었다.

'아버지가 말은 그렇게 했지만 완전히 믿을 수가 없어서 내가 사람을 고용했어. 나, 너 그리고 채원의 뒤를 봐달라고.'

사진을 가만히 바라보던 준서가 기가 막힌다는 듯 중얼거렸다.

역시 아버지는 호락호락한 사람이 아니었다. 그런 아버지를 생각지 못하고 안일하게 만남을 이어간 자신들의 잘못이었다. 그게 결과적으로는 아버지와 채원의 만남을 낳게 했다. 그토록 원치 않았던 만남을.

택시에 오른 우현이 휴대폰으로 채원에게 전화를 걸었지만 신호음만 떨어질 뿐이었다.

지금 채원의 회사는 점심시간이었다. 밥이 나왔다며 전화를 끊었으니 지금쯤 동료들과 한창 수다를 떨며 점심을 먹고 있을 것이다.

"그런데 아버지가 허민지는 왜 만난 거지? 뭔가 눈치를 채고 만난 건가?"

우현의 눈빛이 날카롭게 빛났다. 성남건설의 허상무 회장님이 아버지에게 그들의 계획에 대해 말했을 리는 없다. 그렇다면 약혼이 무산되었다고 말하자 민지가 아버지를 만나자고 한 건가? 아버지를 설득하려고?

"하아, 지금 중요한 게 그게 아니지."

복잡했지만 아버지와 민지의 만남은 좀 더 이성적으로 생각하고 판단해야 했다. 그리고 그 이성적인 판단이 지금 이 순간, 제대로 될 리가 없었다. 머릿속은 채원으로 가득 찼다.

'우현 씨, 우리 당분간 서로 떨어져 있는 건 어때요?'

갑작스럽게 시간을 두자고 한 건 아버지가 찾아왔기 때문이었을 것이다. 아버지에게 얼마나 모진 말들을 들었던 걸까? 제 핏줄인 자식에게도 차가운 눈빛으로 심한 말들을 내뱉는 분이었다.

하물며 눈엣가시인 채원이었다. 좋은 말로 넘어갔을 리가 없다. 그것도 모르고 채원에게 장난을 치고, 인터뷰에 예쁘게 나올 채원의 모습을 다른 남자들이 볼까 봐 질투나 하고. 분명 자신이 미안해하고 걱정할까 봐 아버지를 만난 사실을 말하지 않은 게 분명했다. 채원은 그런 여자니까.

"진짜 못났다, 최우현."

우현이 커다란 손으로 마른세수를 했다. 지금 당장이라도 채원을 만나 그 여린 어깨를 꽉 끌어안고 싶었다. 아버지와 무슨 이야기를 나누었는지 중요하지 않았다. 그 대화 안에서 채원이 받았을 상처에 가슴이 아팠다. 그리고 그만큼 아무것도 몰랐을 자신이 무책임하고 한심했다. 채원이 의지하고 마음을 쉽게 할, 그래서 상처가 아물 수 있도록 가슴을 빌려줬어야 했는데 그러지 못했다.

한숨을 내쉰 우현이 어느덧 채원의 회사 앞에 도착했다. 건물 입구 근처에 서서 그녀에게 전화를 걸어보았지만 딱딱한 기계음만 들릴 뿐이었다.

"전화는 왜 이렇게 안 받는 거야?"

낮은 목소리로 초조한 듯 중얼거린 우현이 거친 말을 내뱉으며 머리를 헤집었다.

"최우현 씨?"

바로 그때 뒤에서 자신의 이름을 부르는 여자의 목소리가 들렸다. 그가 재빨리 뒤를 돌아보자 몇몇 여자들이 그를 바라보고 있었다. 채원의 사무실 직원들이었다.

"아, 안녕하세요."

우현이 휴대폰을 주머니에 넣고 정중하게 인사를 건넸다.

"오랜만이에요. 이렇게 보니까 반갑다. 회사 좀 놀러 오고 해요."

"얼굴이 더 좋아진 것 같아요. 일 때문에 온 거예요?"

우현의 귀에는 자신을 보고 반가워하는 여자들의 음성이 들리지 않았다. 그저 고개를 두리번거리며 채원의 흔적을 찾을 뿐이었다.

"채원 씨는? 방금 전까지 같이 있지 않았어?"

"진영 씨하고 맞은편 커피숍에서 커피 사서 온대요. 우리 먼저 들어가요."

여직원들의 목소리에 우현이 회사 건물 맞은편으로 고개를 돌렸다. 그의 시야에 들어온 작은 커피숍. 그리고 문을 열고 나오는 여자.

"우현 씨, 우리 전시회 곧 오픈인데 올 거죠? 그날 회식도 한다는데 그때 같이 와서……."

"죄송합니다."

잽싸게 몸을 돌리고 큰 보폭으로 어디론가 걸어가는 우현. 시선은 한 곳만을 향해 있었다. 그리고 그 한 곳을 향해 직진해 걸어갔다. 자신이 걸어야 할 길은 이곳뿐이었다. 채원을 향해 가는 길.

우현의 뜨거운 시선을 느꼈는지 멈칫한 채원이 그 열기를 찾기 위해 고개를 들었다.

"우현 씨?"

이곳이 회사 앞이든, 사람들이 자신들에게 주목을 하고 있든. 지금은 채원을 끌어안아야만 했다.

"이 시간에 여긴 어쩐 일로……."

채원이 사람들에게 주목받기를 좋아하지 않는다는 것을 알고 있었지만 지금은 그런 걸 따질 겨를이 없었다. 그녀의 그런 마음을 배려해줄 여유가 조금도 없었다. 지금은 저 여린 어깨를 끌어안고, 가녀린 몸을 품 안에 가둬 놓고 놓고 싶지 않았다. 큰 보폭으로 채원 앞에 선 우현이 망설임 없이 그녀를 끌어안았다. 깊게 음미하듯 그녀의 향기를 폐부 깊숙이 들이마셨다. 마구잡이로 엉켜 있던 혼란스러운 감정들이 채원이 주는 안도감에 서서히 풀어졌다.

"우현 씨, 잠깐만요."

당황한 채원이 우현의 몸을 떼어놓기 위해 손을 뻗었지만 그는 더 꽉 그녀를 끌어안을 뿐이었다.

"우현 씨, 여기 회사 앞……."

"잠시만요."

작게 중얼거리는 낮은 목소리는 힘겹게 밖으로 흘러나왔다.

"잠시만 이대로 있어줘요."

자꾸만 입술이 타고, 그리고 목이 멨다.

"우현 씨, 무슨 일 있어요?"

물기가 가득 찬 그 음성에 염려를 담은 채원의 목소리가 우현의 귓가에 들려왔다. 그녀를 꽉 끌어안은 그가 고개를 저었다.

"미안해요."

채원의 목덜미에 얼굴을 묻은 우현이 작게 중얼거렸다.

"미안해요."

그리고 곧 자신의 등을 감싸는 따뜻한 손길에 몸을 움찔 떨었다.

"괜찮아요."

자신의 이런 미안한 마음을, 원인을, 그래서 속상한 심정을 다 안다는 듯 들려오는 안온한 음성.

"괜찮아요, 우현 씨."

그 잔잔한 목소리에 온몸이 녹아내리는 듯 기운이 빠졌다.

"나 여기 있어요."

그래서 더 사랑스러웠다. 더 없이 소중했다.

"어디 안 가고 여기 있을 테니까 걱정하지 말아요."

품 안의 이 여인이.

"무슨 일 있어요? 갑자기 회사로 찾아와서 놀랐어요."

채원과 우현은 회사 건물 뒤에 있는 작은 공원 벤치에 앉았다. 때아닌 회사 앞에서의 격정 로맨스에 사무실 직원들은 놀란 기색을 감추지 못했다. 평소 같았으면 창피함에 우현을 다그쳤을 채원이었지만 자신을 안고 있을 때 떨고 있었던 그를 생각하니 걱정이 앞섰다. 사무실 직원들은 채원에게 '회사에 찾아온 손님을 만난다.'는 명목을 제공해주며 그녀의 등을 떠밀었다. 덕분에 채원은 잠시나마 우현과 함께 있는 시간을 얻을 수 있었다.

"그보다 나 때문에 채원 씨 곤란해졌겠어요."

우현이 조금 미안한 듯 입을 열었다. 그도 그럴 것이 채원의 회사 앞에서, 그것도 직원들이 함께 있는 자리에서 그녀를 덥석 끌어안았으니 말이다. 하지만 그 순간에는 오직 채원만이 보였다. 끌어안지 않고는 견딜 수 없을 정도로 다급했고, 사랑스러웠고, 그리고 아팠다.

"괜찮아요. 이참에 너희들이 말하는 잘생긴 상큼이가 내 남자라고 자랑한 걸로 치죠."

희미하게 짓는 미소에 가슴이 두근거렸다.

"회사 사람들이 저보고 잘생긴 상큼이라고 불러요?"

"애칭 귀엽지 않아요? 난 엄청 마음에 드는데. 물론 다른 여자들이 우현 씨를 그렇게 부르는 건 마음에 안 들지만."

채원의 장난에 우현이 심각한 얼굴을 거둬들이고는 웃음을 터뜨렸다.

"이제야 웃네."

그 모습에 채원이 가만히 그를 바라보았다.

"아까부터 미간에 주름 잔뜩 잡고, 고민 많은 얼굴로 앉아 있었잖아요. 게다가 아까 날 끌어안았을 때…… 우현 씨 우는 줄 알았어요."

잔잔하게 울리는 목소리에 우현이 채원의 손을 붙잡았다. 염려가 담긴 채원의 맑은 눈동자가 자신을 바라보자 우현의 마음이 울컥했다. 우현이 채원을 붙잡은 손에 더 힘을 주었다.

"채원 씨 나한테 할 말은 없어요? 힘든 일이라든가, 고민이라든가. 누군가에게 좋지 않은 소리를 들었다든가."

채원이 자신에게 아버지의 일을 말하지 않은 이유를 알고 있었다. 걱정을 끼치고 싶지 않은 마음, 그거 하나일 것이다.

"아니면…… 원치 않는 만남으로 마음에 상처를 받았다든가."

순간 채원의 손이 움찔 떨렸다. 그녀가 고개를 들어 우현을 바라보았다. 불안하게 흔들리는 미소.

그 한마디에, 떨리는 눈빛에 우현이 이곳까지 단숨에 달려온 이유를 알 것 같았다.

우현은 자신과 아버지의 만남을 눈치채고 온 것이 분명했다. 우현의 얼굴에 떠오른 미안함을 보고 싶지 않았다. 그 정도는 혼자 감당할 수 있었다.

"우현 씨, 여기 이렇게 오면 안 되는 거 알죠? 우리 약속했잖아요."

그래서 또다시 모른 척했다.

"이러다가 우현 씨 아버지가 알게 되면 어떡해요?"

부드럽게 다그치는 채원의 음성에 우현이 격하게 고개를 저었다.

"요즘 힘든 일도, 고민도 없어요. 누군가에게 좋지 않은 말은 들은 적도 없어요. 만나고 싶지 않은 사람을 만난 적은 더더욱 없고요. 그러니까 걱정하지 않아도 괜찮아요."

채원이 우현에게 붙잡힌 손을 풀고 그의 손을 부드럽게 다시 잡았다. 눈을 감고 우현의 어깨에 살며시 기대었다.

"우현 씨와 거리를 두자고 한 건 계획에 방해가 되고 싶지 않았기 때문이에요."

아니, 정말은. 우현에게 그의 아버지와의 만남을 이야기하지 않은 건 내 아버지의 이야기를 꺼내고 싶지 않아서.

"그러니까 걱정하지 않아도 돼요. 나 정말 괜찮아요."

자신은 비겁한 도망자였다.

성남건설의 허상무 회장은 예고도 없이 자신의 회사를 방문한 진철을 물 끄러미 바라보았다. 당황했지만 겉으로는 전혀 내색하지 않았다.

"약속도 없이 여긴 어쩐 일인가?"

묵직한 목소리에 진철은 고개를 들어 희미하게 웃어 보였다.

"죄송합니다, 회장님. 선약이 없다면 뵙기 힘든 분인 것을 알고 있지만 워낙 중요한 일이라."

진철의 말에 허 회장이 눈썹을 살짝 끌어 올렸다.

"바쁜 최진철 사장님이 갑자기 이곳에 방문할 만큼 중요한 일이 뭔가? 그것도 직접 말일세."

"어제저녁, 민지 양과 저녁을 함께했었죠. 우리 우현이 때문에 속상했을 민지 양의 마음을 조금 풀어주고 싶었거든요."

숨을 고른 진철이 천천히 입을 열었다.

"그런데 민지 양이 약혼에 대해 많이 서운해하는 것 같더라고요."

진철의 애매모호한 말에도 허 회장은 태연한 얼굴을 했다. 진철은 무산된 약혼에 대해 알고 온 것이 분명했다. 살얼음판을 걷는 듯 조심스러웠던 계획에 민지가 찬물을 끼얹을 줄은 몰랐다. 그렇다면 제일산업의 불법시공을 우리 쪽에서 알고 있다는 것도 눈치챈 건가?

"나한테는 아무런 말이 없었네. 그래, 뭐가 불만이라고 하던가?"

허상무 회장은 애써 침착한 척하며 진철에게 물었다.

"많은 사람들 속에서 축복을 받고 싶지만 조촐하게 치르기로 한 약혼 때문에 그럴 수 없어 속상하다고 하더군요."

"고작 약혼일 뿐일세. 요란하게 할 필요는……."

"회장님은 하나밖에 없는 외동딸의 약혼을 '고작'이라고 표현하시는 겁니까? 우리 제일산업이야 그렇다 쳐도, 성남건설은 대한민국에서 손꼽히는 건설회사 아닙니까?"

진철의 장난스럽게 올라간 입술이 다시 움직였다.

"그러니 그에 걸맞은 약혼식을 진행해야 하지 않겠습니까? 거기다 약혼은 결혼을 약속하기 위한 서약입니다. 민지 양의 말대로 많은 사람들에게 축복받아야 마땅한 자리입니다."

"결혼식이 있지 않는가? 요즘 사교계에서도 약혼은 가족들끼리 모여서 조촐하게 진행한다네."

"굳이 사람들을 많이 부르지 않으시려는 이유라도 있습니까? 진짜 이유 말입니다."

진철의 날카로운 눈빛이 허 회장을 바라보았다.

"그렇다고 가정했을 때 제가 추측할 수 있는 건 이 정도겠네요. 하나, 무산된 약혼 때문에 민지 양은 약혼식 당일에 등장하지 않을 예정이었다. 그렇다면 하객은 필요 없겠죠."

허 회장이 침을 꿀꺽 삼켰다.

"그렇다면 제일산업에는 왜 약혼식을 하겠다고 말했을까. 알고 보면 약혼식은 불성실한 제일산업을 속이기 위한 쇼였다."

허 회장이 불편한 듯 자리를 고쳐 앉았다. 지금 진철의 입에서 흘러나온 '불성실한'이라는 단어는 그냥 흘려들을 수가 없었다.

"쇼가 준비되는 동안 최진철 사장을 곤경에 빠뜨리기 위한 무언가가 진행되고 있다."

진철은 모든 것을 알고 이곳에 온 것이었다.

불안정하게 뛰는 심장 소리를 애써 숨긴 허 회장은 그에 반하는 느긋한 목소리로 입을 열었다.

"민지가 화려하고 시끌벅적한 걸 좋아한다고 하지만 제일산업을 상대로 그럴 수 없다는 것 자네가 더 잘 알지 않는가? 사람들을 다 불러놓고 자네 아들이 그날 도망치기라도 하면 어쩌겠나?"

"이미 다 알고 왔습니다. 말 돌리지 마세요. 우현이가 무엇을 제안하고 돌아갔습니까?"

진철이 이를 앙다물고는 허 회장에게 물었다.

"자네도 기억하지? 자네 아들은 내 눈을 똑바로 바라보며 사랑하는 여자가 있다고 했었네. 자네 아들이 여전히 그 여자를 만나고 있는 걸 내가 모를 줄 알았나?"

"약혼식을 하는 척하면서 자신을 도와주면 우현이가 뭘 내어준다고 했습니까?"

진철은 자신의 직접적인 질문에도 다른 말을 하고 있는 허 회장을 향해 목에 핏대를 세웠다. 그럼에도 불구하고 허 회장은 얼굴색 하나 변하지 않고 말을 이었다.

"성남건설의 오피스텔 건물 착공을 맡았던 책임자가 다 이야기했습니다. 더 이상 숨길 생각 하지 마시죠."

허 회장이 천천히 테이블 위에 있는 찻잔으로 손을 뻗었다. 투박한 손으로 잔을 집어 든 허 회장이 홍차를 입으로 가져갔다.

결국 제 입으로 제 치부를 드러낸 진철. 진철이 이곳에 온 목적은 밝혀졌다. 그렇다면 이제 어떻게 해야 할까. 이대로 진철을 보낸다면 우현과 이야기했던 계획은 모두 물거품 되고 말 것이다. 그럴 수는 없었다. 제일산업이 저지른 부정은 자신들에게도 큰일이었다. 어떻게든 진철을 속여야 했다. 잠깐의 눈속임이라도 좋았다. 자신 역시도 악역이 된다면 가능할까?

느릿한 손길로 테이블 위에 찻잔을 내려놓은 허상무 회장이 가만히 진철을 바라보았다.

"제일산업에서 맡은 오피스텔은 문제없네. 서류도, 건물도, 모든 것들이 완벽한데 이제 와서 문제가 있을 리가 없지. 문제가 있다면…… 서류 따위가 아니라 바로 자네겠지."

허 회장의 날카로운 눈빛이 진철을 노려보았다.

"자네가 정당하지 못한 방법으로 시공을 하고 있다는 것을 내가 모르고 있을 줄 알았나?"

생각지도 못한 허 회장의 말에 진철이 살짝 당황한 모습을 내비쳤다.

"그걸 눈치챈 자네 아들이 날 찾아와 협박했다네. 그 사실을 밝히지 않을 테니 약혼을 취소해달라고. 그게 아니라면 잠시만이라도 약혼하는 척해달라고."

"왜 약혼하는 척을 해달라고 한 거죠? 저를 속일 생각은 하지 마시죠. 이미 한편인 된 거 알고 있습니다."

"밝혀? 상식적으로 생각해보게. 그게 밝혀진다면 우리라고 타격이 없겠는가? 거기다가 우리가 사돈이 된다면 같이 엮여서 더 큰 비난을 받을 텐데."

생각지도 못한 허 회장의 말에 진철이 눈꺼풀을 빠르게 깜빡거렸다.

"우현 군의 속내는 본인만 알겠지. 난 그저 우현 군이 이 일을 떠벌릴까 일단 시간을 벌기 위해 알았다고 한 것뿐일세."

"그럼 허민지 양은요? 왜 따님에게까지 거짓말을……."

"원래 남을 속이려면 내 편부터 속이라고 하지 않나. 민지가 그렇게 알고 있어야 우현 군도 속지 않겠나. 최우현 군이 시간을 벌려는 건 아마도 자네 집안의 경영권 싸움 때문이 아니겠는가?"

허 회장이 슬쩍 진철을 바라보았다. 혼란스러운 얼굴을 보고 있자니 조금은 안심이 되었다. 그래서 쐐기를 박기 위해 다시 입을 열었다.

"청렴결백, 올바른 시공. 마음은 나도 그 신념을 지키며 회사를 이끌어가고 싶지. 하지만 현실은 꼭 그렇지만은 않다는 것을 자네도 알고 있지 않은가?"

놀란 듯 커진 진철의 눈동자에서 성공이라는 확신이 들었다.

"내가 정도만을 걸으면서 성남건설을 이만큼 키웠다고 생각하는 건 아니겠지? 그건 영화 속에서나 말할 수 있는 꿈같은 이야기일 뿐일세."

허상무 회장이 자리에서 일어나 느린 걸음으로 창으로 걸어갔다.

"자네 집안싸움에는 관심 없네. 단지 난…… 적은 비용으로 최대의 효과를 낸다는 자네의 신념이 마음에 들 뿐이야."

묵직함을 실은 음성이 다시 한 번 분명하게 말했다.

"난 앞으로도 계속 지금처럼 일하고 싶고, 청렴결백한 성남건설의 허상무 회장이라는 타이틀도 가져가고 싶네. 그러니 내가 자네 아들을 속이고 있는 동안 자네는 빨리 이 문제들을 해결하게."

허 회장이 몸을 돌려 진철을 바라보았다.

"자네 아들이 찾게 될 증거는…… 없애야 하지 않겠는가? 그래야 내 딸과 우현 군의 약혼식을 정상적으로 진행할 수 있지."

사무실을 박차고 나가 채원을 만나고 온 우현은 다급한 목소리로 전화를 건 준서 때문에 다시 제일산업으로 돌아왔다.

"왜? 그사이에 무슨 일 있었어?"

"성남건설 허상무 회장님이 전화하셨어. 아버지가 성남건설에 다녀가셨대. 그것도 직접."

준서가 자리에서 일어나 소파로 걸어와 앉았다.

"아버지는 이민호 과장도 만났잖아. 그 후에 성남건설을 찾아갔다는 건……"

"모든 게 다 들통났다는 거지."

준서의 말에 우현의 얼굴에 절망이 드리워졌다. 한숨을 내쉬며 거친 손으로 제 머리를 헤집은 우현이 고개를 들었다.

"허민지가 아버지를 직접 만나서 다 말했다더군. 약혼이 무산됐다고 알고 있는데 아버지가 며느리, 며느리 하니 이상했겠지."

"회장님은 뭐라고 하셔?"

"성남건설 허상무 회장님은 내가 생각했던 것보다 배포가 크신 분인 것 같더군."

준서가 조금 전 묵직하게 울리던 성남건설 허상무 회장의 목소리를 떠올렸다.

'우현 군이 제일산업의 부정에 성남건설도 연루되었다는 것을 알고 협박을 하러 왔다고 했네. 난 이미 제일산업의 불법시공을 알고 묵인한 사람이고.'

'그러셔도 괜찮으시겠습니까?'

'그렇게 해두는 게 좋아. 자네 아버지는 워낙 의심이 많은 사람이야. 자네 아버지가 회사 내에 있는 기밀 서류들을 처리할 거야. 어쩌면 이미 처분했을지도 모르지. 그러니 다른 증거들을 찾게.'

'다른 증거라면……'

'우리 쪽에서 오피스텔 공사를 맡았던 담당자를 찾고 있다네. 곧 연락이 올 거야.'

'최근 3년 동안 갑자기 부당하게 계약이 취소되거나 마찰이 있었던 하청업체도 찾아보겠습니다. 불법시공과 관련이 있을지도 모르니까요.'

'그래. 부지런히 움직이게. 시간이 얼마 없어.'

'감사합니다. 저희 집안 때문에 벌어진 일, 절대 은혜는 잊지 않겠습니다.'

'우현 군이 얼마 전 이곳에 찾아왔을 때 그 애에게 호되게 야단을 맞았네. 나는 내 딸의 아픔만 생각했지 자네와 우현 군의 상처는 배려를 못 했어.'

'아닙니다. 이제는 정말 괜찮습니다.'

'미안하네. 실수였어. 하지만 그 실수로 자네를 힘들게 한 부분은 내가 사과하겠네. 물론 이런 말뿐인 사과로 지난 과거가 회복되지는 않겠지만.'

아직도 진중했던 허상무 회장의 목소리가 귓가에 떠다녔다. 정작 원인을 제공한 아버지는 아무런 말이 없었는데, 아니 오히려 큰소리를 내기 바빴는데. 허상무 회장은 실다운 목소리로 사과를 했다. 미안하네. 짧은 한마디였지만 그 안에 들어 있던 진심은 가슴으로 느낄 수 있었다.

거기다 자신을 위해서 허 회장을 찾아가 호통을 친 우현. 고마움에 가슴이 뭉클했다.

"성남건설에서 오피스 건설 책임을 맡았던 사람만 찾아 설득할 수만 있다면 좋은 증인이 되어줄 거야. 딱 일주일 남았어. 아버지가 다 눈치채고 있으니 더 힘들 거다."

"이왕 이렇게 된 거 더 이상 쉬쉬하면서 일하지 않아도 되겠네."

자신의 말을 장난스럽게 받아치는 우현. 대체 이 녀석은 배짱이 좋은 건지, 아니면 철이 없는 건지 알 수가 없었다. 성남건설에 찾아가고, 이런 상황을 의연하게 넘기는 것을 보면 배짱이 좋은 것 같기도 하고.

"방법이라도 있는 거야?"

"뭐, 어떻게든 되지 않을까?"

자신의 질문에 이렇게 대답하는 걸 보면 철이 없는 거 같기도 하고.

우현이 크게 기지개를 켜고 자리에서 일어났다.

"형, 지난번에 집에 데려다 주기로 한 거, 오늘 데려다 주면 안 될까? 불금이잖아. 형도 일찍 퇴근하라고."

우현이 어깨를 으쓱하더니 먼저 문을 향해 걸어갔다. 그 뒷모습에 황당한 표정으로 고개를 내저은 준서가 한숨을 내쉬더니 재킷을 들고 자리에서 일어났다.

어째 시간이 지날수록 우현의 페이스에 말려드는 느낌이었다. 우현과 함께 있으면 저도 모르게 얼굴 근육이 풀리고 그 뒤를 따르게 된다. 그러지 않기 위해서 늘 긴장하고 있지만 소용이 없을 때가 많았다. 아마도 그건 주변 사람들을 무장해제 시키는 우현만의 매력일 것이다.

엘리베이터에 오른 두 남자.

"다른 건 걱정 안 해도 돼, 형."

조용한 실내, 우현이 진지한 목소리로 입을 열었다.

"아마도 괜찮은 척하는 거겠지만 감사하게 아직은 잘 버텨주고 있으니까."

굳이 말로 하지 않아도 누구를 말하는지 알 수 있었다. 채원의 이야기였다.

"이런 말 하기는 그렇지만…… 형 걱정도 많이 했어."

땡, 소리와 함께 엘리베이터가 1층에서 멈췄다.

준서가 주머니에 넣었던 손을 꽉 움켜쥐고는 입을 열었다.

"괜한 걱정하지 말라 그래. 부담스러우니까."

서서히 문이 열렸고.

"서로를 걱정할 만큼 애틋한 사이는 아니…….."

문 앞에 서 있는 남자, 우현과 준서의 아버지 최진철 사장.

준서가 말을 멈추자 우현이 숙였던 고개를 들었다.

"두 사람, 제법 사이가 좋아 보이는구나. 나란히 서 있는 걸 보니 아버지로서 듬직하고 뿌듯하다."

과장되게 친절한 진철의 말투에 두 남자는 차가운 눈빛으로 제 아버지를 바라보았다.

"마침 잘됐다. 안 그래도 너희와 할 이야기가 많았는데. 잠시 올라가자."

두 사람이 내리기도 전, 진철이 엘리베이터에 올랐다. 그러고는 닫힘 버튼을 눌렀다.

"제일산업의 미래에 대해, 그리고 앞으로의 일에 대해 말이다."

제일산업 사장실.

"이렇게 셋이 마주한 건 처음인가?"

"아뇨. 어머니가 사고 나던 날 아침, 그날도 이렇게 셋이 함께 있었죠."

서릿발처럼 차가운 준서의 목소리가 진철을 향했다.

"아, 그랬나?"

하지만 진철은 무심한 음성을 내뱉었다.

"잘 기억나지 않으시나 봅니다. 쉽게 잊혀질 만큼 평범한 날은 아니었는데 말이죠."

"사람은 원래 좋지 않은 기억은 잊으려 노력하려는 경향이 있지. 내게 그날이 자세히 기억나지 않는 걸 보니 그다지 좋지 않았던 모양이다."

진철의 뻔뻔한 대답에 준서가 어금니를 꽉 깨물었다. 하지만 이내 평정을 되찾고 말을 이었다.

"기억나지 않으신다니 제가 설명해드리죠. 아버지와 어머니가 이혼 서류에 도장을 찍은 날이었습니다."

"그래, 그랬었지. 그날 네 엄마와 난 크게 다투었었지. 그 다툼 속에서 네 엄마가 우현이에게 모진 말들을 퍼붓고는 그 소리에 상처받고 도망친 우현을 뒤쫓았지."

진철의 시선이 고개를 숙이고 있는 우현에게 향했다. 마치 과거의 상처를 헤집기라도 하듯 한 자 한 자 내뱉는 음성에 준서는 주먹을 불끈 쥐었다.

"그만하시죠."

"지금 내가 그날의 일을 기억하지 못한다고 날 비난했잖니. 그래서 난 기억하려고 애쓰는 거다. 네게 실망감을 안겨주고 싶지 않아서."

진철의 시선이 준서, 우현, 그리고 다시 준서로 돌아왔다.

"그래, 둘이 합심을 해서 이루고자 하는 게 무엇이냐? 아니, 애초에 너희 둘 사이에 '합심'이라는 단어가 성립은 하는 건가? 사람 참 오래 살고 볼 일이군."

진철이 믿기 힘들다는 듯 고개를 내저었다.

"최준서가 사장 자리에 오르는 걸 도와주고, 최우현은 뭘 얻기로 한 거지? 서로의 이해관계가 성립될 무언가가 있었나?"

"이해관계가 성립된 게 아니라 그동안 보지 못했던 것들을 이제야 봤을 뿐입니다."

으르렁거리며 이를 간 준서가 거친 목소리로 대답했다.

"그동안 보지 못했던 것이라……. 우현이 넌 언제나 네 형을 동경했고, 사랑했지. 그 마음을 받아주지 않은 건 준서야. 네게 상처를 준 건 네 형……."

"제게 상처를 준 건 아버지입니다. 그리고 형에게 상처를 준 것도 아버지였죠. 아버지는 야비해요. 사람의 가장 치명적인 약점을 아무렇지도 않게 이용해 공격하잖아요."

우현의 말에 진철의 시선이 준서를 향했다.

"준서 엄마의 병원비를 말하는 거로구나. 그게 뭐? 난 할 만큼 했다."

진철의 대답에 우현과 준서 모두 입을 다물지 못했다.

"사람 목숨을 가지고 장난을 쳐놓고 뭐라고요? 할 만큼 다 했다?"

주먹을 꽉 쥔 준서에게서 고함에 가까운 소리가 흘러나왔다. 숨소리가 조금씩 거칠어졌고 준열한 눈빛은 진철을 쏘아보았다.

"난 네 어머니에게 원래 지급하기로 한 액수만큼 정확하게 돈을 지급했다. 아니, 오히려 내가 조금 더 손해를 보았지."

"그게 지금 제 앞에서 하실 말씀입니까? 아버지의 자식에게?"

"네 엄마가 거기 누워 있는 건 내 탓이 아니다. 최우현이 차도에 뛰어들지만 않았어도 네 어머니는 그렇게 되지 않았어."

순간 우현의 머릿속에 그날이 떠올랐다. 파르르 떨리는 눈동자가 절로 감겼다. 그러자 시커먼 어둠이 그를 지배했고 마음은 납덩이처럼 가라앉았다.

"우현이를 구하려던 건 네 엄마의 선택이었다. 자신도 깨어나지 못할 거라고는 생각 못 했겠지. 그래도 예뻐하던 아이 대신 그렇게 됐으니 후회는 없을 거다."

제 앞에서 피를 흘리고 쓰러져 있는 큰어머니의 모습, 피로 범벅된 자신의 손. 그리고 큰 소리로 자신을 향해 원망의 말을 외치는…….

"최우현, 고개 들어."

준서의 목소리가 들렸다. 그 음성에 깜짝 놀란 우현이 눈을 번쩍 떴다.

"고개 숙이고 있지 마. 꼭…… 네가 잘못한 것처럼."

아버지의 입에서 흘러나온, 타인의 것만 같았던 '최우현'이라는 이름. 준서의 입을 통해 듣게 된 최우현이 비로소 자신의 이름인 것같이 느껴졌다.

"고작 중학생밖에 안 된 아들에게 모든 죄를 덮어씌워 내쫓고 나니 마음이 편하셨나요? 어머니를 병원 깊숙한 곳에 숨겨놓고 나니 세상이 온통 자신의 것만 같았나요?"

우현의 떨리는 시선은 여전히 준서를 향했다.

"모든 건 제 잘못도, 우현이의 잘못도 아닙니다. 아버지의 잘못이죠."

준서의 목소리에는 아무런 감정도 읽을 수 없었지만 우현의 가슴은 뜨거워졌다. 우현이의 잘못이 아닙니다. 그 한마디에 지금까지 가슴속에 품어왔던 모든 것들이 녹아내리는 듯한 기분이었다.

"어머니가 우현이를 구했을 때, 그래요. 지금처럼 당신이 차디찬 병실에 갇히게 될 거라고는 상상조차 하지 못했겠죠. 그건 우현이도 마찬가지입니다."

형에게는 늘 죄책감뿐이었다.

"어머니의 모진 말에 상처받고 내달리면서 누군가 자신을 온몸을 던져 구하리라고는 생각하지 못했을 겁니다. 그것도 제 어머니가."

형과의 관계가 조금 좋아졌다고 해서 자신에 대한 형의 원망이, 미움이 사라진 건 아닐 거라 생각했다.

"하지만 우현이는 자신도 어찌할 수 없는 상황이었음에도 불구하고 그 죄책감에 모든 걸 책임졌습니다."

우현의 시야가 뿌옇게 흐려졌다. 눈가에 가득 고인 눈물이 금방이라도 툭 하고 떨어져버릴 것만 같았다. 아버지 앞에서 자신의 편을 들어주는 준서, 그것도 큰어머니의 사고에 대해. 꿈에서도 상상조차 해보지 못했던 일이었다.

"우현이가 보냈던 10여 년의 시간들. 그걸 생각하면 이 아인 제게 당당해도 괜찮습니다."

붉게 변한 눈시울을 들키고 싶지 않아 계속 고개를 숙이고 있었다. 새삼 느껴졌다. 자신이 형을 얼마나 사랑하는지. 형의 이 한마디에 자신은 이 순간, 세상에서 가장 축복받은 동생이었다.

"어머니에게 죄책감이 있긴 한 건가요? 저와 우현이에게, 그리고 우현이의 어머니에게 미안한 마음이 들었던 적은 있는 건가요?"

애절한 준서의 목소리. 형은 아마도 지금과 같이 아버지의 부정을 캐내면서 대립하기를 원하지 않았을 것이다. 잘못은 저지른 아버지는 물론 죗값을 받아야 하지만 이토록 필사적이고 싶지 않을 것이다. 최진철 사장님은 형에게도 일단 아버지였으니까.

"그렇다면…… 지금 하는 일을 중단할 것이냐?"

진철의 말에 준서의 동공이 흔들렸다. 형이 진정으로 원하는 것은 아버지가 무너져 바닥에 무릎 꿇는 모습을 보는 것이 아니었다. 사과, 마음을 담은 진정한 사과를 받고 싶은 것이다. 큰어머니에게 지난 잘못들을 사과하고 남은 가족들에게 준 상처를 보듬어주는 일. 그게 한 집안의 가장이자 자신들의 아버지가 해야 할 일.

"우현이가 당당해도 된다고 생각한다면, 그럼 이것도 알고 있겠구나. 나 또한 당당하다는 것을."

하지만 그런 다정하고 따뜻한 마음을 바라는 자신들을 비웃기라도 하듯 제 아버지는 거드름을 피웠다.

"우현이가 장학금을 받은 것을 알면서도 묵인해준 거다. 결국 우현이가 병원비로 지불한 돈은 내 주머니에서 나온 돈. 그게 없었다면 네가 우현이에게 형이라고 부르는 걸 허락할 리가 없지."

말도 안 되는 논리를 내세우며 뻔뻔하게 말하는 제 아버지의 모습에 우현과 준서가 몸을 떨었다.

"결국 돈이야. 병원비라도 냈으니 네가 우현이를 용서한 거 아니냐. 세상에 돈으로 해결되지 못하는 건 없어. 네가 몸소 경험하고도 날 비난할 생각인 게냐?"

기도 차지 않는다는 듯 준서가 고개를 내저었다.

"최준서, 네 엄마가 그렇게 된 것에 대해 난 책임이 없다. 우린 이혼했으니까. 그러니 내가 네 엄마를 도와준 건 순전히 도의적인 차원에서야."

"도의…… 적?"

준서의 목소리는 이제 둔탁하기까지 했다.

"10여 년을 살 부대끼고 살았는데 병원비 정도는 위자료라고 여겨도……."

쾅!

"형!"

커다란 굉음에 우현이 깜짝 놀라 소리가 나는 쪽으로 고개를 돌렸다. 고막을 자극하는 날카로운 소리와 함께 테이블을 덮고 있던 얇은 유리에 금이 갔다.

"어떻게 그런……. 당신이 사람이야!"

"형, 안 돼!"

벌떡 몸을 일으킨 준서가 진철에게 달려들려 하자 우현이 자리에서 일어나 재빨리 그 앞을 막아섰다.

"비켜."

"형, 이러지 마."

"비키라고. 험한 꼴 당하고 싶지 않으면 비켜!"

준서의 주위를 휘감은 분노에 숨이 턱 막힌 우현이 침을 꿀꺽 삼켰다. 준서의 얼굴은 어느새 벌겋게 달아올라 있었다. 목의 힘줄은 불거져 얼마나 격분하고 있는지 여실히 드러났다.

"사람의 탈을 쓰고 어떻게 그런 식으로 말을 합니까? 사람 목숨이 그렇게 우스워요? 내 어머니가 그렇게 우습냐고!"

처절하게 외치는 소리가 사무실 안에 울려 퍼졌다.

"내 어머니가 잘못한 게 뭔데? 당신을 사랑한 거? 평생 당신의 등만 보며 살아온 거? 필요할 때 이용해놓고 쓸모없어지니까 매몰차게 버려놓고!"

우현에게까지 떨림이 느껴질 정도로 준서는 분개했다.

"잠시나마 당신이라는 사람이 진심으로 미안하게 생각할지도 모른다고 생각했던 내가 부끄럽네요."

가슴속에 붉게 끓어오르는 화. 그리고 준서의 손에 맺혀 있는 검붉은 피.

"난 할 만큼 했다."

"마지막 기회조차 이렇게 날려버리시는군요. 어머니가 저곳에 계신 이후로, 나를 지탱해온 건 당신에 대한 미움뿐이었죠."

붉게 충혈된 준서의 눈동자가 진철을 쏘아보았다.

"두고 봐요. 내가 어떻게 나오나. 절대 그 자리에 편안하게 앉아서 지금처럼 떵떵거리며 살게 놔두지 않을 테니까."

"네가 뭘 어쩌겠다는 거지? 네가 할 수 있는 일은 없어."

"그러니까 두고 보라고. 그때는 아무것도 할 수 없었던 어렸던 당신의 핏줄이 이젠 무엇을 할 수 있는지. 얼마나 당신을 나락으로 떨어뜨릴 수 있는지."

준서가 우현에게 붙잡힌 팔을 거친 손길로 뿌리쳤다.

"반드시 당신이 저지른 일에 대한 대가, 치르게 해줄 테니까."

거친 발소리가 사무실 문을 향했다. 준서가 나가고 사무실에는 정적이 흘렀다.

"나는 그래도 아버지에게 조금이나마 양심이라는 것이 남아 있을 거라고 생각했었는데. 제가 아버지를 너무 과대평가한 것 같네요."

낮게 깔린 우현의 목소리가 그 침묵 위에 흘렀다.

"병원에 홀로 누워 있는 큰어머니의 숨소리도, 집에 있는 제 엄마의 울음도, 형의 비통한 외침도, 저의 원망의 소리도. 아버지에게는 아무것도 들리지 않는 겁니까?"

우현의 시선이 방금 전 준서가 나갔던 문에서 진철에게로 옮겨졌다.

"대체 아버지에게 소중한 건 무엇입니까? 결국 가장 마지막에 남는 건 가족입니다. 그런데 그 가족들에게 상처 입히면서까지 그 욕심, 채워야겠습니까?"

분노에 찼던 준서의 시선과 달리 우현의 눈빛은 어쩐지 동정을 담고 있었다.

"아버지를 사랑해주는 두 여인이 있었고, 아버지에게 힘이 되어줄 두 아들이 있습니다. 남부럽지 않은 돈도 있어요. 대체 뭐가 더 필요한 건가요?"

진철은 그런 우현의 시선에 고개를 돌렸다.

"저는 계속 아버지가 밉고 원망스러웠습니다. 그런데 솔직히 지금은…… 너무나 불쌍해 보입니다. 이러다가는 결국 아버지 곁에는 아무도 남지 않을 겁니다."

"그건 네 생각이지. 사람들은 강하고 많이 가진 사람을 중심으로 모이게 되어 있어."

"그게 다 무슨 의미입니까? 어차피 돈을 보고 달려들 하이에나들일 텐데. 그 안에 진정으로 아버지를 걱정해주는 사람이 있을 것 같습니까?"

"언젠가 너도 내가 옳다는 것을 느낄 때가 올 거다. 회사 일에서 손 떼. 더 이상 집안일로 시끄러운 꼴 보고 싶지 않으니까."

세상 무서울 것 없다는 듯 턱을 치켜세운 진철이 말을 이었다.

"넌 건들지 말아야 할 사람을 건드렸어. 어디 감히 성남건설 허 회장을 직접 찾아가서 거래를 해? 계란으로 바위치기라는 거 몰라? 집안 망신도 이런 망신이 없지."

자신의 진심에도 반성의 기미가 없는 진철의 모습에 우현이 서글프게 웃었다. 이제는 되돌릴 수 없었다.

"아버지가 잘 모르셨던 것 같네요. 형과 제가 이곳에 따라 올라온 건, 아버지에게 마지막 기회를 주려는 것이었음을."

"뭐라고?"

"저희가 뭘 찾고 있는지 아시지 않습니까? 좋습니다. 형의 말대로 어디 한번 끝까지 가보죠."

"경고하는데 나는 널 납치라도 해서 약혼식장에 앉혀놓을 테니 그리 알아. 넌 그 집안과 결혼해야 해. 반드시."

"어디 마음대로 해보세요. 아버지는 제가 생각했던 것보다 더 대단한 분인 것 같습니다. 가보겠습니다."

차갑게 등을 돌린 우현.

"아, 그리고 한채원 건드리지 마세요. 다시 만난다면 그땐 정말 가만히 있지 않을 겁니다."

"다시 말하지만 언젠가 그 여자를 선택한 걸 후회할 거다. 그런 집안 따위가 우릴 넘보다니. 그것도 고고학을 공부하는 널."

"지금 제가 원하는 건 한 가지입니다. 제가 찾는 것이 무엇이든, 하고자 하는 일이 어떤 일이든."

우현이 문을 향해 걸어갔다. 저벅저벅 걷는 발걸음이 무거웠다.

"그것이 제가 사랑하는 사람들의 마음을 아프게 한 아버지에게 큰 상처가 되길 바랄 뿐입니다."

제일산업 본가.

우현의 어머니 혜숙은 초조한 걸음으로 거실을 왔다 갔다 했다. 오늘은 수요일이었다.

"생각할수록 기가 막히네. 무슨 엄마도 모르는 아들 약혼식이 다 있어?"

혜숙이 기도 안 찬다는 듯 헛바람을 집어삼켰다. 남편의 말에 의하면 제 아들 우현의 약혼식이 내일모레란다. 성남건설과의 약혼은 분명 무산되었다고 하지 않았나. 그런데 갑자기 뜬금없는 약혼이라니.

"끝까지 자기 멋대로야. 그렇게 사랑하는 여자가 있다고 말을 해도 못 알아듣고. 채원 씨도 우현이의 약혼에 대해 알고 있는 걸까?"

미안한 마음과 초조한 마음이 공존했다. 방으로 들어간 혜숙이 휴대폰을 들고 어디론가 전화를 걸었다. 잠깐의 신호음이 갔고.

-여보세요? 네, 어머님.

청아한 채원의 목소리가 휴대폰 너머로 흘러나왔다. 괜히 그 다정한 어머니라는 소리에 눈물이 왈칵 쏟아질 것만 같았다.

"나예요. 통화 가능해요?"

-네, 괜찮습니다. 무슨 일이세요?

"우현이 토요일에 약혼한다는 것 알고 있어요?"

혜숙이 조심스럽게 물었다.

-네, 알고 있어요. 근데 어머니 그건…….

"채원 씨, 그냥 우리 우현이랑 도망이라도 갈래요?"

혜숙이 채원의 말을 끊고 다급하게 말했다.

"내가 도와줄게요. 그것도 아니면……."

-어머님! 저 괜찮아요.

"괜찮긴 뭐가 괜찮아요? 나도 이렇게 속상해 죽겠는데. 우현이 정말 약혼하는 거 아니죠? 그 애 채원 씨 사랑한단 말이야."

낮게 들려오는 채원의 웃음소리에 혜숙이 미간을 찌푸렸다. 자신은 다급하고 초조해 죽겠는데 지금 웃음이 나오나 싶었다.

-우현 씨 정말로 약혼하는 거 아니에요. 사장님을 속이기 위해 그러는 척만 하는 거예요.

"그럼 성남건설은요? 허민지 양은요?"

-성남건설 회장님과도 이야기 잘했어요. 그쪽에서도 도와주기로 했어요.

"도와줘요? 뭘?"

혜숙의 질문에 잠깐의 정적이 흘렀다. 한숨을 내쉰 채원이 다시 다정한 목소리로 말을 이었다.

-어머니, 제 말 오해 없이 들어주시겠어요? 사장님이…… 잘못된 방법으로 회사를 운영하고 계세요.

고급스러운 반지가 끼워져 있는 혜숙의 손이 제 입을 틀어막았다.

"우리 그이가…… 죄를 저지르고 있다, 이 말이에요? 확실한 거예요?"

-지난번 어머님이 제게 최 사장님 서재에서 찾았던 사진을 보내주셨죠? 사장님이 죄를 짓고 있다는 일종의 증거예요.

차분한 목소리가 말을 이었다.

-우현 씨와 준서 씨가 그 증거를 찾고 있어요. 많은 고민 끝에 결정한 거예요. 두 사람, 지금 힘을 합쳐서 일하고 있어요.

"우현이와…… 준서가요?"

혜숙은 제 입으로 두 아들의 이름을 말하면서도 현실감이 없었다. 우현과 준서. 준서와 우현. 함께 부르고 싶어도 부를 수 없는 이름이었다.

-아마 우현 씨는 제가 어머님께 이런 이야기한 것을 서운하게 생각할지 몰라요. 하지만 전 어머님이 바로 아시고 우현 씨와 준서 씨를 도와주셨으면 좋겠어요.

조심스럽지만 자신의 생각을 똑바로 전달하는 채원의 목소리에 혜숙이 휴대폰을 붙잡은 손에 힘을 주었다.

-사장님이 어머님의 남편이라 힘들다는 거 알아요. 하지만 잘못은 바로 잡아야 하잖아요.

자신을 설득하는 목소리는 다정했고 따뜻했다.

-지난번 저를 만나셨을 때 우현 씨가 더 이상 상처받는 거 원치 않으신다고 하셨죠? 우현 씨와 준서 씨의 엄마로서 두 사람을 도와준다고요.

혜숙이 눈꺼풀이 파르르 떨리며 감겼다.

"채원 씨, 내가…… 내가 뭘 하면 되죠?"

-최진철 사장님의 서재요. 그곳에서 찾을 수 있는 모든 것들을 찾아주세요.

"이럴 줄 알았어."

혜숙은 마른 입술을 질끈 깨물며 고민에 빠졌다. 채원과의 전화를 끊고 진철의 서재로 들어오기는 했는데 역시나 서랍의 문은 모두 잠겨 있었다. 자신이 찾았던 서류들이 남편의 비리를 찾아낸 중요한 자료라고 했다. 그렇다면 이 서재 책상 서랍에 또 다른 중요한 서류들이 있을 가능성이 높았다.

진철은 자신이 서재에 들어오는 것을 좋아하지 않았다. 아니, 누구도 반기지 않았다. 아무리 사업에 무지한 자신이었지만 서재 안은 진철의 일과 관련된 모든 것들이 집약되어 있음을 알고 있었다.

"이제 어쩌지?"

오후 2시. 진철은 아직 회사에 있을 시간이었다. 혜숙이 재빨리 서재를 빠져나갔다.

"아줌마, 열쇠 수리공 좀 불러줘요."

"네? 열쇠…… 수리공이요?"

혜숙이 자신의 집에서 일하는 가사도우미 아주머니에게 부탁했다.

"절대 사장님에게는 비밀로 하고요. 오늘 집에서 일어난 모든 일은 듣지도, 보지도 못한 걸로 해줘요. 보상은 만족스럽게 할게요."

혜숙의 조건에 가사도우미 아주머니는 격하게 고개를 끄덕이더니 거실을 빠져나갔다.

30분 후.

"열쇠가 있어야 하긴 하지만 이런 건 사실 일자 드라이버만으로도 쉽게 열 수 있어요. 물론 전문가일 때 이야기지만."

열쇠 수리공의 말에 혜숙이 안도의 한숨을 내쉬었다.

"그런데 열고 나면 열쇠가 없어서 다시 잠그지는 못할 텐데 괜찮으세요?"

혜숙의 얼굴에 잠깐 망설임이 떠올랐다. 머리가 빠르게 굴러갔다.

진철은 서재 열쇠를 늘 가지고 다녔다. 가끔은 회사 사무실에 보관할 때도 있었지만 늘 재킷의 안주머니에 보관하고 있었다.

오늘 저녁 퇴근할 때 진철이 열쇠를 가지고 오길 바랄 뿐이었다. 그래서 자신이 다시 이 서랍을 잠가둘 수 있길.

혜숙이 비장한 각오로 입을 열었다.

"네, 괜찮아요. 열어주세요."

우현의 시간은 정신없이 지나갔다.

지난 주말은 종일 준서와 함께 제일산업 안에서 각종 문서를 뒤적거렸다. 최근 3년 동안 제일산업에서 진행했던 크고 작은 공사들을 모두 뽑아 관련 업체들의 리스트를 만들었다. 그리고 그 리스트를 바탕으로 직접 업체들을 찾아가는 등 발로 뛰었다. 하지만 모두 같은 말만 반복했다.

"미안하지만 우리는 제일산업과 협의하에 정당한 방법으로 건물을 올렸습니다."

라며 부드럽게 거절하거나.

"대체 무슨 근거로 여길 온 겁니까? 그런 일 없으니까 딴 곳에 가서 알아보세요."

라며 역정을 내며 돌아서거나.

우현의 입에서 한숨이 흘러나왔다. 오늘이 벌써 수요일이었다. 이러다가는 아버지의 뜻대로 흘러갈 것이 분명했다.

지난주, 사장실에서 아버지와, 형과, 자신의 비통한 외침이 있던 이후 형은 미친 듯이 회사 일에 몰두하기 시작했다. 만날 수 있는 사람들은 직접 만났고, 찾을 수 있는 자료는 온 힘을 다해 찾기 위해 노력했다. 그런 형의 모습이 안타까웠지만 도와주고 싶었다. 함께하고 싶었다.

가지고 있는 자료들로 사람들에게 제일산업의 부정을 설명하기에는 부족했다. 이대로라면 수박겉핥기 식의 검찰조사를 끝으로 일이 마무리될 수 있었다. 그렇게 된다면 계획과 달리 성남건설도 비난을 피해갈 수 없을 것이다.

무엇보다 준서를 권력에 눈이 멀어 제 아버지를 고발한 아들로 만들고 싶지 않았다.

"이틀밖에 남지 않았는데 성남건설에서 책임을 맡았던 사람은 아직인가?"

바로 그때 주머니에 넣어두었던 우현의 휴대폰이 요란한 소리를 내며 울렸다.

"어, 형."

-불법시공을 하라는 아버지의 제안을 거절해 계약 해지되었던 하청업체 중 하나가 자료를 넘겨주었어. 하지만 그다지 도움은 될 것 같지 않아.

평소답지 않게 다급하게 말을 잇는 준서의 음성에 우현이 한숨을 내쉬었다. 형은 초조해하고 있었다. 이틀밖에 남지 않은 시간에. 혹시 모를 변수로 일이 틀어질지 모를까 봐.

-그쪽 회사에게 넘긴 자료는 사업 제안서일 뿐이야. 건물을 올릴 때 얼마든지 변경될 수 있는 부분들이야. 하청업체가 증인이 될 수는 있지만 그게 법적 처벌을 받게 하는 증거가 될 수는 없어.

"형, 내가 그러면……."

그때 작은 진동이 울리며 부재중 전화가 문자메시지로 날아왔다. 성남건설 허상무 회장.

"형, 잠깐만. 성남건설에서 전화 왔어. 내가 다시 걸게."

다급하게 통화를 종료한 우현이 허상무 회장에게 전화를 걸었다.

"네, 회장님."

-시간도 얼마 없는데 미안하지만 자네, 멀리 좀 다녀와야 할 것 같은데.

우현의 입꼬리가 쓰윽 올라갔다.

"오피스텔 건설 책임자 찾으셨군요?"

-제주도. 이틀밖에 시간이 없어. 당장 움직이도록 하게.

전화를 끊은 우현이 손을 뻗어 택시를 붙잡았다. 자신의 집 주소를 택시 기사에게 알려준 그가 준서에게 전화를 걸려 할 때 다시 전화가 울렸다.

"오늘 전화기 바쁘네. 엄마, 무슨 일이야?"

우현의 엄마 혜숙이었다.

-우현아, 지금 어디야? 시간 좀 낼 수 있어? 집으로 좀 와.

"엄마, 미안. 나 지금은 좀 곤란한데."

-엄마가 네 아버지 서재에서 뭘 좀 찾았는데. 어떤 게 중요한지 구분을 할

수가 없어서.

순간 우현은 망치로 머리를 얻어맞은 듯 눈을 깜빡거렸다.

"찾아? 아버지 서재에서?"

우현의 얼굴에 자신도 주체할 수 없을 만큼 커다란 미소가 떠올랐다. 엄마가 아버지의 서재에서 무언가를 찾았다면 분명 중요한 서류일 것이다. 아버지가 만약 서재에 기밀서류를 보관하고 있다면 그건 한두 개가 아닐 것이다. 왜 그 생각을 못 했을까?

물론 확인을 해야 하겠지만 엄마가 찾은 서류는 제일산업의 불법시공을 증명할 수 있는 자료일지 몰랐다. 지난번 그 자료처럼.

"엄마! 잘했어! 어떻게 그런 생각을 했어!"

-아까 채원 씨랑 통화했어. 아빠 일 다 들었어. 너랑 준서 일도. 엄마보고 너랑 준서를 도와주고 싶다면 아버지 서재를 살펴보라고 하더라고.

생각지도 못한 엄마의 대답에 우현이 놀란 입을 다물지 못했다.

"채원 씨가……."

이름만 불러도 목이 메는 느낌에 목청을 가다듬고 다시 입을 열었다.

"채원 씨가 생각을 잘했네."

-우현아, 엄마한테 말했다고 채원 씨한테 뭐라고 하지 마. 나한테 말하면서도 상의 없이 내게 말한 걸 네가 알게 되면 서운해할지 모른다고 걱정했어.

그 상황에 자신의 마음까지 생각해주는 따뜻한 배려에 가슴이 뭉클했다.

"내가 왜 뭐라고 해. 가만히 보고만 있어도 닳을까 봐 아까운 여자한테."

-아들, 엄마 앞에서 너무 그러지 말자?

제 엄마의 서운한 목소리에 우현이 키드득거렸다.

-아무튼 아버지 오시기 전에 정리하게 빨리 와. 지금.

"아, 엄마! 나 못 가. 나 대신 다른 사람이 갈 거야."

-뭐? 하지만 믿을 수 있는 사람이어야…….

"당연히 믿을 수 있는 사람이지. 걱정하지 말고 기다리고 있어. 금방 갈 거니까."

전화를 끊은 우현이 다급히 채원에게 전화를 걸었다. 짧은 신호음이 갈 때마다 가슴이 쿵쿵 널뛰었다. 마른 입술을 축이며 빨리 휴대폰 너머로 맑은 목소리가 들리길 초조하게 기다렸다.

-네, 우현 씨.

"바빠요? 통화할 수 있어요? 아니, 없어도 해요. 그냥 통화할 거니까."

우현의 말에 휴대폰 너머로 낮게 웃는 소리가 들렸다. 그 음성에도 심장이 달음박질치며 온몸이 간질거렸다.

-괜찮아요. 무슨 일이에요? 급한 일이에요?

"나 토요일에 약혼해요."

쌩뚱맞은 우현의 말에 채원이 큰 소리로 웃음을 터뜨렸다.

-알아요. 그거 말하려고 전화했어요? 너무하네, 정말.

"토요일에 회사 전시 인터뷰 있죠? 그거 끝나고 기다려요. 내가 갈게요."

-알았어요. 지금 밖이에요?

"택시 안이요. 성남건설 쪽 오피스텔 책임자를 찾았어요. 제주도에 있대요. 가장 빠른 비행기로 날아가려고요."

-아, 그 사람…… 우리 편이 되어줄까요?

채원의 심각한 목소리에 우현이 슬며시 미소 지었다. 그녀에게 이런 음성을 내게 하고 싶지 않았다. 자신이 좋아하는 청아하고 맑은 소리만 나오게 하고 싶었다.

"채원 씨, 나 믿죠?"

그러기 위해서는 뭐든 해야 했다.

그게 그 사람 앞에서 무릎을 꿇는 일이 된다 할지라도.

-믿어요.

무게가 느껴지는 저 한마디에 가슴에 자신감이 차올랐다.

"고마워요. 그럼 나 다녀올게요."

지금, 그 무엇도 이룰 수 있을 만큼.

제일산업 본가.

"아…… 저기……."

혜숙은 어쩔 줄 몰라 하며 서 있었다. 거실 한가운데 우뚝 서 있는 남자.

"서재로 가면 되나요?"

준서였다. 믿을 수 있는 사람을 보낸다던 우현과의 통화 후 한 시간도 채 지나지 않아 준서가 이곳에 온 것이다.

"아, 응. 그래. 이쪽으로 와."

혜숙이 다급하게 말을 하고는 서재로 돌아섰다.

준서와는 언제나 불편했다. 준서는 자신을 미워했다. 그도 그럴 것이 준서에게 자신은 '아빠의 불륜상대' 그 이상도, 그 이하도 아니었으니까. 자신의 철없던 사랑 때문에 아이에게 상처 준 걸 알았을 때는 이미 늦어버린 후였다.

"문이 전부 잠겨 있어서…… 열쇠 수리공을 불렀어."

준서가 서재로 들어가자 진철의 책상에 달려 있던 서랍장이 모두 열려 있었다.

자신의 눈치를 보는 혜숙을 가만히 바라보는 준서. 본가로 가달라는 황당한 우현의 전화를 받은 후, 자신은 지금 이곳에 있었다. 그럴 수 없다고 말할 시간도 주지 않은 채 전화는 끊겨버렸다.

그리고 날아온 우현의 문자 한 통.

[나 성남건설의 오피스텔 책임자 만나러 제주도로 가. 어떻게든 설득해서 올 테니 엄마 좀 잘 부탁해.]

아버지 없는 본가에 가는 것을 망설였던 건 우현의 어머니 때문이었다. 자신과 어머니의 가슴에 상처를 준 여자. 아버지의 불륜 상대. 그리고 지금은 아버지의 정식 부인. 자신의 두 번째 어머니.

한때 가슴속에 원망만이 가득했던 적이 있었다. 그래서 미워하고 또 미워했던 적도 많았다. 왜 내 어머니만 저 차디찬 곳에 혼자 있는 거냐며, 상처를 준 사람들은 이리도 잘 지내고 있는데. 세상은 불공평하다며 외친 적이 있었다.

하지만 그 사람이 우현과 함께 제 어머니의 병원비를 마련하기 위해 함께 힘썼다고 했다. 세상물정 모르는 요조숙녀 같은 우현의 어머니가 아버지 눈을 피해 그러기 쉽지 않았을 것이다.

"나중에 어떻게 잠그시려는 겁니까? 아버지가 알아차리기라도 한다면……."

"내, 내가 어떻게든 네 아버지의 시선을 돌려서 원상복귀 시켜놓을게. 계획을 망치지는 않을 테니까 걱정하지 마."

"아버지는 철저한 사람입니다. 모를 리가 없죠. 아버지가 아셨을 때 그냥 넘어가지 않을 것 같아서 그렇습니다."

"혹시 지금 내…… 걱정 해준 거야?"

혜숙의 말에 준서가 모르는 척 안으로 들어갔다. 그런 준서의 뒤를 박 비서가 따랐다.

"난 괜찮으니까 걱정 안 해도 돼. 네 아버지가 열쇠를 어디에 두는지도 알고 있고. 없었던 일처럼 완벽하게 돌려놓을 테니까."

혜숙은 자신의 말에도 아무런 대답이 없는 준서를 뒤로하고 문을 향해 걸어갔다.

"방해 안 되게 나가 있을게. 그럼 수고해. 수고하세요, 박 비서님."

"음료…… 두 잔만 주세요."

하지만 묵직하게 들려오는 목소리에 발걸음을 멈추었다.

"지금 뭐라고……."

"급하게 왔더니 목이 타네요. 음음."

준서가 작게 중얼거렸다.

"응. 갖다 줄게. 잠깐만 기다려. 오렌지, 토마토, 포도, 사과 다 있는데 뭐 갖다 줄까?"

들뜬 혜숙의 목소리가 준서에게 물었다.

"전 포도 주스로 부탁드립니다, 사모님."

"전…… 사과 주스요."

준서의 말이 끝나자마자 혜숙이 서재를 뛰어나갔다. 그 가벼운 발걸음을 보는 것만으로도 지금 혜숙의 기분이 얼마나 좋은지 알 수 있었다.

"작은사모님은 여전하시네요. 잘하셨습니다. 그동안 작은사모님도 마음고생이 많으셨습니다."

"미운 건 미운 겁니다. 내 어머니의 마음을 아프게 한 건 사실이니까요. 하지만 내 어머니가 더 아프지 않게 노력해준 사람이기도 합니다."

멋쩍은 듯 시선을 돌리는 준서의 모습에 박 비서가 흐뭇한 미소를 지었다.

"저는 그저 조금씩, 그리고 천천히 거리를 좁혀갈 뿐입니다. 음음, 사적인 이야기는 접어두고 일 시작하죠."

준서가 가장 첫 번째 서랍 안에 들어 있는 서류 봉투를 박 비서에게 내밀었다.

"웬만한 건 일단 사진으로 찍어두죠. 나중에 다시 검토하려면 증거가 남아 있어야 하니까요. 서류는 완벽하게 원래 있던 자리에 순서대로 넣어둬야 합니다."

"알겠습니다."

시간이 별로 없었다. 아버지가 퇴근하고 집에 들어오기까지 모든 자료의 검토를 끝내야 했다.

혜숙이 갖다 준 주스를 마시며 정신없이 서류를 뒤적거리고 있을 때.

"부사장님."

준서가 자신을 부르는 박 비서의 목소리에 고개를 들었다. 박 비서가 넘겨준 서류를 가만히 바라본 준서.

"한빛문화센터의 비공식적 자료입니다."

준서의 얼굴이 그답지 않게 환하게 빛났다.

"그리고 이것은 이번에 제일산업에서 진행하게 될 성남건설 종합쇼핑몰 건설에 대한 비공식 자료입니다."

예쓰를 외친 준서가 휴대폰 카메라로 서류들을 찍어 사진으로 남겼다.

"이거라면 충분합니다. 완벽해요. 역시 아버지 서재네요."

그 밖의 자료들을 좀 더 검토한 두 사람은 본가에 들어온 지 두 시간 반이 지나 모든 것을 정리할 수 있었다. 준서가 손목에 걸린 시계를 보니 6시가 조금 안 되었다.

"우린 그만 돌아가죠."

준서의 말에 고개를 끄덕인 박 비서가 함께 서재를 빠져나왔다. 거실에서는 초조하게 이쪽, 저쪽 움직이고 있는 혜숙이 보였다. 인기척에 돌아본 혜숙.

"원하는 자료는 찾은 거야?"

"덕분에요. 은혜는 잊지 않겠습니다."

딱딱한 준서의 음성에 혜숙이 어색하게 웃었다.

"은혜는 무슨. 가족…… 끼리 서로 돕고 사는 거지."

혜숙에게 정중히 인사를 한 준서가 돌아섰다.

현관에 다다른 준서. 엄마를 부탁해, 라는 우현의 메시지가 계속 아른거렸다.

한숨을 내쉰 그가 몸을 돌렸다.

"아버지가 오시면 최대한 들키지 않게 열쇠로 서재 서랍들을 잠가요."

"응. 그건 맡겨둬. 절대 네 일에 피해 가지 않게……."

"피해 갈까 봐 그러는 거 아닙니다. 아버지에게 혹시 모를 해코지라도 당할까 봐 드리는 말씀입니다."

준서의 입에서 나오는 의외의 말에 혜숙이 눈동자가 흔들렸다.

"아버지에게 우현이의 약혼을 핑계로 함께 시간을 보내기 위해 우현이네 집으로 간다고 하세요. 어떤 핑계를 대서라도 우현과 함께 있겠다고 잠시 집을 비우겠다고 해요.”

“우현이네 집?”

“네, 만약 서재 열쇠를 찾지 못한다면 아버지 눈을 피해 그냥 집을 나오세요. 나와서 기사에게 우현이 집으로 데려다 달라고 하세요.”

“그렇게 한 다음에는?”

“거기서 박 비서님이 기다리고 있을 겁니다. 우현이는 지금 일 때문에 제주도에 내려가 있어요. 그러니 박 비서님을 따라 제집으로 오세요.”

준서의 말에 혜숙도, 박 비서도 얼굴에 떠오른 놀라움을 감추지 못했다.

“우현이가 부탁한다고 하더군요. 제가 이러는 건 우현에게 빚진 게 있어서 그럽니다.”

며칠 전, 아버지에 대한 분노로 테이블 유리를 깨 부쉈을 때, 우현이 말리지 않았다면 무슨 일을 저질렀을지 몰랐다. 우현은 그가 바닥까지 내려가는 것을 막아주었다.

“그러니 제집에서 있는 게 불편하더라도 참으세요.”

준서가 신발을 신고 현관문 손잡이로 손을 뻗었다.

“준서야.”

준서의 손이 흠칫, 떨리며 멈췄다.

“준서야, 고맙다.”

준서야, 마치 병실에 누워 있는 제 어머니가 부르듯 다정한 목소리.

“정말 고마워.”

그 음성에 온몸에 힘이 풀리고 눈물이 왈칵 흘러나올 것만 같았다.

“날씨 죽이네.”

제주 국제공항에 내린 우현이 크게 기지개를 켜며 중얼거렸다.

가을의 끝자락, 서울은 제법 쌀쌀한 바람이 불었지만 제주는 이제 막 가을을 시작하려는 듯 청명했다. 공항을 빠져나오자마자 택시에 오른 우현. 생에 처음 와본 제주도. 창밖을 바라보던 우현은 서울과는 다른 매력에 흠뻑 빠져 있었다.

"이런 일만 아니면 채원 씨도 함께 왔으면 좋았을 텐데."

자나 깨나, 어디를 가도, 무엇을 해도 한채원이라는 여자 생각뿐이었다. 온통 그녀 생각뿐인 자신이 채원에게 부담이 될 것이라는 것을 알고 있었다. 하지만 어쩌겠는가. 자신도 어찌할 수 없을 만큼 빠져버린 것을. 그래서 지금처럼 손을 잡고 함께 걸어갈 수만 있다면 무엇이든 할 수 있을 정도라는 것을.

"그나저나 어떻게 설득해야 하지?"

제일산업과 연관된 오피스텔 건의 경우 성남건설의 일이 아닌, 개인의 회사 공금횡령이었다. 그렇다면 책임자에게 '네 죄를 네 입으로 고해.'라는 말인데. 과연 그럴 사람이 얼마나 되겠는가 말이다. 아마도,

"증거라도 있습니까? 그런 것도 없으면서 어디서 그런 말을 함부로 합니까?"

이렇게 말할 것이다. 바로 지금처럼.

우현의 입에서 한숨이 흘러나왔다.

택시를 내달려 찾아온 이곳, 공사현장. 성남건설 오피스텔 건의 책임을 맡았던 남자는 우현을 향해 불쾌한 표정을 숨기지 않았다.

"내가 회사 공금을 횡령해요? 고작 그런 거 물어보려고 여기까지 온 겁니까?"

왜 세상에 모든 죄를 지은 사람들의 대답은 늘 한결같은 걸까. 증거라도 있습니까?

"다 알고 온 겁니다. 아니라고 우겨봤자 소용없어요."

"그러니까 증거를 대라고요, 증거를."

그게 지금 내 손에 있다면 내가 이러겠냐고. 우현이 거칠게 제 머리를 쓸어 넘겼다. 어떻게든 이 사람을 설득시켜야 했다. 아니면 협박이라도 해야

했다. 어떻게 한담. 눈을 가늘게 뜬 우현.

"돌아가세요. 계속 이러면 내쫓겠습니다."

남자가 돌아섰다. 그리고 동시에 휴대폰이 울렸다. 자신의 휴대폰에 온 메시지를 확인한 우현. 그의 눈이 가늘어지며 일순 생각에 잠겼다.

"잠깐만요."

우현의 낮은 음성이 남자를 불러 세웠다.

"이대로 가시면 안 되죠."

그의 입가에 짜릿한 미소가 떠올랐다.

"지금부터 우리…… 할 이야기가 많을 것 같은데."

7. 예정된 결말

"왜 그래?"

진철은 식탁 맞은편에 앉아 계속해서 자신의 눈치만 보는 아내 혜숙을 향해 퉁명스러운 목소리를 내뱉었다.

"아까부터 자꾸 눈치만 보고 있잖아. 할 말 있으면 바로 해."

혜숙이 긴장감에 입술을 잘근잘근 깨물었다.

진철이 퇴근한 후, 샤워를 할 동안 혜숙은 남편의 옷과 가방을 뒤졌지만 열쇠는 나오지 않았다. 서재에 열린 서랍 문을 다시 잠가야 했지만 그러지 못해 초조했다. 진철이 열린 서랍 문을 발견했을 때 어떤 사달이 일어날지는 충분히 상상이 갔다. 이토록 초조했지만 진철은 자신이 화가 났다고 생각을 하는 모양이었다.

"나한테 불만이 있다는 것 정도는 알고 있어. 우현이 약혼 때문에 그런 거잖아. 어차피 약혼할 것도 알고 있었고, 단지 날짜가 빨라진 것뿐이잖아."

"아무리 그래도 엄마인 나도 모르는 약혼이라니 조금 심하잖아요. 그리고 한채원 씨는 어쩔 건가요?"

혜숙의 입에서 흘러나오는 이름에 진철이 얼굴을 구겼다.

"그 이름이 여기서 왜 나와?"

"우현이가 사랑한다잖아요. 죽어도 그 여자 아니면 안 된다잖아요. 그래도 꼭 그 약혼시켜야겠어요?"

혜숙이 허리를 좀 더 숙여 진철에게 가까이 다가갔다.

"지금이 어느 시댄데 자식 미래를 부모가 결정해요. 그렇게 결혼하면 우현이가 행복할 거 같아요?"

"다 자기 좋으라고 하는 일이야. 아무리 세상물정 모르는 놈이라지만 넝쿨째 굴러온 복을 제 손으로 차려고 하니."

"그 결혼이 복인지 아닌지 결정하는 건 우현이요. 우리가 판단하는 게 아니라고요."

"부모라면 자식에게 뭐가 가장 좋은지 제대로 판단해서 인도해야지. 그리고 그 여자가 아니면 죽어도 안 돼? 세상에 그런 건 없어. 한순간의 감정이야."

너무도 딱 잘라 말하는 진철의 모습에 혜숙이 한숨을 쉬며 입을 열었다.

"그 한순간의 감정이…… 평생을 건 사랑이 될 수 있어요."

말도 안 된다는 듯 진철이 콧방귀를 뀌었다. 진철의 반응에 혜숙의 눈동자가 떨렸다.

"평생을 건 사랑? 그런 게 어디 있어? 그건 여자들이 보는 드라마에서나 나오는 말이지."

"난 당신을 만나는 순간 첫눈에 사랑에 빠졌어요. 아내와 아이까지 있는 당신에게."

"지금 과거 이야기가 왜 나와?"

진철은 이야기의 주제가 불편하다는 듯 퉁명스럽게 내뱉었다.

"남이 말하는 불륜인데 난 사랑에 눈이 멀어 구분을 못 했죠. 앞으로 내가 어떻게 될지 한 치 앞도 보지 못한 채."

"앞으로 어떻게 될지라니. 그래서 지금 여기서 떵떵거리며 잘 살고 있잖아. 그러면 된 거 아닌가?"

"여기서 떵떵거리고 살 만큼 잘한 일이 아닌데 그땐 몰랐다는 거예요. 우리의 결정이 얼마나 많은 이들에게 상처를 주게 될지 그때는……."

"그래서 하고 싶은 말이 뭐야? 이제 와 후회라도 한다, 이 말이야? 막말로 내가 당신을 버리기라도 했어? 숨겨놓고 살기라도 했어? 본처 내쫓고 지금 내 아내로 살고 있는 건 당신이잖아."

진철의 격한 반응에 혜숙의 눈가가 뜨거워졌다.

"마치 내게 뭔가 보상이라도 해준 거 같은 말투네요. 내가 내쫓은 건가요? 나만 당신을 사랑해서 정신 나간 사람처럼 그런 거예요?"

"하아, 말이 그렇다는 거잖아. 말꼬투리 잡지 마."

"내겐 당신에게 첫눈에 반했던 그 순간이, 그 사랑이 내 평생을 건 사랑이었어요. 당신은…… 이런 나를 사랑하기는 했어요?"

"당신답지 않게 오늘 대체 왜 이러는 거야? 안 그래도 바깥일로 피곤한데. 그런 거나 물어볼 거면 방으로 들어가."

오랫동안 사랑으로 품었던 남편의 입에서 나오는 말에 가슴에는 서운함이 잔뜩 들어찼다. 지금까지의 남편에 대한 사랑 전부를 부정당한 것 같아 마음이 아팠다.

"대체 사랑, 사랑. 뭐가 그렇게 중요해? 내가 당신에게 못 해준 게 뭐가 있어서 그렇게 매번 사랑타령이야? 엄마가 매일 사랑타령이니 아들 역시도 그러지. 사랑이 밥을 먹여주는 것도 아니고 지긋지긋해."

지긋지긋하다는 그 말이 날카로운 비수가 되어 혜숙의 심장에 박혔다.

드르륵, 소름 끼치도록 차가운 소리와 함께 의자가 뒤로 밀렸다. 허리를 꼿꼿하게 세운 채 자리에서 일어난 혜숙이 진철을 내려다보았다.

"우현이네 집으로 갈래요. 약혼한다고 바로 결혼하는 건 아니지만 내 아들이 보고 싶어요. 같이 있고 싶어요. 늦었지만 이제라도 엄마 역할 제대로 해야겠어요."

"마음대로 해. 안 그래도 요즘 이런저런 일로 머리가 아픈데. 차라리 약혼식 때까지 거기 있어."

혜숙이 돌아섰다. 하지만 이내 멈춰 섰다.

"나는요, 알고 보면 당신은 정말 사랑을 모르는 게 아닐까 하는 생각이 들어요."

"뜬금없이 무슨 소리야?"

"당신은 부모와 자식 사이의 사랑, 남녀 사이의 애정, 사람과 사람 사이의 우정과 신뢰. 이런 감정이 불필요한 것들이라고 생각하는 건 아닐까."

혜숙이 마른 입술을 질끈 깨물었다.

"그래서 당신의 마지막에, 당신 옆에는 결국 아무도 남지 않는 건 아닐까 걱정이 되네요. 그래서 혹시나 당신 곁에는 나밖에……."

"이놈이나 저놈이나 정말. 그렇게 돼도 당신한테 곁에 있어달라고 강요 안 하니까 그만 들어가."

그 한마디에 순식간에 눈가에 눈물이 차올랐다. 시야가 뿌옇게 흐려져 진철이 보이지 않을 정도였다.

"당신…… 계속 그런 생각을 가지고 있다가는 언젠가 정말 후회할 거예요."

혜숙은 금방이라도 울음을 터뜨릴 것만 같은 제 모습을 들키고 싶지 않아 허리를 꼿꼿하게 세운 채 방으로 들어갔다. 옷장에서 커다란 가방을 꺼내 미리 빼두었던 짐들을 넣었다.

나쁜 사람, 혜숙이 작게 중얼거렸다. 남편의 사랑은 늘 미지근했다. 자신은 한없이 불타오르고 뜨거웠지만 상대는 그렇지 못했다. 함께 있어도 따로 있는 듯, 마주 보고 있어도 서로 다른 곳을 보고 있는 듯. 자신의 사랑은 늘 외톨이였다. 사랑에 눈이 멀어 모든 것을, 제 아들까지 팽개친 벌인 건가.

"이제 와서 누구 탓을 해."

혜숙이 어디론가 전화를 걸었다.

"박 비서님, 저예요. 지금 출발할게요."

손등으로 눈물을 훔치고 문으로 향하는 혜숙이 턱을 들어 올렸다.

"사랑, 참 허무하다."

작은 컨테이너로 만들어진 사무실 소파에 앉은 우현.

"이곳에서 사시는 건 어떤가요? 살 만한가요?"

"복잡한 서울보다는 살 만합니다. 공기도 좋고, 마음만 먹으면 쉽게 바다도 갈 수 있고. 천국 있다면 이런 곳이겠죠."

"아물래도 서울을 피해 오신 곳이니 이곳이 권상윤 씨에게는 천국이나 다름없겠죠. 공금횡령은 불법입니다. 아시죠?"

우현의 날카로운 말에도 상윤은 어깨를 으쓱했다.

"내가 바보도 아니고, 공금횡령이 불법인 건 압니다. 그 이야기를 왜 나한테 하는지는 모르겠지만요. 근데 누군데 여기까지 와서 나를 괴롭히는 겁니까?"

"아, 제가 제 소개를 아직 안 했군요. 최우현이라고 합니다. 성남대학교 문화재연구소에서 연구원으로 일하고 있습니다."

"문화재연구소요? 문화재연구소에서 여기까지 나와 성남건설 일을 들먹이는 이유가 뭔가요?"

너무도 황당한 우현의 직업에 상윤이 눈을 가늘게 떴다.

"일단은 제일산업 최준서 부사장님의 지인이라고 해두죠."

"최준서 부사장님이라니…… 그분이 제일산업으로 돌아왔습니까?"

"본론으로 들어가서 권상윤 씨가 담당했던 오피스텔 건물을 짓는 과정에서 비리가 있었다고 제일산업 쪽의 담당자가 말했습니다."

"그래서 그 사람이 나도 비리를 저질렀다고 하던가요? 서류를 보시면 알겠지만 그럴 일 없습니다. 뭐, 스파이 영화처럼 돈의 루트라도 찾으시려 한다면 제 통장을 조회해도……."

"그건 이미 했습니다. 성남건설 회장님의 권력은 무시하지 못하겠더라고요. 아니, 요즘은 사실 돈 몇 푼 쥐여주면 개인정보까지 빼내주는 세상인데 그 정도야 우습죠."

상윤의 얼굴이 일순 굳었지만 이내 입가에 미소를 지었다.

"그렇다면 더욱 잘 아시겠네요. 전 결백하다는 것을. 제일산업에서 따로 받은 돈도 없습니다. 성남건설에서도 월급 이외에 추가로 받은 돈은 더더욱 없고요."

상윤의 말에 우현이 고개를 끄덕였다.

"정말 그렇더라고요. 분명 공금을 횡령했는데 증거도 없고, 월급 외에 받은 돈도 없고, 그런데 횡령한 돈은 사라졌고."

"알았으면 이만 가세요. 대체 바쁜 사람 붙잡아 놓고 뭐하는 겁니까?"

"성남건설은 왜 그만뒀나요? 그것도 오피스텔 건물 완공 직후에."

"개인적인 사정까지 그쪽에게 이야기해야 하나요?"

"이곳에서 성남건설보다 더 좋은 조건으로 권상윤 씨를 스카우트 한 건 아닌 거 같고. 한몫 단단히 챙기고 나서 제주도로 내려온 건가요? 증거를……."

"이봐요! 정도껏 하세요!"

"증거라면 있습니다. 권상윤 씨가 공금을 횡령했다는 증거 말입니다. 그 증거 그쪽한테 들이밀면, 잘못을 시인하겠습니까?"

우현의 말에 상윤은 입을 꾹 다물었다. 그 모습을 가만히 바라보던 우현이 남은 음료수를 들이켰다.

방금 전, 상윤이 돌아설 때 도착한 메시지. 그건 준서에게 온 연락이었다.

[아버지 서재에서 한빛문화센터와 내년도 시작될 성남건설 종합쇼핑몰 건설 관련 서류 모두 찾았어. 안타깝게도 성남건설의 오피스텔 관련 자료는 없다.]

성남건설 오피스텔에 관한 자료는 지난번 이민호 과장이 넘겨준 반쪽짜리 서류가 전부였다. 물론 준서가 찾은 자료만으로도 아버지의 불법시공을 고발할 수 있었다. 하지만 그렇게 된다면 고발 대상이 달라지게 된다.

원래 계획대로 성남건설이 직접 제일산업의 비리를 밝히게 만들어야 한다. 그러려면 성남건설 오피스텔 건물에 대한 확실한 증거 자료들이 필요했다.

"자, 자료라니······ 그게 무슨 말입니까?"

자료 따위 없었다. 하지만 이 남자 손에 있을 것이 분명했다.

"금방 말하지 않았습니까? 당신의 공금횡령을 증명할 자료가 있다고. 내가 그 정도도 없이 이 멀리 제주도까지 날아왔겠습니까? 이민호 과장이 관련 서류를 우리 쪽에 넘겼습니다."

상윤의 얼굴이 점점 사색이 되어가는 것을 느낄 수 있었다. 어떻게든 이 남자 입에서 긍정적인 대답을 유도해야 했다. 이 남자가 가지고 있는 중요한 자료를 얻어내야 했다.

"이민호 과장 말로는 권상윤 씨가 모든 서류를 꾸몄다고 하던데. 비교할수록 기가 막혔습니다."

"이민호 과장이 그렇게 말했단 말입니까?"

"이민호 과장은 위로부터 압박을 받고 있는 중이었습니다. 어쩔 수 없이 시키는 대로 해야만 했죠."

상윤의 얼굴이 점점 일그러지는 것을 느낀 우현이 계속해서 말을 이었다.

"아이가 아팠기 때문이죠. 아빠였으니까. 잘못했지만 우리 쪽에서도 그런 이민호 과장의 사정을 감안해 어느 정도는 이해하려고 합니다."

"그 남자는 돈 때문에 모든 것들을 스스로 선택한 겁니다!"

상윤이 두 주먹을 불끈 쥐었다.

"자신은 거짓된 서류에 대해서는 아는 바가 없다더군요. 서류를 전달하는 역할만······."

"그 남자의 말을 모두 믿는 겁니까?"

상윤이 이를 으득 갈았다.

"지금으로서는 우리 쪽에 모든 정보를 제공해주며 협조해주고 있는 유일한 사람입니다. 이민호 씨 역시 서류 조작에 전혀 관여하지 않았지만 잘못을 인정하고 스스로 밝히기로 했습니다."

우현이 어깨를 으쓱했다.

"서류 조작에 관여하지 않았다니, 그놈이 얼마나 나쁜 놈인지 모르는 겁니까?"

"다시 말하지만 우리는……."

"전부 다 그놈이 계획한 거라고요!"

화를 참지 못한 상윤이 자리에서 벌떡 일어났다.

"내게 건축 관련 서류들을 넘겨주며 이대로 진행할 수 있게 도와준다면 돈을 주겠다고 했단 말입니다! 그래놓고 뭐요? 자신은 서류를 전달하는 역할만 해?"

흥분한 상윤의 목소리가 조금씩 커졌다.

"그놈이 제일산업에서 받은 돈이 얼마인 줄 아는 겁니까? 제일산업은 장님만 있는 건가요? 그런 속이 시커먼 놈의 말만 믿게?"

얼굴은 점점 검붉어지고 목에 핏대가 섰다.

"이민호가 한 말은 내가 하고 싶은 말입니다! 나야말로 서류 조작에 관여하지 않았어요! 단지 이민호가 조작한 서류를 통과시키기만 했을 뿐입니다!"

"서류 내용을 알면서 말입니까?"

"통과시켜주면 그놈이 내게도 현금을 주겠다고 했단 말입니다!"

순간 상윤이 아차 싶었는지 말을 멈추었다. 잠깐의 정적이 흐르고 떨리는 상윤의 눈빛이 우현을 향했다.

"그러니까 정리하면……."

우현의 날카로운 목소리가 허공에 울렸다.

"성남건설의 오피스텔 건물에 대한 모든 서류는 제일산업에서 조작한 것이고, 권상윤 씨는 그 사실을 알면서 오케이했다?"

상윤의 입술이 한일자로 굳게 다물어졌다.

"그래서 제일산업은 불법으로 건물을 짓고, 상윤 씨는 그 대가로 제일산업으로부터 돈을 받았다? 그것도 현금으로."

"나, 난…… 내 말은……."

하아, 거친 숨을 내뱉은 상윤이 털썩 소파에 주저앉았다. 절망이 드리운 상윤과 달리 우현의 얼굴에는 기쁨이 넘쳤다.

"지금부터 두 가지 선택권을 제안드리겠습니다."

자신감에 찬 우현의 음성이 상윤의 귓가를 때렸다.

"계속 지금처럼 모른 척하고 있다가 서류 조작부터 모든 걸 지휘한 사람이 권상윤 씨라는 것이 사실화되어 처벌을 받을지."

우현이 넓고 깊게 호흡하며 상윤에게 시선을 고정했다.

"그게 아니면 지금 자신이 이야기한 사실을 증명할 만한 것들을 모조리 제게 넘겨주시고 경찰조사 전 자수를 할지."

그가 천천히 자리에서 일어났다.

"선택은 권상윤 씨가 하는 겁니다. 어느 쪽이 자신에게 유리할지 잘 생각해보세요."

하더니 테이블 위에 무언가를 올려놓았다.

<성남대학교 문화재연구소 최우현>

지금의 상황과 너무도 이질적인 명함.

"내일 오후 2시 비행기로 서울에 올라갑니다. 그러니까 제가 서울로 가기 전까지 시간을 드리죠. 시간을 많이 못 드려 미안합니다. 여유가 조금 없어서요."

화조차 내지 못할 정도로 우현은 정중하고 반듯하게 인사를 건넸다. 하지만 돌아서 내보인 얼굴은 그 어떤 때보다도 개구쟁이처럼 보였다.

"그럼 오늘 시간 내주셔서 감사했습니다. 웬만하면 서울에서 뵐 수 있었으면 좋겠네요."

금요일 오후 5시. 성남건설 회장실에는 어색한 공기가 흘렀다.

처음 마주 앉은 세 사람. 성남건설의 허상무 회장, 제일산업의 최준서 부사장, 그리고 낯선 여자 한 명. 뽀얀 얼굴에 긴 머리를 하나로 틀어 올린 여자는 이곳이 처음이 아닌 듯 자연스러워 보였다.

"두 사람 처음 보지? 인사하게. 이쪽은 제일산업 최준서 부사장. 그리고 이쪽은 M미디어의 강하늘 기자."

기자라는 말에 준서가 눈썹을 살짝 끌어올렸다 내렸다.

"안녕하세요, 강하늘 기자입니다. 만나뵙게 돼서 반갑습니다."

"최준서입니다. 잘 부탁드리겠습니다."

"강하늘 기자와는 내 몇 번 안면이 있어서 부탁했네. 믿을 만한 사람이니 걱정 안 해도 괜찮아. 잘 부탁하네, 강 기자."

"저희야말로 잘 부탁드립니다, 회장님. 쉽지 않으셨을 텐데 정말 큰 결심 하셨습니다. 위험부담도 크실 텐데요."

하늘은 염려가 가득한 얼굴로 허 회장을 바라보았다.

하늘은 며칠 전 자신에게 걸려온 허상무 회장의 전화에 놀라움을 금치 못했다. 청렴결백하기로 유명한 성남건설에서 건축 비리라니. 믿었던 만큼 사람들의 비난도 클 것이다. 아무리 자신의 직업이 기자라고는 하지만 인간 대 인간으로 존경할 만한 허상무 회장의 잘못을 밝히는 건 심적으로 힘든 일이었다. 그것도 허 회장 개인의 잘못이 아닌 경우에는 더더욱.

"성남건설 내 개인의 공금횡령이라고는 하지만 그렇게 생각하지 않는 사람들도 많을 거예요. 일단 성남건설도 조사는 피해갈 수 없습니다."

"알고 있네. 하지만 강 기자는 첫 기사가 어찌 발표되느냐에 따라 여론과 사람들이 어떻게 움직이는지 잘 아는 사람이니 믿고 있네. 똑똑한 사람이지 않은가."

허 회장의 말에 하늘이 큰 소리로 웃었다.

"그렇게 좋은 말로 설득하셔도 안 넘어가요. 사실에 입각해서 전부 다 파헤쳐 낼 거니까요."

"그게 내가 바라는 걸세. 최선을 다해서 그렇게 노력해주게."

허상무 회장과 하늘의 대화가 오고 갈 동안에도 준서의 시선은 테이블 위에 있는 초대장에서 떨어질 줄 몰랐다.

꼬여도 너무나 꼬여버린 자신의 인생에서 가장 복잡하게 꼬여버린 관계. 존재만으로도 상처가 되는 줄 알고 있으면서도 온전히 미워할 수 없었던 배다른 동생. 그리고 그런 우현이 생애 처음으로 모든 걸 포기해서라도 원한다고 말했던 자신의 옛 사랑.

우현의 떨리는 주먹과 어깨, 떨군 고개에서 떨어진 눈물을 보았을 때 자신은 이미 채원에 대한 마음을 접기로 결심했다. 그래서일까, 약혼식 초대장에 최우현이란 이름 옆에 나란히 적힌 허민지라는 이름이 유난히도 낯설게 느껴지는 건.

"내일은 우리 쪽과 제일산업의 주요 이사진들 몇몇만 참석하기로 했네. 다른 자리는 M미디어 기자님들이 채워줄 거야."

"기사는 언제 나가는 겁니까?"

"일단 최우현 씨가 언론보도를 위해 간추린 기사를 보내줬어요. 그거에 맞춰서 내일 아침 일찍 인터넷으로 기사를 먼저 뿌릴 겁니다."

하늘이 가방 안에서 파일을 꺼내 준서에게 내밀었다. 며칠 전 우현이 하늘의 메일로 보내준 자료였다.

"하지만 당장 다음 기사를 위해서 조금 더 자세한 자료가 필요한데……."

바로 그때 노크 소리가 들리고 한 남자가 불쑥 얼굴을 내밀었다.

"저 늦은 거 아니죠?"

우현이었다. 장난기 가득한 얼굴이 사무실 안으로 들어오자 어쩐지 실내가 밝아진 느낌마저 들었다.

"최우현 씨로군요. 반갑습니다. 강하늘 기자예요."

하늘이 자리에서 일어나 손을 내밀자 우현이 그 손을 붙잡아 악수를 했다. 우현이 소파로 걸어 준서의 맞은편에 앉았다.

"경찰서에 다녀오는 길이에요. 성남건설의 오피스텔 건축 책임을 맡았던 권상윤 씨와 함께요."

우현의 말에 준서와 허상무 회장의 얼굴이 눈에 띄게 밝아졌다.

우현이 허상무 회장과 강하늘 기자에게 각각 봉투를 하나씩 넘겼다.

"안에는 제일산업 내에서 발견한 자료, 제일산업의 외주업체가 넘긴 자료, 그리고 성남건설에서 받은 자료가 모두 취합해서 들어 있습니다. 강하늘 기자님, 잘 부탁드릴게요."

"권상윤 씨는 직접 제 입으로 죄를 고백하러 간 건가?"

우현과 눈이 마주친 준서가 중얼거렸다.

"조금 겁을 줬어. 잘못하다가는 모두 자기가 뒤집어쓰게 생겼으니 그 전에 죄를 덜기 위한 발버둥 치는 거지. 물론 그 편이 우리에게 좋긴 하지만."

우현의 시선이 허 회장을 향했다.

"회장님, 경찰 조사 때 회장님이 건네주시면 될 것 같습니다."

"자네가 고생이 많았네."

"아닙니다, 전 최준서 부사장님의 지시에 따랐을 뿐인걸요. 그리고 기자님."

우현이 진중한 목소리로 하늘을 불렀다.

"성남컨벤션센터 안에서는 내일, 성남건설의 기자회견만 있는 겁니다. 다른 사건들은 기사로 내보내지 않겠다는 약속 꼭 지켜주세요."

우현이 하늘에게 한 번 더 다짐을 받겠다는 듯 힘주어 말했다.

민지가 아무리 얄밉게 굴었다 할지라도 여자였다. 약혼이니 어쩌니 언론에 노출되었다간 큰 상처를 받을 게 분명했다. 민지가 본의 아니게 제 욕심을 채우기 위해 준서를 이용한 상황이 되어버렸지만, 그렇다고 자신까지 같은 사람이 되고 싶지 않았다.

"그건 걱정 마세요. 단독 보도를 허락해주셨는데 그 정도는 당연히 지켜드려야죠. 그럼 전 이만 일어날게요. 지금 사무실로 돌아가도 이 자료 정리해서 기사 써 내려가려면 밤새야 할 것 같아서요."

하늘이 경쾌한 목소리로 말하고는 자리에서 일어났다.

"형제가 좋네요. 어려울 때 서로 의지도 하고. 두 분 성격은 조금 다른 것

212

같지만 형제라 그런지 많이 닮은 것 같네요. 그럼 내일 뵐게요."

하늘이 사무실을 벗어나면서 남긴 말 때문에 우현과 준서 사이에 어색한 공기가 흘렀다.

"우리도 그만 집으로 돌아가자."

어색한 공기를 가른 준서의 짧은 한마디에 우현이 고개를 돌렸다.

"집?"

"가자고. 나는 내 집, 너도 내 집. 네 어머니, 내 집에 계셔."

생각지도 못한 준서의 말에 우현이 놀라움을 금치 못했다. 엄마를 잘 부탁한다는 말에 형이 직접 집으로 모시고 갈 줄은 꿈에도 상상하지 못했다. 우현의 얼굴에 벅찬 감동이 일었다.

"빚을 갚은 것뿐이니까 인사는 됐어. 그만 가자. 회장님, 그럼 내일 뵙겠습니다."

준서가 꾸벅 허리를 숙여 인사를 건네자 허 회장이 손을 들었다 내렸다.

"저기 형, 난……."

뒤에서 우현의 곤란한 듯한 음성이 들렸지만 준서는 몸을 돌려 문을 향해 걸어갔다.

"괜찮으니까 가자고. 부담스러워할 것 없어."

"형, 그게 아니라……."

망설이는 듯 들려오는 우현의 목소리에 준서가 뒤를 돌아보았다.

"나는 잠깐 갈 곳이 있어서……. 먼저 들어가라고."

준서와 허 회장이 시선을 교환했다. 우현이 슬그머니 준서를 지나치더니 사무실 문을 열었다.

"안 늦을 테니까 이따 문은 열어줘. 그럼 난 이만. 회장님, 그럼 쉬세요."

닫힌 문 너머로 빠르게 뜀박질하는 발소리가 들렸다. 사무실에 남은 준서와 허 회장이 짧은 시선을 교환했다.

"애인을 만나러 가는 모양이로군."

허 회장의 말에 준서가 피식 웃음을 흘렸다.

"좋을 때야. 앞뒤 가리지 않을 정도로 열정적으로 사랑할 수 있다는 거, 그것도 복인 게지."

"괜찮으시겠습니까? 허민지 양이요."

"인연이 아니라면 어쩔 수 없는 거지. 민지도 이번 일로 깨달은 게 있을 거야. 사람 마음을 얻는다는 것은 생각만큼 쉽지 않은 거지. 고집만 부린다고 될 일이 아니거든."

말은 그렇게 했지만 허 회장의 얼굴에는 씁쓸함이 묻어났다. 아무래도 아버지이다 보니 딸이 받을 상처가 마음에 쓰이는 건 당연했다.

"그렇다고 내 딸을 위해 마음에도 없는 최우현 군을 붙잡아둘 수는 없지. 그건 우현 군을 위해서도 민지를 위해서도 좋지 않아."

옷걸이에 걸려 있던 재킷을 집어 든 허상무 회장.

"부모는 자식에게 좋은 것이라면 뭐든 할 수 있지만, 절대 그 기준을 부모가 정해서는 안 돼. 자네 아버지처럼 말일세."

허상무 회장이 준서의 어깨를 토닥거렸다.

"내가 도울 일이 있다면 언제든 찾아오게. 나는 자네에게 큰 빚을 지지 않았는가."

―뭐 하고 있었어요?

"퇴근하고 집에 와서 태양이랑 산책하고, 목욕 오래오래 하다가 지금은 얼굴에 팩 하고 있어요."

채원은 거실 소파에 누워 휴대폰에 대고 우현에게 말했다. 소파 팔걸이에 베개를 얹어놓고 그 위에 다리를 올려 종일 고생한 몸을 쉬게 하고 있었다.

―내일 인터뷰한다고 너무 관리하는 거 아니에요?

우현의 어깃장에 그녀가 피식 웃어 보였다. 하지만 그 웃음 뒤에 그늘이 서렸다.

토요일은 자신이 회사의 전시관련 인터뷰를 하는 날이 아니었다. 내일은 우현의 약혼식 날이었다. 아무리 형식적으로 일을 꾸미기 위한 과정일 뿐이지만 자신의 남자의 약혼, 달콤한 말은 아니었다.

"집에 가고 있어요?"

-거의 다 왔어요. 아저씨, 저기 앞에 좀 세워주세요.

우현은 아마 택시를 탄 모양이었다.

"강하늘 기자님과는 만났어요?"

채원은 성남건설 허 회장님과 함께 만나기로 한 기자를 언급했다. 사회부 열혈 기자로 직업정신이 투철하며, 심지어 미인이라고까지 했다.

-네. 밝고 에너지가 넘치는 분이시던데요? 잘 써달라고 부탁했으니까 너무 걱정하지 말아요.

"혹시 미남계 쓴 건 아니죠?"

채원이 장난스럽게 대꾸하자 휴대폰 너머로 웃음소리가 들렸다.

-별로 안 넘어올 것 같던데요? 일과 결혼한 사람 같은 느낌?

"엄청 미인이라던데."

-미인이더라고요. 그런데 엄청은 아니에요. 매일 한채원이라는 초특급 미녀 여자친구를 봐서 그런지 웬만한 미인 앞에 엄청이라는 단어 쓰기가 쉽지 않더라고요.

"말이나 못하면요."

채원이 숨을 깊게 들이마시고 느리게 내뱉었다.

"내일…… 별일 없겠죠? 솔직히 조금 겁이 나요. 우현 씨와 준서 씨 상처받지 않고 내일 하루 잘 보낼 수 있겠죠?"

-나도 그래요. 나도 조금 겁나요.

살짝 떨리는 우현의 목소리에 채원이 몸을 떨었다.

그도 사람이었다. 어찌 두렵지 않겠는가. 아무리 잘못은 저질렀다고는 하지만 제 집안일이고, 아버지였다.

진철이 우현과 준서가 준 마지막 기회를 저버리지만 않았다면 내일 같은 날도 있지 않았을 것이다.

마음 내켜 하지 않음을 알고 있었다. 그래서 더 긴장되고 부담되는 마음, 이해할 수 있었다.

─약혼이라는 단어에 채원 씨가 상처받을까 봐. 이 모든 일이 채원 씨 때문이라고 생각하고 있을까 봐. 형과 내 거리가 채원 씨 탓이라고 여길까 봐.

하지만 생각지도 못한 우현의 말에 채원이 뉘였던 몸을 바로 일으켰다.

─심술맞은 아버지가 보낸 약혼식 초대장에…… 혹시나 채원 씨가 울지는 않았을까 겁이 나요.

우현이 겁을 내는 이유는 자신이 생각하는 것과 조금 달랐다.

─아버지의 일은 아버지가 시작하신 거예요. 아버지 앞에는 수많은 기회가 있었지만 스스로 모두 저버리셨죠. 하지만 채원 씨는 아무런 잘못이 없잖아요.

어딘지 모르게 습기가 찬 듯한 그의 목소리.

─채원 씨의 상처를 안아주고 감싸주는 것도 제대로 못 하고 있는데 자꾸 일이 생겨버리니까. 그래서 어느 날 채원 씨가 내게 질려서 도망쳐버리는 건 아닌가 하는 무서운 생각도 들고.

입으로 내뱉은 말이 사실이라는 듯 불안하게 떨리는 우현의 음성.

─그래도 나는 채원 씨를 다시 찾을 거지만, 그래서 붙잡을 거지만 그때마다 채원 씨가 상처받으면 어쩌나.

그리고 그 음성은 조금씩 울림을 만들며 커져갔다. 설마…….

채원이 얼굴에 붙였던 팩을 떼고는 천천히 자리에서 일어나 현관을 향해 걸음을 옮겼다.

─오늘…… 나 때문에 울었어요?

"조금요."

─미안해요.

밖에서 희미하게 들려오는 남자의 목소리.

"괜찮은 척하기 힘들었어요, 아주 많이."

-정말 많이 미안해요.

그리고 조금씩 가까워지는 발소리.

"그리고 보고 싶었어요. 그래서 지금 꼭 안아주면 다 용서할 수 있을 것 같은데."

현관 앞에 선 채원. 그리고 동시에 턱, 하고 멈춰 선 발소리.

-정말 그러면 돼요?

그리고 이젠 휴대폰이 아닌 현관문 너머에서 애잔한 목소리가 또렷하게 들려왔다.

딸깍, 채원이 현관문을 열었다. 휴대폰을 손에 쥔 채로 그녀를 향해 웃고 있는 남자. 채원이 문을 좀 더 활짝 열었다.

"안아주는 거라면 백 번이라도 할 수 있는데."

생생하게 들리는 맑은 음성.

"그래서 그 잘하는 거 하려고 이렇게 왔……."

순간 우현이 말을 멈추었다. 자신의 품으로 달려든 채원 때문에. 쿵, 현관문이 닫혔고, 복도에 선 두 사람. 아니, 우현을 끌어안은 채원, 채원의 품에 안긴 우현.

"내가 안아주려고 온 건데."

"누가 안아주면 어때요. 지금 같이 있는데."

작게 중얼거린 채원이 우현의 가슴에 얼굴을 묻었다. 그의 커다란 손이 그녀의 머리를, 등을 천천히 쓰다듬었다.

"나 상처 안 받아요. 그러니 우현 씨도 상처받지 말아요, 나 때문에."

채원의 목소리에 우현이 고개를 저었다.

"두려워하지도 말아요. 질려도 도망은 안 갈 테니까."

채원의 장난에 우현이 그녀를 더 꽉 끌어안았다.

"나 우현 씨가 생각하는 거 이상으로 우현 씨 많이 사랑해요."

순간 우현의 마음에 잔잔한 파도가 일었다. 사랑한다는 말, 지금 채원에게 가장 듣고 싶은 말이었다.

"같이 지내다 보면 여러 가지 이유로 서로에게 상처 주는 경우 많잖아요. 하지만 지금껏 우현 씨의 의지로 날 곤란하게 한 적, 없잖아요."

채원의 팔이 좀 더 세게 우현을 감싸 안았다.

"그리고 있다고 한들 어때요. 그때마다 이렇게 서로 감싸 안으며 사과하고, 위로하면서 살면 되는 거죠."

채원이 우현의 허리에 팔을 두른 채 고개를 들어 그를 바라보았다.

"그러니까 괜찮아요. 언제나 나 마음 아프지 않게 최선을 다해주고 있다는 거 알고 있으니까. 지금도, 그리고 앞으로도 최선을 다해서 나를 사랑해줄 거 아니에요?"

몸을 살짝 뒤로 빼 피식 웃는 모습이 개구졌다.

채원을 사랑할수록, 시간이 지날수록, 얼굴을 마주 볼수록, 서로 대화를 주고받을수록, 그녀에 대한 마음은 무르익어 갔다.

"나를 발견해줘서 고마워요."

채원의 잔잔한 음성.

"그리고 내게 와줘서 고마워요."

맞닿은 가슴에서 느껴지는 쿵쾅거리는 심장.

"내일 잠깐 허민지 씨에게 빌려주는 거니까 빌려준 그대로 돌아와야 해요."

채원의 한마디에 주변이 환해짐이 느껴졌다.

"그리고 미리 말하지만 내 남자 누군가에게 빌려주는 거, 처음이자 마지막이에요."

내 남자, 생기 넘치고 환하게 빛나는 눈빛의 여자가 내뱉는 말은 이토록 달콤했다.

우현의 입술이 천천히 다가가 꽃잎을 머금은 듯한 채원의 입술에 쪽, 하고 입을 맞추었다.

"다음 진도는 다음에 상으로 줘요. 지금 저 안으로 들어가면 조금 위험할 거 같으니까."

우현의 말에 채원의 뺨은 타오를 것처럼 화끈거렸다.

"갈게요."

우현이 돌아섰다. 저벅저벅 계단을 내려가는 동안에도 시선은 채원에게서 떨어지지 않았다. 우현이 시야에서 사라지자 채원은 재빨리 집 안으로 들어갔다. 창가로 뛰어간 그녀가 창문을 활짝 열었다. 찬 공기가 코끝에 닿았다. 약속이라도 한 듯 고개를 들어 채원의 집을 올려다보는 우현. 채원이 우현을 향해 손을 흔들었다. 우현이 점이 되어 골목에서 사라질 때까지 채원은 창가에 서서 그의 뒷모습을 좇았다.

"사랑해요."

내 속삭임을 우현이 들을 수 있기를. 내 이 뜨거운 마음이 그의 심장에 닿을 수 있기를.

"사랑해요, 우현 씨."

이 한마디가 그에게는 커다란 힘이 되기를.

토요일 오전, 제일산업 본가. 진철은 멋들어진 정장을 차려입고는 우아하게 모닝커피를 마시고 있었다.

"작은도련님은 큰도련님과 함께 성남컨벤션센터로 출발했다고 합니다."

고개를 끄덕인 진철이 자리에서 일어났다. 아침부터 올라간 입꼬리는 내려올 생각을 하지 않았다.

"결국 이렇게 될 것을 왜 그토록 고집들을 부렸는지."

이제 모든 것이 제자리로 돌아왔다. 내년도 종합쇼핑몰 건설만 제대로 된다면 이제는 승승장구 앞으로 나아갈 일만 남았다.

"처음부터 내 말대로 했으면 서로 감정소비 안 하고 잘 왔을 것 아니야."

성남건설이라는 기업에서 우현을 원한 건 정말이지 행운이었다.

"아니지, 허상무 회장이 사실은 시커먼 속내를 숨기고 있었다는 게 신의 한 수지. 겉으로는 청렴결백에 올곧은 척은 혼자 다 하더니."

진철의 얼굴에는 비웃음이 가득했다. 준서가 회사 내에서 찾을 수 있는 자료들은 일단 모두 없었다. 완벽함으로 무장한 제일산업의 문서들은 준서와 우현에게 아무런 도움도 주지 못할 것이다.

오늘은 모든 것의 시작이었다. 약혼은 앞으로 자신의 눈앞에 펼쳐질 꽃길의 출발점이 될 것이 자명했다.

"그 녀석들도 언젠가 내 마음을 알고 감사할 날이 오겠지."

성남건설은 아들 없는 기업이었다. 하나밖에 없는 딸 민지는 사업에는 관심이 없어 보였다. 그렇게 된다면 차후 성남건설은 전문 경영인을 두거나 민지와 결혼하게 되는 남자가 회사를 장악할 것이 분명했다. 그렇게 되면 제일산업과 성남건설, 두 기업은 조금 더 긴밀한 관계를 유지할 수 있었다. 빛이 가득한 예정된 미래에 기분이 벅찼다. 자리에서 일어난 진철.

"그만 가지. 주인공인 우리가 늦어서 되겠나?"

커피 잔을 내려놓은 진철이 자리에서 일어났다.

"아, 잠깐. 하마터면 가장 중요한 걸 잊을 뻔했네."

문으로 향하던 진철의 발걸음이 잠깐 멈추더니 몸을 돌렸다. 이곳 서재는 진철이 가장 아끼는 공간이었다. 그리고 서재 한가운데 고급스러운 자태를 풍기며 서 있는 책상. 진철의 모든 것, 그리고 제일산업의 모든 것들이 담겨 있는 보물상자였다.

진철이 주머니에서 열쇠를 꺼내 맨 위쪽 서랍의 구멍에 꼽아 넣었다. 딸깍, 소리가 나자 열쇠를 뽑아 서랍 문으로 손을 뻗었다. 하지만 둔탁한 소리와 함께 문이 열리지 않자 진철이 고개를 갸우뚱했다. 다시 열쇠를 구멍에 집어넣고 손잡이를 잡아당기자 쓱, 하고 열리는 서랍 문.

잔뜩 미간이 구겨진 진철.

"왜 이게……."

열려 있지? 서재 서랍은 언제나 굳게 닫혀 있었다. 실수라도 열어놓았을 리가 없었다.

갑자기 등줄기가 싸한 느낌에 진철이 두 번째, 세 번째 서랍을 마저 열어보았다. 거짓말처럼 너무도 쉽게 열리는 문. 단 한 개의 서랍도 잠겨 있지 않았다. 그리고 열려 있는 맨 위의 서랍에 가지런히 놓여 있는 반지 케이스. 반지 케이스를 집어 든 진철이 이를 갈았다.

"이, 이게 대체……."

쾅, 거세게 책상을 내리치는 소리가 서재 안에 울렸다.

"대체 누가…… 누구냐고!"

서재 안에는 동물이 포효하듯 한 거친 외침만이 들릴 뿐이었다.

토요일 오전. 준서의 집 앞 현관에 선 혜숙의 얼굴에는 걱정이 가득했다.

"우현아, 잘할 수 있지? 엄마 정말 안 가도 되는 거지?"

우현에게 몇 번이나 물어봤는지 모른다. 그럴 때마다 우현은,

"괜찮으니까 걱정하지 마. 가면 소란스럽기만 할 거야. 그냥 집에 있어."

혜숙을 안심시켰다.

"다녀올게. 가자, 형."

혜숙의 어깨를 토닥거린 우현이 문을 열고 현관 밖으로 나갔다. 그 뒤를 따르던 준서가 반짝거리는 검정색 구두 안에 발을 구겨 넣었다.

"우현이 좀 잘 부탁해."

하지만 혜숙의 작은 목소리에 동작을 멈췄다.

"무, 물론 염치없는 것도 알고, 힘든 일인 거 알지만 그래도……."

"걱정 안 하셔도 알아서 잘할 놈입니다."

차가운 준서의 목소리에 혜숙이 몸을 움찔 떨었다. 차디찬 음성에 공기가 순식간에 차가워진 것만 같았다. 한발 뒤로 물러선 혜숙이 손으로 제 팔을

감싸 안았다.

"그, 그렇지. 우현이가 자기 앞가림은 잘하니까. 그…… 오, 오후에 집으로 돌아갈게. 계속 이렇게 신세 지고 있을 수는 없고……."

혜숙의 고개가 아래로 떨궈졌고 갈 곳 잃은 손은 어색한 동작으로 제 머리를 쓰다듬었다. 그런 혜숙을 가만히 바라보던 준서가 밖으로 나가기 위해 몸을 돌렸다.

"너도! 너도 기운 내. 미안하다, 내가……."

하지만 조급한 듯 자신을 붙잡는 외침에 발을 멈추었다. 낮게 읊조리듯 들려오는 음성.

"이런 뒤늦은 미안하다는 말로 너와 네 엄마에게 준 상처를 보상할 수는 없겠지만, 그래도 언젠가는 꼭 말하고 싶었어. 정말 미안해."

준서의 입에서 굵은 탄식이 흘러나왔다.

"요, 용서해달라는 건 아니야. 그냥 늦었지만 그래도 네게……."

"냉장고에…… 아무것도 없어요. 점심은 시켜 드세요."

생각지도 못했던 대답에 혜숙이 고개를 번쩍 들었다.

"저녁은 어떻게 될지 모르니까 기다리세요. 여기로 다시 올 거니까. 제게 미안하면 그렇게 하세요. 그냥 가서서 나중에 최우현 잔소리 듣는 건 별로 반갑지 않네요."

쿵, 현관문이 커다란 울림을 내며 닫혔다. 문이 닫히기 직전 틈 사이로 혜숙의 흐느끼는 소리가 들렸다. 잘 들리지는 않았지만 미안해, 고마워, 라고 작게 중얼거린 것 같았다.

현관문에 기대선 준서의 입에서 깊은 한숨이 터져 나왔다.

"형, 왜 그래?"

형이라는 무거운 호칭은 우현의 입에서 너무도 자연스럽게 흘러나왔다.

"최우현 잔소리가 끔찍하긴 하지."

걱정이 담긴 그 음성에 준서가 나지막하게 중얼거렸다.

"갑자기 웬 잔소리? 내 잔소리가 어때서? 그리고 형은 내 잔소리 들어본 적도 없으면서 뭘 그래?"

우현의 불만에 준서가 고개를 저으며 앞서 걸었다.

"아, 진짜 형! 뭔데?"

티격태격하던 우현과 준서가 주차장으로 내려가자 박 비서가 두 사람을 기다리고 있었다.

우현과 준서를 태운 차는 부드럽게 주차장을 빠져나갔다.

"최진철 사장님도 곧 출발하실 것 같습니다. 아직 별다른 움직임이 없는 걸로 봐서는 눈치채지 못한 것 같습니다."

"기사는?"

박 비서의 대답에 고개를 끄덕인 준서가 우현에게 물었다.

"식이 시작하는 한 시간 뒤, 11시에 강하늘 기자님이 인터넷으로 기사를 뿌릴 거야."

우현이 준서에게 제 휴대폰을 내밀었다. 안에는 강하늘 기자에게서 온 메일이 들어 있었다. 오늘 인터넷에 올라갈 기사 내용을 미리 우현에게 보내준 것이었다. 준서는 기사 내용이 마음에 든다는 듯 입꼬리를 올렸다.

한참을 달려 도착한 성남컨벤션센터. 허상무 회장의 명령으로 일반인의 출입을 금한 이곳은 고요했다. 아직까지는.

"어째 오늘 형이 주인공인 것 같은데? 분발하지 않으면 사람들의 안중에 난 아예 없겠어."

차에서 내린 우현이 무거운 분위기를 전환하고자 가볍게 말하며 짓궂은 장난기를 표출했다.

큰 키에 다부진 몸, 그 어떤 옷을 입어도 모델처럼 완벽하게 소화할 것만 같은 준서가 오늘은 고급스러운 정장을 택했다. 약혼식이라는 행사와는 달리 어둡고 무거운 분위기의 정장은 준서의 카리스마를 더욱 돋보이게 만들었다. 손목에서 빛나는 커프스는 우아함을 배로 증가시켰다.

말끔한 정장을 차려입은 우현에게 탐스럽지만 아직 덜 익은 과일 같은 상큼함이 있다면, 준서는 농익을 대로 무르익은 과일 같았다.

"넥타이나 똑바로 매."

준서가 괜히 헛기침을 하며 우현에게 핀잔을 주더니 안으로 들어갔다.

형이 쑥스럽거나 민망할 때 하는 행동임을 안 우현이 피식 웃으며 뒤를 따랐다. 형의 떡 벌어진 어깨, 당당한 뒷모습을 보고 있자니 천만군을 얻은 듯한 든든함이 느껴졌다.

홀 안으로 들어가자 준서에게는 익숙한, 하지만 우현에게는 조금 낯선 사람들이 둘에게 모여들었다.

"아이고, 최우현 군 아닌가. 나 기억나는가? 자네가 아주 어렸을 때 가끔 만나곤 했었는데. 약혼 축하하네."

"부사장님, 동생이 먼저 가서 서운하겠어요. 부사장님도 부지런히 준비하셔야죠."

"오늘은 집안 경사기도 하지만 제일산업에서도 경사네요, 경사. 동생이 이렇게 곁에 있어서 든든하시겠습니다."

속이 뻔히 보이는 축하 인사에 준서의 뒤틀린 입가에서는 아무런 대답도 나오지 않았다.

"오늘 초대받은 손님들, 모두 제일산업 내에 아버지 측근들이야."

단지 작은 목소리로 우현의 귓가에 속삭일 뿐이었다.

준서의 말에 우현의 시선이 자신들 주변에 모여든 사람들을 훑고 지나갔다. 아버지의 측근들이라는 말은 회사 비리와 연관이 되어 있다는 말이었고 그 말인즉, 형의 반대편에 서게 될 사람들이라는 말이었다.

대충 인사를 마친 우현이 고개를 돌려 누군가를 찾았다. 그리고 한쪽 구석에서 그를 향해 손을 흔드는 여자를 발견했다.

"강 기자님, 일찍 오셨네요."

우현이 빠른 걸음으로 강하늘 기자에게 다가갔다. 작은 체구에 긴 머리를 하나로 질끈 묶은 하늘에게서는 당당함과 밝은 기운이 넘쳐났다.

"기사는 받으셨죠? 따로 말씀 없으셔서 그대로 내보내 달라고 했는데 괜찮겠어요?"

"완벽합니다."

"다행이네요. 11시 식 시작과 동시에 기사가 나갈 거예요. 이곳에서 일어나는 모든 일도 실시간으로 기사 작성해서 신문사로 바로 전송할게요."

하늘이 제 손에 든 노트북을 툭툭, 치며 장난스럽게 말했다.

"오늘 잘 부탁드립니다. 그럼 저희는 저쪽에 있을게요. 허를 찌르는 폭풍 질문, 기대하세요."

하늘이 눈을 찡긋하더니 함께 온 사람들과 함께 홀 한쪽 구석으로 걸어 갔다.

"에너지 엄청나신 분이네."

우현이 하늘의 뒷모습을 바라보며 작게 중얼거렸다. 잠깐 이야기를 나누었을 뿐인데 하늘의 밝은 기운이 전해진 듯했다. 하지만 그 기운도 잠시뿐, 입에서 마른 한숨이 터져 나왔다. 입안이 바짝바짝 마르고 입술 끝이 메말랐다.

그가 주머니에서 휴대폰을 꺼내 채원에게 전화를 걸었다. 액정 화면에 찍혀 있는 이름을 보는 것만으로도 기운이 솟는 것 같았다. 역시 자신에게 최대의 에너지를 주는 건 채원뿐이었다.

"최우현."

하지만 곧 자신을 부르는 준서의 목소리에 전화를 끊고 고개를 돌렸다.

준서와 자신을 향해 걸어오고 있는 아버지 진철. 위풍당당한 걸음걸이는 여전했지만 오늘은 어딘지 모르게 초조하고 불안해 보였다.

다가오는 사람들의 인사에 애써 웃음을 지었지만 붉게 상기된 얼굴은 지금 심정이 매우 불편하다는 것을 말해주고 있었다. 진철이 우현과 준서 앞에 섰다.

"설마 네놈들이……."

분노로 일그러진 입술에서는 좋은 말이 나올 리가 없었다. 진철이 이를 으득 갈며 입을 열었지만 다가오는 사람들로 인해 저지됐다.

"사장님, 축하드립니다. 든든한 아들이 둘이나 있어서 기쁘시겠습니다."

"이렇게 건장한 청년으로 자라서 아버지를 도울 줄 누가 알았습니까. 축하드립니다. 이쪽으로 오시죠."

자신을 붙잡는 사람들의 인사에 진철은 노기를 거두고는 애써 웃어 보였다. 그때 사람들의 웅성거림이 들리더니 성남건설의 허상무 회장이 안으로 들어왔다. 진철의 시선이 소리의 근원지를 향하더니 바로 몸을 돌려 빠른 걸음으로 허 회장에게 다가갔다.

"회장님, 오셨습니까? 저도 지금 도착했습니다. 그런데 허민지 양은요?"

"곧 들어올 걸세."

"그렇습니까? 우현아, 와서 인사드리지 않고 뭐 하는 거야."

다정하게 다그치는 진철의 목소리에 우현은 씁쓸한 표정을 숨기지 않았다. 아버지의 저런 모습을 언제까지 봐야만 하는 걸까. 터져 나오는 건 한숨뿐이었다. 정해진 자리로 가기 위해 돌아선 허 회장의 시선이 아주 잠깐 우현에게 향했다. 그 눈빛에 우현이 고개를 끄덕이더니 손목에 걸린 시계를 바라보았다.

10시 53분. 사람들이 하나둘씩 자리에 앉았다.

"분위기가 약혼식이라기보다는 마치 사업 설명회라도 되는 듯하네."

우현의 말에 동의하듯 준서가 고개를 끄덕였다.

-곧 행사가 시작될 예정이니 모두 자리에 앉아주시기 바랍니다.

10시 55분. 사회자로 보이는 사람의 안내방송과 함께 실내에는 조금 들뜬 분위기가 조성되었다.

"민지 양은 아직인가?"

진철이 자신의 곁에 있던 기술본부 본부장의 귓가에 속삭였다.

"성남건설 쪽 비서 말로는 식이 시작하면 안으로 들어온다고 합니다. 아,

저는 잠깐 전화 좀 받고 돌아오겠습니다."

기술본부 본부장의 말에 고개를 끄덕인 진철은 자꾸만 밀려오는 싸한 느낌에 자리를 고쳐 앉았다.

불안한 기운의 이유는 지금 마주 앉아 당당하게 어깨를 펴고 자신을 바라보고 있는 우현과 준서 때문일 것이다. 혹은 보란 듯이 열려 있던 서재 안의 책상 서랍 때문이거나. 그것도 아니라면 제일산업 내 측근으로 채워진 자리와 달리 텅텅 비어 있는 성남건설 쪽 내빈석 때문이거나.

"이봐, 성남건설에 초대장 전달하지 않았나?"

"분명히 전달했습니다, 사장님."

즉각적인 비서의 대답에도 진철의 굳은 얼굴은 펴질 줄 몰랐다.

초대장이 전달되었음에도 불구하고 성남건설 쪽 자리는 단 두 테이블밖에 채워지지 않았다. 심지어 딸의 약혼식인데 성남건설의 사모님의 그림자조차 볼 수 없었다.

"그러고 보니 성남건설 쪽은 왜 하객들이 없는 겁니까? 곧 식이 시작인데요."

"아직 허민지 양도 도착하지 않았습니다. 아마도 다들 함께 들어오는 게 아닐까요?"

10시 57분. 텅 비어 있는 자리 때문인지 사람들의 웅성거림이 커졌다.

찜찜한 것이 한두 가지가 아니었지만 일단 성남건설의 허상무 회장도, 우현도 이곳에 있었다. 이제 민지만 들어온다면 모든 것이 순조롭게 진행될 수 있었다. 불안함은 괜한 기우라는 듯 진철이 준서와 우현을 바라보며 입을 삐죽거리더니 이기죽거렸다.

"도망갈 줄 알았는데 내 아들이 비겁하지는 않아서 다행이구나."

우현을 향했던 진철의 시선이 준서에게로 옮겨졌다.

"이 자리에 참석한 사람들이 보이나? 내가 경고했지. 제일산업은 네 회사가 아니라고."

"저도 말씀드렸습니다. 아버지 회사가 탐나는 게 아니라고."

"좋은 말로 포장하려 해봤자 결국 돈이지. 내 돈이 탐났고, 내 자리가 탐났던 거지."

10시 59분.

"네가 아무리 발버둥 치려 해도 본성은 숨길 수가 없어. 결국 너도 돈 때문에 네 여자도 버린 거 아니겠니."

진철의 마지막 한마디에 준서가 어금니를 꽉 깨물었다. 불끈 쥔 주먹 때문에 온몸의 근육이 팽팽히 수축했다.

"제가 아버지께 두고 보라고 했었죠."

경고를 담은 준서의 목소리에 진철의 눈동자가 살짝 떨려왔다.

"내가 얼마나 당신을 나락으로 떨어뜨릴 수 있는지 지켜보라고."

11시. 성남건설 허상무 회장 옆에 서 있던 남자가 단상 위로 걸어가 입을 열었다.

"안녕하세요, 바쁘신 와중에도 이렇게 자리를 채워주셔서 정말 감사합니다."

그 모습을 응시하던 진철이 비웃음이 담긴 목소리로 말했다.

"어디 한번 마음대로 해보거라. 지금 이 상황에 네놈이 할 수 있는 일이 무엇인지."

진철의 차가운 시선이 우현을 바라보았다.

"약혼을 축하한다, 최우현."

의기양양한 진철의 목소리.

"미안합니다, 아버지. 오늘의 예정된 결말이 부디 아버지께 큰 상처로 남을 수 있길 바랍니다."

알 수 없는 우현의 말에 진철이 고개를 갸우뚱했다.

"그게 무슨……."

"오늘 여러분을 이 자리에 모신 것은…… 성남건설의 기자회견을 위해서입니다."

기자회견. 한마디에 실내에 적막이 감돌았다. 순간 진철이 미간을 구겼지만 이내 웃음을 터뜨렸다.

"뭘 약혼식에 기자회견까지. 조용히 치르고 싶다고 하더니."

진철의 손짓에 비서가 작은 상자를 내밀었다.

"나 같은 아버지를 둔 것을 언젠가 고마워할 날이 올 거다. 지금은 철이 없다는 정도로 넘어가 주마. 그러니……."

-오늘 성남컨벤션센터에서는 미리 말씀드린 대로 M미디어의 기자분들과 기자회견을 진행하려고 합니다.

진철의 한껏 올라갔던 입꼬리가 안내 방송이 나오는 순간, 순식간에 내려왔다.

"기자회견의 주제가 성남건설의 건설 비리와 관련되었다는 것이 사실입니까?"

홀 한쪽 구석에서 들려오는 당당한 여자의 음성에 진철의 고개가 소리의 근원지를 향해 돌아갔다.

"지금 인터넷에 성남건설의 건설 비리 문제에 대해 기사가 업데이트되었습니다. 알고 계셨습니까?"

"관련 업체가 여럿 있다고 하던데 한 말씀 부탁드립니다."

곧 이어지는 기자들의 질문에 반지 케이스를 손에 들고 있던 진철의 손에 힘이 들어갔다. 온몸이 떨릴 정도로 주먹을 불끈 쥔 진철이 허상무 회장을 바라보았다.

꿍, 하는 소리와 함께 허상무 회장이 자리에서 일어나 단상 위로 올라갔다.

"사장님, 큰일 났습니다."

언제 홀 안으로 들어왔는지 기술본부 본부장은 하얗게 질린 얼굴로 진철을 불렀다. 붉게 상기된 얼굴, 떨리는 동공만으로도 사태의 심각성을 알 수 있었다.

"성남건설 오피스텔 건설 책임자가 경찰에 모든 걸 털어놓았답니다. 그 밖의 몇몇 하청업체에서도 제일산업 건축비리에 대해 증인으로 나섰습니다."

기술본부 본부장의 말에 진철의 멍한 얼굴로 고개를 돌렸다.

"오늘 이렇게 자리해주신 여러분께 심심한 감사의 인사를 전합니다. 사실 성남건설에서 조촐하게 기자회견을 하려고 했는데 어쩌다 보니 일이 커졌습니다."

홀 안은 묵직한 허상무 회장의 목소리로 가득 찼다.

"오랜 시간 동안 성남건설은 청렴결백하고 진실한 기업으로 사람들의 마음에 자리 잡았습니다. 하지만 최근 회사 내 불미스러운 소문이 돌았고 이를 조사하는 과정에서 문제점을 발견하게 되었습니다."

"사장님, 경찰이 제일산업의 기밀 자료를 손에 넣었다는 말도 있습니다!"

단상 위의 허상무 회장의 목소리도, 다급함을 알리는 기술본부 본부장의 목소리도 진철의 귀에는 더 이상 들리지 않았다.

"성남건설은 2년 전 대규모 오피스텔 건물을 완공했습니다. 그 과정에서 몇몇 협력업체와 계약을 맺었는데 그중 한 협력업체와의 문제가 있음을 알게 되었습니다."

반지 케이스를 쥐었던 진철의 손이 아래로 툭, 하고 떨어졌다.

"협력업체와 성남건설은 서류 조작을 통해 건설 자재 및 인건비의 차액을 챙겼습니다. 값싼 자재로의 대체, 최소한의 자재만을 사용하는 등의 죄를 저질렀습니다."

허상무 회장의 말에 사람들의 웅성거림이 커졌다.

"지금 말씀하신 부분은 완전히 확인된 사실입니까? 회사 내에 연관된 사람이 몇이나 있습니까?"

"회사 내 조사 결과, 성남건설의 비리는 개인의 욕심으로 인해 생긴 문제입니다. 책임자는 어젯밤 자신의 잘못을 경찰에 직접 자백했습니다."

기자의 질문에 허상무 회장은 분명한 목소리로 대답했다.

"경찰에 넘겼다는 기밀 서류…… 너희들이……."

양 눈가를 잔뜩 찌푸린 진철의 시선이 우현과 준서를 향했다.

"아무리 돈이 좋아 아버지 회사가 탐났다 해도…… 네놈들이 자기 손으로 아버지를!"

눈빛은 이글거렸고, 얼굴에는 핏기가 올랐다.

"성남건설의 회장으로서 청렴결백과 정도를 지키는 회사에서 이런 불미스러운 사건이 생긴 점에 대해 정말 죄송하게 생각하고 있습니다."

"지금 회장님께서 말씀하신 협력업체가 최근 혼사가 오고 갔던 제일산업이라는 소문, 사실입니까?"

기자의 질문에 진철이 획, 고개를 돌려 허상무 회장을 바라보았다.

"사실입니다."

"허상무 회장님!"

허상무 회장의 대답에 진철의 주먹이 거세게 테이블을 내리쳤다.

"강하늘 기자입니다. 회장님은 성남건설 내 개인의 공금횡령이라고 말씀하셨는데. 두 집안은 혼사가 오고 갔습니다. 집안끼리 봐주기 식으로 공사를 진행했던 게 아닙니까?"

"당신! 대체 뭘 알고 이러는 거지? 기자면 이런 식으로 있지도 않은 사실을 진실처럼 이야기해도 되는 건가!"

"미안하지만 최진철 사장님, 있는 사실을 분명하게 확인하고자 질문드리는 겁니다. 진실이 무엇인지 바로 알기 위해서."

등을 꼿꼿하게 세운 하늘이 허리춤에 손을 얹고 당당한 목소리로 대꾸했다.

"회장님, 다시 질문드리겠습니다. 정말 개인의 공금횡령이 맞습니까? 깊게 연루되고 싶지 않아 사건을 이런 식으로 마무리 짓는 건 아닌가요?"

"아닙니다. 이건 성남건설에서 일하던 개인의 문제이며 책임자는 공금횡령 직후 회사를 그만뒀습니다."

"성남건설의 기자회견은 제일산업을 겨냥한 공표라고 봐도 되겠습니까? 책임 회피를 위한?"

"그랬다면 이런 식의 기자회견을 열지도 않았을 겁니다. 아무리 개인의 잘못된 판단에서 나온 문제라 해도 성남건설에서는 그에 마땅한 책임을 질 것입니다."

허상무 회장의 시선이 진철을 향했다.

"두 집안의 봐주기 식 쇼가 아니냐고 말하는 분들도 계시겠지만 분명히 말씀드립니다. 두 집안의 혼사가 오갔던 것은 사실이지만 제일산업의 건설 비리를 알게 된 후 우리는 약혼을 파했습니다."

허 회장의 충격 고백에 홀 내는 금세 소란스러워졌다.

"공개적으로 말씀드리는 이유는, 우리 역시 제일산업의 피해자임을 분명히 하기 위해서입니다. 사고에 대한 책임은 반드시 지겠습니다. 기자님들은 지금 제 말, 거짓 없이 써주시면 됩니다."

허상무 회장의 냉정한 대답.

"두 집안은 이제 철저하게 사업적으로만 연계되어 있는 관계입니다. 더 이상 사적으로 아무런 관계가 없습니다."

허상무 회장의 말과 동시에 닫혀 있던 문이 열리고 몇몇 사람들이 안으로 밀려 들어왔다.

"제 이름을 걸고 이 사건 외에는 이런 일이 없다는 점과 앞으로 이와 같은 일은 다시 일어나지 않을 것을 약속드립니다."

카메라와 마이크를 들고 들어온 사람들은 재빨리 자리를 잡고 섰다.

"최우현 씨, 뒤쪽으로 나가시죠."

그리고 준서와 우현 사이에 파고든 한 남자, 허상무 회장의 비서였다.

"뒤는 내가 수습할 테니 넌 나가봐. 오늘 네 역할은 허수아비 약혼자 행세로 충분해. 여기 더 있어서 얼굴 팔려봤자 네게 득 될 것 없어."

준서가 우현을 밀어냈다.

"하지만 형……."

"여기서부터는 제일산업의 영역이야. 성남대학교 문화재연구소 최우현은 그만 자리로 돌아가. 그리고 넌…… 지금부터 갈 곳이 있잖아."

잔잔한 준서의 음성에 우현이 밝은 눈으로 고개를 끄덕였다. 조금 벅차 보이기도 했다. 우현이 잽싸게 자리에서 일어났다. 그의 시선이 자리에 털썩 주저앉아 실성한 듯 작게 중얼거리는 진철에게 잠시 머물렀지만 텅 빈제 아버지의 시선 안에 자신은 존재하지 않았다.

"그럼 형, 이따 봐. 먼저 갈게."

준서의 어깨를 토닥거린 우현이 몸을 돌려 밖으로 향했다.

"제일산업의 최진철 사장님이시죠? 제일산업의 건축 비리에 대해 한 말씀 해주시죠? 성남건설 외에도 이런 식으로 엮여 있는 회사가 몇이나 됩니까?"

"제일산업 내에는 얼마나 많은 사람들이 관련되어 있습니까?"

자신에게 가까이 다가온 기자들의 쏟아지는 질문에 진철은 그저 허탈하게 웃을 뿐이었다. 지금 상황을 믿지 못하겠다는 듯 느리게 고개를 가로저었다. 그런 진철을 가만히 바라보던 준서. 주머니에 양손을 찔러 넣은 준서의 시선에는 일말의 동정도 없었다.

"이번 전시회에는 '신, 그리고 사랑'이라는 주제로 열리며 신들의 다양한 사랑방식에 대해 다각적인 시각으로 해석하고 있습니다."

채원의 또렷한 목소리가 전시회장 안에 울려 퍼졌다.

"또한 어린 친구들의 이해의 폭을 넓히기 위해 주제마다 애니메이션으로도 제작되어 있으니 많은 분들이 찾아주셨으면 좋겠습니다."

"컷."

컷, 소리에 채원이 긴장된 어깨를 축 내렸다.

"수고하셨어요. 말씀을 잘해주셔서 감사해요."

"아니에요, 미리 질문지 보내주신 덕분에 연습할 수 있었는걸요. 감사합니다."

뉴스 팀과 인사를 나눈 채원이 손목시계를 보았다. 11시가 조금 넘었다.

"우현 씨는 잘하고 있으려나?"

안쪽에 있는 사무실에서 가방을 가지고 나온 채원이 전시회장 밖으로 나왔다.

"채원 씨!"

자신의 이름을 부르는 목소리에 채원의 고개를 돌렸다. 전시회 입구 근처에 세워져 있던 검은색 차의 창문이 열리고 안에서 성준이 손을 흔들었다.

"성준 씨? 왜 거기……."

"타요. 어서요."

고개를 갸우뚱한 채원이 차에 탔다.

"우현 씨랑 같이 있는 거 아니었어요?"

"전 오늘 우현이 심부름꾼이요. 채원 씨 데리고 오라고 명령받았어요. 우현이가 채원 씨가 꼭 함께 가주었으면 하는 곳이 있다고 해서요."

"꼭 함께 가주었으면 하는 곳이요?"

그리고 잠시 후 차에서 내린 채원. 자신이 밟고 서 있는 장소에 가슴이 먹먹했다.

벤치에 앉아 자신을 기다리고 있는 우현의 뒷모습. 채원이 천천히 그를 향해 걸어갔다.

이름을 부르고 싶었지만 목이 메어 마저 부를 수가 없었다.

꼭 함께 가주었으면 하는 장소, 금방이라도 왈칵 눈물이 쏟아질 것만 같았다.

틱, 채원의 발걸음이 우현의 뒤에서 멈췄다. 축 내려앉은 어깨. 그 어깨가 떨리는 듯한 착각마저 들었다. 그래서 팔을 뻗어 우현을 힘껏 끌어안았다.

"왔어요?"

갑작스러운 백허그에도 우현은 잔잔한 목소리로 물었다.

"고생했어요, 오늘."

채원의 말에 우현이 손을 뻗어 그녀의 팔을 붙잡았다.

"함께해주지 못해서 미안해요. 오늘 아무런 도움이 되어주지 못해서 미안해요."

따뜻한 채원의 음성에 우현이 고개를 가로저었다. 그 고갯짓에 눈가에 눈물이 고였다. 그래서 그를 더 꽉 끌어안았다.

"채원 씨가 이렇게 안아주는 것만으로도 힘이 돼요."

내가 지금 당신의 외로움을, 걱정을, 불안감을 모두 알아줄 수는 없겠지만. 이렇게 아무런 말 없이 당신을 끌어안아 주는 것만으로도 당신에게 힘이 될 수 있다면. 내 온기가 당신의 차가운 마음을 녹여줄 수만 있다면.

"큰어머니가…… 날 반가워하실까요?"

고개를 든 채원의 눈에 보이는 건물, 한국병원. 그답지 않게 떨리는 목소리가 애처로웠다.

"그럼요. 기다리고 계실 거예요."

우현을 안았던 손을 푼 채원이 그의 앞으로 다가왔다.

"가요. 내가 곁에 있어줄게요."

채원이 내민 작은 손을 바라보던 우현이 그녀의 손을 붙잡았다. 두 손을 꽉 마주 잡은 두 사람은 천천히 건물 안으로 들어갔다.

8. 뜨거운 안녕

초조하게 제 방을 서성거리던 민지는 침대에 몸을 뉘였다가 일어났다가를 반복했다. 벽에 걸린 시곗바늘은 10시 50분을 가리키고 있었다. 예정대로라면 자신은 성남컨벤션센터 안에서 우아한 드레스를 입고 서 있어야 했다. 우현과 함께 손을 마주 잡고 서서 사람들의 박수 소리와 함께 축복을 받아야 했다.

"하아, 이게 다 한채원 때문이야."

제일산업에서 비리를 저질렀든, 그래서 성남건설과 사이가 틀어졌든 자신과는 상관없었다. 그저, 우현이 좋았을 뿐이다.

'그만 포기해라. 아빠 눈에는 네가 최우현 군을 사랑한다기보다는 네 것이 안 되니까 떼쓰고 있는 거로밖에 보이지 않아.'

아침에 문을 나설 때 아빠는 달래듯, 하지만 단호한 목소리로 말했다.

'좋아하는 사람하고 함께 있고 싶은 마음은 이해해. 하지만 넌 지금 그걸 넘어서 철없는 집착 같아 보여. 두 사람, 추억이 있어 뭐가 있어? 가장 중요한 건 그 남자가 널 사랑하지 않는다잖아.'

자존심이 상했지만 엄마의 말은 사실이었다. 하지만 이대로 여기서 가만히 있을 수는 없었다. 명목은 자신의 약혼이었다. 그곳에서 무슨 일이 벌어지고 있는지 제 눈으로 확인을 해야만 했다.

서둘러 집을 나선 민지가 성남컨벤션센터에 도착했다. 11시 반이 넘은 시간. 얼마나 울었는지 눈자위가 붉게 변한 민지가 모자를 꾹 눌러쓰고 안으로 조심스럽게 들어갔다. 실내는 소란스러웠고, 사람들로 북적거렸다.

"네놈이 감히……! 돈 때문에 제 아버지를 밀어내? 여자 때문에 집안을 이 꼴로 만들어?"

그리고 복도 끝에서 거친 음성이 들려왔다. 진철이었다. 그리고 한 남자가 자신을 향해 등을 돌리고 서 있었다.

"네놈들이 저지른 일, 오늘 내게 한 일! 언젠가는 후회할 날이 올 거다. 한채원이라고? 그딴 집안의 여자와 최우현이 얼마나 오래 사랑할 거 같아?"

"이 일은 한채원과 상관없습니다. 이 지경이 될 때까지도 반성은 하지 않으시는 건가요?"

차분한 남자의 목소리에 진철은 오히려 역정을 내었다.

"사장님, 일단 밖으로 나가시죠. 겨우 빠져나왔는데 여기 계속 계시다기는 다시 기자들에게 붙잡히고 맙니다."

비서로 보이는 남자가 진철의 팔을 잡아끌었다.

"이 일은 한채원과 상관없습니다."

"이제부터 시작이야. 누가 이기나 해보자고."

"검찰 조사가 끝나고, 사장직에서 내려와도 그런 말씀 하실 수 있는지 두고 보죠."

"사장님, 지금 나가셔야 합니다. 차 대기시켜놨습니다."

다급한 비서의 목소리에 진철이 이를 으득 갈더니 몸을 돌렸다. 진철이 자신을 향해 걸어오자 민지가 모자를 더 꾹 눌러쓴 채 몸을 돌렸다.

"한채원이라고? 그딴 범죄자의 딸 따위……."

자신을 스쳐 지나가는 진철의 목소리가 귀에 박혔다.

"범죄자의 딸? 한채원이 범죄자의 딸이라고?"

눈을 가늘게 뜬 민지가 코끝을 찡긋거리며 중얼거렸다.

한국병원 신관 5층. 복도 가장 끝에 위치한 병실 501호 앞에 선 두 사람.

"혹시 날 반가워하지 않으시면 어쩌죠?"

"그럴 리 없어요. 분명 기다리고 계실 거예요. 아주 오랫동안."

우현의 처절한 목소리에 그를 위로하듯 채원이 손을 더 꽉 마주 잡았다.

크게 숨을 들이켠 우현의 손이 병실 문을 쓸어내렸다. 떨리는 손끝은 그가 여기까지 오는 일이 얼마나 힘들었는지를 여실히 말해주었다. 10년이 넘는 시간 동안 단 한 번도 오지 못했던 이곳, 큰어머니의 병실. 아직 문도 열어보지 못했는데 이미 우현의 눈시울은 붉어졌다.

"여기서 기다려줄 거죠?"

우현의 물기 어린 목소리에 채원이 고개를 끄덕였다.

떨리는 손끝이 병실 문고리에 닿았다. 끼익, 하는 소리와 함께 병실 문이 열렸고 우현이 채원의 손을 놓았다. 무거운 발걸음을 한 발씩 옮겨 안으로 들어갔다. 쿵, 하고 닫힌 병문에 기대선 우현이 눈을 질끈 감았다.

형의 이해를 구하고, 형에게 자신의 진심을 보여주고, 그래서 형에게 이곳에 오고 싶다고 말하기까지의 시간. 이 문턱을 넘는 데 걸린 시간, 10여 년. 익숙하지 않은 병원 냄새에 슬픔이 온몸으로 스며들었다. 울컥하고 목이 메어와 거친 숨이 터져 나왔다. 마음속에는 알 수 없는 소용돌이가 일었다. 감은 눈꺼풀을 들어 올린 우현이 천천히 걸음을 옮겼다. 한 발 한 발 옮길 때마다 눈앞에 큰어머니와의 시간들이 스쳐 지나갔다. 귓가엔 포근했던 목소리가 들려왔다.

'네가 우현이구나. 한국말은 할 줄 알지?'

온화한 미소와 부드러운 목소리.

'미안해하지 않아도 돼. 네가 무슨 죄가 있겠니. 죄를 묻는다면 이기적인

어른들에게 물어야지. 아프면 아프다고 말해도 괜찮아. 애들은 원래 엄마에게 기대는 거야.'

위로하듯 가슴속에 파고들었던 따뜻한 음성.

'쟤는 준서라고 해, 최준서. 네 형이야.'

가슴속에 묻어두었던 짙은 기억들이 몰려왔다.

"흑……."

순식간에 터져 나오는 흐느낌에 손으로 입을 틀어막았다. 하지만 애잔한 울음소리는 붙잡을 새도 없이 손가락 사이로 정신없이 빠져나갔다.

그리고 작은 유리 창 안에 홀로 누워 있는 여인. 그날 이후, 처음 마주한 얼굴.

"어머…… 큰어머니……."

생각했던 것보다 더 작고 연약한 모습에 슬픔이 온 머리를, 가슴을 지배했다. 하고 싶었던 말이 너무도 많은데. 10년이 넘는 동안 속으로만 품어왔던 말들이 가득한데 그 무엇도 기억나지 않았다. 입 밖으로 내뱉을 수 있는 말이 없었다. 다만.

"미안…… 미안해요. 미안해요……."

이 말밖에는.

"미안해요. 미안해요. 내가…… 내가 미안해요."

한번 터져버린 눈물은 하염없이 흘러내렸다. 두 볼을 적신 눈물이 가슴 위로 떨어져 내렸다.

"보고 싶었어요. 안아보고 싶었어요. 아니, 한 번 더…… 안기고 싶었어요."

움켜쥔 주먹이 작게 유리창을 두드렸다.

슬픔에 젖어 흐느끼는 남자는 어린 소년 최우현이었다. 두 다리를 겨우 지탱하고 서서 젖은 마음을 끌어안고 애달프게 외치는 남자는 16살 최우현이었다.

"보고 싶었어요. 그래서 매일 꿈꿨어요. 매일 빌었어요. 한 번만 만나게 해달라고."

10여 년 전, 그날 이후 멈춰버린 자신의 삶 속에서 유일하게 반짝거리던 사람.

"갑자기 사라져버릴까 봐 늘 마음 졸였어요."

어느 날 갑자기 먼지처럼 흩어져 사라져버릴까 봐. 단 한 번도 뵙지 못하고 영영 헤어질까 봐 두려웠던 마음. 감히 제대로 불러볼 수 없었던 이름.

"어머니……."

그 무거운 이름이 우현의 입 밖에서 날아올라 바닥으로 힘없이 떨어졌다. 잔잔한 울림이 우현의 주위를 떠나지 못하고 머물렀다.

"저만 이렇게 살아서 미안해요. 혼자 살아 숨을 쉬고, 사랑을 하고, 행복해서 미안해요."

뿌리 깊게 자리 잡은 죄책감은 평생 온몸을 할퀴었다.

"그래도 그리웠어요."

나는 당신을 그리워할 자격조차 없다고 생각해서 입 밖으로 내뱉지 못했어요. 그래서 아무도 눈치채지 못할 만큼, 절대 형이 알 수 없을 정도만 당신을 그리워했어요, 난. 내 그리움조차 상처가 될까 봐 보고 싶은 마음을 누른 채 그렇게 살았어요.

"보고 싶었어요."

하지만 숨죽여 울면서 늘 애타게 찾았던 사람. 당신이었어요. 늘 다시 돌아갈 수 없는 추억 속에 살면서 그리워했어요.

"죄송해요. 상처만 줘서 미안해요. 그래도 감히…… 제가 사랑해요."

입술 너머로 사랑을 말하는 시간. 오랫동안 기다렸던 이 순간, 우현은 추억 속으로 다시 빨려 들어갔다. 아주 잠시라도 그때로 돌아가고 싶어서. 그래서 꿈에서라도 두 손을 붙잡고 저 여린 몸을 꽉 끌어안고 싶어서.

"사랑했어요. 그리고 사랑해요."

어린 소년의 고백은 그렇게 애절하게 쏟아져 내렸다.

일주일 뒤.
<제일산업 최진철, 경찰 조사>
<최진철 조사 과정 중 혐의 일부 인정>
<최진철 측근 오늘 재소환>
성남건설 허상무 회장은 제일산업 최진철 사장과 관련해 인터넷에 오른 기사들을 살펴보고 있었다. 기사에는 고개를 숙인 채 비통한 표정으로 걸어가는 최진철 사장의 사진이 크게 실려 있었다.

"성남건설, 경찰 조사 결과 개인의 공금횡령으로 잠정 결론."

허상무 회장의 묵직한 목소리가 실내에 울려 퍼졌다. 개인의 공금횡령으로 결론이 났다고 해도 앞으로 수습해야 할 일이 많았다. 오피스텔 건물의 정확한 재조사와 현재 거주하고 있는 사람들에 대한 법적인 보상도 이루어져야 했다. 무엇보다 실추된 성남건설의 이미지 회복에도 박차를 가해야 했다.

"혐의 일부 인정이라니. 이 지경이 될 때까지도 잘못을 인정하지 않다니. 자네도 참 한심하구먼."

허상무 회장은 곁에 있지도 않은 최진철 사장을 향해 한숨 섞인 목소리를 내었다.

똑똑.

가벼운 노크 소리가 들렸고.

"들어오게."

"저 왔습니다."

밝은 목소리의 우현이 회장실 안으로 들어왔다. 우현의 등장에 허상무 회장은 시계를 보더니 자리에서 일어났다.

"벌써 시간이 이렇게 됐나? 그래, 2시까지였던가?"

오늘은 제일산업의 주주총회가 있는 날이었다. 현재 비어 있는 제일산업의 사장직을 정하기 위한 주주총회였다. 제일산업의 일정 이상의 주식을 보유하고 있는 사람들이 의결권을 행사하기 위해 오늘 2시, 제일산업으로 모이게 되었다. 그중 성남건설의 허상무 회장은 꽤 많은 제일산업의 주식을 보유하고 있는 영향력 있는 존재였다.

"최준서 부사장은 어쩌고 있나? 요즘 바쁜 것 같던데."

"현재 경찰 조사 때문에 비어 있는 아버지의 자리를 채우기 위해 고군분투하고 있습니다. 얼마나 열심히 일하는지 얼굴 볼 시간도 제대로 없어요."

우현의 말에 허상무 회장이 못 말린다는 듯 웃었다.

"자네 지금 나한테 최준서 부사장 잘 봐달라고 아부라도 하는 건가? 이렇게 노력하고 있으니 좀 알아달라고?"

"척하면 척이라니까. 제가 이래서 회장님을 좋아한다니까요."

우현의 장난스러운 말에 허상무 회장이 옅은 미소를 지었다. 아무리 생각해도 아까웠다. 하지만 인연이 아니라면 어쩔 수 없었다. 내 사람이 아닌 것을 아쉬워하며 놓아줄 수밖에.

허 회장의 씁쓸한 표정에 우현이 어색한 얼굴로 입을 열었다.

"민지가 연구소를 그만뒀더라고요. 죄송합니다."

"자네가 죄송할 게 뭐가 있겠나. 중간에 책임감 없이 물러나 마음이 좋지 않지만 지금으로서는 민지에게 그 편이 가장 좋을 거야."

우현이 고개를 끄덕였다. 지금 민지에게는 자신을 만나지 않는 것이 가장 최선일 수 있었다.

"자네는 어떤가? 회사 일에 뛰어들 생각이 없다는 건 변함없는 건가?"

허 회장은 우현의 미소에서 그 답을 알 수 있었다.

"조금 아깝군."

이번 일을 겪으면서 우현이 보여주었던 능력은 보통이 아니었다. 조금 늦은 감이 있지만, 그래도 곁에서 가르친다면 엄청난 속도로 성장할 것이 분명했다.

"지난번에도 말했지만 성남건설의 사위가 된다면, 그리고 제일산업의 경영에 뛰어든다면 많은 부와 명예가 따르게 될 텐데 자네도 참 이상하구먼."

"제겐 아직 해야 할 일들이 있습니다. 그리고 전에도 말씀드렸지만 그 많은 부와 명예가 저는 전혀 탐나지 않습니다."

눈을 반짝거린 우현이 돌아섰다.

"제가 탐나는 건 오직 하나입니다. 한채원이요. 그 여자 말고는 세상 그 무엇도 탐나지 않습니다."

같은 시각, 제일산업 가장 꼭대기 층 대회의실 앞은 무척이나 소란스러웠다.

"최진철 사장이 다시 회사로 돌아오는 건 힘듭니다. 아무래도 오늘 해임되겠죠. 사장직이 문제네요. 사장 대리를 맡고 있는 최준서 부사장에 대한 의견이 분분합니다."

"오늘 주주총회는 최준서 부사장의 사장 취임에 관련한 것 아닙니까? 이 대로 부사장이 사장직에 오르면 곤란한 것이 한두 가지가 아닙니다."

제일산업의 주요 인사들로 북적거린 이곳에는 사람들이 많은 만큼 말도 많았다.

"최준서 부사장은 회사 내에 자신의 세력이 없습니다. 사장직에 오르기는 힘들 겁니다. 거기다 아들인데 최진철 사장의 일을 정말 몰랐다는 게 말이 됩니까? 아마도 그게 문제가 되어……."

"정말 몰랐습니다."

사람들은 갑작스럽게 들려오는 묵직한 목소리에 깜짝 놀라 뒤를 돌아보았다. 준서가 딱딱하게 굳은 얼굴로 사람들을 내려다보고 있었다. 짙은 회색 정장을 입은 그는 오늘따라 더 위험해 보였다.

"인터뷰에서도 이미 말했지만 회사의 불법시공은 제가 제일산업에 없던 2년 동안 일어났던 일입니다. 저는 모르는 일입니다."

"부사장님이 안 계셨던 지난 2년 동안 비리가 일어났고, 부사장님이 돌아오고 나서 그 사실이 알려진 것도 조금 이상하군요. 제일산업 내에 내부 고발자가 있다고 하던데…… 알고 계셨습니까?"

의심을 가득 실은 목소리에 준서가 눈을 가늘게 떴다.

"저도 들었습니다. 찾아서 상이라도 주고 싶지만 어째 누군지 꼬리조차 찾을 수가 없네요."

"사, 상이요?"

"아무도 해내지 못한 용감한 일을 해냈으니 당연히 상을 줘야죠. 설마 회사 내 행해진 비리를 알고도 그냥 넘어가실 생각은 아니었겠죠?"

차갑게 내뱉은 준서가 대회의실 안으로 들어갔다.

준서가 대회의실 가장 중앙에 자리를 잡고 앉자 경영지원본부 윤도원 본부장과 재무본부의 이지형 본부장이 서로 시선을 주고받았다.

"모두 아시다시피 경찰 조사 과정 중 최진철 사장이 혐의의 일부를 인정했습니다. 최진철 사장과 함께 문제를 일으킨 기술본부 본부장을 비롯한 사람들 또한 소환되어 조사를 받고 있습니다."

자리에서 일어난 윤도원 본부장의 목소리가 회의실에 울려 퍼졌다. 과연 최진철 사장 다음가는 제일산업의 두 번째 실세답게 사람들을 한 번에 주목시켰다.

"이런 혼동의 시기에 이대로 사장직을 계속 비워둘 수는 없습니다. 이미 죄가 입증된 최진철 사장을 계속해서 사장으로 놔둔다는 것도 말이 되지 않습니다."

윤도원 본부장의 시선이 준서에게 향했다.

"따라서 미리 공지한 대로 오늘은 최진철 사장의 사장 해임과 동시에 최준서 부사장의 사장 취임에 대한 찬반 투표를 위해 모였습니다."

윤도원 본부장의 말에 사람들의 웅성거림이 커졌다.

"하지만 최준서 부사장 역시 한 식구입니다. 처음부터 한배를 타고 일을 꾸민 건지 모를 일 아닙니까?"

"최진철 사장이 비리를 저지른 건 최준서 부사장이 제일산업을 떠난 후부터입니다. 이것만 봐도 최준서 부사장은 이 사건과 아무런 관련이 없다는 게 증명된 게 아닙니까?"

찬반의 의견은 팽팽하게 대립했다. 하지만 당사자인 준서는 아무런 말도 없이 앉아 있을 뿐이었다.

바로 그때 대회의실 문이 열리며 사람들이 들어왔다. 성남건설의 허상무 회장을 필두로 제일산업 주식을 보유해 의결권을 가지고 있는 기업인들이었다. 그리고 가장 마지막, 회의실 문을 닫고 들어오는 남자, 최우현. 그의 등장에 사람들의 웅성거림이 멈추었다. 현재 최준서 부사장만큼 막강한 주식을 보유하고 있는 최진철 사장의 둘째 아들. 약혼이 무산되면서 성남건설과의 관계도 악화되었을 거라고 예상했던 그가 허상무 회장과 함께 들어오자 사람들의 웅성거림이 커졌다.

허상무 회장이라면 제일산업의 주식을 상당수 보유하고 있는 사람으로 허 회장의 표가 어디를 향하냐에 따라 결과가 달라질 수 있을 정도로 영향력이 대단했다. 우현과 준서, 허상무 회장의 관계에 사람들의 얼굴에 혼란스러움이 잔뜩 들어찼다.

하지만 서로를 마주 보고 앉은 준서와 우현의 얼굴에는 미소가 감돌았다. 형, 걱정하지 마. 내가 뒤에 있으니까. 우현의 눈동자가 그렇게 말하고 있었다.

"자, 그럼 지금부터 최진철 사장의 사장 해임과 최준서 부사장의 사장 취임에 대한 투표를 시작하겠습니다!"

탕탕탕. 실내에는 맑은 소리가 울려 퍼졌다. 그리고 한 시간 후.

"감사합니다, 조심히 돌아가세요."

주주총회가 열리기 전과 별반 다를 것 없는 목소리의 준서가 사람들에게 인사를 건넸다. 하지만 분위기는 조금 달랐다. 목소리에는 힘이 있었으며, 악수를 건네는 손은 강인했다. 쫙 편 어깨, 반짝이는 눈빛.

"축하하네, 최준서 부사장."

가장 마지막에 대회의실에서 나온 허상무 회장이 손을 내밀자 준서가 그 손을 마주 잡았다. 그 모습을 우현이 가만히 바라보았다. 형에겐 이게 어울렸다.

"아니, 이제 사장이라고 불러야 하나?"

제일산업의 최준서 사장이라는 직함이.

제일산업 본가. 서재의 소파에 앉아 가만히 서류를 바라보던 진철이 한숨을 내쉬었다. 서재에 남아 있던 기밀 서류들의 대부분을 성남건설 기자회견 후 없애버렸지만 몇몇 자료들은 아직 남아 있었다. 이를테면 진철의 손에 들려 있는 한채원의 자료 같은 것 말이다.

"사장님, 손님이 찾아왔습니다."

그때 노크 소리가 들렸고 비서 뒤로 어린 여자가 보였다. 소파에 기댔던 허리를 일으킨 진철이 작게 미간을 구겼다.

"집까지 웬일인가?"

"여쭤볼 게 있어서요."

며칠씩 계속되는 수사에 몸과 마음은 지칠 대로 지쳐 있었다. 그리고 그 원인을 제공한 성남건설. 진철에게 갑자기 마주하게 된 민지가 반가울 리가 없었다.

"한채원 씨의 부모님이 무슨 범죄를 저지른 거죠?"

밑도 끝도 없는 민지의 질문에 진철이 설핏 미간을 구겼다.

"지금은 누굴 만나 대화를 나눌 만큼 내 몸 상태가 좋은 것은 아니니 돌아가게."

"아빠도, 사장님도 두 분 다 저를 속이셨어요. 제게 조금은 미안하신다면……."

"뭔가 착각하고 있군."

진철의 낮은 목소리가 민지를 향했다.

"내가 이렇게 된 건 자네 아버지가 나를 고발했기 때문이야. 그런데 내가 네게 미안한 마음이 들 수 있겠어?"

"사장님이 지금 이렇게 되신 건 사장님의 잘못 때문이지 저나 아빠 탓은 아니죠."

민지의 당돌한 말에 진철의 얼굴이 시뻘겋게 달아올랐다.

"성남건설의 집안 내력인가? 사람 뒤통수치고 열 받게 만들어 혈압을 올리는 게?"

"애초에 제가 말씀드렸던 오빠를 다른 사람으로 착각해 시간을 끈 것도 사장님이고, 비리를 저질러서 약혼이 무산되게 만든 것도 사장님이잖아요."

"허민지 양!"

진철의 눈빛이 분노로 이글거렸다. 속에서부터 끓어오르는 화에 가슴이 답답한지 손으로 제 가슴을 움켜쥐었다.

"돈 많고 배경 좋은 성남건설에 아들을 넘기려고 애를 쓴 것도 사장님이고요. 민지 양, 민지 양 하면서 예뻐하시더니 일이 잘못되니 이렇게 돌아서는 건가요?"

"오해는 짚고 넘어가지. 네가 말한 남자가 우현이라는 건 처음부터 알고 있었어. 하지만 우현이 약혼을 거절했기에 준서를 내세운 것뿐이야. 시간을 벌기 위해서."

"뭐, 뭐라고요?"

"내 아들을 혼인시키려 한 건 너희 집의 재력이 나와 내 아들에게 도움이 되리라는 것을 알고 있었기 때문이었어."

빠르게 말을 잇는 진철의 얼굴이 점점 붉어졌다.

"네가 성남건설의 딸이 아니었다면…… 하아. 우현이와 약혼시키려는 생각조차 하지 않았을 거야."

온몸의 피가 머리에 쏠리는 듯 어지럽고 순식간에 맥박이 상승했다.

"내가 너를 예뻐했다고? 착각하지 마. 우현이와 약혼시키기 위해……! 윽!"

순간 진철이 거친 숨을 내뱉으며 고통을 호소했다. 가슴이 답답하고 정신을 차릴 수 없을 만큼 어지럼증이 밀려왔다.

"사, 사장님? 왜 그러세요? 괜찮으세요?"

"머리가……."

털썩, 순식간에 진철이 바닥에 쓰러졌다.

"사장님-!"

깜짝 놀란 민지가 진철의 몸을 흔들었지만 미동도 없었다.

"아, 아무도 안 계세요? 여기요!"

민지의 거센 외침에 밖에서 기다리고 있던 비서가 안으로 뛰어왔다.

"무슨 일입니까?"

"모르겠어요. 갑자기 괴로워하면서 쓰러지셨어요. 구급차요! 빨리 구급차를 불러주세요!"

고개를 끄덕인 비서가 재킷 안주머니에서 휴대폰을 꺼내 구급차를 불렀다. 민지의 불안한 시선이 진철을 바라보았다. 응급차를 기다리는 시간은 길게만 느껴졌다. 혹시 진철이 잘못될까 봐 두려움이 밀려왔다.

악몽 같은 시간이 흘러갔고, 골목에 응급차가 들어섰다. 응급 구조사들은 응급처치 후 진철을 밖으로 데리고 나갔다. 그 뒤를 진철의 비서가 따라붙었다. 곧 응급차가 떠나는 소리가 들렸고, 이제는 살았다는 생각에 민지가 바닥에 털썩 주저앉았다. 서재 책상에 기대앉자 낮은 탄식이 터져 나왔다. 작은 손이 제 이마에 맺혀 있던 식은땀을 닦아 내려갔다.

"십년감수했네. 주인도 없는 곳에 있어봤자……. 빨리 집으로 가자."

다리에 꿍 하고 힘을 준 민지가 앉아 있던 몸을 일으켰다. 소파 위에 널브러져 있던 가방을 줍기 위해 손을 뻗었을 때 민지의 시선을 사로잡은 서류. 떨리는 손끝이 테이블 위에 있던 서류를 향했다. 다른 서류들 사이에 채원의 사진이 담긴 종이가 끼어 있었다. 슬쩍 주위를 살핀 민지가 다른 서류들을 밀어내 사이에 껴 있던 종이를 집어 들었다. 한채원에 대해 적혀 있는 서류였다. 재빨리 주의를 살피던 민지가 서류를 가방 안에 쑤셔 넣었다. 밖으로 나온 민지의 얼굴에는 묘한 승리감이 떠올랐다. 가방 안에 든 자료를 꺼냈다. 채원에 대한 모든 것들이 보기 쉽게 정리되어 있었다. 그리고 민지의 눈을 사로잡은 한 줄.

"한상원…… 교수님? 한상원 교수님이라면……. 설마 한채원이 한상원 교수님의 딸?"

민지의 눈동자가 파르르 떨렸다.

"하아, 그 아버지의 그 딸이라고 자기 것이 아닌 거에 손대는 건 똑같네."

민지가 이를 으득 갈았다. 종이를 움켜쥔 손이 떨려왔다. 그렇게 한참이나 민지는 양 눈가를 찌푸리며 그곳에 서 있었다.

토요일 오후. 사무실에 홀로 앉아 업무를 보고 있던 준서가 의자에 몸을 깊게 묻으며 주먹으로 뭉친 어깨를 두드렸다. 진철이 경찰조사를 받기 시작한 이후, 그는 제일산업을 책임지고 있었다. 혼란스러운 회사는 일부를 제외하고 모든 업무가 마비되기도 했지만 준서는 그 시간들을 잘 이겨내고 있었다.

"커피 한 잔 마시고 해."

커피 두 잔을 들고 사무실을 들어오는 한 남자 덕분에. 오늘도 기운이 넘치는 우현은 목소리만으로도 다른 사람의 기분을 좋게 했다. 우현이 소파에 털썩 주저앉자 준서 역시 자리에서 일어났다.

"어쩐 일이야?"

"주말에도 사무실에서 고독하게 시간을 보내는 형을 응원하기 위해?"

"열심히 하라고 날 이 자리에 앉혀놓은 거 아니었어?"

"주말까지 나와서 무리하라고는 안 했어. 제일산업과 엮여 있는 공무원들 조사받는 중이라면서? 위법사항 무시하고 건축 인허가를 내준 담당 공무원들 말이야."

"건축 과정에 문제가 있는데도 서류들을 적법하게 꾸미고, 위법 사항이 담긴 서류도 불법으로 폐기했다고 하더군. 생각보다 엮여 있는 사람들이 많아."

"긴 싸움이 되겠네. 회사가 많이 뒤숭숭해서 힘들겠어."

"어느 정도는 예상했던 부분이야. 지금으로서는 바닥으로 떨어진 회사 이미지를 되찾는 게 가장 큰 과제지."

"형이 고생이 많아. 건강 해칠 정도로 무리하지는 말고. 아버지도 오랜 시간 조사 받느라 몸이 말이 아닌 것 같아."

걱정이 담긴 우현의 목소리에 진이 빠진 듯 준서의 어깨가 내려앉았다. 그 험한 소리들을 들어놓고도 제 아버지 걱정이라니. 하지만 핏줄이란 그런 건지. 아무리 모질고 못되게 굴어도 걱정이 되는 건 어쩔 수 없었다. 자신 역시 아버지를 이렇게까지 구석으로 몰아넣고 싶었던 것은 아니었다. 말은 하지 않았지만 며칠 사이 수척해진 아버지의 모습이 마음에 걸렸다.

"아무튼 하루아침에 될 일 아니니까 쉬엄쉬엄 해. 형까지 쓰러지면 제일산업은 끝난 거나 마찬가지니까. 그럼 난 가볼게."

우현이 자리에서 일어났다. 왜 벌써 가냐고 붙잡고 싶었지만 우현의 마음을 알기에 아무런 말도 하지 않았다.

우현은 자신이 회사에 자주 기웃거려 혹시 모를 권력 다툼의 입방아에 오르내리는 것 자체를 경계하고 있는 것이 분명했다. 주주총회 이후로 회사에 오지 않는 건 제일산업과 자신은 관련이 없다는 것을 사람들에게 입증하는 그만의 방법이었다. 단지, 준서의 뜻에 따라 자신의 이름으로 된 주식만 그대로 남겨두었을 뿐이었다.

"형, 엄마를 용서해줘서 고마워."

낮은 목소리가 감사인사를 전했다.

"가. 토요일 오후에 자꾸 그렇게 애인 혼자 두면 차인다."

무뚝뚝한 목소리가 대답 대신 다른 말을 건넸다. 말하지 않아도 네 마음 다 안다는 듯.

"외롭게 만들면 나중에 후회해. 언제나 이해해줄 거라고 생각해서 말 안 하고 폼 잡고 있으면…… 그것도 나중에 후회해."

준서가 몸을 기민하게 움직여 책상으로 걸어갔다.

"이건…… 경험에서 해주는 충고니까 새겨들어."

숨을 깊게 들이마신 후, 느리게 내뱉는 말에 우현이 고개를 끄덕였다. 그리고 그때 준서의 휴대폰이 요란한 소리를 내며 울렸다.

-사장님, 한국병원에서 조금 전 연락이 왔습니다.

박 비서의 목소리에 준서의 심장이 철렁 내려앉았다. 설마 어머니가…….

-아버님이 쓰러지셨습니다. 지금 빨리 병원으로 가보셔야 할 것 같습니다.

누가 먼저랄 것 없이 두 사람은 문을 향해 내달렸다.

다급한 구두 소리가 병원 복도에 울려 퍼졌다. 수술실로 향하는 채원이 아랫입술을 질끈 깨물었다. 아버지가 쓰러지셨다는 우현의 전화에 바로 택시를 타고 한국병원으로 달려왔다.

"하아, 하아."

거친 숨을 내뱉은 그녀가 수술실 앞에 도착했다. 무너지듯 우현에게 기대어 눈물을 흘리는 혜숙, 그런 제 엄마의 어깨를 감싸 안고 눈을 꼭 감고 있는 우현. 그리고 두 손으로 머리를 감싼 채 고개를 숙이고 있는 준서. 무겁게 가라앉은 공기에 다가가지도 못한 채 복도 끝에 서 있었다.

"한채원 씨?"

뒤에서 자신을 부르는 목소리에 채원이 뒤를 돌아보았다. 박 비서의 눈짓에 그녀가 고개를 끄덕이고는 돌아섰다.

"뇌졸중이라고 하던데. 괜찮으신 건가요? 수술이 꽤 오래 걸리네요."

"끝날 시간이 지났는데 너무 오래 걸려서 저도 조금 걱정이 됩니다. 수술이 성공적으로 끝나더라도 관리가 중요하다고 하더군요. 음식 조절과 재활 치료 같은 거요."

잔뜩 긴장한 탓에 손끝이 차가웠다. 진철이 자신에게 못된 말로 상처를 줬을지언정 아팠으면 좋겠다고, 잘못됐으면 좋겠다고 생각한 게 아니었다. 건강하길 바랐다. 그래서 정정당당하게 자신의 잘못을 인정하고 사과할 수 있길 바랐다. 그리고 무엇보다 우현이 슬픈 것을 원치 않았다. 그의 가족들이 아파하는 걸 바라지 않았다.

"괜찮을 겁니다. 사장님은 채원 씨가 생각하는 것 이상으로 강한 분입니다. 그러니……."

"채원 씨!"

순간 채원을 부르는 다급한 목소리에 그녀가 뒤를 돌아보았다. 우현의 이름을 미처 부르기도 전, 강인한 팔이 그녀의 허리를 덥석 끌어안았다.

"아버지 수술 성공적이래요! 이제 깨어나시기만 하면 된대요. 괜찮대요."

한껏 고조된 목소리가 채원의 귀에 외쳤다. 밝은 목소리에 채원의 가슴에 쌓였던 불안감이 거짓말처럼 사라졌다.

"하아, 다행이에요. 정말 다행이에요."

채원의 가느다란 팔이 우현의 등을 감싸 안았다.

"무서웠어요. 아버지가 잘못될까 봐 겁이 났어요."

솔직한 음성에 심장이 지끈거려 그의 등을 더 꽉 감싸 안았다. 그러자 그가 그녀의 목에 얼굴을 묻었다.

"아무런 도움도 되어주지 못해서 미안해요."

그가 고개를 저었다. 목덜미에 느껴지는 간지러움이 채원이 웃음을 흘렸다.

"이렇게 안고 있는 것만으로도 나한테는 엄청난 힘이 돼요."

채원의 부드러운 손이 우현의 머리를 쓰다듬었다. 숨을 크게 들이켠 우현이 넓고 깊게 음미하듯 채원의 체향을 빨아들였다.

"곧 금방 털고 일어나실 거예요. 그러니까 너무 걱정하지 말아요."

채원의 말대로 수술 후 깨어난 진철의 회복은 빨랐다. 아마도 옆에서 지극정성으로 간호를 하고 있는 혜숙 덕분일 것이다. 밤낮으로 병원에서 살다시피 한 혜숙은 일주일 사이 살이 제법 빠져 있었다. 진철은 그런 혜숙을 가만히 바라만 볼 뿐 별다른 말이 없었다. 아니, 수술 후 깨어난 진철은 이전과는 달리 말수도 없어졌고, 무엇보다 멍하니 창밖을 바라보고 있는 시간들이 많았다. 경찰이 병원을 몇 번 방문했지만 진철의 상태 때문에 수사는 잠시 중단되었다.

"밑에 내려가서 마실 것 좀 사올게요. 먹을 게 없네."

혜숙이 작게 중얼거리더니 병실을 나갔다. 먹을 것이 없다니. 혜숙이 가져오지 않으면 없는 것이 당연했다. 병원에 입원한 환자가 있다면 으레 문명을 오는 사람들로 인해 주변에 먹을 것들이 있기 마련이었다. 하지만 진철의 병실 안의 커다란 서랍장 안은 텅 비어 있었다.

진철이 한숨을 내쉬더니 눈을 감았다. 죽음을 목전에 경험한 후 눈을 떴을 때, 처음 눈에 들어온 건 눈물을 흘리고 있는 아내 혜숙이었다. 그런 혜숙의 어깨를 끌어안고 있는 우현. 그리고 인기척에 천천히 고개를 돌렸을 때, 준서가 서 있었다. 늘 분노를 담아 차갑게 자신을 바라보던 눈동자는 떨리고 있었다.

병원에 입원한 지 제법 시간이 지났지만 병실을 찾는 이는 아무도 없었다. 사장님, 사장님 하면서 아부를 떨던 사람들도, 긴밀한 관계를 유지하기 위해 지속적으로 연락을 취하던 사람들도. 그 누구도 자신의 안부를 걱정하지 않았다. 드러난 죄, 자신과 엮이고 싶지 않은 사람들은 하나둘씩 곁을 떠났다. 그리고 혹시라도 불똥이 튈까 봐 도망쳤다.

홀로 누워 있는 1인실은 너무도 넓었다. 진철의 머릿속에 얼마 전 안타까운 얼굴로 제게 말했던 우현의 목소리가 떠올랐다.

'저는 계속 아버지가 밉고 원망스러웠습니다. 그런데 솔직히 지금은 너무나 불쌍해 보입니다. 이러다가는 결국 아버지 곁에는 아무도 남지 않을 겁니다.'

우현의 말은 예언처럼 맞아떨어졌다. 그의 곁에는 아무도 남지 않았다.

진철이 앉았던 몸을 침대에 뉘였다. 눈꺼풀을 닫았지만 눈자위가 붉어진 두 아들의 모습만이 아른거렸다.

얼마나 오랜 시간이 지났을까. 진철은 자신의 눈앞에 서 있는 여인을 믿을 수 없다는 표정으로 바라보았다. 정희였다. 자신의 첫 번째 아내, 준서의 엄마. 이미 오래전 움직일 수도 없는 사람이 되었는데 어떻게 이곳에 있는 걸까. 오랜만에 만난 정희는 여전히 곱고, 아름다웠다. 언제나 따뜻했던 눈빛은 원망을 담고 있는 것 같기도, 혹은 애처로움을 안고 있는 것 같기도 했다. 당신도 이런 꼴의 내가 불쌍한 걸까. 아니면 한심한 걸까.

지금 자신을 바라보는 정희도, 매일 병실로 출근해 간호를 하고 있는 혜숙도, 병원으로 찾아와 병실의 꽃을 갈아주는 우현도. 눈동자에 슬픔을 가득 담고 있었다. 그리고 한 번도 병원을 찾지 않았던 준서. 원망을 가득 담은 눈빛의 준서가 자신을 바라보더니 싸늘하게 돌아서 버렸다. 그런 준서의 뒤를 따라 우현도, 혜숙도, 그리고 정희도. 모두 천천히 그에게서 멀어졌다. 온몸을 휘감는 절망감에 고개를 저으며 가지 말라고 중얼거렸다. 손을 뻗었지만 잡히지 않았다. 그래서 젖 먹던 힘을 다해 뛰었다.

"가지…… 가지 마……."

작은 신음과 함께 번쩍 눈을 뜬 진철. 병원복은 식은땀으로 차갑게 젖어 있었다.

꿈이었구나, 작게 안도의 한숨을 내쉰 진철이 눈을 꼭 감았다 떴다. 마치 현실 같은 생생한 꿈에 온몸에 소름이 돋았다.

거친 탄식을 내뱉은 진철이 무심코 고개를 돌렸다. 그리고 병실 한쪽 구석 소파에 무너질 듯 기대앉아 눈을 감고 있는 남자를 발견했다. 준서, 자신의 아들. 이곳에 입원한 후, 준서는 한 번도 병원을 찾지 않았다. 그런 준서의 마음을 이해하지 못한 건 아니었다. 마지막으로 보았던 준서의 얼굴은 차가웠고 무표정했으며 눈빛은 싸늘했기에.

준서가 제일산업의 사장으로 취임했다는 소식은 들었다. 혼자서 회사의 모든 것을 감당해야 하는 만큼 분명 바쁘고 힘들 것이다. 그리고 자신을 원망하고 있을 것이다. 그런데 평생 자신을 볼 것 같지 않던 큰 아들이 지친 몸을 이끌고 이곳에 앉아 있었다. 자신이 잠들었던 순간, 몇 번이나 이곳에 왔을까.

테이블 위에 있는 전자시계는 11시 31분에서 32분으로 넘어갔다. 일정한 숨소리는 피로에 지친 준서가 깜빡 잠이 들었음을 알려주었다. 그 모습에 진철의 눈시울이 순식간에 뜨거워졌다. 그대로 눈물이 쏟아질 것만 같아 고개를 돌렸다.

'어머니가 저곳에 계신 이후로, 나를 지탱해온 건 당신에 대한 미움뿐이에요. 두고 봐요. 내가 어떻게 나오나. 절대 그 자리에 편안하게 앉아서 지금처럼 떵떵거리며 살게 놔두지 않을 테니까.'

분노로 가득 찬 준서의 목소리는 제게 소리쳤었다. 내가 당신에게 줄 것은 복수뿐이라고 외쳤었다. 그런데도 이 늦은 밤 못난 아버지도 아버지라며 자리를 지키고 있었다.

'병원에 홀로 누워 있는 큰어머니의 숨소리도, 집에 있는 제 엄마의 울음도, 형의 비통한 외침도, 저의 원망의 소리도. 아버지에게는 아무것도 들리지 않으시는 겁니까?'

모두의 울음소리가, 원망의 소리가, 그리고 정희의 옅은 숨소리가 이제야 조금씩 들려왔다. 병실 사방을 때리며 머리가 아프도록 울려댔다.

'결국 가장 마지막에 남는 건 가족입니다. 그런데 그 가족들에게 상처 입히면서까지 그 욕심, 채워야겠습니까?'

이제 곁에는 아무것도 없었다. 아무도 없었다. 그런데 모진 말로 상처밖에 준 것이 없는 아내가, 아픔밖에 준 것이 없는 두 아들이 여기 있었다.

배다른 남동생을 마주한 순간 시선을 돌렸던 어린 준서의 눈동자, 피 흘리는 제 엄마를 끌어안고 통절하게 울부짖던 청년이 떠올랐다. 엄마와 살고 싶다고 공항에 주저앉아 버렸던 어린 우현의 눈물, 죽어버린 눈동자로 살고 싶지 않다고 말했던 소년이 생각났다.

눈길조차 제대로 준 적 없던 어린 자식들이, 평생 제 욕심만 차리려 품에 한번 안아주지 못했던 어린 아이들이. 못난 아버지가 준 상처와, 아픔과, 고통과, 그리고 원망을 모두 끌어안은 채 이곳을 지키고 있었다.

뒤늦은 후회는 걷잡을 수 없는 절망감을 안겨주었다. 자신의 이 죄는 평생 용서받지 못하리라.

입술 밖으로 터져 나오는 울음을 참기 위해 제 입술을 힘껏 깨물었다. 혹시나 제 흐느낌으로 인해 준서가 잠에서 깰까 봐. 그래서 잠시나마 쉴 수 있는 저 시간을 방해받을까 봐.

진철이 준서를 위해 울음을 참은 지금은, 작은 일이지만 평생 처음으로 진철이 아버지로서 온전히 아들을 배려했던 순간이었다.

진철의 수술이 성공적으로 끝나고 한국병원을 찾은 채원. 주말을 이용해 진철의 문병을 온 그녀가 조용히 병실 두드리고는 문을 열었다. 멍하니 창밖을 바라보던 진철이 그녀를 향해 고개를 돌렸다.

"나한테 온갖 싫은 소리는 다 듣고도 내 문병을 오다니. 자네도 참 착해 빠졌구먼."

"몸은 좀 괜찮으세요?"

"우현이는 제 엄마 몸이 좋지 않아서 밑에 진료를 받으러 갔네. 못난 남편 간호하느라 멀쩡한 몸이 고생을 하고 있지."

채원은 작게 중얼거리듯 내뱉는 목소리에 물끄러미 진철을 바라보았다. 잘은 모르겠지만 이전과 조금 달라진 것 같았다. 늘 진철의 주위를 감싸던 날이 선 공기가 조금 누그러져 있었다.

"분위기가 조금 변하신 것 같네요."

"그런가? 글쎄. 사람은 그리 쉽게 변하지 않아. 내가 죽음을 목전까지 경험했지만 지금도 자네와 우현이, 반대일세."

그럼 그렇지. 채원이 한숨을 내쉬었다. 자신의 눈앞에 있는 사람은 제일 산업 최진철 사장이었다. 사람이 하루아침에 환골탈태할 수는 없었다.

"지금 내 꼴이 우습다고 생각하나?"

"잘됐다고 생각하지는 않지만, 인과응보라는 생각은 조금 하고 있습니다."

거짓 없는 채원의 목소리에 진철이 씁쓸하게 웃으며 고개를 저었다.

"그 애가 성남건설과 혼인해서 부와 명예를 얻게 된다면 그것 또한 그 아이의 복이라고 생각했네. 물론 그 안에는 내 욕심이 더 크긴 했지만."

진철의 입가에 허탈한 미소가 번졌다.

"하지만 정말 말도 안 되는 혼사였다면 우현이를 몰아세우지도 않았을 걸세. 나도 일단은…… 아버지니까."

진철은 고개를 돌렸지만 시선은 바닥을 향했다.

"우현이는 자네를 택했어. 자네가 곁에 있을 때 가장 행복하다고 하더군. 한상원 교수의 딸이라는 이유로 내 아들에게 상처 주지 말게나. 우현이에게 상처를 준 건 나 하나로 충분해."

채원은 심장이 덜컥, 주저앉았지만 내색하지 않았다.

진철이 천천히 몸을 일으켰다.

"염치없지만 내 부탁 한 가지만 들어주겠나? 혼자 움직이기가 영 불편해서 말이야."

진철이 손가락으로 병실 구석에 있는 휠체어를 가리켰다. 채원이 침대 가까이 휠체어를 가져왔고 진철이 조심스럽게 그 위에 올랐다. 곧 휠체어가 병실 밖으로 나갔다.

"어디로 갈까요?"

"501호. 윤정희 환자의 병실로."

채원과 진철을 실은 엘리베이터가 한국병원 신관 5층에 도착했다. 서서히 움직인 휠체어가 501호 앞에 섰다. 크게 심호흡을 한 진철이 손으로 문을 한번 쓸어내렸다.

채원이 501호 문을 열었고, 제 손으로 휠체어를 민 진철이 안으로 들어갔다. 쿵, 묵직한 소리와 함께 병실 문이 닫혔다. 싸한 병실의 공기가 코끝을 자극했다. 천천히 움직인 휠체어가 병실 깊숙이 들어섰다. 가만히 고개를 든 진철의 동공이 지진이라도 난 듯 떨려왔다.

"여기 이렇게……."

목이 꽉 메는 듯 말을 잇지 못해 숨을 골랐다.

"여기서 날…… 기다리고 있던 건가."

한 자 한 자 힘겹게 내뱉는 진철의 음성에도 준서의 어머니, 정희는 대답이 없었다. 그저 기계에 몸을 맡긴 채 힘겨운 호흡을 하고 있을 뿐이었다.

"무심한 내가 찾아오지 않으니 당신이 날 찾아온 거로군. 당신은 내가 원망스럽지도 않나."

어젯밤, 꿈속에서 다시 만난 정희는 여전히 곱고 아름다웠다.

"그 사람, 힘들지도 않은지 매일 아침 병실로 출근해 종일 나만 바라보고 있다네."

혜숙은 하루도 빠지지 않고 매일 병원을 찾았다. 무심코 내뱉었던 모진 말들 때문에 상처받았을 법도 한데 자신과 함께 밥을 먹고 차를 마시고, 곁에서 책을 읽었다.

"작은 녀석은 매일 저녁 찾아와 꽃병 안에 꽃을 갈아주지."

우현은 일이 끝나면 손에 생기 넘치는 꽃을 들고 병실로 들어왔다. 매일 꽃병 안의 물을 갈고, 새 꽃으로 바꿔주었다.

"준서 녀석은…… 늦은 밤 나를 찾아와."

큰 아들은 밤늦도록 회사 일에 매달리고 지친 몸을 이끌고 찾아왔다. 못난 아버지를. 여전히 자신이 잠들었을 그 시간에.

"막내에게서는 매일 전화가 오지."

외국에서 유학을 하고 있는 막내딸은 아픈 아버지 걱정에 매일 같은 시간에 전화를 걸어 안부를 물었다.

"죄가 많은 내게…… 용서를 구할 기회를 주는 건가, 자네가."

진철이 힘없이 중얼거렸다.

"욕심 때문에 가족을 무시하고, 상처 주고, 아프게 만든 내게…… 그래도 다시 한 번 기회를 주는 건가."

너무 높지도, 낮지도 않은 진철의 음성은 병실 안에 서서히 번졌다.

"당신은 내가 이렇게 누워 있으니 날 찾아와 줬는데, 나는 지난 시간 동안 모질게 당신을 모른 척했구면."

일부러 무시하려 했던 10년도 더 된 나날들.

"그날……. 당신이 사고가 나던 그날…… 못된 말로 상처 줘서 미안했네."

잊고 살려 했지만 아직도 생생하게 기억나는 그날의 기억.

"나만 바라봤던 당신에게 그 마음을 돌려주지 못해 미안했네."

날 보고 반짝거리던 당신의 눈빛을 무시하고 지냈던 지난 시간들.

"돈에 눈이 멀어 당신의 손을 잡고, 당신을 버리고, 그리고 당신을 잊고 살아서 미안했어."

진철의 손이 정희와 자신 사이에 있는 유리창을 쓰다듬었다.

"늦은 것도 알고 있고, 온전히 용서받지 못할 것을 알고 있지만, 그래도 당신에게 미안하다고 사과해야…… 언젠가 다시 만났을 때 당신이 날 보고 웃어줄 것 같아."

어느새 진철의 눈가가 촉촉하게 젖어왔다.

"그래야 이런 나라도 아버지라고 불러주는 두 녀석들에게 조금은 덜 미안할 거 같아."

볼 위로 흐르는 눈물에 고개를 떨구었다.

"미안했네. 정말…… 미안했어."

살짝 열린 501호 병실 문틈 사이로 흘러나오는 진철의 목소리에 준서의 심장이 지끈거렸다.

어머니를 만나기 위해 병실에 왔을 때 그 앞을 지키고 있는 채원이 있었다. 아버지가 안에 들어가셨다는 말에 눈앞이 핑 돌았다. 떨리는 손으로 병실 문을 슬쩍 열었다. 휠체어에 앉아 있는 진철이 준서의 시야에 들어왔다. 가늘게 떨리는 손끝은 유리창을 쓰다듬고 있었다.

"사고가 나던 그날 못된 말로 상처 줘서 미안했네."

진철의 말에 어머니가 사고를 당했던 날 아침이 떠올랐다. 어머니에게 거친 말을 퍼부으며 당장 이 집에서 나가라고 소리쳤던 아버지의 목소리가 지금도 생생하게 기억났다.

"나만 바라봤던 당신에게 그 마음을 돌려주지 못해 미안했네."

돌아보지 않는 아버지의 뒷모습을 하염없이 바라보며 한숨짓던 어머니의 무너진 어깨가 아련하게 떠올랐다. 어머니의 텅 빈 가슴속을 자신은 채워줄 수 없었다. 아버지만이 할 수 있는 일이었다. 하지만 아버지는 그런 어머니를 처참하게 버렸었다.

미웠다. 용서할 수 없었다. 병실에 누워 있는 어머니를 대신해 상처 준 아버지에게 복수하고 싶었다. 자신들처럼 바닥으로 떨어져 다시는 오르지 못했으면 좋겠다고 생각했다. 하지만 사실은.

"미안했네. 정말…… 미안했어."

저 말이 듣고 싶었던 것이었다. 미안하다고, 잘못했다고. 가슴으로 눈물 흘리며 진심을 담은 저 한마디 말이. 미안하다는 말로 어머니가 깨어나지 않겠지만, 지난 시간들이 다시 돌아오지 않겠지만 그래도 저 진심 어린 사과가 듣고 싶었다. 싸늘한 침대에 누워 아버지를 기다렸을 어머니를 위해서. 품에 한번 안겨보지 못하고 버림받아야 했던 어린 시절의 자신을 위해서.

다시 닫은 문틈 사이로 아버지의 흐느낌이 들려왔다. 가슴이 욱신거렸다. 시야가 뿌옇게 흐려졌다.

준서가 벽에 기댄 채 눈을 꼭 감았다. 어두운 방 한쪽 구석에 웅크리고 있던 어린 소년이 방문을 열고 나왔다. 그리고 큰 소리를 내며 울었다. 모든 것을 쏟아내는 듯한 그 통곡에 어느새 커버린 소년은 같이 눈물 흘렸다. 그 또한 모든 것을 쏟아내듯이.

새벽녘 잠에서 깬 우현이 힘겹게 눈을 떴다. 팔이 저린 느낌에 고개를 돌리자 채원이 옆에서 세상모르고 자고 있었다. 작은 움직임에 고개를 돌리자 태양이 침대 밑바닥에서 널브러져 있었다.

평화로웠다. 고요했다. 아주 오랜만에 모든 것들이 제자리로 돌아온 느낌이었다.

우현이 조심스럽게 몸을 일으켜 창으로 걸어갔다. 고개를 올려 하늘을 바라보았다. 하늘에 빛을 가득 수놓은 별들.

"오늘따라 별들이 많네."

맑은 새벽 공기 때문인지 별은 유난히도 빛났다. 황황히 반짝이는 별은 그의 마음을 어수선하게 만들었다. 눈앞에 펼쳐진 아름다운 광경과 달리 갑자기 드는 오한에 손으로 팔을 감싸 안았다.

그때 테이블 위에 있는 휴대폰이 작은 진동을 울리며 떨렸다. 순간 알 수 없는 공포가 전신을 휘감았다. 천천히 휴대폰을 향해 걸어갔다.

형, 액정 화면에 뜬 이름에 눈동자가 심하게 떨렸다. 전화를 받지 않아도 형이 지금 자신에게 전화를 건 이유를 알 수 있었다. 금방이라도 왈칵, 눈물이 쏟아질 것만 같았다. 눈을 감고 숨을 고른 그가 통화버튼을 눌렀다.

"응, 형."

가을 하늘은 구름 한 점 없이 맑고 청명했다. 살아생전 정희의 웃음처럼.

장례는 조용하게 치러졌다. 정희의 마지막이 흙으로 들어가는 그 순간까지 비통한 눈물도, 처절한 외침도 없었다. 그건 아마도 숨을 거둔 그날 새벽, 너무도 편안해 보이는 정희의 얼굴 때문일 것이다. 오랜 시간 혼자 싸워온 가녀린 여인의 마지막은 평온했고 우아했다.

"형, 먼저 내려갈게."

정희의 마지막 모습을 뒤로한 우현이 준서의 어깨를 토닥거리더니 혜숙과 진철을 데리고 몸을 돌렸다.

준서가 고개를 들고 하늘을 바라보았다. 그러고는 제 어머니가 묻혀 있는 곳을 바라보았다.

"우현이…… 많이 보고 싶으셨죠?"

우현이 애통하게 누워 있는 어머니의 모습에, 오랫동안 가슴속에 품어왔던 미안함을 토해내며 처절한 눈물을 흘렸던 그날을 알고 있었다.

"제 원망이 너무 커서 그동안 만나지 못하게 했어요. 미안해요. 보고 싶었던 우현이 봐서 행복하셨어요?"

우현이 울던 그날, 제 어머니도 눈물을 흘렸을 것이다. 그리움에, 그리고 반가움에.

"아버지…… 기다리고 계셨죠? 그리워하셨었죠?"

미안하다며 조용히 눈물을 흘리는 아버지의 뒷모습이 아른거렸다. 오랫동안 싸늘한 병실에서 아버지를 기다렸던 어머니는, 아버지를 만난 새벽 조용히 떠나갔다. 마치 지금껏 아버지를 만나기 위해 버텨왔다는 듯이.

아버지가 울던 그날, 제 어머니는 아마도 조용히 아버지의 어깨를 두드렸을 것이다. 괜찮다고. 이제 됐다고.

"아들이 너무 못나서 어머니를 힘들게 했어요. 죄송해요."

어느새 눈가에 눈물이 고였다.

"어머니, 지금껏 제 인생은…… 어머니뿐이었어요."

표현이 부족해 말로 하지 못했지만 나는 당신이 전부였다고.

"어머니가 제 인생에서 사라지면 아무것도 남을 것 같지 않았는데……."

우현이 있었다. 이제 다시 어머니라 부를 여인이 있었고, 조금씩 변하려고 노력하는 아버지가 있었다.

"어머니가 내 어머니여서 행복했습니다."

어머니와 함께 웃던 순간이 그림처럼 떠올랐다. 어머니가 제 몸을 꽉 끌어안았던 온기가 생생하게 느껴졌다.

추억, 그리워한들 돌아갈 수 없는 그 순간. 그래서 더없이 애잔하고 애틋한 말.

"사랑했습니다."

당신과 함께했었던 눈부셨던 순간들을 잊지 않겠습니다.

"그리고 사랑합니다."

추억이라는 이름을 빌어 당신을 가슴속에 담아두겠습니다, 내 어머니.

늦은 밤, 주택가에 차를 세운 준서가 시트에 기대 눈을 감았다. 라디오에서 잔잔하게 흐르는 노래는 그의 마음을 촉촉이 적셔갔다.

어머니의 장례를 치르는 내내 채원은 곁에 머물러 있었다. 멀지도, 그리고 가깝지도 않은 곳에서. 퇴근 후 지친 몸을 이끌고 와 팔을 걷어붙여 묵묵하게 일을 도왔다. 자신의 존재가 불편할 법도 하지만 개의치 않는다는 듯. 하지만 자신을 의식해서인지 우현에게도 가까이 다가가지 않았다.

채원과 우현. 둘 사이에서 자신은 이제 이름조차도 존재해서는 안 되는 사람이었다. 먼저 이별을 고하고, 버리고, 상처 준 건 그였지만 지금 자신을 바라보는 채원의 눈빛은 미안함을 담고 있었다. 끝을 내야 했다. 채원과 자신이라는 연결 고리를.

똑똑.

그때 창문을 두드리는 소리가 들렸다. 준서가 눈을 떠 밖을 쳐다보았다. 채원이었다. 그가 창문을 내렸다.

"설마 했는데, 언제부터 있었어요?"

여전히 상냥한 채원의 목소리가 그에게 물었다. 그녀가 한발 물러나자 준서가 문을 열고 밖으로 나왔다. 채원의 복장은 어디론가 나가는 길인 것 같았다. 아마도 우현에게 가는 길일 것이다.

"아, 그게……."

그리고 그 사실을 변명이라도 하듯 채원이 시선을 피하며 말을 더듬거렸다.

"준서 씨, 우린……. 미안해요."

그녀의 입에서 나오는 우리는 말이 무척이나 서러웠다. 하지만 그건 자신만이 갖고 있는 감정이었다. 버려야 할. 이제는 지워야 할.

"이제 됐어. 그 말 하려고 왔어."

그 한마디에 채원이 고개를 들었다.

"복잡하게 얽혀 있었지만 과거일 뿐이잖아. 그러니 더 이상은 신경 쓰지 않아도 돼. 미안하다는 말도 하지 않아도 돼. 잘못한 건 나지 네가 아니니까. 그리고……."

준서가 숨을 크게 골랐다. 입 밖으로 꺼내야 하는 말에 벌써부터 가슴이 쓰렸다.

"나는 이제 더 이상 너를 사랑하지 않으니까."

그 한마디에 채원이 눈동자가 파르르 떨려왔다. 그 모습에 준서가 침을 꿀꺽 삼켰다.

"사랑하지 않아. 그러니까 신경 쓰지 않아도 돼."

나는…… 거짓말이라도 너를 사랑하지 않는다는 말은 하고 싶지 않았어.

"나 싫다는 여자를 계속 지켜보면서 사랑할 만큼 로맨티스트가 아닌 건 잘 알잖아. 거기다 무너져가는 회사도 다시 일으켜야 하고, 할 일이 많은 사람이야."

하지만 이렇게라도 해야 네 마음이 조금이라도 편할 테니까. 지금 내가 내뱉는 말이 진심이 아니라는 걸 네가 평생 모른다 할지라도. 나는 이렇게 말해야 한다.

채원의 눈가에 눈물이 고였다.

"넌 그냥 내 과거일 뿐이야."

감히 추억조차 해서는 안 되는 과거.

"그러니 이제 네가 내 앞에서 눈물을 흘려도 난 아무렇지도 않아."

아니, 사실 금방이라도 손을 뻗고 싶어. 네 어깨를 끌어안고 네 머리를 쓰다듬어주고 싶어. 그래서 주머니에 찔러놓은 손을 차마 뺄 수 없었다.

"웬만하면 마주치지도 말자. 더 이상 사랑하지도 않는 과거의 사람과 얼굴 맞대고 지낼 만큼 난 그렇게 쿨한 남자는 아니니까."

네 시선이 날 향하지 않아도. 멀리서라도 볼 수 있었으면 좋겠지만 그것 또한 내 욕심. 새로운 사랑을 하고 있는 네게 독이 되겠지. 그래서 난 그것조차 포기하고 돌아설게.

"그 녀석이 울려도…… 힘들게 해도, 그래서 내게 다시 돌아와도 받아줄 생각 전혀 없으니까."

몇 번이라도 받아줄 수 있지만 그럴 일은 없겠지. 모든 걸 내던지고 널 끌어안을 수 있지만 넌…… 그러지 않겠지.

"앞으로 꽃길만 있지는 않을 거야. 정말 괜찮은 놈이지만 힘들게 할 수도 있어. 지금처럼. 본인의 의지와 상관없이."

다정하게 묻는 목소리에 채원의 눈에서 눈물이 톡, 하고 떨어졌다. 입가에는 미소가 걸렸다. 일부러 모질게 구는 자신의 이 마음을 다 안다든 듯.

"이탈리아를 배경으로 한 영화 중에 '투스카니의 태양'이라는 영화가 있어요. 봤어요?"

흠뻑 젖은 목소리의 채원이 입을 열었다. 준서가 고개를 저었다.

"거기에 이런 말이 나오죠."

가로등 불빛에 비치는 그녀의 얼굴이 반짝거렸다. 눈물조차 탐스럽게 빛났다.

"초록 불은 앞으로 가라, 노란 불은 장식, 빨간 불은 참고사항. 그러니 괜찮아요. 참고사항일 뿐이니까."

그 말에 준서가 피식 웃음을 흘렸다.

"그렇군. 그럼 세상에는 그 녀석 하나뿐이다 생각하고 행복하게 지내."

내게 상처받았던 만큼, 그 누구보다도.

"오늘 운 건…… 비밀로 해줄 테니. 갈게."

준서가 돌아섰다.

"준서 씨!"

하지만 자신을 붙잡는 목소리에 몸을 돌렸다.

"고마워요. 준서 씨 덕분에 행복했어요."

준서가 마른 입술을 축였다. 해서는 안 될 질문, 하지만 꼭 하고 싶었던 질문. 마지막이니까. 정말 마지막이니까 딱 한 번만 물어볼게.

"만약 내가……. 네게 이별을 말하기 전, 모든 것을 털어놓고 이해해달라고 했다면…… 숨기지 않고 기다려달라고 했었다면…… 그래줬겠어?"

준서의 질문에 채원의 입가에 희미한 미소가 걸렸다.

"그랬다면…… 지금 네 사랑보다 날 더 사랑했겠어?"

"그럼요. 난 준서 씨를…… 사랑했으니까."

거짓말. 하지만 그 대답을 듣는 것만으로도 좋았다.

준서가 한 걸음 물러났다. 물러나 생긴 둘 사이의 공간에 눈물이 들어찼다. 돌아섰다. 뒤돌아보지 않았다. 널 위해서. 그래야만 네 마음이 편할 테니까.

네게서 등을 돌려 한 걸음 멀어질 때마다 찬바람이 불어온다. 너와 함께 그리던 봄날의 풍경, 흩날리는 꽃잎, 화창한 하늘. 이 모든 찬란했던 순간들이 점점 멀어지는 느낌. 그게 싫어 한 걸음 내디딜 때마다 혼자 우리의 봄날을 다시 그려보지만 수없이 번지고, 번지고, 번지고. 다시 찾아올 겨울이 얼마나 추운지 알기에 혼자서 계속해서 봄을 그려본다.

억눌린 네 울음소리를 못 들은 척해본다. 돌아본다면. 난 분명. 널. 붙잡을 테니까.

주먹을 쥐고 다시 걸음을 걷는다. 눈물을 떨어뜨리지 않기 위해 안간힘을 쓴다. 네가, 우리가 점점 희미해진다. 네 모습이 눈물에 번지고, 우리가 함께 했던 추억도 함께 번지고. 다시는 오지 않을 그 시절, 너와 나. 우리의 봄날. 누구의 잘못도 아니지만, 그래서 더 서러워 걸음을 옮길 때마다 심장이 바스락거리는 소리가 들린다.

탕, 하고 차 문이 닫히는 소리가 가슴 깊은 곳까지 파고들었다. 시동을 걸어 차를 움직여 골목을 빠져나가 길에 세웠다.

그리고 잠시 후, 채원이 빠른 걸음으로 골목을 나와 택시를 잡는 모습이 시야에 들어왔다. 어둠 속에서도 찬란하게 빛나는 그녀. 다른 사람을 향해 뛰어가는 내 아픈 사랑의 마지막 모습.

내일의 네가 얼마나 눈부실지. 내일의 나는 얼마나 추울지. 하지만 괜찮았다. 어쩔 수 없는 것을 알고 있기에. 그냥 조금, 아니 조금 많이 아플 뿐.

있잖아, 채원아. 난 너의 과거의 사람이 되고 싶지 않았어. 현재이자, 미래의 사람이 되고 싶었어. 네 현재에서 함께 웃고, 네 미래에 스며들어 행복 하고 싶었어. 너와 함께.

아른거리는 채원의 모습이 참을 수 없이 예뻤다.

"흑…… 젠장, 흑……."

아무리 소리쳐도, 원해도 채원은 이제 자신의 것이 아니었다.

참지 못해 터져버린 눈물은 비좁은 차 안에 울려 퍼졌다. 볼 위에 흘러내린 눈물이 뜨거웠다. 그 눈물 속에 잠긴 자신은 이제 추억 속에 남겨진 사람이었다. 아니, 두 사람이었던 그 추억을 이제는 홀로 안고 떠나야 하는 사람이었다.

9. 주홍글씨

금요일 저녁 8시. 커피숍에서 일을 마치고 밖으로 나온 세연은 제법 쌀쌀해진 공기에 옷깃을 여몄다. 폭풍 같았던 몇 주가 지났고 거짓말처럼 평온이 찾아왔다.

병원에서 퇴원을 한 진철은 다시 경찰 조사를 받기 시작했고, 준서는 바쁜 회사 일에 정신이 없었다. 우현 역시 일상으로 돌아와 성준과 착실하게 연구소에 다녔고, 채원은 회사 일에 몰두하고 있었다.

"어째 나만 이렇게 늘 한가하고 지루한 거 같지?"

우울한 목소리를 내던 세연이 가방 안에서 휴대폰을 꺼내 들었다. 부재중 전화 3통.

"엄마가 전화했나?"

한국에서 걸려온 전화가 아니었다. 어깨를 으쓱한 세연이 휴대폰을 가방 안에 다시 넣으려고 할 때 벨소리가 울렸다.

-세연아, 오빠다.

성준의 형, 성환이었다.

"오빠? 오랜만이야!"

세연이 반가움이 발을 동동 굴렀다. 어린 시절부터 함께해온 세 사람은 남매나 다름없었다.

-요즘 일한다면서. 콩알만 했던 게 한국에서 아르바이트라니. 기특하다.

유쾌한 웃음소리는 입가에 절로 미소를 짓게 했다.

-기뻐하라, 세연아. 오빠, 한국 간다!

"진짜? 언제? 일 때문에? 얼마나 있어?"

-오빠 결혼하잖아. 여자친구 부모님과 지인들한테 인사드리러 가는 거야.

정류장으로 향했던 세연의 힘찬 발걸음이 탁, 하고 멈췄다.

-다음 달쯤 갈 것 같으니까 한국 가면 만나. 여자친구 소개시켜줄게. 성준이한테는 미리 말해뒀어.

전화를 끊은 세연이 멍하니 서 있었다. 자신의 첫사랑. 이미 자신은 성환을 포기한 지 오래지만 저렇게 들뜬 목소리를 듣고 있자니 괜히 서러웠다.

"뭔가 제대로 실연이네."

세연이 한숨을 내쉬며 고개를 저었다. 우울했다. 이런 날 집으로 그냥 들어가고 싶지 않았다. 어차피 돌아가 봤자 시커먼 어둠만이 자신을 반길 테니까.

세연이 휴대폰 액정에서 성준의 이름을 찾아 눌렀다.

"김성준, 바빠? 나 오늘 술 사줘."

-오늘은 안 돼. 민정 선배라고, 연구소 선배가 일 좀 도와달라고 해서.

민정 선배?

"언제 끝날지 모르니까 집에 가 있어. 가는 길에 맥주라도 사 갈게."

툭, 끊겨버린 전화.

"하, 그냥 끊어?"

바쁜 것도, 선약인 것도, 일이라는 것도 알고 있었다. 하지만 속상하고 서러웠다.

세연이 어디론가 다시 전화를 걸었다.

"여보세요? 채원 언니, 퇴근했어요? 그럼 오늘 나랑 한잔할래요?"

"먼저 가보겠습니다."

퇴근 후, 사무실을 빠져나온 채원이 빠르게 발을 움직였다. 침울한 세연의 목소리에 우현과의 데이트를 취소했다. 한국에 아는 사람도 없는 세연을 그냥 내버려둘 수는 없었다. 가방에서 울리는 진동에 엘리베이터를 포기한 그녀가 계단으로 내려갔다. 동생 지원이었다.

-누나! 나 휴가 나왔어!

"응, 전화 기다렸어. 지금 어디야."

-연락이 늦어서 미안해. 친구들 좀 만나고 이제 출발하려고.

"오랜만에 나와서 좋겠다. 휴가 자꾸 밀렸었잖아."

-괜찮아. 어차피 곧 전역이니까.

"벌써? 아직 반년 남은 거 아니었어?"

-헐, 누나. 요즘 군 복무기간 21개월인 거 모르나? 집에 먼저 갔다가 내일 저녁이나 모레 갈게.

"알았어. 빨리 와, 보고 싶으니까."

우렁찬 지원의 목소리에 기분이 절로 좋아졌다.

"그나저나 벌써 전역이야? 아직 좀 더 남은 줄 알았는데."

고개를 내저은 채원이 건물 로비로 들어서자 안내데스크에 앉아 있던 경비원이 그녀를 불러 세웠다.

"조금 아까 대리님 이름으로 왔어요."

경비원은 채원에게 두툼한 서류 봉투를 내밀었다. 고개를 갸우뚱한 그녀가 봉투를 들고 밖으로 나갔다.

때마침 정류장에 진입한 버스에 오른 그녀가 손에 쥐여진 봉투를 가만히 바라보았다.

"누가 보낸 거지?"

채원이 조심스럽게 봉투를 뜯어 내용물을 꺼냈다. 그녀가 거친 숨을 토해냈다.

서류 봉투 안에는 자신의 아버지 한상원 교수에 대한 자료로 가득 차 있었다. 아버지가 교수로 부임했을 때의 사진도 있었고, 아버지의 업적들도 보였다. 그리고 아버지에 대한 각종 신문 기사들.

<부족한 윤리의식이 부른 참사>

<고고학의 대부 한상원 교수, 불명예로 얼룩진 은퇴>

누가 보낸 걸까. 마치 경고하듯 펼쳐진 아버지에 대한 기록들.

채원이 손으로 제 팔을 쓰다듬었다. 힘겹게 봄이 찾아왔지만 다시 겨울이 오는 것만 같았다.

"얼마나 더 시간이 지나야 아빠에게 새겨진 주홍글씨가 사라질까?"

채원이 낮게 중얼거렸다. 그녀의 시선 끝에 머문 선명한 글씨.

<문화재 도둑 한상원 교수>

"언니, 여기요!"

채원이 버스에서 내리자 정류장에 서 있던 세연이 손을 흔들며 그녀를 맞았다. 사이좋게 팔짱을 낀 채원과 세연이 좁은 골목에 들어섰다. 그리고 허름한 가게로 들어간 두 사람.

"할머니, 저 왔어요."

지난번 우현과 함께 왔던 곱창 가게였다. 변함없는 모습의 할머니가 고개를 빠끔히 내밀었다.

"반갑지도 않은 얼굴 요즘 왜 이렇게 자주 내밀어?"

툭 말을 내뱉고는 주방으로 들어간 할머니.

"저 할머니 왜 저래요? 왜 언니한테 짜증을 내는 거예요?"

세연은 할머니의 퉁명스러운 말투에 마음이 상한 듯 채원에게 물었다.

"저게 한국식 애정표현이야. 할머니, 저희 곱창 좀 주세요."

잠시 후, 곱창이 불판에 이글이글 익기 시작했고 두 사람은 정신없이 곱창을 입안에 넣었다.

"입에서 녹네, 녹아. 한국에서 먹어본 곱창 중 제일 맛있어요."

채원이 세연의 빈 술잔에 술을 따랐다.

"언니, 오늘 고마워요. 사실 누군가와 같이 술이라도 한잔하고 싶은데 아는 사람이 있어야죠."

"아무 때나 괜찮으니까 그럴 땐 전화해. 언니 됐다가 뭐해?"

한참 이런저런 수다로 분위기가 무르익고 두 사람 주변에 술병도 하나둘씩 늘어갔다.

"언니, 내가 예전에 내 첫사랑에 대해 말한 적 있죠? 성준이 형. 그 사람, 곧 결혼한대요."

채원은 이미 들어 알고 있었지만 모르는 척을 했다.

"기억하기 힘든 어린 시절부터 영국에 살았는데, 작은 동양 여자애라고 놀림 많이 받았어요. 인종차별이 심했거든요."

세연이 씁쓸하게 웃으며 술잔을 들었다. 쓴 술이 목으로 넘어가자 인상을 찡그렸다.

"매일 울기만 했는데 어느 날, 성준 형제가 옆집으로 이사를 왔어요. 성준이는 무뚝뚝한 놈이었지만 성환이 오빠는 다정했어요. 가장 먼저 달려와 저를 감싸줬고, 위로해줬죠."

채원의 머릿속에도 어린 시절의 세 사람이 떠올랐다. 얼굴도 보지 못한 성환의 모습까지.

"오빠에 대한 마음을 접은 지는 오래지만 결혼한다고 하니 괜히 이상해서요. 그래서 술 한잔 사달라고 성준이한테 전화했더니 딱 잘라 안 된다고 하지 뭐예요?"

갑자기 험악하게 변해버린 세연의 목소리에 채원이 눈을 동그랗게 떴다.

"연구소 여자 선배가 일을 도와달라고 했대요. 아니, 그 선배는 하고 많은 날 중에 금요일 저녁에 그것도 성준이한테 일을 도와달라고 해요?"

세연이 거칠게 술잔을 내려놓았다.

"늘 그래요, 늘. 무신경해서 사람 마음 같은 것도 잘 모르고. 근데 그렇게 무심하면서도 매너가 좋아서 여자들이 오해해서 달려든 적도 많아요."

채원은 세연의 성준을 향한 투덜거림에 고개를 갸우뚱했다.

세연이 지금 이렇게 화를 내고 있는 이유는 무엇일까. 첫사랑이라는 상대의 결혼 소식 때문에? 아니면 우울한 자신을 뒤로한 채 여자 선배와 일을 하고 있는 성준에 대한 분노 때문에?

"사장님한테도 그래요. 친절한 건 좋지만 괜히 그러다가 사장님이 오해라도 하면 어쩌려고 그러는지."

그것도 아니면 선예에게 친절한 성준에 대한 서운함?

세연의 귀여운 투정에 채원이 피식 미소 지었다. 그러니까 세연은 지금, 성준이 친절을 베푼 여자 선배와 선예를 경계하고 있는 게 분명했다.

"얼굴이 왜 그 모양이야?"

할머니의 퉁명스러운 목소리와 함께 테이블 위에 술병이 하나 더 채워졌다. 말투는 무뚝뚝했지만 그 안에 들어 있는 걱정을 읽은 그녀가 어색하게 웃었다.

계속 지워버리려 했지만 누군가 자신에게 보냈던 아버지의 서류들이 잊혀지지 않았다. 의도적으로 상처를 주기 위해 저지른 것만 같은 느낌에 오한이 들었다.

"언니, 무슨 생각을 그렇게 해요?"

세연의 음성에 멍했던 그녀의 눈동자에 초점이 잡혔다.

"아냐. 아무것도."

"요즘은 정말 언니가 부러워요. 회사 일도, 애정전선에도 뭐 하나 문제 될 게 없잖아요. 굉장히 평온한 느낌?"

채원이 씁쓸하게 웃었다. 평온하다는 말이 이토록 불안정하게 느껴지기는 처음이었다. 부디 이 행복이 오래가길, 아버지의 명예가 더 이상 더럽혀지지 않길, 그래서 그 누구도 상처받는 일 없길 바랄 뿐이었다.

할머니가 내어준 술이 한 잔 두 잔 들어갔고.

"언니, 최우현이 잘해줘요? 그놈 완전 짐승이죠?"

테이블에 엎어지기 일보 직전인 세연.

"성준 씨 은근히 고집 세더라?"

눈이 감길락 말락 잠들기 일보 직전인 채원.

"이것들이 아주 가지가지 하는구면."

그리고 뒤에서 한심스럽게 고개를 젓는 할머니. 그때 채원의 휴대폰이 울렸고.

"어? 최우현이다, 최우현이다."

-채원 씨? 목소리가 왜 그래요? 술 마셨어요? 거기 어디예요?

"네 마음속?"

"저기 어디서 쌍팔년도 개그를 쳐."

채원의 장난에 할머니가 한심하다는 듯 고개를 젓더니 그녀의 손에서 휴대폰을 뺏어갔다.

"여기 곱창집이야. 빨리 와서 안 데리고 가면 가게 문 닫으면서 버려버릴 거야."

-할머니? 채원 씨 거기 있어요?

"아주 혼자 보기 아까운 진상들이야. 그리고 김성준인지 박성준인지. 그놈도 데리고 와. 자네 혼자는 감당 못 해."

그리고 30분 후. 채원과 세연을 바라보는 두 남자의 입에서 한숨이 터져 나왔다.

"얼른 데리고 가. 가서 다시는 오지 마."

그리고 할머니의 핀잔.

"할머니, 두 사람 언제부터 이렇게 마신 거예요? 대체 술이 몇 병이야. 한 병, 두 병, 세 병……."

우현이 테이블 위의 술병들을 세기 시작했다.

"세연아, 홍세연. 너 괜찮아?"

성준이 세연 앞에 무릎을 접고 앉았다. 세연은 꼼짝도 하지 않았다.

"자네가 성준인가?"

할머니의 날카로운 시선이 성준을 훑었다. 그 눈빛에 순간 긴장한 성준. 다 겪어야 하는 과정이다, 인마. 그 마음을 안다는 듯 우현이 웃으며 고소하다는 표정을 지었다.

"보아하니 고생 좀 하겠구먼. 성질머리가 보통이 아니야. 뭐, 저기 엎어져 있는 고집 센 여자에 비하면 단순해서 좋긴 하지만."

할머니의 시선이 잠시 세연에게 닿았다가 채원을 향했다.

"할머니 제 여자친구 욕하지 마세요. 나 삐져요."

"시끄럽고 이거나 가져가."

우현의 볼멘소리에 할머니가 검은 봉지를 불쑥 내밀었다.

"너는 청첩장 찍기 전까지는 여기 얼씬도 하지 마."

하나는 우현에게.

"그리고 자네. 전화 한 통에 열 일 제쳐놓고 한걸음에 달려올 정도면 밀당 그만하고 그냥 엎어뜨려. 나중에 엄한 놈한테 뺏기지 말고."

나머지 하나는 성준에게.

"이게 뭐예요?"

"음음, 그게 남자한테 좋은 술이야. 할머니 사위분이 이걸 마시고…… 그 날 밤 아들을 낳았대."

우현의 설명에 할머니가 만족스럽다는 듯 고개를 끄덕였다.

"남자는 밀고 당기는 걸 잘해야 해. 이왕이면 당기는 걸."

할머니가 각자 여자를 등에 업고 있는 두 남자를 밖으로 내몰았다.

"전에도 말했지만 내가 아는 가장 어둡고 으슥한 곳은 집이야, 집."

"최우현이다, 최우현!"

"아야야야. 채원 씨, 그만요. 나 그러다 대머리 돼요."

어둠이 내려앉은 고요한 골목. 채원의 술주정만이 골목을 채웠다.

"우씨, 너 왜 나 싫어해."

"아아아, 그렇다고 목을 조르면 어떡해요?"

택시에 내려 채원의 집으로 향하는 우현.

"아파?"

"그럼 아프지. 거기다 그렇게 자꾸 날 뛰면 나 허리 나가요. 남자한테 허리가 얼마나 중요한데."

"나 살쪘어? 무거워? 돼지야?"

"아니, 뭐, 또 그렇게까지. 날씬해요. 더 쪄도 돼."

집 앞에 도착해 번호를 누른 그가 안으로 들어갔다.

"나 물."

채원이 물을 찾자 우현이 그녀를 소파에 내려놓고는 냉장고로 걸어가 컵에 물을 따라왔다.

"아주 술주정이 귀엽습니다?"

"내가 누나거든요?"

"아이고, 그러세요."

채원이 물을 다 마시자 컵을 받아 든 우현이 그녀의 옆에 자리를 잡고 앉았다.

"무슨 술을 그렇게 많이 마셨어요? 내일 아침에 속 쓰릴 텐데."

채원이 휙 고개를 돌려 우현을 바라보았다.

"나 술 마시는 거 싫어?"

그녀답지 않은 혀 짧은 소리에 우현이 웃음을 터뜨렸다.

"술 마시는 건 싫은데 주정은 귀엽네. 이걸 어떡해야 하나."

"그럼 뽀뽀."

채원이 눈을 꼭 감더니 입술을 쭉 하고 들이밀었다. 그 모습에 우현이 키드득거렸다. 처음 보는 그녀의 모습이 마냥 신기하고 좋았다.

"이거 앞으로 술을 마시라고 해야 해, 마시지 말라고 해야 해?"

우현의 입술이 천천히 채원에게 다가갔다. 쪽, 하고 떨어지는 입술이 아쉬운지 채원이 다시 눈을 감고 고개를 저었다.

"지금 위험한 거 알고 이러는 거예요?"

우현의 팔이 채원의 허리를 부드럽게 감쌌다. 그리고 본격적으로 그녀의 입안으로 파고들었다. 뜨거운 숨결이 얽혀들었고, 장난처럼 시작했던 키스는 점점 더 농밀해졌다.

"방으로…… 갈래요?"

낮게 깔린 우현의 목소리에 채원이 고개를 젓더니 팔을 뻗어 그의 목을 감싸 안았다. 우현의 거친 호흡이 그녀의 입술에, 귓가에, 그리고 목덜미에 닿았다.

"여기 불편할 텐데……."

알싸한 알코올 향과 함께 진한 장미향이 우현의 코끝에 번졌다. 서로를 향한 벅찬 마음을 쏟아붓는 두 사람. 곧 채원의 등이 소파에 닿았고 우현의 손이 그녀의 옷 안으로 파고들었다.

띠리릭.

전자음이 울렸지만 두 사람의 귀에는 들리지 않았다.

"채원 씨, 그냥 방으로……."

덜컹, 요란한 소리가 들려왔고.

"누나!"

갑자기 들려오는 남자의 목소리에 감겼던 두 사람의 눈이 번쩍 떠졌다.

채원의 집 현관, 한 남자가 웃으며 손을 관자놀이 옆에 딱 붙였다.

"필승! 대한의 건아 한지원 지금……!"

하지만 거침없이 나왔던 목소리는 쑥 들어가고 말았다.

"누나?"

지원의 눈이 커졌다. 눈앞에 펼쳐진 장면. 소파에 누워 있는 자신의 누나와 그 위에 올라타 있는 젊은 남자. 순간 지원의 눈이 번뜩였다.

"야, 이 변태 자식아!"

군화를 신은 남자는 그렇게 주먹을 불끈 쥔 채 집 안으로 내달렸다.

"아이고, 무거워라. 뭘 이렇게 많이 먹었나?"

집으로 들어와 세연을 제 방 침대에 눕힌 성준이 허리를 꼿꼿하게 세웠다. 술에 취한 세연은 세상모르고 자고 있었다.

"뭘 밀고 당기라는 거야? 뭐가 있어야 당기죠 당기지."

성준이 냉장고에서 찬물을 꺼내 벌컥벌컥 마셨다. 그러고는 물컵에 물을 따라 다시 자신의 방으로 들어갔다. 술을 마신 날 새벽이면 세연은 어김없이 물을 찾았다. 침대 옆 테이블 위에 물컵을 올려둔 성준.

"세상에 이런 남자 나밖에 없다. 아냐?"

작은 탄식이 성준의 입에서 흘러나왔다. 누워서 곤히 잠들어 있는 세연의 옆에 앉은 성준.

볼록한 이마가 사랑스럽게 빛나고 있었다. 감긴 눈동자에 긴 속눈썹이 걸려 있었고, 술을 마신 탓인지 오늘따라 유난히 붉은 입술은 굳게 닫혀 있었다.

"홍세연, 언제쯤…… 나에 대한 네 마음 알아차릴래?"

성준이 나지막한 목소리로 중얼거렸다.

"얼마나 사람 속 썩이고 애태워야 나한테 올래?"

낮게 깔린 음성은 금방이라도 심장을 울릴 듯 깊었다.

"내가 얼마나 더 기다려야 내 품에 안길래?"

가만히 세연을 바라보던 성준. 천천히 아주 천천히 세연에게 가까이 다가 갔다.

"미안."

작은 중얼거림과 함께 성준의 입술이 세연의 입술 위에 내려앉았다. 살짝 닿았을 뿐인데도 온몸이 저릴 만큼 짜릿한 느낌에 성준이 재빨리 몸을 일으 켰다.

"잘 자라."

아주 살짝 방문이 닫혔다. 그리고 잠시 후, 용수철처럼 침대에서 튀어오 른 세연.

"뭐, 뭐야, 지금?"

손은 어느새 제 입술을 쓰다듬고 있었다.

"김성준. 키스…… 키스를……."

세연의 눈빛은 혼란스러움을 가득 담고 있었지만 양 볼은 데일 듯 뜨거 웠다. 그렇게 각자의 방에 누운 두 남녀의 밤은 깊어만 갔다.

한편 같은 시간 한채원의 집.

"음음."

거실 바닥에 앉은 우현은 헛기침을 하며 자리를 고쳐 앉았다. 거실의 공 기는 긴장감이 가득했고, 어색했다.

"그…… 처남, 커피라도 한 잔……."

처남이라는 소리에 지원이 매섭게 눈을 번뜩였다. 군복은 곱상하게 생긴 사람의 인상도 변화시키는지 짧은 머리, 검게 그을린 피부와 함께 조화를 이루며 지원을 조금 거칠어 보이게 했다.

우현이 어색하게 웃자 입가에 상처가 쓰라렸다. 혼자 사는 채원의 집에 침입해 그녀를 덮친 변태 취급을 받은 우현은 지원의 날렵한 주먹에 한 방 맞았다. 깜짝 놀란 채원이 지원을 막아 주먹이 비껴갔으니 망정이지 아니었다면 상처가 꽤나 컸을 수도 있었다.

"내일이나 모레 온다더니 어떻게 된 거야? 전화도 없이?"

아직 남아 있는 술기운에 채원이 하품을 하며 지원에게 물었다.

"아저씨한테 전화드렸는데 내일 점심 사주신다고 해서. 아저씨 만나려면 이쪽이 더 빠르잖아. 누나도 같이 오라는데 괜찮아?"

지원이 말한 아저씨란 윤정수 교수님이었다.

우현과 지원 사이의 신경전을 잠시 잊은 건지 쏟아지는 잠을 참지 못한 채원이 꾸벅꾸벅 졸기 시작했다. 툭, 채원의 고개가 우현의 어깨 위로 떨어졌다. 그러자 지원이 우현을 째려보았다.

우현의 입에서 한숨이 터져 나왔다. 지금 이 상황에서 졸고 있는 채원을 원망 어린 눈빛으로 바라본 우현. 앞에서는 지원이 금방이라도 자신을 터뜨려버릴 기세로 눈을 부릅뜨고 있었다.

"누나, 안에 들어가서 자자. 응?"

자신에게 내질렀던 목소리와 전혀 다른 부드러운 지원의 음성이 채원을 달랬다. 술기운과 졸음이 한꺼번에 쏟아져 내리는지 정신을 차리지 못한 채원이 지원의 손에 이끌려 일어났다. 우현의 애처로운 눈빛을 뒤로한 채원은 방으로 들어가 버렸다.

"하아, 남동생이라니. 산 넘어 산이로구나."

방문이 닫히는 소리가 들렸고 지원이 밖으로 나왔다.

"집에 안 갑니까?"

12시가 넘은 시간. 날이 선 목소리가 우현에게 물었다.

"이렇게 늦게까지 누나한테 술을 먹이고, 저렇게나 취할 정도로."

저기요, 제가 먹인 게 아닙니다. 난 오늘 셔틀이었다고요. 하지만 우현의 억울한 마음의 소리가 지원에게 들릴 리가 없었다.

"거기다 집까지 들어오더니 누나한테……."

지원이 이를 으득 갈며 주먹을 불끈 쥐었다. 방금 전 자신이 본 장면을 다시 떠올리기도 싫다는 듯 눈을 꼭 감았다.

"누나랑 만난 지 얼마나 됐습니까? 집에도 이렇게 오고 가는 사이인가 요?"

매섭게 눈을 뜨며 묻는 지원의 모습에 우현이 미소를 지었다. 자신의 여자친구의 남동생은 누나를 무척이나 아끼는 소년이었다. 누나를 만날 생각에 들떠서 집으로 들어왔는데 처음 본 남자가 누나에게 달려들어 키스를 하고 있었으니 화가 나는 것도 이해가 갔다.

우현은 지원이 자신에게 화를 내고 있는 이 상황이 너무도 고마웠다. 가족의 품에서 사랑을 받지 못하고 자랐던 채원. 무조건적으로 채원에게 의지하고, 그러면서도 그녀를 원망했던 가족들 사이에서 지원은 그녀를 진심으로 아끼고 사랑해주는 남동생이었다.

"이름이 최우현 씨? 뭐 하는 사람입니까? 대충 보니 연하인 것 같은데."

"최우현이고, 연구소에서 일하고, 연하 맞습니다. 만난 지는 좀 됐고, 집에 오고 가는 사이도 맞아요. 결혼도 할 겁니다."

남동생의 소위 '누나의 남자친구 호구조사'에 우현은 기쁜 마음으로 성실하게 대답했다.

"겨, 결혼? 결혼온? 아니, 누나도 결혼한대요? 그쪽하고? 말도 안 돼. 결혼은 뭐, 혼자 합니까?"

우현의 입에서 흘러나온 결혼이라는 단어에 지원이 발끈하며 괴성을 질렀다.

"동생이면 누나를 잘 알 거 아니에요. 채원 씨 성격에 진지하게 만나지도 않는 남자를 집에 들일 리가 없잖아요. 나도 여기 들어오기까지 제법 오랜 시간이 걸렸어요."

"그, 그건 그렇지만……."

"거기다 똑 부러진 여자인데 아무 남자나 만나는 사람이 아니라는 것도 알고 있죠?"

우현의 말에 지원은 반박을 할 수 없었다. 우현이 한 말은 사실이니까. 저 말을 다시 해석하자면 똑 부러지는 누나가 선택한 자신은 괜찮은 사람이고, 결혼까지 약속한 사이다, 뭐, 이런 말인데. 바로 그 부분이 마음에 들지 않았다.

"누나가 흐리멍덩한 사람은 아니지만 생각보다 순진해서 남에게 잘 속기도 하죠. 마음도 여려요. 그래서 좋다고 매달리는 사람한테 무정하게 굴지도 못하죠."

지원은 자신이 말하면서도 고개를 내저었다. 무정하게 굴지 못하긴. 채원은 자신이 알고 있는 여자 중 최고의 철벽녀였다. 하지만 살랑살랑 눈웃음을 치며 바람둥이 냄새를 물씬 풍기는 이 남자에게 그런 말을 하고 싶지 않았다. 커다란 키에 다부진 어깨, 남자라고 하기에 선이 고왔다. 뭐, 자신은 성숙미가 풍기는 세련된 남자를 좋아하긴 하지만 객관적으로 봤을 때 일단 외모는 합격이었다.

가만히 우현을 관찰하던 지원이 눈을 가늘게 떴다. 이상하게 낯이 익은 것만 같은 얼굴. 어디선가 본 적이 있는 것 같은 묘한 기분이 들었다.

"근데…… 우리 어디선가 만난 적 있지 않아요?"

"남자한테 작업 걸리는 거 별로 안 반갑거든요?"

우현이 미간을 찡그리며 무심하게 대꾸했다.

"나도 뭐, 좋아서 물어본 건 아니거든요? 누군 뭐, 두 팔 벌려 환영하는 줄 아나?"

자신의 롤 모델이었던 카리스마 있고 무게감 있는 준서 형과 정반대의 타입. 이 남자가 누나의 남자친구라니. 믿을 수 없다는 듯 지원이 고개를 내저었다. 누나가 준서 형과 헤어진 아픔에 아무 남자나 만나고 있는 게 분명했다.

"나와의 첫 만남이 별로 유쾌하지는 않다는 거 알지만 그렇게 노골적으로 날 경계하고 싫어할 건……. 잠깐……."

우현의 시선이 지원의 모습을 훑었다. 지금까지 왜 눈치채지 못하고 있었을까.

"혹시…… 해병댑니까?"

"그런데요? 뭐 잘못됐나요?"

지원이 자신의 군복을 손으로 쓸어내리자 우현이 그제야 어깨의 힘을 풀고 삐딱하게 섰다.

"아직 현역이고?"

"곧 전역입니다."

"현역이군."

"그, 그런데 왜 갑자기 반말입니까?"

지원은 자신도 모르게 갑자기 들어간 군기에 말끝을 내렸다.

"몇 기?"

"1196기입니다!"

우현의 입에서 나오는 심상치 않은 질문에 지원이 바로 섰다.

"1196기? 난 1116기. 반갑다."

"1116기? 헉, 필~ 승!"

몸에 바짝 힘이 들어간 지원이 큰 소리로 외쳤다. 그 모습이 마음에 든다는 듯 우현이 눈썹을 치켜 올리더니.

"다음 달 전역?"

"네, 그렇습니다!"

"군 생활 많이 힘들지? 특히 해병대. 나도 잘 알아."

우현이 지원에게 가까이 다가가 어깨를 토닥거렸다.

"밤늦었는데 우리 술이나 한잔할까? 근데 집에 술이…….'

"당장 사 오겠습니다!"

하더니 잽싸게 몸을 돌려 현관을 향해갔다.

"잠깐, 이거 가져가. 군인이 돈이 어디 있어. 먹고 싶은 술로 잔뜩 사 와.

알았지?"

지갑을 내미는 우현의 부드러운 목소리에 고개를 끄덕인 지원이 재빨리 밖으로 나갔다. 그 모습에 슬쩍 미소 지은 그가 채원이 자고 있는 방으로 들어갔다. 그세 깊게 잠든 모습이 사랑스러웠다. 이마에 흩어진 머리카락을 정리해주는 손길이 부드러웠다. 쪽, 하고 이마에 입술을 갖다 댄 우현.

"동생하고 술 한잔하고 있을게요. 내일 아침에 봐요."

아침에 눈을 뜬 채원은 눈앞에 펼쳐진 광경에 입을 다물지 못했다.

거실 여기저기 굴러다니는 몇 병인지도 모를 술병들, 테이블에 널브러진 안주, 다 불어터진 라면. 무엇보다,

"우현 씨, 일어나요. 지원아, 한지원."

거실에 대자로 뻗어 있는 장정 두 명.

"아우, 술 냄새. 대체 술을 얼마나 많이 마신 거야?"

깨워도 일어나지 않는 두 남자를 바라보는 채원의 입에서 한숨이 터져 나왔다. 깨우기를 포기한 채 거실에 흩어진 술병과 쓰레기를 치우는 채원.

"음……. 형…… 한 잔 더요."

지원의 입에서 잠꼬대처럼 나오는 소리에 기가 막혀 웃음을 터뜨렸다.

그리고 한 시간 후.

"형, 무슨 북엇국을 이렇게 잘 끓여요? 끝내줘요."

채원은 엄지를 척 하고 올리더니 우현이 끓인 북엇국을 찬양하다시피 하는 지원의 모습에 한 번 더 웃었다. 젖은 머리를 반짝거리며 마주 앉아 밥을 먹고 있던 우현은 별것 아니라며 어깨를 으쓱했다.

"형이 요리 잘해서 누나는 좋겠다. 누나랑 결혼해서도 이렇게 해줄 거죠?"

"당연하지. 요즘은 여자한테 요리해달라고 하면 몰매 맞아."

"23살 한지원 씨, 그런 말씀하기 조금 이르지 않을까? 그리고 28살 최우

현 씨, 나 그쪽하고 결혼한다고 안 했는데요?"

"내 말 맞지? 좋으면서 엄청 튕긴다고."

우현의 말에 지원이 고개를 끄덕였다.

"누나 빨리 화장해. 아무리 우현이 형이 누나한테 콩깍지 씌었다고는 하지만 그렇게 쌩얼로 괜찮겠어? 이제 보니 우리 누나 엄청 뻔뻔한 여자였네."

"허, 나 참. 야, 한지원."

어제까지는 눈을 부릅뜨면서 당장이라도 우현을 갈아먹을 기세로 바라보더니 오늘은 살랑살랑 웃으면서 형이라니. 대체 어젯밤 둘 사이에 무슨 말이 오갔고, 무슨 일이 있었단 말인가.

"점심 약속이라면서요. 어서 준비해요. 같이 나가게."

우현이 열을 내뿜는 채원의 등을 떠밀었다.

"둘이 쿵짝이 잘 맞네요."

"지원이가 정말 괜찮더라고요. 이런 남자가 또 없어."

"에이, 형이야말로요. 우리 누나가 다른 건 몰라도 남자 보는 눈은 있어요."

방으로 들어간 채원이 열린 문으로 우현과 지원을 바라보았다.

"형, 형 군대에 있을 때도 그 훈련했었어요?"

"야, 말도 마. 난 그러다 사람이 죽을 수도 있겠구나 싶었다니까."

군대 이야기에 한창 열을 올리는 두 남자. 남자친구와 남동생. 처음 보는 광경이 신기했다. 그것도 저렇게 사이좋은 두 사람이라니. 남자 보는 눈이 있다는 지원의 말이 맞긴 한 것 같았다. 하루 만에 고집불통 지원을 자신의 편으로 만든 것을 보면 말이다.

"안녕하세요, 교수님."

성남대학교 고고미술학 교수연구실을 방문한 민지가 담당 교수에게 공손하게 인사를 건넸다.

"오랜만이다, 민지야. 건강상의 이유로 윤정수 교수님이 진행하는 발굴 프로젝트를 그만뒀다는 말은 들었다. 몸은 괜찮고?"

"좀 쉬면 괜찮아질 거예요. 걱정해주셔서 감사합니다."

성남대학교 대학교수실을 방문한 민지가 어색한 표정으로 대답했다. 차마 성남대학교 연구실에서 진행하는 발굴 프로젝트에 우현과의 약혼 문제로 발을 뺐다고는 할 수 없었다.

"감사는 무슨. 그보다 총장님은 잘 계시고? 워낙 바쁘셔서 건강은 괜찮으신지 모르겠구나."

"작은아버지는…… 아니, 총장님은 잘 계세요. 그보다 교수님 제가 전화로 말씀드린 것 때문에 그런데요……."

민지가 조심스럽게 운을 띄웠다.

"아, 그 한상원 교수님 사건 말이구나."

"네. 교수님도 그때 그 발굴 팀에 고고미술학 전문위원으로 참여하셨잖아요. 혹시 그 사건에 대해 자세하게 말씀해주실 수 있으실까요?"

"글쎄다. 워낙 언론에 많이 노출되었던 사건이라 네가 알고 있는 게 전부일 거다. 그때 리더였던 한상원 교수가 서류를 조작해 뒤로 문화재를 빼돌렸었지."

그때의 일을 기억하려는 듯 담당 교수가 코끝을 찡긋했다.

"거기다 우리 발굴 팀의 프로젝트는 아시아에서도 큰 주목을 받고 있었다. 그 기대가 부담스러웠던 건지 한 교수는 발굴물의 연대를 왜곡해서 기록, 한반도의 역사를 바꿔놓았지."

담당 교수의 얼굴에는 쓸쓸함이 묻어났다.

"후배, 동료들에게 존경받는 교수였어. 그래서 더 안타까운 거지."

"그 일이 세상에 어떻게 드러나게 된 건가요?"

"이건 알려지지 않은 사실이지만 그때 한 교수를 따라다니던 10대 소년이 그 사실을 알아챘다고 하더구나. 한 교수를 따라다니면서 이것저것 많이 배운 모양인데 발견한 건 우연이었던 것 같아."

"그럼 그 소년이 고발한 건가요?"

"한 교수가 거둔 모양이던데 잘못은 했지만 은혜를 원수로 갚았다며 비난하던 사람들도 있었어. 하지만 그것도 분명하진 않아."

담당 교수가 어깨를 으쓱했다.

"그 소년이 고발을 했다는 소문도 있지만 한 교수의 측근이 비공개로 신고를 했다는 말도 있어. 아무것도 모르는 10대 소년의 신고보다는 그쪽이 더 신빙성 있기는 하지."

"그 측근이 누군지는 모르시고요?"

"워낙 쉬쉬하면서 진행된 일들이라 나도 자세히는 모른다. 하지만 명망 높은 교수들도 몰랐던 일을 10대 소년이 가장 먼저 눈치챘다는 것이 창피했는지 당시 다들 말을 아꼈지."

"교수님, 혹시 그때 한상원 교수님을 따라다녔다는 그 소년, 기억하고 계시나요?"

"정식으로 발굴 현장에 드나들 수 없는 일반인이었기에 아주 가끔 얼굴을 내민 게 다여서 나도 자세히는 기억이 나지 않는구나."

"전혀 기억나는 거 없으세요? 생김새라든가, 이름. 작은 거라도 괜찮아요."

"음……. 키는 좀 컸고, 말수가 적은 남자아이였다. 그런 것 말고는 딱히……."

민지의 얼굴에 있던 작은 기대감이 실망감으로 바뀌었다.

"아, 그리고 보니 잠깐만 기다려라."

담당 교수가 자리에서 일어나 책장으로 걸어갔다. 맨 아래 서랍을 열어 앨범을 뒤적이던 교수.

"내 기억이 맞다면 발굴 현장에서 다 같이 찍은 사진이 있었는데……. 아,

여기 있구나."

민지의 눈동자가 반짝거렸다.

"워낙 내성적인 아이라 존재감도 크게 없어서 기억하는 사람이 거의 없을 거다."

민지의 눈동자가 담당 교수가 건넨 사진으로 향했다.

"이분이 한상원 교수님이다."

사진 속에는 10년 전, 밝은 얼굴의 한상원 교수와 함께 다른 교수들과 연구진들이 서 있었다.

"그리고 여기, 이 소년이다."

순간 민지의 눈동자가 사정없이 흔들렸다.

담당 교수의 손가락이 향한 곳. 큰 키에 뽀얀 얼굴. 깔끔하게 정돈된 머리카락. 우수에 찬 눈빛.

"이…… 남자라고요? 확실해요?

저도 모르게 떨림을 간직한 채 나오는 민지의 목소리.

"그렇단다. 무슨 문제라도 있는 거니?"

사진 속에는 민지가 언젠가 마주쳤던 매우 익숙한 소년이 서 있었다. 아주 오래전, 병원 벤치에서 죽어버린 눈동자로 눈물을 흘렸던 소년이.

채원과 함께 정수를 만나고 가족이 있는 본가로 돌아온 지원. 유쾌한 우현을 떠올리는 그의 입가에는 미소가 걸렸다.

"좋은 사람이 곁에 있어서 다행이다. 사람이 만날수록 괜찮단 말이야."

지원은 오늘 저녁 우현과 친구 성준이라는 형과 함께 술 한잔하기로 한 약속을 떠올렸다.

"근데 정말로 우현이 형이 되게 익숙하단 말이야. 어디선가 본 거 같긴 한데……."

한참을 골똘히 생각이 잠겼던 지원은 한숨을 내쉬었다.

"내가 봤으면 어디서 봤겠어. 그나저나 신기한 인연이네. 우현이 형도 아빠처럼 고고학을 공부할 줄이야."

아빠를 떠올리고 나니 아빠가 보고 싶었다. 침대에 뉘였던 몸을 일으킨 지원이 책상 맨 아래 서랍을 열었다. 상자 안에는 몇 개의 앨범이 들어 있었다. 그중 하나를 꺼내 본 지원.

"아빠는 늘 이렇게 괴짜였다니까."

장난기 가득한 아빠의 사진에 홀로 웃음 지었다. 앨범을 넘길수록 아빠와 함께 찍은 사진들이 쏟아져 나왔다. 초등학교 여름방학, 대학교수였던 아빠가 안식년(安息年)을 맞아 좀 더 공부를 하기 위해 외국으로 떠났었다. 그때 아빠에게 놀러 갔던 시절의 사진도 있었다.

"이때 진짜 좋았는데. 다시 보니 그립네. 내가 언제 또 영국에 가보겠어."

작게 중얼거리던 지원이 사진을 한 장 더 넘겼다.

"아, 이 사람…… 아빠 영국에 있을 때 매일 아빠한테 놀러 왔던 그 형이구나?"

아빠의 오른쪽에 있는 자신, 그리고 왼쪽에 서 있는 남학생. 키가 크고 얼굴이 하얀 남학생은 무표정한 얼굴로 카메라를 응시하고 있었다.

자신이 영국에 머물렀던 건 2주, 그 2주 동안 하루도 빠지지 않고 아빠를 찾아왔던 남학생. 말수가 없고 어두웠던 것으로 기억했다.

"언제 이런 사진을 찍었지? 이 형 잘생기긴 했었는데 너무 어두워서…… 어라?"

지원이 좀 더 사진으로 다가가 눈을 가늘게 떴다. 눈동자는 마치 죽은 사람의 그것처럼 어두웠지만 자신이 알고 있는 눈빛과 닮아 있었다. 뽀얀 얼굴, 커다란 키, 호감 있게 잘생긴 얼굴.

"이 사람, 설마……"

떨리는 눈빛으로 사진을 응시하던 지원이 재킷을 낚아채더니 바로 방문을 벌컥 열었다. 자신을 부르는 엄마의 소리를 뒤로한 채 지원은 밖으로 내달렸다.

성남대학교 문화재연구소 개인 교수실.

정수는 안경을 고쳐 쓰고는 책상에 앉아 서류들을 정리하고 있었다. 책상 위에 높게 쌓여 있는 책들은 그가 얼마나 바쁜지를 여실히 보여주고 있었다.

똑같이 생긴 두 개의 묵직한 노트를 비교하던 정수는 펜을 내려놓고 잠시 생각에 잠겼다.

'아빠가 경찰조사 받기 전에 조교님이 서랍을 정리해서 먼저 갖다 주셨어요.'

얼마 전 채원과 나누었던 대화가 머릿속에 떠다녔다. 채원에게 남아 있던 한상원 교수의 물건들. 비록 전공서적뿐이라 할지라도 자신의 눈으로 그 직접 확인해보고 싶었다. 아니, 확인을 해야만 했다.

한상원. 자신이 한때 존경하고 따랐던 선배이자 고고학계에서 유명한 교수님이셨다. 한상원 교수의 문화재 은닉사건, 온 나라가 시끄러웠었다. 그리고 그 사실을 알아차린 건 10대 소년. 그저 한상원 교수를 따라다니던 뒷모습만 기억날 뿐 다른 것은 전혀 기억나지 않았다. 벌써 10여 년이 지났고, 그 이후에 찾으려 해도 찾을 수 없었다.

똑똑.

노크 소리가 들리자 정수가 책상 위에 꺼내놓았던 노트 중 하나를 급하게 닫고는 서랍 안에 집어넣었다. 열쇠로 잠근 서랍 문을 다시 한 번 확인하고는 입을 열었다.

"네, 들어오세요."

"교수님, 준비하셔야 할 것 같은데요. 오후 세미나요."

우현이 교수실 안으로 들어왔다.

"아, 벌써 시간이 그렇게 됐나?"

정수가 자리에서 일어나더니 재킷을 집어 들었다.

두 손을 앞으로 잡고 자신을 보고 싱긋 웃는 우현. 정수는 우현이 너무도 마음에 들었다. 눈앞의 청년은 똑똑했고, 밝았고, 열정적이었다. 그리고 무엇보다 성실하게 일을 잘했다. 우현 같은 사람을 내 편으로 만들어 함께 일할 수 있다는 건 여러모로 이로웠다.

"집안일이 해결돼서 다행이다. 아버지 일은 안됐지만 제일산업도 점차 안정을 찾을 거고. 너도 네 일에 집중할 수 있게 돼서 나도 기쁘구나."

"교수님이 배려해주신 덕분인걸요. 감사합니다."

꾸벅 인사를 건넨 우현을 보며 껄껄 웃은 정수가 나가자는 듯 손짓했다.

우현이 몸을 돌렸다. 가방을 챙겨 든 정수가 우현을 뒤따랐다. 정수의 시선 끝에 우현의 뒷모습이 걸렸다. 처음 본 우현의 등. 그 등을 가만히 바라보던 정수가 발걸음을 멈추었다.

자신을 따라오는 인기척이 느껴지지 않자 우현이 뒤를 돌아보았다. 돌아보는 동작이 슬로모션처럼 다가왔다.

고갯짓에 머리카락이 흐트러졌고 손으로 제 머리를 쓸어 넘긴 우현. 그 모습이 처음 보는 것 같지 않은 느낌에 정수가 멍한 얼굴로 눈을 깜빡거렸다.

"교수님? 왜 그러세요?"

"응? 아, 아니다. 가자."

헛기침을 한 정수가 우현을 지나쳐 걸어갔다. 고개를 갸우뚱한 우현이 그 뒤를 조용히 따랐다.

"넌 윤 교수님 세미나 안 따라갔어?"

정수가 세미나 참석을 위해 떠나고 우현은 다시 연구실로 돌아왔다.

"할 일이 많아서. 그동안 아버지 회사일로 소홀한 일 따라잡으려면 아직 멀었네."

"그 바쁜 시간에 채원 씨 동생 만날 시간은 있고? 우리 이제 일어나야 해."

우현이 손목시계를 바라보았다. 6시였다. 학교 근처에서 만나기로 했으니 지금 나가야 했다.

"아, 그리고 이거."

성준이 내민 노트를 받아 든 우현.

"유물 목록? 여기 있잖아?"

우현이 자신의 책상 위에 있는 노트를 가리켰다. 자신과 성준이 정리한 노트였다.

"이선우 선배가 정리한 거야. 목록 입력해서 정리한다니까 자기가 정리한 자료 건네줬어. 우리가 따로 정리한 줄 몰랐나 봐. 그럼 이건 필요 없겠……."

"아냐, 줘."

우현이 성준의 손에서 두꺼운 노트를 건네받았다.

"아무래도 선배가 우리보다 현장에서 더 뛰었으니 이쪽이 더 정확하겠지. 혹시 모르잖아. 누락된 게 있을지도."

우현의 말에 성준이 한숨을 내쉬었다.

유적지 발굴 작업에 착수할 때면 으레 우현은 여러 개의 자료를 준비하고 철저하게 기록했다. 그건 우현의 습관이었다. 경험에 의한.

"예전 일 때문에 그러는 거야? 오해를 받을까 봐?"

"혹시나 문제가 생겼을 때 누명을 쓰지 않기 위해서 그러는 거야. 그때처럼 억울한 피해자가 있으면 안 되잖아. 10년 전 문화재 은닉사건처럼 말이야."

"무슨 말인지 아는데 너무 애쓰지 말라고. 한상원 교수님 일도 말이야."

"아저씨는 내 생명의 은인이야. 나를 구원해 준 사람이야. 그렇기 때문에 나는……."

그때 우현의 말을 가르고 노크 소리가 들렸다.

"네, 들어오세요."

안으로 들어오는 사람은 다름 아닌 지원이었다.

"어? 여기까지 왔어? 아직 약속 시간이……."

"형, 여기 있었네요. 사학과 1층 여기저기 문 두드리면서 형 어디 있냐고 물어봤어요. 마음이 급해서요."

지원이 반색을 하며 우현의 곁으로 다가왔다.

"내가 형 어디선가 본 것 같다고 했잖아요. 이제 기억났어요. 이거 봐요."

지원의 말과 동시에 우현의 휴대폰이 요란한 소리를 내며 울렸다.

"네, 채원 씨. 누구요? 그 사람이 왜 채원 씨를……."

지원이 불쑥 내민 사진 한 장. 순간 말을 멈춘 우현. 사진을 응시하던 눈동자가 사정없이 떨려왔다.

"여기 우리 아빠 옆에 서 있는 사람, 형 맞죠? 형의 모습이 너무 달라져서 처음에는 못 알아봤어요. 오른쪽에 있는 게 나예요."

우현이 천천히 휴대폰을 귀에서 떼었다.

"교수님이셨던 아빠가 안식년이라고 영국으로 공부하러 갔을 때였잖아요. 방학이라고 내가 잠깐 놀러 갔었는데."

채원의 목소리가 점점 멀어졌다.

"형, 나 기억 안 나요? 그때 형 매일 아빠 연구실 놀러 왔던 거 나는 기억나는데."

사진을 움켜쥔 우현의 손에 바짝 힘이 들어갔다.

"아…… 빠? 지금 아빠라고……."

"네, 우리 아빠. 한상원 교수님."

사진을 든 우현의 손이 사정없이 떨렸다.

"형? 왜…… 그래요?"

무언가 이상한 기운을 감지한 지원이 불안한 목소리로 우현을 불렀다.

"한상원…… 한채원."

왜 바보처럼 단 한 번도 생각조차 해보지 못했을까. 고고학을 전공한 명망 높은 교수님, 조금 괴짜에 공부밖에 몰랐던 순수했던 남자. 그리고 10년 전에 세상을 떠난, 이탈리아를 가장 사랑했던 사람. 모든 것은 한 사람을 가리키고 있었지만 감히 눈치조차 채지 못했다.

이탈리아 로마에 도착해 소매치기에 털렸던 채원. 콜로세움 야경을 보며 채원에게 했던 자신의 질문.

'첫 해외여행이라면서요. 이탈리아로 오게 된 이유가 있어요?'

'이곳은 제게 가장 소중했던 사람이 가장 좋아한 나라예요.'

채원에게 가장 소중했던 사람이 좋아한 나라, 이탈리아. 그건 채원의 옛사랑을 뜻하는 말이 아니었다. 이탈리아는 자신의 은인, 한상원 교수님이 가장 사랑한 나라였다.

'이탈리아는 시간이 멈춰버린 곳이에요.'

'아뇨, 그냥…… 그런 비슷한 말을 들어본 적이 있어서요.'

자신의 말에 조금 놀란 채원. 시간이 멈춰버린 곳, 이탈리아. 그건 한상원 교수님이 버릇처럼 하던 말이었다.

'아빠는 그 무엇보다 명예를 중시하시는 분이셨거든요. 결국 그 명예 때문에 많은 것들을 얻기도, 잃기도 하셨죠.'

자신의 위치에 맞는 명예를 지키기 위해 노력해야 한다던 아저씨의 말씀. 그리고 한순간에 짓밟혀진 교수님의 명예.

그리고 영국에 있을 때, 틈만 날 때면 가게에 들어가 스노볼을 찾던 아저씨.

'왜 그렇게 스노볼을 사다 모으세요?'

'우리 딸이 이걸 좋아해. 무책임한 아빠를 응원해주는 착한 딸이지. 이런 내게 서운해하면서도 스노볼을 내밀면 언제 그랬냐는 듯 예쁘게 웃어 보이지.'

채원의 방에 한가득 쌓여 있던 스노볼.

우현의 심장이 뛰기 시작했다. 설렘 반, 그리고 두려움 반. 채원과의 인연이 자신들이 몰랐던 과거부터 얽혀 있던 관계였다는 사실에 대한 설렘이. 그리고 자신과 한상원 교수님에 대한 관계를 채원이 알게 됐을 때의 그녀의 반응에 대한 두려움이.

'허민지 씨가 날 찾아왔어요. 지금 집 근처 커피숍에 같이 있어요.'

방금 전 채원에게서 걸려온 전화. 허민지가 왜 채원을 만나러 갔는지는 정확하게 알지 못했지만 결코 좋은 일은 아닐 것이다.

우현이 연구실을 박차고 나갔다. 뒤에서 자신의 이름을 부르는 성준과 지원의 목소리가 들렸지만 무작정 밖으로 나가 택시에 올랐다.

"오늘 고생하셨습니다. 먼저 퇴근할게요."

채원이 밝은 목소리로 사무실 사람들에게 인사를 하고 밖으로 나왔다. 하루 종일 바쁘게 일한 탓에 온몸이 찌뿌듯했다.

"오늘 지원이는 우현 씨 만나서 늦는다고 했지? 오랜만에 욕조에 몸이나 담가볼까?"

회사 건물을 빠져나와 단골 가게에서 입욕제를 산 채원이 버스에 올랐다. 작은 종이봉투 안에서 풍기는 입욕제의 향긋한 향이 그녀의 마음까지 설레게 했다. 한참을 달린 버스가 정류장에 도착했고 느린 걸음의 채원이 골목에 들어섰다.

"참 신기하단 말이야. 어떻게 그렇게 둘이 금방 친해졌지?"

채원은 다시 생각해도 신기한 우현과 지원의 관계를 떠올렸다. 가족 중 가장 사랑하는 남동생, 그리고 자신이 가장 사랑하는 남자. 두 사람이 마치 오래전부터 알던 인연처럼 가깝게 지내는 모습이 놀라웠다.

"잘 지내준다면 나야 고맙지."

채원이 가벼운 발걸음을 떼며 빌라 건물로 들어가려 할 때.

"한채원 씨."

자신을 부르는 목소리에 우뚝 그 자리에 섰다. 뒤를 돌아보자 그곳에는 예쁜 원피스에 화사한 재킷을 입은 우현의 전 약혼녀, 허민지가 서 있었다.

"잠깐 시간 괜찮아요?"

잠시 머뭇거리던 채원이 고개를 끄덕였다. 민지를 데리고 집 근처 커피숍으로 온 채원.

"퇴근할 때까지 기다릴 정도면 중요한 할 말이 있는 것 같은데. 계속 그렇게 뜸만 들이고 있을 건가요?"

채원은 지금 이 침묵이 상당히 불편했다. 그리고 눈앞의 민지의 알 수 없는 미소 역시도. 손에 들린 진동벨이 울리자 민지가 자리에서 일어났다.

"누가 반긴다고 여길 온 거야?"

집 앞에 서 있는 민지와 마주친 순간부터 불안감이 엄습했다. 민지와는 좋은 인연이 아니었다. 이렇게 찾아왔다는 것 역시 좋은 일 때문은 아닐 것이다.

채원이 가방 안에서 휴대폰을 꺼내 들었다.

"우현 씨? 저예요."

-네, 채원 씨. 퇴근했어요?

"네, 지금 막요. 근데 허민지 씨가 날 찾아왔어요. 지금 집 근처 커피숍에 같이 있어요."

-네? 누구요? 그 사람이 왜 채원 씨를…….

"모르겠어요. 할 이야기가 있는 것 같은데…… 우현 씨? 내 말 들어요?"

채원은 휴대폰 너머로 아무런 말이 들리지 않자 미간을 찌푸렸다.

"전화가 잘 안 터지나?"

고개를 갸우뚱한 그녀가 통화 종료버튼을 누르자 민지가 커피를 들고 테이블로 다가왔다.

"제가 보낸 선물은 잘 받았어요?"

"선물이요? 받은 게 없는······."

순간 채원의 머릿속에 며칠 전 회사로 배달되었던 서류 봉투가 떠올랐다. 아버지, 한상원 교수님에 대한 정보가 들어 있었던.

"난 그냥 우기는 거 좋아하는 어린애라고만 생각했는데, 몰래 사람 뒤나 캐다니, 생각보다 치졸한 사람이었네요. 돌아가신 분에 대한 예의라고는 조금도 찾아볼 수가 없네요."

채원이 아랫입술을 질끈 깨물었다.

"한상원 교수님의 명성은 나도 잘 알아요. 나 역시도 그쪽 방면을 공부한 사람이니까. 한순간의 실수로 그 모든 것들이 한 번에 무너져버려서 저도 아쉽네요."

"찾아온 이유가 뭔가요?"

채원의 목소리가 거칠었다. 격정적인 말투에서 가슴속에서 소용돌이 치고 있는 화가 고스란히 드러났다.

"우현 오빠는 아직 모르는 것 같던데. 비밀로 할 생각인가요?"

민지의 말에 채원은 아무런 말도 하지 않았다.

"내가 전에 한채원 씨한테 말했었죠? 오빠를 위해 해줄 수 있는 게 뭐냐고. 아무것도 해줄 수 없다면 적어도 발목은 잡지 말아야죠."

"나도 허민지 씨한테 말했었죠? 나랑 우현 씨가 헤어지더라도 우현 씨는 그쪽한테 가지 않는다고."

"상관없어요. 나도 더 이상은 나 싫다는 사람한테 미련 없으니까."

"그럼 대체 왜 이러는 거예요? 자신의 사랑을 보상받지 못했다고 복수라도 하려는 거예요? 나도 불행했으니 너도 불행해봐라?"

채원이 헛바람을 집어삼켰다.

"이런 이야기나 계속할 것 같으면 그만 일어나죠. 앞으로는 이런 식의 만남, 없었으면 좋겠네요. 피차 서로 유쾌한 만남은 아니니까."

채원이 자리에서 일어나기 위해 가방을 챙겼다.

"한상원 교수님의 죄, 어떻게 세상에 드러났는지 알고 있나요?"

순간 채원이 멈칫했다. 민지의 입에서 갑자기 터져 나온 아버지의 이름. 그리고 그 이름 옆에 늘 따라다니는 단어, 죄. 그 말들이 그녀를 짓눌렀다. 아버지가 내가 한 일이 아니다, 라고 했기에. 나는 아버지의 딸이었기에. 아버지가 무죄라고 믿고 있었지만 이를 증명할 길이 없다는 사실에 가슴이 답답했다.

"한 교수님의 일, 누가 신고한 건지 알고 있나요?"

울컥, 눈물이 터져 나올 것만 같아 눈을 질끈 감았다. 흔들리는 눈동자를 숨긴 눈꺼풀이 떨려왔다.

"한상원 교수님을 스승처럼 따라다니던 10대 소년. 한 교수님의 잘못은 가장 먼저 알아차린 그 소년이 신고를 했다고 하죠."

무릎 위에 올려놓은 두 손을 꼭 마주 잡았다.

"그 사람이 누구인지 알고 싶지 않아요?"

가슴이 욱신거리고 신물이 넘어올 것처럼 속이 뒤틀렸다.

"그 사람 밉지 않아요?"

엄습하는 불안감에 채원이 천천히 눈을 떴다.

"한채원 씨가 궁금해하는 사람, 나는 알고 있어요."

가만히 그녀를 응시하던 민지가 가방 안에서 작은 봉투를 내밀었다.

"열어 보고 말고는 그쪽 자유예요. 단, 안을 열어 보고도 지금처럼 지낼 수 있을지는 모르겠지만. 먼저 갈게요. 내 용건은 끝났으니까."

점점 멀어지는 구두 소리가 희미해졌지만 채원은 꼼짝도 할 수 없었다. 테이블 위에 있는 봉투에 손을 뻗기가 두려웠다. 마치 저 봉투를 열면 모든 것이 틀어져버릴 것만 같은 불안한 예감에 정신이 몽롱했다.

채원이 다급하게 봉투를 백 안에 집어넣었다. 깊게 숨을 들이켠 그녀가 커피숍을 나섰다.

"태양아, 누나 왔어."

집으로 돌아왔지만 거실에 불도 켜지 않은 채원.

'오빠가 대한민국 고고학에 오점을 남긴 남자의 딸과 함께한다면 오빠의 미래는 어떻게 되겠어요?'

냉정하게 현실을 말한 민지의 목소리가 계속 귓가에 울렸다.

아빠의 과거가 우현에게 좋지 않은 영향을 끼칠 수도 있다는 것을 알고 있었다. 하지만 그렇다고 아빠의 일을 일부러 숨기고 싶지도, 부끄럽게 여기고 싶지도 않았다.

방으로 들어간 그녀가 불을 켰다. 장식장 위에 진열되어 있는 스노볼이 그녀의 시선 끝에 걸렸다.

전 세계 곳곳을 누볐던 아빠는 아빠이기 이전에 교수님이었다. 명망이 높았던 만큼 여기저기서 아빠를 찾는 곳이 많았고, 수많은 프로젝트와 강연에 참여하셨다. 그녀의 기억 속에 아빠는 늘, 바쁘셨다.

그런 아빠가 큰아버지의 딸인 자신에게만 건네주었던 스노볼. 언니는 그런 자신을 질투했지만 알고 있었다. 아빠가 자신만을 특별대우 한 건 아니었다는 것을. 아빠가 제게 건넨 스노볼에는 사랑보다는 안타까움, 애잔함이 더 크게 담겨 있었다는 것을.

스노볼을 제자리에 돌려놓은 채원이 바닥에 널브러져 있는 가방 안에서 아까 민지가 제게 건넨 봉투를 집어 들었다.

이제 와 과거의 일을 끄집어낸다고 달라질 것은 없었다. 아빠는 살아 돌아올 수 없기에. 하지만, 그래도 알고 싶었다. 그리고 알아야만 했다. 아빠와 가까웠다는 사람, 아빠의 일을 세상에 드러낸 사람. 그 사람이라면 그때의 일을 자세히 알고 있지 않을까.

비록 아빠의 잘못을 밝혀낸 사람이었을지언정 그 사람에게서라도 아빠의 소식을 듣고 싶었다. 그만큼 그녀는 아빠에 대한 모든 기억이 절실했다.

"만약…… 혹시라도 이야기를 듣다가 의심나는 부분이 있을지도 모르잖아. 조금이라도 이상한 부분이 있을지도 모르는 거니까."

채원의 다급한 목소리가 제발 그러길 바란다는 듯 중얼거렸다.

그녀의 떨리는 손이 봉투를 열었다. 안에 들어 있던 건 오래된 사진 한 장. 여느 때처럼 해맑게 웃고 있는 살아 있는 아빠의 모습. 그 얼굴을 보는 것만으로도 눈물이 왈칵 차올랐다.

사진 속의 아빠의 얼굴을 손가락으로 어루만졌다. 금세 흐릿해진 시야에 아빠의 얼굴이 뿌옇게 변해 재빨리 눈물을 훔쳤다. 아주 잠시라도 눈에 담긴 아빠의 모습을 놓칠 수 없었다.

"아빠……."

이름을 부르는 것만으로도 목이 메어 입안이 바짝바짝 말랐다.

그리고 그 옆에 서 있는 키가 큰 소년. 하얀 얼굴, 또렷한 이목구비, 하지만 죽어 있는 눈빛.

채원이 눈을 가늘게 떴다. 어디선가 본 것 같은 얼굴. 그녀가 무심코 사진을 뒤로 넘겼다. 작은 글씨로 적혀 있는 사진 속 인물들의 이름.

"김윤상, 이연수, 한상원, 최……."

채원이 재빨리 사진을 돌려 아빠 옆에 서 있는 인물을 다시 한 번 바라보았다. 닫혔던 입술이 믿을 수 없다는 듯 벌어졌다.

"최…… 우현."

자신이 내뱉은 이름에 스스로 놀라 손으로 입을 틀어막았다.

"어떻게 우현 씨와 아빠가……."

사진 속에 있는 건 아직 어린 10대 소년 최우현.

우현이 고고학 공부를 시작했다 하더라도 그건 아빠가 돌아가신 후의 일일 것이다. 아빠는 이미 10년 전 돌아가셨으니까. 평생 외국 생활을 했던 우현이 아빠와 마주칠 일은 없었다…….

"영국."

채원이 중얼거렸다. 자신이 대학에 막 들어갔을 때, 한국대학교 교수님이셨던 아빠는 안식년을 맞아 영국으로 떠났다.

'영국에 있을 때 제 평생의 은인도 만났어요. 덕분에 고고학이라는 것에 흥미도 갖게 되었죠.'

늦여름 계곡, 우현이 제게 건넸던 말. 평생의 은인이었던 사람.

'엄청 괴짜셨어요. 찢어진 청바지에 노란 머리. 무척이나 자유분방한 사람이셨죠.'

채원이 쥐고 있던 사진 속의 아버지. 찢어진 청바지에 노란 머리. 우현이 자랐던 곳이 외국이었기에 노란 머리라는 말에 당연히 외국 사람을 떠올렸었다.

'내 목소리가 이상해요? 오늘 굉장히 좋은 날인데. 좋아하는 분의 생신이거든요. 영국에 있을 때 만난 평생의 은인.'

좋은 날, 하지만 눅눅한 우현의 목소리.

"생신…… 이라고? 잠깐…….'

채원이 몸을 돌려 테이블 위에 있는 탁상용 달력을 집어 들었다. 우현이 말했던 그날은 아빠의 제삿날이었다. 10월 달력. 커다란 동그라미가 적혀 있는 날짜 10월 15일. 그리고 그 아래 작게 적혀 있는 숫자와 글씨. 음 9.15, 아빠 제사.

"올해…… 아빠 생신과 제사가 같은 날이었구나."

제사에만 온 신경이 곤두서 있어 아빠의 생신은 까맣게 잊고 있었다. 우현이 생신 선물을 건네기 위해 찾아갔다는 곳, 자신이 제사상을 차릴 때 우현은 아빠를 만나러 갔던 게 분명했다.

"잠깐, 그러고 보니 우현 씨의 집 비밀번호…….'

'비밀번호는 1015예요.'

성준의 입에서 흘러나왔던 비밀번호 1015. 아빠의 생신.

털썩, 채원이 바닥에 주저앉았다. 이제 와 돌이켜보니 우현의 많은 것들이 아빠와 연관되어 있었다.

갑자기 찾아온 혼란스러움에 머리가 몽롱했다. 채원의 손바닥이 제 이마를 지그시 눌렀다.

"그런데 그런 우현 씨가 아빠 일을 떠벌렸다고?"

채원이 고개를 내저었다. 지금껏 우현을 만나면서 '우현의 은인'에 대한 이야기를 많이 들었었다. 적어도 그는 은인인 한상원 교수님을 존경했다.

"대체 뭐가 어떻게 돌아가는 거지?"

채원이 한숨을 내쉬며 눈을 꼭 감았다. 자신이 집 안에서 고민하고 있어 봤자 결론은 나지 않았다. 모든 것이 깔끔하게 정리될 수 있는 방법은 하나였다. 우현의 입에서 직접 그때의 이야기를 듣는 것. 다른 사람의 말도, 추측도 필요하지 않았다. 우현은 현재 아빠를, 그리고 그때의 상황을 가장 자세히 알고 있는 사람이었다.

채원이 우현을 만나러 가기 위해 다리에 힘을 주고 자리에서 일어났을 때, 요란스럽게 현관문을 두드리는 소리가 들렸고 우현이 안으로 들어왔다.

"우현 씨? 집에는 어쩐 일이에요?"

"허민지는요?"

"돌아갔죠. 우현 씨는 여긴 왜 왔어요? 오늘 지원이랑 약속 있다고 하지 않았어요?"

"채원 씨, 난……."

우현이 긴장감에 침을 꿀꺽 삼키는 모습이 눈에 들어왔다. 이미 자신과 한상원 교수님의 관계를 알아차린 게 분명했다. 그 모습을 가만히 바라보던 채원이 방으로 들어갔다. 우현이 그녀를 뒤따랐다.

"우현 씨, 우리 아빠는…… 조금 괴짜에 많은 것들이 어설픈 분이셨어요. 나이가 들어도 찢어진 청바지에 스포츠카를 몰고 다니시던 분이셨죠."

채원의 잔잔한 목소리가 좁은 실내에 울려 퍼졌다.

"와이프에 자식은 셋이나 있는데 늘 팽개치고는 밖으로 다니셨죠. 딸이 학교를 들어갔는지, 졸업을 했는지, 가족의 생일은 언제인지. 참 무심한 아빠였어요."

아빠를 떠올리는 채원의 입가에 옅은 미소가 걸렸다.

"하지만 누구보다 일을 사랑하고 당신의 일을 자랑스러워했던 분이셨어요. 아버지로서는, 한 가정의 가장으로서는 조금 부족할지 모르지만 누구보다 훌륭한 분이셨죠. 난 그런 아빠가 좋았어요."

채원이 침을 꿀꺽 삼켰다. 힘겨운 고백이라도 하듯 새어 나오는 목소리가 가늘었다.

"우리 아빠는…… 고고학계에서 명망 높은 교수님이셨어요. 많은 사람들에게 존경받고 사랑받던 분이셨죠. 한국대학교 고고학과 한상원 교수님. 그분이 우리 아빠예요."

채원이 화장대 위에 올려진 봉투 하나를 집어 들었다.

"아빠는 학교에서 쫓겨나 명예롭지 못한 은퇴를 했어요. 아빠에게는 범죄자라는 주홍글씨가 박혀 있었으니까요. 그리고 곧 돌아가셨죠."

채원의 가느다란 손가락이 봉투 안을 조심스럽게 열었다.

"아빠를 고발한 사람은 아빠 곁에 함께했던 10대 소년이라고 들었어요. 아빠가 정말 잘못을 저질렀다면 죄를 물어 마땅하지만……. 딸의 입장에서는 여러 가지 마음이 공존하네요."

채원의 말에 우현의 눈동자가 흔들렸다.

"우리는 우리도 모르는 사이, 이렇게도 복잡하게 얽혀 있었네요. 서로가 서로를 모를 때에도."

그녀의 손에 들린 사진 한 장.

"우현 씨."

나지막한 목소리가 우현의 이름을 불렀다. 그러고는 그 사진을 우현에게 내밀었다.

"우현 씨가 직접 설명해줘요."

우현의 떨리는 눈동자가 사진에 고정되었다. 사진의 한쪽 끝, 해맑은 표정으로 웃고 있는 한상원 교수와,

"우현 씨와 아빠는 어떤 관계인지."

한상원 교수가 어깨를 감싸 안고 있는 한 소년, 18살의 최우현.

"소문이 사실인 건지. 우현 씨 입으로 듣고 싶어요."

우현이 고개를 들어 채원을 바라보았다. 긴장감에 자꾸만 입술을 핥았고 주먹을 세게 말아 쥐었다가 이내 풀었다. 결심했다는 듯 크게 심호흡을 한 우현.

"내가…… 내가 이야기하면…… 믿어줄 건가요?"

심하게 떨리는 우현의 목소리가 채원에게 물었다. 그 질문에 그녀가 천천히 고개를 끄덕였다.

"네, 믿을게요. 그러니 내게 전부 말해줘요. 숨기지 말아요."

확신에 찬 대답에 촉촉이 젖은 우현의 입술이 천천히 열렸다.

10. 첫사랑

믿음으로 단단히 빛나는 채원의 눈동자가 우현을 바라보았다. 마른 입술을 축인 우현이 꺼내기 힘든 이야기를 하듯 뜸을 들였다.

"큰어머니 사고 이후 영국에 버려졌을 때, 하루에도 수십 번씩 죽고 싶었어요. 매일매일 높은 곳에 올랐어요. 흔히 자살시도라고 하죠."

채원은 처음 듣는 어린 우현의 절망적인 모습에 숨을 집어삼켰다.

"하지만 죽는다는 거, 그거 이를 악물고 사는 것보다 더 큰 용기가 필요한 일이더라고요. 죽음은 항상 두려웠죠. 그러던 어느 날, 한 사람을 만났어요."

컴컴한 어둠 속에서 16살 어느 날이 떠올랐다. 자신만 사라진다면 모두가 행복할 수 있을 것만 같았다. 그래서 높은 곳에 올라 눈을 감고 숫자를 중얼거렸다. 셋, 둘…….

'이봐, 학생. 한국인인가? 거기서 뛰어내리는 건 좋은데 우리 다른 사람에게 피해는 주지 말자.'

찢어진 청바지, 투박한 손에 들려 있는 담배, 나이에 맞지 않게 노랗게 염색한 머리가 너무도 잘 어울렸던 중년의 남자.

'내가 죽으면 모든 게 끝나요. 그게 피해 주지 않는 길이예요.'

'지금 네가 뛰어내리면 나한테 트라우마가 될 것 같단 말씀이야. 그러니 만약 꼭 뛰어내려야 한다면 날 위해 다른 장소를 택해주면 안 될까? 여기 내가 좋아하는 곳이거든.'

'그런 거 아무런 상관 없어요.'

'어차피 죽을 목숨이면 뜻깊은 일을 하고 가지 않겠어? 나 좀 도와줘. 내 조수가 배탈이 나서 출근을 못 했어. 할 일이 태산인데.'

"그때 아저씨가 절 데리고 간 곳이 연구실이에요. 그곳은 제게 새로운 삶은 건네주었죠. 그러다 18살 때, 잠깐 한국에 들어올 일이 있었어요. 큰어머니에게 한차례 위기가 찾아왔을 때였거든요."

살짝 눈을 감자 연구실 풍경이 눈앞에 있는 것처럼 그려졌다.

"당시 아저씨는 한국에서 발굴 프로젝트를 맡고 있었고, 난 연구실이나 발굴현장에 있으면 안 되었지만 아저씨의 재량으로 근처를 기웃거릴 수는 있었죠."

우현이 서서히 눈꺼풀을 밀어 올렸다.

"그러던 중에 채원 씨도 알고 있는 문화재 은닉사건이 일어났고……."

우현이 고개를 돌려 채원을 바라보았다.

"채원 씨가 아까 내게 물어봤었죠? 아저씨의 일을 고발했느냐고. 그걸 가장 먼저 발견한 거 나 맞아요. 그리고 그걸 입 밖으로 꺼낸 것도 나예요."

우현의 한마디에 채원의 몸이 파르르 떨렸다.

그럴 리가 없었다. 만약 아빠가 정말 잘못을 저질렀다 할지라도 우현이 스스로 아빠의 일을 밝혔을 리가 없다고 믿고 있었다. 무언가 말을 하려 했지만 입술이 떨어지지 않았다.

그리고 곧바로 이어진 우현의 말.

"하지만 채원 씨가 알고 있는 것과 달라요. 내가 입을 연 건 사실이지만 그 대상은…… 한상원 교수님이었어요. 다른 사람에게는 말하지 않았어요."

채원의 호흡이 일순 멈췄다. 그리고 다시 넓고 깊게 숨을 내쉬었다. 그 뜨거운 호흡에 긴장감이 여실히 드러났다.

"그 일을 발견한 건 정말 우연이었어요."

우현은 오래되었지만 지금도 생생히 떠오르는 기억을 더듬었다.

그날, 아저씨의 심부름으로 교수실에 있던 문화재 리스트 장부를 가지고 연구실로 가게 되었다. 연구실과 교수실은 가까웠지만 아저씨는 그곳조차 방문할 수 없을 만큼 바빴다. 빠끔히 연구실 문을 열고 안으로 들어갔지만 모두 자리를 비웠는지 안은 텅 비어 있었다.

빈 책상에 앉아 사람을 기다리던 자신의 시선을 사로잡은 노트. 바로 자신이 들고 있던 장부와 똑같이 생긴 장부였다.

'같은 게 두 개가 있네? 여기 있는데 아저씨는 왜 이걸 가지고 오라고 하신 거지?'

어깨를 으쓱하고는 천천히 눈으로 장부를 읽어 내려갔다. 며칠 전, 아저씨를 따라 발굴 현장에 따라갔을 때 자신이 보았던 유물의 사진과 이름이 적혀 있었다. 하지만 그날 발견했던 문화재 중 자신이 가장 관심 있게 보았던 유물 몇 점이 빠져 있었다. 고개를 갸우뚱하며 들고 온 장부의 같은 페이지를 펼쳤다.

"내가 아저씨에게 전해주려 했던 장부에는 그때 그 유물에 대한 것들이 기록되어 있었어요. 이상하게 여겨 아저씨의 장부와 연구실에 있던 장부를 비교해봤죠."

"그럼 그 장부는……."

"둘의 내용이 달랐어요. 한마디로 그 장부가 문화재를 은닉하려고 했던 자가 사람들의 눈을 피하기 위해 만들어낸 장부였죠."

채원의 온몸의 감각이 곤두섰다.

"난 그 사실을 아저씨께 말씀드렸죠. 아저씨는 발굴 팀의 팀장이었어요. 잘못하면 아저씨가 책임을 져야 하는 일이 생길지 몰랐으니까요."

채원의 눈빛이 조금씩 희망으로 반짝거렸다.

"제 말에 아저씨는 그 일에 대해 당시 함께 팀을 이뤘던 사람들 중 누군 가에게 의논했어요. 김윤상 교수님, 이연수 교수님. 그리고…… 윤정수 교수 님이요."

윤정수 교수님이라는 말에 채원이 숨을 집어삼켰다.

"그러던 어느 날 연구소에 경찰이 들이닥쳤고, 아저씨는 하루아침에 존 경받는 교수님에서 전 국민의 비난을 받는 범죄자로 전락해버렸죠."

우현이 어두운 얼굴로 고개를 내저었다.

"일은 터졌지만 고작 18살인 내가 할 수 있는 건 아무것도 없었어요. 그래 서 힘을 키우기 위해 공부했어요."

그가 한숨을 내쉬었다.

"그러던 중 우연한 기회에 이연수 교수님과 일할 수 있게 되었어요. 하지 만 아저씨 일과는 아무런 관련이 없다는 것을 알게 되었죠."

머리카락도 거칠게 쓸어 넘겼다.

"그리고 두 번째가 윤정수 교수님. 다행히 국제 세미나에서 윤 교수님을 알게 되었고, 지인분이 친분이 있어 쉽게 친해질 수 있었어요."

"그럼 아저씨와 함께 일하게 된 건……."

"우연이 아니에요. 윤 교수님에게 지속적으로 연락을 했고, 관계를 유지 했죠. 꼭 함께 일하고 싶다고. 이탈리아에 자주 오신다는 걸 알고 있었기에 그때마다 찾아뵈었어요."

우현의 치밀함에 채원은 입을 다물지 못했다.

"그리고 찾아온 기회, 그게 바로 이거예요. 윤정수 교수님은 채원 씨가 이 탈리아에 왔을 그때, 나에게 이 일을 제안했고 성준이와 함께 수락한 거예 요."

채원은 우현이 의심하고 있는 대상이 윤정수 교수님이라는 사실에 어렵 게 입술을 떼었다.

"근데 우현 씨, 아저씨는 아니에요. 대학 때부터 아빠랑 함께했던 후배였어요. 진심으로 아빠를 아꼈던 분이세요."

윤정수 교수에 대해 변명을 하는 채원의 말이 빨라졌다.

"아빠 일에 아저씨 또한 매우 충격을 받았고……. 아빠가 그런 일을 벌이는 줄 몰랐다며 아빠를 미리 막지 못한 것에 대해 굉장히 자책했어요."

"채원 씨, 윤 교수님이 채원 씨에게 아버지 같은 분인 건 나도 알아요."

"아빠가 돌아가시고 장례식 때도, 지금까지도 가장 저희를 걱정하고 돌봐주신 건 아저씨예요. 그러니……."

"아직 확실한 거 아니에요. 만약 윤 교수님이 아니라면 나머지 한 분이겠죠. 나도 윤 교수님 존경해요. 그래서 윤 교수님이 아니길 바라요."

무엇보다 그래야만 채원 씨가 상처받지 않을 테니까.

"그럼 지난번 아저씨가 말한 우현 씨가 고고학을 공부해야 하는 이유……."

"맞아요. 고고학이 좋아서이기도 하지만, 내가 고고학 공부를 계속해야 아저씨를 그렇게 만든 범인도 가까이서 찾을 수 있으니까."

우현이 숨을 크게 들이켰다.

"내가 이 바닥을 선택한 이유는 죽어 있던 삶에서 날 구원해준 아저씨에게 은혜를 갚기 위해서예요."

그가 고개를 돌려 채원을 바라보았다.

"아저씨가 의논한 사람이 선수를 친 건지, 아니면 아저씨가 조사하고 있다는 사실을 알아챈 다른 누군가가 누명을 씌운 건지 잘 몰라요."

주먹을 불끈 쥔 우현이 조금 거친 목소리를 내었다.

"하지만 내가 분명히 말할 수 있는 건 하나예요."

우현의 따뜻한 손이 채원의 손을 마주 잡았다.

"채원 씨가 존경하고 사랑하는 아버지, 한상원 교수님은 죄가 없어요."

이미 눈가는 촉촉이 젖어 있었다.

"그러니까 마음껏 존경하고 자랑스러워해도 괜찮아요."

우현의 목소리가 자장가처럼 울려 퍼졌다.

"지금처럼요."

따뜻한 그 음성은 그동안 그녀 혼자 간직해왔던 믿음이, 미련한 일이 아니었다는 것을 말해주었다.

"내가 그 사건에 대해 설명할 수 없지만, 아빠에게 죄가 없다고 믿는 이유는 하나였어요. 아빠가…… 아빠가 아니라고 했으니까."

볼 위로 참아왔던 눈물이 흘러내렸다.

"세상 사람들이 아빠를 비난해도 그건 아니라고 제대로 설명할 수도 없었어요. 의문투성이인데…… 아빠가 그런 일을 벌였다는 것 자체를 나는 믿을 수가 없는데."

손바닥으로 눈물을 닦아보지만 메마른 자리에는 금세 물기가 번졌다.

"나는 그냥 아빠 딸이니까. 아빠는 그럴 사람이 아니니까. 그렇게 설명할 수밖에 없었어요."

마지막 순간까지 사람들의 비난과 원망 속에서 고독하게 싸워야 했던 아빠의 모습이 눈앞에 아른거렸다. 그래서 그 어느 때보다 아빠의 죽음이 비통했다. 울지 않으려 애써도 흐느낌은 자꾸만 새어 나왔다.

"아빠에게 죄가 없다고 말해줘서 고마워요. 나 혼자만 그런 생각을 갖고 있는 게 아니라서 정말 고마워요."

작게 흐느끼고 있었지만 마치 울부짖는 것만 같았다.

우현은 그런 채원의 어깨를 조용히 감싸 안아주었다. 커다란 손은 그녀의 머릿결을 부드럽게 쓰다듬었다. 그 손길에 안심이 된다는 듯 채원은 더 서럽게 울음을 터뜨렸다.

"그럼 아빠는 진짜 범인을 찾으려 했던 건가요? 아빠의 지인분들에게 이야기를 했다는 건 도움을 청하기 위해?"

하지만 그 사람들 중에 범인이 있을 수도 있었다. 진짜 범인이 그때 아빠의 말을 들었다면 분명 죄를 숨기기 위해 서둘러 조치를 취하기 시작했을 것이다.

"아저씨였다면 그 사람들을 믿고 이 이야기를 꺼냈을 거예요. 하물며 진짜 범인이 있다 하더라도 죄를 뉘우치고 스스로 중단하기를 기다렸을지도 몰라요."

채원이 고개를 끄덕였다. 아빠였다면 충분히 그랬을지도 모른다. 아마 그 누군가가 아빠에게 죄를 고백했다면 아빠는 모든 힘을 동원해 그 사람이 죗값을 치르고 다시 일어설 수 있도록 최선을 다해 도와줬을 것이다.

"그런 아저씨의 마음을 이용한 사람들이 잘못인 거예요. 그래서 난 더욱 용서할 수 없어요."

"그럼 아빠에게 죄를 덮어씌운 사람, 찾을 수는 있는 거예요? 우리 가능성은 있는 거죠?"

채원이 몸을 돌려 우현의 옷자락을 움켜쥐었다.

"아주 작은 희망이라도 좋아요. 그런다고 아빠가 살아 돌아오진 않겠지만 그래도 아무 죄도 없는 아빠의 명예는 회복할 수는 있잖아요. 우리가 진짜 범인을 찾아……."

"진짜 범인이라니, 그게 무슨 소리야?"

채원의 말을 가르고 들려오는 목소리에 두 사람의 시선이 자연스럽게 방문을 향했다. 언제 집 안으로 들어왔던 건지 지원이 두 사람을 바라보고 있었다.

지원의 뒤에는 난감한 표정의 성준이 서 있었다. 아마도 우현이 뛰쳐나간 후 바로 뒤를 따라온 것 같았다.

지원은 지금 자신의 귀로 들은 이야기를 믿을 수 없다는 듯 아연한 표정을 짓고 있었다.

"이게 다 무슨 소리야? 진짜 범인이라니. 설마 형이 아빠를 고발했다는 그 소년이었어요?"

"지원아, 오해야. 우현 씨가 그 일을 가장 먼저 발견한 건 맞지만 고발한 건 아니었어. 우현 씨는 아빠가 한 일이 아니라는 것을 알고 진짜 범인을 찾고 있는 거야."

차분한 채원의 설명에 지원의 시선이 우현을 향했다.

"그 말은…… 그럼 아빠가 다른 사람의 죄를 뒤집어썼다는 거예요?"

한숨을 내쉰 우현이 작게 고개를 주억거렸다. 그 모습에 지원의 눈동자에 절망이 서렸다. 순간 지원이 다리에 힘이 풀린 듯 풀썩 바닥에 주저앉았다.

"지원아!"

깜짝 놀란 채원이 재빨리 지원에게로 달려갔다.

"누가…… 대체 누가 그렇게 무서운 일을……. 말도…… 말도 안 돼."

큰 충격을 받은 듯 멍한 표정으로 중얼거리는 지원의 앞에 무릎을 접고 앉은 채원.

"누나, 지금 말한 거 다 사실이야? 우현이 형이 말한 거 전부 사실이냐고."

지원의 커다란 손이 제 이마를 짚으며 고개를 내저었다.

"난 지금 우리가 이렇게 살고 있는 건 모두 아빠 탓이라고, 아빠의 한순간의 욕심으로 남은 가족 모두가 힘들었다고."

거친 목소리는 점차 흐느낌으로 변해갔다.

"매일 계속되는 사람들의 손가락질도, 비난도. 하나둘씩 아빠를 비난하며 떠나간 주변 사람들도 모두 아빠 때문이라고……."

결국 눈가에 가득 찼던 눈물을 쏟아낸 지원.

"누나, 나 어떡해. 아빠한테 미안해서 어떡해……. 죄도 없는데 그렇게 전부 뒤집어쓰고 가버려서…… 자식들의 원망의 소리만 듣고 가서……. 어떻게 그럴 수 있어! 대체 어떤 놈이!"

채원의 가느다란 양팔이 그런 지원을 감싸 안았다. 힘없이 채원의 어깨에 기댄 지원이 허공에 대고 힘차게 대질렀다. 꺽꺽거리며 울음을 삼키는 지원. 그런 지원을 힘껏 끌어안은 채원의 눈가에도 어느새 눈물이 고였다. 파르르 떨리는 채원의 눈꺼풀이 천천히 감겼다.

서글픈 지원의 울음소리에 오래도록 잊혀지지 않는, 아니 시간이 지날수록 더 선명해지는 그날의 기억이 다시 떠올랐다. 아빠를 보냈던, 그날의 기억이.

갑자기 사라져버린 존재에 대한 슬픔이라는 것은 금방 찾아오지 않는다. 그것은 늘 곁에 있던 존재에 대한 상실감을 바로 직후 느낄 수 없기 때문이다. 잔혹한 현실을 꾸역꾸역 받아들이고, 그래도 살아야겠다고 생각했던 순간. 슬픔은 아주 사소한 것으로부터 찾아온다.

예를 들면 저녁 밥상을 차리며 아빠의 숟가락을 얹어놓고 저도 모르게,

"아빠, 식사하세요."

라고 불렀을 때 한참이나 대답이 없는 그 순간.

티브이에서 아빠가 즐겨 보는 프로그램이 혼자 떠들고 있을 때. 혹은 꼭꼭 숨겨놓았던 아빠의 물건을 우연히 발견했을 때. 걷잡을 수 없이 커진 슬픔은 순식간에 온몸에 번져 헤어 나올 수 없는 깊은 어둠 속으로 추락하게 만든다.

그날은 하늘이 청명했던 가을날이었다. 유난히도 더웠던 그해 여름이 지나고 선선한 바람이 코끝에 스칠 무렵.

학교가 개강한 지 며칠 지나지 않았지만 도서관에는 자리가 없었다. 그날도 어김없이 모국어도 아닌 영어를 왜 이렇게 열심히 해야 하냐며 과거 분사와 현재 분사와 씨름을 하고 있었다. 아니, 그보다 더 짜증이 났던 건 아침 아빠와의 다툼 때문이었다.

대학교 3학년. 죽어라 공부한 결과 장학금과 함께 교환학생이라는 타이틀을 거머쥐게 되었지만 아빠의 소란으로 유학이 취소되었다. 대체 그 일과 무슨 상관이냐며 따지고 들었지만 그들은 말도 안 되는 이유를 들었다. 범죄자의 딸에게 이렇게 좋은 기회를 줄 수 없다면서.

분하고 서러웠다. 아무리 아빠의 잘못이 아니라고 했지만 믿어주는 사람은 없었다. 그리고 다음 날 마주친 아빠의 얼굴.

'채원아, 곧 모든 것들이 괜찮아질 거다.'

모든 비난과 원망은 가족들이 받고 있는데 여전히 현실에 등을 돌린 채 매일 꿈같은 말만 하는 아빠가 그 순간 견딜 수 없이 원망스러웠다. 어린 마음에 아빠에게 심한 말을 내뱉고 돌아섰다.

하루 종일 불편한 마음으로 공부를 하고 있을 때 휴대폰이 울렸다. 그냥 전화였다. 하지만 그 진동 소리에 이상하리만큼 온몸에 소름이 돋아 받고 싶지 않았다.

-아빠가 돌아가셨어. 당장 병원으로 와.

언니의 한마디에 온몸이 딱딱하게 굳었다. 어떻게 병원까지 갔는지 기억도 나지 않았다. 단지 기억나는 건, 언니가 아빠의 죽음을 이야기했을 때 목소리의 높낮이. 둘 사이에 흐르던 찰나의 침묵. 그리고 그 순간 볼을 스치던 서늘했던 공기의 온도뿐.

"이렇게 갑자기 떠나셔서 어떡해요. 힘내세요."

아빠의 장례는 순식간에 치러졌고 사람들은 자신의 손을 잡고 같은 말을 반복했다. 엄마는 장례 내내 기절 상태였고, 언니는 울며 내게 원망의 말을 내뱉기만 했다. 어린 남동생에게 무언가를 기대하기란 쉽지 않았다. 모든 건 그녀의 몫이었다. 울 시간조차 없었다. 끊임없이 밀려오는 사람들을 맞느라 무릎이 저린지도 모른 채 아빠의 마지막을 함께했다.

그리고 아빠와의 마지막 날, 조금의 쉴 틈이 생겨 밖으로 나갔다.

가을, 어느 늦은 밤. 서늘한 밤공기. 그리고 그 사이를 가르고 들려오는 서러운 울음소리. 누군가를 이어버린 걸까? 알 수 없는 이끌림에 고개를 숙인 채 흐느껴 우는 남자에게로 걸어갔다.

"죄송...... 죄송합니다. 흑...... 죄송해요."

남자의 흐느낌 소리가 가까웠다.

"내가 막지 못했어요. 흑......"

남자는 벤치에 앉아 누군가에게 고해성사라도 하는 듯 중얼거렸다.

파르르 떨리는 어깨, 푹 숙인 고개, 괴로운 듯 제 머리를 헤집는 거친 손길. 그리고 서럽게 우는 모습에 가슴이 동했다. 아니면, 저렇게 마음 놓고 우는 남자가 부러웠을지도 모른다.

조용히 남자의 옆에 앉았다.

"저녁은 먹었어요?"

자신의 질문에도 남자는 아무런 대답이 없었다.

"나는 아직 못 먹었어요."

고개를 들어 하늘을 바라보았다.

"있잖아요. 어느 날 갑자기 누군가 곁에서 사라진다는 거 참 이상하지 않아요? 여기 장례식장에 있는 사람들 모두 같은 마음이겠죠? 현실이 아닌 이 느낌."

남자는 여전히 고개를 푹 숙이고 있었다.

누구에게 사과하는 걸까? 목소리에는 슬픔이 묻어났고, 그 안에 미안함도, 그리움도, 서러움도 함께 담겨 있었다.

"오늘 밤 이 안에 있는 모든 사람들은 소중한 사람을 잃은 상실감에 마음이 많이 아플 거예요. 아니, 아직 믿어지지도 않지만요."

다시 고개를 들어 하늘을 바라보았다.

"미안하다고…… 막지 못했다고 하던데……. 나도 같아요. 나도 가장 소중한 사람의 죽음을 막지 못했어요. 아니, 어쩌면 내 탓인지도 몰라요."

아빠를 향해 원망의 말을 내뱉던 순간들이 떠올랐다. 뼈저리게 후회해도 소용없는 아빠와의 마지막. 이제는 사과조차 할 수 없는.

"왜 소중한 사람과의 마지막은…… 늘 미안하고 후회스러운 걸까요? 사과할 기회조차 주지 않을 정도로 잔인하게. 그쪽도…… 지금 그런 거죠?"

고개를 돌려 다시 남자를 바라보았다.

"그 미안함을 조금이라도 갚는 방법은 내가 할 수 있는 일을 하는 걸 거예요. 그 사람에게 부끄럽지 않게 열심히 사는 것."

머리카락에 가려져 볼 수 없는 얼굴·

"비록 지금 당장은 힘들겠지만요. 계속 노력한다면 그럴 수 있겠죠?"

스스로에게 다짐을 하는 듯 대답도 없는 남자에게 중얼거렸다.

의지할 수 있는 남은 가족은 없었다. 이제는 그녀가 가장이 되어야 했다. 앞으로 지어져야 할 책임감이 두려워 숨을 집어삼켰다. 울음이 터져버릴 것 같아 입술을 깨물었다.

"근데…… 조금 무섭네요. 내가 잘할 수 있을지."

"누나!"

하지만 멀리서 자신을 찾는 남동생의 목소리에 마음을 다잡았다. 저 어린아이에게는 이제 나밖에 없으니까.

"울고 싶을 때는 그렇게 마음껏 울어요. 힘들 때는 힘내지 않아도 괜찮으니까."

316

상복 안에 입은 바지 주머니에서 손수건을 꺼냈다.

"이거 나보다는 그쪽한테 더 필요할 것 같아서요. 이렇게 서럽게 울어줄 정도로 그 누군가를 사랑했던 거죠? 눈물 닦고 그 사람의 마지막 함께해줘요."

울 시간조차 없어 자신에게는 소용이 없는 손수건.

"그리고 소중한 사람에게 부끄럽지 않게 열심히, 즐겁게 살아요, 우리. 당장은 힘들겠지만."

손수건을 살포시 벤치 위에 올려놓았다. 그러고는 다리에 힘을 바짝 주고 일어났다. 하지만 몇 번이고 그 여린 어깨가 마음에 걸려 뒤를 돌아보았다. 끝까지 고개를 푹 숙이고 있는 남자의 모습이 오래도록 가슴에 박혀 있었다.

장례가 끝나고 일상으로 돌아왔다. 떠난 사람에 대한 그리움에 눈물지어도 산 사람은 여전히 숨을 쉬었고, 배가 고팠고, 웃었고, 울었다.

곧 가족들은 뿔뿔이 흩어졌고, 자연스럽게 그녀는 혼자가 되었다. 그녀의 모진 말에 밖으로 나간 아빠가 사고를 당했다며 언니 희원은 원망의 말을 내뱉었다. 말도 안 되는 핑계였지만 언니는 힘든 현실을 견디기 위해 원망의 대상이 필요한 것이라며 스스로를 위로했다.

남은 가족은 아무것도 남지 않게 된 이 현실은 모두 아빠의 잘못이라며 아빠를 탓했다. 그렇게 아빠의 일과 죽음은 모두에게 상처만을 남겼다.

"지원이는? 좀 괜찮아?"

"집으로 보냈어. 아직 충격에서 벗어나지 못해서."

선예의 질문에 채원이 작은 목소리로 대답했다. 한참 울음을 쏟은 지원은 엄마와 큰언니 희원이 사는 집으로 돌아갔다. 아직은 아빠에 대해 가족들에게 말하지 말아달라는 그녀의 부탁에 지원은 힘없이 고개를 끄덕일 뿐이었다.

지원을 택시에 태워 보내고 자신과 우현, 성준은 선예의 커피숍으로 왔다. 누구보다 선예에게 이 사실을 먼저 말해주고 싶었다.

"나도 이렇게 충격적인데 지원인 오죽하겠어."

"지원이가 아빠를 많이 따랐던 만큼 원망도 컸잖아. 그래서 더더욱 오늘

들었던 사실에 충격을 받은 것 같아. 아니, 그보다 아빠에 대한 미안함이 큰 거겠지."

채원의 차분한 설명에 선예가 고개를 끄덕였다. 그녀를 바라보는 선예의 눈빛은 애잔했다.

누구보다 촉망받았던 한상원 교수님. 교수님의 일이 터지고부터 지금까지 채원은 아버지가 무죄라고 홀로 믿고 있었다. 그리고 그 고독했던 믿음은 10년이 지난 지금, 우현이라는 남자를 통해 보상받았다.

"우현 씨가 아저씨의 무죄를 밝히기 위해 지금까지 그쪽 분야에서 일하면서 노력을 해왔다니 정말 대단해요."

선예의 시선이 우현을 향했다.

"발만 담갔을 뿐이지 아직 제대로 한 일은 없는걸요. 시간은 자꾸만 흘러가고 마음은 초조하고. 그러다 보니 10년이 지났어요. 한심하죠."

낮게 깔린 우현의 목소리에 선예가 고개를 갸우뚱했다. 10년이 지나 한심하다니.

"해당 범죄에 대한 공소시효는 10년이에요. 공소시효 기간을 20년으로 연장하는 법안이 발의되긴 했지만 기다려봐야죠. 사실 아저씨의 죄라는 증거도 완벽하고……. 우리의 말을 증명할 무언가가 없어요. 아직은요."

채원의 안타까운 시선이 우현을 향했다. 자신의 잘못도 아닌데 그는 괴로워하고 있었다.

"그렇게 된다 하더라도 반드시 진짜 범인을 붙잡을 거예요. 법으로 죄를 물을 수 없다면 내가 물어서라도."

테이블에 올려놓은 우현의 손에 힘이 잔뜩 들어갔다.

채원의 시선이 우현의 믿음직스러운 어깨를 타고 내려와 주먹을 향했다. 가슴이 뜨거워졌다. 아빠에게는 잘못이 없다는 사실에, 그 사실을 밝히기 위해 내가 몰랐던 어디에선가, 누군가가 노력을 해왔다는 사실에. 그리고 그 누군가가 바로 자신이 사랑하는 남자라는 엄청난 인연에. 그것 하나만으로도 마음에 커다란 위로가 되었다.

"그나저나 우현이와 채원 언니가 그렇게 오래전부터 연관이 있었다니 신기해요."

세연의 목소리에 사람들은 저마다 고개를 끄덕였다. 서로가 서로를 모르고 있던 그때에도 이렇게 얽혀 있었다니.

"그런 걸 운명이라고 한단다, 세연아. 채원 씨랑 나는 언제가 되었든 이렇게 만날 운명이었다, 이 말씀이지. 근데 넌 왜 그렇게 서 있어? 지금 가려고?"

우현이 어딘지 모르게 어색하게 테이블 옆에 서 있는 세연에게 물었다.

"어, 지금!"

"같이 가."

성준이 돌아선 세연의 뒤를 따라 자리에서 일어나자,

"돼, 됐어! 난 버스를 타고 혼자 갈 수 있어!"

국어책을 읽는 듯 딱딱한 말투의 세연이 손사래를 치며 밖으로 뛰어나갔다.

"김성준, 너 뭐, 일 쳤냐?"

우현의 시큰둥한 목소리에 성준은 대답도 하기 귀찮다는 듯 재빨리 세연을 뒤따라 나갔다.

"근데 우현 씨는 채원이 본 적이 없었어요? 아저씨와 지냈던 시간들이 있는데 전혀 몰랐다는 것도 이상해서요."

선예가 고개를 갸웃거렸다.

"아저씨는 제게 가족 이야기는 거의 하지 않았어요. 아마 아저씨의 화목한 가족 이야기를 하면 제가 속상해할까 봐 그랬을지도 모르죠."

우현이 씁쓸하게 대답하고는 채원을 바라보았다.

"그냥 스노볼을 살 때마다 딸이 좋아하는 거라고 이야기했을 뿐이에요."

조금만 주의를 기울였다면 충분히 눈치챌 수 있었던 관계. 하지만 이제라도 이렇게 오래도록 닿았던 인연을 알게 되어 얼마나 감사한지.

"이제 와 생각해보면 아저씨가 유일하게 내게 말했던 딸이 채원 씨였거든요. 그래서 항상 어떤 사람인지 궁금했었죠."

"오, 이거 새로운 소식인데? 막 첫사랑이라든가 그런 거 아니에요?"

"우현 씨 첫사랑 따로 있어. 얼굴도 모르고 목소리만으로 사랑에 빠졌었대."

"이거야말로 제대로 환상을 품고 사랑에 빠진 거네."

채원과 선예의 시선이 우현에게 향했다.

"아니, 뭐, 첫사랑이라기보다는…… 어린 시절 아련한 뭐, 그런 거죠. 하하, 누구나 그런 경험은 있지 않나요?"

"나도 그런 사람 하나쯤은 있으니까 괜찮아요."

삐죽거리며 이야기하는 채원의 모습에 우현이 미간을 찌푸렸다.

"뭐, 그렇다고 바로 그렇게 또 있다고 해요? 누구예요? 어떤 놈?"

"지금 질투하는 거예요? 어린 시절 아련한 뭐, 그런 건 누구나 있다면서요."

채원이 어깨를 으쓱했다.

"그 사람이지? 아저씨 장례식장에서 만난 사람."

고개를 끄덕거린 채원이 그때 일을 회상하듯 입을 열었다.

"그냥 잠깐 잠깐 마주쳤던 건데, 그렇게 서럽게 우는 사람을 본 적이 없었거든요. 그래서 가끔 기억이 나요. 첫사랑이라고 말하면 조금 거창하지만."

그런 채원을 우현은 가만히 바라만 보았다.

"아저씨…… 장례식장에서요?"

"네. 얼굴은 보지 못했지만 나이가 어린 것 같았어요. 부모님이 돌아가셨나 생각했죠. 그때는 그 사람이 나 대신 그렇게 울어주는 것 같았거든요. 내가 다가가서 말도 걸었는데 대답은 못 들었어요."

채원의 말을 듣고 가만히 생각에 잠겼던 우현이 재킷 안으로 손을 집어

넣었다. 그녀의 곱고 부드러운 시선만큼이나 보송보송한 손수건이 손에 잡혔다. 슬쩍 미소 지은 우현이 그녀를 바라보았다.

"왜 그렇게 갑자기 기분이 좋아요? 실성한 사람처럼?"

우현의 장난스러운 목소리에 채원이 고개를 갸우뚱했다.

"채원 씨."

우현의 나지막한 음성이 채원의 이름을 불렀다. 얼굴 전체에 억누를 수 없는 미소가 떠다녔다.

"한채원 씨."

다시 부른 그 이름에는 따뜻한 애정이 가득 담겨 있었다.

"사랑해요."

"세연아!"

세연은 자신을 부르는 성준의 외침에도 뒤돌아보지 않고 빠른 걸음으로 앞을 향해 나아갔다. 저 부름에 뒤를 돌아 성준을 마주하기가 어색했다.

"야, 홍세연!"

하지만 어느새 뒤에 바짝 붙어 팔을 휙, 낚아챈 성준의 힘에 여린 몸이 자연스럽게 돌아갔다.

"무슨 걸음이 그렇게 빨라? 내가 부르는 소리 못 들었어?"

"어. 뭐, 귀에 이어폰 꽂고 있어서."

그럴 리가. 음악은 나오지도 않는데. 세연이 성준의 시선을 피하며 귀에서 이어폰을 뽑았다.

"무슨 일 있어?"

"일은 무슨! 전혀!"

세연이 펄쩍 뛰며 한발 뒤로 물러나자 성준의 미간이 구겨졌다.

"너 오늘 이상하다?"

"이상하긴. 그냥 난 피곤할 뿐이야. 집 갈래. 그러니까 너도 집에 가. 간다!

내일 보자. 치, 친구!"

세연이 어색하게 인사를 건네고는 뒤를 돌아 정류장을 향해 걸어갔다. 하지만 자신을 뒤따라오는 발소리에 입술을 깨물었다. 가라고, 김성준! 제발!

"왜 따라와?"

"나도 정류장 가는 건데?"

세연이 어색하게 고개를 끄덕이더니 다시 걸음을 재촉했다.

자신의 종종걸음을 터벅터벅 따라 걸어오는 성준이 오늘따라 불편했다. 그건 아마도 며칠 전 성준이 잠든 자신에게 몰래 키스를 했던 그 충격적인 사건 때문이니라.

한숨도 자지 못한 그날 밤 이후, 세연의 머릿속에는 온통 김성준밖에 없었다. 밥을 먹어도, 일을 할 때도, 자기 전에도 온통 눈앞에 성준이 아른거렸다.

정류장에 도착하자마자 진입하는 버스에 오른 세연. 자리를 잡고 앉자 카드 찍히는 소리와 함께 털썩, 옆자리에 성준이 앉았다.

"뭐 때문에 그러는지 모르겠지만 너 오늘 좀 이상해. 나한테 서운한 거 있으면 말로 해. 그래야 뭔지 알지."

성준이 크게 하품을 하더니 가슴 앞으로 팔짱을 끼고는 눈을 감았다.

"아까 무슨 노래 들었어? 같이 듣자."

성준이 의자에 몸을 깊게 기대며 중얼거렸다.

세연이 자연스럽게 성준에게 한쪽 이어폰을 넘겼다. 그러고는 휴대폰 음악 목록 중 가장 위에 있는 곡을 꾹 눌렀다. 가을밤에 어울리는 잔잔한 멜로디가 흐르고.

"선곡 좋네."

그 멜로디 사이로 들리는 그윽한 성준의 목소리. 불편한 듯 자리를 고쳐 앉아 고개를 돌린 세연이 창밖으로 시선을 돌렸다.

자신이 생각해도 어색한 행동이 성준에게도 그렇게 보일 것을 알고 있었다. 하지만 차마 저 눈동자를 바로 마주 볼 수가 없었다.

노래 한 곡이 끝날 무렵, 성준의 머리가 툭, 하고 세연의 어깨에 내려앉았다. 깜짝 놀란 세연이 성준 쪽으로 고개를 돌렸다. 어색하게 어깨를 움직여 보았지만 성준은 꿈쩍도 하지 않았다. 많이 지쳐 보이는 얼굴.

"피곤하면 집으로 바로 가지 왜 데려다 주겠다고 버스에 올라."

성준의 집과 자신의 집은 가까웠지만 각자의 집으로 가는 버스는 달랐다.

한숨을 내쉰 세연이 휴대폰 키를 조작해 음악 볼륨을 줄였다. 그녀의 시선이 다시 제 어깨에 기대어 있는 성준을 향했다.

성준이 잠든 모습은 수백 번도 더 봐왔을 정도로 익숙한데 오늘따라 이상하리만큼 어색했다. 아니, 솔직히 낯설었다.

시원하게 뻗은 이마와 남자다운 눈썹, 파르르 떨리는 눈꺼풀이 늘 자신을 다정하게 바라보던 눈동자를 숨기고 있었다. 오똑한 콧날, 날카로운 턱선, 그리고 불그스름한 입술.

세연의 시선이 저도 모르게 성준의 입술에 머물렀다. 저 입술은 몰래 자신의 입술에 닿았던 그 문제의 사건의 '범인'이었다.

그날 밤, 술에 취해 말할 힘도 없었지만 정신은 깨어 있었다. 조심스럽게 자신을 침대에 내려놓은 성준, 곧 테이블 위에 무언가 올려놓은 소리가 들렸다. 아마도 물컵이었을 것이다. 성준은 자신의 모든 생활 패턴을 파악하고 있었으니까. 그리고 이어진 성준의 나지막한 목소리.

'얼마나 사람 속 썩이고 애태워야 나한테 올래?'

낮게 깔린 그 음성에 순간 숨을 쉬는 것조차 잊었다. 그리고 살짝 닿았던 입술.

성준인 듯 성준이 아닌. 혼란스러움과 어색함, 그리고 자신조차 알 수 없는 가슴 두근거림이 공존했던 그날 밤.

'언제쯤 나에 대한 네 마음 알아차릴래?'

"너에 대한 내 마음이라니…… 내 마음이 뭐 어떻다는 거야?"

한숨을 내쉰 세연.

"아니, 그보다 갑자기 키스는 왜 하냐고."

바로 그때, 번쩍 눈을 뜬 성준. 갑작스럽게 눈이 마주차자 세연이 깜짝 놀라 몸을 움직였다.

"깜짝 놀랐잖아. 안 잤어?"

"내가 너야? 눈 감은 지 5분도 안 돼서 잠이 들게?"

성준이 세연에게 기대어 있던 머리를 일으켰다.

"그럼 치사하게 잠든 척했단 말이야?"

"잠든 척 안 했는데? 그냥 눈만 감고 있었는데?"

순간 세연은 머리카락이 쭈뼛 서는 것을 느꼈다. 한쪽 이어폰에서는 음악이 흘러나옴에도 불구하고 성준의 목소리가 또렷하게 들렸다.

"너, 너, 너……."

설마…….

"너, 너 혹시 지금 내 말……."

-다음 정류장은 목련어린이집, 목련어린이집입니다.

삐!

버스에서 나오는 안내 방송에 세연이 재빨리 STOP 버튼을 눌렀다.

"나, 나 이제 내려야 해. 비켜."

"나 혹시 뭐? 하던 말은 마저 해야지."

"비켜! 나 내려야 한다니까?"

"혹시 네 말 다 들었냐고?"

성준의 말에 세연의 얼굴이 하얗게 변했다.

"다 들으라고 한 말 아니었어? 목소리 그다지 작지도 않던데."

"야!"

순간 세연이 버럭 소리를 지르자 버스 안에 있던 사람들이 그녀를 바라보았다. 하지만 지금 그녀에겐 그런 것을 신경 쓸 여유가 없었다. 쥐구멍이라도 있다면 숨고 싶었다.

천천히 속도를 줄인 버스가 정류장에 섰고.

"간다!"

세연이 폴짝 뛰어 성준을 타 넘고는 재빨리 버스에서 내렸다. 인도로 올라선 그녀가 잽싸게 앞을 향해 걸었다. 제발 성준이 쫓아오지 않기를…….

"야, 홍세연. 너야말로 그날 깨어 있으면서 자는 척한 거야?"

하고 바랐지만 그럴 남자가 아니었다.

"아냐! 잤어!"

세연이 뛰다시피 골목을 올라갔다.

"안 잤다며!"

"잤다고! 완전 잠들었어. 나 코도 골았다!"

그 뒤를 성준이 바짝 뒤쫓았다. 때아닌 골목 추격전은 세연이 집 앞에 다다랐을 때 그녀 앞을 가로막는 성준으로 인해 끝이 났다.

"내가 그날 한 말 다 들었지?"

"모, 못 들었어."

"못 들었는데 왜 도망가?"

세연은 눈을 질끈 감았다.

"다 들어놓고 왜 모르는 척해?"

"그, 그럼 어떡해? 물어보기라도 해? 왜 나한테 몰래 뽀뽀했냐고?"

"어, 물어봐."

"야! 그날 내가 얼마나 당황한 줄 알아? 우리 친구야, 20년 넘게 친구로……."

"좋아해."

순간 세연의 귓가를 파고드는 음성. 둘 사이에 찾아든 침묵. 그리고 그 침묵 사이를 가르고 차오르는 서늘한 바람.

"좋아해."

그 바람을 타고 날아온 낮은 목소리가 그 한마디에 모든 것들을 쏟아냈다. 그 무게가 너무 무거워 세연이 한 발짝 뒤로 물러났다. 그러자 성준이 물러선 그만큼 한 발짝 앞으로 걸어갔다.

"너, 너랑 나랑 계속 남매처럼……."

"20년 넘게 친구처럼, 남매처럼 있는 동안, 나한테 너 여자였어."

어르고 달래는 듯한, 하지만 힘 있는 목소리에 얼굴이 달아올랐다.

"네가 학교에 마음 둘 곳 없다고 하루 종일 내 옆에서 붙어 있던 어린 시절에도."

골목길 가로등 불이 성준의 얼굴에 음영을 만들었다. 그 얼굴이 너무도 낯설었다.

"좋아했던 같은 반 남자애에게 여자친구가 생겼다고 내 품에서 울었던 10대 소녀일 때도."

평소 성준답지 않은 살짝 고조된 목소리가 두 사람 사이를 가득 메웠다.

"뒤늦게 면허를 땄다며 이모 차를 끌고 학교로 와서 날 처음으로 태워줬던 20대 때도."

조금의 주저도 없는, 초점이 선명한 눈빛이 오롯이 세연만을 바라보았다.

"그리고 당황하며 나를 피하고 있는 너를 보고 있는 지금 이 순간도."

성준이 마른 제 입술을 질끈 깨물었다.

"세연아……."

마치 처음 듣는 듯한 이름, 그 깊은 울림에 세연이 몸을 떨었다.

"널 처음 봤을 때부터 지금까지 네가 내게 사랑이지 않은 적은 단 한순간도 없었어."

성준의 손이 세연의 어깨를 감싸 안았다.

"갑작스런 내 고백에 당황한 거 알아. 하지만 언젠가 할 이야기였어. 그리고 지금 이 말 한 거 나 후회 안 해. 절대."

그 손길에 일순 세연이 숨을 멈추었다.

"그러니 홍세연, 당황스럽더라도 이제부터 집에 돌아가서 밤새도록 고민해. 내 이름, 내 얼굴만 떠올리면서, 나만 생각하면서. 그 머릿속에 나 하나만 가득 차도록, 매일매일 고민해."

강요하듯, 하지만 부드러운 목소리. 처음 보는 살짝 상기된 두 볼.

"그리고 나한테 와. 기다릴 테니까."

익숙함이 주는 안도감. 그리고 낯섦이 주는 두근거림.

평생 익숙했던 20년 지기 친구 김성준은 오늘 밤, 처음 보는 낯선 20대 남자일 뿐이었다.

집으로 돌아온 성준은 소파에 털썩 몸을 뉘였다. 머릿속에는 방금 집으로 돌려보낸 세연이 떠올랐다.

붙잡았던 어깨에 손을 떼자마자 한발 뒤로 물러섰던 세연. 잘 자라는 한마디에 잽싸게 집으로 올라가던 뒷모습.

세연이 취했던 그날 밤, 깨어 있었다는 것을 몰랐다면 오늘처럼 이렇게 멋없게 고백할 생각은 없었다. 오래 기다린 만큼, 조금 더 멋진 장소에서 조금 더 멋진 방법으로 제 마음을 털어놓고 싶었다. 하지만 붉은 얼굴로 평소답지 않게 당황해하며 허둥거리는 모습이 견딜 수 없이 사랑스러웠다.

"이봐, 홍세연 사촌 최우현 군."

성준이 거실 바닥에 주저앉아 일을 하는 우현을 불렀다.

"네 사촌의 남자친구로 나 어떠냐? 별로냐?"

"별로라고 하면 그만둘 거냐?"

아무런 대답이 없는 성준의 모습에 우현이 어깨를 으쓱했다.

"아니면서 뭘 물어."

"별로 마음에 안 든다, 이 말 같다?"

성준이 미간을 찌푸리며 소파에 뉘였던 몸을 일으켰다. 우현은 여전히 노트북에 시선을 두고 있었다.

"세상에 자기 여동생 넘보는 남자가 예뻐 보이는 오빠가 어디 있어? 말이 되는 소리를 해."

하긴. 성준이 고개를 끄덕였다.

"네가 나보다 잘 알고 있겠지만. 내 친척이지만 걔 성격 괴팍해."

"알아."

"먹기도 엄청 많이 먹어."

"알고 있어."

"잘 때 코도 곤다. 드르렁드르렁."

성준이 피식 웃었다.

"울리지 마라. 내 소중한 친척이자, 친구이자, 여동생이니까."

"혼자 멋있는 척하기는."

성준이 소파에서 일어나 부엌으로 걸어갔다. 냉장고를 뒤적거린 성준이 시원한 맥주 두 캔과 작은 치즈 조각을 꺼냈다.

"뭐 하고 있어? 채원 씨는 잘 들어갔고?"

"집까지 잘 모셔다 드렸지. 아까 낮에 받은 유물 리스트 정리."

"선우 선배가 넘겨준 거?"

고개를 끄덕인 우현이 크게 기지개를 켜더니 성준에게서 맥주를 건네받았다.

"너도 참 사서 고생이다. 뭐하러 다 해놓은 장부 정리를 처음부터 다시 시작해? 나라면 돈을 주고 하라고 해도 못 하겠다."

"너보고 하라고 안 하니까 넌 네 서류 정리나 제대로 해."

"근데 채원 씨랑 동생, 괜찮은 거냐? 하긴 괜찮을 리가 없지. 동생은 엄청 충격받은 거 같던데."

"어떻게든 범인을 찾고 싶어. 지금이라도 아저씨의 노트가 발견되면 도움이 될 텐데."

"노트라면 네가 가지고 있는 거 말하는 거지? 한 교수님이 주고 갔다는."

우현이 작게 고개를 주억거렸다. 범죄자로 몰린 아저씨가 갑자기 자신을 찾아온 날.

'우현아, 경찰이니 사람들이 우리 집을 들락거려. 한국에는 믿을 만한 사람들 없어. 이건 네가 가지고 있거라. 조만간 내가 다시 찾으러 오마.'

주위를 살피며 다급하게 말한 아저씨는 들고 있던 노트 두 권 중 한 권을 자신에게 건넸다. 노트에는 아저씨의 일상이 적혀 있었다. 아저씨가 당시 발굴 팀 사람들 중 가까웠던 이들에게 그 일을 의논했다는 것 또한 그 노트에서 본 것이었다.

"아저씨는 아마 진실을 찾고 있었을 거야. 그 한 권에 어쩌면 단서들이 있을지도 몰라."

"하지만 10년이 지나도록 행방을 찾을 수가 없잖아. 남겨진 아저씨의 물건에서도 나오지 않았었고. 발견한 누군가가 이미 없애버렸다고 생각하는 게 가장 유력한 추측이겠지."

성준의 말에 우현이 골똘히 생각에 잠겼다.

"자자, 일단 이것부터 정리하자. 이러다 이거 정리만 하다가 올해 다 가겠다. 도와줄게. 둘이 하면 조금 더 빠르겠지."

성준이 우현의 옆에 자리를 잡고 앉아 테이블 위에 있는 두꺼운 장부 하나를 집어 들었다.

"컴퓨터로 입력해놓으면 끝날 것을 클래식하게 무슨 정리를 또 하냐? 하여간 고지식하기는. 어디부터 봐야 해?"

성준이 들고 있던 노트를 우현에게 내밀었다.

"지금 네가 보고 있는 곳 두 번째부터."

"이 사진?"

"어, 그 사진부터 확인…… 아니, 그 페이지 말고……."

우현의 번뜩이는 시선이 성준이 손가락으로 가리킨 사진을 바라보았다. 사진 속에는 다른 유물과 함께 여러 개의 토기 사진이 찍혀 있었다. 보통 유물의 사진을 찍을 때는 한 유물만을 강조해서 그것만 촬영하기보다는 다른 유물과 함께 찍는 경우가 많았다. 그래야 다른 유물과의 관계를 파악할 수 있기 때문이다.

"같은 페이지야. 사진이…… 다를 뿐이지."

우현과 성준이 두 장부를 번갈아 바라보았다. 두 사람의 시선이 허공에서 부딪쳤다.

"최우현, 설마 이거……."

"네가 가지고 있는 장부는 너와 내가 작성한 것."

우현의 손가락이 성준이 들고 있는 장부를 톡톡, 내리쳤다.

"그리고 내가 가지고 있는 장부는 이선우 선배가 작성한 것."

우현이 허탈하게 웃었다.

"내일 선우 선배와 커피라도 한잔해야겠네."

얼굴은 딱딱하게 굳었다.

"왜 선우 선배가 작성한 장부 속 사진에는 발굴된 토기가 두 개나 빠져 있는지."

"무슨 일이야? 나를 다 보자고 하고?"

다음 날, 우현과 성준만 사용하는 조교실. 그 안에 들어온 선우는 밝은 얼굴로 테이블 의자에 앉았다. 그 모습을 가만히 지켜보던 우현과 성준이 시선을 교환했다.

어젯밤, 두 사람은 두 개의 장부를 비교했다. 한번 시작된 일은 시간이 가는 줄 모를 정도로 계속되어 날이 밝아서야 겨우 끝이 났다.

"선배, 한 가지 궁금한 게 있어서 그런데 답해주실 수 있으세요?"

"뭐, 뭔데 그렇게 심각하게 그래?"

성준이 자신의 가방에서 파일을 꺼내 선우 앞에 내밀었다.

"이게…… 뭐야?"

선우의 손이 파일을 열었다.

"선배가 제게 준 발견된 유물 리스트 장부에서 몇 가지를 추린 거예요."

"근데 이걸 왜 나한테……."

순간 선우의 눈동자가 커졌다, 작아졌다. 그러더니 번쩍 고개를 들어 우현을 바라보았다.

"눈치채셨나요?"

성준이 건넨 파일 속의 자료들. 똑같은 두 개의 사진이 같은 페이지에 있었다. 아니, 똑같지만 조금 다른 두 개의 사진이.

"제가 선배에게 궁금한 건 이것에 대한 정확한 설명입니다."

화가 난 듯한 우현의 눈동자가 똑바로 선우를 향했다.

"하나, 언제부터 이 일을 시작했는지."

우현이 같은 장소에서 같은 유물을 찍었지만 조금 다른 두 개의 사진을 가리키며 입을 열었다.

"두 번째, 제 생각대로 선배가 따로 비밀장부를 만들고 있던 건지."

우현이 조금 상체를 숙여 선우에게 가까이 다가갔다. 우현의 얼굴에 드리운 어둠에 선우가 몸을 흠칫 떨었다.

"그리고 세 번째 가장 중요한 것, 이 일을 시킨 사람이 누구인지."

선우의 마주 잡은 두 손에 힘이 바짝 들어갔다.

자신을 오롯이 바라보는 우현의 차가운 시선에 몸을 움직일 수도, 시선을 돌릴 수도 없었다. 지금 이 남자가 몇 달 동안 함께 일을 하던 제가 아는 우현이 맞나 싶었다. 늘 밝고, 다른 사람을 배려할 줄 아는 분위기 메이커. 나이는 어리지만 연구 팀 중 가장 화려한 경력을 가지고 있으면서도 겸손한 남자. 그 남자는 지금 자신의 앞에서 전혀 처음 보는 사람의 얼굴을 하고 있었다. 선우가 천천히 입을 열었다.

"네가 뭘 잘못 안 것 같은데 발굴된 유물 사진이야 여러 가지 방법으로 찍었으니 여기 없다고 전부 누락된 게 아니라는 거 알고 있잖아."

"물론 그렇죠. 다른 유물들과의 관계를 파악하기 위해 보통 여러 각도로, 여러 방법으로 사진을 남겨두죠. 근데 선배."

우현의 시선이 잠시 아래를 향했다가 다시 선우를 바라보았다.

"성준이와 저는 어제 밤새도록 장부 전체를 뒤졌어요. 그리고 비교했죠."

우현이 자리에서 일어나더니 자신의 책상 속 서랍에서 두꺼운 노트를 하나 꺼냈다.

"이거 내가 성준이에게 준 노트잖아?"

선우의 말에 우현이 고개를 젓자 성준이 자신이 들고 있던 노트를 내밀었다.

"어? 노트가 두 개?"

선우의 시선이 자연스럽게 성준에게로 향했다.

"선배, 성준이가 가지고 있는 노트는 선배가 준 노트. 그리고 이 노트는 제가 작성한 노트예요."

우현의 말에 선우가 숨을 집어삼켰다.

"전 언제나 발굴 유물 리스트 정리 시, 최소 두 번 이상 확인해요. 현장에서, 유물이 보관된 장소에서. 그리고 지금처럼 장부가 하나 더 있을 경우 한 번 더."

한숨을 내쉰 선우가 마른 입술을 축였다.

"밤새 장부를 뒤졌지만 선배가 준 장부 속에 없는 유물, 끝까지 찾지 못했어요. 단 한 개도."

선우가 숨을 집어삼켰다.

"뭔가 오해하고 있는 것 같은데 이건 네가 알고 있는 것과 달라. 마치 내가 유물을 빼돌리려고 일부러 장부를 이렇게 만든 것처럼 말하는데……."

"선배가 혼자 이 일을 했다고 생각하지 않아요. 분명 누군가 지시한 사람이 있겠죠."

"우현아 이건……."

"누가 주도한 건가요? 누가 시킨 거예요?"

"그런 게 아니야. 발굴된 유물을 따로 분리해둔 것뿐이야. 하아, 말하지 말라고 했는데……."

선우가 한숨을 내쉬며 손으로 이마를 짚었다. 작게 중얼거린 선우. 그 말에 우현의 눈빛이 가늘어졌다.

"너희도 알다시피 이번 발굴 현장에서 발굴된 유물들은 상태가 좋은 것들이 많잖아. 그것들 중 몇몇은 따로 보관한다고 해서 구분해서 정리한 거야."

선우가 고개를 들어 우현과 성준을 바라보았다.

"모든 유물들이 역사적으로 가치가 있지만 그중 몇몇 것들은 카테고리를 따로 지정해뒀거든. 우현이 네가 찾은 빠진 유물들은 바로 그 카테고리에 속해 있는 유물들일 거야."

"하지만 이런 상황에 대한 설명은 없었잖아요. 저희가 처음 발굴 프로젝트에 참여할 때도 별다른 말은 없었는데. 언제 이렇게 하기로 결정한 거죠? 따로 회의가 있었나요?"

"이번 프로젝트에 중국, 일본 등 아시아에서 많은 투자를 하고 있는 거 알지?"

처음 자신의 질문에 당황하긴 했지만 장부에 대해 차분히 설명하는 선우의 모습에서 지금 거짓을 말하고 있지 않음을 알 수 있었다.

"아마 한, 두 달 전쯤이었을 거야. 따로 각 나라의 전문가들끼리 비밀리로 프로젝트를 진행하기로 했다고……. 나도 그렇게만 듣고 시키는 대로 했을 뿐이야."

하지만 지금 선우의 말을 곧이곧대로 믿기는 힘들었다. 각 나라의 전문가들이 비밀리에 유물을 따로 관리해서 연구한다고? 솔직히 상식적으로도 말이 되지 않는 상황이었다.

"그렇다면 지금 이 일, 누군가가 시킨 거죠?"

"일개 연구원인 내가 이런 걸 마음대로 할 수 있나. 나도 발굴 프로젝트는 처음이라 이런 식으로 일을 하나 보다 했지. 그렇다고 그분이 나쁜 마음으로 그랬을 리도……."

"그분이요? 누구죠? 선배, 누가 시킨 거죠?"

다급함이 묻어나는 우현의 질문에 선우가 고개를 갸우뚱거렸다.

"누구냐니? 당연한 거 아니야?"

자꾸만 입이 타는 느낌에 우현이 침을 꿀꺽 삼켰다. 입술을 오므리고 어금니를 꽉 깨물었다.

"나한테 그런 거 명령할 수 있는 사람이 누가 있겠어. 이 프로젝트의 총괄 책임자뿐이잖아."

맥박이 빠르게 상승했다.

"윤정수 교수님."

그리고 그 한마디에 숨이 멈추었다.

"네, 아저씨, 저예요."

점심시간, 사무실로 돌아온 채원은 정수에게 걸려온 전화를 받기 위해 복도로 나왔다.

-점심은 먹었니, 채원아?

"네, 아저씨는요?"

-나도 이미 먹었지. 요즘은 별일 없고?

정수의 질문에 채원은 잠시 입을 열었다 이내 닫았다.

"별일이 있을 게 있나요. 아저씨는요?"

-나야 늘 똑같지. 어제 오후에 참석한 세미나에서 지인이 찹쌀떡을 선물로 줬는데 네 생각이 나서 말이다. 너 이거 좋아하잖아.

"아저씨, 저 괜찮아요. 안 챙겨주셔도 잘 먹고 다녀요."

역시, 자신을 가장 걱정해주는 건 아저씨였다. 작은 것 하나까지 기억해서 늘 세세하게 챙겨주셨다. 10년 동안 수없이 힘든 시간들이 있었고, 그때마다 아저씨는 자신의 버팀목이 되어주었다. 아빠가 떠난 지금, 세상에서 유일하게 그녀가 마음을 터놓고, 고민을 이야기할 수 있는 어른이었다.

그런 아저씨를 한순간이라도 의심했다니. 나도 참 너무하지. 아저씨를 향한 자신의 잔인한 생각에 채원이 격하게 고개를 내저었다.

-이따 저녁때 집 근처로 내가 가마. 몇 시쯤 가면 될까?

"오늘은 7시 전에는 집에 도착할 거예요."

-그래, 그럼 내가 그때쯤 시간 맞춰서 가마.

"아저씨, 그리고……."

하지만 채원이 순간 입을 다물었다. 아빠 일을 아저씨에게도 비밀로 해야 할까? 아빠랑 가장 친했고, 자신에게 무한한 애정을 쏟아주는 아저씨였다. 그래서 아저씨에게 비밀을 만든다는 것이 미안했다. 그것도 아빠 일로. 하지만 아저씨는 당시 아빠와 함께 발굴 팀에 있던 팀원 중 한 사람이었다. 우현의 말처럼 믿기 힘들지만 모두 용의자가 될 수 있었다.

"아, 아니에요. 아저씨, 그럼 이따가 뵐게요."

혼란스러운 생각을 정리하며 전화를 끊으려 할 때 정수의 목소리가 다시 들려왔다.

-그리고 채원아, 그때 말했던 네 아버지 물건 말이다. 네가 선배 교수실에서 가지고 왔다는 물건.

정수의 목소리에 채원이 휴대폰을 세게 움켜쥐었다.

-너만 괜찮다면 그 물건, 내가 좀 봤으면 하는데.

평소와 다름없는 다정한 음성이었지만 자신도 모르게 등골이 오싹해지며 온몸에 소름이 돋았다.

-괜찮을까?

"자, 그럼 다음 회의 내용은……."

성남대학교 문화재연구소 회의실 안에는 열띤 회의가 진행 중이었다. 하지만 우현은 평소와 달리 회의에 조금도 집중할 수 없었다. 조금 전 선우 선배와 나누었던 대화가 머릿속을 지배하고 있었다.

'윤 교수님이 다른 생각이 있어서 이런 일 시키실 분 아니라는 거 너도 알잖아. 어떻게든 지금 이 프로젝트, 이 팀, 성공적으로 끌고 가시려고 밤낮으로 고민하시는 분이셔.'

선우 선배의 눈빛은 윤정수 교수의 믿음으로 가득했다.

우현의 시선이 윤정수 교수에게로 향했다. 자신의 지인, 한상원 교수님이 가장 믿었던 후배. 한 교수님을 대신해 채원의 아버지 자리를 채워준 고마운 사람. 자신을 내세우지 않고 늘 겸손해 같은 교수들과 후배들에게, 그리고 학생들에게 존경받는 교수님.

윤정수 교수를 따라다니는 수식어는 많았다. 자신도 윤정수 교수를 존중했다. 그가 가진 인품과 업적, 그리고 사람다운 모습이 좋았다.

하지만 그럴지언정 자신이 알고 있는 객관적 사실을 무시하고 윤 교수님의 무죄를 단정 지을 수 없었다.

한상원 교수님의 죄가 처음 세상에 드러났을 때, 언론은 떠들어댔었다. 발견된 유물을 은닉하기 위해 따로 마련해둔 두 개의 장부. 한상원 교수의 말에 따라 장부 정리를 맡았던, 아무것도 모르는 미숙한 인턴.

그리고 10년이 지난 지금, 상식적으로 납득이 가지 않는 이유로 만들어진 두 개의 장부. 하나는 선우 선배에게, 다른 하나는 어디 있는지조차 알 수 없었다.

윤정수 교수의 말에 따라 장부 정리를 맡고 있는, 아직 발굴 경험이 없는 대학원생. 패턴이 비슷했다. 그렇기에 이 상황을 그대로 넘길 수 없었다. 이제는 머릿속에 윤정수 교수라는 사람에 대해 정확하게 다시 정의 내려야 했다. 한상원 교수 사건의 가장 유력한 용의자로.

"……우현, 최우현."

우현은 자신의 이름을 부르는 성준의 목소리에 고개를 들었다. 연구실 직원들이 자신을 바라보고 있었다. 그리고 느껴지는 시선에 고개를 돌리자 선우가 어색한 표정으로 자신을 쳐다보고 있었다.

'선우 선배, 오늘 여기서 이야기했던 모든 것들 비밀로 해줄 수 있죠?'

'그거야 어렵지 않은데 뭐, 문제라도 있는 거야? 네 표정이 너무 심각해서……'

'우리가 알았다는 사실을 사람들이나 윤정수 교수님이 알면 선배도 곤란할 거 아니에요. 비밀리에 진행되는 프로젝트라면서요. 물론 우리도 비밀로 할게요.'

우현이 고개를 들어 정수를 바라보았다.

"그럼 오늘 회의는 이것으로 마치고. 선우야, 내일 아침에 출근하자마자 교수실로 잠깐 오거라. 그리고 우현아, 오늘 중요한 세미나가 있는데 네가 나를 좀 대신해줘야겠다."

"교수님이 세미나에 참석하지 못할 정도로 중요한 일이라니, 큰일이 있는 건 아니죠?"

"걱정 말거라. 그보다 중요한 약속이 있어서 그래. 아주 중요한 약속. 지금 바로 출발하면 될 것 같구나. 오늘은 거기서 바로 퇴근해."

"알겠습니다."

우현이 꾸벅 인사를 건네자 윤 교수가 회의실 밖으로 나갔다.

"성준아, 이 일…… 당분간은 채원 씨에게 말하지 말자."

하지만, 이라고 말하려던 성준이 바로 입을 다물었다. 한상원 교수님이 돌아가시고 윤정수 교수님이 채원에게 아버지 같은 존재로 곁에 남아 있었다는 것을 알고 있었다.

"아직 확인되지 않은 사실로 채원 씨에게 상처를 줄 수는 없어."

우현이 깊게 한숨을 내쉬었다.

"그래, 채원 씨를 생각하면 선우 선배의 말이 전부 맞았으면 좋겠네."

그 역시도 그렇게 생각했다. 비록 가슴에는 수많은 의심들이 계속해서 샘솟았지만, 존경했던 윤정수 교수에게 배신감을 느끼는 일이 없기를. 부디 어린 채원 씨의 마음에 윤정수라는 이름이 깊은 상처가 되지 않기를.

"우현 씨가 계속 전화를 안 받네."

채원은 우현에게 몇 번이고 전화를 걸어보았지만 대답이 없었다. 낮에 아저씨와의 통화 이후 빡빡한 일정에 우현에게 연락할 타이밍조차 제대로 잡지 못했다.

아저씨가 저녁때 집을 방문한다는 말을, 아빠의 교수실에 있던 물건을 확인하러 온다는 사실을 전해야 했다. 아니, 그보다 자신이 돌아가신 아빠의 교수실에서 유품을 챙겨 왔다는 사실을 알려야 했다.

빈 아빠의 자리를 대신해주었던 고마운 사람이었지만 얼마 전부터 대화에서 오는 묘한 위화감은 그녀를 혼란스럽게 만들었다. 아까 통화만 해도 그랬다. 시작은 찹쌀떡을 전해주기 위해서였는데 결론은 아빠의 물건을 확인하기 위함이라니.

"물론 아저씨가 아빠와 가까웠던 만큼 아빠의 물건에 대해 궁금해하는 건 알지만……."

하지만 채원이 이내 고개를 저었다.

"나 참, 내가 무슨 생각을. 감사하다고 절을 해도 모자를 판에."

아저씨는 그녀의 은인이었다. 아빠가 돌아가시고 힘든 형편, 아저씨의 경제적 도움이 있었고, 아빠의 빈자리를 대신해주었다. 그녀의 대학 졸업식에 꽃다발을 들고 와준 것도, 취업을 축하한다며 첫 출근 때 입을 정장을 마련해준 것도, 매년 그녀의 생일을 챙겨준 것도 아저씨였다.

정류장으로 걸어간 그녀가 정수에게 전화를 걸었다.

"아저씨, 저 지금 퇴근해서 사무실 나왔어요. 어디쯤이세요?"

-나도 이제 막 나가려던 참이다. 마무리하고 가면 7시쯤 되겠구나. 일이

있어서 찹쌀떡만 전해주고 금방 오려고 한다. 네 아빠 물건도 확인하는 데 그리 많은 시간이 걸리지 않을 거야.

채원이 잠시 말을 아꼈다.

"네, 자세히 기억은 안 나지만 물건이 많지도 않았어요. 특별한 것도 없었거든요."

-네 아빠의 물건 처음 가지고 온 상태 그대로라고 했었지? 열어 본 적 없었다고.

정수의 질문에 채원이 깊게 숨을 들이켜고는 입을 열었다.

"네. 아빠 물건을 보면 그대로 울 것 같아서 그냥 가져온 상자 그대로 구석에 보관해두었어요. 건드린 물건도, 따로 빼둔 물건 없이 그대로요."

-그래, 그럼 출발할 때 또 전화하마.

정수와의 통화를 마친 채원은 한참 동안 휴대폰을 바라보았다. 그러고는 다시 우현에게 전화를 걸었지만 통화가 되지 않았다. 입술을 단단히 깨문 채원이 홀로 집으로 돌아가는 버스에 올랐다.

윤정수 교수 대신 세미나에 참석한 우현과 성준. 우현은 계속해서 울려대는 휴대폰에 사람들의 눈치를 보며 어색하게 웃었다.

"채원 씨?"

성준이 작은 목소리로 묻자 그가 고개를 끄덕였다.

채원의 퇴근 시간. 세 번이나 전화가 왔다. 자신이 전화를 받지 않는다면 이렇게 통화할 그녀가 아니었다. 그런데 평소와 달리 전화는 몇 번이고 울렸다.

무슨 일이 있는 걸까? 우현의 얼굴에 걱정이 드리워졌다. 7시가 조금 안 된 시간. 세미나가 끝나려면 앞으로 30분은 더 있어야 했다.

우현이 채원에 대한 염려를 간직한 채 휴대폰을 다시 주머니에 넣으려 할 때 짧은 진동과 함께 문자메시지가 날아왔다. 채원이었다. 확인 버튼을 눌렀다. 그러자 그의 시선을 사로잡은 메시지.

[우현 씨, 의논할 게 있어서 전화 걸었는데 안 받아서 메시지 남겨놔요. 아빠의 교수실에 남아 있던 물건을 제가 가지고 있어요.]

우현의 손끝이 파르르 떨렸다.

[저도 제대로 열어 보지 않고 보관만 해서 뭐가 들어 있는지는 잘 기억이 안 나요. 근데 아빠의 물건을 보고 싶어 하는 사람이 있어요.]

그가 빠르게 메시지를 읽어 내려갔다.

[아저씨가, 윤정수 교수님이 오늘 집으로 오기로 했어요.]

순간 우현이 자리에서 벌떡 일어났다.

"미안, 나 먼저 가볼게."

세미나실 안에 있던 사람들의 시선이 우현에게 꽂혔지만 그는 외투와 가방을 들고 밖으로 뛰어나갔다.

[세미나에서 받은 찹쌀떡을 주신다고 오신다는데 겸사겸사 아빠 물건도 확인해 보고 싶다고 하시더라고요. 나중에 급한 일 끝나면 전화 줘요.]

거친 발소리가 건물 밖으로 뛰어갔다. 다급하게 손을 들어 다가오는 택시를 붙잡았다. 채원에게 전화를 걸었지만 답이 없었다.

'교수님이 세미나에 참석하지 못할 정도로 중요한 일이라니, 큰일이 있는 건 아니죠?'

'그보다 중요한 약속이 있어서 그래. 아주 중요한 약속.'

중요한 세미나를 자신에게 맡긴 윤정수 교수. 중요한 세미나보다 더 중요한 약속.

"그게 채원 씨에게 찹쌀떡을 전해주는 일이라고?"

우현이 격하게 고개를 저었다.

"그건 말이 안 되지. 그럼 세미나를 미룰 정도로 중요한 일이라는 건……."

채원의 집에서 그녀의 아버지 물건을 살펴보는 일. 그것이 학회의 세미나도 미룰 만큼 중요한 일인가?

채원이 한상원 교수님의 교수실에 있던 물건을 가지고 있다는 말은 처음 들었다. 교수실에 있었던 물건이라면 발굴 프로젝트와 관련이 있는 것들일지도 모른다. 아니, 그럴 확률이 높았다.

"발굴 프로젝트와 연관 있는 아저씨의 유품이 남아 있을 거라고는 생각 못 했는데."

그 안에 별다른 것들이 없다면 상관없지만 혹시라도 중요한 것들이 남아 있다면…….

"왜 윤정수 교수님은 한상원 교수님의 물건을 궁금해하는 걸까? 나처럼 아저씨의 무죄를 밝히기 위해서?"

아니, 채원 씨의 말에 의하면 윤정수 교수님은 한상원 교수님과 친했을지언정 범죄 사실을 인정했다고 했다.

"그렇다면……."

아저씨의 무죄를 세상에 밝히지 않기 위해 혹시 모를 증거를 없애려고? 억측일지도 모르지만 가능성이 충분했다.

"도착했습니다."

택시 기사의 목소리에 우현이 정신을 차리고는 고개를 들었다. 채원이 살고 있는 빌라 앞. 택시비를 계산한 우현이 재빨리 밖으로 나왔다. 택시가 떠나가고.

"최우현 군?"

뒤에서 들려오는 익숙한 목소리. 우현이 천천히 몸을 돌렸다. 그곳에는 황당한 표정의 정수와 그런 정수를 배웅하는 채원이 서 있었다.

"자네가 여긴 어쩐 일인가? 세미나는?"

"교수님이야말로 여긴……."

"아아, 난 잠깐 채원이를 만나러 왔다. 전해줄 물건이 있어서 말이야."

정수가 채원을 향해 고개를 돌렸다.

"그럼 난 이만 가보마. 남자친구도 왔는데 내가 빨리 자리를 피해줘야지."

"조심히 가세요, 아저씨. 오늘 감사했어요. 찹쌀떡 잘 먹을게요."

부드러운 채원의 목소리에 정수가 고개를 끄덕이더니 우현을 바라보았다.

"그럼, 우린 내일 만나자."

우현을 스쳐 지나가며 그 어깨를 격려하듯 툭툭, 두드린 정수. 우현의 시선이 자연스럽게 정수를 훑었다. 정수의 손에 들린 종이가방. 그리고 그 안에 든 책으로 보이는 물건들.

"잠깐만요, 교수님."

탁한 우현의 목소리에 정수가 멈춰 섰다.

11. 한상원 교수의 제자

6시 50분.

채원의 집 앞에 차를 세워 둔 정수는 시동을 끄고 조수석에 있는 종이가방을 들고 차 밖으로 나갔다. 집을 향해 발걸음을 옮기는 정수의 표정은 비장했다.

채원이 그동안 바쁜 일정으로 도통 시간이 나지 않아 미루고 미뤘지만 더 이상은 미룰 수 없었다. 채원이 가지고 있는 한상원 교수의 물건들이 비록 전공서적일 뿐이라도 제 눈으로 확실히 확인해야 했다. 자신이 모르는 한 교수의 유품이 존재한다는 사실을 알아차린 이상 말이다.

딩동.

청명한 벨소리가 울렸고.

"네, 잠시만요."

안에서 벨소리만큼이나 맑은 채원의 목소리가 들렸다.

문 앞에 선 정수가 크게 심호흡을 했다. 종이가방을 쥔 손에 바짝 힘이 들어갔다.

덜컹, 하는 소리와 함께 육중한 문이 열렸다.

"아저씨, 어서 들어오세요. 퇴근하고 정리를 제대로 못 해서 집이 조금 지저분해요. 이해해주세요."

채원이 옆으로 비켜서 정수가 들어올 자리를 마련했다.

"그럼 실례하마. 그리고 이거."

정수가 채원에게 찹쌀떡을 내밀었다.

"이런 거 안 챙겨주셔도 괜찮은데. 감사해요, 아저씨."

"아니다. 우리 집에 가져가봤자 아무도 안 먹는데. 좋아하는 너라도 먹는 게 낫지."

"차라도 내드릴게요. 잠시 앉아 계세요."

"아니다, 안 그래도 금방 가려고 했어. 일이 많아서 말이다. 그래서 말인데……."

"아저씨!"

바로 그때 화장실 문이 열리고 커다란 목소리가 들려왔다.

"아저씨, 오랜만이에요."

활기찬 선예의 목소리에 당황한 정수가 채원을 바라보았다. 선예가 있는 줄은 생각도 하지 못했다.

"퇴근하고 집에 다 왔는데 선예가 이쪽으로 오고 있다고 해서요. 그냥 가라고 하기도 뭐해서 집으로 오라고 했어요. 아저씨도 선예 오랜만에 보는 거잖아요."

"그, 그랬구나. 오랜만이다, 선예야. 너는 여전히 잘 지내는 것 같구나."

"저야 늘 똑같죠. 근데 찹쌀떡 주시러 여기까지 오신 거예요?"

"잠시만요, 아저씨. 가지고 나올게요."

방에 들어갔던 채원이 끈으로 묶인 묵직한 상자를 끌고 나왔다. 정수가 자리에서 일어나 상자 가까이 다가갔다.

"내가 열어 봐도 괜찮겠니?"

"다른 사람도 아니고 아저씨인걸요. 사실 별다른 게 없어서 실망할지도 몰라요."

채원의 손이 빠르게 상자를 묶은 끈을 풀었다. 상자가 열렸고 정수의 시선이 날카롭게 변했다. 맨 위에 있는 것은 연필깎이였다.

"한 선배는 펜이나 샤프보다는 연필을 주로 사용했지. 서걱거리는 느낌이 좋다나?"

연필깎이를 집어 든 정수가 작게 중얼거렸다. 이번에는 작은 인형 몇 개를 집어 들었다.

"사람이 나이와 덩치에 맞지 않게 인형은 왜 그렇게도 좋아했는지."

그리고 인형 밑에 쌓여 있는 책들. 떨리는 정수의 손이 책을 하나씩 꺼내 살펴보았다. 고고학 관련 서적들과 한상원 교수 자신이 출간했던 책이 전부였다.

"이것 말고 다른 것들은 없었니? 교수실에 있는 건 이게 전부였어?"

"네. 그때 아빠 책상 위와 서랍 안에 있던 물건은 이게 전부였어요."

정수가 작은 수첩을 집어 들었다. 당시 한상원 교수가 사용하던 수첩이었다. 수첩을 펴자 텅 비어 있는 안쪽에는 몇몇 글씨들만 쓰여 있었다.

"아빠가 워낙 기록하고 정리하는 걸 싫어하셨잖아요. 스케줄 노트라고 해봤자 별로 적혀 있는 것도 없더라고요."

고개를 끄덕인 정수가 상자 안의 물건들을 다시 헤집었다. 마치 뭔가 찾는 것이라도 있는 사람처럼. 그런 정수를 바라보던 채원과 선예가 잠시 시선을 교환했다.

"그나저나 한 선배가 출간한 책은 이제 절판돼서 구할 수가 없었는데 여기 있네. 채원아 혹시 괜찮다면 선배의 책 중 한 권만 내게 줄 수 있겠니?"

"같은 것이 세 권이나 있는걸요. 가져가세요. 인형이나 아빠 수첩 같은 것을 제외하고는 전공 서적 같은 건 제가 가지고 있어봤자 소용이 없는 걸요."

채원이 거실 한쪽에서 종이가방을 가져와 몇 가지 책을 담고는 정수에게 건넸다. 세 사람은 자리에서 일어났다.

"네가 아저씨 밑에까지 배웅해드리고 와. 아저씨, 전 여기서 인사드릴게요."

"그래, 선예야. 다음에는 채원이와 함께 식사나 한번 하자."

"네, 아저씨. 저희 커피숍에도 들러주세요. 잘생긴 연구실 사람들 데리고요."

선예의 장난스러운 말을 뒤로한 채 채원과 정수가 밖으로 나갔다. 두 사람은 나란히 계단을 내려갔다.

"지원이가 복학하면 여기서 학교에 다니지?"

"네, 아무래도 그럴 것 같아요."

"이제 곧 지원이도 전역이고 이 집도 시끌벅적하겠구나. 지원이라도 있으니 안심……."

순간 정수가 말끝을 흐렸다.

"최우현 군?"

택시에서 내리는 익숙한 뒷모습에 정수가 황당한 듯 그 이름을 불렀다.

"자네가 여긴 어쩐 일인가?"

우현의 시선이 잠시 채원에게 머물렀다 정수에게 닿았다.

"안녕하세요, 교수님."

"세미나는 다 끝났고? 아이고, 내 눈치 좀 봐라. 채원이 만나러 왔구나. 남자친구도 왔는데 내가 빨리 자리를 피해줘야지. 채원아, 간다. 우린 내일 만나자."

우현의 어깨를 툭툭, 두드린 정수의 느릿한 발걸음이 그를 스쳐 지나갔다.

"잠깐만요, 교수님."

하지만 우현의 목소리에 정수의 발이 멈췄다.

"교수님, 그 물건들……."

"아, 이건 채원이 아버지 물건이야."

"채원 씨 아버지 물건이요?"

정수가 종이가방으로 시선을 돌려 안을 뒤적거렸다.

우현이 고개를 돌려 채원을 바라보았다. 입술을 앙다문 채원이 눈을 가늘게 뜨며 우현을 바라보았다. 그러고는 살짝 고개를 내저었다.

"아, 아, 네. 전 교수님 물건인 줄 알고요. 내일 교수실로 가져가실 것 같으면 제가 사무실로 갖다 놔도 될 것 같아서요. 내일 교수님은 연구실로 바로 출근하지 않으시잖아요."

채원의 시선을 읽은 우현이 재빨리 말을 돌렸다.

"말은 고마운데 이건 내 개인적으로 필요한 물건들이라 괜찮아. 그럼 난 이만 가보마."

"네, 교수님. 내일 뵐게요."

돌아선 정수가 차에 올랐고 곧 골목에서 사라졌다.

"윤 교수님이 아저씨 물건 열어 봤어요?"

우현이 다급한 목소리로 채원에게 물었다.

"우현 씨와 연락이 닿지 않아서 메시지 남겨놨는데. 보고 온 거죠? 일단 올라가요."

채원이 우현의 팔을 잡아끌었다.

"우현 씨가 아빠와 관련이 있는 사람인 줄 몰라서 아빠 물건에 대해 이야기를 못 했어요. 아까 아저씨한테 전화가 왔을 때 그제야 생각이 나서……."

채원이 빠른 걸음으로 계단을 올라갔다. 그러고는 현관문을 열고 안으로 들어갔다.

"안에 별다른 물건 없었어요? 아니, 그보다 윤 교수님이 왜 아저씨 물건을 보고 싶다고 한 거죠?"

"채원아, 내 생각에 이거……!"

갑자기 안에서 들려오는 또 다른 목소리에 우현이 흠칫 놀랐다. 선예였다.

"우현 씨, 왔어요? 채원이가 아저씨가 집으로 오기로 했다면서 함께 있어 달라고 해서 왔어요."

우현의 시선이 채원에게 향했다.

"아저씨를 의심하는 것이 무례한 일인 것을 알고는 있지만 어쩔 수 없었어요. 우현 씨가 그랬잖아요. 그때 말한 세 분, 모두 다 용의자가 될 수 있다고."

채원에게 윤 교수님이 어떤 존재인 줄 알고 있었다. 아버지 같은 분을 의심하며 속이는 일이 쉽지만은 않았을 것이다.

"윤 교수님이 오시기 전에 아빠 물건을 열어 봤어야 했어요. 내가 먼저 확인했어야 했죠. 무엇보다 왠지 모르게 아저씨가 평소와 다른 것 같아서 혼자 있기가 조금 그랬어요."

"잘했어요. 윤정수 교수님이 그냥 돌아간 걸 보면 중요한 것은 없었나 봐요. 고생했어요. 힘들었을 텐데."

"아니요, 우현 씨. 이것 좀 봐줘요."

선예가 자신의 손에 들린 책을 우현에게 내밀었다.

"역사의 기밀문서?"

우현이 책의 제목을 큰 소리로 읽었다. 그리고 책의 겉표지를 넘겼다. 한장. 또 한 장.

얼굴이 점점 심각해졌다.

"채원 씨, 이거……."

그가 고개를 들어 채원을 바라보았다.

"그거 아빠 노트 맞죠? 거기 적혀 있는 거, 내가 아는 아빠 글씨가 맞아요. 그렇죠?"

"내가 지금 잠깐 안을 열어 보니까 무슨 일기장 같아. 책의 겉표지로 위장해 보관한 거 보면 분명 중요한 노트일 거야."

선예의 말에 고개를 끄덕인 우현의 손이 천천히 책의 겉표지를 벗겼다.

그러자 그제야 제 형태를 드러낸 노트. 바로 자신이 가지고 있는 노트, 한상원 교수가 죽기 전 제게 건넸던 것과 똑같이 생긴 노트였다.

"이게 그럼 아빠가 우현 씨에게 건네 준 노트라고요? 돌아가시기 전에?"

채원은 믿기 힘들다는 듯 우현에게 물었다. 벌써 몇 번째 묻는 건지도 몰랐다.

우현의 연락에 성준은 세미나를 마치고 집에 있는 한상원 교수의 노트를 들고 채원의 집으로 찾아왔다.

"네, 아저씨가 나를 찾아왔었어요. 한국에는 믿을 사람이 없으니 보관해 달라고요. 아저씨의 일기장 같은 거예요. 개인적으로 기록하던 거."

채원이 익숙한 아빠의 글씨를 읽어 내려갔다. 잘 알아볼 수 없을 만큼 흘려 쓴 글씨.

"한 권이 더 있다는 건 알고 있었는데 찾을 수가 없어서요. 근데 여기 있었다니."

"교수실에서 아빠 물건을 가져왔을 때 전부 겉표지가 전공서적이어서 뒤적거릴 생각도 안 해봤죠. 그냥 아빠의 흔적이 담긴 책이니 버릴 수는 없어 상자에 넣어두기만 했어요."

전공서적 겉표지를 이용해 노트를 숨겼으리라고는 상상도 하지 못했다. 제법 두꺼운 노트는 그 모습을 온전히 간직한 채 채원의 손에 들려 있었다.

"한국에는 믿을 사람이 없다고 했으니 아저씨는 자신이 문화재 은닉사건의 범인을 조사하고 다닌다는 사실을 누군가가 눈치채고 있다는 걸 안 거예요. 그래서 노트를 숨긴 거고요."

채원의 손끝이 노트를 쓰다듬었다.

"나도 그 노트를 통해 아저씨의 그간 행적에 대해 알게 되었으니 아마 그 노트에도 그런 게 적혀 있을 거예요. 범인에 대해 조사하는 데에는 분명 도움이 될 거예요."

우현의 확신에 찬 목소리에 채원이 고개를 끄덕였다.

"우현 씨가 가지고 가요. 아빠가 첫 번째 노트를 우현 씨에게 줬다는 건 그 당시 아빠가 가장 믿었던 사람이 우현 씨였다는 거잖아요."

채원이 노트를 가슴으로 꼭 끌어안았다.

"가져가서 살펴보고 꼭 무언가 찾아줘요. 우현 씨라면 아빠가 적은 내용 중 뭐가 중요한 건지 알 수 있잖아요. 부탁할게요."

어느새 그녀의 눈시울이 붉어졌고, 커다란 눈망울에는 천천히 눈물이 차올랐다. 그 눈물방울들을 떨어뜨리지 않기 위해 애쓰는 모습이 애처로웠다.

"자, 밤도 깊어 가는데 우린 이만 가죠. 이제부터 바쁠 것 같은데."

그런 채원을 바라보던 성준이 다급하게 소파에 벗어둔 외투를 집어 들었다.

"그, 그래요. 나도 가게를 오래 비워둔 거 같아서 가봐야 해. 채원아, 우리 갈게. 우현 씨, 또 봐요."

채원이 인사도 건네기 전 서둘러 집을 나선 두 사람. 쿵, 하는 소리와 함께 현관문이 굳게 닫혔다.

잠깐의 정적이 흘렀고 거실 바닥에 앉아 있던 채원이 자리에서 일어났다.

"벌써 9시가 넘었네. 우현 씨도 어서 가봐요. 내일 또 출근해야 하는데."

"채원 씨."

낮게 깔린 우현의 목소리가 채원을 불렀다.

"참, 저녁은 먹고 온 거예요? 급하게 오느라 아무것도 안 먹었을 것 같은데. 미안해요."

하지만 채원은 그녀답지 않게 중얼중얼 말을 내뱉을 뿐 뒤를 돌아보지 않았다. 그 가녀린 뒷모습이 안쓰러워 작게 한숨을 내쉰 우현이 채원의 뒤에 가까이 섰다.

"언젠가 내가 말했죠? 날 그냥 채원 씨 곁에 머무르는 공기라고 생각하라고."

단단한 팔이 채원의 어깨를 감싸 안았다.

"힘이 나지 않을 때는 너무 힘내지 않아도 괜찮으니까."

우현의 시선이 잠시 거실 테이블에 머물렀다.

"괴로울 땐 괴롭다고 짜증 내도 되고, 슬플 땐 억지로 웃지 않아도 돼요. 울고 싶을 땐 울어도 돼요."

아저씨의 책, 아저씨의 일기장, 아저씨의 연필깎이, 아저씨의 작은 인형들.

"보고 싶을 때는…… 보고 싶다고 말해도 괜찮아요. 그러라고 나 여기 있는 거잖아요."

우현의 단단한 팔이 좀 더 채원을 세게 끌어당겼다. 여린 어깨가 서서히 떨리기 시작했다.

"수고했어요. 정말 수고했어요, 오늘."

작은 목소리가 귓가에 속삭이자 채원의 입술 사이로 참지 못한 흐느낌이 새어 나왔다.

"보고…… 싶어요."

힘없이 양옆으로 축 늘어진 팔이 안쓰러웠다.

"아빠가…… 아빠가 보고 싶어요."

꺽꺽거리며 울음을 삼키는 모습에 가슴이 시큰거렸다.

"그리워서…… 보고 싶어서 심장이 터져버릴 것 같아요. 매일 얼굴을 그려봐도 자꾸 희미해져요."

들릴 듯 말 듯 가느다랗게 흘러나오는 목소리.

"못 한 말이 너무 많아요. 미안하다고, 사랑한다고. 한 번만…… 딱 한 번만 뵙고 싶어요. 딱 한 번만……."

그 음성에 자신의 심장마저 쪼개질 듯 아파왔다.

집으로 돌아온 우현은 방 안에서 꼼짝도 하지 않고 가져온 노트를 살펴보았다. 여기저기 남아 있는 아저씨의 흔적을 보고 있자니 매 순간 그리움이 울컥, 하고 밀려왔다.

"뭐 좀 찾았어?"

작은 노크 소리가 들리더니 성준이 커피 잔을 들고 안으로 들어왔다.

"아직은. 시간 순으로 아저씨가 누굴 만났는지 써 내려가고 있었어. 아저씨는 김윤상 교수님과 윤정수 교수님 중 한 분을 의심했던 것 같아."

우현이 손가락으로 노트를 가리켰다.

"문제는 특정 이름이 아니라 '그 사람'이라고만 되어 있어."

"그 사람?"

"응, 여기 봐. 그 사람이 일을 벌였다고는 믿을 수 없다. 우린 오래도록 함께해왔는데. 아직 확실한 것이 아니니 섣불리 판단하지 말자."

우현이 노트에 적힌 말들을 차분히 읽어 내려갔다.

"의심되는 몇 가지가 있지만 모든 증거는 내가 범인이라고 말하고 있다. 그 사람은 처음부터 이렇게 하기 위해 완벽하게 꾸며놓은 걸까?"

"그 사람이 대체 누구지? 오래도록 함께해왔다고 한다면 혹시 윤정수 교수님?"

"두 분 다 아저씨와 오랜 시간 함께해온 대학 선후배 사이야. 근데 성준아, 채원 씨한테 미안하지만 난……."

"윤정수 교수님을 의심하고 있다는 거잖아. 나도 말은 못 했지만 그분이 이상하다고 느껴."

"누구보다 학교 일을 중요하게 생각하는 분이셔. 근데 고작 채원 씨에게 찹쌀떡을 전해주는 일이 중요해 세미나에 참석을 하지 않으셨다고? 그건 말이 안 돼."

"채원 씨 아버지 물건을 살펴보기 위해서라는 생각이 가장 적합하겠지."

우현이 작게 고개를 주억거렸다.

"선예 씨 말로는 윤 교수님이 무언가를 찾는 것 같았다고 했어. 윤 교수님이 아저씨 물건 중 찾을 만한 게 없잖아."

"가령 노트의 존재를 알았다면……. 아저씨는 누군가 노트를 찾는다는 것을 알고 숨기려고 했고. 그 사람은 여기에 아주 중요한 게 적혀 있다고 생각할 수 있지."

우현과 성준의 얼굴이 어두워졌다. 우현이 다시 노트로 시선을 돌렸다. 한 장 한 장 넘기며 신중하게 글을 읽어 내려갔다. 그런 그의 시선이 어느 한 곳에 멈췄다.

"성준아, 아까 채원 씨한테 받아 온 사진 있지?"

"사진? 아, 허민지가 줬다는 그 사진?"

"응. 네가 가지고 있지? 줘봐."

성준이 거실로 나가더니 채원이 건네 준 사진을 우현에게 내밀었다. 그가 사진 뒤에 적혀 있는 이름과 얼굴을 비교했다.

"이 사람."

지금의 우현의 또래로 보이는 남자가 정수 옆에 서 있었다.

"내일 인턴이었던 성훈이를 만나러 간다. 그 아이가 부디 내게 진실을 이야기해줬으면 좋겠다. 작성된 다른 하나의 유물 리스트 장부에 관해서 말이다."

노트 속에 적힌 글을 읽는 성준의 목소리에 방 안이 순식간에 고요해졌다.

"당시 발굴된 유물 리스트를 담당했던 사람은 이 사람이야, 유민수. 김성훈이라는 사람이 아니라."

우현이 손가락으로 가리킨 사람은 전혀 다른 사람이었다.

"그럼 유민수라는 사람은 공식적인 유물 리스트를 작성한 사람, 그리고 김성훈이라는 사람은 비공식적인 기록을 작성한 사람이 되겠네. 한마디로 조작된 유물 리스트."

성준의 추측에 우현이 고개를 끄덕였다.

"아직 사라진 문화재가 다 발견되지 않았어. 아저씨가 사고로 돌아가시면서 사건은 미궁으로 빠졌지. 문화재는 분명 아직 진범이 가지고 있을 거야."

"아직 세상에 나오지 않았으니 그렇겠지. 아마도 시간이 지나 잊혀질 때쯤 문화재를 경매에 내놓으면 비싼 값에 팔릴 게 분명하니 그때를 기다리고 있겠지."

"김성훈이 조작된 유물 리스트를 작성하고 있던 사람이라면 분명 그 일을 시킨 배후자가 있겠고 두 사람은 공범으로 문화재를 나누어 보관하고 있을지도 모르지."

"만약 김성훈이라는 사람이 문화재를 가지고 있지 않더라도 공범인 이상 거액의 돈이 걸려 있으니 두 사람은 여전히 연락을 주고받고 있을 테고."

성준의 맞장구에 우현이 피식 웃음을 흘렸다. 오래도록 함께한 두 친구는 서로의 눈빛만으로도 생각을 알 수 있었다.

"한마디로 두 분 중 김성훈과 지금도 연락을 하고 있는 교수님이 범인일 확률이 높겠네."

"그걸 알기 위해서는 우선 이 사람부터 찾아야 하는데……."

"10년이나 지났어. 거기다 인턴. 이 바닥에 있으면 모를까, 찾기 쉽지 않을 거 같은데. 우리가 영화처럼 사람 뒷조사할 수 있는 능력이 있는 것도 아니고."

우현이 잠시 생각에 잠겼다.

"능력이라……."

하지만 이내 입꼬리를 올려 장난스럽게 웃었다.

"정중하게 부탁이라도 해보지, 뭐. 능력자에게."

오전에 발굴 현장에 다녀와 오후에나 교수실로 돌아온 정수가 외투를 벗고는 의자에 털썩 앉았다. 넓은 책상 위에는 김이 모락모락 나는 따뜻한 커피가, 그 옆에는 어제 채원의 집에서 가져온 한상원 교수의 책이 있었다.

"정말 이게 다란 말이지?"

정수의 시선이 한쪽 벽을 가득 채운 책장으로 옮겨졌다. 그리고 그 책장 한쪽 구석에 꽂혀 있는 책. 어제 채원의 집에서 가져온 책과 같은 책이었다.

"채원이 가지고 있는 물건 중에 없다면…… 그럼 정말 어디로 사라진 거지?"

정수의 얼굴이 심각해졌다.

똑똑.

노크 소리가 들렸고, 교수실 안으로 선우가 들어왔다.

"교수님, 오전에 왔었는데 현장에 나가셨다고 하셔서요."

정수가 자리에서 일어나 소파로 선우를 안내했다.

"물어보고 싶은 게 있어서 불렀어. 며칠 전 자네가 최우현, 김성준과 함께 조교실에서 나오는 걸 봤네."

선우의 얼굴에 당황한 기색이 역력했다. 그 모습에 윤 교수가 눈을 가늘게 떴다.

며칠 전 외출을 했다 돌아오는 길, 건물로 들어와 복도에 들어섰을 때 우현, 성준과 함께 서 있는 선우를 발견했다.

'그럼 부탁할게요, 선배. 윤정수 교수님이 알면 선배도 곤란할 거 아니에요.'

그리고 선우에게 부탁하는 우현의 목소리를 들었다.

"내가 알면 곤란한 일이 대체 뭔가?"

"아…… 그, 그게……."

선우가 빠르게 눈동자를 굴리며 마른 입술을 축였다. 의심이 가득했던 우현의 모습과 날카롭게 눈을 빛내며 자신을 바라보고 있는 윤정수 교수의 모습이 교차되었다. 머릿속에는 우현의 목소리가 떠다녔다.

'선배, 이건 우리만 알고 있는 걸로 해요.'

"우현 군이 자네에게 뭐라고 하던가?"

'윤 교수님이 알아서 곤란한 건 우리 모두잖아요.'

"이선우 군?"

"최, 최우현이 제게 보고서를 부탁해서요."

생각지도 못한 선우의 대답에 정수가 눈을 동그랗게 떴다.

"막내인 우현이가 연구소 일에 참여하지 못하는 동안에 진행된 일들에 대해 보고서를 작성해야 하는데…… 그걸 제게 부탁했어요."

"최우현 군이? 자네에게?"

"네. 근데 그 사실을 알면 교수님께 꾸중을 들을 거라고. 그렇게 되면 저도 곤란할 테니 비밀로 해달라고. 그, 그게 다예요."

정수가 살짝 의심의 눈초리를 보냈지만 이내 고개를 끄덕였다. 선우는 연구소 내에서도 착하고 성품 좋기로 소문나 사람들의 부탁도 자주 들어주었다. 너무 바보 같다 싶을 정도로 말이다.

"최우현 군이 별일이네. 자신의 일을 남에게 부탁하기도 하고."

"저도 깜짝 놀랐어요. 거기다 워낙 보고서도 잘 써서 제가 잘할 수 있을까 싶어서……. 근데 소, 소개팅시켜주기로 했거든요. 그래서 그냥 덥석 물었죠, 뭐."

머리를 긁적거리는 선우의 말에 정수가 피식 웃음을 흘렸다.

"젊은 사람들이 말하는 가지치기 뭐, 그런 건가? 청춘이 좋긴 하네. 알았어. 그만 나가봐."

선우가 푹, 고개를 숙이고는 엉덩이를 떼려고 했다.

"참, 자네. 발굴된 유물 리스트는 잘 작성하고 있지? 내가 지정해준 몇몇 유물들은 따로 보관해서 정리해두고 있으니 걱정하지 말고."

"저…… 교수님. 말씀하신 유물 말인데요. 지금 어디에……."

선우가 망설이듯 물었다.

"중국 팀을 위해 마련된 연구소에 보관되어 있어. 내가 일주일에 두 번씩 그곳을 방문하고 있으니 걱정 안 해도 돼.”

“그런데 왜 한국에서 발견된 유물들을 중국 팀에서 보관하고 있는 거죠?”

“중국과 한반도의 역사는 유기적으로 관계된 것들이 많으니 함께 연구하는 거지. 중국 팀에서 이번 발굴에 많은 투자를 했다는 것 알고 있지?”

그런 이유로 유물을 중국 팀으로 보낸다고? 선우가 고개를 갸우뚱했다.

“조금 창피한 말이지만 투자의 비율이 한국보다는 중국 쪽이 높아. 중국에서도 우리도 이만큼 투자했으니 그만한 대가를 달라, 뭐, 이런 거지.”

“아, 그렇군요.”

“우리나라 땅에서 발견된 유물들을 발굴하면서 중국의 눈치를 봐야 하다니 한심하지. 우리도 이런 문화유산에 대해 더 관심을 가지고 돈을 아끼지 말아야 할 텐데 말이야.”

선우가 고개를 끄덕였다.

“연구가 끝나면 전부 돌려받을 테니 걱정 말아. 이미 일부는 다른 유물들과 함께 제자리로 돌아가 보관되어 있기도 하고.”

정수가 작은 사진 몇 장을 건넸다.

“자네의 역할이 매우 커. 우리 팀에서 발굴 유물의 리스트를 작성하고 있는 건 자네뿐이니까. 자, 어제 발굴된 유물들이네. 정리하게.”

“제가 오후에 현장에 나가서 따로…….”

“그냥 자네는 내가 시키는 대로만 하면 돼. 그리고 중국 팀과의 합작은 일단 자네와 나, 둘만 아는 거야. 알고 있지? 나라에서도 쉬쉬하는 내용이니 각별히 조심해.”

정수의 싸늘한 목소리에 선우가 고개를 끄덕이고는 자리에서 일어났다.

자신의 자리로 돌아온 선우는 책상 위에 있는 사진으로 시선을 돌렸다. 어제 자신이 현장에 나가서 찍은 사진이었다. 윤 교수가 준 사진에는 번호가 적힌 유물들이 나열되어 있었고.

"또 몇 개가 빠져 있네?"

자신이 존경하는 윤정수 교수의 말을 100프로 신뢰했지만 찜찜한 건 사실이었다.

"나와 윤 교수님밖에 모르는데 나중에 누락된 게 있어서 내가 덤터기라도 쓰게 되면……."

입술을 앙다문 선우가 고개를 내저으며 서랍에서 수첩을 꺼냈다. 전화번호를 찾은 선우가 수화기를 들어 어디론가 전화를 걸었다.

[안녕하세요, 성남대학교 문화재연구소 이선우 연구원입니다.]

곧, 선우의 입에서 능숙한 중국어가 흘러나왔다.

"잘 들어갈 수 있지?"

"내가 앤가. 한두 번 부대 복귀하는 것도 아니고. 그리고 나 2주 있으면 전역이야. 들어갔다가 바로 나올 거야."

버스 터미널에서 부대로 복귀하는 지원을 배웅하는 채원의 얼굴이 어두웠다. 아빠의 일로 힘들어할 지원이 걱정되기 때문일 것이다.

"누나, 나 괜찮아. 누나야말로 내 걱정 그만하고 밥도 좀 잘 먹고 다니고. 나 전역하면 누나 살 팍팍 찔 줄 알아. 각오해."

지원의 어깃장에 채원이 어설프게 웃어 보였다.

"그리고 우현이 형하고도 잘 지내고. 좋은 사람이더라."

지원은 우현이 털어놓은 자신들과 준서의 관계에 듣고 놀라움을 감추지 못했다. 하지만 곧 누나만 행복하다면야, 라며 두 사람을 응원했다.

"거기다 아빠 일을 위해 가장 힘써주고 있는 사람이잖아. 나한테는 누구보다 고맙고 또 고마운 사람이야."

지원의 시선이 멀리서 무언가 잔뜩 사서 걸어오는 우현을 향했다.

"형, 뭘 그렇게 많이 사 와요? 그거 다 먹지도 못해요."

"부대 복귀하면 사람들이 네 손만 보고 있을 거 아니야. 가지고 들어가서 같이 나눠 먹어."

우현이 양손에 든 종이봉투를 지원에게 넘겼다.

"고마워요, 형."

"고마우면 전역해서 독립하고."

"그전에 형이 우리 누나 데려가서 살아요."

"그 방법이 있었네."

우현이 코끝을 찡긋하더니 채원의 어깨를 팔로 감싸 안았다. 잘 어울리는 두 사람의 모습에 지원이 흐뭇하게 웃었다.

"우리 누나 잘 부탁해요, 형. 그리고 우리 아빠도. 아무런 도움이 되지 못해서 미안해요, 우리 아빠 일인데. 그래도 잘 부탁해요. 나와서 내가 형을 도울 수 있는 일이 있다면 최선을 다할게요."

우현이 주먹으로 지원의 가슴을 툭, 하고 내리쳤다.

"고마우면 전역해서 독립하라니까. 들어가라. 늦겠다. 2주 후에 보자."

손을 흔들며 떠나간 지원을 배웅한 두 사람은 터미널을 빠져나왔다.

"근데 이렇게 중간에 나와도 괜찮아요? 가끔 보면 성실한 건지 불성실한 건지 모르겠다니까."

"불성실이라니? 당당하게 외근 신청하고 온 거라고요. 그리고 평소에 일 열심히 하니까 괜찮아요."

자신의 말에도 채원의 눈동자에 의심이 가득하자 우현이 그녀를 좀 더 바짝 끌어당겨 안았다.

"채원 씨 안 굶기니까 걱정하지 말아요."

"남자 도움 없어도 안 굶을 정도의 능력은 되거든요?"

"뭐, 또 그렇게 자립심이 강하고 독립적이에요? 이럴 때는 어머, 정말요? 라면서 감동 좀 받아봐요."

우현의 투덜거리자 채원이 팔을 뻗어 그의 팔에 팔짱을 끼웠다.

"우현 씨가 돈 못 벌어도 내가 열심히 벌어서 우현 씨 안 굶길 테니까 걱정 말아요.”

“설마 나 지금 프러포즈 받은 거?”

우현이 눈을 동그랗게 뜨며 채원을 바라보며 입을 열었다.

“무슨 여자가 프러포즈를 이렇게 멋없게 해요? 아니, 반지도 없어, 케이크도 없어. 것도 사람 많은 터미널에서. 너무 안 로맨틱하시다. 나 좀 튕겨봐야겠어요.”

우현의 장난스러운 말투에 채원이 새침하게 고개를 돌렸다.

“뭐, 지금은 그렇게 튕겨도 돼요. 대신.”

채원이 우현의 팔에 감긴 자신의 손을 빼내고는 앞서 걸어갔다.

“나중에는 절대 농담으로 못 넘겨요. 나는 우현 씨에게 NO라는 대답 들을 생각 없으니까.”

채원의 말에 번개라도 맞은 듯 우현은 그 자리에 멍하니 서 있었다.

“지금 나 정말 프러포즈 받은 거지?”

우현의 커다란 손이 제 볼을 세게 꼬집었다.

“아야, 진짜네.”

입가에 웃음이 걸렸다. 점점 커진 미소가 얼굴 전체에 번져갔다.

“빨리 와요!”

지금쯤 한껏 붉어져 있을 채원의 볼을 상상하는 것만으로도 온몸이 붕 뜰 정도로 행복한 기운이 솟아 나왔다. 저 도도했던 여자 입에서 두 사람의 미래를 이야기하는 말이 나오다니. 배시시 새어 나오는 웃음을 손으로 가려 보았지만 역부족이었다.

“한채원!”

그 벅차오르는 기쁨을 주체하지 못하고 큰 소리로 불렀다. 자신의 전부인 여자의 이름을.

그리고 외쳤다.

“기다릴게! 무르기 없기!”

사랑한다고.

제일산업 사장실.

"아, 글쎄 안 합니다."

실내에는 조금 짜증이 섞인 준서의 목소리가 울려 퍼졌다.

"몇 번 이야기합니까, 그런 거 안 합니다. 그러니 자꾸 이런 식으로 전화……."

똑똑.

짧은 노크 소리와 함께 문이 열리고 우현이 빠끔히 고개를 내밀었다. 고개를 끄덕인 준서가 다시 통화에 집중했다.

―나랑 인터뷰하기 싫어하는 거, 잘 모르는 사람하고 이야기 나누고 싶지 않아서, 라면서요. 그럼 친해지면 되잖아요. 나도 준서 씨하고 진지하게 이야기 나눠보고 싶었는데.

"이쪽에서 신세 진 게 있다는 건 인정합니다. 하지만 우리 쪽에서도 충분히 보상한 것 같은데요. 이런 일로 전화하는 거 매우 불편합니다."

―요즘은 인터뷰할 때 딱딱하게 안 해요 같이 술이라도 한잔하면서 자연스럽게 하죠. 어때요, 시간 괜찮으면 같이…….

"전 친하지 않은 사람과 마주 앉아서 그렇게 못 합니다. 그럼 끊습니다."

미간을 잔뜩 구긴 준서가 전화를 끊고 한숨을 내쉬었다.

"누군데 그래? 뭘 하기 싫어서?"

"인터뷰. 진짜 끈질기네."

"인터뷰? 무슨?"

"소란스러웠던 제일산업, 그리고 다시 일어나려 노력하는 중견기업의 젊은 사장."

"그래서 친하지 않은 사람과 마주 앉아 대화 못 하겠다고 했구나?"

서랍에서 묵직한 종이봉투를 꺼내 소파로 걸어온 준서.

"아무리 회사에 주식이 있는 분이라 하더라도 이렇게 사람을 마음대로

부려 먹어도 되나? 그것도 사장인 나를?"

준서답지 않은 농담에 우현은 종이봉투를 건네받으며 기쁜 듯 웃었다.

우현은 한상원 교수의 일기장에서 본 '김성훈'이라는 남자에 대한 조사를 준서에게 부탁했다.

"고마워, 형. 난 그냥 일반인이라 이런 거 어디에 부탁해야 할지 방법도 잘 몰라서."

"그래서 기업을 경영하는 내게 사람 뒷조사를 부탁했다고? 안 그래도 제일산업 이미지 바닥인데?"

장난스러운 준서의 목소리에 우현이 혀를 날름 내밀었다.

"세상 모든 것들을 비밀리에 조사할 수 있는 박 비서님이 형의 곁에 있잖아. 능력 있는 형이 있어서 얼마나 든든한지. 고마워, 형."

"말이라도 못하면."

우현이 봉투를 열어 안의 내용물을 찬찬히 살펴보았다.

"채원이의 아버지, 한상원 교수님이라는 분. 무죄라는 게 정말이야?"

우현은 준서에게 전화를 걸어 모든 것들을 설명했다. 채원의 아버지와 자신의 관계. 떠들썩했던 사건. 그리고 사실은 그 모든 것이 누군가의 조작에 의해 만들어진 일이라는 것을.

"그걸 밝혀내는 일이 내가 할 일이야. 그걸 위해서 지금까지 고고학 공부를 해온 거니까."

준서가 고개를 끄덕였다. 그러고는 심각한 얼굴로 서류를 살펴보는 우현을 물끄러미 바라보았다.

제일산업은 여전히 추락한 이미지를 살리기 위해 노력하고 있었고, 아버지 최진철 사장은 성실히 경찰 조사를 받고 있었다. 자신이 사장이 된 이후로 우현은 회사에는 거의 얼굴을 내비치지 않았다. 회사에 남겨진 우현의 주식 역시 말리지 않았다면 모두 그에게 넘겼을 것이다. 우현은 약속대로 회사 일에는 그 어떤 것에도 관여하지 않았다.

"무죄라는 게 밝혀지면 공부 그만둘 거야?"

무심코 던진 준서의 질문에 우현이 고개를 들었다.

"고고학을 공부하는 이유, 은인이었던 채원이 아버지의 무죄를 증명하기 위해서라면서. 그게 밝혀지면 공부 그만둘 거냐고."

"그런 건 왜 묻는 거야? 당연히 난……."

"그만둔다면 이쪽으로 오라고."

생각지도 못한 준서의 말에 우현이 눈을 크게 떴다.

"와서, 일 배워서, 같이하자고."

"형……."

"그만둔다면 말이야. 아니면 말고."

무뚝뚝한 목소리에 우현이 싱긋 웃었다.

"나 여기 들어오면 형 골치 아파서 폭삭 늙어버릴 거야."

그의 대답에 준서가 눈썹을 치켜 올렸다.

"말은 안 듣지, 일도 못하지, 거기다 나 넥타이 엄청 싫어해. 답답해서."

우현의 손가락이 준서의 목에 단정히 걸린 넥타이를 가리켰다.

"나 형에게 머리 아픈 존재가 되고 싶지 않아. 그러니 그 스카우트는 정중히 거절할게."

"핑계는."

준서가 피식 웃더니 자리에서 일어났다.

"자료가 도움이 됐으면 좋겠네."

"충분해, 형. 이제 형이 준 정보로 이 사람을 만나봐야지."

"그래. 또 도움이 필요한 일 있으면 이야기하고."

"고마워, 형. 갈게."

우현도 준서를 따라 자리에서 일어나 문을 향해 걸어갔다.

"아, 그리고 형."

우현이 천천히 몸을 돌렸다.

"아까 말한 그 인터뷰. 난 해도 괜찮을 거 같은데."

순간 준서가 흠칫했다.

"회사 이미지에도 좋지만 무엇보다…… 멋있잖아. 형이 신문사와 인터뷰를 하다니. 만약 신문에 나온다면 아마 난 스크랩한 후에 코팅까지 해서 보관해둘걸?"

우현의 말에 준서가 고개를 저으며 그만 가라는 듯 손을 휘휘 저었다.

"농담이야, 농담. 그럼 진짜 갈게."

쿵, 하는 소리와 함께 사장실 문이 닫혔고 준서가 가만히 우현이 떠나간 자리를 바라보더니 책상으로 돌아왔다. 메모지 위에는 'M미디어 강하늘 기자, 010-xxxx-xxxx'이라는 전화번호가 적혀 있었다.

"멋있기는. 거기다 창피하게 무슨 스크랩이야."

작게 중얼거린 준서가 메모지를 집어 들었다. 음음, 목을 가다듬더니 휴대폰을 들고 메모지 위에 있는 전화번호를 눌렀다.

-네, 여보세요!

밝고 우렁찬 목소리가 들렸다.

"제일산업 최준서 사장입니다."

-어머, 사장님!

"그…… 아까 말한 인터뷰 말입니다……. 혹시 신문 기사로도 나옵니까?"

-당연하죠! 저 정말 곤란한 질문 안 할게요. 사진도 잘 찍어드릴게요. 인터뷰하시겠어요?

"스케줄 조정해서 다시 연락드리죠."

휴대폰 너머로 기쁨의 고함이 들렸다. 전화를 끊은 준서가 자신도 이해가 가지 않는다는 듯 고개를 내저었다.

"이거 완전 동생 바보로군."

"여보세요? 아, 네. 제가 김성훈입니다."

성훈은 먼지 가득한 공사 현장에서 빠져나와 구석으로 걸어가 전화를 받았다. 옷에는 회색빛 시멘트 가루들이 소복하게 쌓여 있었고 어깨가 축 쳐져 있는 뒷모습은 고단해 보였다.

"죄, 죄송합니다. 돈은 이번 달까지 제가 마련……. 아니요, 어떻게든 해볼게요. 정말 죄송합니다."

휴대폰을 양손으로 꼭 쥐고 상대방이 눈앞에 있기라도 한 듯 허리까지 숙여 사과를 건네는 모습이 안쓰러워 보였다.

상대방을 겨우 달래 전화를 끊은 성훈이 한숨을 내쉬며 바닥에 힘없이 무릎을 접어 앉았다.

여기저기 걸려오는 빚 독촉에 머리가 지끈거렸다. 그래도 지금까지는 어떻게든 버텨왔지만 이제는 한계에 다다른 것 같았다.

"하아, 인생이 막막하네, 막막해."

올여름, 다니던 회사에서 잘린 이후 겨우겨우 얻게 된 공사 현장 일은 월급이 좋지 않았다. 마흔이 가까운 나이에 새로운 직장을 잡기도 쉽지 않은 일이었다. 무엇이라도 해야 했다.

전에 다니던 회사 동료의 꼬임에 넘어가 발을 들이게 된 도박. 처음이 어려웠을 뿐 두 번, 세 번은 쉬웠다. 그렇게 빠져들던 도박은 멀쩡하게 다니던 직장까지 잃게 하고 지금 남은 건 산더미처럼 불어난 빚과 가족의 불신, 이 두 가지였다.

뒤늦게 후회해봤자 아무런 소용이 없다는 것을 알고 있어 원망할 곳도 없었다. 이럴 때는 담배라도 한 대 피웠으면 좋겠지만 그것조차 사치라는 것을 너무도 잘 알고 있었다.

다시 한 번 깊게 한숨을 내쉰 성훈이 휴대폰으로 어디론가 전화를 걸었다.

"여보세요? 교수님, 접니다."

-아, 성훈인가? 어쩐 일인가?

대학시절 인턴생활을 했던 대학 연구소에서 알게 된 윤정수 교수와는 질긴 인연으로 여기까지 온 사이였다.

　"요즘 어떻게 지내시나 해서요."

　-나야 뭐, 늘 똑같지. 자네는 좀 어떤가?

　"교수님, 저는 언제까지 이렇게 지내야 하는 건가요? 요즘 형편이 그다지 좋지 않아 사는 게 너무 힘이 듭니다. 교수님도 아시지 않습니까, 제 사정. 그러니……."

　-무슨 소리를 하는 겐가. 행여나 허튼 행동 할 생각이라면 그만두게. 내가 조금 더 기다리라고 하지 않았나!

　"이제는 시간도 많이 지나지 않았습니까? 그러니 제 몫만이라도……."

　-이런 소리나 할 거면 전화하지 말게나. 더 이상은 나보고 어떻게 더 도움을 주라는 건가? 손님이 찾아와서 이만 끊겠어. 내가 금방 다시 걸 테니 전화하지 말게나.

　"교, 교수님! 교수님!"

　성훈의 애타는 부름에도 전화는 끊겨버렸다.

　"하아, 대체 얼마나 더 기다려야 하는 거야? 자기만 떵떵거리고 살면 끝이라는 거야?"

　성훈의 입에서 거친 말들이 튀어나왔다. 윤 교수가 고개를 빳빳하게 세우고 생색을 내는 게 이해가 되지 않았다.

　"더 이상 어떻게 더 도움을 주냐고? 겨우 직장 한 번 얻어준 거 가지고 엄청 생색내네. 그렇게 좋은 곳도 아니었으면서."

　10년이다, 10년을 기다렸다. 그런데 얼마나 더 기다려야 한다는 건가.

　성훈이 이내 고개를 젓고는 건물 사이를 빠져나갔다.

　"설마 혼자서 다 해먹을 생각은 아니겠지?"

　"어이, 성훈 씨!"

　혼자 중얼거리며 손에 든 장갑을 탁탁, 털어낸 성훈은 자신을 부르는 감독관의 목소리에 걸음을 빨리했다.

"누가 자네를 찾아왔어. 사무실 들어가서 이야기 나누고 나와."

깔끔한 옷을 차려입은 젊은 남자의 뒷모습이 보였다. 그리고 남자가 뒤를 돌아보았다.

청년과 성인 남자의 모습이 공존하는 잘생긴 남자는 성훈을 향해 고개를 끄덕이며 인사를 건넸다. 덩달아 고개를 숙인 성훈이 남자를 향해 가까이 걸어갔다.

"김성훈 씨 되십니까?"

"네, 제가 김성훈입니다만…… 누구신지요?"

"시간 괜찮으시다면 잠깐 이야기를 좀 나눌 수 있을까요?"

남자의 당당한 모습에 눈을 깜빡거리던 성훈은 공사 현장 한쪽에 있는 간이 사무실로 걸음을 옮겼다.

우현은 성훈이라는 남자를 날카로운 눈으로 관찰하며 기억하려 애썼다. 분명 자신의 기억 속에 또렷하게 남아 있는 남자는 아니었다. 단지, 지금 성훈의 얼굴에는 허민지가 건넨 사진 속에 있던 앳된 모습이 조금 남아 있을 뿐이었다.

성훈은 믹스커피가 담긴 종이컵을 들고 와 우현에게 건넸다.

"감사합니다, 이렇게 연락도 드리지 않고 갑자기 찾아와서 죄송합니다."

"아닙니다. 그런데 누구신데 저를 찾아오셨죠?"

궁금증 가득한 시선이 우현을 향했다.

"안녕하세요, 저는 한상원 교수님의 지인입니다."

뒷주머니에 있던 휴대폰을 꺼내 테이블 위에 올려놓던 성훈의 손이 잠깐 멈칫했다.

"한상원 교수님이라니…… 제가 개인적으로 친분을 가지고 지내는 교수님은 없어서요."

성훈이 슬쩍 미소를 지으며 우현을 향해 부드러운 목소리로 말했다.

"대학교 4학년 여름에 한국대학교 문화재연구소에서 인턴으로 일한 경험이 있으시죠?"

"네, 맞습니다. 근데 누구신데 그런 것까지 다 알고 계시는 거죠? 뒷조사 이런 건가요?"

"김성훈 씨가 그 당시 인턴으로 일하셨던 그때와 관련해 몇 가지 궁금한 게 있어서 찾아왔습니다."

"제가 당시에 인턴으로 일한 건 사실이지만 벌써 10년도 더 된 일입니다. 대학 때 잠깐 인턴으로 일했던 곳의 교수님을 일일이 어떻게 다 기억합니까?"

"그렇습니까? 하긴 오랜 기간 일하지도 않았는데 교수님들 성함을 전부 기억한다는 것이 어쩌면 힘든 일일 수도 있겠네요. 그렇다면 윤정수 교수님은요?"

"그분도…… 저는 잘 모르는 분입니다."

우현의 날카로운 눈빛이 성훈을 마주 보았다.

"그렇군요. 당시 발굴된 유물 리스트 작성을 담당하셨던 분이 김성훈 씨라고 들었는데, 맞나요?"

"제가요? 아뇨, 잘못 아신 것 같네요. 저는 인턴으로 그저 옆에서 잡무를 담당했을 뿐입니다."

"그럼 제가 잘못 알고 있는 건가요? 교수님 옆에서 유물 리스트를 기록해 보관한 건 김성훈 씨라고 알고 있는데요. 그 일로 경찰 조사도 받으셨고요. 맞습니까?"

경찰 조사라는 말에 성훈의 어깨가 움찔 떨렸지만 이내 다시 미소를 지었다.

"유물 리스트를 작성한 사람은 제가 아니라 유민수 씨라고 당시 연구소 직원으로 일했던 분입니다. 그분을 찾아가세요. 그럼 저에게는 이만 볼일이 없는 것으로 알고…….”

“이상하네요.”

우현의 말에 일어나려던 성훈이 다시 엉덩이를 붙여 자리에 앉았다. 갑자기 변한 싸늘한 공기에 등골이 오싹했다.

“문화재연구소에서 일했던 총책임자였던 교수님은 기억하지 못하면서 연구소 직원의 이름은 정확하게 기억하고 있다니요.”

“그, 그건 당시에 제가 유민수 씨와 가깝게 지내서…….”

“김성훈 씨가 일했던 곳에서 나라가 떠들썩할 만한 사건이 벌어졌는데 그 주인공인 한상원 교수님을, 그것도 총책임자의 이름을 모른다고요?”

“모를 수도 있지 않습니까? 그게 이상한 건가요?”

“차라리 그냥 솔직하게 안다고 말씀하지 그러셨습니까? 이런 식으로 발뺌하는 게 더 의심을 산다는 거 모르십니까?”

우현이 조소를 날리며 고개를 저었다.

“당신 누굽니까? 누군데 이렇게 예의도 없이 자기소개도 하지 않고 함부로 구는 겁니까?”

지금껏 어리숙하게 대답하던 성훈이 우현의 말에 발끈해 목소리를 높였다.

“당시에 발견된 유물의 리스트, 김성훈 씨가 작성한 게 맞죠? 알려진 것이 아닌 비공식 리스트 말입니다.”

두 손을 마주 잡고 앉아 있었던 성훈이 마른 입술을 축였다.

“어디서 그런 말도 안 되는 말을 하는 겁니까? 비공식적인 장부니 뭐니, 무슨 영화에서 나오는 이야기도 아니고. 자꾸 이런 식이면 사람을 부르겠습니다.”

“문화재 은닉을 함께 도왔습니까?”

“이보세요! 보자보자 하니까 말이 심합니다!”

성훈이 자리에서 벌떡 일어나더니 책상을 쿵, 하고 내리쳤다.

"가짜 유물 리스트를 작성해 문화재를 빼돌리고, 들킬 때를 대비해 문서를 조작하고. 그래서 한 사람에게 뒤집어씌우고."

책상 위에 있는 성훈의 주먹이 파르르 떨렸다.

"어떻게 알았냐고요? 10년 전 문화재 은닉사건의 진짜 범인이 성훈 씨라는 증거, 나한테 있습니다. 그러니 발뺌할 생각 하지 마세요."

성훈의 얼굴이 점점 하얗게 질려갔다.

"미, 미안하지만 난 아무것도 모릅니다. 그때 범인은 한상원 교수님으로 밝혀졌고, 경찰 조사도 전부 완벽하게 끝났던 거 아닙니까? 서류에 증거까지 완벽했습니다!"

성훈의 말에 우현이 눈을 가늘게 뜨며 자리에서 일어났다.

"아무것도 기억나지 않고, 누군지도 모른다고 하더니 거짓말이었나 봅니다."

우현이 깊은 한숨을 내쉬며 다시 입을 떼었다.

"내 말이 믿기지 않는 것 같은데, 내가 아무것도 모른다면 성훈 씨를 어떻게 알고 찾아왔겠습니까? 이대로 성훈 씨가 죄를 모두 뒤집어써도 괜찮다는 말인가요?"

꾹 다문 성훈의 입술이 미세하게 떨렸다.

"인턴이었던 성훈 씨 혼자 일을 벌였을 리가 없습니다. 그 배후가 내부 사정을 잘 아는 교수님들 중 한 분이라는 것도 알고 있습니다."

성훈이 무언가를 말하려 입을 열었지만 우현은 틈을 주지 않고 말을 이었다.

"사라진 문화재들이 아직 발견되지 않았으니 가지고 있겠죠. 그렇기 때문에 전혀 다른 일을 하고 있는 지금도 그 공범이었던 교수님과 여전히 연락을 하고 지내겠고요."

"문화재 은닉사건이니, 유물 리스트니 그런 거 모른단 말입니다! 돌아가세요!"

"시간이 지나면 서서히 묻힐 거라고 생각했나요? 사람들이 잊어버릴 거라고? 죄 없는 사람을 죄인으로 만들어놓고? 그렇게 생각하고 있다면 틀렸어요. 무조건 찾아낼 겁니다."

"글쎄, 난 모른다……."

그때 테이블 위에 있던 성훈의 휴대폰이 짧은 진동 소리를 내며 울렸다. 두 사람의 시선이 모두 성훈의 휴대폰으로 향했다.

순간 성훈이 손을 뻗어 재빨리 휴대폰을 집어 들었다. 하지만 이미 휴대폰 화면에 뜬 발신자 정보를 눈으로 읽은 우현. 날카로운 눈에서는 일순 번쩍하고 섬광이 빛났다.

실내에는 휴대폰 진동 소리만이 울려 퍼졌고, 잠시 후, 전화가 멈추었다.

"저는 나중에 다시 찾아오겠습니다, 김성훈 씨."

낮은 우현의 목소리가 성훈에게 말했다.

"그러니 지금은 방금 전화 온 분께 연락드리세요. 손님이 찾아와서 미처 전화를 받지 못했다고."

그 음성은 분노를 숨기지 않고 여실히 드러냈다. 하지만 말투만은 차분했다.

"그 손님이 난데없이 찾아와 10년 전 문화재 은닉사건에 관해 캐물었다고."

성이 난 목울대가 크게 울렸다.

"그리고 지금 이 순간 전화한 당신과 나를 의심하고 있다고."

참을 수 없는 분노에 온몸이 떨려왔다. 크게 숨을 들이켠 우현이 눈을 감고는 침착하게 화를 잠재웠다.

"이제는 가만히 있지 않겠다고."

나는 더 이상은 의심만으로 이 일을 끝내지 않을 거라고.

"만나러 갈 테니 기다리고 있으라고."

내가 반드시 당신을 거기서 끌어내릴 거라고.

"찾아온 손님의 이름은…… 최우현이라고.."

"채원 씨, 나예요. 퇴근했어요?"

버스에 오른 우현은 습관처럼 채원에게 전화를 걸었다.

-아뇨, 아직요. 오늘은 야근해야 할 것 같아요.

깊게 한숨을 내쉰 목소리가 들려오자 저도 모르게 입가에 웃음이 걸렸다.

"저녁은요? 뭐라도 먹으면서 일해야죠."

-이따 집에 가서 먹죠, 뭐. 우현 씨는요? 김성훈이라는 사람…… 만나봤어요?

불안하게 떨리는 음성에 마음이 좋지 않았다. 늘 밝은 목소리만 내도록 만들고 싶은데, 웃게만 하고 싶은데, 그게 생각만큼 잘되지 않아 속상했다.

"네, 만나고 학교로 돌아가는 길이에요."

-학교요? 퇴근 안 하고요? 외근 나갔다가 바로 퇴근해도 된다고 했잖아요.

만나야 할 사람이 있어요. 하지만 우현은 입을 꾹 다물었다.

시선을 돌려 유리창 밖을 바라보았다. 화려한 네온사인, 빠르게 움직이는 차들. 마치 자신만이 다른 세상에 덩그러니 서 있는 것만 같았다.

-아빠 일 때문에 정작 우현 씨 일은 제대로 하지 못하는 것 같아서 걱정이에요.

울컥, 눈물이 터져버릴 것만 같았다. 나는 당신이 더 걱정인데, 당신의 하루는 또 온통 내 걱정뿐이네요.

-아빠를 위한 우현 씨의 마음은 알고 있지만 너무 무리는 하지 말아요.

나는 당신이 애써 괜찮은 척 무리하고 있는 것 같아 더 걱정인데.

-우현 씨, 있잖아요…….

살짝 긴장한 듯한 목소리가 그의 이름을 불렀다.

우현이 질끈 눈을 감았다. 채원이 묻고 싶은 게 무엇인지 알고 있었다. 하지만 그녀는 이내 입을 다물었다.

끝까지 발뺌했지만 성훈의 휴대폰 액정 화면에 뜬 이름 석 자. 어느 정도 예상했지만 눈으로 확인한 이름에 목이 답답하게 조여왔다. 그리고 떠오른 채원의 얼굴 때문에 온몸이 분노로 떨려왔다.

"채원 씨."

울컥함을 애써 안으로 밀어 넣은 우현이 채원의 이름을 조금 강하게 불렀다. 닫혔던 눈꺼풀을 연 그의 눈빛이 강렬하게 빛났다.

"나 지금 학교로 돌아가요."

마음을 단단히 먹어야 했다.

"오늘. 의심이…… 확신이 되었거든요."

정적.

"집에서 기다리고 있어요. 아무 곳도 가지 말고, 그냥 집에서 태양이랑 있어요."

숨을 집어삼키는 소리조차 들리지 않았다.

"내가 갈 때까지는 아무것도 하지 말아요. 아무 생각도 하지 말아요. 그리고."

휴대폰을 들고 있는지조차 의심이 들 정도로 고요했다.

"내가 갈 때까지는 울지도 말아요."

채원의 대답을 듣지 않고 통화를 끊어버렸다. 가슴이 뛰고 정신이 혼미했다.

성훈은 10년 전 인턴 생활을 뒤로하고 고고학과는 전혀 상관없는 길을 걷고 있었다. 성훈이 자신이 언급했던 교수님들에 대해 차라리 알고 있다고 대답했다면 의심을 피했을지 모른다.

버스에 내린 우현이 애써 침착함을 유지하며 빠른 걸음으로 학교 건물로 들어갔다. 또각또각. 자신의 구두 소리가 텅 빈 학교 복도에 울렸다. 그의 걸음이 멈춰 선 곳.

안에서는 조금 큰 목소리가 들려왔다. 크게 심호흡을 한 우현이 손을 들어 문을 두드렸다.

"들어오게!"

조금 거친 목소리가 들려오자 우현이 천천히 문을 열었다.

동료 교수들과 회의를 마치고 온 정수는 들고 온 파일과 노트를 거칠게 책상 위에 집어 던졌다. 회의 내내 끈질기게 전화를 걸던 성훈 때문이었다.

사람들에게 어색하게 웃어주는 것도 한두 번이지. 화가 나 전원을 꺼버린 후로 잠잠해진 휴대폰 덕분에 회의를 끝까지 잘 마무리할 수 있었다.

"전화할 땐 안 받더니. 왜 난리야?"

요즘 부쩍 전화를 자주 하는 성훈 때문에 골치가 아팠다. 전화를 걸 때마다 하는 소리는 늘 같았기 때문이다. 언제까지 기다려야 하나요, 사는 게 너무 힘들어요, 도와주세요.

올여름 다니던 직장에서 잘리고 방황하더니 학교에 자리를 좀 마련해달라, 취직을 시켜달라, 요구가 이만저만이 아니었다.

성훈이 다니고 있던 회사 역시 지인을 통해 겨우 자리를 마련해줬지만 불법도박을 한 일이 회사에 알려지면서 그만두게 되었다.

"기껏 생각해서 자리를 내어줬더니 도박으로 잘리기나 하고. 대체 내가 얼마나 더 신경을 써줘야 해? 요즘 점점 요구가 많아진단 말이야? 마음에 안 들어."

손버릇이 나쁜 성훈은 도박을 좋아했다. 툭하면 도박에 손을 대고, 빚을 갚을 만하면 다시 손을 대고. 일이 반복되다 보니 당연히 빚이 늘어날 수밖에 없었고 늘 여기저기 돈을 구하러 다녔다. 그럴 때마다 늘 자신을 찾았고, 어쩔 수 없이 도움의 손길을 내밀어주었다.

"어리숙하고 순진해 보여서 좋았는데 사람 선택을 잘못했어."

한숨을 내쉬며 휴대폰을 켠 정수가 성훈에게 전화를 걸었다. 몇 번의 신호음이 가지도 않았는데 다급한 목소리가 들려왔다.

"대체 몇 번을 말해야 알겠나, 내가 연락하기 전까지는 전화하지 말라니……."

-교수님, 큰일 났어요!

"큰일이라니? 왜 이렇게 호들갑이야?"

-그, 그 사건이요.

"그 사건?"

-문화재 은닉사건이요! 10년 전.

성훈의 말에 정수가 눈을 가늘게 떴다.

"입에 담지 말라고 했지! 어디 그 말을 입 밖으로……."

-그 일과 관련해 누가 절 찾아왔어요. 남자가! 문화재 은닉사건에 제가 연루된 걸 알고 있다면서…… 교수님에 대해서도 물어봤어요!

정수가 입술을 질끈 깨물었다.

"그게 무슨 말이야!

-저보고 비공식 유물 리스트를 작성한 증거가 있다고……. 전 당연히 끝까지 발뺌했죠. 그런데 그때 마침 교수님께 전화가 와서…….

"자네 말 좀 조용히 해. 여기저기 소문내려고 그러나?"

똑똑. 그때 교수실 문을 두드리는 소리가 들렸다.

-그 남자가 교수님 이름을 봤어요. 아마 교수님이 그 사건과 관련되었다고 생각하는 것 같아요. 아니, 교수님과 제가 진짜 범인이라고 확신하는 표정이었어요.

"네! 들어오세요."

정수의 대답과 함께 문이 열렸고 한 남자가 안으로 들어왔다.

"자네가 이 시간에 여긴 왜……. 아직 퇴근하지 않았나?"

저벅저벅 걷는 걸음은 조금 분노에 찬 것 같았다. 아니, 오히려 차분해 보이기도 했다.

-그 사람이 교수님한테 전화해서 말하라고 했어요. 곧 만나러 간다고.

또각또각. 구두 소리가 교수실 안을 가득 메웠다.

-자기 이름이 최우현이라고 했어요!

정수가 천천히 휴대폰을 귀에서 떨어뜨렸다. 휴대폰 밖에 울리는 목소리는 자신의 앞에 서 있는 남자의 귀에도 분명 들렸으리라.

정수의 시선이 자신의 눈앞에 선 젊은 남자에게서 떨어질 줄 몰랐다.

남자는 아무런 말 없이 책상 위에 사진 한 장을 내려놓았다. 지금보다 젊은 시절의 자신, 그리고 노란 머리카락의 한상원 교수. 그 옆에 있는 키가 큰 소년.

정수의 눈동자가 커지더니 사진의 뒤를 돌렸다. 김윤상, 이연수, 한상원, 최…….

"최우…… 현."

사진 속에 있는 이름을 읽어 내려간 정수.

"자네가…… 그때 그 소년이었나?"

떨리는 눈동자가 우현을 바라보았다.

"네가 그때 한 선배를 따라다니던 그 아이였단 말이지?"

"안녕하세요, 교수님. 10년 만에 뵙습니다."

소름 끼치도록 차분한 우현의 목소리가 울려 퍼졌다.

"10년 전 문화재 은닉사건의 최초 발견자이자."

또렷한 목소리는 자신의 마음을 분명하게 전달했다.

"한상원 교수님의 명예 회복을 위해 그 사건의 진짜 범인을 찾고 있는."

뒤틀린 입가가 잠시 움직임을 멈추더니 겨우 소리를 뱉어냈다.

"한상원 교수님의 제자, 최우현이라고 합니다."

12. 처음, 아니 그때보다 더

"자네가 그때 한 선배 옆을 따라다니던 그 소년이었나?"

정수의 떨리는 목소리가 우현에게 물었다. 그러고는 우현이 건넨 사진을 다시 한 번 바라보았다.

한상원 교수의 옆에 있는 소년과 지금의 우현, 너무도 다른 인상이었다. 이때의 10대 소년이 어둠이라면, 지금의 우현은 빛. 한 선배 옆에 있는 소년이 밤이라면 우현은 아침이었다.

"그럼 자네가 10년 전 문화재 은닉사건의 최초 발견자가 되겠군."

"그리고 그 사건을 올바르게 바로잡아 마무리 지을 사람이기도 합니다."

우현의 말에 한참 동안 아무런 말이 없던 정수가 피식 웃었다.

"채원이가 그러던가? 한 선배는 죄가 없다고? 그 사건의 진짜 범인은 따로 있다고?"

너무도 여유로운 정수의 대답에 우현이 주먹을 불끈 쥐었다.

"그래. 아버지다 보니 그렇게 믿고 싶겠지. 그리고 자네 역시. 내가 기억하기로 자네는 한 선배를 잘 따랐었지. 그래서 지금 이러는 건가?"

정수의 말에 우현이 입술을 질끈 깨물었다.

"팔은 안으로 굽는다는 말이 여기서 나오는 것이로군. 잘못은 잘못으로 인정할 줄도 알아야지. 여자친구의 한마디에 형사 놀이라도 할 생각인가?"

정수가 앞으로 한 발짝 걸어 나오더니 우현을 똑바로 바라보았다.

"이 사진까지 건네면서 나에게 자신의 정체를 밝히는 이유가 뭔가? 진짜 범인은 따로 있으니 같이 잡아달라?"

이기죽거리는 정수의 말투에 우현의 눈빛이 이글거렸다.

"아니면 나를 진짜 범인이라고 생각하기라도 하는 건가? 나도 한 선배를 존경해. 하지만 잘못은 잘못이라고 객관적으로 판단해야지."

정수가 인자한 미소를 지으며 타이르듯 말했다.

"교수님은 한상원 교수님이 진짜 범인이라고 생각하시는 건가요?"

"그럼 달리 누가 있겠나? 모든 증거가 그 사람이 범인이라고 말하고 있는데."

"그 증거, 조작된 것일 수도 있잖아요."

"그건 영화에서나 나올 법한 이야기지. 현실을 바로 직시해."

"아저씨는 문화재 은닉사건이 벌어지고 있다는 것을 알게 된 후, 이 사실을 친한 동료 세 분 중 한 분께 의논했습니다. 혹시 그분이 누구인지 알고 계시나요?"

"글쎄. 나도 잘 모르는 일일세."

"당시 유물 리스트를 작성했던 김성훈 씨와는 왜 연락을 하고 계신 건가요?"

"미안하지만 유물 리스트를 작성했던 사람은 성훈이가 아니야. 그리고 성훈이는 내가 아끼는 후배이자 동생이지. 그런 사람과 연락을 주고받는 게 문제가 된단 말인가?"

"하지만 그 아끼는 후배이자 동생은 교수님을 모른다고 하더군요."

생각지도 못한 우현의 대답에 정수의 얼굴이 딱딱하게 굳었다. 질끈 문 입술이 처참하게 일그러졌다.

"아저씨는, 한상원 교수님은 무죄입니다."

우현이 분명한 목소리로 말했다.

"누군가가 뒤집어씌운 죄로, 지난 10년 동안 범죄자라는 주홍글씨를 달고 계신 분입니다."

불끈 쥔 주먹에는 바짝 힘이 들어갔다.

"그 가족들은…… 처참할 정도로 사람들에게 비난을 받고, 숨어 지내며 아버지를 원망해야 했죠. 그건 옆에서 지켜본 분이 가장 잘 알고 있겠죠."

아버지가 보고 싶다고 제 품에서 울음을 터뜨린 채원의 얼굴이 아른거렸다. 윤 교수님은 절대 그러지 않았을 거라고 믿음을 보이던 채원의 모습도 그려졌다. 그래서 지금 이 상황을 더 참을 수 없었다.

"저는 절대 그 사람을 용서할 수 없습니다."

그러니까 나는 당신, 당신을 절대 용서치 않을 거라고.

"아무런 힘도 없지만 그래도 내가 가진 모든 것을 이용해서라도 반드시 범인을 밝혀낼 겁니다."

그래서 아저씨의 무죄를 알리고 당신의 죄를 만천하에 드러낼 거라고.

"그것이…… 믿었던 사람에 대한 배신감을 안겨준다 할지라도."

채원 씨에게 또 다른 상처가 될지라도.

"나는 반드시 그 사람을 잡을 겁니다."

실내에는 고요함이 흘렀다. 가만히 우현을 바라보던 정수.

"그래, 든든하구먼. 만약 자네 말이 사실이라면……."

정수가 손을 뻗어 책상 위에 올려놓은 사진을 집어 들었다. 우현이 자신에게 건넨 사진을. 그리고 그 사진을 우현에게 다시 내밀었다.

"자네가 한 선배의 무죄를 밝히고 명예를 회복시켜줄 수 있길 기대하겠네."

한국대학교 사학과 건물 김윤상 교수의 개인 교수실.

성준은 우현의 부탁으로 한상원 교수의 일기장에 적힌 교수 중 한 사람,

김윤상 교수를 만나기 위해 이곳에 왔다.

"다른 건 전혀 기억나지 않는 건가요?"

성준의 목소리가 추궁하듯 상대에게 재차 물었다.

"자네가 내게 무슨 대답을 원하는지는 모르겠지만 당시에 난 한상원 선배의 일을 언론을 통해서 알게 되었네."

"한상원 교수님께 무언가 들은 건 전혀 없습니까? 문화재 은닉사건에 대해서요."

"자네가 추측하고 있는 게 뭔가? 내가 한 선배의 일을 알고 있으면서 모른 척했다, 이런 건가? 아니면 내가 공범이라고?"

"죄송합니다, 그런 의미는 아니었습니다."

"마음은 이해하네. 그런데 이제 와서 그 일에 관해 물어보는 이유는 뭐지? 뭐, 문제라도 있는 건가?"

"아닙니다, 그저 당시 일에 대해 알고 싶은 것이 있어서……."

말끝을 흐리는 성준의 모습에 김 교수는 더 이상 캐묻지 않고는 말을 돌렸다.

"한 선배의 가족들은 잘 지내고 있는지 모르겠군. 한 선배의 일로 인해 가족들까지 사람들의 비난을 받았었지. 특히 딸 중에 하나는 유학까지 취소된 걸로 알고 있다네."

성준이 고개를 끄덕였다. 한상원 교수의 일로 채원의 유학이 취소되었다는 사실은 들어서 알고 있었다.

"어린 아이들이 많은 상처를 받으며 자랐을 거야. 범죄자의 자식이라는 꼬리표는 평생 마음의 짐일 게 분명하지."

"한 교수님이 숨겼다는 문화재는 어디서 발견된 건가요?"

"그게…… 그 부분은 우리도 조금 이상하게 생각하고 있는데 말이야. 한 선배가 대학교수실 말고 연구소에서 따로 사용하던 개인 연구실이 있었지. 문화재 몇 점은 거기서 발견이 되었다네."

"개인 연구실에서요? 거긴 개인 연구실이지만 결코 사적인 공간이 아니지 않습니까? 사람들도 많이 오고 갈 텐데요."

"문화재 도굴꾼들은 훔친 문화재를 경매에 내놓아 돈을 버는 경우가 많지. 한 선배의 일처럼 사라진 문화재가 알려져 있을 경우 공소시효가 끝나면 팔기 위해 몰래 숨겨두기도 하지."

김 교수가 잠깐의 말을 멈추더니 다시 입을 열었다.

"이상한 건 한 선배가 문화재를 너무도 오픈되어 있는 공간에, 그것도 허술하게 숨겨두었다는 거야. 책장 서랍에 안에 있는 상자 안이라든가, 책장 꼭대기에 널브러뜨려 놓은 상자 속이라든가, 이런 곳 말일세. 들키려고 작정하지 않고서야……."

김 교수가 그때를 생각하며 고개를 내저었다.

"문화재의 값을 돈으로 매긴다는 게 조금 그렇긴 하지만 발견된 문화재들은 생각보다 금전적으로 가치가 덜한 것들이었지."

성준의 날카로운 눈빛이 반짝거렸다.

"한마디로 경매에 내놓아도 그렇게 비싼 값에 팔리지 않는 물건이란 말씀이죠?"

"응. 한 교수가 은닉한 문화재 중 아직 발견되지 않은 것들 몇 점은 상당한 가격을 자랑하는 것들이 있지. 그런 것들은 아직 발견되지 않았어."

비싼 문화유산들은 아직 자취를 감추고 있다라……. 성준이 잠시 생각에 잠겼다.

"뭐, 정말 중요한 문화재들은 꽁꽁 숨겨놓았다고 생각하면 또 말이 되겠지만."

"그런 문화재들이 몇 점이나 되나요?"

"잠깐만 기다리게."

김 교수가 자리에서 일어나 책장을 뒤적거리더니 곧 두툼한 파일을 가져왔다.

"이게 당시 사라진 문화재들이네. 필요하면 복사해서 사용하고 돌려주게나."

김 교수가 내민 파일 안에는 사라진 문화재들의 사진과 번호가 기록되어 있었다.

"찾지 못한 문화재들은 한 선배가 죽음으로써 더 이상 찾지 못하게 되었지. 조사할 사람이 없으니 어쩌겠는가? 공범도 없었고."

"한 가지만 더 여쭤봐도 될까요? 당시 한상원 교수님의 범죄 사실을 고발한 건 한 10대 소년이라고 하던데…… 맞습니까?"

성준의 말에 김 교수가 어이가 없다는 듯 헛웃음을 터뜨렸다.

"그 소문은 나도 들었었지. 참으로 황당하다고 생각했는데 그런 일도 있을 수 있더군. 비전공자에 기초도 없는 아이가 그 사실을 알아내기 쉽지 않았을 텐데."

"그럼 그 소년이 고발한 게 사실이라는 건가요?"

"뭐, 고발이라는 단어가 조금 그렇긴 하지만 그 소년을 통해 한 선배의 일이 드러난 건 맞다네."

김 교수의 말에 성준은 조금씩 피어나는 의심에 눈썹을 추켜세웠다. 당사자인 우현이 겪은 일과는 또 다른 말이었다.

"한 선배는 존경받는 교수였어. 난 지금도 믿을 수가 없어. 미리 알았더라면 내가 선배를 말릴 수 있지 않았을까 하는 후회는 지금도 하지."

김 교수가 멍하니 허공을 응시했다.

"정수 때문에 더 큰 범죄로 번지지 않았지만 방법을 조금 달리했으면 좋지 않았나 싶지."

"정수…… 요?"

"윤정수 교수 말일세. 자네들이 하는 발굴 프로젝트를 담당하고 있는 교수. 나와 같은 동기지. 뭐, 지금은 거의 연락도 하지 않고 지내긴 하지만."

"윤정수 교수님 때문이라니 무슨 말씀인가요?"

"이런 말 하면 뭐하긴 하지만 한 선배 일을 경찰에 고발한 건 윤정수 교수야. 당시에는 발굴 프로젝트 동료가 신고했다고만 소문이 돌았지만 우리끼리는 다 아는 내용이지."

김 교수가 이야기한 새로운 사실에 성준의 눈동자가 파르르 떨려왔다.

"자기 말로는 그 일을 눈치채고 한 선배를 말려봤지만 뜻대로 되지 않았다며, 더 이상 가만히 둘 수 없어 신고했다고 하더군."

늘 웃는 얼굴로 채원을 대하던 윤정수 교수의 얼굴이 떠올랐다.

"경찰에는 서류를 정리하는 과정에서 누락된 문화재를 찾아냈다고 말했지만 우리에게는 사실, 그 10대 소년이 자신에게 한 선배 일을 알려줬다고 했어."

긴장한 성준의 얼굴이 팽팽하게 굳었다.

"미리 알았더라면 우리에게도 말해줘서 함께 한 선배를 설득했다면 좋았을 것을. 선배가 잘못을 하긴 했지만 정수의 행동이 너무 심했다고 하는 사람들도 있지. 나도 그 사람 중에 하나이고."

성준은 단 한순간도 김 교수에게서 눈을 뗄 수 없었다.

"정수와 개인적으로 연락을 끊은 지는 한참 되었어. 같은 쪽 일을 하다 보니 학회에서 만나기도 하고 소식이야 듣긴 하지만 말이야."

더 이상 성준의 귀에는 김 교수의 말이 들리지 않았다.

"자네, 괜찮은가?"

머릿속에는 온통 이 사실을 빨리 우현에게 알려야 한다는 생각뿐이었다.

쾅!

조교실 안에 커다란 굉음이 울려 퍼졌다. 우현이 책상을 거세게 내리치는 소리였다.

아저씨를 범죄자로 만든 건 윤정수 교수가 분명했다. 오늘로 의심은 확신이 되었다. 단지, 그것을 입증할 만한 객관적인 증거가 없을 뿐.

"선배의 명예를 회복시키도록 노력해보라니. 어떻게 그토록 뻔뻔하게."

마치 자신은 죄가 없다는 듯 끝까지 여유로웠던 윤 교수의 얼굴이 계속해서 아른거렸다. 어떻게 자신이 죄를 덮어씌운 사람의 가족 곁에 웃으며 머물 수 있단 말인가.

"여기 있었구나? 배터리 없어? 휴대폰 꺼져 있더라."

그때 갑자기 조교실 문이 열리고 성준이 안으로 들어왔다.

"집으로 갈까 하다가 혹시 몰라서 학교로 다시 와봤어. 나 한국대학교에 가서 김윤상 교수님 만나뵙고 왔어."

성준의 말에 우현의 동공이 커졌다.

"자신은 한상원 교수님 사건이 터지고 나서 알았다고 하더라고. 거짓말은 아닌 것 같아."

성준이 빠르게 말을 이었다.

"그보다 중요한 거, 한상원 교수님이 숨겼다는 문화재들 말이야. 너무도 허술한 곳에서 발견되었대. 오픈되어 있는 개인 연구실이나, 발견되기 쉬운 곳 말이야."

성준의 말에 우현이 미간을 잔뜩 구겼다. 대체 어느 바보가 훔친 문화재를 눈에 띄는 곳에 숨겨놓는단 말인가. 누군가 발견해주기를 바라지 않는 이상 그런 행동은…….

우현이 고개를 번쩍 들었다.

"어. 나도 그렇게 생각해. 일부러 발견해주길 바라서라고. 아무래도 한 교수님을 범인으로 몰기 위해 꾸민 것 같아. 거긴 한 교수님 개인의 연구실이지만 누구도 오갈 수 있는 곳이었대."

우현이 성준이 내민 파일을 받아 들어 안을 뒤적거렸다.

"그리고 한 가지 더 한상원 교수님 일을 고발한 거, 그거 윤정수 교수님이래."

파일을 넘기던 우현의 손이 멈추었다.

"다들 쉬쉬하긴 했지만 팀원들끼리는 다 아는 사실이라더라. 한 교수님을 말려봤지만 소용이 없어서 더 큰 범죄로 이어지기 전에 신고했다고 했다더군."

우현의 떨리는 눈빛이 자신의 책상 위에 있는 사진으로 향했다.

"거기다 경찰 조사에서는 서류를 정리하는 과정에서 범죄 사실을 발견했다고 진술했지만 사실은……."

이탈리아를 배경으로 채원이 화사하게 웃고 있는 모습이 아름다웠다.

"당시 한상원 교수님 곁에 있던 10대 소년, 그 소년이 자신에게 범죄 사실을 털어놓았다고 했대."

그리고 옆의 사진에는 10대 소년인 자신과 채원만큼이나 해맑은 한상원 교수의 사진이 있었다.

성준의 시선이 학교 건물을 빠져나가는 우현의 뒷모습을 따라갔다. 딱딱하게 굳은 어깨에서 격한 분노를 느낄 수 있었지만 아무런 말도 할 수 없었다.

우현의 성격을 정확히 알고 있었다. 지금처럼 목소리가 낮아지고, 아무런 말도 하지 않은 채 굳은 얼굴을 할 때면 그저 옆에서 기다리는 것이 가장 좋은 방법이었다. 우현의 화가 누그러들 때까지.

우현은 밝고 긍정적인 사람이라 타인을 잘 미워하지도 않았다. 그래서 좀처럼 다른 사람에게 화를 내는 법도, 스스로 분노하는 법도 없었다.

그런 우현의 화가 난 얼굴을 보는 건 정말 오랜만이었다. 아니, 이토록 분노한 모습을 본 건 처음인 것 같았다. 저 격한 분노가 수그러들려면 며칠이 걸릴지 몰랐다.

그럴 만도 했다. 한상원 교수의 일을 가장 가까이 지켜본 사람도 우현이고, 윤정수 교수의 인품에 그 사람을 존경한 것도 우현이었다.

우현이 현재 가장 존경하는 교수님이, 우현이 한때 가장 존경했던 교수님을 궁지로 몰아넣었다는 건 충분히 상처가 될 만했다.

"채원 씨가 알게 되는 것도 문제네."

윤정수 교수는 채원에게 아버지 같은 존재였다. 아버지 같은 존재가 자신의 아버지의 인생을 망쳐놓았다는 사실을 어떻게 설명해야 할까. 무엇보다 이토록 격노한 우현이 채원을 제대로 위로해줄 수 있을지 걱정이 되었다.

"우현아."

조심스럽게 그의 이름을 불러봤지만 우현은 발걸음을 멈추지 않았다.

"최우현."

지금 우현의 분노는 너무 컸다. 마치 큰일이라도 저지를 사람처럼. 우선은 저 화를 가라앉혀야 했다.

"우현아, 나 좀 봐."

성준이 빠른 걸음으로 우현의 앞을 가로막았다.

"너 이대로 채원 씨한테 가면 제대로 위로나 해줄 수 있겠어?"

우현의 딱딱하게 굳은 얼굴을 마주한 성준.

"너도 너지만 지금 누구보다 위로가 필요한 건 채원 씨잖아."

이미 얼굴 가득 잔뜩 솟아오른 핏기, 일자로 다문 입술. 그 모습에 성준이 한숨을 내쉬었다.

"화가 나는 마음도 알겠어. 그런데 지금 네가 이러면 채원 씨는 누구에게 기대서……."

하지만 갑자기 우현의 눈동자가 심하게 흔들리자 성준이 말을 멈추었다.

"최우현?"

그리고 서서히 내려앉은 어깨. 굳었던 얼굴이 점차 느슨하게 풀려갔고, 냉담했던 눈동자는 점점 생기를 되찾기 시작했다. 주먹을 꽉 움켜쥔 손이 힘없이 아래로 떨어졌다.

"너 갑자기 왜……."

순간 뒤를 돌아본 성준. 그리고 시야에 들어온 한 사람. 학교 입구 앞에서 휴대폰을 손에 쥐고 서 있는 선이 가느다란 여자.

성준이 다시 고개를 돌려 우현을 바라보았다. 누구도 건드릴 수 없을 만큼 날카로운 칼날 같았던 우현의 눈빛은 언제 그랬냐는 듯 따뜻하게 변해 있었다.

한숨을 내쉰 성준이 우현의 옆에서 비켜섰다.

우현이 천천히 걸음을 옮겨 채원을 향해 걸어갔다. 그리고 그 움직임에 우현을 발견한 채원. 하지만 우현은 선뜻 채원에게 다가가지 못했다.

"채원 씨, 여기까지 어쩐 일이에요. 내가 집에 가서 기다리고 있으라고……."

"그러면 조금 늦을 것 같아서요. 우현 씨를 위로해줄 타이밍, 지금인 것 같아서요."

우현의 눈동자가 거세게 흔들렸다.

"그래서 여기서 기다리고 있었어요."

기다리고 있었어요. 한마디에 목구멍으로 울컥, 뜨거운 기운이 차올랐다. 내가 당신에게 달려가 위로해줘야 하는데, 꽉 끌어안고 괜찮다고, 내가 있으니 상처받지 말라고 말해줘야 하는데.

"뭐 해요."

그런데 가장 상처받았을 당신이 날 위로해주기 위해 내 앞에 서 있다니.

가만히 우현을 바라보던 채원이 그를 향해 양팔을 벌렸다.

"빨리 와서 안겨요."

멍하니 서 있던 우현이 한발 앞으로 내디뎠다. 그리고 그 한 발 한 발 빨라진 걸음은 채원을 향했다. 채원 앞에 선 우현. 그리고 그런 우현을 향해 한 발 더 가까이 다가간 채원. 가늘고 긴 팔이 우현의 허리를 끌어안았다.

"우현 씨가 너무 속상하고 힘들 때는 나까지 위로해주려고 노력하지 않아도 괜찮아요."

손바닥은 일정한 속도로 등을 쓰다듬었고 한 손은 천천히 머리카락을 쓰다듬었다.

"그러니까 지금은 내가 우현 씨 위로해줄게요. 수고했어요, 오늘."

우현의 넓은 어깨가 조금씩 떨리기 시작했다.

"많이 힘들었을 텐데 고생했어요. 괜찮아요."

양옆으로 늘어진 팔에 조금씩 힘이 들어갔다.

"내가 여기 있으니까, 우현 씨 옆에 있으니까 상처받지 말아요."

그리고 그 한마디에 우현의 단단한 팔이 채원을 세게 끌어안았다. 당신도 상처받지 말라고 위로하는 듯한 그의 포옹에 그녀의 가슴에 뭉클함이 차올랐다.

의심이 확신이 되었다는 우현의 말, 그의 전화에 숨소리조차 낼 수 없었다. 아니라고 믿고 싶었던 것들이 하나둘씩 그녀를 배신하고 있었다. 그래서 주저앉아 울고 싶었다.

하지만 자신이 갈 때까지는 아무것도 하지 말라는, 울지 말라는 우현의 말에 다리에 힘을 주고 밖으로 나왔다. 진실을 마주해야 하는 그를 끌어안아주기 위함이었지만 사실은, 그녀가 위로받고 싶었는지도 모른다. 그가 돌아올 때까지 기다릴 수가 없어서, 먼저 눈물을 흘릴 것만 같아서. 이곳으로 올 수밖에 없었다.

서로를 꼭 끌어안은 두 사람을 지켜보던 성준의 입가에 잔잔한 미소가 떠올랐다. 채원이 이곳, 학교까지 오리라고는 꿈에도 상상하지 못했다. 윤정수 교수님의 일로 받은 상처를 안고 집에서 홀로 우현을 기다릴 줄 알았다.

"내가 잘못 봐도 한참 잘못 봤네."

하긴, 우현과 준서의 일이 있을 때에도. 우현이 채원의 아버지를 고발했다는 루머를 들었을 때도 채원은 단단한 마음으로 우현을 붙잡고, 그리고 믿어주었다.

그리고 지금, 아버지 같은 윤 교수의 배신을 알게 되었는데도 오히려 그 우현을 안아주기 위해 이곳에 서 있었다. 하지만 우현의 어깨에 기대어 입술을 깨물며 울음을 애써 참아내는 채원. 그 모습에 그녀 역시도 우현의 품에서 위로받고 있음을 느낄 수 있었다.

"서로에게 최고의 특효약이네."

내 친구가 선택한 여자가 채원이어서 고마웠다. 그리고 강인한 채원이 선택해준 남자가 내 가장 소중한 친구여서 감사했다.

서로를 단단히 끌어안은 두 사람의 모습이 너무도 예뻤다. 저 모습을 영원히 지켜주고 싶을 정도로 말이다.

"저런 걸 보고 천생연분이라고 하는 거지."

어깨를 으쓱한 성준. 주머니에서 울리는 진동 소리에 휴대폰을 꺼내 들었다. 휴대폰 화면에 뜬 의외의 이름에 통화버튼을 눌렀다.

"선우 선배? 어쩐 일이세요?"

-성준아, 내일 시간 좀 괜찮아?

"네, 저야 뭐, 내일도 학교에 나오니까요. 괜찮아요. 근데 목소리가 왜 그래요? 무슨 일 있어요?

잠시 말을 멈춘 선우.

-그게…… 할 이야기가 있어서 말이야. 우현이하고 둘이 좀 볼 수 있을까?

"아, 네, 물론이죠. 식당에서 점심식사라도 같이하면서……."

-학교 말고! 밖에서! 밖에서 만나.

서로를 끌어안고 있던 우현과 채원 역시 밖으로 새어 나오는 음성에 성준을 바라보았다.

-윤정수 교수님 모르게. 부탁할게.

어둠이 내려앉은 서재. 불도 켜지 않은 채 책상 의자에 앉아 있던 정수의 입에서는 계속해서 한숨이 흘러나왔다.

'내가 가진 모든 것을 이용해서라도 반드시 한상원 교수님께 죄를 덮어씌운 그 사람을 잡을 겁니다.'

몇 시간 전, 교수실에서 자신의 눈을 똑바로 바라보며 이야기하던 우현의 눈빛이 잊혀지지 않았다.

애써 태연한 척하며 우현을 돌려보냈지만 그때부터 가슴속에 휘몰아치는 소용돌이는 그칠 줄 몰랐다.

직접적으로 말은 하지 않았지만 우현은 자신을 10년 전 사건의 진짜 범인이라고 확신하고 있었다. 아니, 사실 직접 말한 것이나 다름없었다.

"대체 어떤 근거로 성훈이를 찾아간 거지? 누구에게 들어서? 아니, 우현이에게 이야기해줄 사람도 없을 텐데 어떻게……."

성훈이 유물 리스트를 작성한 사실을 알고 있는 사람은 없었다. 오직 자신과 성훈뿐. 그런데 우현은 그 사실을 어찌 알고 찾아갔단 말인가.

우현이 이야기했던 비공식 유물 리스트는 '한상원 교수가 문화재 은닉을 위해 작성한 비밀장부'로 경찰 조사에서 판명이 났다. 그런데 10년이나 지나서 왜 그 일을 들먹이는 걸까. 그때의 일을 논하기에는 시간이 너무 많이 지났다.

'아저씨는 문화재 은닉사건이 벌어진 것을 알게 된 이후 친한 동료 세 분 중 한 분께 이 사실을 의논했습니다.'

우현의 말대로였다. 한상원 선배는, 당시 일했던 교수 중 한 명에게 그 사건에 대해 털어놓았다. 그 주인공은 바로 자신이었다.

정수의 귓가에 한상원 교수의 목소리가 지금도 생생하게 들려왔다.

'큰 문제가 생겼네. 지금 내가 하는 말은 자네를 믿고 털어놓는 이야기야. 누군가 우리가 발굴하고 있는 문화유산들을 뒤로 빼돌리고 있어.'

유복하게 자라왔던 어린 시절 덕분에 정수에게 돈은 쉽게 얻을 수 있는 것이었고, 그것이 영원하리라고 믿고 있었다. 문제는 한상원 선배의 추천으로 처음으로 대형 프로젝트에 참여하게 된 그 해 발생했다.

성훈에게 도박에 손을 대는 못된 버릇을 가진 녀석이라고 욕했지만 사실 그에게도 그 유혹을 이기지 못했던 시절이 있었다. 바로 그때였다.

처음 도박에 손을 댔을 때 쏠쏠하게 돈을 따게 되자 기분이 좋았다. 하지만 말 타면 경마 잡히고 싶다고 했었나, 사람의 욕심은 끝이 없었다. 조금만 더, 조금만 더, 를 외치며 차츰 빠져든 도박에 정신을 차리고 눈을 떴을 때는 이미 늦었다.

40살이 다 되도록 집에서 돈만 타 쓰는 철부지였던 자신은 눈덩이처럼 불어난 빚을 해결할 방법을 찾지 못했다. 그런 자식에게 실망한 아버지는 그에게서 등을 돌렸다.

그렇게 벼랑 끝에 서게 되었을 때, 불현듯 쉽게 돈을 벌 수 있는 방법이 떠올랐다. 바로 문화재 가로치기. 잘못인 줄은 알고 있었다. 하지만 한번 손을 대자 멈출 수가 없었다.

당시 참여했던 프로젝트에서는 금전적으로 가치 있는 문화유산들이 무더기로 발굴되고 있었다. 그래서 발굴된 문화유산들을 중간에 빼돌려 새로운 장부를 만들었다. 이는 나중에 공식적인 장부와 바꿔치기할 생각이었다. 기록에 남아 있지 않은 문화재들은 경매에 내놓거나 골동품상에 비싼 값에 팔면 끝나는 일이었다. 장부에도 존재하지 않는 새로운 문화유산들은 법적으로 전혀 문제가 될 리 없었기에 가능한 일이었다.

"그때 그 소년이 최우현이었을 줄이야."

그런데 성훈의 실수로 한 선배를 따라다니던 10대 소년이 어이없게 장부에 대해서 알게 되었고, 이 사실은 한 선배에게 알려졌던 것이다.

두려웠다. 죄가 밝혀지는 것이. 밀려올 비난을 감당할 자신이 없었다. 그런 두려움으로 시작된 거짓말은 또 다른 거짓말을 낳았다.

가장 존경했던 한상원 선배, 죄를 들킬까 봐 극에 달했던 초조함은 결국 도덕적으로 해서는 안 될 일까지 벌이고 말았다.

자신을 도와 장부 정리를 맡았던 성훈에게 겁을 줘 입막음을 시켰다. 들키게 되면 너도 죗값을 치르게 될 테니 조심하라고. 겁에 질린 성훈은 자신의 말을 따랐다.

한 선배의 개인 연구실은 많은 사람들이 들락거리는 오픈된 공간이었다. 연구소 사람들과 회의실에서 밤을 새는 일이 잦았던 선배의 개인 연구실에 몰래 들어가 일을 꾸미는 건 쉬웠다. 장부와 빼돌린 유물 몇 점을 연구실 안에 은밀히 숨겨두었다.

그러고는 자신의 손으로 직접 전화를 걸어 선배를 고발했다. 신고자는 비밀에 부쳐졌지만 사람들 사이에는 공공연하게 퍼지기 시작했다.

'한 선배의 잘못을 발견하고 자수하라고 계속해서 설득했지만 제 힘으로는 역부족이었습니다. 그래서 어쩔 수 없이 그런 선택을……'

자신의 말에 사람들의 반응은 두 가지였다. 오죽했으면, 그리고 아무리 그렇다고 해도. 떠나가는 이도 있었고, 곁에 남아 있는 이도 있었다.

사건이 수면 위로 오르면서 문화재를 팔아넘길 수 없어 생활고는 계속되었다. 하지만 손자를 힘들게 내버려둘 수 없다는 할아버지의 극적인 도움으로 겨우 빚쟁이 신세를 면할 수 있었다.

빼돌린 문화재는 꽁꽁 숨겨두었다. 그리고 그때부터 이어진 성훈과의 인연은 지금까지 계속되고 있었다. 아니, 두 사람은 서로를 감시하고 있었다. 은닉한 문화재를 나누어 보관함으로써 말이다.

"정말로 우현이가 증거를 가지고 있는 건가? 아니면 단순한 협박?"

정수가 이내 고개를 내저었다. 오래전 일이었다. 그때의 일을 논하기에는 증거부터 불충분했다. 그때도 없던 증거가 이제 와서 있을 리가 없었다. 하지만 우현이 아무런 근거 없이 그런 행동을 할 만큼 바보는 아니었다.

초조했다. 이러다 모든 것들이 한순간에 무너질지도 모른다는 생각에 가슴이 답답했다. 10년 전, 그때와 마찬가지로.

"채원 씨, 무슨 생각 해요?"

우현은 멍하니 골목을 걷고 있는 채원을 향해 물었다. 그의 목소리에 흠칫 놀란 채원이 고개를 돌렸다. 우현이 턱으로 채원의 뒤에 있는 집 건물을 가리켰다.

"집에 다 왔네요."

조금 멋쩍은 얼굴로 제 머리카락을 쓰다듬는 채원.

학교까지 찾아와 자신을 위로해준 채원은 성준에게 걸려온 선우의 전화 이후로 깊은 생각에 잠긴 듯 말이 없었다. 아마 채원의 머릿속은 윤정수 교수님의 생각으로 가득 차 있을 것이다.

"내가 위로해주겠다고 학교에 찾아가놓고는 우현 씨가 집까지 바래다주네요. 다시 집까지 가려면 힘들겠어요."

채원의 다정한 목소리에 우현이 어깨를 으쓱했다.

"나 힘들 거 같으면 빨리 결혼해서 같이 살아요."

"하여간 틈을 안 놓치네요. 아직 20대인데 그렇게 빨리 유부남 되고 싶어요?"

"어차피 채원 씨 인생에 저당 잡힌 몸인데 지금 유부남이 되나 나중에 되나 크게 차이 있겠어요? 난 이왕 합치는 거 빨리 합쳤으면 좋겠는데."

"우현 씨 굉장히 어른스러운 사람인데 가끔 진짜 연하의 남자 같을 때가 있는 거 알아요?"

우현이 커다란 눈동자를 굴리며 생각에 잠겼다.

"흠…… 지금처럼 결혼하자고 조를 때?"

장난스러운 목소리에 채원이 미소 지었다.

"혹은 밤에 짐승으로 변할 때?"

우현의 익살스러운 장난에 채원이 눈을 가늘게 뜨더니 작은 주먹으로 그의 가슴을 때렸다.

"말을 못 해, 말을. 어서 가요."

하지만 우현은 그 자리에서 꼼짝도 하지 않은 채 가만히 채원을 바라보았다. 그런 우현의 시선에 그녀가 고개를 갸우뚱거렸다.

"왜요? 뭐, 할 말 있어요?"

요 며칠 낮게 깔린 채원의 기분을 그 역시 알고 있었다. 축 처진 어깨와 피곤해 보이는 얼굴은 잠도 제대로 자지 못한 채 고민을 하고 있다는 증거였다.

"오늘 밤에는 잘 잘 수 있겠어요?"

"저 머리만 베개에 닿으면 잠드는 거 알잖아요."

농담을 건네는 채원이었지만 억지로 웃으려고 노력하는 것이 느껴졌다. 그 모습이 안쓰러웠다.

"우리 내일 데이트할까요? 오랜만에."

요즘 야근도 잦았고, 주말에는 연구소에 살다시피 했다. 한상원 교수님의 일이 중요하다지만 채원과 데이트다운 데이트를 해본 적이 언제였는지 기억도 나지 않았다. 힘들어하는 채원을 혼자 내버려뒀다는 사실이 오늘따라 유난히 마음에 걸렸다.

"나 요즘 남자친구로 실격이죠? 채원 씨는 뒷전이고. 준서 형이 주말에 애인 혼자 두면 차인다고 했는데. 나 이러다 채원 씨한테 뻥 하고 차이는 거 아닌가 몰라요."

"기분 전환은 나 말고 우현 씨한테 필요할 거 같은데. 내일 불금인데 오랜만에 영화 볼까요?"

우현이 작게 고개를 끄덕였다.

"맛있는 거 먹고 영화 봐요. 내일 정시 퇴근해서 내려와요. 기다리고 있을게요."

그리고 다음 날, 채원은 회사 앞 도로에서 자신을 향해 손을 흔들고 있는 우현을 멍하니 바라보았다. 평소와 같은 모습이었지만 다른 점이 있다면 그의 옆에 떡하니 서 있는 자동차.

"자, 타시지요."

우현이 조수석 문을 열어주더니 타라는 듯 손짓했다.

"웬 차예요?"

"오늘 하루 빌렸어요. 특별히 가고 싶은 곳 있어요? 극장 말고."

어디든 말만 해라, 내 어디든 다 데려다 주겠다, 라고 말하는 듯 의기양양한 우현의 모습에 채원이 웃음을 터뜨렸다.

"딱히 없으면 영화 보러 갈까요?"

그리고 30분 후, 우현과 채원을 태운 차가 공터에 들어섰다.

"나 자동차 극장 처음 와봐요. 정말 차 안에서 영화를 보는 건가 봐요. 신기하다."

겨울이라 해가 일찍 떨어지긴 했지만 아직 영화 상영시간이 조금 남았음에도 불구하고 이곳은 차로 가득 차 있었다. 차 안에서 영화를 본다는 사실이 신기한지 채원은 고개를 두리번거리며 계속 밖을 바라보았다.

우현이 자동차 뒷좌석에서 종이 가방을 꺼냈다.

"밥 생각 별로 없다고 해서 간단하게 먹을 샌드위치만 사 왔어요. 채원 씨 좋아하는 팝콘하고 커피는 이따 나가서 사 올게요."

우현의 손이 빠른 속도로 샌드위치 포장지를 벗겨내더니 채원에게 건넸다.

"다행히 로맨틱 코미디를 상영하네요. 혹시라도 공포 영화나 슬픈 영화면 어쩌나 했는데."

비좁은 차 안에 우현의 목소리가 잔잔하게 울려 퍼졌다.

"공포 영화를 보면서 채원 씨가 내게 안기는 것도 좋고, 슬픈 영화를 보면서 마음껏 울었으면 하는 바람도 있었지만 그래도…… 지금은 채원 씨가 조금 웃었으면 해서요."

다정한 눈빛이 그녀를 지그시 바라보았다. 그런 우현의 마음 씀씀이가 고마워 채원이 그의 손을 꽉 붙잡았다.

어둠이 내려앉은 공터, 우현의 얼굴에도 그림자가 서렸고 밝은 빛과 함께 영화가 시작되었다.

한참의 시간이 지났고 우현은 옆에서 들리는 웃음소리에 시선을 돌렸다.

채원이 웃고 있었다. 스크린에 시선을 고정한 채 키드득거리고 있었다. 그 작은 웃음소리만으로도 가슴이 따뜻해졌다.

늘씬하게 뻗은 눈썹 아래 맑은 눈망울이 초롱초롱하게 빛났다. 시원하게 웃을 때마다 휘어지는 눈꼬리는 그녀를 더 어려 보이도록 만들었다.

우현의 시선이 서로에게 얽혀 마주 잡고 있는 손을 향했다. 그 모습에 입가에 절로 미소가 걸렸다.

"우리 처음 영화 봤을 때요."

우현이 나지막한 소리로 입을 떼었다.

"첫 데이트했을 때……. 사실 그때 커플석이라는 곳 처음 앉아봤는데 채원 씨가 너무 가까이 있어서 긴장하는 바람에 영화를 하나도 못 봤어요."

스크린에서 멀어진 채원의 시선도 우현을 향했다.

"고개만 살짝 돌리면 채원 씨 숨결이 느껴지고, 몸을 움직이면 자꾸만 닿아서 가슴이 떨리고."

채원의 손을 마주 잡은 우현의 손에 바짝 힘이 들어갔다.

"솔직히 말하면 그때 키스하고 싶은 거 억지로 참았어요. 겨우 채원 씨가 마음을 열고 한 걸음 다가와 줬는데 다 망쳐버릴 것 같아서."

온기 있는 다정한 목소리가 공기 중에 떠다녔다.

"근데 지금은 손도 잡고 있고, 그때만큼 가까이 앉아 있는 것도 아닌데 난 여전히 영화가 하나도 눈에 안 들어와요."

귓가를 자극하는 은밀한 음성에 채원이 숨을 몰아쉬었다. 어쩐지 고요한 차 안에서 들리는 소리는 유혹하듯 농염하게 들렸다.

"난 그때와 달리 이제 채원 씨 남자친구고 원하면 언제든 키스할 수 있는 사이인데…… 왜 그 사실에 더 긴장이 되나 모르겠어요."

우현이 채원의 손을 제 가슴으로 이끌었다. 손등에서 느껴지는 쿵쾅거리는 심장 소리.

"지금 그 마음 좀 알아달라고 엄청 뛰네요. 처음 채원 씨와 데이트했던 날

만큼, 아니 그때보다 더."

우현이 한 손을 뻗어 부드러운 채원의 얼굴을 감쌌다.

"어떻게든 우리의 편이 되어줄 사람을 찾고 있어요. 내가 최선을 다할게요. 모두 잘 끝날 테니까 불안해하지 말아요."

채원이 고개를 주억거렸지만 표정은 여전히 어두웠다.

"채원 씨 많이 힘든 거 알아요. 어쩌면 나를 볼 때마다 아버지 생각에 속상할 수도 있겠죠. 그런데……."

가느다란 손가락이 그녀의 입술을 슬그머니 어루만졌다.

"그럼에도 불구하고 지금 채원 씨의 아픔, 상처를 세상에서 가장 잘 알아줄 사람이 나라는 사실에 뛸 듯이 기뻐요."

그 손길에 채원이 몸을 흠칫 떨었다.

"그러니까 내게는 다 말해도 돼요. 걱정에 잠이 오지 않는다고, 속상해서 밥도 제대로 넘어가지 않는다고. 앞으로 받게 될 상처가 두렵다고."

낮게 읊조리듯 말하는 음성에 채원이 마음이 점차 차분해졌다.

"함께 나눠요. 혼자 안고 있기는 너무 무거우니까."

함께 나눠요, 그 한마디에 채원은 불안정하고 복잡하고 엉켜 있었던 머리와 마음이 안정을 찾아가는 기분이었다. 고마웠다. 우현의 강인한 눈빛이. 자신을 소중하게 여겨주는 마음이.

천천히 고개를 끄덕인 채원의 입술이 유려하게 올라갔다. 그러고는 자석에 이끌리듯 자연스럽게 우현을 향해 가까이 다가갔다. 두 사람의 입술이 맞닿았고, 따뜻한 숨결이 서로에게 파고들었다. 하지만 그런 따뜻함도 잠시, 금세 다급하게 밀고 오는 우현 때문에 잔잔했던 차 안의 공기가 순식간에 짙게 변했다.

"영화…… 안 봐요?"

거친 우현의 음성이 채원에게 물었다.

"어째 영화가 눈에 하나도 안 들어오네요. 누구 덕분에."

장난스러운 채원의 말투에 우현이 낮게 웃었다.

"아, 오늘 실수했네."

채원의 입술에 맞닿은 우현의 입술이 작게 움직였다.

"그냥 채원 씨네 집으로 갈걸."

말투는 장난스러웠지만 시선에는 열기가 가득했다. 그리고 그 열기는 거친 호흡 속에 녹아들었다. 뜨거운 호흡은 계속해서 서로를 찾았다. 오래도록.

토요일 오후, 우현은 자신의 맞은편 자리에 앉아 있는 선우를 가만히 바라보았다. 무척이나 초조해 보이는 선우의 모습에 우현의 눈이 가늘어졌다.

선우가 빨리 입을 열었으면 바랐지만 일단은 기다리기로 했다. 얼굴에 묻어난 선우의 긴장감이 다 풀릴 때까지.

선우가 윤정수 교수님 모르게 일부러 학교 밖에서 만나자는 말을 덧붙인 데에는 반드시 이유가 있을 것이다. 그리고 그 이유는 대충 짐작할 수 있었다.

"저기 이분은……."

선우가 우현의 옆자리에 앉아 있는 채원을 힐끔 바라보았다. 선우의 이야기를 함께 듣고 싶다던 채원의 말에 우현은 그녀를 함께 데리고 왔다.

"이 일과 관련된 분이세요. 그러니 저 믿고 안심해도 괜찮아요."

고개를 끄덕인 선우가 크게 심호흡을 하더니 조심스럽게 입을 열었다.

"이렇게 갑자기 만나자고 해서 미안해. 사실 내가 이 이야기를 해야 할지 말아야 할지 많이 고민했는데……. 그래도 혼자 안고 있기가 겁이 나서 말이야."

바로 그때 조용한 커피숍에 딸랑, 하는 소리와 함께 누군가 안으로 들어왔다. 모자를 꾹 눌러쓴 여자는 편안한 후드 티셔츠에 두꺼운 외투를 입고는 안을 둘러보았다. 그러더니 우현을 발견하고는 천천히 그를 향해 걸어왔다.

채원의 시선이 자연스럽게 여자를 향했다. 처음 보는 여자였다. 하지만 여자는 우현을 슬쩍 바라보더니 자신들이 옆 테이블에 자리를 잡고 앉았다.

곧 커피를 가져온 성준이 자리에 앉자 선우의 입술이 조심스럽게 열렸다.

"우현이 네가 누락된 유물들에 관해서 내게 물었을 때, 내가 한 말 기억해?"

"빠진 유물들은 작업에 참여한 다른 나라와 비밀리에 진행하는 프로젝트 때문에 따로 관리하고 있다고 했었잖아요."

"응. 너희가 돌아가고 윤 교수님을 따로 뵌 적이 있었어. 내게 장부에 정리하라고 리스트를 주셨는데 전날 발굴 현장에 갔을 때 발견된 것 중 또 누락된 게 있더라고."

선우의 말에 우현의 눈빛이 순간 날카롭게 빛났다.

"그래서 여쭤봤지. 그랬더니 중국 팀에서 이번 프로젝트에 상당한 투자를 했기 때문에 그들에게 유물들을 먼저 보내서 연구하고 있다고 하더라고."

우현과 성준이 서로 시선을 교환했다. 그건 또 무슨 황당한 말이란 말인가.

"우리나라에서 발굴된 유물을 투자를 많이 했다는 이유로 중국 쪽에서 가져가서 관리한다고요? 그게 말이 돼요?"

"난 교수님이 그렇게 말씀하셔서 그렇구나, 했었어. 내가 너희보다 선배지만 이런 발굴 프로젝트에 참여하는 일은 처음이고, 사실 뭐가 어떻게 돌아가는지 몰랐거든."

선우가 초조한지 손가락으로 테이블을 톡톡, 두드렸다.

"근데 좋지 않은 예감이 들어서 중국 연구소 팀에 전화를 걸어봤어. 약속을 잡아 그곳에 방문했지. 결론은…… 그런 사실이 없대."

선우의 말에도 우현과 성준은 예상이라도 했다는 듯 별다른 반응이 없었다.

"중국 팀에서는 따로 발견된 유물을 관리한 적도, 보관한 적도. 윤정수 교수님과 그런 이야기를 나눈 적도 전혀 없대."

선우가 입이 바짝바짝 타는지 테이블 위에 있는 커피를 한 모금 들이켰다.

"우현아, 윤 교수님이…… 문화재를 빼돌리고 있는 것 같아. 어떡하지?"

"선배, 10년 전 한상원 교수님의 문화재 은닉사건에 대해 들어본 적 있죠?"

선우가 고개를 끄덕였다.

"당시 경찰조사에 의하면 한상원 교수님은 공식적인 유물 리스트 말고 또 다른 장부를 만들었어요. 그건 나중에 진짜와 바꿔치기하려고 만든 거짓 장부죠. 지금처럼요."

우현의 시선이 잠시 옆자리에 있는 채원을 향했다.

"프로젝트가 진행되는 동안 조금씩 문화재를 뒤로 숨겨왔고, 어느 날 갑자기 한상원 교수님 개인 연구실에 경찰이 들이닥치면서 모든 것이 밝혀졌죠."

"그런데 그 일이 윤정수 교수님과 무슨 상관이 있다는 거야?"

"한상원 교수님이 돌아가신 지금, 한상원 교수님 때와 같은 패턴으로 사건이 일어나고 있잖아요."

우현의 말에 선우가 놀란 듯 눈을 동그랗게 떴다.

"그렇다면 그때도 누군가 나처럼 교수님 말에 속아서 장부를 작성한 사람이 있다는 말이야? 지금처럼 중요한 프로젝트에 쓰인다는 그런 핑계로?"

"네. 그리고 가장 중요한 건 그때도 지금도, 그 중심에는 윤정수 교수님이 계셨죠."

선우가 말도 안 된다는 듯 고개를 내저었다.

"그럼 대체 윤정수 교수님은…… 설마."

"둘 중에 하나예요. 윤 교수님이 한상원 교수님의 방식을 모방해 현재 문화재를 은닉하고 있거나. 아니면……"

우현이 눈을 살짝 감았다 다시 떴다.

"그때와 같은 방법으로 문화재를 은닉하고 있거나. 자신이 한상원 교수님에게 모든 죄를 뒤집어씌웠을 그때처럼."

채원은 주먹을 움켜쥔 채 소리를 내지 않기 위해 애썼다. 아저씨는 아버지가 돌아가시고 아버지처럼 그녀의 옆을 지켜주신 분이었다. 그래서 의심하고 있는 자신을 오히려 욕하기도 했다. 하지만 지금 이곳에서 흘러나오는 이야기.

두 개의 장부, 거짓 프로젝트, 문화재 은닉, 10년 전 한상원 교수사건. 그리고 이 모든 단어를 하나로 잇는 연결고리, 윤정수 교수.

"선배도, 중국 팀에서도 모른다면 사라진 유물들의 행방은 윤 교수님만 알고 계시는 거네요."

채원은 지금 흘러나오는 이 대화들을 듣고 싶지 않았다. 귀를 막고 싶었다. 모든 소리가 거짓이었으면 했다. 그래서 계속 딴생각을 했다. 하지만 그럴수록 더욱 선명하게 들리는 목소리들.

순간 무릎에 올려놓은 손에서 느껴지는 따스한 기운에 채원이 눈을 번쩍 떴다. 믿음직스럽고 커다란 손이 그녀의 손을 감싸고 있었다.

"선배, 우린 한상원 교수님은 억울하게 누명을 쓴 거라고 생각하고 있어요. 물론 심증만 있는 것은 아니고요."

채원이 고개를 돌려 우현을 바라보았다.

"그래서 전 어떻게든 진실을 밝힐 생각이에요. 더불어 현재 일어나고 있는 문제에 대해서도. 시간이 별로 없어요. 윤 교수님은 제가 진실을 밝히려는 사실을 알고 있거든요."

올곧은 시선이 초롱초롱하게 빛났다.

"한상원 교수님은 제 평생의 은인이기도 하지만…… 제가 가장 사랑하는 사람이 가장 소중하게 생각하는 사람이에요. 그래서 더 억울함을 밝히고 싶어요."

우현이 시선이 채원을 향했다.

"그것으로 그동안 그 사람이 받아왔던 고통과 상처가 치유되지는 않겠지만요. 지금은 내가 해줄 수 있는 일이 그것뿐이라는 게 안타까울 뿐이에요."

주변에 흐르는 공기가 멈춰버린 듯 채원의 눈에는 우현만 보였다. 자신을 믿으라는 확신에 찬 눈빛, 손을 감싸고 있는 따뜻한 손길, 그간의 상처들을 위로하는 듯한 다정한 목소리.

채원이 천천히 고개를 끄덕였다. 입가에 작은 미소가 걸렸다. 상처받아도 우현이 있었다. 믿었던 사람 때문에 가슴이 아파오겠지만 그래도 곁에는 우현이 있었다. 우현이 어제 함께 나누자, 고 하지 않았던가. 그래서 괜찮았다.

"그, 그럼 난 어떻게 되는 거야? 정말 윤 교수님이 범인이라면 난 그걸 도와 일을 꾸민 사람이 되는 거잖아."

잔뜩 겁에 질린 선우가 떨리는 눈빛으로 우현과 성준을 번갈아가며 바라보았다. 선우의 얼굴이 하얗게 질려갔다.

"윤 교수님이 두 개의 장부를 만들어 사람들을 속이고 있다고 하지만 유물들을 은닉하고 있다는 증거가 없어요. 빼돌린 것들이 어디에 있는지도 모르고."

"그렇지만 일단 이 엄청난 사실을 알았고, 언젠가는 밝혀질지 모르잖아. 그때가 왔을 때 일을 꾸민 사람은 따로 있는데 아무것도 몰랐던 내가 범죄자가 되면 어떡해?"

"그러니까 선배, 우리를 좀 도와줘요."

우현이 선우 가까이 상체를 숙인 채 말했다.

"반드시 윤 교수님의 죄를 밝힐게요. 선배에게도 피해가 가지 않는 방법을 어떻게든 찾아볼게요. 그러니 부탁할게요. 힘이 되어주세요."

우현의 간절한 눈빛에 선우가 한숨을 내쉬더니 입을 열었다.

"알았어. 내가 어떻게 하면 돼? 협조할게. 나도 잠자코 있다가 혼자 죄인이 될 수는 없으니까."

선우의 대답에 우현이 안심이라는 듯 고개를 끄덕였다.

"고마워요, 선배. 그렇다면 선배에게 소개시켜줄 사람이 있어요."

우현이 고개를 돌려 채원을 바라보았다.

"이쪽은 한채원 씨. 제 여자친구예요."

갑작스러운 우현의 말에 선우가 어색하게 웃으며 고개를 끄덕였다. 윤 교수님 일을 이야기하는데 왜 우현의 여자친구가 나오는지 이해가 되지 않았다.

"그리고 10년 전 문화재 은닉사건의 주인공, 한상원 교수님의 따님이세요."

"헙!"

우현의 말에 충격을 받은 선우가 입을 쩍, 벌린 채 채원을 바라보았다. 하지만 숨을 들이켜는 소리는 선우에서 나는 것이 아니었다.

사람들의 시선이 소리가 들려온 우현의 오른쪽 테이블로 향했다. 모자를 꾹 눌러쓴 여자가 손바닥으로 입을 틀어막은 채 눈동자를 굴리고 있었다.

"미, 미안해요. 나도 모르게 소리가 나와버려서."

여자가 어색하게 웃으며 자리에서 일어났다.

채원의 눈동자가 여자를 좇았다. 조금 전 커피숍으로 걸어와 우현의 옆자리에 앉았던 여자였다.

"아니, 이렇게 큰일인 줄 알았으면 녹음기라도 가져올 걸 그랬잖아요. 뭐, 괜찮아요. 일단 머리로 다 기억하고 있으니까."

"내가 강 기자님이 좋아할 일이라고 했잖아요. 내가 어떻게든 우리의 편이 되어줄 사람을 찾고 있다고 했죠? 그 첫 번째 분이에요. 소개할게요. 이쪽은 강하늘 기자님."

우현의 소개에 눌러쓴 모자를 벗어 던진 여자는 긴 머리를 늘어뜨린 채 눈을 반짝이며 사람들을 바라보았다.

"안녕하세요, M미디어 강하늘 기자입니다. 제일산업과 성남건설 사건으로 우현 씨하고 연이 닿았어요."

"아, 그때 기사를……."

채원이 알은체를 하자 하늘이 미소 지었다.

"지난번에 우현 씨 덕분에 큰 특종을 내보내서 칭찬받았는데, 지금 막 특종을 하나 더 들었네요. 또 최우현 씨 덕분에."

특종을 문 하늘의 눈이 반짝거렸다.

"만약 지금 들은 이 엄청난 내용이 사실이라면, 그래서 따님인 채원 씨가 허락해준다면 10년 전 한상원 교수님의 사건, 저도 도와서 진실이 뭔지 제대로 파헤치겠어요."

붉은 입술은 느리게 움직여 부드러운 미소를 만들었다.

"제 기자의 촉이 이 사건, 절대 그냥 넘어가지 말라고 말하네요."

13. 십 년이 지난 뒤

어느새 회의 장소로 변해버린 선예의 커피숍. 테이블을 넓게 붙여 앉은 사람들은 머리를 맞대고 진지하게 이야기 중이었다.

"채원 언니 괜찮겠죠?"

그 모습을 가만히 지켜보던 세연이 한숨 섞인 목소리로 물었다.

"괜찮을 리가 없지. 나라도 저런 말 들으면 충격이 클 것 같아. 윤 교수님은 채원이에게 아버지 같은 분이거든."

지금까지 채원에게 보여준 얼굴이 거짓이라고 생각하니 온몸에 소름이 돋았다.

"근데 사장님, 저기…… 저분은 누구세요?"

세연이 턱으로 성준의 옆에 앉아 있는 여자를 가리켰다.

"글쎄, 나도 처음 보는 사람인데? 우현 씨랑 성준 씨 아는 사람인 것 같던데."

작게 고개를 끄덕인 세연이 힐끔, 성준과 여자를 바라보았다. 서로의 어깨까지 부딪칠 정도로 가깝게 앉은 두 사람.

우현의 말에 진지하게 고개를 끄덕인 여자가 무언가 물어보자 성준이 대답을 해주었다. 부드럽게 미소까지 지으면서. 세연은 왠지 모르게 심술이 터졌다.

"뭐, 저렇게 딱 붙어 있어? 자리도 넓은데."

두 사람, 가까워도 너무 가까웠다.

"저러다 입술도 닿겠네."

작게 중얼거리는 소리에 선예의 시선이 세연을 따라갔다. 자신은 모르고 있는 것 같았지만 세연은 지금 한껏 미간을 찌푸린 채 성준과 나란히 앉아 있는 여자를 바라보고 있었다. 아니, 노려보고 있다고 하는 표현이 더 적합할 것이다. 두 사람이 대화를 할 때마다 이마 주름의 골은 점점 깊어졌다. 그 모습에 선예가 피식 웃음을 터뜨렸다.

"질투해?"

세연이 깜짝 놀라 고개를 돌렸다.

"지, 질투라니요! 그 무슨 말을! 그, 그냥 둘이 아는 사이인가 관심이 간 것뿐이지."

"신경 쓰여?"

"설마요! 절대! 아니에요!"

세연의 커다란 목소리에 이야기를 나누고 있던 사람들의 시선이 카운터로 쏠렸다. 그 시선에 당황한 세연이 재빨리 몸을 돌렸다.

"차, 창고 청소할게요!"

그대로 쏙 창고로 들어가버린 세연.

"귀엽다, 귀여워. 마음 같아서는 아주 그냥 둘이 입술이라도 붙여놓으면서 이제 제발 좀 사귀라고 해주고 싶네. 내가 연애고자들 사이에서 살 수가 없어요, 살 수가."

선예가 한숨을 내쉬었다.

"성준이와 전 누락된 유물들을 정리해 리스트를 만들 거예요. 그것만으로도 일단 현재 프로젝트에서 문화재 은닉이 일어나고 있다는 것 정도는 증명할 수 있어요."

우현의 테이블을 둘러싸고 앉아 있는 사람들을 둘러보며 입을 열었다.

"윤 교수님은 제가 따로 장부를 만든 줄 모르고 있을 테니 그 부분에 있어서는 안심하고 있을 거예요. 선우 선배는 모른 척, 지금 윤 교수님의 말대로 해주세요."

"현장에서 발굴된 유물들과 윤 교수님이 주신 자료를 비교해서 누락된 것을 따로 정리해두면 되는 거지? 네가 한 것처럼."

"네, 만약 할 수만 있다면 윤 교수님이 현장에서 발굴한 유물을 어디로 가져가는지까지 알 수 있다면 더 좋고요."

"그걸 쉽게 알아낼 수 있을까? 윤 교수님도 엄청 조심하실 텐데."

"유물을 보관하기 위해서는 현장에서부터 숨겨야 하잖아요. 지금까지야 이 사실을 몰라서 어물쩍 넘겼지만 분명 수상한 점들이 있을 거예요."

선우가 격하게 고개를 끄덕였다.

"자료가 준비되면 문화재 도난신고부터 넣을 거예요. 그럼 문화재청 사범 단속반에 조사를 시작하겠죠. 현장을 방문하고 관련자를 대상으로 탐문 조사를 시행할 겁니다."

우현이 양손을 세게 마주 잡았다.

"그럼 10년 전 한상원 교수님 사건은 어떡할 거예요? 그건 어떤 식으로 밝혀낼 거죠?"

하늘의 질문에 우현이 잠시 숨을 고르고는 다시 입을 열었다.

"얼마 전에 윤 교수님과 함께 일을 꾸민 당시 인턴을 만나봤어요. 어떻게든 그 사람을 설득해 진실을 밝힐 수 있도록 해야죠."

"함께 일을 꾸민 사람이라고 했죠? 그럼 그 사람도 사라진 문화재들을 가지고 있어요?"

"글쎄요. 그건 확신하지 못하겠어요. 하지만 분명 제가 윤 교수님과 그 남자를 들쑤셔놨으니 움직임은 있을 거예요."

"그럼 그것부터 확인해야겠네요. 이렇게 된 이상, 저도 제 나름대로 조사를 시작할 거예요."

"기자님에게 기자님의 방식이 있는 건 알고 있지만…… 한 가지만 부탁드릴게요. 무언가 새로운 것을 알게 되면 공유하는 걸로요."

"하지만 기자들 세계에도 나름의 룰이……."

"네, 알고 있어요. 그래도 부탁드릴게요."

우현의 시선이 어디론가 향했다. 하늘의 눈동자가 그런 우현을 따라갔다.

초점 없는 눈동자로 가만히 커피 잔을 바라보고 있는 채원. 그 모습에 하늘이 입술을 질끈 물었다.

방금 전 우현에게서 이 사실을 전해 들었을 때만 해도 하늘은 특종을 잡았다는 생각에 마냥 들떠 있었다. 하지만 눈으로 채원을 보고 있는 지금, 남은 가족의 처참한 모습을 보고 있는 이 순간, 자신의 마음까지 착잡해졌다.

"알았어요. 그렇게 할게요. 전부 다."

그래서일까. 자신이 지금껏 고수해온 기자로서의 룰도, 무조건 특종을 잡아 터뜨려야겠다는 들끓는 피도 지금은 소용없었다.

그저 10년 전, 채원이 받았을 상처, 그 상처를 안고 지내온 지난 시간, 그리고 또다시 상처를 받은 지금. 그 깊이를 알 수 없는 아픔에 숙연해질 뿐이었다.

"우현 씨, 그 사람에 대한 자세한 정보, 나하고 공유해요."

"기자님에게요?"

"기자들이 형사님들만큼 잘하는 게 뭔지 알아요?"

사람들의 눈동자에 궁금증이 서렸다. 그 모습에 하늘이 피식 웃으며 눈을 찡긋거렸다.

"잠복근무."

선우가 먼저 돌아가고 선예의 커피숍 밖으로 나온 우현과 채원, 성준과 하늘. 그리고 세연.

"나 채원 씨 데려다 주고 갈 테니까 먼저 들어가. 강 기자님은 어떻게 가세요?"

"버스 타고 가려고요. 버스 정류장 가려면 어느 쪽으로 가야 해요? 올 때는 택시 타고 왔거든요."

"이 골목 내려가서 오른쪽으로 가면 돼요. 저희도 그쪽으로 가니까 가는 길에……."

"아니야, 넌 그냥 가. 제가 모셔다 드릴게요."

우현의 말을 파고드는 성준의 목소리에 세연의 고개가 획, 하고 돌아갔다.

성준의 시선이 잠시 채원에게 머물더니 우현을 바라보았다. 성준은 멍하니 서 있는 채원을 빨리 이곳에서 데리고 나가라고 말하고 있었다.

"응, 알았어. 그럼 부탁할게. 강 기자님, 조심히 들어가세요. 앞으로 잘 부탁드릴게요."

"저야말로요. 그리고 성준 씨라고 했나요? 그냥 혼자 가도 괜찮아요. 그러니까 여자친구와 함께 돌아가세요."

하늘이 눈을 찡긋하며 세연을 바라보았다.

"여, 여자……."

"여자친구 아니에요. 그러니까 괜찮아요. 같이 가요. 홍세연, 괜찮지?"

성준이 세연의 말을 끊고는 물었다.

"어, 어…… 그럼……."

어색하게 고개를 주억거리는 세연.

"그럼 먼저 간다, 이따 보자."

하지만 개의치 않는다는 듯 성준이 손을 휘휘 젓더니 앞장섰다.

세연은 앞서 걸어가는 성준의 뒷모습을 바라보며 괜히 기분이 가라앉는 것을 느꼈다. 아니, 정확히는 성준과 강하늘 기자라는 여자가 나란히 서 있는 모습에.

분명 자신이 아는 성준은 여자와 가깝게 지내지도 않을뿐더러 대화도 많이 나누지 않았다. 그런데 눈앞의 성준은 하늘의 말에 큰 소리로 웃어주었고, 자연스럽게 대화도 이어갔다. 뒤따라가는 자신에게는 눈길조차 주지 않은 채 말이다.

요 며칠 성준은 자신에게 퉁명스러웠다. 그리고 그 무심함은 오늘 극에 달했다. 실제로 오늘 커피숍에 들어왔을 때부터 지금까지 성준이 자신에게 건넨 말은 지금 '홍세연, 괜찮지?' 이게 전부였다.

'20년 넘게 친구처럼, 남매처럼 있는 동안, 나한테 너 여자였어.'

분명 그렇게 말하지 않았던가.

'널 처음 봤을 때부터 지금까지 네가 내게 사랑이지 않은 적은 단 한순간도 없었어.'

심지어 녹아내릴 듯한 목소리로 폭탄선언을 하지 않았던가.

'밤새도록 고민해. 내 이름, 내 얼굴만 떠올리면서, 나만 생각하면서. 그리고 나한테 와. 기다릴 테니까.'

그렇게 말해놓고. 나는 자기 때문에 매일매일이 고민인데.

무슨 작업을 건다는 남자가 따로 데이트 신청을 하는 것도 아니요, 이전보다 더 다정다감한 것도 아니요, 심지어 눈에서 하트가 나오는 거나 꿀이 떨어지는 것은 더더욱 아니었다. 그렇게 툭, 고백만 던져놓은 후로 성준은 아무런 변화가 없었다. 아니, 오히려 시간이 지날수록 조금씩 차가워지는 것만 같았다.

"정말 나 좋아하는 거 맞아?"

자신은 바라보지도 않은 채 하늘에게만 집중하는 성준이 미웠다. 거기다 성격도 호탕한데 예쁘기까지 한 하늘은 더 미웠다.

"뭐야, 기다린다고 해놓고 벌써 포기하는 거야? 친구로 돌아가자고?"

심술이 났다. 화가 났다. 그리고 갑자기 서러움이 밀려왔다.

버스 정류장에 도착한 세 사람. 잠시 후, 하늘이 타려는 버스가 도착했고, 성격 좋고 예쁜 여자는 손을 휘휘 젓더니 떠나갔다. 흩날리는 머리카락에서 달콤한 샴푸 향기까지 남기고 말이다.

세연은 그때까지도 고개를 푹 숙인 채 땅만 바라보고 있었다.

"우리 타는 버스는 10분 뒤에 오네. 춥진 않아?"

성준의 질문에도 아무런 대답도 하지 않은 채.

"홍세연? 내 말 들어? 춥지는 않냐니……."

"데려다 줄 필요 없어. 나 혼자 갈게."

하더니 휙 몸을 돌려 반대편으로 걸어갔다. 남겨진 성준의 얼굴에는 황당함이 떠올랐다.

"야! 너 어디 가? 그쪽 방향 아니잖아."

정신을 차린 성준이 재빨리 세연의 뒤를 따랐다.

"한 정거장 더 가서 버스 탈 거야. 걷고 싶어서."

세연의 입술 사이로 퉁명스러운 목소리가 흘러나왔다.

"왜 그렇게 기분이 안 좋아? 데려다 줄게."

"됐어. 혼자 갈 수 있어."

"야, 너 왜 그……!"

세연의 팔목을 붙잡아 제 쪽으로 끌어당긴 성준. 순간 세연의 눈에 고인 눈물 때문에 놀라 눈을 동그랗게 떴다.

"울어? 야야, 왜 울어? 무슨 일 있어? 어디 아파서 그래?"

당혹감이 잔뜩 묻어난 얼굴로 자신을 걱정하는 성준의 목소리에 울컥, 가슴이 시렸다.

"흑……."

결국 참지 못하고 눈물은 밖으로 흘러나왔다. 조금 퉁명스러웠다고 생각했던 성준이었는데 이렇게 자신을 챙기는 모습에 순식간에 마음에 안정이 찾아왔다. 하지만 그와는 반대로 맥박은 빨라졌다.

"너…… 너……. 내, 내가 너무 오래 기다리게 해서 나 싫어졌어?"

낯선 남자 성준이 오늘따라 더 낯설었다.

"기다려준다면서…… 그런데 벌써 포기한 거야?"

이런 이야기를 입 밖으로 내뱉는 자신은 그보다 더 낯설었다.

이대로 성준의 마음이 변해버린 걸까. 오랜 시간 자신을 좋아해온 성준이 기다림에 지쳐 자신을 포기해버리는 걸까. 그런 생각이 들자 괜히 서러워 눈물이 하염없이 흘러나왔다.

"이제 다른 여자 좋아해? 아까 그 여자?"

두서없이 흘러나온 말에 창피함을 느낄 정신도 없었다. 성준이 더 이상 자신의 곁에 없다는 사실, 그 하나만으로도 세상은 어둠으로 가득했다.

눈물이 흘러내리는 속도는 닦는 속도보다 빨랐다.

"우리 다시…… 다시 친구로 돌아가?"

그리고 세연을 감싸 안은 따뜻한 기운. 성준이었다. 성준의 단단한 팔이 세연의 어깨를 꽉 끌어안았다.

"홍세연 씨. 지금 그거, 나 좋다는 고백이라고 생각해도 돼?"

이전과 같은 다정한 목소리.

"나 좋아해서, 다른 여자랑 친하게 지내는 거 기분 나빠서 투정 부린다고 생각해도 돼?"

마음을 따뜻하게 만드는 안온한 음성.

"이제 나 좋아졌어? 아니, 네가 사실은 나 좋아하고 있다는 거 이제 깨달았어?"

세연은 아무런 대답이 없었지만 성준은 다 안다는 듯 세연을 더 꽉 끌어당겼다.

"내가 말했지? 널 처음 봤을 때부터 지금까지 넌 내게 여자였고, 사랑이었다고. 근데 그게 어떻게 쉽게 변해. 나도 좀 변해봤으면 좋겠다."

성준의 커다란 손이 세연의 등을 천천히 쓰다듬었다.

"멋있는 척하면서 기다리겠다고 하긴 했는데 사실 조금 초조했어. 불안했어."

그 손길에 마음이 점점 차분해졌다.

"고마워, 세연아. 고맙다."

맞닿은 두 사람의 심장이 같은 속도로 뛰기 시작했다.

그렇게 한참을 성준에게 안겨 있던 세연. 성준이 제 품에서 세연을 떼어냈다.

"홍세연, 네 마음 확실하게 깨달았으니까 나 이제 안 참는다?"

"뭐, 뭘 안 참아. 뭐, 뭘! 못 하는 말이 없어!"

성준의 말에 당황한 세연이 눈에 띄게 말을 더듬었다.

"뭐긴 뭐야. 안 참고 좋아하는 거 팍팍 표현한다, 이거지. 뭐야, 무슨 생각했어? 너 야한 생각 했지?"

"야, 야한 생각은 무슨! 네가 어떻게 알아? 와, 막 이상한 사람 만드네?"

당황한 세연이 재빨리 한 걸음 물러났다. 손바닥으로 부채를 만들어 화끈 달아오른 얼굴을 식혔다.

"하, 참 나. 어이가 없어라. 나처럼 순수한 애가 어디 있다고. 기가 막혀서."

"말 많아지고 빨라지는 거 보니까 맞네."

"아니라니⋯⋯!"

순식간에 성준의 입술이 세연의 입술에 닿았다 떨어졌다. 말을 멈춘 세연이 눈을 동그랗게 뜬 채 성준을 바라보았다.

"야한 상상은 내가 했다. 이젠 매일 이렇게 할 수 있겠구나 싶어서. 그리고 이것도."

성준의 부드러운 손이 세연의 손을 붙잡았다. 강한 힘이 세연을 이끌었다. 수줍음에 고개를 푹 숙인 세연이 그 손길을 따라갔다.

"그나저나 이선에 사장님의 연애 코치가 이렇게 도움이 될 줄이야. 20년 속앓이가 한 시간 만에 결판이 났네."

"그게 무슨 말이야?"

"둔한 홍세연한테 계속 다정하게 해봤자 평생 자기 마음도 모를 거라고. 지금껏 당겼으니 이제는 밀어보라고 하더라고."

성준의 얼굴에 장난기가 가득 차올랐다.

"거기다 너 오늘 강하늘 기자님을 이글이글 타오르는 눈으로 보고 있었다면서. 그러니 세연이 질투 팍팍 나게 집에 가는 길에 강 기자님한테만 신경 쓰라고 했거든."

"뭐, 뭐야!"

"그러면 아마도 홍세연의 불타오르는 눈빛, 다시 한 번 볼 수 있을 거라고."

"야! 진짜!"

세연이 성준에게 잡힌 손을 뿌리치려 했지만 역부족이었다.

"어딜 도망가? 이제 못 도망가. 자! 집에 갑시다, 김성준 여자친구 씨."

"둘 다 죽었어! 여자친구 안 해! 안 한다고!"

어느새 골목은 세연의 외침과 성준의 웃음소리로 가득 차 있었다.

"우리도 가요, 채원 씨."

모두가 떠난 골목. 우현이 채원의 손을 부드럽게 이끌었다.

"저…… 우현 씨, 오늘은 나 혼자 돌아갈게요."

채원의 떨리는 목소리가 우현에게 말했다.

"아직 9시도 안 됐어요. 늦은 시간도 아닌걸요. 혼자 걸으면서 생각을 좀 정리하고 싶어서요."

"하지만 채원 씨……."

채원을 붙잡으려 했던 우현은 단호해 보이는 그녀의 모습에 말을 멈췄다.

본격적으로 윤정수 교수님을 범인이라고 생각한 지금, 여러 가지 복잡한 생각을 정리하고 싶어 하는 것이었다.

"알았어요. 대신, 너무 늦게까지 밖에 있지는 말아요. 걱정되니까. 집으로 돌아가면 연락 주고요."

고개를 끄덕인 채원이 갈게요, 라고 조용히 내뱉고는 돌아섰다. 그 뒷모습이 안쓰러웠지만 차마 잡을 수는 없었다.

천천히 골목을 걷던 채원이 빠른 걸음으로 도로를 향해 걸었다. 그러고는 다급하게 택시를 붙잡았다. 택시 기사에게 익숙한 집 주소를 이야기한 그녀가 창밖으로 시선을 돌렸다.

아저씨는 그녀가 가장 믿었던 사람이었다. 아버지 일로 세상의 비난이 오롯이 자신들에게 쏟아졌을 때에도 그 모진 말로부터 자신들을 감싸준 사람이었다. 때로는 가족보다 남이 낫다는 말이 통감될 정도로 그녀에겐 가족이나 다름없었다.

"도착했습니다."

한참을 달리던 택시가 멈춰 섰다. 크게 심호흡을 한 채원이 밖으로 나갔다. 아파트 입구에 들어선 그녀가 엘리베이터에 올랐다. 빠른 속도로 위를 향하던 엘리베이터가 멈췄다. 902호. 익숙한 곳. 그래서 오늘따라 더욱 낯선 곳. 떨리는 손이 벨을 눌렀다.

저녁 식사 후, 따뜻한 커피를 한 잔 타서 서재로 들어온 정수는 책상 서랍 속에서 노트를 한 권 꺼냈다. 그러고는 선우가 작성하고 있는 유물 리스트가 적힌 장부를 펼쳐 자신이 꺼낸 노트 속의 내용과 비교하기 시작했다.

"내가 적은 장부에 있는 유물이 선우가 만든 장부에 있으면 안 돼."

서랍 속에 있던 장부는 이번 프로젝트에서 자신이 빼돌린 유물을 정리해 놓은 리스트였다. 혹여나 선우가 작성한 장부 안에 이 유물들이 존재한다면 누군가 없어진 사실을 눈치챌지도 모른다. 그렇기에 철저해야 했다. 조금의 실수도 있어서는 안 되었다.

한참을 일에 집중하고 있을 때 정수의 휴대폰이 요란한 소리를 내며 울렸다. 김성훈. 휴대폰에 뜬 이름에 정수가 한숨을 내쉬었다.

"자네가 어쩐 일인가?"

-교수님이 전화 주신다고 하고 계속 연락이 없으셔서요. 최우현이라는 사람한테 또 연락이 왔습니다. 만나자는 것 같은데 어떻게⋯⋯.

"자네! 생각을 좀 하고 말하게! 지금 최우현을 만나서 뭘 어쩌겠다는 말이야? 사람 참 답답하구먼. 애초에 자네가 조심했다면 이렇게 문제가 커질 일도 없지 않았겠나!"

-최우현을 만났을 때 제게 전화를 건 건 교수님이잖습니까!

"10년 전에도 마찬가지야! 자네가 똑바로 처신만 했다면 잘 넘어갈 수 있었어. 그런데⋯⋯. 자네같이 아무것도 모르는 사람과 한배를 타는 게 아니었어."

정수가 한숨을 내쉬며 손으로 이마를 짚었다.

-말씀이 심하신 것 같네요. 아무것도 모르는 저를 이 길로 들어서게 만든 건 교수님입니다.

성훈의 말에 정수가 기가 막힌다는 듯 코웃음을 쳤다.

"정말 어이가 없군. 내가 자네를 협박하기라도 했나? 난 의견을 제시한 것밖에 없어."

-그건 협박이었습니다. 그때 제가 그렇게 멍청하지 않았다면 그냥 교수님을 신고하고 말았겠죠. 근데 잘못하다가는 저까지 범죄자가 된다는 말에 놀아나⋯⋯.

"놀아나다니. 이래서 자네가 멍청하다는 거야. 줏대도 없이 선택해놓고 다른 사람을 원망하기나 하고. 그러니 도박 같은 어리석은 것이나 빠지지."

-교⋯⋯.

"입 다물고 있게. 최우현에게 전화가 와도 받지 말고. 자네는 그냥 잠자코 있어. 그게 도와주는 거니까."

그때, 현관 벨이 울리는 소리가 들렸다. 아내는 동창 모임, 딸아이는 친구들과의 약속이 있었다. 집에 혼자 있던 정수가 전화를 끊고 현관으로 걸어갔다.

문이 열렸고, 그곳에는 생각지도 못한 손님, 채원이 있었다.

"채원아, 이 시간에 여긴 어쩐 일이니? 앉거라. 뭐 마실 거라도……."

"아저씨."

채원이 정수를 불렀다. 아저씨, 부르는 말이 가슴 아팠다.

"묻고 싶은 게 있어서 왔어요. 갑자기 너무 많은 것을 듣게 되어 머릿속이 혼란스러워요. 어떤 게 진실인지도 구분이 가지 않아요."

채원의 시선을 모른 척 고개를 돌린 정수가 침을 꿀꺽 삼켰다.

"그러니 아저씨가 말해주세요. 정말로 아저씨가 그랬어요?"

정수의 몸이 그 자리에서 얼어붙었다.

"아저씨가 우리 아빠 힘들게 했어요?"

숨이 막힐 듯 조여오는 공기에 정수가 목청을 가다듬었다.

"채원아."

채원아. 부르는 말이 죄스러웠다.

"아빠가…… 처음 사람들과 언론의 비난을 한 몸에 받았을 때, 집으로 찾아오는 기자들을 온몸으로 막아준 사람은 아저씨였어요."

양옆으로 힘없이 축 늘어진 채원의 팔.

"아빠가 돌아가시고 장례부터 집을 옮길 때까지 모든 일을 맡아 도와주신 분이 아저씨였어요."

이미 촉촉이 젖어버린 흐릿한 눈동자.

"대학교 졸업식 때 꽃다발을 사들고 오신 분도, 첫 취업 때 정장을 해주신 분도 아저씨였어요. 지원이가 군대 입대할 때 훈련소까지 따라가 주신 분도요."

이미 모든 생기를 잃어버린 단조로운 음성.

"그리고 언제가 될지 모르지만 제 결혼식 때 아빠 대신 저와 함께 걸어주겠다던 분도 모두 아저씨였어요."

속은 울부짖고 있을지언정 그 마음을 다 표현하지 못한 채원의 어깨가,

온몸이 덜덜 떨렸다.

잠시 숨을 고른 채원.

"아니라고 말해주면 안 돼요?"

눈동자에 고인 눈물을 막아낼 재간이 없는지 볼 위에 한 방울이 흘러내렸다.

"저와 지원이 곁에 있어준 건 정말 너희들이 걱정되어서라고."

목구멍으로 침을 삼키기 어려운지 눈을 찡긋거렸다.

"내가 딸이라면서요. 아저씨가 평생 내 아빠도, 내 친구도 다 해주겠다면서요."

덜덜 떨리는 손이 제 가슴을 부여잡았다.

"제발, 제발 부탁이니까 아니라고 해달라고요!"

목청껏 소리치며 흐느끼는 소리가 처량맞았다. 고통에 찬 채원의 시선을 바로 볼 수 없던 정수가 고개를 돌렸다.

"아빠 물건은 왜 그렇게 보고 싶어 했어요? 아빠가 뭐라도 남겼을 것 같아서?"

채원이 자신이 메고 있던 가방 안에서 작은 노트를 하나 꺼냈다.

"이거 찾았어요? 아빠 일기장?"

그녀의 손에 들린 노트를 바라보는 정수의 눈빛이 거세게 흔들렸다.

"맞네. 아빠가 이걸 꼭꼭 숨겨둔 이유가 있었네요. 아저씨가 찾는다는 걸 알고 우현 씨에게 넘긴 거였어."

"선배가 그걸 최우현에……. 흡."

순간 정수가 입을 다물었다. 그 모습에 채원의 얼굴에 거센 분노가 차올랐다. 늘 곱고 침착하던 그녀에서 찾아볼 수 없던 위협적인 시선이 정수를 바라보았다. 힘줄이 불거진 목, 꽉 깨문 어금니, 불끈 쥔 주먹에서 그녀의 분노가 얼마나 큰지 알 수 있었다.

"어떻게 그럴 수가 있어요? 우리 아빠가 아저씨한테 어떻게 했는데! 아저씨한테도 우리 아빠는 소중한 사람이었잖아요. 난 그래도 끝까지 아저씨를 믿었는데."

"채원아, 그만 진정하고……."

정수가 한 발짝 앞으로 다가가자 채원은 고개를 저으며 뒤로 물러났다.

"저는 늘 아저씨한테 말했었죠. 아빠가 절대 그럴 리가 없을 거라고. 분명 오해가 있을 거라고. 만약이라도 누군가 아빠를 모함했던 거라면 절대 용서 못 한다고."

채원이 눈을 꼭 감고 숨을 크게 골라냈다.

"절대 용서 못 해요. 근데…… 근데 아저씨니까……. 내게 아빠와 같았던 아저씨니까."

무거운 눈꺼풀을 밀어 올리자 붉어진 눈동자가 드러났다.

"제가 아저씨를 더 이상 미워하지 않게 좀 도와주세요."

억지로 화를 누르려는 듯 움켜쥔 주먹이 부르르 떨려왔다.

"부탁이에요, 아저씨. 제가 제 손으로 무언가 하기 전에 먼저 아빠에게 미안하다고 말해주세요. 제발……."

간절한 음성에도 정수의 입에서는 아무런 말도 흘러나오지 않았다.

"아저씨……."

"나는…… 미안하다."

고개를 돌리는 정수. 동시에 채원의 심장이 바닥으로 떨어졌다.

용서하고 싶지 않았다. 아빠를, 남은 가족을 힘들게 한 사람. 그리고 그 사람이 자신이 가장 믿었던 사람이라는 사실에 더 화가 났다.

그래도. 만약이라도. 스스로 진실을 밝히고 용서를 빈다면 입술을 질끈 물고 울음을 삼켜서라도 그 마음을 헤아려주고 싶었다. 지난 10년 동안 아저씨는 자신에게 없어서는 안 될 소중한 사람이었으니까.

하지만 힘겹게 끌어 올린 마지막 인내와 배려마저도 저버린 아저씨의 모습에 걷잡을 수 없이 커다란 분노가 몰아쳤다.

천천히 채원의 입술이 열렸다.

"두고 봐요. 절대 용서 못 해요. 아저씨가 아빠에게 저지른 죄, 저와 지원이게 보여준 위선, 우현 씨에게 보여준 뻔뻔함."

눈동자는 시뻘겋게 변했지만 시선은 올곧았다.

"마지막까지 저를 실망시킨 아저씨의 그 무엇도 그냥 넘어가지 않을 거예요."

채원이 빠른 손으로 제 볼에 흐른 눈물을 닦아냈다.

"아저씨가 저지른 일이 얼마나 잘못된 일인지, 주변 사람들에게 얼마나 상처를 줬는지. 아빠와 가족인 우리들과 아빠를 믿었던 사람들. 그리고 아저씨의 가족……."

채원이 고개를 돌려 눈가에 고였던 눈물을 닦아냈다.

"나는 절대 용서할 수 없어요."

쿵, 하고 현관문이 닫히는 소리가 묵직하게 들렸다. 아파트 건물 밖으로 나온 채원은 온몸이 떨려와 걸음조차 제대로 걸을 수가 없었다. 참았던 눈물이 다시 터졌다.

"아니라고…… 아니라고 좀 해주지. 거짓말이라도 괜찮으니까. 그랬다면 믿었을 텐데."

거짓이라도 좋으니 그런 게 아니라고, 정말은 네가 걱정돼서 곁에 머물렀던 거라고.

"내가 마지막으로 기회를 줬잖아. 믿어주겠다고 했잖아. 그런데도……."

내가 잘못했다고, 그러니 제대로 용서를 빌겠다고. 이런 나를 제발 용서해달라고. 그거면 됐었는데.

발바닥이 땅에 박힌 듯 한 걸음도 옮길 수 없었다. 주체할 수 없이 흘러내리는 눈물을 손으로 닦아보았지만 소용없었다.

"혼자 울지 말라고 하니까. 참 말 안 듣네요."

그때 채원의 흐느낌 사이를 파고드는 익숙한 음성에 그녀가 울음을 그쳤다. 천천히 고개를 든 채원.

"집에 일찍 들어가라니까 왜 여기서 이러고 있어요."

아파트 입구 앞의 벤치에 앉아 있는 우현의 모습에 채원의 눈동자에 고였던 눈물이 톡, 하고 흘러내렸다.

"우현…… 씨? 여기…… 나 여기 있는 줄 어떻게 알았어요?"

"몰랐어요? 나 채원 씨 무슨 생각 하고 있는지 다 아는 사람인데."

우현이 자리에서 일어났다. 그러고는 넓게 양팔을 벌렸다.

"뭐 해요. 나 여기 있어요."

울컥, 뜨거운 것이 차올랐다.

"빨리 와서 안겨요. 이번에는 내가 안아줄게요."

어린아이처럼 울음을 터뜨린 채원.

"어서요."

우현의 재촉에 채원이 힘껏 내달렸다. 그러고는 우현의 품에 덥석 안겼다. 그 힘에 그가 한 발짝 뒤로 물러났지만 금세 중심을 다잡았다.

"집 앞에서 기다리려고 했는데 그러면 조금 늦을 것 같아서요. 분명 집으로 돌아오는 길…… 혼자 이렇게 울고 있을 것 같아서요."

우현의 강인한 팔이 채원의 등과 머리를 꼭 끌어안았다.

"고생했어요. 내가 있으니까 상처받지 말아요. 채원 씨가 받아야 할 상처 내가 다 받을 테니까. 그러니까 아무것도 보지 말고, 듣지 말고 내 뒤에 숨어 있어요."

커져버린 울음소리에 우현이 더 작은 목소리로 채원의 귓가에 속삭였다.

"채원 씨가 원하는 것, 바라는 것 내가 전부 이뤄줄게요."

정수와의 전화를 끊은 성훈이 휴대폰을 움켜쥐었다. 분노로 몸이 부르르 떨렸다.

"내가 조심했다면 아무런 문제가 없었다고? 최우현이 있을 때 내게 전화를 한 게 누군데 이래?"

화가 난 목울대가 크게 울렁거렸다.

"생각을 하고 말하라고? 의견을 제시했다고?"

결국 화를 참지 못한 성훈이 휴대폰을 소파 위로 집어 던졌다.

10년 전 윤 교수는 의견을 제시한 게 아니라 자신을 협박했다. 자신이 하고 있는 일이 비밀장부를 만드는 것인지를 몰랐었기에 꽤 오랫동안 그 일을 시행했고, 나중에 그 사실을 알았을 때 윤 교수는 우리는 한배를 탔다며 겁을 주었다.

'지금껏 자네가 한 일은 가짜 장부를 만든 일이야. 한마디로 나와 공범인 셈이지. 이 사실이 알려지면 자네 역시 범죄자가 되는 거야. 어쩔 건가?'

두려웠다. 이제 겨우 대학을 졸업을 하고 어떻게든 취업하기 위해 애를 쓰고 있었는데 오점이라도 생겨 문제가 생길까 봐 겁이 났다.

"그때 그냥 난 몰랐었다면서 고백을 할 걸 그랬어. 그랬다면 이렇게 10년이나 질질 끌지 않았어도 됐겠지. 아니면 그냥 문화재들을 팔아버리든가."

돈에 눈이 먼 것도 한몫했다. 문화재를 팔면 큰돈을 벌 수 있다는 윤 교수의 꿀 같은 말에 넘어간 건 분명 자신의 잘못이었다. 하지만 한상원 교수의 일이 터지고 문화재는 10년째 자신의 베란다 창고에 숨을 죽인 채 있었다.

"모든 걸 자기가 꾸며놓고 내 잘못이라고 죄를 뒤집어씌워? 거기다 나보고 멍청하고 어리석다고? 입 다물고 잠자코 있으라고?"

입술을 질끈 문 성훈이 던져놓은 휴대폰을 들고 베란다 창고로 걸어가 문을 열었다. 한쪽 구석에 자리 잡고 있는 몇 점의 유물들.

성훈이 어디론가 전화를 걸었다.

"어, 난데. 자네 아직도 골동품 거래 하고 있나?"

화요일 아침 7시. 비장한 표정의 우현과 성준이 집을 나섰다. 30분 후 도착한 곳.

422

"자네들, 농담이라면 그만두게. 아침 일찍 중요한 일 때문에 보자고 하더니 이것 때문이었나? 그만 돌아가게."

한국대학교 사학과 건물 안의 좁은 교수실에서는 믿기 힘들다는 듯 큰 목소리가 흘러나왔다.

"김윤상 교수님, 이런 농담을 하려고 여기까지 찾아온 게 아니라는 것 알고 계시지 않습니까?"

우현의 침착한 목소리가 김 교수에게 말했다. 그 차분한 눈동자에 김 교수가 한숨을 내쉬었다.

지난번 성준이 자신의 교수실로 찾아와 한상원 교수의 사건에 대해 이것저것 캐물었을 때 이상하다는 생각은 했지만 그래도 설마.

"자네들 말은…… 그러니까 그때 그 사건 진짜 범인이 정수다, 이 말인가? 허, 참 나."

헛바람을 집어삼킨 김 교수가 소파에 몸을 깊게 기대었다.

"그리고 지금 발굴 프로젝트에서 또다시 같은 방식의 문화재 은닉이 벌어지고 있다고?"

김 교수의 시선이 우현이 가져온 두꺼운 서류를 향했다.

10년 전 문화재 은닉사건의 진짜 범인이 정수라니. 사실을 믿기 힘들었다. 하지만 우현이 가져온 자료는 정수가 현재 일으키고 있는 범죄를 증명하고 있었다.

"하아, 그래서 이 모든 것이 진짜라고 한다면……. 날 찾아온 이유는 뭔가?"

"도와주세요, 교수님. 무슨 일이 있어도 한상원 교수님의 무죄를 밝혀야 합니다. 그리고 현재 일어나고 있는 범죄도 막아야 해요."

우현의 절박한 목소리에가 들려왔다.

"교수님도 한상원 교수님을 존경하셨잖아요. 그런 분이 10년이 넘도록 누군가에 의해 범죄자라는 주홍글씨를 안고 있는데……."

"자네 말처럼 그렇게 쉬운 문제가 아니야."

"알고 있습니다. 지금 한상원 교수님은 말 그대로 범죄자예요. 교수님이 한 교수님의 편을 들었지만 만약 무죄가 밝혀지지 않는다면 교수님의 명예에도 큰 손실이 있을 수 있겠죠."

우현이 이해한다는 듯, 하지만 간절한 목소리로 말을 이었다.

"그래도 이대로는 한 교수님이 너무 불쌍합니다. 그리고 그 가족들도요."

그 말에 김 교수가 한숨을 내쉬었다.

"저희에게는 힘이 필요합니다. 명망 있는 교수님의 인맥과 지식과 권력이요. 그리고 그때 함께 계셨던 분이시지 않습니까."

우현이 주먹을 쥐었다 풀기를 반복했다.

"제발 부탁입니다, 교수님. 저는 꼭 한 교수님의 명예를 회복시켜드리고 싶습니다. 그게 제가 한 교수님을 위해 할 수 있는 유일한 일입니다."

우현의 말을 끝으로 교수실에는 한참의 정적이 흘렀다. 그리고 먼저 입을 연 김 교수.

"자네…… 그때와는 많이 달라졌군."

부드럽게 울리는 목소리에 우현이 고개를 들었다.

"내 기억에 어둡고 말수가 적고, 그리고 눈빛까지 죽어 있던 소년이었는데 지금의 자넨…… 온몸에 밝은 기운이 넘쳐흐르는구먼. 거기다 눈빛까지 살아 있어. 모두 한 선배 덕분인가?"

김 교수가 10년 전을 회상하듯 우현에게 말했다.

"한 선배는 자네뿐만 아니라 많은 사람들의 멘토였어. 내가 교수 준비를 하면서 없는 살림에 힘들어할 때 내 아이들의 장난감과 생일선물을 챙겨준 건 한 선배였네."

김 교수의 눈동자에 아련함이 떠올랐다.

"아빠도 해주지 못하는 일을 한 선배는 해주었지. 아무런 조건 없이. 거기다 내게 일자리를 제공해주고, 내 능력을 믿는다며 나를 적극적으로 밀어주기도 했지."

고개를 끄덕인 김 교수가 우현과 성준을 바라보았다.

"내게도 은인이야. 그런 분이 누명을 쓰고 억울하게 누워 계시다는데 가만히 있을 수는 없지. 자네를 믿어보겠네. 한 선배에 대한 자네 마음을 말이야."

그 한마디에 우현의 얼굴이 눈에 띄게 밝아졌다.

"그래, 내가 뭘 하면 되는 거지? 자네들 계획이 뭔가?"

"자, 그럼 오늘은 이만 다들 퇴근하도록 하지."

화요일 오후, 회의의 끝을 알리는 정수의 목소리에 연구실 사람들은 수고하셨습니다, 라고 큰 소리로 외쳤다.

크게 기지개를 켜며 야근을 해야 한다고 투덜거리는 사람도, 데이트가 있다며 짐을 챙기는 사람도 있었다. 사람들이 하나둘씩 회의실을 빠져나갔다.

"저는 오늘 이만 퇴근합니다."

회의실 책상 가장 가운데 앉아 있던 선우는 슬쩍 우현을 바라보더니 큰소리로 말하고는 회의실을 나섰다.

"나가서 기다린다."

자리에서 일어난 성준 역시 우현의 어깨를 두드리더니 밖으로 나갔다.

회의실에 남은 사람은 오직 정수와 우현. 두 사람의 시선이 공중에 얽혔다.

"채원 씨가 많이 울었습니다. 교수님 때문에요."

정수가 짐을 들고 회의실을 나가려고 하자 우현이 그 발걸음을 막았다.

"지금이라도 모든 것을 털어놓고 스스로 잘못을 고백하실 생각은 없으신가요?"

경고가 가득 담긴 우현의 목소리에도 정수는 꿈쩍도 하지 않았다.

"저는 교수님이 아주 많이 원망스럽습니다. 그럼에도 불구하고 지금 기회를 드리는 겁니다. 한상원 교수님께, 그리고 채원 씨에게, 가족에게 덜 부끄러울 수 있는 마지막 기회."

"다시 말하지만…… 나는 아무것도 모르네. 그럼 이만 가보겠네."

정수가 우현의 시선을 피하며 짤막하게 대답했다.

"후회하실 겁니다. 그날의 선택을. 그리고 오늘의 선택을."

"내일 보지."

쿵, 회의실 문이 닫혔고 안에는 우현 혼자 남았다. 화가 나 이를 악, 물었다.

윤 교수를 혼자 찾아가 건물을 빠져나오자마자 울음을 터뜨렸던 채원의 모습이 눈앞에 아른거렸다.

"나는 절대 당신을 용서할 수 없습니다. 한 교수님과 채원 씨에게 용서를 빌 마지막 기회조차 무시해버린 당신을."

회의실을 빠져나간 우현이 건물 뒤 실외주차장으로 걸어갔다. 빵빵. 자동차 경적 소리가 들리는 곳으로 발길을 돌렸다.

"안녕하세요, 김윤상 교수님."

"타게나."

운전석에 앉아 있던 김윤상 교수와 뒷자리에 앉아 있는 성준. 우현이 차문을 열고 성준의 옆에 앉았다.

"교수님, 어디로 가실 건가요? 경찰서로?"

우현의 질문에 김 교수가 차의 핸들을 돌렸다.

"내 인맥과 지식과 권력이 필요하다고 하지 않았나. 문화재청으로 바로 가지. 그곳 단속반에 내 후배이자 한상원 교수가 아꼈던 후배가 일하고 있거든. 조금 더 빨리 일을 진척시킬 수 있겠지."

우현과 성준의 얼굴이 밝아졌다.

"정수가 알고 있다고 하니 그보다는 더 빨리 우리가 움직여야지. 권력남용은 나쁜 것이지만 이번 사건은 개인적인 일이 아닌, 국가적으로도 큰 사건이니 이해해줄 걸세."

"감사합니다, 교수님."

"인맥과 권력은 이상한 곳에 쓰라는 게 아니라 이럴 쓰는 거지. 아마 단속반에 일하는 그녀석도 지금 이 일을 누구보다 기뻐할 걸세. 한상원 교수님을 많이 존경했었거든."

"교수님, 나오셨어요?"

우현이 김윤상 교수와 함께 문화재청을 방문하고 며칠 뒤, 선우는 발굴 현장에 나온 정수를 향해 인사를 건넸다.

"그, 그래. 자네 이렇게 일찍 웬일인가?"

하지만 그런 선우가 그다지 반갑지 않은지 정수는 헛기침을 하며 주변을 살펴보았다. 그도 그럴 것이 발굴 현장의 출근 시간은 오전 9시, 하지만 지금 시간은 겨우 오전 7시밖에 되지 않았던 것이다.

"이것저것 정리해야 할 것이 있어서요. 교수님이야말로 이렇게 이른 시간에 어쩐 일이세요?"

"뭐, 나도 현장도 좀 살펴보려고 나왔지."

선우는 며칠 전 커피숍에서 나누었던 우현과의 대화에 자신이 할 수 있는 일을 찾아 최선을 다했다. 윤 교수가 혹시나 자신을 의심할까 봐 시키는 대로 장부를 정리했다. 또한 윤 교수가 중간에 가로챈 유물들의 행방을 알아보기 위해 일부러 발굴 현장에서 가장 늦게까지 남아 있기도 해봤지만 별다른 점은 없었다. 그래서 이번에는 아침 일찍 출근하는 쪽으로 방향을 틀었다. 그리고 새벽 6시에 이곳 발굴 현장에 출근도장을 찍은 지 이틀째. 보통 10시나 돼야 현장에 나오는 윤정수 교수가 오늘은 7시밖에 되지 않았는데 얼굴을 내밀었다.

"평소에도 이렇게 일찍 나오세요? 저희는 전혀 몰랐네요."

"뭐, 종종 나올 때도 있지."

정수의 대답에 선우가 눈을 가늘게 떴다. 지금껏 발굴 프로젝트가 진행되는 동안 윤정수 교수가 현장에 일찍 나온 적은 단 한 번도 없었다. 그렇다는 말은 아침 일찍 나왔다가 다시 돌아갔다는 말이 되는데. 의심이 가득한 선우의 눈동자가 현장에 마련된 사무실 안에서 윤 교수의 행동을 몰래 관찰했다. 윤 교수는 발굴 현장을 둘러보며 무언가를 만져보기도, 그냥 지나치기도 했다.

"이선우 군!"

그리고 8시가 넘어간 시간. 선우를 큰 소리로 불렀다.

"내가 깜빡 잊고 연구실에 뭘 두고 왔는데. 자네 좀 다녀와 줄 수 있겠나?"

정수의 부탁에 선우가 속으로 쾌재를 불렀다. 지금 윤 교수의 행동이 이상하다고 자신의 온 감각이 말하고 있었다.

"연구실에 가면 책상 첫 번째 서랍에 노란색 봉투가 있을 거야. 그것 좀 가져다주면 고맙겠네."

"알겠습니다, 교수님. 노란색 봉투라고 하셨죠? 그럼, 금방 다녀오겠습니다."

선우가 고개를 끄덕이더니 한쪽에 세워진 차를 끌고 현장을 빠져나갔다. 하지만 얼마 가지 않아 한쪽 구석에 차를 세웠다.

"나 돌려보내고 뭘 하려고? 나와라, 나와라. 제발 나와라."

주문처럼 선우가 중얼거렸다.

그리고 20분 정도 후, 거짓말처럼 정수의 차가 내려와 선우의 반대편으로 전진했다. 재빨리 시동을 건 선우가 앞서 가는 차를 따라갔다.

"정말로 유물들을 훔쳐서 싣고 가는 건가? 알 수가 있어야지."

하지만 어찌 되었든 좋았다. 일단 윤 교수의 수상한 움직임을 포착했다는 것만으로도 반은 성공한 것일 테니까.

"부지런하고 성실한 것도 좋지만 정도껏 해야지."

출근 시간, 자신의 연구실로 돌아온 정수가 한숨을 내쉬며 중얼거렸다. 이른 아침 발굴 현장에 누군가 있으리라고는 상상도 하지 못했다. 아니, 지금껏 한 번도 없었다.

"뭐, 머리가 안 되면 몸이라도 열심히 뛰어야지."

선우는 미련하리만큼 성실했다. 하지만 똑똑하지는 않았다. 정수는 그 점이 매우 마음에 들었다.

"평택에는 내일 가야겠네."

발굴현장에서 선우를 교수실로 보내놓고 미리 봐두었던 유물을 재빨리 차에 실었다. 그리고 평택으로 차를 돌렸다. 하지만 중국 팀에서 걸려온 전화 때문에 핸들을 틀어 다시 학교로 돌아온 것이었다.

서울에서 그다지 멀지 않은 그곳은 예전에 자신이 살던 곳이었다. 아버지가 돌아가시고 어머니를 도시로 모셔오면서 그 집은 몇 년째 비어 있었다. 도심에서 떨어져 논밭이 가득한 시골에 위치한 그 집은 그의 보물창고였다.

준비실에서 커피 한 잔을 타서 자리로 돌아온 정수가 컴퓨터를 켜서 자신이 가장 좋아하는 클래식을 틀었다. 따뜻한 커피의 향과 잔잔한 음악이 교수실 전체에 퍼지자 저도 모르게 미소가 지어졌다.

하지만 그런 평화도 잠시, 시끄럽게 울리는 휴대폰 벨소리 때문에 감았던 눈을 뜬 정수가 미간을 잔뜩 찌푸렸다.

"여보세요?"

-교수님! 지금 어디 계세요?

성남대학교 문화재연구소 직원 중 한 명이었다.

"어디긴 당연히 교수실이지. 무슨 일인데 자네 목소리가 그렇게……."

-교수님, 큰일 났어요! 지금 인터넷 보셨어요? 아주 난리예요.

"인터넷? 무슨……."

정수가 인터넷 화면을 띄웠다. 그리고 정수의 시야에 꽂힌 실시간 검색어.

<성남대학교 문화재연구소, 문화재 은닉>

정수의 떨리는 손가락이 관련 검색어를 클릭했다. 그러자 떠오른 기사.

"성남대학교 문화재연구소 발굴 유물 은닉 의심?"

M미디어 단독보도라고 떠오른 기사는 이미 포털 사이트 메인 자리를 차지하고 있었다.

"……익명의 제보자는 현재 성남대학교 문화재연구소에서 진행하고 있는 발굴 프로젝트에서 발굴된 유물이 일부 사라졌다고……. 대, 대체 이게 무슨……."

기사를 빠르게 읽어 내려가던 정수가 끓어오는 화를 숨기지 못한 채 어금니를 꽉 깨물었다. 현재 자신이 진행하고 있는 프로젝트에서 발견된 유물이 사라지고 있다는 사실을 알고 있는 사람은 없었다.

"익명의 제보자라니…… 설마 선우가……."

정수의 머릿속에 아침에 멍한 얼굴로 의심 없이 자신의 심부름을 하던 선우가 떠올랐다.

"아냐, 선우는 자기가 뭘 하고 있는지도 모를 거야. 그러니까 내가 그 애를 선택했던 거지. M미디어 강하늘 기자?"

정수가 눈을 돌려 기사의 헤드라인 밑에 적혀 있는 이름을 큰 소리로 읽었다.

"이 사람은 누구에게 무슨 이야기를 듣고 이런 기사를 적은 거지? 익명의 제보자? 근거도 없이 이런 글로 여론만 시끄럽게 해놓는다면 그 피해가……."

마음이 다급해진 정수가 M미디어로 직접 전화를 걸기 위해 수화기로 손을 뻗었다. 그리고 그와 동시에 들려오는 벨소리.

"여보세요?"

-윤정수 교수님?

휴대폰 너머로 들리는 나지막한 음성에 정수가 침을 꿀꺽 삼켰다.

-성남대학교 총장 허상민입니다. 지금 총장실로 와주셨으면 합니다.

잔뜩 굳은 정수가 수화기를 내려놓더니 재빨리 교수실을 나갔다.

잠시 후 도착한 총장실 문 앞에서 숨을 크게 몰아쉰 정수가 안으로 들어갔다.

"안녕하…… 어? 민지 양."

총장실 안에는 성남대학교 총장과 함께 얼마 전 발굴 프로젝트 일을 그만둔 허민지가 앉아 있었다.

성남건설에서 설립한 성남대학교의 총장이 민지의 작은아버지라는 말이 맞긴 한 것 같았다.

"앉으세요, 교수님."

총장의 말에 엉거주춤 서 있던 정수가 자리를 잡고 앉았다.

"인터넷에 올라온 기사 보셨죠? 그것에 대해 설명이 조금 필요할 것 같아서 보자고 했습니다."

"네, 저도 봤습니다. 하지만 걱정하지 않으셔도 됩니다. 아무래도 누군가 악의를 품고 저지른 허위 신고 같습니다."

"허위 신고요? 하지만 여기 강하늘 기자님은 상당히 상세한 부분까지 알고 있는 것 같은데요."

정수가 입술을 질끈 깨물었다. 총장의 말대로였다. 하늘의 기사에는 프로젝트에 참여하지 않으면 알 수 없는 자세한 부분까지 이야기하고 있었다. 고로, 익명의 신고자는 연구소 사람이라는 뜻이었다.

경직된 자세로 앉아 있던 정수가 총장의 눈치를 보더니 다시 입을 열었다.

"그 기사로 저희 연구소 직원들도 매우 당황해하고 있습니다. 가짜 장부라니, 그런 것이 있을 리가 없습니다. 애초에 그런 것이 만들어질 수 없는 시스템이고요."

"교수님, 기사에는 10년 전 한상원 교수님의 문화재 은닉사건과 지금 이 사건이 비슷하다고 말하던데, 이 부분에 대해서는 어떻게 생각하세요?"

정수는 맞은편에 앉아 자신에게 질문을 던지는 민지를 가만히 바라보았다. 아무리 총장의 가족이라고 하지만 나이 어린 친구에게 이런 질문을 받아야 하는 것에 자존심이 상했다.

"민지 양, 미안하지만 그건 소문일 뿐이니 신경 쓰지 말아요. 지금 여기서 그 사건이 왜 나오는지 이해가 가지 않네요. 그리고."

정수가 경고를 담은 눈동자로 민지를 바라보았다.

"이미 허민지 양은 이 프로젝트에서 빠졌으니 연구소 일에는 더더욱 관심 갖지 말고요."

정수가 민지를 향했던 시선을 거두어 총장을 바라보았다.

"제가 총책임자이니 확실히 알아봐서 잘 수습하도록 하겠습니다. 심려를 끼쳐드려 죄송합니다. 그럼 가보겠습니다."

꾸벅 인사를 건넨 정수가 밖으로 나가고 총장은 별일 아니라는 듯 어깨를 으쓱했다.

"작은아빠, 뭔가 냄새가 나는 것 같지 않아?"

"냄새는 무슨. 저렇게 담담한 걸 보면 정말 헛소문이 맞는 것 같은데. 괜히 학교만 시끄러워진 게 아닌지 모르겠네."

"문화재 은닉사건의 주인공 한상원 교수님은 윤정수 교수님의 선배였어. 거기다 한상원 교수님의 애제자가 지금 프로젝트에서 중요한 일을 하고 있단 말이야. 그리고 그 사람 애인이 한상원 교수님의 딸이고. 뭔가 이상하지 않아?"

"별게 다 이상하네."

"10년 전에 숨긴 문화재 아직 발견도 안 됐다면서. 그 사건과 연루된 사람이 벌써 세 명이나 있어."

"그래서. 윤 교수님하고 그 청년과 애인이 문화재를 같이 은닉하기로 했다, 뭐, 이런 거야?"

"한상원 교수님의 딸이 꼬셨을지도 모르잖아. 그 사라진 유물, 딸이 모르는 척 가지고 있을지 어떻게 알아?"

"아이고, 허민지 양. 머릿속으로 드라마 그만 쓰시죠. 2주 후에 미국 간다며. 그거 준비나 제대로 해."

총장의 말에 입을 삐죽거리며 생각에 잠긴 민지가 자리에서 일어났다. 집으로 돌아온 민지는 털썩 침대에 몸을 뉘였다.

"10년 전 문화재 은닉사건이라……. 정말로 이 사건과 관련이 있는 건가?"

작게 중얼거리던 민지가 자리에서 벌떡 일어나 컴퓨터를 켰다. 인터넷에는 성남대학교 문화재 연구소와 관련된 여러 가지 기사가 떠올랐다.

"윤정수 교수님이 그때 한상원 교수님과 함께 일했었잖아. 거기다 윤 교수님은 한채원하고 가깝고. 아직 그때 숨겨놓은 문화재도 발견이 안 됐는데 설마 진짜로 둘이 같이 일을 벌인 거 아냐?"

한참을 무언가 고민하던 민지가 인터넷에 이것저것 검색을 하기 시작했다. 마지막으로 들어간 채원의 직장 '나눔' 홈페이지. 그리고 그 안에서 발견한 동영상 하나. 채원이 나눔 전시회 오픈 소개로 한 뉴스 인터뷰 동영상이었다.

쾅! 교수실로 돌아온 정수가 주먹으로 거칠게 책상을 내리쳤다. 자신의 눈을 똑바로 보며 이야기한 민지가 잊혀지지 않았다.

"젠장, 그 어린것이 건방지게……."

정수의 시선이 다시 한 번 컴퓨터 화면을 향하더니 M미디어 홈페이지 화면에서 '강하늘'이라고 검색어를 입력했다. 그러자 수없이 떠오르는 기사들.

강 기자의 기사를 살펴보던 정수의 눈에 몇몇 기사가 눈에 들어왔다. 바로 강하늘 기자가 단독 보도한 제일산업과 성남건설의 비리 기사.

"하아, 제일산업이 최우현의 아버지 회사였지. 결국 정보 제공자는 최우현이었나? 기자와 작당을 해서 이런 일을……."

정수가 초조함에 손톱을 물어뜯었다. 우현이 몇 번이나 경고를 했지만 정말로 일을 벌일 줄은 상상도 하지 못했다. 아니, 우현이 자신에게 집중하고 있는 건 10년 전 한상원 교수의 사건 그거 하나뿐인 줄 알았다.

"그런데 어떻게 이것에 대해서……. 지금 이럴 때가 아니지."

일단 급한 건 미래를 대비하는 일이었다. 이 이야기가 붉어져 결국 법적으로 얽히게 될 때 경찰이 찾아낼 증거, 그것을 없애야 했다. 장부부터 찾아야 했다.

정수가 선우에게 전화를 걸었지만 대답이 없었다.

"전화도 안 받고 뭐 하는 거야? 연구실에 있나?"

다급함에 교수실을 뛰어나간 정수가 성남대학교 사학과 건물 1층에 마련된 연구실로 향했다. 건물 안으로 들어오자 눈에 보이는 건 복도 한쪽에 모여 있는 연구소 직원들.

"자네들 여기서 뭐 하고 있는 건가?"

"교수님, 이제 오시면 어떡해요? 큰일 났어요! 지금 경찰이 연구실을 들이닥쳤어요!"

그 말에 정수의 눈동자가 크게 흔들렸다.

"방금 전 문화재청 홈페이지에 성남대학교 문화재 은닉과 관련된 도난정보까지 올랐어요."

정수가 빠른 걸음으로 복도 끝에 있는 연구실로 걸어갔다. 한쪽 구석에는 연구소 직원들이 모여서 눈치를 보고 있었고, 제복을 입은 사람들은 커다란 박스 안에 연구실에 있는 자료들을 담기 시작했다. 이곳은 말 그대로 아비규환이었다.

"대체 뭐 하는 겁니까? 인터넷에 오른 기사 하나 때문에 이래도 되는 겁니까? 이런 식이니 우리나라 공권력이 바닥에 떨어져 있다는 말을 듣는 겁니다!"

정수가 격양된 목소리로 사람들을 뜯어말렸다.

"영장도 없이 연구실 자료들을 마음대로 가져가는 건 불법입니다! 모두 귀중한 문화재 자료들입니다. 그러니……."

"윤정수 교수 되십니까?"

정신없이 쏟아진 정수의 비난의 목소리를 가르고 한 남자의 음성이 파고 들었다.

"네, 이분이 이번 성남대학교 발굴 프로젝트의 총책임자 윤정수 교수님 이십니다."

그리고 온몸을 얼어붙게 만들만큼 차가운 목소리. 정수의 떨리는 시선이 남자의 옆에 서 있는 우현을 향했다.

"이미 여기 계신 분들께 압수수색영장을 보여드렸습니다. 그러니 지금 저희가 하는 건 불법이 아닙니다. 불법은 윤정수 씨, 당신이 저지른 것 같네 요."

"부, 불법이라니, 그게 무슨……."

"윤정수 씨가 가짜 서류를 작성하고 문화재를 은닉했다는 신고가 들어왔 습니다. 물론 증거도 증인도 있고요."

제복을 입은 남자가 정수에게 다가왔다.

"윤정수 씨 개인 연구실과 가택에도 이미 압수수색영장이 발부되어 곧 저희 쪽에서 방문할 예정입니다. 그러니 수사에 잘 협조해주셨으면 좋겠습 니다."

초점을 잃은 정수의 시선이 우현을 바라보았다. 일말의 동정도 없는 눈동 자가 깜빡거리며 자신을 바라보고 있었다.

"제가 분명히 말씀드렸죠? 마지막 기회를 드리겠다고."

"최우현 자네가……."

"교수님의 죄가 용서가 되어 마지막 기회를 드린 게 아니었습니다. 너무 나 큰 죄를 저질렀지만 그래도 최소한 채원 씨에게 덜 부끄러울 수 있는 기 회를 드린 것이었습니다."

망연자실한 정수가 의자에 털썩 주저앉았다.

"이제부터 시작입니다. 교수님의 죄는 이제 겨우 하나 밝혀졌을 뿐이니까요."

조롱기를 머금은 눈동자, 경직된 얼굴, 꼭 쥔 채 부르르 떨리는 주먹. 평소 우현에게서 볼 수 없었던 모습이었다.

"10년입니다. 지난 10년 동안 한 교수님과 그 가족이 겪었던 고통을 아직 교수님은 반도 겪지 못했으니까요."

10년. 드디어 한상원 교수님의 억울함이 세상에 드러났다.

14. 되찾은 명예

"야, 한지원! 전역 축하한다!"

커피숍 안으로 들어오는 지원을 향해 선예가 커다란 소리로 외치며 손을 번쩍 들었다.

지원은 그런 선예가 조금 창피한 듯 눈을 찡긋거렸지만 그래도 전역했다는 사실 하나만으로도 행복한지 금세 웃어 보였다.

"누나도 잘 지냈지? 애인은? 생겼어?"

"한지원, 지금 당장 내 가게에서 추방!"

선예의 장난에 사람들이 웃음을 터뜨렸다. 하지만 그것도 잠시, 얼굴에는 다시 긴장이 맴돌았다.

"우현이 형, 인터넷에 오른 기사 봤어요. 아저씨…… 경찰 조사 받게 될 거라면서요."

지원이 어두운 얼굴로 우현에게 말했다. 채원에게 아버지였던 정수는 지원에게도 그러했다.

"이제 시작이야. 앞으로 윤 교수님이 숨긴 문화재를 발견하지 못하면 아무 소용이 없어. 우리든 경찰이든 문화재청이든 빨리 사라진 문화재부터 찾아야 해."

"오늘 아침 선우 선배가 윤 교수님의 움직임이 이상해서 따라 갔었나 봐. 시내를 조금 벗어나서 경기도 평택 쪽으로 차를 돌렸는데 다시 학교로 돌아 갔다고 하더라고."

우현의 말에 성준이 아쉽다는 듯 말을 덧붙였다.

"인터넷이 시끄러워요. 강하늘 기자님의 기사 때문에 사람들이 이번 일을 10년 전 문화재 은닉사건하고 연결 지어요. 형, 괜찮겠죠?"

"너무 걱정하지 마. 그건 일부러 그런 거니까. 그보다 가족들은?"

"뭐, 엄마랑 큰누나는 방에서 나오지도 않아요. 계속 화만 내고."

지원이 슬쩍 채원의 눈치를 보았다.

"내 눈치 안 봐도 돼. 안 그래도 그 일로 집에 한번 찾아가려고 했어. 일이 이렇게 진행될 동안 가족들에게는 아무런 설명을 하지 않았잖아."

30분 뒤. 조용한 골목에 위치한 단독주택 근처에 우현이 몰고 온 회사 차가 멈췄다.

뒷자리에 앉아 있던 지원이 먼저 밖으로 나가자 채원이 크게 심호흡을 했다.

"여기 있을 테니까 들어갔다 와요. 여차하면 소리 질러요. 구하러 갈 테니까."

우현의 장난스러운 말투에 채원이 설핏 미소 지었다.

"우현 씨가 구하러 올 정도로 위급한 상황이 있을지는 모르겠지만 일단은 알았어요."

채원이 집 앞에 서자 곧 빠른 발소리가 들리더니 대문이 벌컥 열렸다. 얼굴이 붓고 눈자위가 붉어진 희원이 그녀를 노려보고 있었다.

"한채원, 너 밖에서 무슨 일을 하고 다니는 거야?"

다짜고짜 삿대질을 하며 거칠게 말을 하는 희원의 모습에 당황한 건 지원뿐이었는지 채원은 눈 하나 깜빡이지 않았다. 마치 이 모든 상황을 예상했다는 듯 말이다.

"너 혼자 욕먹는 건 상관없어. 하지만 적어도 가족에게는 피해가 없게 해야지!"

희원의 외침에 지원이 채원의 앞을 막아섰다.

"큰누나, 무슨 소리야? 왜 채원이 누나한테……."

"인터넷에 오른 거 못 봤어? 한채원 네 얼굴 여기저기에 뜬 거 몰라? 한상원 딸이라고, 지금 성남대학교 사건도 우리 가족하고 관련되어 있을 거라고!"

예상하지 못했던 희원의 말에 깜짝 놀란 채원과 지원의 눈이 마주쳤다.

"왜 이렇게 소란스러워?"

희원의 거센 외침에 집 안에 있던 채원의 엄마 재숙이 두꺼운 외투를 걸치고 나왔다. 오랜만에 만나는 엄마를 향해 채원이 고개를 숙여 인사를 건넸지만 돌아오는 대답은 없었다.

"하루 종일 엄마랑 나랑 얼마나 시달렸는지 알아?"

투덜거리던 희원이 주머니에서 휴대폰을 꺼내 지원에게 불쑥 내밀었다. 사람들이 즐겨 사용하는 SNS에는 채원이 나눔에서 인터뷰를 한 동영상과 함께 댓글이 달려 있었다. 누군가 올려놓은 악의 가득한 글귀. 지원이 눈을 동그랗게 뜨고 글을 읽어 내려가기 시작했다.

"성남대학교 연구소 직원으로부터 들은 이야기임. 성남대학교 문화재 은닉사건의 주범은 담당 교수인 윤정수 교수. 10년 전 문화재 은닉사건의 주인공 한상원 교수의 후배."

혀로 마른 입술을 핥은 지원이 다시 소리 내어 짧은 글을 읽었다.

"그의 딸인 한채원은 윤정수 교수와 매우 친분이 두터운 사이. 한채원의 애인 역시 성남대학교 연구소에서 일하고 있음. 그 애인은 한상원 교수의 제자. 모두 한상원 교수와 연관되어 있음."

지원이 코웃음을 쳤다.

"누가 이런 정신 나간 소리를 퍼뜨린 거야? 이런 앞뒤도 안 맞는 말을 사람들이 믿는다고? 거기다 동영상은 뭐야? 이건 누나를 아는 사람이 악의적으로 한 거라고밖에……."

분노에 찬 지원의 음성이 골목에 울렸다.

"네 아버지가 숨겨놓은 문화재를 윤 교수와 친한 네가 가지고 있을지 모른다는 말까지 나돌더라. 누가 그 아버지에 그 딸 아니랄까 봐 사람 얼굴에 먹칠하고 다니는 건 똑같구나."

재숙의 차가운 목소리에 채원의 몸이 흠칫 떨렸다.

"아빠 일에 대해 드릴 말씀이 있어서 찾아왔습니다. 아빠는 죄가 없어요. 그래서 그 일을 밝히기 위해 지금 노력하고 있어요."

"네 아빠의 죄는 이미 10년 전에 밝혀졌어. 그런데 갑자기 죄가 없다니, 말 같지도 않은 소리 하지 마라. 어떻게든 지금 사태 수습해서 가족들에게 피해 없게 해!"

채원의 말에도 재숙은 아랑곳하지 않고 가슴을 후비는 말로 그녀에게 상처를 주었다. 재숙의 다그침에 채원의 손이 힘없이 떨어졌다. 그 모습이 안쓰러워 지원이 한 걸음 앞으로 다가갔다.

"네가 회사에서 인터뷰 한 동영상 때문에 나까지 정신없어. 내 동생인 거 뻔히 아는데. 나 내일부터 어떻게 얼굴을 들고 다녀?"

"둘 다 이제 그만 좀 해! 작은누나는 사람 아니야? 상처 안 받아? 왜 작은누나 혼자만 아빠의 무죄를 밝히기 위해 이렇게……."

순간 지원은 자신의 손에 든 휴대폰이 사라지자 말을 멈추고 고개를 돌렸다.

우현이 휴대폰에 있는 글을 바라보고 있었다. 그러더니 차가운 조소를 날렸다.

우현의 시선이 재숙과 희원에게 닿았다. 그러고는 고개를 숙이고 있는 채원을 바라보았다.

"채원 씨, 고개 들어요. 잘못한 거 없으니까."

우현의 한마디에 채원이 자신도 모르게 숙였던 고개를 들었다.

"안녕하세요, 최우현이라고 합니다."

우현이 양팔을 옆구리에 붙이고 정중하게 인사를 건넸다. 재숙은 그런 우현을 냉정한 눈빛으로 쳐다볼 뿐이었다.

"이번 일에 대해 드릴 말씀이 있습니다. 우선 인터넷에서 성남대학교 연구소 사건과 한상원 교수님 일을 연관 짓는 것은 일종의 여론몰이입니다. 사람들의 관심을 끌기 위해서요."

그 말에 재숙과 희원이 무슨 말이냐는 듯 서로를 바라보았다.

"오늘 그 사건에 대해 단독 보도한 M미디어 기자님과 미리 상의해 일부러 그런 기사를 내보낸 것입니다. 한상원 교수님의 무죄를 밝히기 위해서요."

우현의 입에서 흘러나오는 무죄라는 말에 희원이 눈을 번뜩였지만 재숙은 아무런 미동도 하지 않았다.

"10년 동안 채원 씨는 한상원 교수님이 무죄라고 믿고 지냈습니다. 언젠가 그것이 밝혀져 명예를 회복할 수 있기를 간절히 바랐었지요. 저는 그 채원 씨의 소망을 꼭 이뤄주려고 합니다."

우현이 손을 뻗어 옆에 있는 채원의 손을 붙잡았다.

"소꿉장난할 나이는 이미 지나지 않았어요? 무슨 수로 유죄를 무죄로 만든다는 건지…… 설사 그렇다 할지라도 그 과정 속에 우리가 받는 상처는 상관 안 하나요?"

"그렇다면 어머님, 어머님이 채원 씨에게 건넨 그 말들이 채원 씨에게 상처가 된다는 생각, 해보지 않으셨습니까?"

우현의 재숙은 입을 꾹 다물었다.

"우리 집 사정에 대해 뭘 얼마나 알고 그러는지 모르지만 아빠가 돌아가신 건 채원이 때문에 속상한 마음에 밖으로 나갔다가……."

"사고셨죠. 교통사고였다는 것 알고 있습니다."

우현이 희원의 말을 가르고 재빨리 대답했다.

"살기 위해, 괴로움을 잊기 위해 누군가를 원망해야 하는 그 마음, 저도 잘 알고 있습니다. 그리고 나중에 그 모든 것들이 얼마나 큰 후회가 되어 다 가오는지도요."

우현이 씁쓸한 미소를 지었다. 머릿속에는 자신과 형과 아버지의 복잡했던 관계가 떠올랐다. 지금도 천천히 그 관계를 회복하려 했지만 속도는 생각보다 느렸다. 그렇기에 채원은 조금 더 빨리 그 과정을 밟았으면 했다. 가족이 서로에 대한 오해를 풀고, 아픔을 감싸주고, 위기를 함께 극복했으면 하고 바랐다.

"채원 씨도 아버지를 많이 사랑했습니다. 그리고 갑작스러운 죽음에 많은 상처를 받았습니다."

"아빠가 그날 밖으로만 나가지 않았어도 사고가 나지 않았을 거예요. 대체 당신이 뭔데 우리 가족 일에 이래라저래라 하는 건가요?"

"그럼 채원 씨를 미워하는 이유가 사고 때문인가요? 그 사고가 채원 씨 때문에 일어났다고 생각해서?"

"다, 당연하죠."

희원이 우현의 시선을 피하며 대답했다.

"그럼 더 이상 채원 씨를 미워하지 않아도 되겠네요. 한상원 교수님이 사고가 난 날, 밖으로 나갔던 건 채원 씨의 원망 섞인 소리 때문이 아니니까."

우현의 말에 모두의 시선이 그를 향했다.

"한상원 교수님이 그날 밖으로 나온 이유는 저 때문이었어요."

우현이 자신의 가방 안쪽에서 작은 노트를 꺼냈다. 한상원 교수의 일기장.

"제게 이 노트를 건네주기 위해서입니다. 이 노트를 주고 돌아가시는 길에 사고를 당하셨어요. 그러니."

우현의 시선이 채원에게 향했다.

"그 일 때문에 채원 씨를 미워하는 거라면 이제는 그 마음 버리세요. 원망의 대상이 필요하다면 절 원망하세요."

우현이 입술이 일자로 오므려졌다.

"채원 씨 마음을 알아주고 위로해주길 바라지는 않습니다. 그건 제가 합니다. 단지…… 채원 씨 역시 다른 가족들과 마찬가지고 상처받고 아파했었다는 것만 알아주세요."

우현이 채원의 손을 강하게 붙잡았다.

"아무도 없는 어두운 방에 홀로 웅크리고 앉아 아빠와의 추억을 품에 안고 혼자 울 수밖에 없는 채원 씨의 마음을요."

입 밖으로 내뱉은 채원의 모습을 상상하는 것만으로도 가슴이 쓰렸다.

"아버지의 제사상을 마련하기 위해 혼자 음식을 준비하는 그 가련한 마음을."

그날 보았던, 정성이 가득했던 아버지만을 위한 음식들.

"오랜만에 꺼내 본 아버지의 물건에 울고 싶지만 차마 울지 못하는 그 마음을."

그래서 자신의 품이 아니면 울 수조차 없는 이 여자의 여린 마음을.

우현이 좀 더 또렷한 시선으로 재숙과 희원을 바라보았다.

"한상원 교수님은 무죄입니다. 전 어떻게든 그 사실을 꼭 밝혀낼 겁니다. 그러니 그 시간 동안 조금만 견뎌주시면 모든 것을 제자리로 돌려놓겠습니다."

자신감에 찬 우현의 눈빛에 모두 아무런 대답이 없었다.

"지금 인터넷에 떠도는 이상한 소문, 공개된 채원 씨의 얼굴. 모두 다 제가 해결할 테니 믿고 기다려주세요."

채원의 손을 잡은 우현이 꾸벅 인사를 건넸다.

"그럼, 이만 가보겠습니다."

차로 향하던 우현이 이내 걸음을 멈추더니 다시 돌아섰다.

"그리고 모든 일이 수습되면 다시 찾아오겠습니다. 결혼 전에 허락을 받기 위해서요."

딱딱했던 지금까지의 얼굴과 달리 입가에 살짝 미소까지 머금은 모습이 매력적이었다.

"채원 씨가 소중하게 생각하는 사람은, 가족은, 제게도 소중하니까요."

우현이 채원과 함께 돌아섰다. 그런 두 사람의 모습을 가만히 지켜보던 지원이 웃으며 고개를 내저었다.

"못 말려, 정말. 완전히 백마 탄 왕자님이네."

차에 오른 두 사람. 채원이 우현을 가만히 바라보았다.

"고마워요, 우현 씨."

"미안해요. 어머님 앞에서 버릇없게 굴어서."

그녀가 고개를 저었다.

"소중하게 생각해줘서 고마워요. 나도 내 가족도."

채원의 말에 우현이 그녀의 손을 꼭 붙잡았다. 그때 좁은 차 안을 가득 메운 벨소리. 우현이 외투 안주머니에서 휴대폰을 집어 들었다.

강하늘 기자님.

-우현 씨!

쩌렁쩌렁 울리는 소리에 우현이 순간 눈을 찡긋했다.

"네, 저예요. 말씀하세요."

-새로운 거 찾으면 공유하자고 했죠?

하늘의 목소리에 우현이 눈을 반짝거렸다.

-나 기가 막힌 거 찾았는데! 지금 좀 볼 수 있어요?

하루 전.

힘든 일을 마치고 집으로 돌아온 성훈은 샤워를 끝내고는 냉장고에서 시원한 맥주를 꺼내 자연스럽게 티브이를 켰다. 하루의 피로를 풀어주듯 맥주 캔이 열리는 소리가 청량하게 들렸다.

성훈이 맥주 캔을 입으로 가져가려는 찰나 그의 시선이 한 티브이 프로그램에서 멈췄다.

……성남대학교 문화재 연구실을 급습한 경찰은……. 총책임자인 윤정수 교수는 문화재 은닉에 대한 혐의로 경찰 조사를…….

귓가에 선명하게 들리는 아나운서의 목소리에 성훈의 눈동자가 크게 흔들렸다.

"지금 이게 무슨 소리야? 윤 교수, 설마 지금 하고 있는 일에서도 문화재를 훔친 거야?"

아찔함에 성훈이 들고 있던 맥주를 손에서 놓쳤다. 카펫 위로 맥주가 쏟아져 내렸지만 그런 것을 신경 쓸 정신이 없었다.

"잠깐. 지금 경찰조사를 받는다는 말은 10년 전 일도 들킬 수 있다는 말이잖아."

초조함에 자리에서 일어난 성훈이 베란다 창고로 뛰어갔다. 혹시 윤 교수의 죄가 드러나 자신의 이름을 말하게 된다면……. 윤 교수가 입만 뻥긋한다면 경찰이 이곳에 오는 건 시간문제일 것이다.

"증거…… 빨리 증거를 없애야 해."

하지만 그렇다고 이 고가의 문화재들을 내다 버릴 수는 없었다. 10년이었다. 자그마치 10년을 팔지도 못하고 꽁꽁 숨겨놨었다.

성훈은 며칠 전 친구와의 통화를 떠올렸다.

'이봐, 자네 아직도 골동품 거래하고 있나?'

'당연하지. 왜, 좋은 물건이라도 있어? 있다면 당장 가져와. 지금이 딱 좋을 때니까.'

성훈이 재빨리 옷을 입고는 창고 안에 있던 유물을 밖으로 꺼냈다. 그러고는 신문지에 잘 싸서 커다란 상자 안에 넣었다.

"어, 나야. 자네 일하는 곳 위치 좀 문자로 보내줘. 나 지금 갈 테니까."

성훈이 며칠 전 통화했던 친구에게 짧게 전화를 걸고는 상자를 들고 밖으로 나갔다. 골목 어귀에 세워두었던 차로 걸어가 주변을 두리번거렸다. 그러고는 뒷좌석 문을 열어 상자를 안으로 넣었다. 다시 한 번 주변을 살펴본 성훈이 차에 올라 시동을 걸고 어디론가 향했다.

"넌 또 먹니?"

좁은 차 안, 운전석에 앉아 있는 사진기자를 한심한 듯 바라본 하늘이 한숨을 내쉬었다.

"배고픈데 어떡해요? 오늘 하루 종일 여기서 죽치고 있느라 제대로 밥도 못 먹었는데."

하늘과 사진기자는 지금 성훈의 집 앞에서 잠복취재를 수행하는 중이었다.

"이봐요, 이 기자님. 자기 저녁에 햄버거만 3개 먹었어. 근데 뭐? 밥을 제대로 못 먹어?"

"선배, 우리 인간적으로 먹는 거 가지고 이러지 맙시다. 다 먹고살자고 하는 일인데."

사진기자가 햄버거를 덥석 물더니 오물오물 씹었다.

"근데 우리 여기 있는 거 잘하고 있긴 한 거예요? 김성훈이란 사람 3일째 움직임이 없잖아요."

"있어 봐. 오늘 윤정수 교수 일도 터졌잖아. 분명 오늘 아니면 내일 움직일 거야."

"선배는 가끔 자신의 직업을 착각하는 것 같아요. 우리 형사 아니고 기자입니다."

"연예부 기자들 매일 밤 경찰서랑 연예인들 집 앞에서 밤새우는 거 못 봤어? 우린 이 정도면 약과야."

어련하실까요. 사진기자가 한숨을 내쉬었다.

배가 고프지 않은지 햄버거도 먹는 둥 마는 둥 한 하늘은 성훈의 집에서 시선조차 떼지 않았다. 하늘이 처음 M미디어에 들어왔을 때만 해도 미녀의 여기자가 입사했다며 난리였다.

하지만 지금은 다른 의미로 시끄러웠다. 사람, 장소, 상황에 구애받지 않는 열혈 기자. 선배들에게 깍듯하고 후배들에게 쿨한 시원시원한 성격. 그래서 인지 하늘은 남자들보다 여자들에게 인기가 더 좋았다.

"선배, 선배는 결혼 안 해요?"

뜬금없는 질문에 하늘이 고개를 돌렸다.

"연애도 몇 년째 안 하는 거 같고, 데이트 안 한 지도 오래된 것 같고, 그러다 정말 이대로 나이만 먹는다고요. 선배 벌써 나이가 서른셋……."

"이걸 콱 그냥. 서른셋이 뭐가 어때서? 그리고 지구상에 남자가 너 하나밖에 없어도 너한테 결혼하자고 안 하니까 걱정 마."

"나도 선배 같은 왈가닥 싫거든요? 주변에 괜찮은 사람 없어요? 취재도 많이 다니잖아요. 거기서 만난 사람 중에 관심 가는 사람은요?"

사진기자의 질문에 하늘의 시선이 잠시 흔들렸다. 그 모습에 사진기자는 기회는 이때다 싶었는지 캐묻기 시작했다.

"있네, 있어. 누군데요? 선배 이런 거 처음이잖아요? 어떤 사람이에요? 말해봐요. 뭐, 어때요."

다 가진 듯 보이지만 사실은 아무것도 없는 사람, 화려해 보이지만 사실은 고독한 사람.

"나도 아는 사람이에요? 뭘 망설여요, 선배답게 밀어붙여 봐요."

그 말에 하늘이 피식 웃었다.

"사실 사심이 조금 있어서, 아니 조금 많아서 밀어붙여 봤는데 안 넘어 오더라고."

하늘의 머릿속에 자신의 열두 번째 전화에 겨우 사심 가득한 인터뷰를 승낙해준 도도한 남자가 떠올랐다. 마음 같아서는 지금 당장이라도 찾아가 그 잘생긴 얼굴을 마주 보고 인터뷰를 하고 싶지만 지금은 이 일이 우선이었다.

"그럼 더 밀어붙여요. 이 사람이다 싶을 때 최선을 다해 붙잡는 거예요."

"아이고, 모태 솔로한테 연애강의 듣고 싶지 않다. 댁이나 잘……. 잠깐!"

순간 하늘이 말을 멈추었다. 사진기자 역시 덩달아 햄버거를 씹던 입을 꾹 다물었다.

"저 남자, 김성훈이지?"

커다란 상자를 가지고 나오는 남자는 조심스럽게 주변을 살피더니 차에 올랐다.

"따라갈까요?"

성훈의 말에 하늘이 고개를 끄덕였다.

"며칠 동안 여기서 죽치고 기다린 보람이 있네요. 선배, 우리 잠복취재에 소질이 있는 것 같지 않아요?"

사진기자의 농담에 하늘의 얼굴에도 미소가 떠올랐다.

"내 촉이 맞다면 저 상자 안에 든 건 다음 달 우리한테 인센티브를 줄 보물이라, 이 말이지."

하늘이 재빨리 휴대폰을 꺼내더니 어디론가 전화를 걸었다.

"안녕하세요, 반장님. M미디어 강하늘 기자입니다."

문화재청 사범 단속반 반장님에게 직접 전화를 건 하늘의 목소리는 들떠 있었다.

"저 신고 좀 하려고 하는데요. 바쁘지 않으시다면 이쪽으로 형사님들 좀 보내주세요."

-잠복취재를 한다는 사람이 그렇게 부산하고 목소리가 커서는 어떡하나? 숨죽여 지내야지.

"네? 그게 무슨……."

-현장에서 바로 취재하고 싶으면 조용히 따라오게.

전화가 끊기자마자 성훈의 차 뒤로 한 대의 차가 따라붙었다.

"설마 반장님 저 차 안에 계신 거야? 하긴 하시는 일이 이런 일인데 없는 게 이상하지."

하늘이 허탈한 웃음을 보였다.

"선배, 우리는 아직 멀었나 봐요. 반장님 계신지도 몰랐잖아요."

"자기는 가끔 자신의 직업을 착각하는 것 같아. 우리 형사 아니고 기자입니다. 빨리 출발!"

차는 시내를 달려 좁은 골목 한쪽에 위치한 공영주차장으로 들어섰다. 성훈의 차 근처에 정지한 하늘의 차. 성훈은 이미 차에서 내려 모습을 감추었다.

똑똑. 유리를 두드리는 소리에 하늘이 창문을 내렸다.

"반장님이 여기서 대기하고 계시랍니다. 섣불리 움직였다가 괜히 문제가 생길 수도 있으니까요."

"그럼 우리 취재는요? 반장님 인터뷰해도 돼요?"

"신호 보내주시면 그때 가셔도 안 늦어요. 반장님 인터뷰는 잘 안 하시는데 그건 반장님하고 이야기해보시고요."

고개를 끄덕인 하늘이 초조하게 상황을 기다렸다.

"아, 왜 이렇게 소식이 없지?"

"선배, 이제 겨우 5분 지났어요."

하늘은 언제라도 뛰어나갈 수 있게 가방을 꼭 붙잡았다. 손에는 만약을 대비한 녹음기가 들려 있었다.

"아니, 그냥 들어가서 덮치면 되는 거잖아. 왜 이렇게……."

"강 기자님!"

바로 그때 골목에서 한 남자의 목소리가 들렸고 하늘이 용수철처럼 차 밖으로 뛰어나갔다.

"서, 선배! 진짜 빠르네."

하늘을 뒤따라 사진기자가 허둥지둥 현장에 도착했다. 하늘은 이미 현장 근처에 자리를 잡고 서 있었다.

"하여간 대단해. 일에는 저렇게 열정적인 사람이 사랑에는 왜 그렇게 소극적인지 몰라."

피식 웃은 사진기자가 현장 사진을 담기 시작했다.

"이거 놔! 놓으라고!"

사람들에게 끌려가는 성훈의 발악하는 소리가 들려왔다.

"와, 내가 문화재 뭣도 모르지만 저 도자기 가격 어마어마하겠다는 것 정도는 알겠다. 이 귀한 걸 10년 동안 숨기고 있었던 거야?"

"아마도 문화재 절도죄 공소시효 기간이 10년이라는 것 때문에 숨겨놨겠지."

작게 중얼거린 하늘의 말에 문화재청 이동원 반장이 대답했다.

"거기다 오늘 정수 선배의 일이 언론에 보도되고 나니 초조했을 거야. 증거를 없애기 위해 당연히 조만간 움직일 거라고 생각했지."

이 반장의 시선이 날카롭게 빛났다.

"그럼 이제 한상원 교수님의 일이 무죄라는 것이 밝혀지는 건 시간문제인 거죠?"

"저렇게 발악하는 걸 보니 억울해서라도 혼자 죄를 안고 가지는 않을 것 같고. 저 입에서 정수 선배의 이름이 나오는 순간 또다시 수사가 이루어지겠지."

기쁜 듯 이 반장의 입꼬리가 올라갔다.

"성남대학교 문화재연구소 발굴 프로젝트의 문화재 은닉사건과 함께 10년 전 한상원 교수의 사건에 대한 본격적인 재수사가."

그 말에 하늘의 입가에 미소가 번졌다.

채원과는 개인적인 친분은 없었다. 하지만 자신의 일처럼 가슴이 벅차오르고 심장이 벌렁거렸다. 이 소식을 듣게 된다면 얼마나 기뻐할까. 빨리 채원에게 이 사실을 전해주고 싶었다. 하늘이 주머니에서 휴대폰을 꺼내 우현에게 전화를 걸었다. 두근두근. 신호음에 가슴이 뛰었다.

그런 하늘의 들뜬 모습에 반장님이 슬쩍 웃더니 몸을 돌렸다.

"잠깐! 반장님!"

자신을 부르는 소리에 뒤를 돌아본 반장. 하늘의 눈동자가 장난스럽게 빛났다.

"인터뷰는 하고 가셔야죠."

-그럼 이번에는 요즘 인터넷을 달구고 있는 '문화재 은닉사건'에 대해 이야기 나누어보겠습니다.

티브이 속 아나운서가 숨을 고르더니 말을 이었다.

-문화재청 사범 단속반에 계신 이동원 반장님 나와주셨습니다. 반장님, 일이 어떻게 된 겁니까? 10년 전 문화재 은닉사건의 범인이 사실은 다른 사람이라니요?

-며칠 전 저희 문화재청 사범 단속반에서는 서울 인사동에 위치한 골동품 거리에서 문화재를 몰래 되팔려던 30대 김 모 씨를 현장에서 검거했습니다.

-그런데 그 김 모 씨가 가지고 있던 유물이 10년 전 한국대학교 문화재 은닉사건 때 사라졌던 유물이라고 하던데. 사실입니까?"

-맞습니다. 그 사건은 당시 한국대학교에서 발굴 프로젝트를 담당하던 교수가 문화재를 절도해 숨긴 사건으로 상당히 이슈가 되었던 사건입니다.

-범인은 책임 교수였던 한상원 교수로 밝혀졌지만 갑작스러운 사고로 사망하면서 수사가 종결된 것으로 알고 있는데요.

아나운서가 이동원 반장을 바라보며 질문을 던졌다.

-그래서 사라졌던 문화재를 찾지 못했었는데 그 문화재들이 10년 후 다

른 사람 손에서 발견되었다, 이 말씀이죠?

-그렇습니다. 김 모 씨는 자신이 10년 전 사라진 문화재를 가지고 있는 이유는 현재 또 다른 문화재 은닉사건으로 경찰조사를 받고 있는 윤정수 교수 때문이라고 실토했습니다.

-윤정수 교수라는 분이 한상원 교수에게 죄를 뒤집어씌웠다, 이 말인가요?

-김 모 씨는 당시의 상황에 대해 자세하게 털어놓았습니다. 이를 바탕으로 현재 10년 전 사건을 재수사 중입니다.

-그럼 당시 범인이었던 한상원 교수는 죄가 없다, 이 말씀인가요?

-그 부분은 현재 조사 중입니다. 아직 윤정수 교수가 은닉했다는 문화재들이 발견되지 않고 있기에 수사가 더 진행되어봐야 알 수 있을 것 같습니다.

이동원 반장이 차분한 목소리로 입을 열었다.

-하지만 진실이 무엇인지, 우리가 반드시 밝혀낼 것입니다.

그리고 며칠 후. 약속장소로 향하는 채원은 휴대폰으로 인터넷 창에 뜬 기사들을 천천히 읽어 내려갔다.

<성남대학교 윤정수 교수, 한상원 문화재 은닉사건의 진짜 범인으로 밝혀져.>

<한상원 교수 무죄, 10년 만에 되찾은 명예>

<한상원 교수 애도의 물결 이어져.>

사람들이 뜨겁게 달아오른 만큼 채원의 눈자위도 붉어졌다.

문화재를 연구한다는 교수가 국가의 중요한 재산을 훔쳤다는 사실에, 은혜를 저버린 희대의 사기극을 벌였다는 사실에 사람들은 분노를 감추지 않았다. 마치 자신의 일인 것처럼 격하게 화를 표출하는 사람도 있었고, 조용히 한상원 교수를 애도하는 이들도 있었다. 그것만으로도 충분했다.

'10년 만에 되찾은 명예.'

이 한마디면 더 바랄 것도 없었다.

버스에서 내린 채원이 천천히 걸음을 옮겼다. 찬 겨울바람이 코트 속으로 파고들었지만 그마저도 따뜻하게 느껴졌다. 전에 없이 세상이 아름답고 행복해 보였다. 커피숍으로 들어간 채원이 한쪽에 자리 잡고 있는 남자들 무리를 향해 걸어갔다.

"교수님!"

그곳에는 한국대학교 사학과 김윤상 교수, 문화재청 사범 단속반 이동원 반장, 그리고 자신의 남자 우현이 있었다.

"어, 왔구나. 채원아."

우현의 옆에 자리에 앉은 채원. 김 교수가 두 사람을 향해 흐뭇한 미소를 지었다.

"이렇게 보니 둘이 참 잘 어울리는구나. 처음에 우현이 애인이 채원이 너라는 사실에 얼마나 놀랐던지."

김 교수와 이 반장의 시선은 두 사람을 향해 있었다.

"아, 인사해라. 실물로는 처음 뵙지? 문화재청 사범 단속반 이동원 반장님이다. 채원이 네 아버지의 대학 후배이기도 해."

"반가워요. 한 선배의 따님을 이렇게 뵙게 되다니 영광입니다."

"안녕하세요, 반장님. 아빠 일에 많이 힘써주셔서 정말 감사드려요."

"힘은 여기 있는 최우현 씨가 가장 많이 썼죠. 우현 씨가 따로 만들어놓은 장부 덕분에 우리가 할 일이 줄었어요."

이 반장이 말을 이어갔다.

"거기다 김성훈을 찾은 것도, 윤정수 교수가 평택 쪽에 숨겨놓은 문화재를 찾게 된 것도 최우현 씨 도움이 컸습니다."

"아닙니다. 김성훈을 찾은 건 한상원 교수님의 일기장이고, 연구소 선배가 윤 교수님의 뒤를 밟아줬기에 문화재를 숨긴 곳을 찾을 수 있었어요."

겸손한 우현의 말에 이 반장이 흐뭇한 미소를 지었다.

"덕분에 윤 교수가 예전에 살았던 집이 평택에 있다는 사실을 알게 되었고, 그곳에서 사라졌던 문화재를 찾을 수 있었죠. 언젠가는 찾았겠지만 덕분에 일이 빨리 진행됐어요."

이 반장의 칭찬에 우현은 멋쩍은 듯 웃어 보였다.

"아주 듬직한 애인을 뒀어. 네 아빠도 좋아하실 거다. 두 사람이 이렇게 함께 있는 걸 본다면 말이다."

채원의 따뜻한 시선이 우현을 향했다. 이토록 듬직하고 멋진 사람이 자신의 남자라니 가슴이 벅찼다.

"사람들의 죄는 물을 수 있는 건가요? 문화재 절도죄 공소시효가 10년이라고 들어서요."

"문화재보호법이 개정된 지는 한참 되었습니다. 공소시효가 지나도 문화재를 은닉한 죄로 처벌할 수 있어요. 걱정하지 않아도 됩니다."

불안함이 묻어나는 채원의 질문에 이 반장이 부드러운 목소리로 설명했다.

"그나저나 채원아, 정수는…… 안 만나볼 거니?"

김 교수의 말에 채원의 눈빛이 일순 흔들렸다. 입가에 씁쓸한 미소가 떠올랐다.

"아뇨. 만나지 않겠어요."

"그래, 네 의견을 존중하마. 사실 난 며칠 전, 잠깐 만나고 왔었다. 우리 모두 한 선배를 많이 아꼈던 만큼 정수에 대한 배신감이 컸지."

김 교수가 느릿하게 고개를 가로저었다.

"한 선배는 처음부터 정수가 이런 일을 벌인 줄 알았다고 하더라. 기회를 줬는데 자신이 저버린 거라고 고백했다."

채원이 입술을 질끈 깨물었다.

"정수가 채원이 네게 미안하다고 했다."

움찔하고 놀란 어깨가 움직였다.

'내가 그 애에게 할 말이 뭐가 있겠나. 한 선배를 죄인으로 몰고 간 후 들킬까 두려워 채원의 곁에 머물렀다네. 감시…… 라고 말하면 될 것 같군.'

심장박동이 격해졌다.

'하지만…… 믿기 힘들겠지만 그래도 늘 미안했네. 날 온전히 믿어주고 따뜻하게 아저씨라고 불러주는 모습이 고마웠어.'

울컥, 눈물이 차올랐다.

'이 말만 전해주게. 대학교 졸업식 때 꽃다발을 사들고 간 건 진심이었다고.'

차오른 눈물이 볼 위로 떨어졌다.

'첫 취업, 정장을 선물했을 때 정말 많이 설레었었다고. 양심 없는 말이었지만…… 결혼식 때 손을 잡아주고 싶다고 한 말도 진심이었다고.'

차갑게 굳어버린 손을 우현이 붙잡았다.

'마지막까지 기회를 줘서 고마웠다고. 하지만 그 마음에 보답하지 못해 미안했다고.'

그렇게 채원의 서러운 흐느낌은 한참이나 계속되었다.

"그럼 조심히 들어가세요. 다음에 학교로 찾아뵐게요."

채원이 김 교수와 이 반장에게 헤어짐의 인사를 건넸다.

"그래, 다음에 보자. 종종 연락해라. 그리고 채원아, 한 선배를 많이 존경했지만 끝까지 범인이 아니라고 믿어주지 못해서 미안했다."

"아빠도 모두 이해하고 계실 거예요. 아빠의 무죄를 증명하기 위해서 힘써주신 것만으로도 충분해요."

김 교수의 진심 어린 사과에 채원이 괜찮다는 듯 고개를 저었다.

"채원 씨, 우현 씨 기회 되면 다음에 또 봐요. 아, 참. 그리고 이거……."

돌아서려던 이 반장이 주머니에서 작은 쪽지를 꺼내 채원에게 건넸다.

"이게 뭔가요?"

"최우현 씨가 내게 부탁을 했어요. 인터넷에 채원 씨 동영상과 함께 비난의 글을 올려 여론몰이를 한 사람을 찾아달라고."

"아, 그 사람⋯⋯."

"아이디를 추적했어요. 아는 사람인지는 모르겠지만. 그럼 조심히 들어가요."

인사를 건넨 채원이 접혀 있는 쪽지를 열었다. 쪽지 속에 적혀 있는 이름을 본 채원의 눈빛이 흔들렸다. 하지만 곧 분노로 바뀌었다.

"누구예요? 아는 사람이에요?"

그런 채원의 모습에 우현이 궁금증 가득한 얼굴로 물었다. 그녀가 휙, 하고 고개를 돌려 우현을 쨰려보았다.

"아주 끝까지 속 썩이지."

"왜, 왜 그래요? 나 아니에요!"

순간 우현이 당황해 버럭 소리를 질렀다. 그 모습에 채원이 웃음을 터뜨렸다.

"알아요. 설마 우현 씨겠어요?"

"그런데 왜 나를 그렇게 쨰려봐요?"

"전화번호 알아봐 줄 수 있죠? 전화 좀 걸어줘요. 잠깐 얼굴 좀 보자고."

채원이 불쑥 우현에게 쪽지를 내밀었다.

"지금 당장요."

"왜 보자고 했어요? 우현 오빠는요?"

채원은 자신의 앞에서 다리를 꼬고 앉은 민지를 바라보았다.

"여자들끼리 할 이야기가 있어서요. 자리 좀 피해달라고 했어요. 곧 미국으로 간다고요?"

우현의 전화에 민지는 곧 미국으로 가게 되었으니 바빠서 만나지 못할 거라고 이야기했다. 하지만 그의 재촉에 집 앞 커피숍에 나와 있었다.

"그런데요?"

"좋겠어요. 부모님 잘 만나서 외국으로 도망가고 싶으면 가고, 들어오고 싶으면 들어오고."

"도망가는 거 아니거든요?"

채원의 말에 민지가 발끈해서 소리쳤다.

"내가 재벌집 자제분들을 만난 적이 없어서 잘 모르겠는데. 원래 다 그래요? 예의 바르고, 반듯하고, 착실하고, 배려심 많은 재벌 2세가 될 수는 없는 건가요? 사람들에게 표본이 될 수 있는."

"대체 무슨 말이 하고 싶은 거예요?"

채원이 주머니에서 자신의 휴대폰을 꺼내 무언가를 클릭하더니 민지에게 건넸다. 그걸 본 민지의 눈동자가 일순 흔들렸다.

"이, 이게 뭐요? 이걸 왜 나한테 보여주는데요?"

"미국 간다면서요. 그럼 바쁘지 않아요? 준비할 게 많을 것 같은데. 이렇게 남 비난할 시간 있으면 공부나 좀 더 해요. 아니면 인성 교육을 다시 받든가."

민지의 시선이 채원의 휴대폰 속에 있는 SNS 글을 향했다.

"이런 거 명예훼손으로 신고해봤자 나만 손해일 테고. 아무리 성남건설 회장님이 올바른 분이라도 당신 딸에게 문제가 생긴다면 나하고 열심히 합의를 보려고 하겠죠."

채원이 어깨를 으쓱했다.

"그렇게 되면 우현 씨와 회장님 사이가 어색해질 테고, 애써 쌓아온 제일산업과 성남건설 간의 관계도 애매해지겠죠. 그러니까 사과해요."

채원의 말에 민지가 입을 다물지 못했다.

"지금 여기서 나한테 사과해요. 자신의 욕심으로 우현 씨와 준서 씨 아프게 해서 미안하다고. 근거 없이 악의만 가득한 이런 글로 나와 내 가족 힘들게 해서 미안하다고."

"우, 웃겨, 정말? 누가 그렇게 한대요? 내가 했다는 증거 있어요?"

당황한 민지가 자리에서 벌떡 일어났다.

"사과하면 그냥 넘어가줄게요."

채원도 따라 일어났다.

"정말 어이없네. 그냥 안 넘어가면 어쩌려고요? 고소라도 할 건가요? 할 수 있으면 해……."

쫙! 순간 민지는 눈이 번쩍하는 아픔에 말을 멈추었다. 볼이 화끈거릴 정도로 거센 힘에 손으로 제 볼을 감쌌다.

믿을 수 없다는 듯 놀란 민지의 눈동자가 채원을 바라보았다. 찰진 그 소리에 커피숍에 있던 사람들의 시선이 두 사람을 향했다.

"지, 지금 뭐 하는……. 나 때렸어요?"

"말 안 듣는 철없는 아이한텐 매가 약이죠. 내가 그동안 화낼 줄 몰라서 참은 줄 알아요? 정말 끝까지 답 없는 여자네요."

채원이 빠르게 말을 이었다.

"근데 아직 안 끝났어요. 지금 때린 건 헛된 욕심으로 우현 씨 형제를 아프게 해놓고 나 몰라라 한 죄. 그리고 이건."

채원이 제 볼을 감싸고 있는 민지의 팔목을 붙잡아 볼에서 손을 떼게 했다.

쫙! 다시 한 번 거센 소리가 커피숍에 흘러나왔다.

"초등학생들도 안 하는 근거 없는 글로 나와 내 가족을 아프게 한 죄. 다른 건 몰라도 가족은 건들지 말았어야죠."

생전 처음 맞아보는 뺨에, 밀려오는 아픔에, 수치심에 민지의 눈동자에 눈물이 고였다.

"고소하려면 해요. 받아줄 테니까. 하지만 이런 일로 법원까지 가는 거 조금 창피하지 않아요?"

채원이 커피숍 의자에 두었던 가방을 챙겼다.

"미국 잘 가요. 앞으로 볼 일은 없겠지만 우연이라도 마주치지 않았으면 좋겠네요. 평생."

채원이 돌아섰다. 여전히 멍한 얼굴로 서 있는 민지를 향해 통쾌한 미소를 선물한 채.

커피숍 문을 열자 시원한 바람이 볼을 감쌌다. 눈을 감고 크게 숨을 들이켰다. 뼛속까지 시원해지는 느낌이었다.

저 멀리서 벤치에 앉아 있는 우현이 보였다. 자신을 향해 웃으며 손을 흔드는 모습이 눈부셨다. 양팔을 벌리고 빨리 안기라고 재촉하는 모습이 사랑스러웠다.

채원의 걸음이 빨라졌다. 두 사람의 거리가 점점 가까워졌다. 그리고 거리가 좁혀질 때마다 조금씩 입꼬리가 올라갔다. 세 걸음 전, 두 걸음 전, 그리고 한 걸음 전.

채원이 우현의 넓은 품에 안겼다. 자신이 사랑하는 품, 앞으로도 계속 사랑할 품속으로.

"우현 씨."

고개를 들어 마주 보는 눈빛에 애정이 넘쳐흘렀다.

"사랑해요."

입 밖으로 내뱉는 말에는 온기가 가득했다.

토요일 아침.

채원은 평소보다 더 오랜 시간 동안 샤워를 했다. 뽀얀 얼굴에 파운데이션을 바르고 옅게 화장을 하고는 정성스럽게 머리를 말았다. 단정한 원피스, 따뜻해 보이는 니트 셔츠와 바지를 꺼내놓고 한참을 고민하던 채원이 결국 옷을 벗고 원피스로 갈아입었다. 코트를 걸친 그녀가 작은 가방 안에 필요한 것들을 담기 시작했을 때 현관 벨이 울렸다.

"잠깐만요!"

재빨리 현관문을 열자,

"준비 다 끝났어요?"

우현과,

"누나 밖에 추워. 그 코트 좀 추울 것 같아."

지원이 함께 서 있었다.

지원의 말에 방으로 들어가 두꺼운 코트로 갈아입고 나온 채원이 우현을 향해 알은체를 하는 태양을 바라보았다.

"한태양, 오늘은 너도 같이 갈 거야. 대신 얌전하게 굴어야 한다?"

우현의 말을 알아듣기라도 한 듯 태양이 다소곳이 세 사람을 따라나섰다.

밑으로 내려가자 선예의 차를 끌고 온 성준이 운전석에 앉아 있었고, 뒷좌석에 세연이 채원을 향해 손을 흔들었다.

사람들을 가득 태운 차는 30분가량을 달려 한적한 주차장에서 멈췄다.

서울 인근에 위치한 추모공원. 입구에 있는 꽃가게에서 가장 예쁜 꽃다발을 산 채원과 사람들이 한 묘지 앞에 멈춰 섰다.

"저희 왔어요. 아빠……."

부르는 이름에 목이 메어왔다.

"오늘은 찾아온 사람들이 많죠? 반가워할 얼굴들도 있고."

지원은 채원의 입에서 흘러나온 아빠, 라는 한마디에 벌써 눈물을 뚝뚝 흘렸다. 채원의 따뜻한 손이 그런 지원의 손을 붙잡았다.

"아, 아빠…… 미안해요."

굳게 닫혔던 지원의 입술이 열렸다. 첫마디는 미안해요. 힘겹게 건넨 사과의 말이 무거웠다.

"믿지 못해서…… 원망해서 미안했어요."

안에서 터져 나오는 죄책감에 더 크게 울음을 터뜨리는 지원.

"형이 아빠에게 죄가 없다는 거 밝혀냈어요. 약속 지켜줬어요. 내가 자식인데……. 내가 아빠 아들인데 아무것도 못 해서 미안해요."

그런 지원의 손을 채원이 더 꽉 붙잡았다.

"내가 누나 끝까지 책임질게요. 결혼해서 아기도 낳고, 나이가 들 때까지 내가 무조건 누나 편이 되면서 잘할게요. 그러니까 이제는 정말 편히 쉬세요."

지원이 채원에게 붙잡힌 손을 풀고는 그녀의 어깨를 감쌌다. 마냥 어린애인 줄만 알았던 동생의 듬직한 모습에 채원이 지원에게 머리를 기대었다.

그 누구도 말이 없었다. 서로 가슴속으로 숨겨놓았던 대화를 하듯, 가만히 묘지만 바라볼 뿐이었다.

그렇게 한참의 시간이 지났고 우현과 채원을 남겨놓은 사람들이 밑으로 내려갔다. 묘지 앞에 나란히 앉은 두 사람.

"아빠가 돌아가시던 날 아침에 크게 싸웠어요. 아빠에게 그렇게 못된 말을 내뱉어본 적 처음이었죠. 가슴이 사무치도록 후회가 되는데…… 사과조차 건넬 수 없는 게 안타까워요."

아빠를 마지막으로 본 날을 떠올리는 채원의 표정이 어두웠다.

"단 한 번만 볼 수 있다면 미안하다고…… 사랑한다고 전하고 싶은데 야속하게도 아빠는 제 꿈에도 나타나주지 않아요. 날 원망해서일까요?"

시선은 먼 곳을 바라보았다.

"마지막으로 아저씨를 만났던 날, 아저씨가 집으로 찾아온 그날 말이에요."

그날을 떠올리는 우현의 어깨가 축 처져 있었다.

"아저씨에게 커피라도 한 잔 타드렸어야 했는데 그러지 못했어요. 그래서 조금 늦게 집에서 나갔다면 신호를 어기고 달려온 차를 만나지 않았을 텐데."

우현이 고개를 들어 하늘을 바라보았다. 마치 가을하늘처럼 청명한 하늘.

"소중한 사람과의 마지막은 늘 미안하고 후회스러운 것 같아요. 만약 지금 이 순간이 마지막이라는 것을 알고 있다면 그러지 않았겠죠."

채원의 말에 우현에게서 확신에 찬 음성이 흘러나왔다.

"아저씨가 채원 씨를 원망하겠냐고 물어봤죠? 내가 아는 아저씨라면 절대요. 나타나지 않는 건 원망해서가 아니라 아저씨가 꿈에 나타나고 나서 울음을 터뜨릴 채원 씨가 걱정돼서이지 않을까요?"

그가 손을 뻗어 채원의 손을 감싸 안았다. 마주 잡은 손은 차가웠지만 마음은 온기로 채워졌다.

"용서하고 말고가 아니에요. 그냥 아저씨는 지금도 채원 씨를 사랑하고 계실 거예요."

우현이 채원의 손을 놓고 코트 안주머니에 손을 넣었다. 밖으로 고개를 내민 손에는 손수건이 들려 있었다.

"어? 이 손수건……. 우현 씨 첫사랑이 줬다는 거잖아요. 근데 그거 언제까지 그렇게 소중하게 가지고 있을 거예요?"

얼굴도 모르는 그 누군가에게 질투하듯 채원이 볼멘소리를 내뱉었다. 하지만 우현의 시선은 손수건에서 떠날 줄 몰랐다.

"평생 가지고 있으려고요. 내 인생을 통틀어 그 사람만큼 설레고, 고맙고, 사랑스러운 사람은 없으니까요."

촉촉이 젖은 우현의 목소리에 채원이 미간을 잔뜩 찌푸렸다.

"소중한 사람에게 부끄럽지 않게 열심히 살아요, 우리."

무슨 말이냐는 듯 묻는 채원의 시선이 우현에게 고정되었다.

"내가 절망에 빠져 있을 때 그 사람이 내게 해준 말이에요. 그날은……. 새벽 공기가 서늘한 가을이었고, 난 벤치에 앉아 흐느껴 울고 있었어요."

우현의 눈빛이 아련하게 빛났다.

"아저씨에게 마지막 인사를 하고 싶었지만 용기가 나지 않았죠. 정말 마지막일까 봐. 현실을 받아들이고 싶지 않아서."

그날을 떠올리는 그의 입가에 미소가 번졌다.

"그런데 한 여자가 곁에 다가왔어요. 차마 고개를 들지 못해 누군지 몰랐지만 그 사람도 소중한 사람을 잃었었죠. 그런데도 날 위로해줬죠."

순간 채원의 눈이 커졌다.

"소중한 사람의 죽음을 막지 못해 후회스럽고 미안하다고. 하지만 그 미안함을 갚을 방법은 열심히 사는 거라고. 그 사람에게 부끄럽지 않기 위해 최선을 다해 살라고."

우현의 말 한마디 한마디에 맥박이 빠르게 상승했다.

"그 말 한마디에 힘을 내서 일어날 수 있었어요. 그래, 아저씨를 위해 내가 할 수 있는 일을 하자. 지금은 힘들겠지만 나중을 위해 힘을 기르자."

우현이 채원에게 손수건을 내밀었다.

"고마웠어요, 채원 씨. 그날 마음껏 울 수 있도록 내 손수건이 되어줘서. 절망에 빠진 내가 다시 일어날 수 있도록 용기를 줘서. 그리고 내…… 첫사랑이 되어줘서."

그가 고개를 돌려 묘지를 바라보았다.

"아저씨한테 약속했어요. 살아가면서 채원 씨가 절망에 빠질 때 내 손을 붙잡을 수 있게 더 큰 사람이 되겠다고. 울 수 있는 장소가 되어주겠다고."

멋쩍은 듯 입가에 쑥스러운 미소가 떠올랐다.

"마음을 다해 사랑하겠다고. 최선을 다해 함께 살아가겠다고. 그러니 채원 씨를 내게 달라고요."

우현의 따뜻한 손이 다시 채원의 손을 감싸 안았다.

"우리 소중한 사람에게 부끄럽지 않게 열심히 살아요."

어느새 채원의 눈가에 고인 눈물. 우현의 손가락이 그녀의 볼 위로 떨어진 눈물을 닦아냈다.

"오늘이 마지막인 것처럼 서로를 끌어안고 사랑하고, 그렇게 살아요, 우리."

15. 사랑을 말하는 시간

"떨지 말자, 떨지 마. 인터뷰 한두 번 해보는 것도 아니잖아. 잘할 수 있어. 넌 프로야."

하늘은 고급 일식당 화장실 거울을 바라보며 스스로에게 다짐했다. 비장한 얼굴로 크게 숨을 들이켜더니 천천히 걸음을 옮겨 룸 앞에 섰다. 문이 열렸고, 깔끔한 정장을 차려입은 준서가 자리에서 일어나 하늘을 맞았다.

"안녕하세요, 기자님. 최준서입니다."

"가, 강하늘입니다."

화장실에서 그렇게 마음을 다잡고 왔는데 막상 준서의 얼굴을 보니 머릿속이 하얗게 변해버린 듯 아무런 생각도 나지 않았다.

준서는 자신의 기억 속에서보다 더 잘생겼고, 우아했으며, 위험할 정도로 매력적이었다.

얼마 전 준서에게서 인터뷰를 하겠다는 전화가 왔을 때 하늘은 크게 환호성을 지르며 뛰어다녔다. 그때부터 이날만을 얼마나 기다렸는지 모른다.

마주 앉은 두 사람. 어색한 분위기.

"문화재 은닉사건에 대해 쓰신 기사 봤습니다."

준서가 먼저 말문을 열었다.

"보, 보셨어요? 제 글이요?"

"문화재를 숨긴 남자가 골동품 가게에 문화재를 되팔려고 한 날 현장 취재하신 것, 아주 생생하게 잘 쓰셨던데요."

하늘은 준서가 자신의 기사를 관심 있게 봐줬다는 사실에 기뻐 몸을 앞으로 크게 숙였다.

"그게 삼 일 밤을 그곳에서 잠복취재를 한 결과 얻어낸 기사거든요. 좁은 차 안에서 먹고, 자고 얼마나 힘들었는지."

언제 긴장을 했었냐는 듯 하늘이 신이 나서 말을 이었다.

"반장님이 인터뷰 안 하시겠다는 것도 빡빡 우겨서 따냈어요. 덕분에 국장님께도 폭풍 칭찬을 받았죠. 그래서……. 아, 제가 너무 신이 나서 그만……."

하늘은 아무런 표정도 없이 자신을 바라보고 있는 준서 때문에 민망해져서 말을 멈추었다.

"아닙니다. 기자 일 많이 좋아하시나 봅니다. 이야기하실 때 표정이 살아 있어요. 괜찮으시다면 인터뷰 시작하죠."

준서는 자신의 앞에 앉아 계속해서 말을 붙이는 하늘을 바라보았다. 전에도 느꼈지만 어떻게 온몸에서 이런 에너지가 나오는지 신기할 따름이었다. 살면서 이렇게 기운이 넘치는 사람은 우현 이후로 처음이었다.

딱딱할 거라고 생각해서 피하고만 싶었던 인터뷰는 밝게 분위기를 이끄는 하늘 때문인지 시간 가는 줄 모르고 진행되었다. 어느덧 긴 인터뷰가 끝났고 준서가 손목시계를 바라보았다.

"끝났으면 이만 돌아가죠."

기다렸다는 듯 자리에서 일어나는 준서의 모습에 하늘의 얼굴에 실망감이 감돌았다. 인터뷰하는 내내 웃는 얼굴 한번 내비치지 않았던 이 딱딱한 남자와 조금 더 있고 싶은 건 자신의 욕심인지.

식당 밖으로 나온 준서가 먼저 하늘에게 인사를 건넸다.

"오늘 감사했습니다. 조심히 돌아가세요."

"바쁘신데 시간 내주셔서 정말 감사해요."

돌아선 떡 벌어진 어깨를 보고 있자니 헤어짐이 더 아쉬웠다.

처음 우현의 소개로 준서와 처음 마주쳤을 때, 숨이 턱턱 막혀오는 기분이 들었다. 외모야 이보다 더 잘생긴 사람도 많이 봐왔는데 뭐랄까, 눈이 마주치는 순간 그 눈동자 속에 갇힌 기분이랄까.

제일산업의 일로 몇 번이고 준서를 만나면서 그 느낌은 조금씩 더 강렬해졌다. 그런 자신의 기분을 확인해보고 싶었다. 하지만 준서와의 접점은 전혀 없었다. 그래서 기자라는 점을 이용해 인터뷰를 하자며 졸라댔다. 지금 이렇게 헤어지면 또 언제 그를 다시 볼 수 있을지 몰랐다.

하늘이 결심했다는 듯 입술을 질끈 깨물더니 빠른 걸음으로 걸어가 준서의 앞을 막아섰다.

"최준서 사장님, 혹시 이후에 시간 좀 있으세요? 아직 9시밖에 안 됐는데 저랑 2차 가실래요?"

"네?"

미간을 구기며 되묻는 모습이 매력적이었다.

"지금 사장님이 사셨잖아요. 2차는 제가 살게요. 저 얻어먹고는 못 사는 성격이라."

"아뇨, 괜찮습니다. 정 부담스러우면 기사 잘 써달라는 부탁이라고 생각…….."

순간 하늘이 거센 힘으로 준서를 이끌었다.

"요즘 그런 뇌물 받으면 큰일 나는 거 몰라요? 제가 한 번 사면 서로 쌤쌤 되는 거잖아요. 그러니 딱 한 잔만 해요."

"저는 여자친구 말고는 사적으로 여자와 둘이 술 안 마십니다."

"그럼 오늘 절 여자친구라고 생각하시든지요. 같이 안 가면 나 기사 막 이상하게 쓸 거예요. 펜 끝이 얼마나 무서운지 알죠?"

말도 안 되는 협박에 준서가 한숨을 내쉬며 다시 한 번 손목시계를 바라보았다. 그리고는 어쩔 수 없다는 듯 하늘의 뒤를 따랐다.

그리고 잠시 후.

"자, 어서 먹어요. 내가 사는 거니까 더 먹고 싶은 거 있으면 팍팍 시켜요."

준서는 황당한 얼굴로 앞에 앉은 하늘을 바라보았다. 두 사람이 함께 술을 마시던 곳과 얼마 떨어지지 않은 곳에 위치한 포장마차. 자리는 이미 꽉차 있었다.

"혹시 이런 곳 처음이라고 하지는 않겠죠?"

주위를 두리번거리는 준서의 모습에 하늘이 설마, 하는 표정으로 물었다.

"처음 맞습니다."

길에서 음식을 사서 먹는 것도, 인스턴트 음식을 먹는 일도 없는 준서에게 포장마차는 신세계였다. 대체 따뜻하고 조용한 곳을 놔두고 왜 이렇게 시끌벅적하고 추운 곳에서 술을 마셔야 하는지 이해가 되지 않았다.

"이왕 마실 거면 다른 곳으로……."

"그럼 좋은 경험이다, 생각하고 마셔요."

하늘은 준서의 술잔에 제 술잔을 부딪히며 시원하게 말하더니 술을 입안으로 털어 넣었다.

"캬, 좋다."

그 모습에 준서가 어이가 없어 웃음을 터뜨렸다. 이토록 막무가내인 여자는 처음이었다. 하지만 오히려 그 모습에 화가 나기는커녕 어이가 없어 웃음이 나오니 이 또한 기가 막힐 노릇이었다.

"제가 너무 멋대로 끌고 왔죠? 미안해요. 개인적인 질문 안 할 테니까 안심해요. 이대로 들어가기는 아쉬워서 그래요."

일상적인 이야기가 오고 가고, 처음에는 딱딱하게 굳어 있던 준서의 얼굴도 어느새 조금씩 풀어져 있었다. 이상하게 몇 번 보지도 않은 여자인데 믿기 힘들 만큼 편했다. 아마도 자신의 동생 우현과 닮은 성격 때문일지도 몰랐다.

"사장님은 애인 없어요?"

"개인적인 질문 안 한다고 하지 않았나요?"

"정색하는 거 보니까 없나 보네요. 어린 나이에 사장직에 올랐겠다, 돈도 있겠다, 외모도 훌륭한데. 아, 일이 너무 바빠서 그런가?"

하지만 아무런 대답이 없는 준서.

"전 애인 없이 지낸 시간이 4년 정도 되네요. 그 이후로 죽어라 일만 했더니 M미디어에 함께 입사했던 여자 동기들은 다 떠났고 저만 남았어요."

취기가 올라오는 지 하늘의 혀가 조금씩 꼬여갔다.

"나쁜 일은 한꺼번에 찾아오는지 4년 전에 어머니가 돌아가시고 애인도 떠나갔죠. 오래 아프셨어요. 어머니 병간호에 회사 일에 바쁘다 보니 애인은 늘 뒷전이었죠."

어머니가 돌아가셨다는 하늘이 말에 준서가 허공에 두었던 시선을 끌어당겨 그녀에게 고정했다.

"헤어진 직후에는 그 정도도 못 참아주나 원망도 많이 했는데 시간이 지나고 나서 생각해보니 내 잘못이 크더라고요. 혼자 둔 적이 많았어요. 그리고 저도 혼자인 적이 많았죠."

하늘이 빈 잔에 술을 채웠다.

"뭐든 혼자 해결하려고 했어요. 늘 결과만 통보받은 남자친구는 결국 난 네게 뭐였냐는 말만 남기고 떠나버리더라고요."

준서의 머릿속에 자신이 우현에게 건넸던 말들이 떠올랐다.

'외롭게 만들면 나중에 후회해. 언제나 이해해줄 거라고 생각해서 말 안 하고 폼 잡고 있으면…… 그것도 나중에 후회해.'

그래. 그건 경험이었다.

비록 자신의 특별한 상황 때문이라고는 하지만 약혼이라는 말이 있기 전에도 준서는 채원을 혼자 두었었다. 어려운 일이 있어도, 고민되는 일이 있어도 늘 혼자 해결하고 혼자 결정했다. 그래서 외롭게 했고, 힘들게 했다. 그것을 깨달았을 때는 이미 너무 멀리 돌아와 있었다. 그래서 우현만큼은 그런 일로 채원을 힘들지 않게 했으면 했다.

그리고 자신 역시도 언제가 될지 모르지만 새롭게 시작할 사랑을 외롭게 만들지 않기로 결심했다. 작은 일도 함께 고민하고, 함께 걱정하고, 주말에는 혼자 두지 않기로.

"그래서 결심했죠. 다음 사랑에는 그러지 말자. 작은 일도 함께 나누고, 함께 고민하고, 함께 기뻐하자. 그리고 주말에 애인 혼자 두지 말자."

자신의 생각을 가르고 들려오는 하늘의 목소리에 준서가 순간 멈칫하더니 웃음을 터뜨렸다. 마치 자신의 머릿속을 들어갔다 온 듯한 하늘의 말이 신기했다.

"어? 웃었다! 사장님 지금 웃은 거 맞죠? 아니, 이렇게 웃을 수 있는 사람이면서 왜 미간에 주름은 잔뜩 잡고 있어요? 웃으니까 더 잘생겼는데."

"음음. 그만 일어나죠. 취하신 것 같은데."

하늘의 칭찬에 준서가 멋쩍은지 술잔에 담긴 술을 입안에 털어버렸다.

"남자가 소심하기는. 딱 한 잔만 더 해요. 걱정하지 말아요. 나 이래 봬도 술 마시고 남한테 민폐 안 끼치고 집으로 잘 돌아가니까. 귀소본능은 끝내 주거든요."

그리고 한 시간 후.

"뭐? 귀소본능이 끝내줘? 이봐요, 강 기자님. 일어나요."

준서가 한숨을 내쉬며 고개를 내저었다.

"아, 깨우지 마. 더 잘래."

"잠은 집에 가서 자죠? 빨리 일어나요."

뭐, 이런 상황이 다 있나 싶었다. 괜찮다, 괜찮다 해서 놔뒀는데 안 괜찮을 줄이야.

"한 잔만 더 해요, 한 잔만."

"이미 만취상태예요. 집이 어디예요?"

준서는 하늘의 어깨를 꽉 붙잡아 일으켜 앉혔다. 가게 아주머니의 도움으로 하늘을 등에 업었다. 세상에 살다 살다 술 취한 여자를 등에 업어보기는 처음이었다. 그것도 오늘 처음 함께 술을 마신 여자와. 아니, 애초에 여자와 단둘이 술을 마셔본 것도 처음이었다.

"내가 사장님하고 술 한잔하려고 얼마나 전화를 했는데. 내가 노력한 거 모르죠? 한 번만 만나줘라. 내가 밥 사겠다. 술 사겠다. 기사도 끝내주게 써주겠다. 대체 뭐가 문제예요?"

준서의 귓가에 작게 칭얼거리는 하늘의 목소리가 들렸다.

"그래서 인터뷰했잖아요."

"인터뷰 말고! 그렇게 사람이 둔한가? 인터뷰는 핑계고 개인적으로 만나고 싶었단 말이에요."

하늘의 힘없는 팔이 밑으로 늘어졌다.

"나한테 관심 있습니까?"

"뭘 또 그렇게 직접적으로 물어봐요? 사람 민망하게. 있어요, 있어. 그럼 안 되나요?"

"안 되는 건 아니지만 저는 지금 연애할 생각이……."

"왜요? 사랑, 안 하고 싶어요?"

사랑이라.

"혹시 전에 애인한테 많이 데였어요?"

"아닙니다."

"전에 애인이 바람이라도 피웠어요?"

"그런 거 아닙니다."

"그럼 그 사람 사랑했던 거 후회해요?"

준서가 한참을 말이 없었다.

"아니요. 후회 안 해요."

후회할 리가 없었다. 행복했고, 즐거웠고, 그리고 사랑했다. 그리고 이제는 안타깝게 끝나버린 사랑에 대한 미련도 사라졌다.

"사장님 엄청 고지식하고 꽉 막힌 사람이죠? 그런 사람에게는 나 같은 사람이 잘 맞는데. 충동적이고, 오픈 마인드에, 활기 넘치는 사람."

하늘이 피식 웃더니 늘어진 팔을 준서의 목에 둘렀다.

"나도 아직은 시작 단계인데. 그냥 아직 준비 안 된 사람들끼리 가끔 밥 먹고, 영화 보고 하는 건 어때요? 나 그렇게 별로가 아니라면 말이죠."

"처음 한 술자리에 만취해서 업혀가면서 할 말은 아닌 것 같네요."

"미안해요, 미안해. 나 평소에 이런 사람 아니에요."

전혀 미안해 보이지 않는 진정성 없는 사과에 준서가 피식 웃었다. 천방지축도 이런 천방지축이 없었다.

이미 잠이 든 하늘이 집 주소를 이야기할 리 만무했다. 골이 아픈 듯 관자놀이를 손으로 꾹 누른 준서가 대리기사님에게 자신의 집 주소를 이야기했다.

20분 후, 게스트 룸 침대에 하늘을 눕힌 준서가 외투를 벗어 던지며 깊은 한숨을 내쉬었다. 하늘은 세상모르고 편안하게 자고 있었다. 심지어 작게 코까지 골았다.

"내가 살다 살다, 참."

애초에 딱 한 잔 만 더 하자고 한 부탁에 거절하지 못한 자신이. 생각보다 빨리 지나가 버린 오늘 밤. 평생 처음 맞닥뜨리게 된 이 상황이 어이가 없어 실소가 터졌다.

"이왕 이렇게 된 거 푹 자고 일어나요. 내일 같이 해장이나 합시다."

방문을 닫고 밖으로 나가는 준서의 입가에는 저도 모르게 미소가 번졌다.

토요일 아침, 운동을 마치고 집으로 돌아온 준서는 재빨리 외출복으로 갈

아이었다.

오늘은 꼭 가야 할 곳이 있었다. 물론 혼자서. 하지만 아침부터 울려대는 하늘의 전화를 무시하는 것도 한계가 있었다.

-사장님, 그럼 오늘은 안 돼요? 출근 안 하신다면서요. 내가 밥 살게요.

하늘은 얼마 전 술에 취해 자신의 집에서 깨어나 민폐를 끼쳤다며 계속해서 밥을 사겠다고 난리였다.

"괜찮습니다. 전 별로 신경 안 씁니다."

-전 엄청 신경 쓰여요. 그러니까 제 마음의 짐 좀 덜어주세요.

칭얼거리는 하늘. 그녀가 싫은 게 아니었다. 단지, 저돌적으로 자신의 삶에 파고 들어오는 그녀가 조금 어색하고 두려울 뿐이었다.

-딱 밥만 살게요. 술은 안 마셔요.

준서가 어쩔 수 없다는 듯 한숨을 내쉬었다.

"밥만입니다."

앗싸, 라고 외치는 소리가 휴대폰 너머로 흘러나왔다. 그 소리에 전화를 끊은 준서가 너털웃음을 터뜨렸다.

한 시간 후, 자동차 전시 매장. 준서는 목소리만큼이나 유쾌하게 웃는 하늘과 대면했다.

"사장님 정도면 이 차가 좋을 것 같은데. 출시 전부터 문의가 많았던 차예요. 럭셔리한 프리미엄 세단답게 천연 가죽 소재를 이용해……."

친절한 매장 직원의 설명에 준서가 고개를 가로저었다.

"차를 사용하는 사람이 저보다 어립니다. 20대 후반 남자."

"아, 그럼 이건 어떠세요? 조금 더 젊은층을 겨냥해 스포티함을 증폭시킨 차입니다. 마니아층이나 튜닝을 좋아하시는 남성분들이 선호하는 차예요."

준서가 차를 꼼꼼히 들여다보았다. 하지만 마음에 들지 않는다는 듯 이내 고개를 저었다.

"조금 더 편안하고 안정적인 차 없을까요? 당장은 아니지만 나중에는 아이까지 함께 타야 할지도 몰라서요."

어느새 하늘 역시 준서의 옆에 서서 함께 이야기를 듣고 있었다.

"그럼 이 차는 어떠세요?"

"그건 연비가 최고 단점이잖아요. 시내 주행 시 실연비가 별로예요."

자신이 소개한 차의 단점에 대해 줄줄이 읊는 하늘의 모습에 매장 직원
이 잠시 당황했다. 그 이후로도 하늘은 직원의 소개에 이 차는 실내가 좁아
요, 이 차는 승차감이 별로예요, 등등 차에 대해 세세한 설명을 덧붙였다.

"그럼 저 차는요?"

이제는 준서가 자연스럽게 매장 직원이 아닌 하늘에게 물었다. 하늘은 이
정도는 우습다는 듯 준서가 말한 차에 대해 자세히 설명했다. 그 모습을 본
직원이 슬쩍 자리에서 물러났다.

"어떻게 그렇게 잘 아냐고 묻고 싶은 얼굴인데. 가끔은 관심이 없어도 관
심을 가져야 하는 부분들이 생기기 마련이죠. 기자로서."

아, 취재 때문에. 그가 중얼거렸다.

"매장에 있는 차 중 절반 이상은 상세하게 설명해드릴 수 있는데, 그것도
타려는 고객에 맞는 맞춤형 서비스로. 선물하려는 분 저도 잘 아는 분인 것
같은데, 어때요?"

하늘의 장난스러운 말투에 준서가 설핏 웃었다.

"그럼 부탁 좀 드리죠, 강하늘 기자님."

"저야말로 영광입니다."

하늘이 슬쩍 고개를 숙이며 장난스럽게 인사를 건네더니 매장 가장 안쪽
에 전시되어 있는 차를 향해 몸을 돌렸다.

"아, 그리고 사장님. 기자님 빼고 강하늘 씨라고 불러주면 더 영광이겠어
요."

준서가 알았다는 듯 하얀 치아를 드러내며 웃어 보였다. 그 모습을 멍하
니 바라본 하늘이 작게 중얼거렸다.

"진짜 갑자기 저렇게 훅 들어오고 있어. 데이트하자고 조르고 싶게."

"어때?"

채원이 미간을 좁히며 선예와 세연에게 물었지만 두 사람 다 고개를 가로저었다.

"그럼 이건? 이것도 별로야?"

이번에도 역시 NO. 채원의 얼굴에 급속도로 실망감이 번졌다. 채원이 커피숍 의자에 몸을 기대며 한숨을 내쉬었다.

다음 주 토요일은 우현의 생일이었다. 함께하는 첫 생일이니만큼 뭔가 특별한 것을 선물하고 싶었지만 쉽지 않았다.

"언니, 커플링 같은 건 어때요? 얼마 전에 성준이랑 같이 가서 했어요."

세연이 손을 번쩍 들어 채원에게 자랑하듯 손가락을 보여주었다. 빠르기도 해라.

가슴을 앞으로 쭉 내밀며 함박웃음을 짓는 세연. 언제 친구 사이였냐는 듯 알콩달콩 깨를 볶고 있는 세연과 성준은 보기만 해도 입가에 미소가 번지는 사랑스러운 커플이었다.

"저희 갔던 곳 소개시켜줄게요. 가격도 부담스럽지 않고 괜찮아요. 디자인도 다양하고."

채원이 가만히 자신의 손가락을 바라보았다. 특별히 액세서리에 관심이 없던 그녀는 반지에 대해 생각도 못 했었다. 하지만 성준과 똑같은 반지를 나누어 낀 세연의 손을 보고 있자니 갑자기 부럽다는 생각이 들었다.

"우현 씨 반지 호수 알아?"

"그런 건 제가 알아봐드릴 테니 걱정 붙들어 매세요."

세연이 눈을 반짝거리며 손가락으로 브이를 그려보았다.

"근데 반지라고 하니까 생각나서 하는 말인데, 너 우현 씨랑 결혼은 안 해? 우현 씨 나이가 조금 어리긴 하지만 어차피 두 사람 관계 집안에서 다 알고 있고, 서로 사랑하는데 해도 상관없잖아."

"맞아요, 언니. 어차피 할 거 빨리해서 함께 사는 게 좋잖아요. 우현이 매일 언니한테 결혼하자고 노래를 부르던데 더 늦기 전에 해버려요."

어느새 자신의 결혼이라는 주제로 이야기가 바뀌자 채원이 어색하게 웃었다.

요즘 들어 저 질문을 상당히 많이 받았다. 우현과 결혼할 마음이 있었지만 사실 조금 이르다고 생각했다. 우현의 나이도 있고, 무엇보다 자신 역시 아직 준비가 되어 있지 않다고 생각했기에. 그런데 생각이 없다가도 자꾸 옆에서 그런 소리를 하니 뭔가 초조해지면서 불안한 마음도 싹텄다.

빨리 해야 하는 걸까? 지금이 적시인가? 하지만 문제는 그게 아니었다. 우현이었다.

결혼하고 싶다고 매일 시키던 세뇌교육은 언젠가 사라져버렸고, 그 비슷한 말도 꺼내지 않았다. 한창 조를 때는 튕겼는데 막상 듣던 말을 못 들으니 시원섭섭하기도 하고, 혹시 마음은 변했나 싶기도 하고.

그때 커피숍 문이 열리고 우현과 성준이 안으로 들어왔다. 성준을 보자마자 세연이 달려가더니 넓은 품에 폭삭 안겼다.

"안 추웠어?"

"조금? 밖에 바람 많이 불어. 목도리 제대로 해."

성준의 다정한 손길이 세연의 목에 아무렇게나 둘러져 있는 목도리를 빈틈없이 감아주었다.

"많이 기다렸어요? 우리도 늦었는데 어서 가요."

채원의 손을 꼭 붙잡은 우현이 밖으로 나갔다. 매서운 바람이 코끝을 스쳐 지나갔다. 우현이 채원의 손을 제 코트 주머니에 쏙 집어넣었다. 추위를 많이 타는 그녀는 금세 하얗게 질린 얼굴로 몸을 웅크렸다.

"무슨 생각을 그렇게 해요?"

"아, 그……."

채원이 열었던 입술을 다시 닫았다. 막상 결혼에 대해 이야기를 꺼내자니 괜히 자존심이 상하는 것 같기도 하고, 상황에 맞지 않는 것 같기도 했다.

"우, 우현 씨 생일 때 받고 싶은 선물 있어요?"

그래서 말을 돌렸다.

"받고 싶은 선물이라……. 하나 있기는 한데 말하면 줄 거예요?"

"뭐, 내가 해줄 수 있는 선에서 최대한 노력해볼게요. 자동차, 집 이런 건 안 돼요."

아쉬워라, 우현이 중얼거리며 실망한 표정을 연기했다.

"농담이고, 나중에 말해줄게요."

우현이 나른한 시선으로 채원을 바라보더니 손을 뻗어 흩날리는 머리카락을 귀에 꽂아주었다.

"그러다 너무 늦어서 내가 아무거나 해줘도 불만 갖지 말아요, 알았죠?"

"채원 씨가 주는 건데 그게 뭐든 실망할 리가 있겠어요?"

우현은 자신의 말에 만족스러운 웃음을 띤 채원의 옆모습을 바라보았다. 곧 작고 붉은 입술이 열리더니 오늘 하루 회사에서 있었던 일들을 쏟아내었다. 종알종알 맑은 목소리가 불만을 이야기하다가 또 농담을 건네기도 했다. 코끝을 찡긋거리기도, 눈을 조금 더 크게 뜨기도, 발을 동동 구르기도 하는 모습이 모두 사랑스러웠다.

사실 채원에게 받고 싶은 것은 따로 있었지만 아직 이야기하기엔 조금 일렀다. 그에게는 해결해야 할 것들이 조금 남아 있었다.

그리고 그 첫 번째, 어제 본가에 계신 어머니를 만나고 돌아왔다. 현재 제일산업의 건설비리 문제로 실형을 선고받은 아버지 때문에 큰 집을 혼자 지키고 있는 어머니. 지난날을 깊이 반성하고 있는 아버지가 죗값을 모두 치르게 되는 내년, 채원과 결혼하고 싶다고 고백했다. 어머니는 좋아하셨다. 채원이라면 당장 내일이라도 환영이라며 환호성을 지르셨다.

첫 번째 넘어야 할 산은 쉽게 넘었지만 두 번째는 쉽지 않을지도 모른다.

어쩌면 자신이 말을 꺼내는 것조차 힘들지 모르기에.

어느새 채원의 집 앞에 선 두 사람.

"오늘 하루도 고생했어요. 들어가서 따뜻한 물로 샤워해요. 머리는 꼭 말리고요. 가서 전화할게요."

아직 우현의 손을 놓지 못한 채원이 다정한 목소리에 그의 손을 더 꽉 붙잡았다. 그런 채원을 따뜻하게 감싸주는 우현. 헤어짐이 아쉬운 두 남녀는 한참을 그렇게 서로를 끌어안은 채 서 있었다.

"으, 춥다. 어서 들어가요."

"우현 씨 가는 거 보고 들어갈 테니까 어서 가요."

고개를 끄덕인 우현이 갈게요, 하고 작은 목소리로 속삭이고는 돌아섰다. 진지하게 채원과의 미래를 생각하고 있는 지금, 모든 것들이 조바심이 나고 안타까웠다. 이를테면 저벅저벅 앞을 향해 갈수록 멀어지는 채원과의 거리. 다시 얼굴을 보기까지 일주일을 기다려야 하는 시간. 이 모든 것들이 아쉬웠다.

"우현 씨."

그런 아쉬움을 붙잡기라도 하듯 채원이 그의 이름을 불렀다.

입에 담아두지 못해 밖으로 흘러내린 헤어짐에 대한 서운함은 우현에게도 고스란히 전해졌다. 나와 똑같은 생각을 하는 내 사람. 그 사실 하나만으로도 마음이 벅차올랐다.

우현이 천천히 몸을 돌렸다. 가로등에 빛나는 채원이 신비로워 보였다. 그가 크게 팔을 벌렸다. 그러자 꽃 같은 미소의 채원이 폴짝 달려와 안겼다.

정식으로 이야기하기 전까지는 꾹 참고 말하지 않으려 했는데. 많은 것들이 정리되고 난 후 확실하게 두 사람의 미래에 대해 이야기하고 싶었는데.

"오늘따라 우현 씨랑 헤어지는 게 왜 이렇게 아쉽죠?"

살짝 수줍은 듯 들려오는 한마디에 모든 것이 무너졌다.

"안 되겠네."

결국 참지 못하고 입술이 열려 버렸다.

"빨리 데리고 살아야지."

바람을 타고 채원의 시원한 웃음소리가 흘러 들어왔다.

다시 찾아온 토요일, 스물여덟 번째 생일을 맞은 우현이 아침 일찍 집을 나섰다. 표정은 어딘지 모르게 비장했고 입술은 굳게 닫혀 있었다. 딱딱하게 굳은 얼굴은 익숙한 집 앞에 설 때까지 계속되었다.

채원과의 미래를 위해 해결해야 할 것, 그 두 번째.

"왔어?"

준서가 문을 열자 우현이 집 안으로 들어갔다. 금방 샤워를 해서인지 촉촉하게 젖은 머리카락을 쓸어 넘긴 준서가 거실 한쪽에 놓여 있는 커피 머신으로 걸어갔다.

"커피 마실래?"

우현이 고개를 저었다. 소파에 앉은 그가 잔뜩 긴장한 얼굴로 준서의 뒷모습을 바라보았다.

"생일 날 아침인데 얼굴이 왜 그렇게 굳어 있어? 할 이야기가 뭔데?"

준서가 커피 머신 속에 캡슐 하나를 집어넣어 전원 버튼을 눌렀다. 기계가 돌아가는 소리가 거실에 넓게 퍼졌다.

"형."

불러놓고 말을 잇기 전 크게 심호흡부터 했다. 손에 땀이 차는지 손바닥을 바지에 문질렀다.

"나…… 채원 씨와 결혼하고 싶어."

그 한마디에 거짓말처럼 커피 머신이 동작을 멈췄다. 저 듬직한 뒷모습 뒤에 숨겨져 있을 표정을 보는 게 두려웠다. 하지만 시선을 피하지 않았다. 커피 잔을 든 준서가 돌아섰다. 하지만 우현의 상상과 달리 너무도 평온한 얼굴.

"채원이에게도 말했어? 결혼하고 싶다고."

"어? 아, 아니, 아직. 채원 씨한테 말하기 전에 형에게 먼저 내 결심을 말해야 할 것 같아서. 그래서……."

우현의 배려에 준서가 느긋한 미소를 지었다.

"생각보다 시간이 더 걸렸네. 나는 조금 더 빨리 이야기할 줄 알았는데."

"미안해, 형."

자신과 눈을 마주치지 못하는 우현의 모습에 준서가 마시지 않은 커피 잔을 테이블 위에 내려놓았다.

"고개 들어, 최우현. 지난번에도 말했지만 우리 사이에 벌어진 모든 일 중에 네 의지로 일어난 일은 하나도 없어. 난 그걸 인정하는 데 시간이 걸렸던 것뿐이고."

위로하듯 귓가에 퍼지는 목소리에 우현이 천천히 고개를 들었다.

"솔직히 가족 모임, 그 밖의 행사에 마주하는 게 아무렇지 않다고는 말 못 하겠다. 그건 채원이에 대한 감정 때문이 아니야."

준서의 표정은 음성만큼이나 평온해 보였다.

"이미 오래전에 버린 마음이라고 해도 채원이와 내가 마주한다는 건 누가 봐도 조금 이상하잖아. 그건 조금 더 시간이 지나서 천천히 하자. 그 정도는 이해해줄 수 있지?"

살짝 코끝을 찡긋거리는 준서의 모습에 우현의 가슴에 뜨거운 것이 차올랐다.

"그래도 결혼식에는 반드시 참석할게. 네 형으로서."

"고마워…… 고마워, 형. 이기적인 나를 용서해줘서."

"잠깐 좀 같이 내려가자."

아니라는 듯 고개를 내저은 준서가 앞장섰다. 우현이 지하주차장으로 향하는 준서의 뒤를 조용히 따랐다.

"형, 혹시 데려다주는 거라면 그러지 않아도……."

삐빅.

짧은 알람소리와 함께 낯선 차가 응답했다.

"형 차 바꿨어? 어라? 형 차는 여기 있는데?"

영문을 모르겠다는 듯 눈을 깜빡거린 우현. 목을 가다듬은 준서가 불쑥 차 키를 내밀었다. 우현에게서 아무런 반응이 없자 준서가 그의 손에 차 키를 억지로 넘겨주었다.

"받아, 선물. 생일선물 겸 미리 주는 결혼 선물이라고 하자."

생각지도 못한 준서의 말에 우현은 여전히 멍한 표정이었다.

"네가 네 말대로 이기적이기만 한 녀석이었다면 지금 우리가 이렇게 지낼 일은 없었겠지."

준서가 주머니에 양손을 찔러 넣은 채 차를 바라보았다.

"물질로 사람의 마음에 보상을 하는 게 옳은 건 아니겠지만, 그래도 나와 내 어머니를 위해 살았던, 너를 위해 쓰지 못했던 지난 시절에 대한 내 작은 보상이야."

준서가 손을 뻗어 우현의 어깨 위에 손을 얹었다. 그 손길 하나에 우현의 눈시울이 뜨거워졌다. 처음으로 형이 제게 먼저 내민 손길이었다.

"내 모진 말에도 강인하게 버텨줘서 고맙다. 이런 날 끝까지 미워하지 않아줘서 고마워. 좁은 방 안에 혼자 갇혀 있던 나를 꺼내줘서 정말 고맙다."

진심이 가득 담긴 목소리는 다 커버린 사내의 눈에서 눈물을 만들었다.

"결혼해서 나중에 내 조카 병원이라도 데리고 다니려면 차는 있어야지. 그 전까지는 애인하고 좋은 곳 많이 다니고."

준서가 차 문을 열었다. 그러고는 운전석 위에 올려놓은 작은 종이가방을 우현에게 건넸다. 가방 안에는 언젠가 자신이 채원에게 선물했던 스카프가 들어 있었다.

"잊고 돌려주지를 못했어. 예전에 네가 발굴 현장에서 사고가 났을 때 병원으로 데려다 줬었는데, 그때 채원이가 차에 두고 내렸어."

아, 이제 채원이라고 부르면 안 되지, 라며 멋쩍은 웃음을 보인 준서.

"행복하게 해줘. 너라면 그럴 수 있겠지. 그리고 너도 행복하고."

물기 가득한 목소리가 차마 감사한 마음을 다 전하지 못해 결국 울음을 터뜨렸다. 다 커버린 사내는 다시 9살 소년이 되어 어리광을 부리듯 형을 덥석 끌어안았다.

순간 그 따뜻한 품 때문에 당황한 준서의 몸이 딱딱하게 굳었다. 하지만 이내 조금씩 녹아내렸다. 우현의 품이, 유일한 피붙이인 동생의 품이 이토록 따뜻한 것이라는 것을 이제야 깨달았다.

준서가 우현을 향해 어색하게 팔을 뻗으려는 찰나.

"형, 사랑해."

"아, 진짜."

얼굴을 구긴 준서.

"진짜 사랑해."

"안 놔? 징그럽다고."

그렇게 사이좋은 형제의 실랑이는 한참이나 계속되었다.

"끝내주죠? 첫 시승이에요. 지금 막 형에게 선물받아서 달려온 따끈한 아이죠. 옆자리에 타는 사람도 당연히 채원 씨가 처음이고요."

간단히 짐을 싸서 내려오라는 우현의 전화. 다급하게 내려온 채원은 차가 고속도로에 진입했을 때까지도 입을 다물지 못했다.

최씨 집안의 형제는 평생을 원수처럼 지내더니 이제는 그 시간들을 보상하기라도 하듯 서로에게 잘해주지 못해 안달이었다. 그러더니 결국 스케일 크게 자동차 선물이라니.

"그래서 지금 어디 가는 거예요?"

"겨울 하면 겨울바다 아니겠어요? 내가 다 알아서 할 테니까 나만 믿어요."

장난기 가득한 우현의 얼굴에 채원은 덩달아 기분이 좋아졌다. 이정표에 '부산'이라는 글자가 보이자 채원이 환호성을 질렀다. 우현이 미리 예약해 놓은 숙소에 짐을 푼 두 사람은 이곳저곳을 다니며 순간을 만끽했다. 계획도 필요 없었다. 그저 서로의 따뜻한 손을 붙잡을 수 있는 것만으로도 충분했다. 한껏 들뜬 기분은 싱싱한 회에 가볍게 술을 한잔 걸치자 최고조에 이르렀다.

호텔로 돌아가는 길, 두 사람은 마주 잡은 손을 가볍게 흔들며 해변을 따라 걸었다. 한쪽에서는 사람들의 환호성에 힘입어 마술쇼가 펼쳐지고 있었고, 다른 한쪽에서는 친구들이 한데 모여 폭죽을 터뜨리며 와자지껄 떠들고 있었다.

"잠시 앉았다 갈래요?"

우현이 주머니에서 손수건을 꺼내더니 모래 위에 깔았다. 채원이 그 위에 털썩 주저앉았다.

"아, 좋다. 겨울 바다는 왠지 모르게 마음속 깊은 어딘가를 쿡쿡 건드리는 것 같아요."

채원이 저 멀리 일렁이는 파도를 바라보며 감상에 젖은 목소리를 내었다. 겨울 바다는 다른 계절의 바다와 달리 그 특유의 멋이 있었다. 같은 바다인데 빛깔은 더 탁했고, 파도는 성이 난 듯 거칠었다. 칼바람에 볼이 차가웠지만 눈을 돌리기 힘든 매력이 있었다.

"채원 씨 처음 만날 때랑 정말 많이 변한 거 알아요? 콜로세움 앞에서 내가 피자 줬을 때 길에서 이걸 먹어도 되나 망설였던 사람이 채원 씨였는데."

"그러게요. 그게 고작 반년 전인데 그사이에 정말 많은 일이 있었네요."

"많은 일이 있었죠. 우리가 만났고, 서로를 알아봤고, 밀었고, 당겼고, 상처를 주기도, 받기도 했었죠. 그리고 지금은 이렇게."

우현이 채원의 손을 붙잡았다. 손길이 따뜻했다.

"서로를 꽉 붙잡고 있잖아요."

두 사람은 한참이나 말이 없었다. 작게 파도치는 소리와 함께 서로의 호흡을 느낄 뿐이었다.

"행복하네요, 정말."

채원의 입에서 흘러나오는 행복이라는 말에 우현이 울컥한 마음을 가라앉혔다. 사랑하는 사람의 입에서 흘러나오는 행복하다는 말, 그것도 자신과 함께 있는 이 순간. 고마움에 채원의 옆모습을 바라보는 것만으로도 목이 메었다.

"예쁘다."

채원의 작은 음성도 놓치지 않은 우현이 그녀의 시선이 머무른 곳을 따라갔다.

노부부가 서로의 손을 꼭 잡고 겨울 바닷가를 함께 걷고 있었다. 차가운 바닷물이 다가오자 할머니는 웃음을 터뜨렸고, 그 모습을 할아버지가 묵묵히 지켜봐주고 있었다. 세월의 흔적이 고스란히 묻어나는 하얀 머리카락을 쓸어 넘겨주는 모습이 정겨웠다. 멀리서도 서로에 대한 애정이 물씬 묻어났다. 서로가 서로에게 가장 소중함을 온몸으로 말해주듯 저곳에만 따뜻한 공기가 흘러내렸다.

"나이가 들어서도 변치 않는 마음이라……. 정말 부럽네요. 가장 소중한 존재를 만나 세월이 지나서도 함께할 수 있다는 건 참 기적 같은 일이에요."

꿈꾸는 듯 속삭이는 채원. 그 모습에 얼빠진 사람처럼 한 번 닿은 시선을 거두기 힘들었다.

"저렇게 살 수 있다면 얼마나 행복할까요?"

어제도, 일주일 전에도, 그리고 오늘도 늘 같은 마음으로 채원을 사랑했지만 지금 이 순간은 이 사랑을 가슴속에만 넣어두기 아쉬웠다.

"채원 씨."

그래서 이름을 불렀다. 세 글자만으로도 그의 가슴을 뛰게 하는 여자의 이름을.

"우리도…… 저렇게 지낼래요?"

그리고 고백했다. 평생 당신의 손을 놓고 싶지 않다고.

"우리도 저기 저 젊은 연인들처럼 손을 잡고 바닷가를 함께 걸으며 다정하게 이야기를 나누고."

우현이 같은 모양의 외투를 걸치고 바닷가를 산책하는 연인을 가리켰다.

"저기 저 가족들처럼 서로의 손을 잡고 함께 웃음을 터뜨리고."

아이의 양손을 나누어 잡은 부모가 아이를 번쩍 들어 올리자 곧 꺄르르 웃음소리가 터져 나왔다.

"저 노부부처럼 지금보다 훨씬 더 많은 시간이 지나도 주름진 서로의 손을 마주 잡으며 그렇게 살아갈래요? 채원 씨랑 나, 둘이서요."

진실한 마음을 차분히 털어놓는 우현의 음성이 조금 떨렸다.

"나는 그러고 싶어요. 채원 씨와 함께 웃고, 울고, 다투고, 그렇게 나이 들고 싶어요."

괜히 그 음성에, 노곤한 시선에 채원은 꼼짝도 할 수 없었다. 숨조차 쉴 수 없었다.

"채원 씨가 말한 그 기적 같은 일, 내가 함께하고 싶어요. 나요, 우리가 함께 있는 이 기적 같은 시간들을 평생 감사하면서 살게요."

빨려 들어갈 것만 같은 눈동자에 달뜬 숨이 흘러나왔다.

"지금도, 그리고 앞으로 있을 수많은 미래의 시간에도 우리 같이 있어요."

떨리는 목소리 안에 가득 담긴 진심. 잔잔하게 울리는 서로의 고동이 섞였다.

"나중에 제대로 할 테니까 지금은 오케이…… 해주면 안 돼요?"

조금 쑥스러운 듯한 우현의 표정에 채원이 웃음을 터뜨렸다.

"무슨 프러포즈를 반지도 없이 해요? 멋없게."

우현의 얼굴에 난감함이 떠올랐다. 채원이 주머니에서 작은 상자를 꺼냈다.

"생일 축하해요. 선물이라고 하기에 내 것도 있지만."

깜짝 놀란 우현이 안을 열어보자 영롱하게 반짝거리는 커플링 한 쌍이 들어 있었다.

"예쁘다. 고마워요, 채원 씨."

채원이 상자 안에 있던 반지 중 더 큰 것을 꺼내 우현의 손가락에 끼워 넣었다.

"채원 씨, 사실 나 정말 받고 싶은 생일선물이 있었는데."

"에? 뭔데요?"

입으로 바람을 불며 김샌 표정을 짓는 채원. 그가 옅은 미소를 지으며 그녀의 손가락에 천천히 반지를 끼워 넣었다.

"얼굴도 몰랐던 첫사랑을 그려왔던 내 과거, 채원 씨 손을 잡고 사랑을 고백하는 지금, 그리고 50년이 더 지나도 곁에서 채원 씨만 바라볼 내 미래까지."

그러고는 손가락 깍지를 껴 꽉 붙잡았다.

"전부 채원 씨에게 줄게요. 하나도 남김없이. 그러니 채원 씨의 미래도 내게 줘요. 하나도 남김없이, 전부."

사랑을 가득 담은 눈동자가 서로를 응시했다.

"한채원 씨, 나와 결혼해주세요."

"떨려요?"

우현의 다정한 목소리에 채원이 크게 숨을 들이켰다.

"자기 집에 가는 건데 뭘 떨어요. 거기다 내가 있는데."

그가 그녀의 손을 꽉 붙잡았다. 그러고는 현관 벨을 눌렀다.

"우현 씨, 혹시 기분 나쁜 말을 듣게 된다면 나 신경 안 써도 되니까 그냥 나와요."

잔뜩 긴장한 듯 빠르게 말을 잇는 채원.

"엄마나 언니가 허락 안 해준다고 해도 움츠러들 것 없어요. 어차피……."

철컹, 문 앞에서 대기라도 하고 있었는지 지원이 금세 문을 열었다.

"어서 와, 누나. 우아, 형 오늘 멋있는데요? 다들 기다리고 계세요. 어서 들어가요."

지원의 너스레를 떨며 우현이 건네는 과일바구니를 받았다.

딱딱하게 굳은 채원의 옆모습에 우현의 마음 한구석에 애잔함이 밀려왔다. 자신의 집으로 가면서도 마치 타인의 집에 가듯 어색한 모습.

"어서 와요."

표정만큼이나 채원의 어머니 재숙의 목소리는 차가웠다. 하지만 아버지의 일 덕분인지 마지막으로 마주했을 때보다는 냉기가 조금 수그러든 것 같았다.

"안녕하세요, 최우현이라고 합니다."

꾸벅 인사를 건넨 우현이 희원의 안내에 좁은 거실에 무릎을 꿇고 앉았다.

작은 테이블을 사이에 두고 마주 앉은 사람들. 거실에는 예상했던 대로 어색한 공기가 흘렀고, 지원은 자리가 불편했는지 커피를 마련하기 위해 부엌으로 도망쳤다.

"별일 없으시죠?"

무미건조한 공기를 가르고 날아온 채원의 질문에 재숙은 작게 고개를 끄덕였다.

"다행이네요."

또다시 찾아온 침묵. 그 서늘함이 어색해 채원은 여기저기 곁눈질을 했다. 위경련이라도 일어날 것만 같아 마음을 안정시키기 위해 크게 한숨을 내쉬었다. 살짝 떨리는 주먹 위로 우현의 따뜻한 손이 내려앉았다. 고개를 든 채원은 나만 믿으라는 우현의 자신감에 찬 눈빛에 안도의 숨을 내뱉었다.

"어머님, 채원 씨와의 결혼을 허락받기 위해 왔습니다. 누구보다 행복하게 해주겠습니다. 허락해주세요."

"전에도 말했지만……."

우현의 말에 꾹 닫혔던 재숙의 입술이 열렸다.

"내가 채원이에게 이래라저래라 할 이유는 없어요. 하고 싶으면 하세요."

쟁반을 들고 온 지원이 테이블 위에 커피 잔을 내려놓았다. 잔에 담긴 시커먼 커피를 가만히 바라본 채원이 고개를 들었다.

전보다 누그러지긴 했지만 여전히 냉랭한 목소리에 서운함이 밀려왔다. 자신에게 차가운 말을 건네는 건 괜찮았다. 하지만 우현에게 보이는 심드렁한 태도에 마음이 좋지 않았다. 자신 때문에 이런 취급을 받는 우현에게 미안했다. 그리고 그 미안함은 원망과 서운함으로 둔갑해 퉁명스러운 목소리를 만들었다.

"결혼식 때 초대장은 집으로 보내드릴게요. 오셔도, 오지 않으셔도 그건 엄마 마음이니 거기까지는 상관하지 않을게요."

채원이 입술을 질끈 깨물었다.

"아빠가 돌아가신 것이 늘 마음 한구석에는 내 탓이라는 죄책감으로 남아 있었어요. 모든 것이 밝혀졌지만 여전히 절 원망하신다면 그것 또한 더 이상 말하지 않을게요."

입술 사이로는 굵은 탄식이 흘러나왔다.

"10년을 넘도록. 아니, 평생 동안 살갑게 지내지 못했던 가족이라 이제 와서 결혼합니다, 행복하게 살도록 빌어주세요, 라는 부탁은 안 드려요."

눈물이라도 흘러나올까 재빨리 말을 이었다. 빨리 이야기를 끝내고 이 집을 나가고 싶었다.

"지금까지 그랬던 것처럼 그냥 이렇게 지내요. 가끔 서로의 안부를 묻기도 하는 너무 가깝지도, 멀지도 않은 사이."

맥이 빠진 듯한 표정의 채원이 숨을 깊게 들이마셨다가 내뿜었다. 커피만 바라보았던 그녀가 고개를 들고 재숙을 바라보았다.

"그래도 친자식도 아닌 절 지금까지 잘 키워주셔서 감사했습니다. 이만 가보겠습니다."

채원이 자리에서 일어나기 위해 몸을 움직였다.

"우리가 네 친아버지의 보증을 서는 바람에 가세가 기울었었다. 말문조차 트이지 않았던 널 남편이 데리고 왔을 때 솔직히 어디 시설이라도 보내 버리고 싶었지."

하지만 들려오는 재숙의 목소리에 움직임을 멈추었다.

"어린 너한테 무슨 잘못이 있을까 하다가도 널 보면 무책임했던 네 친엄마와 아빠가 떠올랐어. 그래서 네가 미웠다."

처음 듣는 엄마의 속마음에 채원의 눈꺼풀이 파르르 떨렸다. 엄마의 입에서 이런 말을 듣게 될 줄 상상도 못 했다. 마주할 준비가 되어 있지 않았지만 조용히 그 음성을 귀에 새겼다.

"불쌍하다고 무작정 널 감싸는 네 아빠 때문에 널 더 미워했을지도 모르지. 희원이 역시 그런 네가 원망스러웠던 것이고."

채원의 시선이 잠시 언니인 희원에게 닿았다 떨어졌다.

"그래도 데려왔으면 어른들의 원망을 네게 쏟지 말고 잘 길렀어야 했는데. 그릇이 크지 못한 우리라 그러지 못했다."

재숙의 입가에 쓸쓸한 미소가 걸렸다.

"그래도 부모와 형제에게 받지 못했던 사랑, 좋은 남자에게 듬뿍 받게 되어 다행이다."

채원을 똑바로 바라본 재숙.

"행복하게 살거라."

그러고는 우현에게 시선을 돌렸다.

"우리 둘째…… 채원이 잘 부탁합니다."

집을 나온 채원은 아직 멍한 상태였다. 자신이 집에서 들은 말들이 꿈인지 생시인지 구분조차 가지 않았다. 평생 엄마에게서 그런 말을 듣게 될 줄 상상도 해본 적이 없었다.

"채원 씨 괜찮아요?"

우현의 말에도 대꾸조차 할 수 없었다.

"우리 누나 정신 나갔네."

지원의 놀림에도 입도 뻥긋하지 않았다.

"지원아, 친구들하고 놀러 간다고 했지? 언제 와?"

"내일 출발해서 2박 3일요. 누나 집 근처에는 얼씬도 안 할 테니까 걱정 마세요, 형."

"용돈 좀 줄까?"

"일정 좀 더 늘일까요?"

지원의 말에 상당히 만족한다는 듯 우현이 눈을 찡긋 거렸다.

"그래도 엄마가 저런 말을 할 줄이야. 역시 지난번에 형이 찾아왔던 게 효과가……."

아차, 순간 지원이 입을 다물었다. 채원의 커다란 눈동자가 지원을 바라보았다.

"형이 찾아와? 그게 무슨 소리야?"

"어? 내가 그런 말을 했었나? 형, 빨리 가 봐요. 춥다. 나 들어갈게, 누나."

"야, 한지원!"

"자자, 우리도 이만 집으로 돌아가죠. 어서 차에 타시죠, 한채원 씨."

자신만 모르는 이 상황에 채원이 입을 삐죽 내밀었다. 우현이 손가락으로 채원의 입술을 쭉 잡아당겼다.

"입술 집어넣으시지요. 허락도 받았겠다, 기분인데 우리 근사한 곳 가서 저녁 먹을까요?"

우현의 너스레에 채원이 실소를 터뜨렸다.

"언제까지 말 안 하나 봐요. 다 듣고 말 테니까."

철컥, 벨트를 매더니 금세 휴대폰을 열어 맛집을 뒤적거리는 채원. 그 빠른 변화에 우현이 웃음을 터뜨렸다.

똑똑.

유리를 두드리는 소리에 채원이 고개를 돌렸다. 희원이었다. 열린 창문으로 희원이 불쑥 종이가방을 내밀었다.

"유자청이야. 엄마가 담갔어. 너 주래. 좋아하잖아. 결혼……!"

희원의 입술이 망설이든 잠시 닫혔다.

"축하해. 그리고 아빠 일 끝까지 밝혀줘서 고마워. 가, 간다!"

민망한지 금세 몸을 돌려 집 안으로 뛰어 들어간 희원의 모습에 채원은 눈만 꿈뻑거렸다.

"우현 씨, 대체 우리 집에 무슨 짓을 한 거예요?"

놀라움이 담긴 채원의 목소리에 우현의 입에서 호쾌한 웃음이 터져 나왔다. 입술 사이로 휘파람이 흘러나왔다. 그리고 그 휘파람 사이로 며칠 전 이곳에서의 대화가 함께 들렸다.

"안녕하세요, 최우현이라고 합니다."

채원 없이 몰래 찾은 그녀의 집. 우현이 거실에 무릎을 꿇고 앉았다.

"채원 씨와 함께 오려고 했지만 저 혼자 와서 말씀드리는 게 좋을 것 같아서요. 제가 여기 온 건 채원 씨에게 모른 척해주세요."

비장한 표정의 우현이 재숙과 희원을 바라보았다.

"말씀드린 대로 결혼 허락받으러 왔습니다. 채원 씨와 결혼하고 싶습니다. 허락해주세요."

말은 자신 있다 허세를 부렸지만 우현은 잔뜩 긴장해 있었다. 제아무리 긍정적인 성격에 그였지만 그래도 여자친구의 부모님을 찾아왔는데 멀쩡할 리가 없었다.

채원의 가족이 반대해도 결혼할 생각이지만 그래도 마음가짐이 달랐다.

채원에게 큰 아픔을 준 사람들이었지만 가족이었다. 그녀에게 누구보다 소중한 사람들이었다. 그렇기에 정식으로 허락받고, 축복 속에 채원을 아름다운 신부로 만들어주고 싶었다.

"채원이와 따로 떨어져 살기 시작하면서 서로의 생활에 관여하지 않았어요. 그러니 내가 이래라저래라 할 이유는 없어요."

"그래도 부모님이시잖아요. 어머님이십니다."

"아니, 자격이 없다는 말이 맞겠네요. 어차피 친엄마도 아니니까."

진중한 우현의 눈빛이 재숙과 희원을 바라보았다.

"절 가슴으로 낳아주신 어머니는 제가 당신의 자식이 아님에도 불구하고 누구보다 소중하게 대해주셨습니다."

크게 숨을 고른 그가 말문을 텄다.

"형과 전 어머니가 다릅니다. 지금까지 지내는 동안 서로 오해가 많았고, 오랫동안 서로를 모른 척하고 지냈습니다. 아마 채원 씨가 없었다면 지금도 그랬을지 모르죠."

우현이 희원을 바라보았다.

"함께 있지 않을 때는 그저 사이좋은 형제가 부럽기만 했는데 함께 있어 보니 가슴에 사무치도록 헛되이 보낸 시간들이 아쉽습니다."

그가 희미하게 웃어 보였다.

"밀어내도 핏줄이고, 내쳐도 가족입니다. 채원 씨와 도란도란 정겹게 지내주시기를 바라지는 않습니다. 그건 누가 시켜서 하는 게 아니라 마음에서 우러나야 하는 것이니까요."

우현이 속상한 듯 코끝을 찡그렸다.

"다만, 지금처럼 지내시더라도 미워하거나 원망하는 감정만은 이제 내려놓으셨으면 좋겠습니다."

재숙과 희원은 진지한 표정으로 우현의 말을 듣기만 했다.

"수많은 오해들로 그동안 채원 씨를 미워했다면 이제는 그 오해를 푸시고 조금씩 끌어안아주세요. 사실은 원망 뒤에 숨어 있을지도 모르는 자그마한 애정으로요."

우현이 뻣뻣해진 목을 들어 올렸다.

"누군가에게는 스쳐 지나가는 평범한 사람일지 모르지만 제게 채원 씨는 구원이에요. 숨 쉬는 것 자체만으로도 의미가 되는 사람입니다."

간절한 눈빛이 두 여자를 바라보았다.

"그런 여자가 많은 사람들의 축하 속에, 소중한 가족의 축복을 받으며 가장 행복한 날을 맞을 수 있도록 해주고 싶습니다."

그 눈빛에는 채원을 향한 애정이 듬뿍 묻어났다.

"그러니 부탁드립니다. 진심 어린 한마디면 됩니다. 행복하라는 한마디면 채원 씨는 아마 세상에서 가장 행복한 신부가 될 수 있을 겁니다."

9개월 후.

"와, 날씨 예술이다."

집 밖으로 나온 세연이 청명한 9월의 가을 하늘을 바라보며 크게 기지개를 켰다. 예쁘게 차려입은 원피스 사이로 가을바람이 스며들었다.

계단을 뛰어 내려가자 1층에서 정장을 차려입은 성준이 기다리고 있었다. 세연을 바라보는 성준의 눈에서는 꿀이 뚝뚝 떨어졌다.

"나 오늘 어때?"

세연이 치마 한쪽을 붙잡고 한 바퀴 휘, 돌자 성준이 엄지를 척, 하고 들어 보였다.

"최고. 아, 오늘 신부보다 더 예쁘면 안 되는데. 홍세연 엄청 이기적이네."

너스레를 떨며 농담도 건네본다. 그 농담에 기분이 좋은지 세연이 키드득거리더니 콧노래를 흥얼거렸다.

"채원 언니 어제 떨려서 잠도 거의 못 잔 거 같더라. 우현이는?"

"마찬가지야. 덕분에 나까지 다크서클 내려온 거 봐. 근데 정말 부케 선예 씨한테 양보해도 괜찮겠어? 엄청 받고 싶어 했잖아."

"어쩔 수 없지. 우리보다 먼저 결혼하게 될 선예 언니가 가져가는 게 맞지. 순서가 그렇잖아, 순서가."

세연이 지금도 믿을 수 없다는 듯 고개를 가로저었다.

올 초 커피숍을 방문한 손님과 사랑에 빠진 선예는 6개월의 불타는 연애 끝에 올 겨울, 결혼 날짜를 잡았다. 주변의 우려도 있었지만 화끈한 성격답게 죽어도 이 남자 아니면 싫어, 라고 외치더니 속전속결로 준비를 끝냈다.

"선예 씨답지, 뭐. 그래도 선예 씨 결혼식 때는 네가 부케 받기로 했잖아."

"그 부케는 절대 양보 못 해."

스스로에게 다짐하듯 주먹까지 불끈 쥔 모습에 성준이 웃음을 터뜨렸다.

"그럼 네 부케는 누가 받게 되는 거야?"

"음…… 하늘 언니?"

"가능할까? 준서 형 만만치 않은데."

"내가 보기에는 하늘 언니가 더 만만치 않은 것 같아. 준서 오빠 좋으면서 튕기는 거라니까."

그럴지도 모르지, 성준이 고개를 끄덕였다.

예식장 주차장에 우현의 차를 세운 성준이 세연의 손을 꼭 붙잡고 안으로 들어갔다. 멀끔하게 턱시도를 차려입은 우현은 그답지 않게 잔뜩 긴장한 얼굴이었다.

"인마, 새신랑이 웃어야지 그렇게 얼굴이 굳어서는 어떡해? 준서 형, 축하드려요."

성준이 우현의 옆에 서 있던 준서에게 넙죽 인사를 했다.

"나 그렇게 긴장한 것처럼 보여?"

"말해 뭐해?"

"안 되는데. 근데 나 다리까지 후들거려."

"채원 씨는?

"신부대기실에. 나만 떨리나 봐. 채원 씨는 너무 담담해."

그 담담한 모습이 서운하기라도 하듯 입을 삐죽 내미는 우현. 그에게서 이런 모습은 처음인지라 평생 놀릴 거리가 생겼다는 사실에 마냥 기쁜 성준이 신부대기실로 걸어갔다.

"내가 소식 듣고 얼마나 기뻤는지. 이렇게 될 줄 알았어! 축하해, 채원 씨."

우현과 채원의 결혼식을 위해 이탈리아에서 날아온 세연의 엄마 혜진. 어제 막 한국에 도착했음에도 불구하고 시차 적응을 완벽하게 끝내기라도 한 건지 세연만큼이나 커다란 음성은 채원에게 축하의 말을 건네기 바빴다.

"감사해요, 이모님. 우현 씨는 만나고 오셨어요?"

"어제도 봤는데, 뭐. 턱시도 입혀놓으니까 인물은 인물이더라. 더 잘생겼어."

북적거리는 신부대기실. 채원의 회사 사람들은 상큼 씨와의 결실을 축하한다며 한바탕 소란을 피우고 돌아갔다. 우현의 예전 연구소 사람들은 앞다투어 축하의 말을 전했다.

"채원아, 결혼 축하한다. 네 아빠도 분명 지켜보고 계실 거다."

채원을 흐뭇하게 바라본 김윤상 교수.

"이렇게 청첩장 보내주셔서 감사해요. 축하드립니다."

아버지의 명예 회복을 위해 함께 노력해주었던 문화재청 이동원 반장님.

"한채원, 곧 시작이래. 준비해. 엄마랑 먼저 들어가 있을게."

고운 원피스를 차려입은 언니 희원과,

"오늘 예식장에 있는 여자들 중에 누나가 제일 예뻐."

오늘따라 유난히 멋있는 동생 지원.

"채원 씨, 준비됐어요?"

그리고 오늘 하루, 아니 자신의 인생에서 가장 멋진 남자 우현.

많은 사람들의 축하 속에 눈물이 핑 돌고 가슴이 벅차올랐다.

"채원 씨! 너무 예쁘다!"

언제나 밝은 하늘은 채원을 향해 뛰어오더니 양손을 붙잡고 축하한다며 소란을 피웠다. 그리고 하늘의 뒤를 따라 들어오는 남자, 준서.

"늦어서 미안해요. 취재가 조금 늦게 끝나서. 채원 씨, 축하해요."

"고마워요, 하늘 씨."

"축하해요, 우현 씨. 하아, 부럽다. 나는 언제 웨딩드레스 입어보나."

하늘이 준서를 힐끗거리며 중얼거렸다. 하지만 꿈쩍도 하지 않는 준서의 모습에 입을 삐죽거리더니 신부대기실 한쪽에 있는 선예에게 다가갔다. 사교성 좋은 하늘은 남녀노소를 가리지 않고 누구와도 친해졌다.

"자, 곧 식을 시작할 예정이니 다들 식장으로 모여주세요!"

안내 직원의 말에 대부분의 사람들은 식장으로 우르르 몰려갔다.

"긴장하지 말고. 네가 채원 씨 잘 이끌어야지."

격려하듯 우현의 어깨를 두드린 성준이 마지막 점검이라도 하듯 그의 머리끝부터 찬찬히 시선을 내렸다. 우현의 모습이 흡족한지 입꼬리를 올려 웃은 성준이 마지막에 미간을 찌푸렸다.

"야, 너 신발이 그게 뭐야?"

성준의 한마디에 우현과 채원, 준서의 시선이 신발에 집중되었다. 우현이 장난치듯 신발로 바닥을 톡톡 두드렸다.

"턱시도는 새것으로 말끔하게 차려입은 녀석이 신발이 이게 뭐야? 너무 오래됐잖아. 잊어버리고 구두 안 갈아 신은 거야? 빨리 갈아 신어."

성준의 잔소리에 우현이 슬그머니 채원을 바라보았다. 두 사람의 시선이 잠시 엉키더니 풉, 하고 웃음을 터뜨렸다.

"싫어. 나 이 신발 아니면 결혼 안 해."

심통이 난 어린아이도 아니고 이게 무슨 소리란 말인가. 성준이 황당하다는 듯 우현을 바라보았다.

"너 오늘 결혼식이야. 네 인생에서 얼마나 중요한 날인지 몰라? 머리끝부터 발끝까지 완벽해야 한다고."

"그래서. 내 인생에서 중요한 날이니까 이 신발 아니면 안 된다고."

"신발 잘 어울려요, 우현 씨."

심지어 우현의 말에 맞장구까지 치는 채원. 이미 오래되어 많이 낡은 갈색 구두. 오늘 우현을 최고의 신사로 만들어줄 까만 새 턱시도에는 전혀 어울리지 않았다. 하지만 한 사람, 구두를 바라보는 준서의 시선이 크게 흔들렸다.

"최우현, 이거……."

그 구두는 언젠가 자신이 우현에게 선물했던 구두였다.

16살짜리가 저런 구두를 신을 일이 뭐가 있겠느냐마는 아무리 내쳐도 형이라 부르며 자신을 졸졸 따라다니는 우현이 귀여워 저도 모르게 건넨 구두였다. 우현에게 자동차를 선물하기 전, 자신이 건넸던 처음이자 마지막 선물. 그런데 10년이 지난 지금까지 그 구두를 가지고 있을 줄이야.

"내게는 부적 같은 거야. 그러니 절대 못 벗어."

부적. 준서의 목울대가 크게 움직였다. 울컥함이 목 끝까지 차올랐다. 저구두가 뭐라고, 저 따위 낡은 구두가 뭐라고 평생 한 번뿐인 결혼식에 신고있는 걸까.

눈시울이 붉어진 준서의 모습에 눈치 빠른 성준이 사람들을 데리고 신부대기실을 빠져나갔다. 조용한 신부대기실에는 세 사람만이 남았다.

"구두…… 많이 낡았다."

"우리가 나이 든 만큼. 그래도 내겐 소중한 녀석이야. 처음으로 형에게 받은 거잖아. 앞으로 내게 부적은 이거 하나뿐일 거야."

차마 우현의 눈을 제대로 바라보지 못한 준서가 고개를 돌려 촉촉이 젖은 눈가를 재빨리 정리했다.

"신랑님, 잠시만요. 이따 신부님과 동시 입장하실 때요……."

신부대기실 안으로 들어온 예식장 관계자가 우현을 불렀다.

"와줘서 고마워요."

채원의 차분한 목소리가 고마움을 표현했다. 그 음성에 고개를 돌린 준서가 주머니에 양손을 찔러 넣은 채 가만히 채원을 바라보았다.

"예쁘다."

그 한마디는 무겁기도 혹은 가볍기도 했다.

"축하해. 진심으로. 행복해라."

그 한마디에 그동안의 모든 감정들이 녹아내렸다.

"고마워요. 준서 씨도 행복하길 바랄게요. 진심으로요."

손을 휘휘 저은 준서가 돌아섰다. 그 모습을 가만히 바라본 채원이 다시한 번 고마워요, 라며 조용히 속삭였다.

"자요."

우현의 맑은 목소리가 그녀를 들뜨게 했다. 자신을 향해 내민 우현의 손을 꽉 붙잡고 일어난 채원.

두 사람이 문 앞에 섰다. 이 문이 열리면 사람들의 환호 속에 서로의 손을 마주 잡고 아름다운 길을 걸어갈 것이다.

결혼이 끝일 수는 없었다. 인생에 늘 꽃잎이 흩날리는 아름다운 장면만 펼쳐질 수는 없을 것이다. 때로는 불편한 현실에 부딪혀 다투기도 하고, 마음에도 없는 말로 서로에게 상처를 줄지도 모른다. 하지만 분명 그 상처를 보듬기 위해 서로 힘주어 끌어안으며 위로를 건넬 것이다. 힘들면 언제든 어깨를 빌려줄 서로가 있었고, 기쁨을 함께 나눌 이가 곁에 있었다. 그렇기에 인생은, 앞으로 펼쳐질 두 사람이 함께하기로 한 그 기적 같은 순간들은 열심히 살아볼 만한 것이었다.

"채원 씨, 준비됐어요?"

어느 영화에서의 말처럼 어차피 빨간 불은 참고사항일 뿐이니까.

"그럼요."

채원이 우현의 팔에 팔짱을 끼었다. 동시에 식장으로 통하는 문이 열렸고, 사람들의 환호 소리가 사방에 울려 퍼졌다.

"채원 씨."

부르는 이름이 사랑스러웠다.

"우리 온 마음을 다해 사랑하면서 살아요."

사랑이라는 단어에 마음이 간질거렸다.

"오늘이 마지막인 것처럼."

수없이 오랜 시간이 지나도 당신만은 내 곁에 있어주길.

"사랑해요."

지금처럼.

에필로그

높게 뻗어 있는 건물 안으로 한 남자가 들어갔다. 하늘 높은 줄 모르고 솟아 있는 콧대, 유려하게 올라간 채 닫혀 있는 붉은 입술, 진한 밤색의 눈동자는 즐거움을 가득 담은 채 반짝거렸다. 호리호리하지만 딱 벌어진 어깨는 남성미를 한껏 뽐냈고, 몸에 부드럽게 감긴 정장은 남자를 세련미 넘치는 신사로 만들어주었다.

"어떻게 오셨나요?"

"최우현입니다. 해외전시기획팀과 1시에 약속이 되어 있습니다."

우현의 입에서 흘러나오는 청량한 목소리에 고개를 끄덕인 안내데스크 직원이 그를 엘리베이터로 안내했다.

주식회사 나눔 3층, 해외전시기획팀. 사무실 표지판을 따라 걸어간 우현이 한 자리 앞에 멈춰 섰다.

"똑똑."

입으로 노크 소리를 흉내 내는 우현의 목소리에 사무실 책상에 고개를 박고 있던 남자가 시선을 들어 올렸다.

"최우현, 왔어?"

"그래도 회사인데 최우현이 뭡니까, 김성준 대리님."

우현의 장난스런 말투에 생글거린 성준이 서류 뭉치를 챙겨 자리에서 일어났다. 작은 회의실로 향한 두 남자가 마주 앉았다.

"새신랑 신수가 훤하네. 결혼하니 그렇게 좋냐?"

"너 같으면 안 좋겠냐? 어떤 날은 출근도 안 하고 집에서 둘이 붙어 있었으면 좋겠다."

우현의 능청스러운 질문에 성준의 만면에 미소가 걸렸다.

우현과 채원이 결혼하고 1년 후, 성준과 세연 커플은 결혼식을 올렸다. 이제 막 신혼 두 달째에 접어든 이 부부는 매일매일 꿀이 떨어지는 날들을 보내고 있었다.

나라가 들썩거릴 정도로 이슈가 되었던 일명 '윤정수 교수의 문화재 은닉 및 사기사건' 이후로 우현과 성준은 성남대학교를 떠났다. 우현은 어린 나이이지만 화려한 경력을 인정받아 국가에서 운영하는 연구소로 스카우트되었고, 성준은 기이한 인연으로 채원이 다니고 있는 나눔의 해외 전시기획팀에 취직해 능력을 발휘하고 있었다. 오늘은 두 회사에서 공동으로 진행하는 일 때문에 그 대표로 우현이 성준을 찾아온 것이다. 우현이 고개를 들어 기지개를 켠 건 회의가 시작된 지 한 시간 남짓 지난 후였다.

"채원 씨 몸은 좀 어때? 요즘 계속 안 좋다면서? 한약이라도 지어줘야 하는 거 아니야?"

채원을 떠올리는 우현의 얼굴이 심각해졌다.

"아침에도 잘 못 일어나더라고. 틈만 나면 누워 있으려 하고, 잠만 자고. 소화도 잘 못 시키는 것 같고 빈혈도 좀 있나 봐."

우현의 입술 사이로 걱정이 가득 밴 한숨이 터져 나왔다. 채원은 오늘 아침 출근길에만 하더라도 어지러운지 차 시트에 몸을 깊게 묻고는 눈을 감고 있었다. 회사 앞에 도착해 그가 깨우고 나서야 지친 몸을 일으킬 정도였다.

점심시간에 전화를 해보니, 아니나 다를까, 속이 좋지 않아 밥도 제대로 먹지 못하고 의무실에서 잠을 청했다고 했다. 그래서 오는 길에 죽 전문점에 들러서 영양이 가득한 전복죽 한 그릇을 사들고 왔다.

"요즘 회사 일이 많아서 그런가? 채원 씨 출장도 있고, 야근도 잦았잖아. 네가 옆에서 좀 잘 챙겨야겠더라."

고개를 주억거린 우현이 자리에서 일어났다.

"난 우리 자기 좀 만나고 돌아갈게. 결혼했다고 내 사촌 너무 괴롭히지 말고."

"난 신혼생활 좀 즐겼으면 좋겠지만 빨리 엄마가 되고 싶다고 노래를 부르는 건 네 사촌이야. 들어가."

손을 휘휘 저은 우현이 채원의 사무실이 있는 곳으로 올라왔다.

"어머, 우현 씨? 한 대리님 만나러 오신 거예요?"

우현을 알아본 사무실 직원이 그의 손에 들린 죽 가방을 보며 알 만하다는 듯 미소를 지었다.

"결혼한 지 1년인데도 아직도 신혼인가 봐요."

"아마 내년에도 신혼일 거예요. 채원 씨 오늘은 괜찮아요?"

"요즘 피곤해서 그런지 영 제 컨디션이 안 돌아오나 봐요. 입맛도 없는 거 같고. 채원 씨 불러줄게요. 그거 다 먹을 때까지 사무실 들어올 생각 하지 말라고 해야겠어요."

너스레를 피운 직원이 사무실로 들어가 채원의 곁에 섰다. 고개를 든 채원이 투명한 유리문 밖에 선 우현을 바라보더니 해사한 미소를 지으며 자리에서 일어났다.

"바쁜데 회사로 바로 안 들어가고 왔어? 성준 씨는 만나고 온 거야? 회의는?"

밖으로 나온 채원이 우현의 손을 붙잡았다.

"지금 막 끝났어. 잠깐 시간 괜찮지?"

휴게실 테이블에 마주 앉은 두 사람. 우현의 커다란 손이 종이가방 안에서 죽을 꺼내 뚜껑을 열었다. 다행히 남아 있는 열기 때문인지 죽에서는 옅은 김이 솟아오르고 있었다.

"뭐, 이런 걸 사왔어."

"그럼 자기 아무것도 못 먹고 있는데 걱정 안 돼? 많이 안 먹어도 되니까 조금이라도 먹어."

고개를 끄덕인 채원이 죽을 한 스푼 떴다. 붉은 입술 사이로 스푼이 들어가 오물오물 죽을 씹는 모습에 우현의 입가에 옅은 미소가 번졌다.

"정말 걱정 안 해도 괜찮아. 그냥 속이 조금 안 좋은 건데, 뭐. 금방 좋아지겠지."

"그렇게 말한 지 벌써 일주일이 넘었어."

"나 때문에 자기 걱정만 드네."

채원은 걱정이 가득한 눈동자에 괜히 미안한지 배시시 웃어 보였다.

"미안한 줄 알면 아프지 말아야지. 자기 아프면 나 많이 속상한 거 알지? 내일은 병원에 가보자. 토요일에도 문 여는 곳 많잖아."

다정한 우현의 손길이 채원의 입 주위에 묻은 것들을 떼어냈다.

"정말 괜찮아. 주말에 쉬면 좋아질 거야."

"그럼 주말까지 쉬고, 아프면 월요일에 당장 병원 가는 거다, 알았지?"

"알겠습니다. 참, 자기 내일 오전에 출근하지? 성준 씨도 회사 나간다고 해서 세연랑 만나려고. 저녁때 넷이 밥 같이 먹을까?"

"일 끝나면 전화할게. 먹고 싶은 거 없어?"

"스테이크 먹고 싶어. 두툼한 고기 같은 거."

채원의 대답에 우현이 웃음을 터뜨렸다.

"고기는 내일 먹더라도 오늘은 이거 다 먹자."

그제야 고개를 끄덕인 채원. 우현이 죽을 뜬 스푼 위에 밑반찬을 올려놓았다. 그렇게 채원이 죽 한통을 다 비울 때까지 우현은 그녀에게서 눈을 떼지 않았다.

　토요일 점심, 우현을 회사에 보낸 채원은 세연과의 약속을 위해 부지런히 움직였다. 여전히 속은 편치 않았고, 빈혈도 조금 있었다. 그녀의 시선이 화장대 거울에 비친 자신의 모습으로 향했다. 2주일 사이 볼을 홀쭉해졌고, 안 그래도 뽀얀 얼굴은 조금 질렸다 싶을 정도로 허옇게 변해 있었다.

　"병원에 가봐야 하나? 정말 어디 문제 있는 건 아니겠지?"

　그때, 화장대 위에 올려놓은 채원의 휴대폰이 울렸다.

　"어, 세연아."

　-언니, 아직 출발 안 했죠? 우리 약속 장소 좀 변경해요.

　30분 후, 여성 산부인과. 채원은 입가에 번지는 미소를 참지 못했다. 반면 세연은 잔뜩 긴장한 표정이었다.

　"테스트기로 확인하려면 2주는 지나야 한다고 해서 기다렸다가 오늘 아침에 약국 다녀왔어요."

　"그래서 임신이라고 나왔어? 성준 씨는 알아?"

　"아직 말 안 했어요. 일단 임신이라고 나왔는데 너무 이르다 보니 병원에 와야 할 거 같아서요. 근데 너무 긴장돼서 혼자 못 오겠더라고요. 언니, 임신이면 어쩌죠?"

　세연의 손끝이 미세하게 떨리고 있었다. 채원이 그런 세연의 손을 꼭 붙잡았다.

　"어쩌긴. 당연히 감사할 일이지."

　"아기가 정말 갖고 싶었는데 막상 임신이라고 생각하니까 너무 떨려요. 성준이도 좋아하겠죠?"

　자꾸만 목청을 가다듬고 입술을 잘근잘근 깨무는 세연의 눈동자가 흔들렸다.

　"당연히 좋아하지. 그런 건 걱정하지 마."

"홍세연 씨!"

"부른다. 어서 들어가 봐."

"응. 언니, 다녀올게요."

크게 심호흡을 한 세연이 굳은 표정으로 진료실에 들어갔다. 그 모습이 귀여워 채원이 설핏 미소 지었다.

"아이 갖기 이른 것 같다던 성준 씨지만 생기면 엄청 좋아하겠지. 아들일지 딸일지 벌써부터 궁금하네."

세연과 성준을 생각하자 자연스럽게 우현의 얼굴이 떠올랐다. 아빠가 되고 싶다며 아기, 아기 노래를 부르던 자신의 남편. 결혼 후 1년 가까이 아기를 갖기 위해 노력했지만 새 생명의 잉태는 생각보다 쉽지 않았다.

"우현 씨도 아기 생기면 엄청 좋아할 텐데."

아쉬운 마음에 땅이 꺼져라 한숨을 내쉰 채원의 귀에 대기하고 있는 손님과 이야기를 나누는 젊은 여성의 목소리가 들려왔다.

"아무래도 임신인 것 같아서요. 속이 자꾸 부대끼고 빈혈이 조금 심해요. 가끔 헛구역질도 나고, 소변도 자주 마려워요. 그리고……."

여자는 살짝 들뜬 음성으로 열심히 자신의 증상에 대해 설명하고 있었다. 가만히 대화를 듣던 채원이 고개를 갸우뚱하더니 손바닥으로 제 배를 감싸 안았다. 요즘 부쩍 바빠진 회사 일 때문에 정신이 없어 잊고 있었는데 두 달째 소식이 없었다.

"거르는 일이 거의 없는데. 이상하네."

먹은 음식은 잘 소화를 시키지 못했고, 잠을 설치는 날도 제법 있었다. 빈혈도 자주 일으켰으며 지난 주말에는 무기력하게 종일 누워 잠만 잤다. 심지어 어제저녁에는 먹은 음식들을 다 쏟아내기까지 했다. 야근이다, 출장이다 바쁘고 피곤한 일정에 몸이 조금 고돼 그런가 보다 싶었는데.

"설마……."

자리에서 일어난 채원이 접수대로 걸어갔다.

"접수하려고 하는데요. 한채원이요."

살짝 들뜬 목소리가 말을 이었다.

"임신…… 인 것 같아서 검사 좀 받아보려고요."

토요일 저녁, 레스토랑.

우현과 성준은 아까부터 서로 눈빛을 교환하며 웃고 있는 채원과 세연을 이상하다는 듯 바라보았다. 무슨 기분 좋은 일이 있냐고 몇 번이나 물어보았지만 대답은 들을 수 없었다. 하지만 음식이 나오기 전, 결국 인내심이 바닥난 세연이 컵 속에 든 물을 벌컥벌컥 들이켰다.

"언니, 나 더 이상은 못 참겠어요. 그냥 말할래요."

세연이 궁금증 가득한 성준의 눈동자를 바라보았다.

"김성준, 축하해. 곧 아빠 될 거야."

세연의 한마디에 네 사람 사이에 정적이 흘렀다. 성준은 세연의 폭탄선언에 놀란 눈을 깜빡거릴 뿐이었다.

"설마 안 좋아하는 거야? 반응이……."

성준의 입에서 아무런 말이 흘러나오지 않자 세연이 불안한 음성을 내뱉었다.

"어? 아냐! 그럴 리가! 생각지도 못해서……. 좋지 않을 리가 없잖아!"

평소와 달리 말까지 더듬거리는 성준의 모습에 세연이 그제야 배시시 웃었다.

"병원에는 다녀왔어? 아기는 건강하대? 언제 태어난대?"

"언니랑 같이 낮에 병원 가서 확인했어. 정말 좋은 거 맞지? 아기 더 있다 갖고 싶어 했잖아."

"그건 너랑 둘이 좀 더 신혼을 즐기고 싶어서 그랬던 거고. 아기가 생긴 건데 당연히 좋지!"

성준의 얼굴이 점점 환해졌다.

"하하, 내가 아빠라니. 신기하다. 아기는? 아들이래? 딸?"

들뜬 성준의 음성이 세연에게 재차 물었다.

"그런 건 더 지나야 알 수 있지, 바보야. 축하한다, 김성준. 홍세연. 둘이 부모가 된다니 나도 안 믿기네."

"고맙다, 최우현."

성준의 어깨를 장난스럽게 친 우현이 친구의 새 소식을 축하했다.

그런 우현을 가만히 지켜보던 채원. 성준과 세연을 사랑스럽게 바라보고 있었지만 그 안에 있는 부러움을 느낄 수 있었다. 채원이 테이블 위에 있는 우현의 손을 붙잡았다. 그 따스한 체온에 조금 씁쓸한 표정을 애써 가무린 우현이 싱긋 웃으며 그녀를 바라보았다.

"나도 자기한테 할 말 있는데."

나지막한 채원의 음성에 세연이 키드득거렸다.

"언니가 할 말이 뭘까?"

세연의 장난에도 채원에게서 눈을 떼지 않은 우현. 채원이 그의 손을 더 꽉 붙잡았다. 좋은 소식은 세연만 있는 게 아니었다. 우현의 얼굴에 떠오를 미소가 보고 싶어 채원이 닫혔던 입술을 열었다. 그 순간.

"실례하겠습니다."

깔끔한 복장의 웨이터가 네 사람 사이를 파고들었다. 두툼한 스테이크가 담긴 커다란 접시가 하나둘씩 테이블을 채워갔다. 잠시 후, 웨이터가 인사를 건네고 자리를 뜨자 우현의 시선이 다시 채원을 향했다. 잔뜩 기대감이 서린 세연의 눈동자가 채원과 우현을 번갈아가며 바라보았다.

"자기, 나……. 욱."

입술을 뗀 채원의 표정이 순간 일그러지더니 손바닥으로 제 입을 틀어막았다. 방금까지도 고소했던 스테이크 냄새가 역하게 올라오더니 속이 뒤집히는 것 같았다.

"괜찮아? 속이 안 좋은 거야?"

그런 채원의 모습에 깜짝 놀란 우현이 그녀에게로 허리를 숙였다. 하지만 채원은 다급하게 자리에서 일어나 레스토랑 문을 향해 빠른 걸음으로 걸어 갔다. 채원만큼이나 하얗게 질린 우현이 바로 그녀의 뒤를 따랐다.

레스토랑을 나가 여자 화장실로 들어온 채원은 변기를 붙잡고 헛구역질 을 했다. 얼마나 시간이 지났을까. 지친 그녀가 화장실 벽에 몸을 기대었다.

'축하합니다, 한채원 씨. 임신입니다. 8주 됐네요. 보통 6~7주 전후로 입 덧 증상이 나오는데 한채원 씨의 경우 이제 슬슬 입덧 증상이 나오는 것 같 습니다.'

밝은 목소리로 새 생명의 잉태를 축하해주던 의사의 목소리가 떠나렸다.

'보통 16주 정도가 되면 어느 정도 자연스럽게 사라지지만 심한 경우에는 22 주까지 지속되는 경우도 있어요. 스트레스 받지 마시고 몸 관리 잘해주세요.'

힘겹게 몸을 일으킨 채원이 화장실을 나와 세면대로 향했다. 비누로 손을 씻고, 벽에 걸린 구강청결제로 입안을 깔끔하게 헹궜다.

"의사 선생님 말씀대로 이제부터 시작인가 보네."

앞으로 계속될 입덧 걱정에 한숨이 나왔지만 거울 속에 있는 여자는 웃 고 있었다. 채원이 신기한 듯 손바닥으로 배를 어루만졌다. 이 안에서 생명 이 자라고 있었다. 우현과 자신의 사랑의 결실이, 자신들의 삶의 전부가 될 예쁜 아이가. 곧 아빠가 될 성준을 부러운 듯 바라본 우현에게 빨리 이 사실 을 전하고 싶었다.

벅찬 감정을 안고 몸을 돌린 채원이 밖으로 뛰어나갔다. 그러자 여자 화 장실 문 앞에서 초조하게 자신을 기다리고 있는 우현이 보였다. 채원을 발 견한 우현이 심각한 표정으로 그녀의 어깨를 붙잡았다.

"괜찮아? 어디가 어떻게 안 좋은 거야? 지금 병원으로 바로 가자."

우현이 속에 있던 걱정을 밖으로 쏟아냈다.

"오늘 출근을 할 게 아니라 병원에 갔었어야 했는데. 미안해. 응급실이라 도……."

"병원에는 안 가도 괜찮아."

"안 가도 괜찮기는. 지금 상태가 이렇게 심각한데."

"자기, 나 자기한테 할 말 있어."

차분한 채원의 표정. 아니, 오히려 입꼬리까지 올려가며 눈을 반짝이는 모습에 우현이 미간을 찌푸렸다. 쪽. 채원이 한 걸음 다가가 발끝을 올려 우현이 입술에 입을 맞추었다. 평소라면 더 해달라며 졸랐을 그였지만 지금은 사정이 조금 달랐다.

"나 지금 자기 걱정으로 정신이 나갈 거 같다고. 장난 아니야."

우현의 거친 목소리에도 채원은 그저 미소만 지을 뿐이었다.

"지금 당장……."

"축하해, 자기. 자기 곧 아빠 된대."

허리를 조금 구부려 작게 속삭인 채원이 한 걸음 뒤로 물러났다. 생기 넘치는 눈동자가 촉촉하게 빛났고, 볼은 발그레하게 변해갔다. 하지만 우현은 아직도 말뜻을 이해하지 못한 듯 눈만 깜빡거릴 뿐이었다. 숨은 쉬고 있는 건지 모든 동작이 정지된 상태였다. 그 모습에 채원이 키드득 웃음을 터뜨렸다.

"내 말 들었어? 자기 곧 아빠 된다고요."

그제야 숨을 몰아 내쉰 우현.

"저, 정말?"

떨림을 고스란히 담은 목소리가 물었다.

"응. 아까 낮에 세연이랑 같이 병원 다녀왔어."

"지, 진짜로? 나 아빠 돼? 우리한테도 아기가 생겼어?"

몇 번이나 고개를 끄덕였지만 우현은 여전히 믿기지 않는다는 듯 되물었다.

"하아, 진짜지? 정말 나 아빠가 되는 거야?"

달뜬 마음을 숨기지 못한 음성이 복도에 울려 퍼졌다. 눈동자에는 점점 생기가 차올랐다.

"8주 됐대. 속 안 좋고, 피곤하고 그런 거 전부 임신 때문이래."

자꾸만 흘러나오는 웃음을 참기 힘든지 입술 사이로 폭소가 흘러나왔다.

"축하해요, 자기."

그 한마디에 우현이 제자리에서 방방 뛰었다. 입으로 환호성이 튀어나왔고, 기쁨을 감추지 못해 만면에 미소가 들어찼다.

"아, 어떡하지? 정말이지? 내가 이제 아빠라고? 아기는? 딸? 아들?"

방금 전 성준의 저 물음에 구박을 건넸던 남자가 맞는 건지.

"8주면 뭐 준비해야 해? 아기 옷? 신발 같은 거 미리 사다 놓을까?"

너무도 기뻐하는 우현의 모습에 채원의 가슴 전체로 온기가 퍼져 나갔다. 우현에게 사랑받을 때와 또 다른 의미로 심장이 쿵쾅거렸다. 우현이 손을 뻗어 채원을 부드럽게 끌어안았다.

"고마워, 정말 고마워."

벅차오르는 마음은 우현의 온몸에 떨림을 만들어냈다. 그런 우현의 등을 꼭 끌어안은 채원.

"나야말로 고마워. 임신이에요, 라는 말 듣는데 너무 행복하더라."

"이 세상에서 지금 이 순간 나만큼 행복한 남자는 없을 거야. 아, 이러고 있을 때가 아니지."

우현이 한쪽 팔로 채원의 어깨를 감싸 안은 채 휴대폰을 꺼냈다.

"어, 성준아. 세연이한테 들었지? 나도 이제 아빠 된다."

경쾌한 목소리가 기쁨을 전했다.

"금방 들어갈게. 먼저 먹고 있어."

전화를 끊은 우현이 휴대폰 목록을 뒤졌다.

"엄마! 엄마 아들 곧 아빠 돼! 오늘 병원 다녀왔대. 곧 예쁜 손주 볼 수 있을 거야. 엄마, 다시 전화할게."

우렁찬 목소리에 채원이 웃음을 터뜨렸다.

"처남, 장모님 같이 계셔? 누나 임신했어!"

휴대폰 너머로 들려오는 환호성에 가슴이 들떴다.

"아니, 아직 아들인지 딸인지는 모르고. 이제 8주 됐대. 처형한테도 전해 줘. 태명? 태명은…… 사랑이, 사랑이!"

"그렇게 좋아?"

전화를 끊은 우현이 다시 누군가에게 전화를 걸었다.

"그럼, 당연히 좋지. 좋다 뿐이야? 날아갈 것 같은……. 준서 형! 형 곧 조카 보겠어!"

당신의 기쁜 일은 내게도 행복한 소식이라는 듯 휴대폰 너머로 들려오는 웃음소리. 그 감사함에 눈물이 흘렀다.

"우리 사랑이 예쁘게 잘 키우자. 누구에게나 사랑받는 정말 사랑스러운 아이로 키우자."

기쁨에 벌겋게 달아오른 볼. 서로 눈이 마주칠 때마다 떠오르는 웃음. 벅찬 미래에 대한 기대감으로 흐른 눈물이 양 볼을 적셨다.

"사랑해. 우리 지금보다 더 행복하자. 셋이 함께."

이제는 둘이 아닌 셋이 만들어가는 행복. 이 눈부시도록 아름다운 날들이 오래도록 머물기를. 당신과, 나와, 그리고 우리 모두의 곁에.

-마침-

작가의 말

겨울의 끝자락, 이렇게 인사드리게 되어 반갑습니다. 두 번째 책이 나왔지만 작가라는 말은 여전히 어색하고 낯선 단어인 것 같습니다. 아직 작가라고 불리기에 많이 부족한 제가 이렇게 글을 쓰고, 책을 낼 수 있었던 것은 애정으로 지켜봐 주신 독자님들이 계셨기에 가능했습니다. 네이버 정식연재로 1년이라는 긴 시간 동안 여러분과 만날 수 있어서 너무도 큰 영광이었습니다. 많은 사랑을 보내주셔서 감사합니다.

『발칙한 그 남자』는 이탈리아 여행 중 제가 겪었던 일들과 상상으로 만들어진 소설입니다. 지구 반대편을 혼자 여행하면서 다양한 일들을 경험하게 되었고, 그중에 몇몇 에피소드를 소설 안에 녹여낼 수 있었습니다.

다양한 성격의 인물들이, 각자의 아픔을 끌어안고 살면서 서로의 상처를 감싸 안아주는 따뜻한 이야기를 만들어내고 싶었습니다. 부족한 글 솜씨와 능력으로 이 모든 것들을 소설 안에 전부 표현할 수는 없었던 것 같아 아쉬움이 많이 남습니다.

한번은 어느 독자님이 이렇게 물어보시더군요. 작가님, 왜 우현이는 다른 로맨스 소설의 남자주인공들과 달리 차도 없이 매번 버스만 타고 다니나요? 아마도 때로는 소년 같고, 때로는 남자 같은 28세, 아직은 덜 여문 어린 남자의 솔직하고 열정적인 사랑을 표현하고 싶지 않았나하는 생각이 듭니다. 사랑하는 사람을 향해 두 발로 내달리는 가슴 벅차고 뜨거운 사랑이요.

끝 페이지의 마지막 글자에 점을 찍을 때는 늘 아쉽고, 가슴이 먹먹해지는 것 같습니다. 언제나 그렇듯 소설로 여러분과 만나는 그 꿈같은 시간을 함께할 수 있어서 감사하고, 행복했습니다. 『발칙한 그 남자』를 연재하는 동안 보내주신 사랑, 감사한 조언들 모두 가슴에 품고 더 발전할 수 있도록 노력하겠습니다.

따뜻한 사랑을 보내주신 독자님들, 늘 저를 응원해주신 소중한 저의 동반자 네이버 담당자분, 소설 속 인물들을 아름답게 만들어주신 금손 삽화가님, 종이책으로 독자님들을 만날 수 있도록 힘써주신 와이엠북스 관계자분, 늘 곁에서 힘을 불어 넣어주는 지인들, 너무나 감사드립니다.

세상에서 가장 강력하고 든든한 아군 우리 가족, 아빠, 엄마, 세상에서 가장 소중한 마이 빅. 정말 많이 사랑합니다.

뜨거운 마음으로 살아가는 '발칙한 그 남자'의 가족들이 여러분 가슴속에 오래도록 남을 수 있길.

2017년. 봄을 기다리는 겨울의 끝자락 새벽.
뜨거운 커피 한 잔과 함께.
애정을 담아 달콤 제이 드림.